ÉTÉ APRÈS ÉTÉ

Elin Hilderbrand a grandi à Collegeville en Pennsylvanie avant d'étudier à l'université John Hopkins, puis à l'université de L'Iowa. Grande voyageuse, elle s'est finalement installée à Nantucket – toile de fond de ses derniers romans, dont *Un été à Nantucket* et *Été après été*, paru aux éditions Les Escales –, où elle vit avec ses trois enfants. Elle est également l'autrice d'*Un dernier été* (Les Escales, 2023) ainsi que de *L'Hôtel Nantucket* (Les Escales, 2024).

Paru au Livre de Poche :

L'ENTREMETTEUSE

L'ÉTÉ DE LA DEUXIÈME CHANCE

L'ÉTÉ SAUVAGE

PIEDS NUS

LA RUMEUR

SECRET D'ÉTÉ

UN ÉTÉ À NANTUCKET

UN SI BEAU JOUR

ELIN HILDERBRAND

Été après été

TRADUIT DE L'ANGLAIS (ÉTATS-UNIS) PAR ALICE DELARBRE

LES ESCALES

Titre original :
28 SUMMERS
Publié par Little Brown and Company, New York.

ISBN : 978-2-253-24434-9 – 1re publication LGF

En souvenir de Dorothea Benton Frank
(1951-2019)

Je t'aime, Dottie. Et tu me manques.

Prologue

LA CINQUANTAINE

Été n° 28 : 2020

De quoi parle-t-on en 2020 ? La mort du joueur de basket Kobe Bryant ; le Covid-19 ; la distanciation sociale ; Zoom ; TikTok ; la dernière série Netflix et… l'élection présidentielle. Un pays divisé. Les opinions des deux camps. Partout : aux informations, dans les émissions de seconde partie de soirée, dans les journaux, en ligne, en ligne, en ligne, dans les cocktails, sur les campus des universités, dans les aéroports, dans la queue du Starbucks, au comptoir des bars, aux clubs de sport – le type qui utilise le tapis de course à 6 heures du mat règle la télé sur la 4 pour Fox News ; la femme qui lui succède à 7 heures change aussitôt pour une autre chaîne d'infos en continu, MSNBC… Pour cette raison, des enfants cessent d'adresser la parole à leurs parents, des couples divorcent, des voisins se fâchent, des consommateurs boycottent des marques, des employés démissionnent. Certains trouvent qu'ils ont de la chance de vivre à une époque aussi trépidante : ils montent le volume, accros. D'autres en sont malades : ils coupent le son, se désintéressent. Si on leur demande encore une fois s'ils sont inscrits sur les listes électorales…

Mais il y a aussi une autre histoire, cette année-là, dont personne n'a entendu parler. Une histoire qui a débuté vingt-huit étés plus tôt et qui ne touche que maintenant – à l'été 2020, sur une île à quarante-huit kilomètres de la côte – à sa conclusion.

La conclusion. Étant donné les circonstances, ça semble le seul point de départ possible.

Mallory Blessing dit à son fils, Link :

— Il y a une enveloppe dans le troisième tiroir du bureau. À gauche. Celui qui coince.

Ils coincent tous, pense Link. La maison de sa mère se trouve sur une bande de terre entre l'océan et un étang ; ça, c'est pour le côté positif. Le côté négatif, c'est… l'humidité. Chez elle, les portes ne ferment jamais complètement, les serviettes ne sèchent pas et, quand on ouvre un sachet de chips, mieux vaut les manger vite parce qu'elles ramollissent en une heure. Link se bat avec le tiroir. Il faut le soulever et le faire bouger de gauche à droite pour l'ouvrir.

L'enveloppe attend à l'intérieur, toute seule. Dessus, il est écrit : *Merci d'appeler.*

Link est perdu. Il ne s'attendait pas à ça. Il s'attendait à découvrir le testament de sa mère ou une lettre sentimentale pleine de sages conseils pour l'avenir ou de directives pour ses obsèques.

Link ouvre l'enveloppe. Elle ne contient qu'une bandelette de papier. Un numéro sans nom.

Et qu'est-ce que je suis censé faire avec ça ? s'interroge-t-il.

Merci d'appeler.

Très bien, songe Link. Mais qui va-t-il trouver au bout du fil ? Et qu'est-il censé dire à cette personne ?

Il poserait bien la question à sa mère si elle n'avait pas déjà refermé les yeux. Le sommeil l'a de nouveau emportée.

Link sort par la porte de derrière et emprunte la route sablonneuse qui longe l'étang de Miacomet. Un mois de juin typique à Nantucket – du soleil et 20 °C, des nuits et des petits matins encore frais, même si les iris fleurissent au milieu des roseaux et qu'il y a un couple de cygnes sur la surface bleue de l'étang, aussi lisse qu'un miroir.

Les cygnes s'unissent pour la vie, pense Link. Ce qui les a toujours, à ses yeux, rendus supérieurs d'un point de vue moral aux autres oiseaux, même s'il a lu quelque part que les cygnes étaient infidèles. Il espère qu'il s'agissait d'une infox.

Comme la plupart de ceux qui sont nés sur cette île et y ont passé leur enfance, il se sent coupable de ne pas apprécier le paysage à sa juste valeur. Il se sent aussi coupable de ne pas avoir apprécié sa mère à sa juste valeur. Sa mère qui est en train de mourir, à 51 ans. Le mélanome a provoqué une métastase cérébrale ; elle a déjà perdu un œil. Les soins palliatifs commenceront demain matin.

Link a fondu en larmes lorsque le Dr Symon lui a

parlé, puis quand il a appelé le centre de soins palliatifs de Nantucket.

L'infirmière chargée du dossier, Sabina, s'est montrée apaisante. Elle a encouragé Link à être présent aux côtés de sa mère chaque instant, pour l'« accompagner ». Voilà ce qu'elle lui a répondu lorsqu'il lui a avoué qu'il ne savait pas ce qu'il allait devenir sans elle.

— Je n'ai que 19 ans.

— Vous aurez tout le temps de vous inquiéter de ça plus tard, lui a dit Sabina. Votre boulot dans l'immédiat, c'est d'être avec votre mère. De lui faire sentir votre amour. Pour qu'elle l'emporte avec elle, où qu'elle aille.

Link compose sur son téléphone le numéro inscrit sur le morceau de papier. Il ne connaît pas l'indicatif – il remarque que ce n'est pas celui de Seattle, 206, où vit son père. Il n'a aucune idée de qui il peut s'agir. Les grands-parents de Link sont morts, et son oncle Cooper habite à Washington. Coop et sa femme, Amy, sont en pleine séparation ; c'est le cinquième divorce de son oncle. La semaine dernière, quand Mallory avait encore des moments de lucidité et était capable d'humour, elle lui a dit : « Coop se marie et divorce aussi facilement que s'il changeait de marque de céréales. » Il a proposé de venir dès que Link se sentirait débordé par la situation. Ce qui va bientôt arriver, peut-être dès demain.

Sa mère a-t-elle d'autres amis qui ne vivent pas sur l'île ? Elle a cessé d'adresser la parole à Leland lorsque Link était au collège. « Leland est morte à mes yeux. »

Il s'agit peut-être du nouveau numéro de Leland… Ça se tiendrait, et ce serait une bonne chose qu'elles fassent la paix avant la fin.

Mais c'est un homme qui décroche.

— Jake McCloud, dit-il.

Link met une seconde à enregistrer l'information. *Jake McCloud ?*

Il raccroche.

Il est si surpris qu'il éclate de rire, puis jette un coup d'œil à la porte arrière de la maison. Est-ce que c'est une blague ? Sa mère a le sens de l'humour, bien sûr, mais c'est une femme spirituelle, pas du genre à faire des canulars. Demander à Link d'appeler *Jake McCloud* alors qu'elle se trouve sur son lit de mort ne lui ressemble pas.

Il doit y avoir une explication. Link compare le numéro sur le papier avec celui qu'il vient de composer, et cherche ensuite à quel État correspond l'indicatif[1]. 574, c'est l'Indiana (Mishawaka, Elkhart, South Bend…).

South Bend !

Link ricane. Il a l'air d'un fou. Mais qu'est-ce qui se passe enfin ?

Soudain, son téléphone sonne. Le numéro qui commence par 574 le rappelle. Link est tenté de laisser son répondeur se déclencher. Il y a eu un terrible malentendu. Dans toutes ses interviews, Jake McCloud lui

---

1. Aux États-Unis, les téléphones portables peuvent aussi comporter un indicatif régional, comme les téléphones fixes. *(Toutes les notes sont de la traductrice.)*

a paru un type tout à fait honnête. Link peut très bien lui exposer la situation : ma mère est mourante et par un étrange hasard votre numéro de téléphone a atterri dans le tiroir de son bureau…

— Allô, dit Link.

— Bonjour, ici Jake McCloud. Quelqu'un m'a appelé de ce numéro, je crois.

— Oui.

Link s'efforce d'adopter un ton professionnel. Qui sait, peut-être qu'il pourrait mettre à son profit ce micmac pour décrocher un stage avec Jake Mc Cloud – ou avec *Ursula de Gournsey* !

— Je suis désolé, je crois qu'il s'agit d'une erreur. Ma mère, Mallory Blessing…

— Mallory ? Qu'y a-t-il ? Tout va bien ?

Link se concentre sur les cygnes qui glissent côte à côte, si majestueux, le roi et la reine de l'étang.

— Je suis désolé, reprend Link. Vous êtes bien Jake McCloud ? Le Jake McCloud dont la femme…

— Oui.

Link secoue la tête.

— Vous connaissez ma mère ? Mallory Blessing ? Elle enseigne les lettres à Nantucket.

— Est-ce que tout va bien ? répète Jake McCloud. Vous devez bien m'appeler pour une raison.

— En effet, oui. Elle m'a laissé votre numéro de téléphone dans une enveloppe et m'a chargé de vous contacter.

Au bout d'une seconde, Link ajoute :

— Elle est en train de mourir.

— Elle…

— Elle a un cancer, un mélanome qui a métastasé dans son cerveau. J'ai prévenu les soins palliatifs.

Ces mots sont douloureux à prononcer, et Link ne peut s'empêcher d'avoir l'impression de les lui asséner maladroitement. Qu'est-ce que Jake McCloud peut bien en avoir à faire ?

Au silence qui s'étire à l'autre bout de la ligne, Link conclut que Jake McCloud est en train de comprendre qu'il a pris un appel destiné à quelqu'un d'autre et qu'il se demande comment s'extirper dignement de cette situation.

— S'il vous plaît, dites à Mal…

Mal ? s'étonne Link. Est-ce que Jake McCloud, qui a des chances non négligeables de devenir « First Gentleman » des États-Unis, connaît par hasard sa mère ?

— Dites-lui… que je serai là dès que possible. Dites-lui de tenir bon.

Il se racle la gorge.

— S'il vous plaît, dites-lui que j'arrive.

Première partie

LA VINGTAINE

Été n° 1 : 1993

De quoi parle-t-on en 1993 ? Le siège de la secte des Davidiens près de Waco, au Texas ; l'attentat du World Trade Center ; la mort du tennisman Arthur Ashe ; R.E.M. ; Lorena Bobbitt qui a coupé le pénis de son mari ; Robert Redford, Woody Harrelson et Demi Moore dans Proposition indécente *; le futur ALENA (accord de libre-échange nord-américain) ; la mort de River Phoenix ; l'Union européenne ; le vélo elliptique NordicTrack ; Rabin et Arafat ; Monica Seles ;* Nuits blanches à Seattle *; Internet ;* Seinfeld *; « I Will Always Love You », de Whitney Houston.*

Lorsque nous faisons la connaissance de notre héroïne, Mallory Blessing (et ne vous méprenez pas, Mallory est bien notre héroïne, nous la suivrons dans les bons moments comme dans les mauvais et les quasi-désespérés), elle a 24 ans, et elle vit dans l'Upper East Side, à New York, avec sa meilleure amie du monde entier, Leland Gladstone, qu'elle méprise un peu plus chaque jour. Elles louent un appartement au quatrième étage d'un immeuble sans ascenseur mais avec un restaurant français au rez-de-chaussée et, pendant la semaine, le rôtisseur donne à Leland les confits de canard et les souris d'agneau qui lui restent sur les bras à la fin du service. Leland ne propose jamais de partager son butin culinaire avec Mallory ; elle les accepte comme un dû parce que c'est elle qui a trouvé l'appartement, elle qui a négocié le loyer et elle qui s'est appuyé les dix-sept visites au magasin d'ameublement. La seule raison pour laquelle Mallory vit à New York, c'est parce que Leland a lâché, sans réfléchir, dans un état d'ébriété, qu'elle pourrait prendre une colocataire. Mallory crevait tellement d'envie de quitter la maison de ses parents à Baltimore qu'elle a cru qu'il s'agissait d'une véritable invitation. Mallory paie un tiers du loyer (ce qui représente déjà un montant si astronomique que ce sont ses parents qui s'en chargent). En échange, elle dort sur un futon dans un coin du salon. Leland a acheté un faux paravent chinois que Mallory peut utiliser pour préserver son intimité – même si elle se donne rarement cette peine. C'est ce qui a provoqué la première dispute. En réalité, Leland n'a pas du tout acheté ce paravent pour l'intimité de Mallory mais pour éviter de la voir lire des romans emmitouflée dans l'immonde édredon en calicot qui provient de sa chambre d'enfance.

— C'est… franchement déplacé, lui assène-t-elle. Achète-toi un peu d'amour-propre enfin !

Les frictions causées par le paravent sont pourtant minimes comparées à celles liées au travail. Leland a emménagé à New York pour bosser dans la mode – son rêve étant de « mettre sa créativité au service du *Harper's Bazaar* ». Dès qu'elle a parlé à Mallory d'un poste d'assistante au sein de la rédaction du *Bard and Scribe*, le magazine littéraire le plus en vogue de New York, Mallory a posé sa candidature. La simple perspective d'un tel emploi a aussitôt transformé ses attentes vis-à-vis de son expérience new-yorkaise. En devenant assistante à la rédaction du *Bard and Scribe*, elle pourrait nouer de nouvelles amitiés avec des artistes bohèmes et s'embarquer pour un voyage passionnant. Mallory ignorait alors que Leland avait déjà postulé elle-même. Elle a décroché un premier entretien, puis un second, avant d'obtenir le job, sur lequel elle s'est jetée, sous l'œil légèrement atterré, et pourtant guère surpris, d'une Mallory mutique. Si New York avait été une robe, Leland l'aurait mieux portée ; Mallory, elle, aurait passé son temps à tirer dessus et à l'ajuster pour tenter de s'y sentir plus à son aise.

Désormais, Leland se rend tous les matins dans les bureaux du *Bard and Scribe*, qui occupent un loft spacieux dans SoHo, avec un toit-jardin où la revue organise des soirées sélectes. Mallory, quant à elle, occupe un poste de réceptionniste dans une boîte de chasseurs de têtes – boulot qui lui a été proposé par sa « conseillère en carrière professionnelle », peinée par sa situation.

Néanmoins, le 16 mai 1993, Mallory reçoit le coup de fil qui va changer sa vie.

C'est un dimanche, il est 11 h 30. Elle est sortie courir dans Central Park, puis s'est arrêtée prendre un café et un bagel au sésame avec du fromage frais à la ciboulette, et elle a le bonheur immense de trouver l'appartement vide à son retour. Ça n'arrive que très rarement – les quelques fois où elle rentre du travail avant Leland ou part après elle le matin –, et la sensation de liberté est enivrante. Mallory peut ainsi s'imaginer qu'elle est la propriétaire des lieux plutôt qu'une version moderne de Princesse Sarah, contrainte de vivre dans une mansarde sans charbon pour se chauffer. Le matin du 16 mai, Leland est dans un restaurant du Village pour un brunch avec ses nouveaux amis du *Bard and Scribe*. Elle a, sous des dehors de générosité feinte, proposé à Mallory de se joindre à eux, sachant pertinemment que sa colocataire déclinerait par manque de moyens.

Le téléphone sonne et, avant d'aller répondre, Mallory fait un crochet par la chaîne hi-fi pour baisser « Everybody Hurts », de R.E.M., qu'elle écoute en boucle. C'est sa chanson préférée de l'année, même si elle a interdiction de la passer en présence de Leland, pour qui les gémissements de Michael Stipe sont aussi agréables qu'un crissement d'ongles sur un tableau noir.

— Allô ?

— Ma chérie ?

Mallory se laisse tomber sur l'une des chaises de style bistro – branchées mais inconfortables –, que son amie a choisies. C'est son père. De toute façon, soyons réaliste, il ne pouvait s'agir que d'une poignée de personnes : ses parents, son frère Cooper, son ex Willis, qui enseigne l'anglais sur l'île de Bornéo (il appelle justement Mallory le dimanche, quand les tarifs à l'international sont moins chers, pour se vanter de sa nouvelle vie exotique), ou Leland, pour lui annoncer qu'elle a oublié sa carte bancaire et lui demander d'avoir la gentillesse, merci, de sauter dans un métro pour la lui apporter.

— Salut, papa, répond Mallory, d'une voix qui peine à contenir sa déception.

Elle aurait encore préféré entendre Willis lui parler de dragons de Komodo.

— Ma chérie ?

Il paraît si abattu que Mallory change aussitôt d'attitude. Son père, Cooper Blessing Senior – que son frère et elle surnomment entre eux « Senior » –, est expert-comptable. Il possède quatre bureaux dans Baltimore et sa banlieue proche. Comme on pourrait s'y attendre avec ce genre d'homme, il est réservé. Il s'agit même peut-être du seul humain de toute l'histoire né sans émotions. Et pourtant, ce matin, son ton en est chargé. Est-ce que quelqu'un serait mort ? Sa mère ? Son frère ?

Mais non, enfin. Si quelque chose était arrivé à sa mère, c'est son frère qui l'aurait appelée. Et si quelque chose lui était arrivé à lui, c'est sa mère qui aurait décroché le téléphone.

Malgré tout, Mallory a un étrange pressentiment.

— Quelqu'un est mort ? demande-t-elle. Papa ?

— Oui, lui répond Senior. Ta tante Greta. Greta est morte… vendredi, je crois. Je l'ai appris il y a tout juste une heure. Son avocat m'a contacté. Apparemment, elle t'a laissé quelque chose.

Ces choses-là arrivent-elles dans la vraie vie ? Bien sûr que oui. La tante de Mallory, Greta, a fait une grosse crise cardiaque. Elle était chez elle, à Cambridge, le vendredi soir, et elle préparait des pâtes à la puttanesca avec sa « colocataire », Ruthie. C'est Senior qui utilise le terme « colocataire ». Quant au détail concernant les pâtes (« à la puttanesca »), c'est Mallory qui le tire de sa propre imagination, parce qu'elle a souvent passé le week-end à Cambridge et qu'elle connaît les habitudes de Greta et Ruthie : le vendredi soir, elles préparent un dîner à la maison, le samedi, elles vont au musée puis dînent dehors et enchaînent parfois avec un théâtre, quand le dimanche, lui, est réservé à la dégustation de bagels et à la lecture du *Times*, suivies d'un dîner chinois devant un vieux film à la télé. Ruthie a appelé les secours, mais ils n'ont rien pu faire. Greta a donc quitté ce monde.

Ruthie a pris les dispositions nécessaires pour que Greta soit incinérée. Elle a aussi contacté leur avocate, une certaine Eileen Beers. Laquelle a joint Senior. Greta et lui ne se parlaient plus depuis dix ans, soit depuis la mort d'oncle Bo et l'installation de Greta avec une collègue de l'université de Radcliffe, Ruth Harlowe, qui était plus qu'une simple colocataire. Eileen Beers a informé Senior que Greta léguait à Mallory la somme surprenante de 100 000 dollars ainsi que sa maison de Nantucket.

Mallory fond en larmes. Elle est la seule de la

famille à avoir maintenu des liens avec Greta à la mort d'oncle Bo. Elle lui écrivait tous les mois et l'appelait en secret pour Noël ; elle l'a invitée à sa remise de diplôme universitaire malgré les protestations de ses parents ; elle faisait quatre heures de route en bus pour aller passer des week-ends idylliques à Cambridge.

— C'est vrai ? demande-t-elle à Senior. Greta est morte ? Elle m'a laissé de l'argent et la maison ? Ils sont à moi ? Pour de vrai ?

Mallory ne veut pas donner l'impression qu'elle s'intéresse davantage à l'aspect matériel qu'au décès de sa tante. Pourtant, elle ne peut pas ignorer ce coup de théâtre qui pourrait bien changer sa vie.

— Oui, lui dit Senior.

À son retour du brunch, Leland a ce rayonnement dû à la consommation de cocktails Bellini ; sa peau paraît même couleur de pêche sous sa nouvelle frange asymétrique. Il lui faut un moment pour enregistrer la nouvelle que Mallory lui apprend : une fois qu'elle aura fait son préavis chez son chasseur de têtes, elle partira. Elle va s'installer à Nantucket.

— Je ne comprends toujours pas pourquoi tu quittes le cœur du monde civilisé pour aller vivre sur une île à presque cinquante kilomètres de la côte, lui dit Leland.

Deux semaines se sont écoulées, et nous sommes à présent le dimanche 30 mai. Leland offre un brunch de départ à Mallory. Elles sont installées en terrasse sous un soleil accablant pour pouvoir être reluquées par les types qui portent leur col remonté et le modèle Aviator de Ray-Ban. Et d'ailleurs, l'un de ces spécimens – en polo Lacoste menthe – baisse ses lunettes de soleil de quelques centimètres sur son nez pour mater Leland. Il ressemble à l'étrangleur de Central Park.

Leland a l'air dubitative, et triste aussi. L'annonce du départ imminent de Mallory a aussitôt restauré l'affection entre les deux amies. Ces quinze derniers jours, Leland a été adorable. Non seulement elle tolère la vue du lit en désordre de Mallory, mais elle s'assied au pied de son futon pour des conversations interminables, avec échange de ragots à la clé. Mallory, quant à elle, parvient à ne plus éprouver d'amertume, à ne pas se sentir exclue face aux transformations de son amie – la coupe de cheveux branchée, la veste en cuir qui lui a coûté la somme délirante de 900 dollars, les bouteilles de chardonnay californien qui remplacent les canettes de bière.

Mallory et Leland se regretteront. Elles sont amies depuis si longtemps qu'elles ont cessé de compter les années, ayant grandi à trois maisons d'écart sur Deepdene Road dans le quartier de Roland Park, à Baltimore. Leur enfance a été paradisiaque. Elles prenaient leur vélo pour aller acheter des bonbons à l'épicerie, elles écoutaient la bande originale de *Grease* sur la platine de Leland, remplissant leurs premiers soutiens-gorge avec des paires de chaussettes et se servant de brosses à cheveux comme micros ; elles se baignaient dans le Jacuzzi des Gladstone les soirées neigeuses ; elles regardaient *Hôpital central* après les cours dans la salle télé de Leland et jouaient aux cartes sur le tapis à poils longs pendant les pubs. Elles avaient été de vrais petits anges jusqu'au lycée, où leurs frasques avaient débuté. Le père de Leland, Steve Gladstone, avait acheté une Saab décapotable l'année où les filles étaient en terminale. Leland l'avait empruntée sans autorisation, s'était rendue chez Mallory au beau milieu de la nuit et avait lancé des gravillons sur la fenêtre de sa chambre jusqu'à ce que son amie accepte de l'accompagner en virée. Elles avaient roulé, capote baissée, jusqu'au port touristique de la ville en réglant à fond le volume de la radiocassette. Elles avaient été prises la main dans le sac, bien sûr. À leur retour à Deepdene Road, ébouriffées par le vent, elles avaient trouvé leurs quatre parents, qui les attendaient devant chez les Gladstone.

« Nous ne sommes pas en colère, leur avaient-ils dit (sans doute sous l'influence de Steve Gladstone, le plus coulant des quatre). Nous sommes déçus. »

Mallory avait été privée de sortie pendant deux semaines, elle s'en souvient. Leland aussi, mais sa punition avait pris fin au bout de trois jours.

— J'ai besoin d'essayer autre chose, explique Mallory en plongeant une frite de patate douce dans la sauce au sirop d'érable. Entreprendre quelque chose toute seule.

Et puis le cœur du monde civilisé est déjà une vraie fournaise, alors que juin n'a pas encore débuté ; le béton est brûlant, la poubelle à l'angle de la rue empeste, et il n'y a pas d'endroit moins accueillant que le quai de la ligne 6. Qui ne rêverait pas d'aller à Nantucket pour l'été ? Ou pour l'éternité ?

Six semaines plus tard, le frère de Mallory, Cooper, l'appelle pour lui annoncer qu'il a demandé en mariage Krystel Bethune, sa petite amie depuis trois mois, et qu'ils se passeront la bague au doigt à Noël. Mallory est si grisée par sa nouvelle existence sur l'île qu'elle en oublie d'avoir l'air choquée.

— Formidable !

— Tu ne me demandes pas si je l'ai mise en cloque ? s'étonne-t-il.

— Tu l'as mise en cloque ?

— Non. Je suis juste fou amoureux et je sais que je veux passer le restant de mes jours avec elle, alors je me suis dit, pourquoi attendre ? Marions-nous dès que possible. Dans la mesure du raisonnable. Je ne voulais quand même pas me marier comme ça, sans personne. Senior et Kitty m'auraient tué. Déjà qu'ils ne sont pas ravis…

— Je comprends. Comment vous êtes-vous rencontrés déjà, Krystel et toi ?

— Elle était serveuse dans le restaurant où je dînais.

— Ça n'a rien de honteux, observe Mallory, qui travaille elle-même trois jours par semaine comme serveuse au restaurant d'un des plus beaux hôtels de l'île, le Summer House. Elle est allée à la fac avant ?

— Oui, un peu, à l'université du Maryland.

C'est vague, songe Mallory. Par « un peu », faut-il entendre quelques semestres ou quelques semaines ? Aucune importance. Mallory n'a pas l'intention de juger son frère. Leur mère s'en charge déjà. Kitty Blessing est véritablement obsédée par la bonne éducation, le statut social et la scolarité.

— Tu te maries à Noël, alors.

Mallory n'a jamais compris ce concept : Noël est déjà une période si remplie et agitée, source d'angoisses. Pourquoi en rajouter ? Mais à nouveau, elle ne le jugera pas.

— Et ça aura lieu où ?

— À Baltimore, lui répond-il. La mère de Krystel n'a pas d'argent, et son père ne fait plus partie du tableau.

Mallory tente d'imaginer la réaction de Kitty Blessing à cette annonce. Cette dernière a perdu la guerre mais remporté une bataille décisive. Elle ne pourra pas compter sur la famille de Krystel pour la construction d'une dynastie commune. En contrepartie, Kitty aura le champ libre pour l'organisation du mariage. Elle insistera pour une fête de fin d'année de bon goût (lumières blanches, nœuds en velours bordeaux, le *Messie* de Haendel) plutôt que pour quelque chose de clinquant (elfes, cannes en sucre d'orge, « Jingle Bells »...).

— Je suis heureuse pour toi, Coop.

Et c'est peut-être la première fois de sa vie que Mallory est sincère. Car son frère lui inspire une jalousie chronique depuis vingt-quatre ans. Il est le fils préféré, la médaille d'or quand elle doit se contenter de l'argent. Le cookie aux pépites de chocolat et elle celui aux raisins secs – que les gens n'aiment jamais tout à fait autant.

— Bon alors, on est arrivés au moment où je vais te demander un service, lui dit-il.

— Ah…

Il veut qu'elle lui rende, elle, un service ? Voilà qui est inédit. Cooper travaille comme conseiller politique pour un think tank de Washington, la Brookings Institution. Il a un poste important, prestigieux même (bien que Mallory soit incapable de faire semblant de comprendre de quoi il retourne exactement). Quel service pourrait-elle bien lui rendre ?

— Tu peux me demander ce que tu veux, tu le sais bien.

— J'aimerais organiser un enterrement de vie de garçon… Pas vraiment une fête, plutôt un week-end. Rien de dingue, il n'y aurait que moi, Fray évidemment, et Jake McCloud.

Fray « évidemment », songe Mallory en levant les yeux au ciel. Et Jake McCloud, le mystérieux Jake McCloud, le « grand frère » de Cooper dans sa fraternité, Phi Gamma Delta, que Mallory n'a jamais rencontré. Elle a déjà eu quelques conversations téléphoniques des plus intrigantes avec lui toutefois.

— Ah oui ?

— Et je me disais que je pourrais peut-être organiser ça à Nantucket le premier week-end de septembre, pour profiter du lundi férié avec la fête du Travail.

Après un silence, il ajoute :

— Si ça ne te dérange pas d'avoir trois types qui squattent ton canapé… ou ta moquette… enfin tu as compris l'idée.

— J'ai deux chambres d'amis, lui répond-elle.

— Ah bon ? Alors c'est une vraie maison ? J'ai toujours eu l'impression que c'était plutôt un genre de… cabanon, tu vois ?

— Ce n'est pas une vraie maison, mais c'est mieux qu'un cabanon. Tu pourras le constater sur place.

— Alors c'est d'accord ? Le premier week-end de septembre ?

— Bien sûr.

Elle se rappelle que Leland a évoqué la possibilité de venir à ce moment-là, mais ce n'était qu'un vague projet.

— Tu es chez toi ici, conclut-elle.

— Merci, Mal !

Il a l'air fou de joie et reconnaissant. Après avoir raccroché, Mallory passe les mains sur les planches de la terrasse, polies par le temps, et elle songe combien c'est agréable d'avoir enfin quelque chose à partager.

Le jour de cette conversation, notre héroïne est si bronzée que sa peau ressemble à du bois ciré, et ses cheveux châtain clair se sont éclaircis. Sous certains angles, ils paraissent presque blonds. Elle a perdu près de quatre kilos – il s'agit d'une estimation, il n'y a pas de pèse-personne dans la maison –, mais elle s'est clairement musclée depuis que son seul moyen de transport est le vélo à dix vitesses qu'elle a trouvé dans les petites annonces du journal local.

La maison de tante Greta est devenue la sienne. Eileen Beers, l'avocate, s'est occupée du transfert de l'acte de propriété, et de notifier les impôts ainsi que l'assurance. Les papiers ont été signés, validés et livrés à domicile. Et pourtant une question continue à tarauder Mallory : elle n'a pas eu le courage de la poser à Senior, mais elle l'a posée à Eileen.

— Est-ce que la maison n'aurait pas dû aller à Ruthie ? C'était…

Hors de question de parler de « colocataires », pourtant le bon terme lui échappe. *Amoureuses ? Amantes ?*

— … sa compagne.

— Ruthie a hérité de la maison de Cambridge. Elle préfère vivre en ville. Et votre tante a été très claire sur le fait qu'elle souhaitait que ce bien vous revienne. Lorsqu'elle a rédigé son testament, elle a dit que vous trouviez cet endroit magique.

Magique.

Mallory venait à Nantucket l'été, quand elle était en primaire puis au collège – jusqu'à la mort d'oncle Bo. Elle s'était sentie mal à l'aise le premier été, elle s'en souvient, parce que tante Greta et lui n'avaient pas d'enfants (et, selon la mère de Mallory, n'avaient pas le moindre début d'idée de la façon dont on s'en occupait).

« Ils ont été bien avisés de t'inviter toi plutôt que ton frère ! avait dit Kitty. Tu ne fais que lire de toute façon. »

La moitié de la valise de Mallory, cet été-là, était en effet remplie de livres – des tomes de la série *Alice détective*, des romans de Louisa May Alcott, un exemplaire de contrebande de *Dieu, tu es là ? C'est moi, Margaret*, de Judy Blume. Les années suivantes, Mallory n'en emporterait pas un seul, ayant découvert qu'un mur entier du salon de la maison en était couvert. Son oncle et sa tante profitaient de la saison estivale pour délaisser leur travail et s'adonner à des lectures plaisir. Durant six étés, Mallory s'était plongée dans les romans de Judith Krantz, Herman Wouk, Danielle Steel, James Clavell, Barbara Taylor Bradford et Erich Segal. La totalité de la bibliothèque était en libre accès, aucun livre n'était jugé « trop adulte » et la lecture avait la priorité sur tout le reste : il s'agissait de l'activité la plus sacrée à laquelle un individu pouvait se livrer.

Mallory adorait cette maison. La pièce principale, immense, avait des poutres apparentes et des lambris couleur de châtaignier. Il y avait une cheminée en brique poussiéreuse, un canapé en tweed vert dur comme la pierre, deux fauteuils pivotants, un vieux téléviseur avec antenne, et un bureau en forme de haricot sous l'une des fenêtres qui donnaient sur l'étang. Tante Greta s'y installait pour écrire des cartes postales ou des lettres à ses amis de Cambridge. Une longue table de ferme étroite séparait le salon de la cuisine. Les plans de travail étaient en Formica vanille moucheté, et l'électroménager couleur caramel. Un casier à homards noir trônait en permanence sur la cuisinière. Il n'y avait qu'une salle de bains, avec de minuscules carreaux qui scintillaient comme du mica. La chambre de Mallory contenait deux lits jumeaux : le matelas de l'un d'eux était aussi dur qu'un bloc de marbre, et elle y entreposait ses livres ; elle dormait dans l'autre, un peu plus moelleux. Elle s'aventurait parfois dans la troisième chambre, mais celle-ci n'avait qu'une seule fenêtre, et elle donnait sur la cour, alors que celle de Mallory en avait deux, une sur la cour et une sur l'océan. Elle s'endormait tous les soirs au son des vagues, et la brise était si constante qu'elle n'avait pas besoin de ventilateur de tout l'été.

« L'île choisit ses habitants, lui avait dit Greta. Elle nous a choisis, Bo et moi, et je pense qu'elle t'a choisie, toi aussi. »

Mallory se souvenait qu'elle avait eu l'impression d'avoir été intronisée par cette remarque, un peu comme si on l'avait invitée à faire partie d'un club très huppé. *Oui*, avait-elle pensé. *Je suis faite pour Nantucket*. Elle adorait le soleil, la plage, les vagues de la côte sud. « Prochaine étape, le Portugal ! » criait oncle Bo, les mains au-dessus de la tête, quand il se jetait à l'eau. Elle adorait l'étang, les cygnes, les carouges à épaulettes, les libellules, les roseaux et les quenouilles. Elle adorait la pêche en bord de mer et le kayak avec son oncle, et les longues promenades sur la plage avec sa tante, qui emportait toujours un bol de cuisine en inox pour y mettre les trésors qu'elles ramassaient – clams, bulots, cigales de mer et pétoncles, de temps en temps la carapace d'une limule, des morceaux de bois flotté satiné, des pierres intéressantes, du verre poli. Elles devenaient plus efficientes de jour en jour, rejetant les coquilles abîmées et les pierres qui ne seraient plus aussi jolies une fois sèches.

Mallory adorait les jours de tempête, lorsque les vagues pilonnaient le rivage et que la porte-moustiquaire tremblait sur ses gonds. Oncle Bo allumait un feu et tante Greta préparait un ragoût de homard. Ils jouaient au pachisi, un jeu indien qui ressemblait aux petits chevaux, lisaient et écoutaient de la musique classique sur le transistor.

Il reste, dans la maison, une photo de tante Greta et d'oncle Bo ensemble. Mallory l'a longuement scrutée quand elle a emménagé. Ils sont sur la plage, sur leurs chaises en plastique tissé, les cheveux mouillés et les pieds pleins de sable. Après l'avoir regardée plusieurs secondes, Mallory s'est rappelé que c'était elle qui avait pris la photo avec l'appareil de Bo. Greta portait un maillot une pièce à fleurs rouges et avait coincé un mouchoir entre les bretelles pour protéger son décolleté des brûlures. Ses cheveux bruns, coupés à la garçonne, étaient hirsutes. Elle rayonnait – on percevait dans son expression l'exubérance insouciante de l'été. Bo portait des lunettes de soleil et avait un exemplaire du roman *Chesapeake*, de James Michener, ouvert sur son torse poilu.

Ils ont l'air heureux sur cette photo, a songé Mallory. Et pourtant, si sa mémoire ne lui fait pas défaut, celle-ci avait été prise l'été précédant le décès d'oncle Bo, soit à peine un an avant que tante Greta ne s'installe avec Ruthie et ne rompe, par conséquent, tout lien avec son frère.

Mallory s'est bien sûr demandé si sa tante était lesbienne depuis le début – et son oncle, homosexuel, peut-être. S'ils s'étaient mariés par convention ou plutôt parce qu'ils étaient liés par une profonde amitié sincère, une union des esprits sinon des corps.

Mallory s'en fiche. Ils lui manquent tous les deux,

et elle a l'impression qu'il reste des vestiges de leurs âmes ici : alors qu'elle s'est souvent sentie seule à New York, ça n'a jamais été le cas à Nantucket.

Mallory travaille le mardi, le mercredi et le jeudi, à l'heure du déjeuner, comme serveuse au Summer House. Sa collègue préférée est une jeune femme noire du nom d'Apple, qui est aussi conseillère d'orientation au lycée de Nantucket. Mallory en profite pour lui demander s'il y aurait des postes d'enseignement vacants, ou même des remplacements.

— Je suis diplômée en lettres, lui précise-t-elle.

— La chance est peut-être de ton côté, lui répond Apple. M. Falco est chargé des cours de lettres, mais il vient d'avoir 70 ans et il est sourd d'une oreille, alors il ne devrait plus trop tarder à prendre sa retraite… Si tu veux, en septembre, je transmettrai ton CV à M. Major, notre proviseur. On aurait bien besoin d'un peu de sang neuf.

Mallory lui est reconnaissante, même si elle n'est pas pressée que l'été se termine. La terrasse autour de la piscine offre une vue spectaculaire sur la plage de Sconset et l'océan Atlantique. Les clients peuvent déjeuner sur leurs chaises longues ou autour d'une des tables, sous un parasol. La nourriture n'est pas mauvaise – Mallory recommande les burgers, le sandwich toasté au poulet, les salades aux croquettes de crabe –, mais elle sert surtout des boissons. La spécialité du bar est le « Hokey Pokey », un cocktail qui contient quatre alcools différents ; le verre coûte 10 dollars, et la plupart des clients en commandent au moins deux. Mallory se fait près de 200 dollars de pourboire chaque jour. Elle travaille en binôme, soit avec Apple, soit avec une fille du nom d'Isolde, qui a un côté garce mais qui connaît le métier. Oliver, le barman mignon, à l'accent australien, contribue au succès du lieu. Oliver attire les jeunes femmes (qu'Isolde surnomme « les chéries d'Ollie »). Lesquelles font venir à leur tour des hommes aux poches bien remplies.

C'est le meilleur job que Mallory ait jamais eu. Elle peut se contenter de travailler trois jours par semaine parce qu'elle a les économies héritées de tante Greta bien au chaud à la banque. Avec ce poste à temps partiel, elle a tout le temps de lire, de nager et de bronzer, d'explorer l'île à vélo et de sortir avec Apple après leur service.

Tous les soirs avant de s'endormir, Mallory remercie en silence sa tante Greta. Quel cadeau ! Quelle chance !

Michael Stipe chante que tout le monde souffre. *Everybody hurts*… Elle le sait. Mais cet été-là, pas elle.

Le dernier vendredi du mois d'août, tard dans la soirée, le téléphone sonne. Mallory laisse le répondeur se déclencher… Dès qu'elle entend la voix de Leland, elle s'extirpe de son lit. Elle a à peine parlé à son amie de tout l'été. Elle lui a envoyé une longue lettre au début de son installation pour lui décrire la maison, son nouveau boulot et son flirt avec Oliver le barman. (Lequel s'est conclu par une aventure d'un soir peu judicieuse sur laquelle la mémoire de Mallory a pris l'habitude de ne pas s'appesantir.) En retour, elle a reçu une longue lettre lui détaillant l'été de Leland à New York – un concert des Indigo Girls à Central Park, un déjeuner de travail à SoHo, où Leland s'est retrouvée assise à côté de Matt Dillon, la profusion des étals au marché en plein air d'Union Square. L'écriture de Leland était si riche, si puissante que Mallory a gardé sa lettre pour le cas où elle deviendrait célèbre et où quelqu'un étudierait sa vie.

Mallory décroche le combiné dans le noir.

— Allô ? Leland ?

— Mal.

Il lui suffit de cette minuscule syllabe pour comprendre que Leland est ivre.

— Lee, dit-elle. Il est tard, tu sais. Tout va bien ?

Une part d'elle redoute de recevoir, un jour, un coup de fil qui la dépouillera de sa nouvelle vie, aussi brutalement que celle-ci lui a été offerte.

— Euh, alors… écoute…

« Écoute » ressemble plutôt à « échoute ».

— J'ai appelé pour réserver mes billets. J'atterris vendredi à 20 heures et je suis désolée mais je dois repartir dès le dimanche, parce que le lundi mon ami Harrison organise un truc sur son toit-terrasse…

— Attends, quoi ?

Mallory a l'impression que ses pensées sont aussi embrouillées qu'un écheveau de laine.

— De quel vendredi on parle, là ? ajoute-t-elle.

— Vendredi prochain, répond Leland. Le week-end de la fête du Travail. C'était prévu.

« Prévu », c'est vraiment beaucoup dire. Mallory se souvient seulement qu'au moment de se dire au revoir, à New York, Leland a lancé : « J'ai bien l'intention de te rendre visite, peut-être le premier week-end de septembre, pour la fête du Travail ? » À quoi Mallory a répondu : « Tu seras toujours la bienvenue, Lee. Tu le sais. Tu es ma meilleure amie. »

Et Leland avait conclu sa lettre par ces mots : « J'ai toujours le premier week-end de septembre dans le collimateur ! »

Bien sûr, Mallory a gardé, elle aussi, cette idée dans son « collimateur », même si elle a l'impression que Leland a loupé une étape intermédiaire, cruciale, celle où elle aurait appelé son amie pour s'assurer que ce week-end-là lui convenait toujours. Et Mallory s'était justement préparée, dans cette éventualité, à lui expliquer que Cooper, Frazier Dooley et Jake McCloud avaient choisi ces dates pour l'enterrement de vie de garçon de son frère. Et à lui proposer de venir un autre week-end. Mais Leland a tout bonnement décidé de sauter cette étape, ce qui est un peu agaçant. Elles ne sont plus des gamines qui peuvent débarquer l'une chez l'autre à l'improviste, elles sont des adultes.

Leland a déjà acheté ses billets. Elle atterrit vendredi à 20 heures.

— Il faut que je te dise quelque chose, Lee.

Mallory ignore comment son amie va prendre la nouvelle.

— Le week-end prochain, quand tu vas venir…

— Oui ?

— Il y aura aussi Cooper !

Mallory y met des intonations festives, comme des

confettis verbaux, pour donner à son annonce l'apparence d'une merveilleuse surprise.

— Je n'ai pas encore eu le temps de t'écrire pour te le dire, mais il se marie à Noël avec une serveuse, une certaine Krystel.

Mallory marque un silence pour laisser à Leland le temps de digérer cette nouvelle avant de lui asséner la suite.

— Je sais, répond celle-ci. Ma mère me l'a dit.

— Ah bon ?

Évidemment qu'elle est au courant, songe-t-elle aussitôt. Kitty et la mère de Leland, Geri Gladstone, sont des amies proches, elles jouent ensemble au tennis tous les jours de début mai à fin septembre au country club.

— D'accord, tant mieux... Alors Coop m'a demandé si je pouvais l'accueillir ici pour son week-end d'enterrement de vie de garçon, début septembre, et comme je n'étais pas sûre à cent pour cent que tu viendrais, j'ai accepté.

— Enterrement de vie de garçon ? Ça signifie ce que je pense ?

— Oui. Fray sera de la partie.

Mallory était convaincue que la perspective de revoir Frazier Dooley serait le coup fatal qui enterrerait le projet de visite de Leland. Et pourtant, elle entend au bout du fil une respiration entrecoupée suivie d'un chapelet de déclarations à demi compréhensibles, d'un ton qui laisse penser que Leland cherche à convaincre Mallory – à moins que ce ne soit elle-même – de quelque chose.

— Tout se passera bien, il faudra de toute façon, c'est terminé, ça remonte à si longtemps, il a une autre copine maintenant, Sheena ou Sheba, enfin je crois qu'ils ont rompu, et j'ai des rancards tous les week-ends, même s'il n'y a pas encore eu de petite étincelle, mais ce n'est qu'une question de temps, je fais ma difficile parce que mon histoire avec Fray m'a appris à quel point c'était facile de s'installer dans une relation médiocre, franchement.

Leland s'interrompt le temps de reprendre son souffle.

— Il sait que je viens ?

— Non.

— Alors ne le préviens pas. On va lui faire la surprise.

Mallory sait identifier une catastrophe lorsqu'elle se profile. Leland sera là le week-end suivant, et Frazier Dooley aussi, son petit copain du lycée, celui qui l'a emmenée au bal de fin d'année et qui lui a pris sa virginité. Ils ont officiellement rompu quand Fray est parti à la fac, mais Mallory sait que ça n'a jamais été réellement le cas. Elle se rappelle notamment une réunion des anciens élèves du lycée à Baltimore l'année de leurs 21 ans. Fray était présent, et Leland est partie avec lui à la fin de la soirée.

Peut-être que la venue de Leland est une bonne chose au bout du compte ? Peut-être qu'elle couchera avec Fray en souvenir du bon vieux temps et que ça leur permettra à tous les deux de tourner la page ?

C'est sans doute une vision un peu trop optimiste

des choses. Le plus probable étant que Leland fera un drame pendant ce week-end où Coop a prévu de s'amuser sans se prendre la tête. Enfin, est-ce que Mallory y peut quelque chose ?

Cooper l'appelle quelques jours plus tard, et elle pense aussitôt : *Je dois le prévenir.* Ce n'est peut-être pas une mauvaise idée de faire la surprise à Fray, peut-être pas, mais il n'est pas question qu'elle prenne son frère au dépourvu.

Elle ne tarde pas à découvrir qu'il a lui aussi une surprise pour elle.

— Mon enterrement de vie de garçon est annulé.

— Ah bon, pourquoi ?

D'un côté, elle est soulagée. Apple a réussi à faire mettre son nom tout en haut de la liste des enseignants remplaçants au lycée, et elle a prévenu Mallory qu'elle avait toutes les chances d'être appelée dès le jour de la rentrée. D'un autre côté, la déception est cuisante.

— Krystel ne veut pas que je fasse la fête, explique Coop. Elle trouve ça vulgaire.

— Et elle a raison ! Mais dis-lui qu'on ne va pas faire la fête. L'idée, c'est de passer un week-end entre amis. Il n'y aura ni strip-teaseuse, ni fût de bière à vider d'une traite, ni concours de shots.

Elle marque un silence.

— Enfin, c'est bien le cas, hein ?

— Plus maintenant, répond-il avec morosité.

— Elle peut quand même comprendre que tu ailles passer un week-end avec deux potes chez ta sœur, non ? Bon, même si, pour être parfaitement honnête, ton annulation tombe à pic, parce que… Leland a prévu de venir aux mêmes dates.

— Mais non ! Tu plaisantes, c'est génial ! Là, on est obligés de venir. Fray ne me le pardonnera jamais sinon.

— On voulait lui faire la surprise, dit Mallory, qui a retrouvé le moral (elle ne s'attendait pas à un tel enthousiasme chez son frère). Enfin, Leland en tout cas.

Cooper ricane.

— Génial ! Oublie ce que j'ai dit. On vient, et Krystel devra s'y faire. Avec Fray et Jake, on prendra le ferry qui arrive à 15 heures le vendredi.

— Je vous attendrai à l'arrivée. J'ai hâte !

Deux conséquences positives ont découlé de l'aventure sans lendemain de Mallory avec Oliver le barman. Et d'une, elle a mis fin à une longue période de disette amoureuse. Mallory n'était en effet sortie avec personne depuis le départ de Willis pour Bornéo, au mois d'août précédent. Et de deux, Oliver l'a mise en contact avec son pote Scotty, qui cherchait, avant son mariage et son entrée en école de commerce, à vendre sa voiture tout-terrain, une Blazer K5 décapotable de 1977.

En début d'après-midi le vendredi, Mallory va jeter un coup d'œil à la Blazer, qui va si bien dans ce décor océanique qu'elle tombe instantanément sous son charme – au point de ne pas sourciller lorsqu'elle se rend compte que la boîte est manuelle et que le levier de vitesse est aussi long que son fémur.

— Les pneus sont neufs, l'informe Scotty. Elle est increvable.

Il lui montre comment retirer la capote, puis la remettre, en la tendant bien, mais c'est l'été, alors Mallory compte bien rouler cheveux au vent. Elle lui remet 3 000 dollars en liquide et récupère la carte grise.

(Scotty, de son côté, en vendant sa Blazer, ressent exactement la même chose que le jour où il a fait piquer son labrador blond, Radar. Il adore cette voiture et s'en sépare sous la contrainte. Sa fiancée, Lisa, veut qu'il acquière un « modèle citadin » pour aller dans son école de commerce. Il n'arrive même pas à prononcer le nom de cette marque – « Volkswagen » – sans grimacer. « Grandir, c'est aussi apprendre à dire au revoir », lui ont appris ses parents le jour où ils ont tous fait un dernier câlin à Radar. Scotty est rassuré de voir que la fille qui lui achète sa Blazer est non seulement mignonne derrière le volant, mais aussi heureuse. Il ne se souvient plus depuis combien de temps il n'a pas vu une fille aussi heureuse.)

Mallory possède une décapotable ! Une Blazer ! Elle est d'un beau noir rutilant avec une bande blanche – Scott n'a pas regardé aux dépenses côté carrosserie – et les appréhensions qu'a pu lui inspirer le futur week-end s'envolent aussitôt. Elle monte le volume de la radio et se rend au débarcadère.

Elle se tient sur la jetée lorsque les garçons descendent du ferry. Son frère porte un polo rouge tomate, au col relevé, et Frazier, dont les cheveux blonds sont plus longs et plus ébouriffés qu'elle ne les a jamais vus, a un truc au-dessus de la bouche – une moustache, comprend-elle. Derrière eux se trouve Jake McCloud. Elle le reconnaît pour l'avoir vu en photo. Celle qui lui vient aussitôt à l'esprit a été prise lors d'une cérémonie de la fraternité. Il a la tête rejetée en arrière et la bouche ouverte (pour rire ? chanter ?), pourtant Mallory n'est pas préparée à l'effet que sa présence en chair et en os produit sur elle.

Il est…

Peut-être qu'il n'est pas beau au sens classique du terme. Ou peut-être que si. Il est grand, bien bâti, soigné. Des cheveux bruns, des yeux marron foncé, rien de très remarquable, sinon que ses traits sont harmonieux et qu'il suffit d'un sourire pour que… la vache ! Il a un sourire de petit garçon, du plus adorable des petits garçons, sauf que ce sourire irrésistible appartient en plus à un visage à la beauté classique, alors, ouais, waouh. Mallory est… elle est… eh bien, au départ, mal à l'aise. Elle aurait dû faire quelque chose avec ses cheveux. Elle les a attachés avec un chouchou au sommet de son crâne. Elle porte des lunettes Wayfarer et pas de maquillage. Elle a un short en jean, un débardeur blanc et une paire de tongs en daim brun clair qui laissent voir le vernis écaillé sur ses ongles et ses bagues d'orteils.

Pourquoi n'a-t-elle pas pris le temps de s'occuper de ses pieds ? Pourquoi n'a-t-elle pas fait d'effort vestimentaire ? Sa mère serait horrifiée.

— Salut, les gars ! leur lance-t-elle.

Elle prend son frère puis Fray dans ses bras, et tend la main à Jake.

— Mallory Blessing, se présente-t-elle. Enchantée de faire enfin ta connaissance en personne.

— C'est dingue, hein ? Qu'on ne se soit encore jamais rencontrés ! Je me souviens de la première fois que Coop m'a montré ta photo. Je lui ai dit…

— « Coop, je vais être honnête, mec, je suis amoureux de ta petite sœur », complète Cooper.

Mallory presse les semelles de ses tongs contre le sol de la jetée. Il cherche juste à la taquiner.

— Ah oui ? lâche-t-elle d'un ton détaché. Tu as vraiment dit ça ?

La veille, avant de s'endormir, Mallory s'est remémoré les conversations qu'elle a eues avec Jake McCloud à l'époque où Cooper était encore à la fac. Pendant qu'elle était en première année d'université, elle appelait son frère sur le téléphone de sa fraternité, et à trois occasions c'est Jake McCloud qui a décroché.

La première fois, il l'a bombardée de questions sur sa vie à Gettysburg. Quelle était sa matière principale ? (Lettres.) Est-ce qu'elle appréciait sa colocataire ? (Sans plus.) Avait-elle été invitée à des soirées ? (Quelques-unes, oui.) Avait-elle un copain ? (Non.)

« Tant mieux, lui a-t-il répondu. Tu vas m'attendre. »

Mallory a éclaté de rire.

« D'accord, c'est ça, oui. Tu peux dire à Coop que j'ai appelé, s'il te plaît ? »

Elle était si troublée qu'elle a raccroché au moment où Jake rétorquait :

« Mais c'est déjà fini, tu ne veux plus me parler ? »

Elle s'est morigénée et a envisagé de rappeler, puis elle a eu la sagesse de reprendre la lecture de son Stephen Crane.

Sa deuxième conversation avec Jake a eu lieu quelques mois plus tard, peu avant les vacances de Noël. C'était un samedi soir, et elle révisait la littérature américaine pour son examen de fin de semestre. Elle a eu envie d'appeler Coop en attendant que son pop-corn soit prêt – elle avait mis les grains de maïs dans le micro-ondes de la salle commune et réglé le minuteur sur 2 minutes et 10 secondes. Si les grains brûlaient, même légèrement, l'odeur perdurait pendant des jours et les habitants de la résidence imaginaient les vengeances les plus sophistiquées possible.

« Bonsoir, chambre de Cooper Blessing », a répondu une voix.

Mallory a souri : elle avait reconnu Jake. Chaque fois qu'elle décrochait son téléphone pour parler à Coop, elle espérait à moitié (non, d'accord, entièrement) tomber à nouveau sur Jake. Et son vœu était enfin exaucé. Elle entendait des rires et de la musique derrière lui. Une fête ? Après tout, on était samedi soir.

« C'est Mallory, la sœur de Cooper. Est-ce qu'il est… dans le coin ?

— Mallory ! C'est Jake ! »

Il criait, on aurait dit qu'ils se parlaient de part et d'autre d'un canyon.

« Salut ! » a-t-elle répondu en s'obligeant à être spirituelle. Pouvait-elle lui dire qu'elle était en train de surveiller des grains de maïs ? Hors de question.

« Est-ce que Coop est dans les parages, Jake ?

— Nan. Enfin, si, il ne doit pas être loin, mais c'est notre soirée de Noël, alors Stacey et lui sont sans doute en train de s'emballer sur la piste de danse au sous-sol.

— Désolée, je n'étais pas au courant. Je suis plongée dans mes révisions, je voulais juste faire une pause.

— Ah oui ? Et tu révises quoi ?

— La litté.

— Mais c'est moi, ça. L'alité. »

Il a éclaté de rire.

« C'était pourri, désolé. Une littérature en particulier ?

— Oui, américaine. Bon, je ne veux pas te retenir, alors que c'est la fête. J'appellerai Coop demain.

— Tu ne me retiens pas du tout. La fille que j'avais invitée a vidé une bouteille de vin à elle toute seule en se préparant, et elle s'est mise à vomir avant même que la soirée commence. Du coup, elle n'est jamais arrivée ici. La bonne nouvelle, c'est que j'ai pu retirer cet horrible nœud papillon écossais. »

Il lui parlait comme si elle pouvait le voir, allongé sur le lit de Cooper, avec le haut de sa chemise blanche déboutonnée, un nœud papillon à carreaux verts et rouges défait autour du cou. Il devait être mignon. Sa voix le laissait penser.

« Tu étudies quoi en ce moment ?

— Euh… »

Elle n'en revenait pas qu'il puisse s'intéresser à elle. Une étudiante en première année qui n'avait même pas été invitée à une soirée de Noël. Et si elle avait été invitée, quand bien même son rancard l'aurait plantée, elle n'aurait eu aucune envie de parler de cours – et encore moins de ceux de quelqu'un d'autre.

« Des auteurs très classiques. Hawthorne, Emerson, Thoreau, Crane, Twain… Je continue ou ça te suffit ? »

Jake a ri.

« Tu es drôle !

— Tu dis ça parce que tu es alité, non ? »

Il a ri de nouveau, puis elle l'a entendu avaler une gorgée de quelque chose.

« Tu sais, j'ai été obligé de suivre tous ces cours de biologie et de chimie pour faire médecine, et il n'y a que cette année que j'ai pu m'inscrire à une option pour le plaisir. J'ai choisi un cours sur l'art de la brièveté, et c'est dément ! On lit du Jim Harrison, du Tolstoï, du Ethan Canin, du Andre Dubus et du Philip Roth…

— Waouh », a-t-elle lâché.

Elle ne lui a pas avoué que Tolstoï et Roth étaient les deux seuls auteurs qu'elle connaissait de nom – et qu'elle n'avait rien lu d'eux.

« Tu sais ce que je compte faire à la seconde où je serai diplômé ? Je vais me mettre à lire. Je veux devenir un intello. J'aurais aimé faire des études de lettres, mais mes parents m'ont forcé à choisir la bio pour pouvoir entrer en médecine. Mon père est un spécialiste des brûlures, et ma mère chirurgienne.

— Tu vas faire médecine alors ?

— Pas l'an prochain, et peut-être jamais. Mes parents ont travaillé pendant toute mon enfance, et je voudrais un métier qui me permettra de rentrer à la maison le soir et de passer du temps avec mes enfants. »

Il avait une vision à si long terme que Mallory s'est dit qu'ils n'appartenaient pas à la même catégorie de personnes. Elle ne se projetait pas plus loin que la lecture des classiques de la littérature américaine (tous écrits par des hommes blancs, ainsi que Bisma, la fille avec qui elle partageait sa chambre, le lui avait fait remarquer – que Mallory ne s'en soit même pas rendu compte était pathétique en soi). Elle était incapable de réfléchir à une carrière et encore moins de s'imaginer avec des enfants.

« Alors qu'est-ce que tu comptes faire ?

— Sans doute du lobbying à Washington. Mais du côté des gentils, hein. Je suis un gentil, Mallory.

— Je n'en doute pas. »

Elle s'est aussitôt inquiétée d'avoir été trop honnête. Il était temps de mettre un terme à cette conversation. Le micro-ondes s'était mis à biper.

« Bon, amuse-toi bien ce soir. Je rappellerai Cooper demain.

— Je lui dirai. C'était sympa de te parler. Tu as sauvé ma soirée. »

Ils se sont ensuite parlé pour la dernière fois des mois plus tard, à la toute fin du second semestre. Mallory venait de raccrocher avec sa mère, qui lui avait appris que Cooper avait décroché un stage à Washington et qu'il passerait l'été dans une banlieue de la capitale, où il avait loué une chambre dans une maison. Mallory l'appelait pour le supplier de rentrer à Baltimore. La perspective de passer un été seule avec leurs parents la déprimait, elle n'avait aucune envie de s'attirer toute l'attention exaspérante de leur mère.

Jake a décroché à la première sonnerie.

« La résidence du bonheur. »

Elle a souri. Sa première année d'université touchait à sa fin et elle avait acquis un peu d'assurance.

« Jake ? C'est Mal.

— Tu sais ce que ça signifie en français, "mal" ? Enfin, j'imagine que tu dois être le genre de mal agréable. »

Mallory ne s'expliquait pas comment il était possible d'avoir des conversations aussi troublantes avec un garçon qu'elle n'avait jamais rencontré.

« Comment vas-tu ? lui a-t-elle demandé. Tu es… prêt pour la remise des diplômes ?

— Oui, c'est gentil de t'en inquiéter. Même si côté propositions de boulot ça se bouscule pas vraiment au portillon, alors je passe mes soirées assis au bout du lit de ton frère à apprendre des chansons de Cat Stevens à la guitare pour pouvoir gagner ma croûte dans le métro si besoin.

— J'adore Cat Stevens.

— Comme tous les gens bien.

— J'ai tous ses albums. Mon préféré, c'est *Tea for the Tillerman*. »

Mallory s'est aussitôt dit qu'elle ferait mieux de tempérer son enthousiasme. Elle qui pensait que son faible pour Jake McCloud ne pouvait pas s'aggraver…

Maintenant qu'elle savait qu'il aimait Cat Stevens, elle était complètement foutue.

« Pose le combiné à côté de toi et joue-moi un morceau.

— Dis-moi si tu me trouves bon. Et si la réponse est non, merci de me mentir pour épargner mon ego. D'accord, alors une chanson de *Tea for the Tillerman*, c'est parti. »

Elle l'a entendu jouer les premiers accords de « Hard Headed Woman ». Puis il s'est mis à chanter :

« *I'm looking for a hard headed woman, one who will take me for myself...* »

Il avait une voix magnifique. Une voix puissante, juste et maîtrisée. Une voix sexy. Il a chanté jusqu'au pont, avant de reprendre le combiné.

« Alors, qu'est-ce que tu en dis ? Je plaque tout pour tenter une carrière ?

— Carrément ! Tu étais génial ! Tu vas connaître la gloire dans le métro.

— T'es sympa, merci. »

Il s'est raclé la gorge.

« Bon alors, tu appelais pour parler à Coop ?

— Coop ? »

Mallory ignore si Jake se souvient de leurs échanges de traits d'esprit, ou même si on peut parler de traits d'esprit... Ça remonte à si loin maintenant, plus de cinq ans. Pendant qu'elle emmène les garçons à sa voiture, elle se dit qu'il aurait mieux valu que Jake ne soit pas son type, parce qu'elle aurait pu se conduire normalement au lieu de se sentir aussi troublée.

Ils adorent la voiture, bien sûr ! Cooper siffle et réclame de monter à l'avant ; Fray et Jake s'installent à l'arrière, et Mallory pousse la radio à fond.

— Est-ce qu'on s'arrête chez un caviste ? demande Fray. J'ai de l'argent.

— Pour une fois, observe Coop.

— J'ai deux caisses de bières à la maison, dit Mallory. Et une bouteille de Jim Beam toute neuve. Je sais à qui j'ai affaire.

— Je t'aime, Mal, lui dit Fray.

— Hé ! proteste Jake en lui donnant un coup dans l'épaule. Elle est à moi.

Est-ce que ça va être aussi facile ? se demande Mallory. Elle veut le croire. Cet été a été un enchantement de bout en bout, sinon qu'elle n'est pas tombée amoureuse. Est-ce ce qui va lui arriver ensuite ? Et peut-être dès maintenant ?

À leur arrivée à la maison, elle leur montre leurs chambres – Cooper propose de dormir avec Jake pour laisser une chambre à Fray (il adresse à sa sœur un clin d'œil en pensant à « Leland ! »). Les garçons enfilent leurs maillots de bain et dévalent la petite pente de sable jusqu'à l'océan. Mallory les observe depuis la terrasse un instant. Jake a de puissantes épaules musclées, c'est un excellent nageur. Il plonge sous une vague qui se brise, puis remonte à la surface et secoue la tête pour dégager les cheveux mouillés de son visage. Il remarque que Mallory le reluque et lui sourit.

Complètement foutue, songe-t-elle avant de rentrer préparer un encas.

Sept heures plus tard, Mallory et Jake seront tous les deux seuls sur le sable froid, elle hurlera à en avoir la gorge en feu, Jake lui dira d'appeler les secours, et Mallory se rappellera ce moment sur la terrasse, où elle admirait les épaules de Jake en souriant, et elle se demandera comment la situation a pu dégénérer à ce point. Elle en conclura qu'elle est sans doute responsable.

Mallory sort du brie, des crackers et un peu de chutney. Elle est habitée par l'esprit de sa mère, convaincue qu'une vie réussie passe toujours par des hors-d'œuvre. Mallory a mis la bière à rafraîchir depuis ce matin, dans une bassine en métal dont sa tante et son oncle se servaient pour prendre des bains de pied. Elle prépare la bouteille de bourbon, trois Coca glacés et des glaçons. Les garçons remontent de la plage. Lorsque Cooper découvre la planche à découper avec le fromage et les crackers, il jette un regard à sa sœur.

— Qui aurait parié que tu deviendrais un double de Kitty ?

Elle balaie sa remarque d'un haussement d'épaules tandis que Jake et Fray attaquent la nourriture. Personne ne rechigne jamais à prendre un apéritif. Mallory est tentée de mettre du Cat Stevens, mais elle ne veut pas être lourde – et si Jake avait oublié ? Elle opte plutôt pour « It's the End of the World as We Know It », de R.E.M.

Fray se sert un whisky Coca.

— *And I feel fine*[1], chantonne Fray.

À cette heure, juste avant le coucher du soleil, les rayons frappent la façade principale de la maison d'une lumière qui paraît sacrée. Mallory a déjà bu deux bières ; elle surveille sa consommation parce qu'elle doit aller chercher Leland à l'aéroport en voiture. Elle a mis la table pour quatre, mais prévu de la place pour une cinquième personne. Elle a préparé des steaks hachés pour faire des burgers, épluché des épis de maïs, débité des tomates en rondelles. Elle coupe la dernière fleur de son unique hortensia près de la porte arrière, qui donne sur l'étang, et la met dans un bocal pour en faire un centre de table. Les garçons vont se doucher. Elle les a prévenus que le ballon d'eau chaude était petit. « Ne traînez pas. » À l'automne, elle va embaucher quelqu'un pour construire une douche extérieure sur un côté de la maison. Chaque fois qu'elle rentre du travail ou de la plage, elle n'a qu'une envie, se doucher dehors – sous le soleil, ou la lune et les étoiles, avec l'étang côté jardin, et l'océan côté cour.

Jake la rejoint dans le séjour, avec pour tout vêtement une serviette autour de la taille.

— Cet endroit est un petit coin de paradis.

Cooper est affalé sur le canapé en tweed vert.

— J'aurais dû être plus sympa avec tante Greta.

Oui, tu aurais dû, pense Mallory, mais elle n'a aucune envie de se disputer avec lui.

Jake regarde la collection de CD.

1. « Et je vais bien. »

— Je m'occupe de la musique, lance-t-il.

Et Mallory a à peine le temps de réagir que du Cat Stevens s'échappe des enceintes. « Hard Headed Woman. »

— Hé ! dit-elle.

— C'est notre chanson, tu te souviens ?

Fray sort à son tour de la salle de bains, avec sa serviette autour de la taille lui aussi.

— Qu'est-ce que c'est que cette nullité ? demande-t-il en tendant son verre vers la chaîne hi-fi. Mes oreilles saignent.

Puis il claque des doigts.

— J'allais oublier, Mal, je t'ai apporté quelque chose.

Il disparaît dans sa chambre et en revient avec un gros paquet-cadeau qu'il lui tend.

— Pour ta pendaison de crémaillère. Merci de m'accueillir.

Mallory n'en croit pas ses yeux. Est-ce que Frazier Dooley aurait fini par devenir adulte ?

— Merci, c'est vraiment gentil de ta part. Tu n'étais pas obligé. Tu fais partie de la famille, tu le sais bien.

— Ouvre, dit-il en haussant les épaules.

C'est une cafetière à piston, accompagnée de 500 grammes de café du Vermont.

— La vache ! Comment as-tu su que je cohabite avec un dinosaure ?

Elle lui montre l'énorme machine sur le plan de travail, qui était déjà là en 1978, lors de sa première visite à Nantucket.

— Merci d'arrêter de nous faire passer pour des gros malpolis, lance Jake.

— Désolé, lui rétorque Fray, c'est dans mes gènes.

Mallory se désintéresse de Jake quelques instants pour revoir son opinion sur Frazier, le meilleur ami de Cooper depuis toujours. D'ailleurs, quand elle lui a dit qu'il faisait partie de la famille, elle le pensait. Il vivait avec ses grands-parents juste à côté des Blessing à Baltimore. Et comme les Blessing ou les Gladstone, ses grands-parents étaient membres du country club. Sa mère, Sloane, faisait des apparitions sporadiques – elle était danseuse de disco professionnelle (et accro à la cocaïne, ce que Mallory avait appris en espionnant ses parents). Le père de Frazier n'était jamais mentionné, et Mallory soupçonne maintenant que Sloane ignorait son identité. Walt et Inga, les grands-parents de Fray, étaient des amours ; lui, président du conseil d'administration du country club, elle, chargée de fleurir chaque semaine l'église presbytérienne de Roland Park. Et malgré tout, Fray a toujours eu des difficultés. Il était intelligent mais ne s'appliquait pas. Doué en sport mais mauvais perdant – il incendiait les arbitres pendant les matchs de basket, provoquait des bagarres sur le terrain de crosse. Il avait été accepté à l'université du Vermont grâce à une bourse sportive et comptait intégrer l'équipe de crosse, malheureusement il s'était déchiré le ligament antérieur croisé pendant les épreuves de sélection, et c'en avait été fini pour lui. Ses notes étaient si mauvaises en première année que Walt et Inga l'avaient forcé à gagner l'argent qu'il aurait économisé s'il avait touché la bourse, et il avait pris un boulot de barista dans un café de Burlington. Après avoir décroché son diplôme, il est devenu manageur de l'établissement. Mallory sait qu'il a toujours été force de proposition – diversification de la carte, organisation de concerts avec des musiciens de la région. Mallory est fière de lui, il a réussi à quitter Baltimore et il est devenu le genre d'adulte qui pense à apporter un cadeau aux gens qui le reçoivent, sans que ses grands-parents aient à lui souffler l'idée.

Mallory attire Coop à l'écart.

— Quand les braises seront grises et couvertes de cendre, mets la viande à cuire. Je reviens dans un quart d'heure.

Leland attend devant le terminal. Sa robe en vichy rouge jure avec sa frange, qu'elle a teinte en rose fluo. Elle pousse un cri de joie en découvrant la Blazer. Elle la rebaptise aussitôt la « guimbarde ». Elle rejette la tête en arrière pour admirer la nuit étoilée.

— L'air est si délicieux, ici ! J'avais besoin de quitter la ville.

— J'espère que tu as faim, lui dit Mallory. Les mecs préparent des burgers. Ils devraient être prêts à notre retour.

— Fray est là ?

— Fray est là.

— Et il n'est pas au courant que je viens ?

— Non, confirme Mallory.

Est-ce cruel ou amusant ? Son cœur balance. Elle a soudain une vision épouvantable de Fray perdant pied au moment de découvrir Leland : il se sentira si piégé, si *trahi*, qu'il fracassera contre un mur la cafetière qu'il a apportée.

Quand Mallory et Leland arrivent à la maison, Cooper vient de sortir la viande du gril. Jake s'occupe de la musique et Fray a la tête plongée dans le frigo.

— Regardez qui j'ai trouvé ! s'exclame Mallory en poussant son amie devant elle.

— Leland ! s'exclame Cooper. J'adore tes cheveux, ma belle ! Comment tu vas ? Ça fait plaisir de te voir !

Mallory retient son souffle le temps que Frazier comprenne que Leland Gladstone se trouve ici à Nantucket, dans ce salon.

— Lee ? lâche-t-il.

Il est hébété – mais un hébétement de joie, pas de colère.

— Salut, Fray, répond-elle.

Tout va bien, tout va bien. Ils ajoutent un couvert pour Leland, et Mallory sort une bouteille de chardonnay californien. Elle a les mains qui tremblent lorsqu'elle tend son verre à Leland, et elle remarque que celles de son amie tremblent aussi. Enfin peu importe, ils sont tous des adultes maintenant, et ils s'installent pour dîner autour de l'étroite table de ferme dont tante Greta a toujours dit qu'elle était conçue pour favoriser la discussion. Ils lèvent leurs verres et trinquent à la page qui se tourne pour Cooper. Il se marie. Au moment d'entrechoquer leurs verres, Mallory remarque que Leland et Fray ont croisé les bras, ce qui selon Kitty porte malheur.

— Il ne faut pas croiser ! proteste Mallory, mais personne ne l'entend.

Lenny Kravitz chante « Are You Gonna Go My Way ». *Iras-tu dans mon sens ?*

Après le dîner, les choses continuent à aller bien. Leland veut se changer avant de sortir. Frazier va dans la salle de bains un rasoir à la main – la venue de Leland lui a clairement donné envie de raser ce truc au-dessus de sa lèvre supérieure –, et Cooper emporte le téléphone dans sa chambre. Mallory se charge de la vaisselle, Jake lui propose de l'essuyer.

— J'ai un peu l'impression qu'il y a un truc qui m'échappe, lâche-t-il.

— Leland et Fray sont sortis ensemble au lycée.

— Ah…

— Et depuis il reste un truc entre eux. Comme une braise qui ne s'éteint pas tout à fait.

— Je comprends.

— C'est vrai ?

La jalousie étreint Mallory. Jake est bien trop magnifique pour ne pas avoir de copine, ou même plusieurs, évidemment, et pourtant… Elle avait espéré tomber au bon moment, entre deux histoires.

— Tu as grandi où, au fait ? Je ne crois pas qu'on en ait déjà parlé…

— À South Bend, dans l'Indiana.

Elle ne sait rien de cet endroit, sinon que l'université Notre-Dame s'y trouve.

— Tu continues à faire une fixette sur une fille de là-bas ?

— *Fixette*, c'est trop fort. On est juste… Je ne sais pas trop. C'est ce genre d'histoire, tu vois… Compliquée.

— Comment elle s'appelle ?

Mallory n'en revient pas d'être aussi cash.

— Ursula. Ursula de Gournsey.

— On dirait un nom de top model.

Il éclate de rire.

— Un peu… mais non. Pas du tout. Elle est…

— … restée dans l'Indiana ? demande Mallory, pleine d'espoir.

— … à Washington. Elle a un diplôme de l'école de droit de Georgetown et elle travaille comme avocate pour la SEC, l'organisme fédéral qui régule les marchés boursiers. Enfin, j'imagine que tu le sais, pardon. Elle traque les délits d'initiés et poursuit les entreprises qui ne suivent pas les règles, ce genre de choses. Elle a été recrutée dès sa sortie de la fac.

— Quelle feignasse, plaisante Mallory en lui souriant.

Et ce sourire est un acte d'héroïsme de sa part, parce que la soirée vient tout juste de se transformer en flaque de boue à ses pieds. Jake a donc une relation compliquée avec une avocate surdouée qui répond au nom d'Ursula de Gournsey. Alors que Mallory, elle, n'est qu'une vulgaire serveuse. Si Jake flirte avec elle, c'est par amusement, par jeu. Elle reste la petite sœur. Il ne la prend pas au sérieux. Elle n'a pas assez… de consistance à ses yeux. Elle n'est qu'une silhouette qui n'a pas encore été entièrement coloriée.

Mallory s'empare de la bouteille de Jim Beam – à moitié vide déjà – et en avale une gorgée avant de la tendre à Jake, qui l'imite.

— Rassemblons les troupes, lance-t-elle. L'heure est venue de sortir.

Tout va toujours bien, tout le monde a envie de sortir. Leland a mis un jean blanc. Fray, à présent rasé de frais, a enfilé un tee-shirt Nirvana. Ils sont en train de s'entasser dans la voiture quand le téléphone de la maison sonne.

— On s'en fiche, dit Mallory à son frère. C'est sans doute Kitty qui vérifie que tu es bien arrivé en un seul morceau.

— Non, c'est…

Cooper se précipite dans la maison et les plante tous les quatre dans la Blazer.

— … la future épouse, dit Fray.

— Je monte devant dans ce cas, lance Jake, qui prend le siège à côté de Mallory.

Ils patientent en silence le temps que Cooper réapparaisse. Soudain, un petit bruit attire l'attention de Mallory ; d'un coup d'œil dans son rétroviseur, elle constate que Leland et Frazier sont en train de s'embrasser.

Super, bonjour le malaise, pense-t-elle. Elle ferme les yeux en espérant qu'ils vont arrêter, mais évidemment ce n'est pas le cas. Elle n'ose pas regarder Jake, pourtant Cooper met si longtemps qu'elle finit par lâcher :

— Tu vas voir ce qu'il fabrique ?

— Oui.

Il semble lui être reconnaissant d'avoir un prétexte pour s'échapper de la voiture. Il se dépêche de sortir, et Mallory monte le volume de la radio. C'est la chanson « Mr Jones », de Counting Crows. Elle appelle de ses vœux une tempête de neige ou une invasion de sauterelles – n'importe quoi ferait l'affaire, du moment que Leland et Frazier s'arrêtent.

Ursula de Gournsey. Employée de la SEC. Securities and Exchange Commission. À Washington. Où Jake vit lui aussi. Il a fini par accepter un poste de lobbyiste pour la Big Pharma, dans une entreprise qui s'appelle PharmX. Il leur en a parlé au dîner. Ce ne sont pas vraiment des gentils, a-t-il précisé, mais le salaire était trop faramineux pour qu'il puisse refuser, et ça lui permet d'exploiter ses années de médecine.

Jake revient en trottinant.

— Coop reste à la maison.

— Quoi ? rétorque Mallory.

— Il a dit qu'on pouvait sortir sans lui.

— Mais c'est son week-end…

— Démarre, Mal, lui lance Fray. Elle ne s'est pas contentée de lui passer la corde au cou, elle lui a aussi attaché un boulet au pied !

Le Chicken Box est bondé. C'est le dernier week-end de fiesta pour les jeunes qui passent leurs étés sur l'île. Mallory aime bien le côté cradingue de ce bar. Un vrai tripot avec tables de billard, sol qui poisse à cause de la bière et musique live tous les soirs – des clients de tout âge agitent leurs Corona en l'air tout en chantant à tue-tête les paroles de « I Want You to Want Me ».

Jake se fraie un chemin dans la foule pour atteindre le bar, puis il fait un retour triomphal, muni de bières pour tout le monde. Mallory et lui s'approchent de la scène. Elle fait signe au chanteur pour lui demander « Ball and Chain », de Social Distortion. *Boulet au pied.* Le groupe entonne aussitôt la chanson et, si Mallory savoure ce pied de nez à Cooper, elle est déçue que son frère ne soit pas de la fête. Les gens ont toujours dit de lui qu'il était une vieille âme. Il respire la paix, la sagesse, une aisance qui clame : « Ouais, je connais ça par cœur, c'est bon, ne t'inquiète pas. » Quand ils faisaient des puzzles ensemble, dans leur enfance, il lui suffisait de prendre une pièce pour savoir où elle allait. Chaque fois que Kitty avait un nœud sur la chaîne d'un collier, elle l'apportait à Cooper pour qu'il le défasse, méthodiquement. Mallory, elle, est une âme très jeune, tout juste sortie de sa boîte, flambant neuve et aussi inconfortable qu'une paire de mocassins qui demandent à être faits. Elle a toujours eu beaucoup de mal à prendre du recul.

Sauf à cet instant précis. Car à cet instant précis, Mallory sait que Cooper se trompe de chemin. Il laisse Krystel gâcher leur week-end. Kitty serait atterrée d'apprendre que son fils a refusé de participer à une soirée en son honneur. Rien ne la chagrine plus que les mauvaises manières.

Mallory se retourne. Leland et Fray ont disparu. De toute façon, elle ne les retrouvera jamais dans cette foule. Jake se tient juste derrière elle, soudain il pose une main sur sa hanche, puis la retire. Mallory ne sait pas très bien comment réagir. Se retourner et lever son visage vers le sien ? Est-ce que ça ne manque pas un peu de subtilité ? Elle choisit de faire comme si de rien n'était, de danser en prétendant que personne ne la regarde.

Tout continue à aller bien. À l'heure de la fermeture, les lumières se rallument et les clients se déversent dans Dave Street.

— Tu te sens de reprendre le volant ? lui demande Jake.

Elle est en état de conduire. Elle a bu deux Corona et la moitié d'une troisième, mais elle a évacué l'essentiel de l'alcool en transpirant.

Arrivés à la Blazer, ils trouvent Fray sur la banquette arrière, en train de terminer une bière.

— Où est Leland ? lui demande Mallory.

Elle connaît Frazier depuis assez longtemps pour deviner à la crispation de sa mâchoire que quelque chose ne va pas.

— Elle est partie.

— Quoi ? Pour aller où ? Vous vous êtes disputés ?

— Elle est tombée sur un groupe de gens qu'elle connaissait, des New-Yorkais. Ils lui ont proposé de les accompagner dans un bar en ville, et elle a accepté. Elle ne voulait pas rester ici de toute façon, il y avait trop de monde, et puis ils ne servent pas de chardonnay ni rien de ce qu'elle boit maintenant.

Eh oui, pense Mallory. *Pas de chardonnay au Chicken Box. C'est tout l'intérêt justement.*

— Et ils ne t'ont pas proposé de te joindre à eux ? s'étonne Mallory.

— Si, à contrecœur, mais ce n'était pas notre genre, Mal. Je te parle de purs New-Yorkais, des personnages à la Bret Easton Ellis.

— Je vois… Bon ben c'est une grande fille. Elle se débrouillera pour rentrer.

Tout continue à aller bien… si on veut. Mallory les reconduit sans encombre chez elle. Elle espère que Leland a pensé à prendre le numéro de téléphone sur elle, sinon… Grande fille ou pas, elle aura du mal à trouver la maison au bout de la route sans nom.

Frazier saute de la Blazer avant qu'elle ne soit complètement à l'arrêt et s'engouffre dans la maison. Le temps que Mallory et Jake le rejoignent à l'intérieur, il s'est déjà emparé de la bouteille de whisky.

— Elle n'est pas là, dit-il. Je sors me promener.

La porte-moustiquaire claque derrière lui. Mallory le regarde descendre sur la plage et foncer droit devant lui. La nuit l'engloutit.

— Il ne faut pas le laisser seul dans son état, dit Mallory, je vais chercher Coop.

— Je peux y aller, propose Jake.

— Non, Coop le connaît depuis toujours, il saura lui parler.

(Plus tard elle se reprochera de ne pas avoir laissé Jake rejoindre Frazier, mais à cet instant précis elle n'a qu'une envie, se retrouver en tête à tête avec lui.)

La chambre de Cooper est plongée dans le noir, la porte à peine entrouverte. Mallory passe la tête dans l'entrebâillement.

— Coop ?

Pas de réponse. Elle allume la lumière. La chambre est vide.

Vide ? Mallory remarque alors que le sac de voyage de son frère a disparu et aperçoit dans un second temps le mot sur l'oreiller.

Désolé, Mal. J'ai pris le dernier ferry pour le continent. Je ne vois pas l'intérêt de faire ça à Krystel. Elle a menacé d'annuler le mariage si je ne rentrais pas.

— Quoi ? hurle-t-elle.

Jake sort de la salle de bains.

— Quelque chose ne va pas ?

Elle lui tend le mot de Cooper.

Je ne vois pas l'intérêt de faire ça à Krystel.

Faire ça à Krystel ? Mais lui faire quoi au juste ? Cooper est simplement venu savourer un week-end à la mer. Et Krystel, elle, menace d'*annuler le mariage* s'il ne rentre pas dare-dare ? C'est carrément du chantage affectif !

— Je ne connais pas cette fille, dit Mallory, et maintenant je n'ai aucune envie de la rencontrer.

— Je l'ai déjà vue, soupire Jake. Je n'aime pas trop faire de remarques sur les histoires des autres, mais…

— Crache le morceau.

— Ça ne durera sans doute pas. Elle est très jolie, blonde, un regard sombre, un corps de rêve… et c'est tout. Une fois qu'on a retiré le papier d'emballage bien brillant et le joli nœud, il n'y a plus rien. La boîte est vide.

— Punaise… Qu'est-ce que… qu'est-ce que tu me conseilles de faire ?

Jake écarte la mèche de cheveux qui tombe dans les yeux de Mallory.

— Embrasse-moi, dit-il.

C'est un ravissement : la bouche de Jake, sa langue, son visage, ses bras. Il se laisse tomber sur le canapé et entraîne Mallory. Elle étire chaque baiser comme s'il s'agissait de bonbons au caramel. Pourtant quelque chose l'empêche de s'y abandonner entièrement. Mais quoi ?

— Attends, lance-t-elle en reprenant ses esprits.

Elle cligne des yeux, balaie du regard la pièce autour d'elle.

— On doit trouver Fray.

Mallory appelle Frazier depuis la plage pendant que Jake longe l'océan au pas de course. Les vagues s'échouent sur le sable avec une force inhabituelle, à moins qu'il ne s'agisse que d'une impression, due à l'heure tardive et à la nuit. Il y a quelques étoiles, mais des nuages masquent la lune, et il n'y a pas d'autres habitations le long de cette partie de la côte, et ce jusqu'à la plage de Cisco, à plus d'un kilomètre de là. Mallory n'avait jamais mesuré à quel point la maison était isolée.

Jake l'appelle, il a trouvé quelque chose. Il ramasse les vêtements de Frazier : son jean, le tee-shirt Nirvana.

— Est-ce qu'il…

Mallory se tourne vers l'eau avant de finir sa phrase.

— Est-ce qu'il est allé se baigner ?

Jake lâche les affaires de Frazier pour se déshabiller à son tour.

— Mais non, tu ne vas pas y aller aussi !

Il se jette à l'eau. Mallory commence à frissonner. La nuit a brusquement viré au cauchemar. Elle repense à ce moment du dîner, autour de la table, où ils ont tous porté un toast à Cooper. Ils étaient bien, en sécurité, tous ensemble.

Et il a fallu que Leland et Fray croisent leurs verres. Ce qui porte malheur, à en croire Kitty.

Mallory ne quitte pas Jake des yeux, sa tête brune, la courbe de son dos musclé lorsqu'il plonge dans une vague. Elle scrute l'océan sur la droite puis sur la gauche. Elle continue à hurler :

— Fray ! Fray ! Frayyy !

Sa voix semble se briser, ou se déchirer.

— Frazier Dooley !

Jake la rejoint sur la plage, chancelant, hors d'haleine.

— Laisse ses vêtements où on les a trouvés, dit-il. Et appelle les secours.

Mallory explique au régulateur qu'elle habite la maison près de l'étang de Miacomet et qu'elle a perdu un ami dans l'océan. Une éternité – quatre minutes trente – s'écoule avant qu'elle n'entende la sirène, et une minute supplémentaire passe avant qu'elle ne voie le gyrophare. Une ambulance se gare devant chez elle.

Elle est suivie d'un pick-up qui traîne un quad sur une remorque. Jake conduit aussitôt l'équipe de recherche – un secouriste en uniforme et deux plongeurs en combinaison – jusqu'aux vêtements de Frazier. Les membres de l'équipe sont équipés de torches. Ils ont aussi des planches, des bouées et des flotteurs.

Un homme reste à la maison avec Mallory. Grassouillet, avec des cheveux roux et des taches de rousseur. Il… lui rappelle quelque chose ?

— Je suis JD, se présente-t-il. Vous m'avez servi au Summer House la semaine dernière.

— Ah bon ?

Elle est trop paniquée pour faire l'effort de fouiller dans sa mémoire.

— Depuis combien de temps est-il parti ? demande JD.

Il est muni d'une planche à pince. Il est là pour récolter des informations.

— Je n'en suis pas certaine, répond Mallory.

Combien de temps Jake et elle ont-ils passé à s'embrasser ?

— Une demi-heure ?

— Il avait bu ?

— Oui. De la bière et… du whisky.

— Pourquoi n'avez-vous pas essayé de le retenir ?

— Je ne savais pas qu'il comptait se baigner. Il nous a dit qu'il sortait se promener. J'ai pensé qu'il voulait être seul.

Elle cache son visage dans ses mains. Pourquoi Fray a-t-il décidé de se baigner au beau milieu de la nuit ? Pourquoi a-t-il bu autant ? Pourquoi Leland a-t-elle accepté d'aller en ville avec des amis de New York ? Elle aurait très bien pu les voir dimanche sur le toit-terrasse de ce fameux Harrison, non ? Et pourquoi Cooper est-il parti à la fin ? Ses meilleurs amis sont ici ! C'était son week-end !

JD la regarde avec empathie, mais elle sait bien ce qu'il pense : elle n'aurait jamais dû laisser Frazier seul. Quelles que soient les conséquences, elle les aura méritées.

— Je l'ai vu partir. J'aurais dû le suivre.

JD soupire.

— Ce n'est pas la première fois qu'on nous appelle pour une situation de ce genre. Ça ne se finit pas toujours mal.

Il ne réussit pas à lui remonter le moral.

— Reprenons dans l'ordre. Son nom et sa date de naissance. Dites-moi tout ce que vous savez.

Les plongeurs explorent l'océan pendant dix, quinze, vingt minutes. Lorsque Mallory a fini de répondre aux questions de JD, elle rejoint l'équipe sur la plage. JD lui a prêté sa veste, mais elle continue à grelotter. Jake est en boxer mouillé et en tee-shirt. Les sauveteurs refusent de le laisser retourner dans l'eau ; ils ont trop peur de le perdre lui aussi.

— Il n'est pas là, lui dit-il. Ils l'auraient déjà retrouvé.

— Ils doivent continuer à chercher, s'émeut Mallory.

Parce qu'arrêter, ce serait… quoi ? renoncer ? Transformer la mission de sauvetage en mission de récupération d'un corps ? C'est trop abominable pour qu'elle puisse l'envisager. S'il est arrivé malheur à Fray, Mallory ne se le pardonnera jamais. Elle voudrait rejeter toute la faute sur Cooper ou Leland, mais elle est la dernière à avoir vu Fray en vie. Elle l'a vu foncer tout droit dans la gueule noire de la nuit, tenant la bouteille de Jim Beam par le goulot. Elle connaît son histoire personnelle, l'ombre de la tragédie qui le suit partout à cause du trou béant laissé par l'absence de ses parents.

Fray ! hurle-t-elle intérieurement.

Il y a des cris. Le quad fonce vers eux sur la plage. Ils ont retrouvé Fray. Mallory entend le sauveteur sur la plage, il appelle les plongeurs.

Vivant ? pense-t-elle. *Ou mort ?*

Vivant. Le secouriste sur le quad a retrouvé Fray beaucoup plus bas, sur la plage de Fat Ladies, inconscient dans le sable. Il ne réagissait pas au début, mais, au moment où ils le plaçaient sur une civière, avec un collègue, il a repris connaissance et vomi dans le sable.

Les ambulanciers mettent un certain temps à le ramener et à remballer leurs affaires. Une fois que le secouriste a vérifié ses constantes et qu'il lui a posé quelques questions pour s'assurer qu'il n'avait pas besoin de faire un saut à l'hôpital, Jake raccompagne Fray à l'intérieur. Mallory remercie JD et toute l'équipe – le sauveteur sur la plage, celui qui conduisait le quad et les deux plongeurs – une centaine de fois chacun. Elle sort un billet de 20 dollars de sa poche et tente de le glisser dans la main de JD.

Il rit.

— Gardez-les. On est payés par vos impôts !

— Dans ce cas je ferai des cookies et je vous les apporterai.

— Ça, on ne dit pas non, réplique JD avec un sourire.

Mallory fouille sa mémoire et… ça y est ! Elle se souvient, il était avec un monsieur à cheveux blancs, son père, qui l'a draguée de façon tout à fait inoffensive et lui a laissé un énorme pourboire.

— Je me rappelle ! Votre père était génial.

— Et il était d'avis que je vous invite à sortir. Vous vivez ici à l'année ou vous n'êtes ici que pour l'été ?

— À l'année. J'espère obtenir un poste au lycée cet automne.

— Super. Est-ce que vous accepteriez… à moins que ce type, ou l'autre… Enfin, je veux dire… vous avez peut-être un petit copain ?

— Non, mais…

Elle secoue la tête.

— Je crois que je vais avoir besoin de quelques jours pour y voir clair. Vous avez le numéro de la maison, appelez plutôt la semaine prochaine ?

— D'accord, c'est ce que je ferai… Je suis content que tout se soit bien terminé.

— Je suis vraiment désolée. Merci et pardon, merci.

JD lui fait un signe de la main en montant dans le pick-up.

— On est là pour ça.

Ils s'endorment ensemble, Jake et elle, dans sa chambre, sur les draps, tout habillés, mais lorsque Mallory se réveille, il a un bras posé sur sa taille et elle sent son souffle chaud dans son cou. Elle ouvre les yeux et, avant que tout ne lui revienne brusquement en mémoire, elle savoure le poids de son bras, la régularité de sa respiration.

Est-ce qu'ils sont ensemble ?

Non. Pourtant, c'est merveilleux d'être allongée à côté de lui. Elle n'a aucune envie de bouger. Elle pourrait mourir, songe-t-elle, elle n'aurait aucun regret.

Lorsque Fray se lève, il avale un litre de jus d'orange, puis pose la brique vide sur la table et annonce :

— Je rentre chez moi.

Pendant qu'il se douche, Jake casse des œufs et glisse des tranches de pain de campagne dans le grille-pain. Mallory regarde par la fenêtre et aperçoit un nuage de poussière qui se dirige vers la maison. Une Jeep Cherokee blanche aux lignes anguleuses se gare devant. Leland en descend.

Mallory ferme les yeux. Elle prie pour que Fray désobéisse à son injonction de « douche express » ; elle n'a pas l'énergie d'affronter une crise.

— Jake, dis à Leland de venir me voir dans ma chambre, s'il te plaît.

Quelques instants plus tard, Mallory entend des coups à sa porte.

— Salut, lance Leland.

Par la fenêtre, Mallory voit que le moteur de la Cherokee tourne toujours.

— Ils t'attendent ?

Elle a la voix cassée à force d'avoir crié sur la plage.

— Donc tu ne restes pas ? ajoute-t-elle.

— Ils m'ont proposé de faire du bateau avec eux. Le père du pote de Kip a un énorme yacht, je crois.

— Qui ça ? rétorque Mallory. Tu sais quoi ? Laisse tomber, je m'en fous de Kip. Fais ton sac et pars avant que Fray sorte de la salle de bains, d'accord ?

— Je pourrai revenir ce soir. Enfin, ils ont une réservation au Straight Wharf à 20 heures, mais tu pourrais te joindre à nous, peut-être ?

Mallory commence à se demander si cette rencontre avec ces amis new-yorkais était si fortuite… Leland a peut-être tout prévu. De toute façon, peu importe, Mallory ne fait pas le poids face à ces gens qui sortent de leur chapeau des yachts ou des réservations dans des restaurants inaccessibles au commun des mortels.

— Ça ira, merci, répond-elle. Maintenant, pars, s'il te plaît. Frazier est très remonté.

— Il faut qu'il grandisse un peu. Qu'il passe à autre chose.

Mallory décide de ne faire aucune allusion aux événements de la nuit passée. Leland se dépêche d'enfiler un deux-pièces et une robe de plage, puis elle brosse ses cheveux si branchés et fait gonfler sa frange rose, avant de se tourner vers Mallory.

— Tu es fâchée ?

Évidemment que je suis fâchée ! songe Mallory. Leland voulait faire une surprise à Fray, ils se sont embrassés sur la banquette arrière de la Blazer… Jusque-là, Mallory n'y voyait aucun inconvénient. En revanche, ce départ subit avec ses nouveaux amis était d'une telle grossièreté – une grossièreté qui ressemble tout à fait à Leland, il faut bien l'admettre. Elle joue avec les sentiments des autres Et Mallory ne serait pas étonnée d'apprendre que Leland a tout manigancé depuis le début – séduire Fray pour ensuite l'abandonner de sorte à être celle qui tournerait pour de bon la page de leur histoire, celle qui aurait le contrôle total de la situation.

Mallory soupire. Elle déteste les disputes, surtout avec Leland.

— Déçue, lâche-t-elle avec un demi-sourire.

C'est une vieille blague du lycée. Une allusion à leurs parents.

Leland dépose un baiser sur la joue de Mallory.

— On se revoit à ton retour à New York.

Mallory n'y remettra pas les pieds. Jamais.

— D'accord, dit-elle.

La Cherokee blanche vient à peine de partir qu'un autre coup retentit à la porte de la chambre de Mallory. Frazier. Ses cheveux blonds sont mouillés et peignés, il sent bon, mais il est pâle et ses yeux sont gonflés. Son sac en toile est glissé sur l'une de ses épaules voûtées.

— Je vais prendre le ferry de 10 heures.

— Entendu, dit Mallory avant de jeter un coup d'œil à son réveil. Je vais te conduire. Il faut partir dans vingt minutes.

— Je vais y aller à pied.

— Non, enfin, c'est beaucoup trop loin.

— J'ai besoin de mettre de l'ordre dans mes idées, Mal. On se revoit bientôt. Merci de m'avoir reçu, et tout. Tu es bien installée ici, je suis heureux pour toi.

— Fray…

— S'il te plaît, Mal.

Très bien, si c'est ce qu'il veut, très bien ! À travers la fenêtre de sa chambre, elle le regarde s'éloigner sur la route sans nom, encore poussiéreuse après le départ de Leland. Mallory savait que le week-end avait des chances de tourner aussi mal, ce qui ne l'empêche pas de se sentir blessée : son frère et sa meilleure amie l'ont laissée tomber.

Lorsqu'elle retourne dans le séjour, elle sent une odeur de beurre noisette et de café. Jake a utilisé la nouvelle cafetière à piston.

— J'ai préparé des omelettes avec le restant de tomates et de brie, lui dit-il. Viens manger.

Les yeux de Mallory s'emplissent de larmes tandis qu'elle s'assied à table.

— Tu pars, toi aussi ?

— Non. Si ça te va, je pensais rester.

Été n° 2 : 1994

De quoi parle-t-on en 1994 ? L'affaire O. J. Simpson ; l'affaire Tonya Harding à six semaines des JO d'hiver de Lillehammer ; la mort de Kurt Cobain, de Jackie Onassis et de Richard Nixon ; l'annulation du championnat de base-ball, le World Series ; Internet ; le Rwanda ; l'IRA ; Pulp Fiction *; l'élection à la présidence de l'Afrique du Sud de Nelson Mandela ; le tunnel sous la Manche ; Ace of Base ;* Friends *;* Les Évadés.

Que notre héros, Jake (et ne vous méprenez pas, Jake est bien notre héros, nous le suivrons dans les bons moments comme dans les mauvais et ceux incroyablement stressants), soit ou non prêt à l'admettre, sa vie a changé depuis qu'il a passé un week-end avec Mallory.

Il souhaiterait porter à la connaissance générale le fait suivant : en arrivant à Nantucket, il était célibataire et libre comme l'air. Une semaine avant de se rendre sur cette île, ils avaient eu, Ursula et lui, une rupture de catégorie 5, le genre qui détruit tout sur son passage – l'amour-propre de Jake, les promesses d'Ursula, leurs deux cœurs.

Il n'était pas en quête d'une autre relation amoureuse, et il ne cherchait même pas à se consoler de son échec avec Ursula. Pourtant le samedi, après le départ, dans l'ordre, de Cooper, Leland puis Frazier – ce qui lui a furieusement rappelé la comptine « L'empereur, sa femme et le petit prince... » –, il s'est rendu compte que c'était ce dont il avait rêvé depuis qu'il avait aperçu Mallory sur le quai.

Ses yeux, avait-il remarqué, étaient bleu-vert ou vert-bleu ; ils changeaient, comme l'océan.

Ils étaient verts lorsqu'elle l'a dévisagé, assise en face de lui, de l'autre côté de la table de ferme. Son assiette de petit déjeuner était vide. Elle avait dévoré l'omelette qu'il lui avait préparée, déposant chaque bouchée sur sa tranche de pain grillée. Jake n'en était pas revenu de se sentir aussi bien avec elle. Elle aurait presque pu être sa petite sœur.

Non, a-t-il pensé. *Mauvaise image.* Les sentiments qu'elle lui inspirait n'avaient rien de fraternel. Quand il s'est levé pour débarrasser son assiette, il a aperçu une miette de pain dorée sur sa lèvre supérieure rose pâle. Il l'a chassée avec son pouce, d'un geste tendre, si tendre, puis il l'a embrassée et il a alors ressenti le désir le plus intense de toute sa vie. Il avait tellement envie d'elle que ça l'a effrayé. *Doucement*, s'est-il dit. Il n'avait connu qu'une poignée de femmes en dehors d'Ursula, essentiellement des histoires sans passion ou des aventures d'un soir à la fac. Il a passé un long moment à embrasser les lèvres de Mallory avant de descendre vers son cou et ses clavicules. Elle avait la peau douce et salée, sa bouche et sa langue avaient un goût de beurre. De petits gémissements lui ont échappé, jusqu'à ce qu'elle lâche :

— Pitié, c'est trop...

Jake ressentait la même chose ; le désir en lui montait tel un gigantesque mur d'eau retenu par un barrage, mais il savourait la sensation presque douloureuse d'avoir à se contenir. Lentement, il a déplacé sa bouche sur les parties les plus innocentes du corps de Mallory. Elle a fini par pousser un cri et l'entraîner dans sa chambre. Quelque part, il savait alors que cette expérience allait changer sa vie, qu'il ne serait plus jamais le même.

Les yeux de Mallory étaient toujours verts quand elle s'est redressée sur un coude après qu'ils ont eu fait l'amour.

— Enfile ton maillot de bain, lui a-t-elle dit. Je veux te montrer mon île.

Ils sont sortis par la porte de derrière et ont emprunté un sentier sablonneux presque invisible qui menait, entre des roseaux et des herbes hautes, à l'étang de Miacomet. Sur la rive se trouvait un kayak jaune à deux places. Mallory l'a traîné dans l'eau, qui lui arrivait à hauteur des genoux. Elle a tenu le kayak pour permettre à Jake de monter à bord – il voulait avoir l'air sûr de lui alors qu'il n'en avait pas fait depuis ses 12 ans, à l'époque où sa sœur avait encore la forme nécessaire pour passer la journée sur le lac Michigan. Après avoir tendu sa pagaie à Jake, elle s'est installée sans la moindre difficulté à l'avant.

Et ils se sont mis à glisser sur la surface miroitante de l'étang. Jake s'est calé sur le rythme fixé par Mallory, donnant des coups de rame en cadence. Elle ne parlait pas et, alors qu'il avait envie de lui poser des tas de questions, il s'est autorisé à savourer le silence. Il y avait un oiseau qui chantait, la musique des pagaies, qui plongeaient et chassaient l'eau, ainsi que, de temps en temps, le vrombissement d'un avion – voyageurs qui avaient la chance d'arriver ou, plus vraisemblablement, la malchance de repartir retrouver leur quotidien après une semaine, un mois ou un été tout entier sur l'idyllique Nantucket.

Jake tentait de s'imprégner de la beauté naturelle du paysage – quel changement par rapport aux stations de métro et à la foule de touristes à la recherche des monuments de Washington –, mais il était distrait par la nuque de Mallory, par les liens soyeux, couleur pêche, de son haut de maillot de bain noués par des nœuds de travers, par les discrètes traces de bronzage dans son dos, laissées par d'autres maillots de bain. Elle avait relevé ses cheveux en chignon, et ils étaient plus foncés dessous, tandis que le soleil avait éclairci les pointes. Il a examiné les lobes de ses oreilles, le gauche avait été percé deux fois, et elle portait un minuscule anneau argenté dans le second trou.

Soudain, elle s'est penchée en arrière, a posé la rame sur ses cuisses et a levé le visage vers le soleil, paupières closes derrière ses Wayfarer.

— Tu pagaies, a-t-elle dit. Moi, je me repose un peu, comme Cléopâtre.

Oui, aucun problème, ses désirs étaient des ordres. En vingt-quatre heures, elle était devenue sa reine.

Les yeux de Mallory étaient bleus quand elle les a plongés dans le vivier à homards de la poissonnerie, plus tard ce jour-là. Elle portait un short en jean et un tee-shirt gris de la fac de Gettysburg sur son maillot de bain. Elle s'était fait une queue-de-cheval et de petites mèches de cheveux encadraient son visage. Elle avait des taches de rousseur sur le nez et les joues, déposées par le soleil dans l'après-midi. Ses incisives du bas étaient légèrement espacées. Avait-elle porté un appareil dentaire dans son adolescence ? Jake savait tout d'Ursula, dans le moindre détail – ils étaient ensemble depuis la quatrième –, alors que Mallory était un nouveau territoire à explorer. Jake a décidé alors qu'il apprendrait à la connaître mieux qu'Ursula. Il serait attentif. Il l'étudierait. Il la chérirait. Il ferait une analyse de la couleur de ses yeux, de ses mèches de cheveux, de la forme de ses jambes bronzées, et du petit espace entre ses dents.

Une fois qu'elle a eu choisi les homards, son regard s'est voilé. Le bleu est devenu de la couleur de la tristesse, ou peut-être de la compassion.

— Tu vas devoir cuire ces petits gars tout seul. Je n'ai pas le cœur à ça.

Leur première soirée en tête à tête. Mallory a fait fondre du beurre et découpé trois citrons en quartiers. Elle a ouvert une bouteille de champagne qu'elle avait trouvée dans la maison lors de son emménagement et qui avait sans doute été offerte à sa tante et à son oncle des années auparavant. Ils ont mangé assis en tailleur sur la terrasse, baignés de la lumière onctueuse et dorée du soleil. Une fois la nuit tombée, ils ont étalé une couverture sur le sable et se sont tenu la main, le visage levé vers le ciel. Jake a tenté de reconnaître les constellations et de raconter les histoires qui leur étaient associées. Mallory l'a corrigé.

Elle lui a confié que sa tante Greta avait emménagé avec une femme à la mort de son mari. Ce qui avait choqué tout le monde dans la famille Blessing, à l'exception de Mallory.

« Quelle importance que tante Greta choisisse un homme ou une femme ? Pourquoi tous ceux qui tiennent à elle ne veulent-ils pas seulement son bonheur ? »

En retour, Jake lui a parlé de Jessica. « J'avais une sœur jumelle, Jessica. Elle est morte de la mucoviscidose l'année de nos 13 ans.

— Ça a dû être si dur pour toi, a dit Mallory.

— Oui, ça l'a été. La culpabilité du survivant et tout. La mucoviscidose est génétique. Jessica a hérité du gène, alors que moi non… Elle ne s'est pas révoltée, ne m'a rien reproché. Elle avait en quelque sorte accepté l'idée que c'était… son fardeau.

— Je n'ai jamais perdu quelqu'un d'aussi proche. Je ne peux pas imaginer la vie sans… Cooper. Comment on se remet d'une perte pareille ? »

Eh bien, la vérité, c'est qu'on ne s'en remet pas. La mort de Jessica était la pierre angulaire de son existence, et pourtant Jake n'en parlait presque pas. Si tous les gens avec qui il avait grandi à South Bend étaient au courant, une fois à Johns Hopkins, c'était devenu une sorte de secret. Il se rappelait une soirée à la fraternité, avec de la bière et des huîtres, au cours de laquelle il avait, sans réfléchir, mentionné sa sœur devant Cooper. « Je ne savais pas que tu avais une frangine, mec… pourquoi tu ne m'en as jamais parlé ? » Jake s'était pétrifié, hésitant sur la réponse à faire, puis il avait balancé : « Elle est morte. » Il avait eu l'impression que la fête était soudain mise sur pause et que tous les regards étaient braqués sur lui, tellement il se sentait mal à l'aise. « Hé, mec, je suis désolé, lui avait dit Cooper.

— T'inquiète, c'est rien. »

Ce n'était pas rien, ça ne le serait jamais, mais Jake avait appris à ne plus évoquer sa sœur dans des conversations aussi légères. Il n'en revenait pas d'avoir parlé de Jessica à Mallory alors qu'ils se connaissaient depuis à peine plus de vingt-quatre heures. Cette fille avait quelque chose de rassurant, il se sentait en sécurité avec elle. Il pouvait se mettre à nu et lui montrer ses blessures, tout irait bien.

Le dimanche matin, Jake s'est réveillé de bonne heure et a préparé de nouvelles omelettes, cette fois avec le reste de chair de homard, accompagnée d'oignons sautés. Mallory est sortie de la chambre avec pour tout vêtement la chemise que Jake portait la veille. Ses cheveux lui tombaient sur le visage, et elle avait un œil encore à moitié fermé.

— Tu es belle, lui a-t-il dit avant de quasiment s'excuser parce qu'il repensait à Ursula qui aurait jugé ces mots avilissants.

« Les femmes ne sont pas seulement des objets que l'on contemple. Nous sommes des êtres humains. Tu veux me faire un compliment ? Dis-moi que je suis intelligente. Dis-moi que je suis forte. »

— Et tu es aussi intelligente, a-t-il ajouté. Et tu me parais très forte.

Elle a souri en penchant la tête.

— Tu te sens bien ?

Après le petit déjeuner, ils ont pris la Blazer. Mallory a emprunté une longue route sinueuse jusqu'à une guérite. Elle est descendue pour dégonfler un peu ses pneus en se servant de la pointe de sa clé de voiture. Puis ils ont parcouru, en cahotant, un fin bras de sable incurvé, le long duquel le paysage s'est vidé – les maisons, les arbres, la route, tout a disparu –, jusqu'à ce qu'il ne reste que la plage, l'eau, les dunes herbeuses et, au loin, un phare blanc coiffé d'un haut-de-forme noir. Mallory s'est garée sur une petite place « privée », créée par la courbe naturelle des dunes et qu'elle avait découverte à l'occasion d'une précédente expédition. Avait-elle emmené quelqu'un d'autre ici ? Jake n'a pas pu s'empêcher de s'interroger tandis qu'ils s'assoupissaient au soleil.

Lorsqu'il a rouvert les yeux, Mallory brandissait un bol de cuisine en inox.

— Viens, on part à la chasse au trésor.

Ils ont marché le long du rivage, balayant le sable du regard, juste devant eux. Mallory lui a montré des berlingots de mer, des palourdes et des bourses de sirènes. Elle a même trouvé un oursin plat qui ressemblait à une pièce d'un dollar couverte de sable.

— Il est parfaitement intact, a-t-elle observé en le levant vers le soleil pour que Jake puisse voir la discrète forme d'étoile. Tu devrais l'emporter à Washington pour ne pas m'oublier.

— Parce que j'ai besoin de ça pour ne pas t'oublier ? Je veux dire, on va se revoir, non ?

Il envisageait à moitié de ne jamais quitter Nantucket.

— Bien sûr, a-t-elle dit, d'un ton un peu trop léger au goût de Jake.

Ils ont marché jusqu'au phare de Great Point, ramassé des éclats de verre poli, des coquilles

Saint-Jacques et du bois flotté. Quand le bol a été plein, ils ont rebroussé chemin.

— Pourquoi ça ne marcherait pas ? a soudain demandé Jake. On s'apprécie mutuellement.

— Beaucoup, a-t-elle approuvé en lui serrant la main. Je n'ai pas été aussi bien avec un mec depuis très longtemps. Peut-être depuis toujours.

— D'accord, alors…

— Alors… tu vas rentrer à Washington et moi je vais rester ici.

— On pourrait réfléchir à une solution, non ? Tu viendrais me voir, je viendrais te voir, on se retrouverait à mi-chemin, dans le Connecticut ou à New York ? Tant pis si ça nous coûte cher !

Mallory a secoué la tête.

— J'ai déjà essayé les relations à distance avec mon ancien copain, un véritable enfer. Bon, je te l'accorde, il était à Bornéo.

Jake a éclaté de rire.

— Washington est un peu plus près quand même.

— Mais le problème reste identique au fond. Tu as un boulot et une vie à Washington, ma vie à moi est ici. J'ai vécu à New York pendant près de deux ans, et chaque jour ou presque je rêvais d'ailleurs. Je ne veux pas recommencer.

Après un silence, elle a ajouté :

— Et puisqu'on se parle à cœur ouvert, le secouriste qui est venu à la maison l'autre soir m'a invitée à sortir avec lui.

Une jalousie violente et soudaine a fait trébucher Jake.

— Et qu'est-ce que tu lui as répondu ?

— Je suis restée vague. Je lui ai dit qu'il pouvait essayer de m'appeler la semaine prochaine.

Cette réponse n'a pas, mais alors pas du tout, plu à Jake.

— Est-ce qu'on ne pourrait pas faire comme si nous étions seuls au monde et que ce week-end allait durer jusqu'à la fin des temps ?

Mallory s'est arrêtée et s'est tournée vers lui. Le phare flottait derrière son épaule droite. Elle est montée sur la pointe des pieds pour l'embrasser.

— Nous sommes seuls au monde et ce week-end durera jusqu'à la fin des temps.

— Tu dis ça pour me faire plaisir ?

— Oui, a-t-elle répondu en souriant.

De retour à la maison, Mallory s'est douchée en premier. Jake regardait les livres sur les étagères du séjour quand le téléphone a sonné. Son premier réflexe a été de décrocher. Il aimait répondre chez les gens. Il le faisait sans arrêt dans la chambre de Coop – et c'était d'ailleurs grâce à ça qu'il avait appris à connaître Mallory. Mais, bien sûr, il n'avait pas à faire ça chez elle – à quoi pensait-il, enfin ? C'était peut-être Cooper, qui appelait pour s'excuser de son départ brusque, et comment réagirait-il en apprenant que Jake était resté pour se maquer avec sa sœur ? D'un autre côté, si c'était ce secouriste qui voulait proposer un rancard à Mallory, Jake avait peut-être tout intérêt à le décourager.

Mallory est sortie précipitamment de la salle de bains, nue et dégoulinante, pour se jeter sur le combiné avant que le répondeur ne se déclenche. Jake s'est demandé si elle pensait, elle aussi, qu'il pouvait s'agir du secouriste. Il a senti sa nuque et ses épaules se crisper. Il était débordé par des émotions incontrôlables. Cette fille l'avait envoûté !

— Allô ? Oui, c'est moi… Oh, oui. Oui !

Il y a eu un silence, et Jake s'est imaginé que le secouriste lui demandait si elle était libre le lendemain soir. Verrait-il ses marques de bronzage ? Aurait-il la chance de découvrir la courbe de ses reins ? Lui préparerait-il des œufs ? Chasserait-il les miettes de pain sur ses lèvres ?

— J'en suis vraiment navrée, a dit Mallory. Oui, oui, bien sûr que je suis disponible… Oh là là, merci infiniment. 7 h 30. Entendu. À mardi, alors.

Elle lui a expliqué la situation dès qu'elle a raccroché :

— Le prof de lettres du lycée est hospitalisé à Boston pour des examens et il ne pourra pas assurer la première semaine de cours. Ils me demandent de m'en charger.

Le soulagement qui a envahi Jake lui a donné le tournis.

— C'est formidable ! C'est ce que tu voulais, non ?

— Je voulais qu'un prof prenne sa retraite, pas qu'il tombe malade !

Jake l'a prise dans ses bras et a déposé un baiser au sommet de son crâne. Il était heureux pour elle, même s'il n'avait aucune envie de penser à mardi.

— On est dimanche soir, a-t-elle repris. Quand elle était encore en vie, ma tante commandait à manger chez le traiteur chinois et dînait devant un vieux film à la télé.

Ils ont aussitôt passé commande – nems, soupe de raviolis, travers de porc, riz et nouilles sautés, bœuf aux brocolis, porc braisé aux légumes et à l'œuf.

— Et des raviolis ! s'est brusquement écriée Mallory dans le combiné. Deux portions ! Une à la vapeur, l'autre frite.

Il y avait beaucoup trop à manger, mais cela faisait partie du plaisir. Lorsque Jake commandait un repas chinois avec Ursula, elle ne prenait que du riz blanc et refusait de manger les biscuits qui contenaient un petit message – qu'elle se refusait aussi à lire, évidemment. À ses yeux ce n'était qu'un vulgaire gadget qui dépréciait la complexité de la culture chinoise.

Jake a observé Mallory plonger l'un des raviolis dorés dans la sauce soja, avant de le déposer très adroitement dans sa bouche avec sa paire de baguettes. Elle avait mis tellement de porc braisé dans sa petite crêpe que celle-ci a dégouliné lorsqu'elle a mordu dedans avec appétit. Jake était si époustouflé de voir une femme apprécier la nourriture au lieu de se battre contre elle qu'il en est venu à se demander s'il n'était pas en train de tomber amoureux.

Elle lui a tendu un biscuit. Il s'apprêtait à lui dire que ces biscuits avaient pour but de duper des Américains crédules en déformant les pensées de Confucius, mais, avant qu'il ait pu partager le scepticisme d'Ursula avec elle, elle a lancé :

— Quelle que soit la prophétie, tu dois ajouter « sous les draps » à la fin.

Il a éclaté de rire.

— Tu es sérieuse ?

— Je suis chez moi, je fixe les règles.

Il a décidé de jouer le jeu.

— « Un nouveau départ vous mettra sur la bonne voie… » sous les draps.

Mallory le dévisageait. Ses yeux étaient verts ce soir.

— Punaise… J'avais raison ou pas ?

— À ton tour, a-t-il dit en lui tendant un biscuit.

— « Prudence ou vous pourriez vous faire avoir par des tours de passe-passe aujourd'hui… » sous les draps !

Il a récupéré les deux prophéties. Il les emporterait. Avec son oursin plat. Pour se souvenir d'elle.

Ils ont allumé la télé et sont tombés sur un film qui commençait justement. *Même heure, l'année prochaine*, avec Alan Alda et Ellen Burstyn. Ça racontait l'histoire d'un couple qui se rencontre dans un hôtel de bord de mer en 1951 et décide de se retrouver tous les ans, ce week-end-là, même si chacun est marié de son côté.

— Ah, mais voilà un truc qu'on pourrait faire, a lancé Mallory.

Elle était étendue entre les jambes de Jake sur le canapé, la tête appuyée sur son torse.

— Tu pourrais venir à Nantucket pour le week-end de la fête du Travail, quoi qu'il advienne. On pourrait refaire tous les trucs qu'on a faits ce week-end. Ça deviendrait une tradition entre nous.

Une année ? pensa-t-il. Elle voulait qu'il attende une année entière ?

Le lundi, de gros nuages d'un gris ardoise s'accrochaient à l'horizon et, lorsque Jake est sorti sur la terrasse, il a perçu la fraîcheur dans l'air. Ça sentait la fin – pas seulement de ce week-end et de l'été, mais de quelque chose de plus important.

Il a préparé des omelettes pendant que Mallory cherchait dans la bibliothèque le roman de Joyce Carol Oates qu'elle voulait lui faire lire.

— Une chose qui me plaît chez toi, lui a-t-elle dit, c'est que tu es suffisamment sûr de ta virilité pour lire des romans écrits par des femmes. Car les romancières sont, au cas où tu te poserais la question, supérieures aux romanciers.

Elle a ajouté avec un clin d'œil :

— Sous les draps.

Elle maintenait une atmosphère légère, et il la comprenait. Elle était folle de joie à l'idée d'assurer un remplacement au lycée, et elle resterait ici, dans sa maison du bord de mer à Nantucket. Cette maison exerçait sur Jake un charme presque comparable à la compagnie de Mallory. Ses lambris lui donnaient des allures de cabine de bateau, et Jake aimait qu'elle sente l'été – un parfum un peu salé, un peu marécageux, un peu humide. Il adorait la fleur d'hortensia bleu foncé dans le bocal sur la table de ferme ; il adorait la table, si inhabituellement longue et étroite. Il adorait le mur de livres de poche aux pages gonflées et le fracas des vagues en fond sonore. Il s'imaginait de retour à Washington avec la circulation et les sirènes, et il pressentait déjà combien son cœur se serrerait lorsqu'il se remémorerait le bruit de l'océan.

La fin de l'été était la période la plus triste de l'année.

Après un long baiser d'au revoir ardent, Jake a chuchoté :

— Je suis content que l'empereur, sa femme et le petit prince soient partis.

— Pardon ?

— Je suis content qu'on se soit retrouvés tous les deux ce week-end. Et je reviendrai l'an prochain. À la même époque.

— Quoi qu'il arrive ?

— Quoi qu'il arrive, a-t-il dit.

Et partir lui a paru un peu moins difficile.

Ce n'est que lorsque l'invitation pour le mariage de Cooper est arrivée au courrier – sur un papier ivoire luxueux, dans une typographie si travaillée qu'elle en était presque illisible – que Jake s'est avisé qu'il n'aurait pas à patienter une année entière avant de revoir Mallory.

Mais il y avait une complication que notre héros n'avait pas anticipée. Ursula et lui avaient décidé de donner une dernière chance à leur histoire.

— Si on se sépare à nouveau, lui avait dit Ursula, on se sépare pour de bon.

Jake pensait qu'ils s'étaient déjà séparés pour de bon. Lors de leur dernière rupture, celle qui avait eu lieu avant son départ pour Nantucket, ils avaient été d'une franchise qui constituait un point de non-retour. Ursula avait reconnu qu'elle plaçait sa carrière au-dessus de tout le reste. Celle-ci était plus importante à ses yeux que sa propre santé (elle avait perdu plus de cinq kilos depuis son entrée à la SEC et était à présent d'une maigreur inquiétante – elle avait dépassé le stade silhouette de top model pour se diriger vers celui de victime de famine). Plus importante que sa famille (ses parents vivaient toujours à South Bend, son père était un professeur d'université très réputé et sa mère une femme au foyer, elle leur rendait rarement visite et ne les encourageait pas non plus à venir à Washington, n'ayant aucune envie de les emmener au musée de l'Air et de l'Espace ou aux Archives nationales). Plus importante que sa foi (à Notre-Dame, Ursula avait joué un rôle actif au sein de l'organisation catholique, or à présent elle n'assistait plus à la messe, pas même pour Noël ni Pâques, elle n'avait tout simplement pas le temps). Et enfin, avait-elle conclu, sa carrière était plus importante à ses yeux que Jake.

— Vraiment ?

— Oui, vraiment, avait-elle dit, ne laissant aucune place pour le doute.

Jake avait voulu rétorquer quelque chose d'aussi cruel… mais quoi ?

Il l'avait rencontrée en sixième au collège Jefferson. Ils étaient dans les cours facultatifs pour « élèves brillants » – algèbre, espagnol, littérature avancée –, et c'était une amie de sa sœur jumelle, Jessica. Plus exactement la seule qui ne s'était pas éloignée lorsque la santé de Jess avait commencé à décliner. Quand le niveau d'oxygène dans le sang de Jessica avait été trop bas pour qu'elle puisse continuer à aller en cours,

Ursula avait pris l'habitude de lui apporter ses devoirs – et elle ne se contentait pas de les déposer, comme d'autres adolescentes de 12 ans l'auraient fait. Elle prenait le temps de s'asseoir dans la chambre de Jess, sans se laisser impressionner par le fait que celle-ci soit reliée à une bouteille d'oxygène, ni décourager par ses terribles quintes de toux et les épaisses glaires grises que Jess recrachait dans une petite cuvette violette, ni perturber par leur mère, Liz McCloud, qui avait pris un congé sabbatique de l'hôpital de Chicago, le Rush Hospital, où elle était gynécologue, pour pouvoir s'occuper de sa fille elle-même.

Jess n'était jamais aussi joyeuse qu'en présence d'Ursula. Elle l'appelait Sully, surnom qu'Ursula n'aurait toléré de la part de personne d'autre. Jess aimait écouter de la musique, et Ursula lui mettait son disque préféré, commandé à cause d'une pub à la télé. Il s'agissait d'une compilation de tubes des années 1960 – « The Monster Mash », « Itsy Bitsy, Teeny-Weeny Yellow Polka Dot Bikini », « The Purple People Eater » –, sur lesquels elles chantaient. Jake n'était pas dans la pièce, mais il soupçonnait Sully de danser en même temps, parce qu'il entendait Jess rire.

Il était toujours à la maison quand Ursula passait, sagement assis à la table de la cuisine pour terminer ses devoirs. Lorsque Liz McCloud avait décidé que Jess devait se reposer et qu'il était temps pour Sully de rentrer chez elle, elle passait une tête dans la cuisine pour dire au revoir à Jake et à la femme de ménage, Helene, qui lui préparait généralement une omelette pour le goûter. Un jour, elle avait proposé d'en faire une seconde pour Ursula, et Jake se rappelait avoir pensé : *Oh oui, s'il te plaît assieds-toi, s'il te plaît reste.* Mais Ursula avait poliment décliné, elle devait rentrer, car elle avait des devoirs à faire elle aussi. Dès qu'elle était partie, Helene avait fait une remarque qui avait durablement marqué Jake.

— Sully est jolie fille, Jake. Plus important, Sully est gentille fille.

Ursula avait été servante de messe aux funérailles de Jessica. En fermant les yeux, Jake la revoyait dans son habit de cérémonie blanc ce matin-là, ses épais cheveux noirs tressés dans son dos, son expression stoïque devant le cercueil qui contenait son amie.

Jake et Ursula n'avaient que des souvenirs communs depuis cette année tragique – jusqu'au départ de Jake pour Johns Hopkins (tandis qu'Ursula, elle, était restée à South Bend). Sur les huit semestres de la fac, ils n'avaient été séparés que trois semestres, et, dès qu'il avait eu son diplôme en poche, Jake avait emménagé à Washington pour qu'ils puissent être ensemble. Il avait accepté le poste de lobbyiste pour la Big Pharma – sans doute l'industrie la plus infâme des États-Unis – afin de l'impressionner. Jake haïssait son travail chez PharmX. Le meilleur aspect de leur rupture, avait-il dit à Ursula, c'était qu'il allait pouvoir démissionner.

— Et faire quoi ? s'était-elle esclaffée.

Pourquoi pas enseigner la chimie dans une école privée, ou se lancer dans la collecte de fonds. Il avait un don pour le relationnel.

— La collecte de fonds ?

— L'autre grand avantage de cette rupture, avait-il repris, c'est que ton avis n'a plus aucune importance.

Le coup avait fini par porter. Il l'avait vue tressaillir.

— Je ne te reproche pas de faire passer ta carrière en premier. Je sais à quel point tu veux… réussir.

Aucun élève ne lui arrivait à la cheville au lycée. Elle avait été acceptée à Harvard, Yale et Stanford mais, comme son père enseignait à Notre-Dame, les frais d'inscription y étaient gratuits, et elle avait donc choisi cette université. Malgré l'amertume qu'elle avait ressentie, elle avait continué son ascension sur la voie de la réussite. Elle avait terminé major de sa promotion et obtenu des résultats brillants à son examen d'entrée à l'école de droit. Elle était rédactrice en chef d'une revue de droit, la *Georgetown Law Review*, et avait cartonné à l'examen du barreau. Elle avait été recrutée par la SEC, plus précisément par la « trading and markets division », le département qui s'occupait de la régulation du marché boursier, au début de sa dernière année de droit. D'ici un ou deux ans, elle pourrait intégrer un cabinet d'avocats en posant ses propres conditions, jusqu'au montant de son salaire. Mais pour quoi faire ? Elle n'appréciait guère les choses que l'argent pouvait acheter. Elle ne se détendait jamais, ne prenait jamais de vacances, n'avait pas d'amies à retrouver autour d'un verre.

— Tu ne devrais pas oublier qu'au final une personne se définit moins par ce qu'elle accomplit que par ce qu'elle est profondément, lui avait-il asséné en guise d'estocade finale. Tu sais, je repense parfois à la fille que j'ai connue en sixième. Elle a disparu.

Ce qu'il voulait dire, c'est qu'Ursula n'était plus le genre de personne à passer ne serait-ce qu'une heure avec un ami malade. Elle n'était plus la fille qui replaçait le bras du tourne-disque au début de la chanson, aussi souvent que nécessaire pour apporter de la joie à quelqu'un. Elle n'était plus Sully, et ce depuis longtemps.

— Tes propres parents…

Jake savait qu'il s'aventurait sur un terrain glissant, mais ils avaient décidé de ne plus retenir les coups, c'était terminé.

— … se sont excusés auprès de moi pour le monstre d'égoïsme que tu es devenue.

Elle avait haussé les épaules.

— Je me fiche de ce qu'ils pensent de moi, Jake. Et encore plus de ce que tu penses de moi.

C'étaient les derniers mots qu'elle lui avait adressés – pour toujours, avait-il pensé.

À son retour à Washington, après son week-end à Nantucket, il avait évité les endroits où il aurait pu tomber sur elle ; il avait même changé de station de métro. Mais lorsqu'il était rentré chez ses parents pour Thanksgiving, il était tombé sur elle chez Barnaby's. Où ils venaient tous deux chercher des pizzas.

— Tu es là, lui avait-il dit. Tu es rentrée.

— Ouais, avait-elle répondu d'un ton inhabituellement embarrassé. J'ai repensé à ce que tu m'avais dit à propos de mes parents. Et puis maman m'a appris que papa avait des problèmes cardiaques, qu'il avait fait une demande de retraite anticipée et que Clint ne viendrait pas les voir, alors…

Clint, le frère d'Ursula, de cinq ans son aîné, travaillait comme moniteur de rafting en Argentine.

— Enfin bref, oui, je suis rentrée quelques jours.

Jake n'avait pas répondu sur-le-champ. Pour être honnête, il avait été déstabilisé par sa présence là, dans la ville où ils avaient grandi. S'il l'avait vue courir le long du Potomac ou dans un restaurant de Georgetown, il l'aurait snobée. Mais c'était l'endroit où ils avaient échangé leur premier baiser (sur la patinoire), où ils avaient perdu leur virginité ensemble (dans la chambre d'Ursula, l'année de première, profitant de l'absence des Gournsey en voyage d'étude à Kuala Lumpur). Quand Ursula avait obtenu son diplôme de Notre-Dame, c'était comme si elle avait enfin pu dire adieu à South Bend, à l'Indiana, au Midwest. Jake n'arrivait pas à croire qu'elle soit venue de son propre gré, sans qu'il ait été là pour la pousser/l'encourager/la forcer.

C'était un fait notable.

Avant d'ouvrir la bouche, il avait remarqué combien elle était maigre – bien plus qu'au moment de leur rupture fin août. Ses pommettes saillaient plus que jamais, ses poignets étaient aussi fins que des brindilles et sa poitrine, sous son pull et sa parka, semblait creuse. Elle tenait une pizza, mais il savait comment elle la mangeait – elle retirait le fromage et la garniture jusqu'à ce que ne soit plus que de la sauce tomate sur du pain, dont elle ne prenait qu'une bouchée.

S'il avait mentionné son poids, elle aurait aussitôt été sur la défensive.

— Tu veux qu'on prenne un verre plus tard ? avait-il proposé.

— Avec plaisir.

Il avait suffi d'une heure et de quatre bières pour qu'ils se retrouvent à s'embrasser à l'avant de la vieille Datsun de Jake, redevenant les deux adolescents qu'ils avaient été autrefois.

Ils avaient repris l'avion ensemble et partagé un taxi. Ursula avait hésité à passer la nuit chez Jake, mais avait préféré rentrer dans son appartement. C'était au moment de descendre du taxi devant le Sedgewick qu'elle avait prononcé les mots. « Si on se sépare à nouveau, on se sépare pour de bon. »

Depuis, Jake vivait chaque journée comme si elle pouvait être sa dernière avec Ursula. Il avait un peu l'impression de chercher à déjouer la mort : il savait que la fin était inévitable, tout en ignorant quand elle se produirait. Ce n'était pas une vie, même si Ursula faisait de réels efforts.

Le jour où elle a trouvé l'invitation au mariage de Cooper sur le bureau de Jake, elle lui a demandé :

— Tu as déjà répondu ?

— Euh… non, mais enfin, c'est pas vraiment nécessaire, puisque je suis garçon d'honneur.

Ursula a incliné la tête. Depuis deux semaines qu'ils se fréquentaient à nouveau, elle avait meilleure mine. Elle n'avait pas repris de poids, mais quelques couleurs. Sa grand-mère paternelle était originaire d'une ville des Pyrénées françaises près de la frontière espagnole et Ursula avait hérité de son physique – des cheveux noirs et un teint un peu olivâtre. Au soleil, elle bronzait en quelques minutes, mais, étant donné qu'elle ne le voyait pour ainsi dire jamais, sa peau avait tendance à être jaunâtre. Enfin à cet instant, néanmoins, elle avait les joues rosées.

— J'ai envie de venir. J'aime bien Cooper.

— Ah, eh bien…

— Tu ne veux pas que je t'accompagne ?

Elle a scruté le carton, puis ajouté :

— Cooper me déteste maintenant ? Il pense que je te mène en bateau ? Qu'on a une relation toxique ?

— Pas du tout. Je ne parle pas de… Je ne lui ai jamais dit de mal de toi.

C'était en grande partie vrai – Jake ne pouvait pas exclure d'éventuelles injures proférées en état d'ébriété devant Cooper. Tous les amis de Jake savaient qu'Ursula était sa kryptonite.

— Qui est cette Krystel Bethune ? Je ne la connais pas, je m'en souviendrais.

Ursula était intraitable sur les noms. Depuis toujours, elle les soumettait au test ultime à ses yeux : un juge de la Cour suprême pourrait-il le porter ? Et il allait sans dire que du point de vue d'Ursula, un juge de la Cour suprême ne pourrait jamais se prénommer Krystel. Exemple typique de la raison pour laquelle personne n'appréciait Ursula.

— Il l'a rencontrée au printemps, a expliqué Jake. Au Old Ebbit Grill.

Jake n'a pas précisé que Krystel servait Cooper ce soir-là. Ursula s'en serait donné à cœur joie.

— C'est un bon country club, à ce qu'il paraît. De

vieilles fortunes du chemin de fer… Dis-leur que je t'accompagnerai, d'accord ?

— Euh…

Il n'avait pas envie d'emmener Ursula. Il n'avait jamais imaginé que ça pourrait être un problème. Ursula ne s'arrêtait pas de travailler et elle détestait quitter Washington, quel que soit le motif. Au point qu'on l'aurait crue reliée aux bureaux de la SEC par un cordon ombilical.

— J'ai déjà répondu que je viendrais seul. C'est un mariage assez chicos et il a lieu la semaine prochaine. Je ne peux pas leur faire un coup pareil.

— Ils comprendront. Je vais prendre le temps ce midi d'aller m'acheter une robe.

— Tu pourrais plutôt prendre le temps de déjeuner…

Ursula a reposé l'invitation.

— Je suis ravie ! Un mariage ! Peut-être qu'on sera les prochains…

Jake a omis de demander à Cooper d'ajouter Ursula à la liste d'invités parce qu'il était certain qu'elle se raviserait et annulerait. Urgence au travail. Le mariage avait lieu le 18 décembre, et Ursula était plongée jusqu'au cou dans une enquête dont elle ne pouvait rien dire. En réalité, Jake espérait qu'elle annulerait. Il voulait être seul pour voir Mallory.

Mallory. Mallory. Mallory.

Lorsqu'il a constaté, le 15 décembre, qu'Ursula n'avait toujours pas changé ses projets – elle avait acheté une robe bustier en velours noir –, il a appelé

Cooper pour le prévenir qu'il souhaitait venir accompagné. Coop a vérifié auprès de sa mère, Kitty, qui s'est félicitée de ce coup de chance monumental : il y avait justement une annulation de dernière minute.

— Bien joué, a observé Cooper. Tu as réussi à incruster un invité sans fâcher Kitty.

— Génial, a lâché Jake sans conviction.

Ce n'était pas Kitty qui l'inquiétait.

La cérémonie devait débuter à 17 heures. Ursula et Jake se sont garés sur le parking de l'église à 16 h 10, à temps pour un brief express des garçons et demoiselles d'honneur – et un verre de bourbon, avait précisé Cooper.

— Et comment je suis censée m'occuper pendant ta répétition ? a demandé Ursula d'un ton cassant rappelant celle qu'elle était avant qu'ils ne se remettent ensemble. Je n'ai pas envie de m'asseoir seule dans l'église.

— Tu peux rester travailler dans la voiture ?

Aux pieds d'Ursula se trouvait un attaché-case rempli de dépositions. Il était soulagé qu'elle ne veuille pas entrer dans l'église en avance. Mallory était l'une des demoiselles d'honneur et, même si elle allait finir par découvrir qu'Ursula était présente – à moins qu'elle n'en ait déjà été informée par Coop ou Kitty –, ils auraient cette heure de répétition ensemble. Jake pourrait lui parler, lui expliquer. Il lui avait apporté un cadeau, emballé dans un papier blanc orné de cloches argentées – il avait raconté à Ursula qu'il s'agissait d'une blague destinée à Cooper, de la part de son garçon d'honneur. Il n'était pas certain d'avoir le courage de l'offrir à Mallory, et pourtant c'était le meilleur moment. Il a récupéré le paquet sur la banquette, posé à côté du robot KitchenAid qu'ils offriraient à Coop et Krystel, et l'a fourré sous son bras.

L'église presbytérienne de Roland Park était éclairée de centaines de cierges ivoire, et l'autel était tapissé de poinsettias blancs. Les autres garçons d'honneur et Cooper étaient tous en smoking ou en queue-de-pie. Jake a déposé le cadeau de Mallory sur un banc vide et remonté d'un pas vif l'allée ; il était le dernier. Il a vu les cinq demoiselles d'honneur assises en rang d'oignons sur le premier banc. Elles écoutaient les instructions du pasteur. Jake a tenté d'identifier Mallory de dos, mais Cooper lui a fait signe de se dépêcher et de venir prendre sa place parmi les témoins.

— Désolé, a-t-il murmuré. Des bouchons sur la route.

Coop lui a discrètement tendu une flasque en cuir, et Jake s'est placé à côté de Frazier, qui était le témoin du marié.

— Ça fait plaisir de te voir en position verticale, lui a glissé Jake.

Fray a ricané. Il avait bien meilleure allure que l'été précédent, il s'était coupé les cheveux et rasé de près.

— Au moins j'étais à l'heure, moi.

Jake s'est détourné pour avaler une gorgée de whisky ; il n'avait jamais éprouvé à ce point le besoin de boire.

Puis il a tapoté l'épaule de Frazier.

— Tu en veux, mon pote ?

— Nan. Je fais une pause pour le moment.

Ce qui n'était sans doute pas une mauvaise idée, a songé Jake au souvenir des événements passés. Il a avalé une seconde gorgée qui lui a donné le courage de tourner son regard vers Mallory. Elle portait une longue robe ivoire avec des mancherons en dentelle. Ses cheveux étaient relevés – Jake ne se rappelait pas le nom de cette coiffure. Elle avait un maquillage sophistiqué et, même si Jake était très attaché à ses souvenirs de l'été précédent, où elle était au naturel, il n'a pas pu s'empêcher de penser : *La vache ! Elle est à couper le souffle.* Ses yeux paraissaient plus grands, ses lèvres cerise incroyablement sexy. Elle avait un ras-de-cou et des boucles d'oreilles en perles, de la gypsophile tressée dans les cheveux.

Lorsqu'elle l'a vu, elle a souri en agitant la main comme une gamine. Son enthousiasme était si spontané que Jake a aussitôt eu envie de l'entraîner vers l'autel pour l'épouser sur-le-champ. Et il s'est détesté. Il était évident qu'elle ignorait qu'il était venu avec Ursula.

Ils ont passé en revue les différentes étapes de la cérémonie sans Krystel et son témoin, qui finissaient de se préparer ailleurs. Jake n'avait pas été apparié à Mallory, à son grand dam, et il a dû se retenir de proposer au collègue de Cooper, Brian de la Brookings Institution, 100 dollars pour échanger avec lui. Jake était fou de jalousie en les voyant se tenir par le bras. Ah, quel hypocrite il faisait ! Ursula attendait dans la voiture. Ils étaient de nouveau ensemble, retour à la case départ.

Le filage a duré dix minutes. Ils l'ont répété deux fois. Ensuite, les demoiselles d'honneur étaient censées se retirer dans une antichambre pour attendre la cérémonie, mais Mallory s'est précipitée vers Jake. À voir son expression, on aurait dit qu'elle rêvait de se jeter sur lui dans un déchaînement de passion, et cependant, elle s'est arrêtée à quelques mètres de lui, se rappelant sans doute qu'ils se trouvaient dans une église et que pas une personne sur terre n'était au courant de ce qui s'était produit entre eux lors du dernier week-end de l'été.

— Hé, a-t-elle lancé. Ça fait plaisir de te voir.

Sa retenue était craquante.

— Tu es très belle. Belle à couper le souffle.

Elle a baissé la tête.

— Toi aussi, tu es beau. Avec ta queue-de-pie.

— Écoute, il faut absolument que je te dise quelque chose.

Elle a relevé son visage vers lui. Il dégageait autant de lumière que les cierges ivoire.

— Qu'il ne s'est pas passé un jour depuis trois mois et demi sans que tu penses à moi ?

— Oui, bien sûr. Mais… à la dernière minute, j'ai décidé de venir accompagné aujourd'hui.

— Accompagné ?

— Oui, avec Ursula.

Mallory l'a dévisagé et il a remarqué qu'elle déglutissait. C'était une véritable torture d'être ainsi témoin de son courage. Elle a hoché la tête, et Jake n'a eu qu'une envie : sortir tout droit de l'église pour aller dire à Ursula de rentrer à Washington, qu'il y avait eu un malentendu et qu'elle n'était pas la bienvenue. Ce qui, bien sûr, était impossible. Et Jake aimait Ursula, ou en tout cas il se trouvait incapable de vivre sans elle.

— Je sais que je n'ai aucun droit sur toi, a dit Mallory.

Au contraire, a-t-il songé.

— Je t'ai apporté quelque chose, a-t-il repris avant d'aller chercher le paquet sur le banc pour le lui remettre.

— Un livre ?

Elle a déchiré le papier-cadeau et l'a froissé dans son poing puis, sans marquer une seconde d'hésitation, elle a fourré la boule dans la poche du pantalon de Jake. Lorsqu'il a senti l'effleurement de ses doigts sur sa cuisse, il s'est senti faiblir un instant.

— *Virgin Suicides*, de Jeffrey Eugenides.

— C'est écrit par un homme, a-t-il dit. Mais c'est quand même bon. Joyeux Noël, Mal.

Une grande femme d'un blond polaire, en élégante robe tricot ivoire à manches longues, est apparue à l'entrée de l'allée.

— Mallory, ma chérie, dépêche-toi.

Mallory a adressé un sourire tremblant à Jake.

— C'est ma mère. Je dois y aller. Réserve-moi une danse.

Elle est montée sur la pointe des pieds pour l'embrasser sur la joue, puis elle a détalé en soulevant sa robe pour ne pas trébucher.

Jake a été distrait pendant toute la cérémonie. Il avait été chercher Ursula et, au moment de s'asseoir sur un banc du côté des invités du marié, elle l'avait agrippé par le bras.

— Je n'aurais pas dû venir, je ne connais personne.

Il était ensuite allé prendre sa place près de l'autel, vert de rage. Pourquoi avait-il laissé Ursula l'accompagner ? Pas besoin d'être un génie pour répondre à cette question. Elle en avait exprimé le désir, et les désirs d'Ursula étaient toujours des ordres. Jake était si furieux qu'il ne pouvait pas croiser son regard. Il préférait observer à la dérobée Mallory, qui semblait sincèrement absorbée par l'échange des vœux de son frère et de Krystel. *Dans la richesse comme dans la pauvreté, dans la santé comme dans la maladie.*

« Peut-être qu'on sera les prochains », avait lâché Ursula.

Ha ! pensa Jake. S'il devait perdre son boulot, faire faillite, être renversé par un bus ou découvrir qu'il avait un cancer au stade terminal en étant marié à Ursula, il ne pourrait pas compter sur elle.

Il ne l'épouserait jamais. Jamais de la vie.

Mallory a essuyé une larme. Cooper a embrassé la mariée. L'organiste a joué l'*Ode à la joie* et tout le monde a applaudi. Jake a cherché Ursula dans l'assemblée. Elle avait les yeux rivés sur ses genoux. Est-ce qu'elle lisait… le livret ? Non. Elle avait apporté du travail à l'église. Elle a plié les documents en deux, les a fourrés dans son sac à main, puis a redressé la tête et constaté que Jake l'avait vue. Elle lui a envoyé un baiser.

Dans la voiture, sur la route du country club, elle a observé :

— La mariée était jolie. Mais porter une étole en fourrure blanche le jour de son mariage ? Enfin, porter une étole en fourrure blanche tout court d'ailleurs... C'est vraiment vulgaire.

— S'il te plaît, ne fais pas ta peste.

Tous les ingrédients d'une dispute type étaient réunis. Ursula lâchait une vacherie, Jake le lui reprochait, Ursula se défendait, le ton montait. Néanmoins, ce jour-là, Ursula s'est contentée de dire, en regardant ses mains :

— Tu as raison. Je suis désolée.

La salle à manger du country club avait été transformée en féerie hivernale et, malgré son état d'agitation, Jake a eu du mal à ne pas être impressionné. La totalité du décor était dans des tons de blanc. Au centre de chaque table ronde se trouvait un petit arbre aux feuilles blanches. Les branches étaient chargées de décorations scintillantes. Une grande arche constituée de brindilles était éclairée de guirlandes lumineuses blanches, et on avait dû réquisitionner la totalité des roses blanches du Maryland pour former des bouquets ronds qui la parsemaient. Les membres de l'orchestre étaient sur une estrade, et ils portaient des costumes blancs, comme les serveurs. Le glaçage blanc du gâteau à sept étages avait été saupoudré de noix de coco censée évoquer de la neige.

Jake et Ursula étaient assis à la table 2. Mallory à une extrémité de la table 1, avec les mariés, ses parents et Brian de la Brookings. Elle avait déjà bu du champagne et elle avait la tête inclinée vers son voisin, Brian, riant à ce qu'il lui disait.

— Tu veux du champagne ? a proposé Ursula. Je vais prendre une coupe.

— J'ai besoin de quelque chose de plus fort, a répondu Jake.

Les mariages, c'est toujours risqué, a conclu Jake après son troisième bourbon. Une réussite totale, ou un ratage complet. Celui-ci était, sur le papier, très réussi – beaucoup de temps, d'effort et d'argent avaient été investis dans son organisation –, mais raté dans les faits, car il devait jouer les baby-sitters auprès d'Ursula tout en se languissant de Mallory. Il a traversé le dîner et les nombreux toasts sur pilote automatique, remarquant cependant que le discours de Frazier était touchant et parfaitement de circonstance, sans doute parce qu'il était d'une sobriété irréprochable. Ursula discutait avec le convive assis à sa gauche, Randy, un cousin de Cooper, qui était conseiller juridique. Ils parlaient boutique, laissant tout le loisir à Jake d'observer Mallory. Elle semblait beaucoup apprécier Brian de la Brookings, à moins qu'elle ne cherche à rendre Jake jaloux.

Les premières danses se sont succédé, puis l'orchestre a interprété un chant de Noël, « Holly, Jolly Christmas », et Brian a entraîné Mallory sur la piste de danse. Jake les a regardés pendant quelques secondes ; Brian a eu le toupet de défaire son nœud papillon et d'ouvrir le premier bouton de sa chemise. Jake s'est aussitôt remémoré la soirée au Chicken Box. Mallory avait dansé avec un abandon si joyeux... Jake se tenait derrière elle, tout près, au point de pouvoir sentir l'odeur de fraise de son shampooing.

Le minuscule espace entre ses incisives du bas. La peau douce de son cou. Le sable qui s'était accumulé dans les plis de ses oreilles. La miette sur sa lèvre. C'était une torture de se remémorer ces moments.

Il s'est tourné vers Ursula. L'inviter à danser était sans doute la chose à faire. Sauf qu'elle avait sorti de son sac à main le document qu'elle y avait rangé à l'église et qu'elle était plongée dedans.

Jake s'est rabattu sur le bar.

Krystel a lancé son bouquet ; Cooper lui a retiré sa jarretière. Ursula ne cachait pas qu'elle jugeait ces deux rituels de mauvais goût, si bien qu'ils sont restés assis, Jake et elle, tout du long. Pendant ce temps-là, Brian de la Brookings devenait de plus en plus tactile avec Mallory, et il est même allé jusqu'à l'embrasser sur le sommet du crâne. Jake avait envie de le frapper. Pouvait-il décemment les interrompre ? La soirée filait... « Réserve-moi une danse. »

— Tu as l'air à l'agonie, a lancé Ursula en remettant le document dans son sac à main. Je n'aurais pas dû venir.

Jake n'a rien répondu.

— Allons danser.

L'orchestre jouait « Build Me Up Buttercup » et tous les invités étaient sur la piste de danse. Jake a offert une main à Ursula. Ils sont restés sur le côté. Ursula était une danseuse exécrable, mais Jake avait l'habitude. Il savait qu'elle était mal à l'aise, et qu'elle avait fait un immense effort en proposant de quitter sa chaise.

Au moment où la chanson se terminait, l'un des serveurs en veste blanche a tapoté sur l'épaule d'Ursula. Il y avait quelqu'un pour elle au téléphone.

— Tout va bien ? s'est inquiété Jake, pensant aussitôt à son père avec ses problèmes de cœur.

— C'est le travail. Je leur ai donné le numéro du country club… désolée. Le document sur lequel je bossais tout à l'heure… c'est pour lundi.

— Vas-y.

C'était tellement prévisible qu'il n'a même pas fait mine d'être surpris ou de s'indigner.

— Prends ton temps.

Ursula s'est éloignée d'une démarche qui transpirait la suffisance, et l'orchestre a enchaîné avec « At Last ». Jake a foncé droit sur Brian et Mallory, qui dansaient ensemble.

— Je peux ? a-t-il demandé à Brian en lui touchant le bras.

— Sérieux, mec ?

— Jake est un vieil ami, est intervenue Mallory, et il m'avait promis une danse. Je te retrouve après.

Elle a laissé Jake la prendre dans ses bras pendant que Brian s'éloignait.

— Bonsoir, a-t-il dit.

— Bonsoir.

Leurs mains se sont emboîtées. Jake a serré fermement sa taille et ils ont commencé à se balancer en rythme.

— Je ne voulais pas venir avec elle. Elle s'est invitée à la dernière minute.

— Elle est très jolie.

— C'est toi qui es très jolie.

— Ce n'est pas un concours. Tu sors avec elle.

— Oui, a-t-il admis, penaud.

— Merci pour le livre. C'était adorable. Tu n'étais pas obligé de me faire de cadeau.

— Tous les livres que j'ai lus depuis mon départ de Nantucket m'ont fait penser à ta maison. J'attendais juste de tomber sur un roman assez bon pour le partager avec toi.

— Jake…

Elle avait presque un ton de remontrance. Avait-il eu tort d'avoir un geste aussi romantique alors qu'il était venu avec Ursula au mariage ?

Mallory a abandonné sa tête contre son torse un bref instant, avant de murmurer :

— Je connais un endroit tranquille. Tu veux t'échapper avec moi une minute et m'embrasser ?

— Oui.

Elle est partie la première, et il l'a suivie en laissant entre eux une distance qu'il espérait raisonnable. Elle a descendu un couloir puis s'est engagée dans un second clairement réservé au personnel. Elle a ouvert une porte qu'elle a refermée derrière elle. Il a attendu une seconde avant de la rejoindre. C'était une réserve. Elle a poussé le verrou et éteint la lumière.

Il s'est perdu en elle. Il était incapable de s'arrêter de l'embrasser. Il voulait mémoriser la forme de son visage entre ses mains, la caresse de ses lèvres sur les siennes.

Elle s'est dégagée la première.

— Tu viendras à Nantucket pour la fête du Travail ?
— Quoi qu'il arrive.

Dans la voiture sur le trajet du retour, Ursula – qui avait pris le volant cette fois – s'est tournée vers lui pour lui demander :
— C'était qui, la demoiselle d'honneur avec laquelle tu as dansé ?
Jake s'était attendu à cette question. Ursula pouvait se noyer dans les dépositions, mais si une femme séduisante s'approchait de Jake à moins de deux mètres, elle la repérait aussitôt. Ce n'était pas parce qu'elle ne voulait pas passer de temps avec lui qu'elle était prête à le partager.
— La sœur de Cooper. Mallory Blessing.
C'était un tel soulagement, une joie presque de prononcer son nom à voix haute devant Ursula.
— Je la connais depuis des années.
— J'ai l'impression qu'elle en pince sacrément pour toi. C'était plutôt mignon.

La fête du Travail est dans huit mois, puis sept, puis six. Encore six mois à attendre. Ensuite le printemps arrive, la saison des cerisiers en fleurs à Washington, des allées de National Mall qui semblent recouvertes de tapis roses et du temps qui passe un peu plus vite. Jake est dans l'équipe de softball de PharmX et il consacre son temps libre aux entraînements et aux matchs. Enfin arrive juin, c'est officiellement l'été, et la chaleur devient si abominable à Washington que même Ursula convient qu'ils devraient s'échapper les week-ends. Ils vont deux fois à Rehoboth Beach, puis Ursula prend une décision inimaginable et pose une semaine de vacances pour qu'ils puissent se rendre à Paris.

— Ce serait si romantique de se fiancer là-bas.

Le séjour est, effectivement, romantique. Ils y vont début août, lorsque les Parisiens sont en vacances, et ils ont la ville pour eux. Ursula fait une folie en réservant une chambre au Meurice – ils ne sont jamais, ni l'un ni l'autre, descendus dans un hôtel aussi chic. Jake se décompose en découvrant les prix sur la carte du room service, avant de se raisonner : Ursula travaille si dur qu'ils ont bien mérité de s'offrir une tranche de luxe. Ils commandent le petit déjeuner en chambre tous les matins. Le café est bien noir et parfumé ; Jake adore entendre sa cuillère tinter contre les parois de la tasse en porcelaine. C'est le bruit de l'opulence. Le beurre français, qu'il tartine à l'intérieur des croissants feuilletés, lui procure la même sensation. En tant que médecins, les parents de Jake gagnent beaucoup d'argent, mais ils sont trop occupés pour le dépenser. Ursula est de la même trempe, et il se dit qu'il doit profiter de ce faste tant qu'il est accessible.

Ils se promènent dans le Marais, main dans la main, admirent les vitrines dans les charmantes rues étroites. Ursula est attirée par les boutiques des fleuristes et s'y aventure pour respirer les freesias et discuter avec les vendeurs dans un français remarquable. Les femmes la complimentent sur son foulard, sa robe, son sac à main ; elles la prennent pour une Parisienne. Jake observe ces échanges avec émerveillement, se faisant l'impression d'être un gros nigaud d'Américain. Dès le deuxième jour, il cesse de porter sa casquette de la fac.

Ursula a sélectionné les meilleures brasseries de la ville, où ils s'installent sur des banquettes en velours et se régalent de *moules frites*, de *frisées aux lardons* et d'*entrecôtes béarnaises*[1]. La sobriété alimentaire d'Ursula semble aussi être en vacances. Un soir, elle mange sa sole jusqu'au bout, même si elle laisse de côté la sauce au beurre. Et le lendemain, elle s'offre six frites dans l'assiette de Jake. Elle les compte bien sûr.

Elle a fait exprès de réserver Montmartre et le Sacré-Cœur pour leur dernière soirée. Elle veut voir l'église tout éclairée et profiter de la vue sur la ville. Ils achètent, à un prix délirant, une bouteille de montrachet, qu'ils boivent dans des gobelets en plastique, sur la pelouse au pied de l'église.

Ursula soupire soudain.

— Je veux me marier.

— Tout de suite ? rétorque Jake.

— Non, mais, tu vois… J'aimerais que tu me demandes en mariage. Bientôt.

Sa gorge se serre. Il a bien senti qu'elle attendait, ou espérait, qu'il le ferait pendant ce voyage. Et à une ou deux reprises, les semaines précédant leur voyage, il a pensé : *il faudrait que j'aille acheter une bague.* Et pourtant quelque chose l'a retenu. Il manquait d'inspiration. S'il achetait une bague de fiançailles maintenant,

---

1. En français dans le texte.

ce serait parce qu'Ursula le lui aurait commandé. Et il est hors de question qu'elle lui impose une décision qu'il n'est pas encore prêt à prendre.

— Tu peux me laisser gérer ça, Ursula ? S'il te plaît ?

— Tu comptes le gérer ?

— Ça, ce n'est pas une façon de me laisser faire.

— Mais qu'est-ce qu'on fait, Jake ?

— Je ne sais pas ce que toi, tu fais. Moi, je prends le temps. Pour essayer de mûrir. De bâtir une relation au long cours. Et on n'y est pas encore, Ursula. Je suis désolé, mais c'est la vérité.

Lorsqu'elle se relève, son vin se renverse.

— Tu me fais mariner par cruauté. Ou pour me prouver que c'est toi qui as le pouvoir.

Elle se dresse au-dessus de lui, cachant la lune, et il a l'impression que toute la magie de Paris disparaît d'un coup, comme si quelqu'un avait débranché une prise électrique. Bien sûr, il fallait que leur semaine de vacances se termine ainsi.

— Ne gâche pas tout, lui dit-il. Allons dîner.

— C'est toi qui gâches tout, rétorque-t-elle avant de tourner les talons.

De retour à Washington, Jake trouve une pile de dossiers sur son bureau et parmi tous les messages qui l'attendent, non pas un ni deux ni trois, mais quatre appels téléphoniques de Cooper Blessing.

Il l'appelle aussitôt la Brookings Institution et apprend qu'il a posé un congé.

Quoi ?

Il compose le numéro de son domicile. Cooper répond d'une voix rauque, étranglée, et lui annonce :

— Krystel m'a quitté.

Jake doit travailler tard ce soir-là pour rattraper son retard, mais dès qu'il a terminé il file à Georgetown et retrouve Cooper dans leur bar habituel.

Il apprend que Krystel est une droguée, et ce depuis le début. Cooper savait qu'elle prenait de temps en temps de la cocaïne avec les autres serveurs, mais pour lui, c'était dû à la pression, aux longues soirées de travail, aux services enchaînés. Il a rapidement découvert que Krystel avait un penchant pour des drogues plus dures.

— Elle fumait du crack ! s'étrangle Cooper. Comme… comme…

— La vache…

— J'ai essayé de la faire admettre en cure de désintoxication, elle refuse d'y aller. Elle ne veut pas arrêter. Elle dit qu'elle est repartie vivre chez sa mère, dans le Maryland, mais en toute honnêteté je suis sûr qu'elle s'est plutôt installée dans un squat.

— Elle est folle ou quoi ? Tu es la meilleure chose qui lui soit arrivée !

— Elle préfère la drogue, réplique Cooper.

Jake se retient de dire qu'il comprend. Il suffit de remplacer le mot *crack* par le mot *travail*, et on a un parfait résumé d'Ursula. Mais ce n'est pas pareil, Jake le sait. Krystel est une toxicomane. Krystel n'a même pas attendu neuf mois pour tourner le dos à son mariage. C'est si énorme que Jake ne sait pas par quel bout aborder le problème.

— Comment je peux t'aider, mon pote ? Qu'est-ce que je peux faire ?

Cooper lui dit qu'il a besoin de partir. De quitter Washington, ne serait-ce que pour un week-end prolongé.

— Mallory nous invite à Nantucket. Elle pense qu'on a mérité une seconde chance.

— Ah oui ?

Mallory vient les chercher à l'aéroport. Elle est mince et bronzée ; ses cheveux décolorés par le soleil sont couleur des blés. Elle porte son short en jean et un tee-shirt, ainsi que ses Wayfarer, ses tongs en daim et une quantité impressionnante de bracelets brésiliens multicolores qui lui mangent la moitié de l'avant-bras. Elle a aussi le tatouage d'une fine liane autour de la cheville.

Jake est aussitôt sous le charme. Il aime tout ce qui est familier et tout ce qui est nouveau.

Elle étreint d'abord son frère, longuement et avec force, en jetant un coup d'œil à Jake par-dessus l'épaule de Cooper. Son visage est en partie caché, et il a du mal à déchiffrer son expression. Et voilà, une année s'est écoulée et ils sont à nouveau réunis – même si les circonstances ne sont pas exactement celles qu'ils auraient pu espérer.

Quand Mallory s'écarte de Cooper, elle se tourne vers Jake.

— Salut, toi, ça faisait longtemps… Bienvenue.

Elle monte sur la pointe des pieds pour le serrer

contre elle, attrape une poignée de cheveux sur sa nuque et tire dessus.

Il sent une vague enfler dans sa poitrine.

Jake est si heureux lorsqu'il monte à l'arrière de la Blazer qu'il a l'impression qu'il pourrait flotter en lévitation – en prime, il n'a pas eu à mentir à Ursula. Il est à Nantucket pour consoler son ami au cœur brisé. Mais l'ami au cœur brisé est de bonne humeur. Il a dragué l'hôtesse de l'air et a réussi à obtenir son numéro de téléphone. Elle sera elle aussi à Nantucket tout le week-end, et ils ont prévu de se retrouver au Chicken Box.

Lorsque Mallory s'engage sur la route sans nom, de la terre, de la poussière et du sable forment un nuage. Et dès qu'il se dissipe, la maison surgit devant eux, perchée au bord de la plage. L'océan est un drap de satin bleu au-delà. Ils sont ici. Ils sont de retour.

La maison n'a pas changé ; elle a conservé la même odeur. Cette année, Jake et Cooper auront chacun sa chambre. Jake s'empresse de choisir la plus proche de celle de Mallory.

— Un bain ? propose Cooper.

— Évidemment, répond Jake, même s'il brûle d'impatience de parler à Mallory.

Il veut savoir comment s'est passée l'année écoulée, chercher les nouveaux livres dans sa bibliothèque, regarder ses CD et mettre de la musique. Cette maison, cette étendue de sable, cette île se sont gravées dans son âme.

— Allez-y, leur dit Mallory. Je vais préparer

l'apéritif, et ensuite on allumera le barbecue. J'ai acheté des steaks hachés.

— C'est drôle, observe Cooper, exactement comme l'an dernier.

Rembobiner, appuyer sur « play » ; rejouer les mêmes scènes.

Il y a un petit changement cette année, néanmoins : une douche extérieure. Mallory en est très fière, la surnomme « le manoir ». Il faut dire qu'elle est vaste et joliment fabriquée, en bois traité qui commence seulement à griser. La douche en elle-même est prolongée par un petit espace pour se changer, avec un banc et des patères en forme d'ancre. Jake est suffisamment grand pour pouvoir jeter un coup d'œil par-dessus les parois – l'océan d'un côté, l'étang de l'autre. L'eau est chaude et abondante. C'est la meilleure douche du monde.

Il remarque alors un short de bain suspendu à l'une des patères.

Il ne lui faut pas très longtemps pour tirer des conclusions. Il est le premier à se doucher, Cooper discute avec Mallory dans la cuisine. Alors ce maillot appartient à…

Quelqu'un d'autre.

Cooper fait griller la viande pendant que Mallory s'occupe du maïs et des tomates. Jake passe des disques – Dave Matthews, Hootie & the Blowfish, puis « Hard Headed Woman ». Il réussit à attirer l'attention de Mallory : il croise son regard à travers les panaches de vapeur qui s'échappent de la marmite contenant le maïs. Il y a toujours quelque chose entre eux. Ursula ne compte pas, et cet autre type, quel qu'il soit, non plus.

Cooper le rejoint avec le plat contenant les steaks et les *buns* grillés.

— Qu'est-ce que tu as avec cette chanson ?

Pendant le dîner, Mallory met les pieds dans le plat.

— Tu veux parler de Krystel ou non ?

— Non.

Cooper recouvre sa viande de pickles, et Jake remarque que Mallory fait pareil. Sans raison, il pense soudain à Jessica, à leurs concours de plongeon à la piscine, à la façon qu'elle avait de ramener ses cheveux mouillés sur l'avant de son épaule, pour ressembler à Dolley Madison. Ça lui manque de ne plus avoir de sœur.

Mallory lève son verre de vin.

— Trinquons au fait de ne pas parler de Krystel !

Ils entrechoquent leurs verres et boivent.

— Je ne comprends pas l'amour, lâche Cooper. Combien de fois est-ce que j'ai mangé au restaurant dans ma vie d'adulte ? Des centaines. Ce qui signifie que j'ai eu des centaines de serveurs, et la moitié d'entre eux étaient des femmes. Pourquoi suis-je tombé amoureux de Krystel Bethune au Old Ebbitt Grill ? Ça n'a aucun sens.

— Elle est belle, remarque Mallory. C'est peut-être ça ? Tu as succombé à son apparence ?

— J'ai eu des copines plus belles qu'elle. Tiffany Coffey au lycée, par exemple. Et Stacey Patterson…

— Ouais, approuve Jake, Stacey était canon.

Mallory lui donne un coup de pied sous la table, et soudain la soirée s'anime. Elle est jalouse !

— C'est parce que c'était le bon moment, dit Jake. Tu étais prêt à rencontrer quelqu'un, et elle était là.

— Je portais mon tee-shirt de l'équipe de crosse de Hopkins, reprend Cooper. Elle m'a dit qu'elle connaissait plusieurs joueurs de l'équipe qui avaient participé au championnat de 87. Ça a dû m'impressionner… C'est le genre de trucs qui m'empêche de dormir. Et si Krystel n'avait pas parlé de ça ? Ou si j'avais porté un autre tee-shirt ? On n'aurait pas engagé la conversation, je ne lui aurais pas demandé son numéro et je ne serais pas ici à Nantucket aujourd'hui, brisé.

Mallory donne un autre coup à Jake sous la table, mais cette fois il est plus tendre, il a le temps de sentir le contact de son pied nu sur son tibia. Si elle se montre plus entreprenante, il va la soulever dans ses bras pour l'emporter dans sa chambre. Tant pis pour Cooper !

— Et toi, Jake ? Tu comprends l'amour ? lui demande-t-elle.

Jake étale du beurre sur son épi de maïs.

— Non.

— Si, enfin, intervient Cooper. Tu aimes Ursula. Tu l'as toujours aimée.

Il se tourne vers sa sœur.

— Ils sortent ensemble depuis la quatrième.

— Avec des pauses, souligne Jake. Beaucoup de pauses, en fait.

— Mais vous êtes ensemble en ce moment, non ? demande Mallory.

La lumière décline. La table est éclairée par une seule bougie, et pourtant Jake lit sans mal la lueur interrogative dans ses yeux, qui sont verts ce soir. Il les préfère de cette couleur.

— Oui.

Mallory coupe son burger en deux, d'un geste qui paraît agressif.

— Vous allez vous marier ?

— J'arrive pas à croire que tu ne lui aies pas encore fait ta demande, ajoute Cooper.

Jake se trouve à un tournant. Il ne sait pas ce qu'il doit révéler au vu des circonstances. Vider son sac comme si la réponse ne concernait pas Mallory ? En un sens, ils ne jouent pas seulement la comédie à Cooper, ils se la jouent mutuellement.

— On est allés à Paris le mois dernier. Elle voulait que je lui fasse ma demande et je lui ai dit que je n'étais pas prêt.

— Aïe ! lâche Cooper.

Mallory jette un regard exaspéré à son frère.

— Au moins, lui, il ne se précipite pas.

— Hé ! proteste-t-il. Tu es censée être gentille avec moi en ce moment.

Jake baisse les yeux vers son burger avant de les planter dans ceux de Mallory.

— Et toi, Mal ? Tu as déjà été amoureuse ?

— Coop, tu peux me passer le ketchup, s'il te plaît ?

— Réponds à sa question d'abord, rétorque Cooper.

— Passe-moi le ketchup, s'il te plaît.

— Allez, Mal. On a tous joué cartes sur table. Tu as déjà été amoureuse ? Et M. Peebles ne compte pas.

— C'est qui, M. Peebles ? demande Jake, qui déteste déjà cet homme et l'espère mort depuis longtemps.

— Son prof de lettres de troisième, explique Cooper. Mal était dingue de lui. Elle décrivait ses sentiments en long en large et en travers dans le journal que j'ai piqué dans sa chambre et lu à mes amis…

— Ce qui m'a traumatisée à vie.

— De toute façon ça ne compte pas, parce que M. Peebles était marié et fidèle à sa femme.

— Raison de plus de l'aimer, dit Mallory. Et puis il m'a fait découvrir J. D. Salinger. Cette année-là, je me suis déguisée en Franny Glass pour Halloween, tu te souviens ? J'avais mis une chemise de nuit blanche et je me trimballais avec un sandwich au poulet. M. Peebles est le seul à avoir pigé la référence.

— Tu essaies de changer de sujet, observe Jake.

— Ouais, approuve Cooper. Dis-nous la vérité, allez, on a été honnêtes, nous. Tu as déjà été amoureuse ?

— Oui.

— Oui ?

Cooper a l'air surpris. Jake retient son souffle.

— Oui, répète Mallory. Je suis d'ailleurs amoureuse en ce moment, si vous voulez tout savoir. Alors… Tu peux me passer le ketchup s'il te plaît ? Mon burger refroidit.

Elle est amoureuse de moi, pense Jake. Ou du

propriétaire du maillot de bain dans la douche. Il est au supplice. Il lui posera la question quand ils seront seuls.

Non, il ne le fera pas. Pourquoi gâcher ce week-end ?

À 22 heures, ils grimpent dans la Blazer pour aller au Chicken Box. Cooper est assis à l'avant, Jake à l'arrière. Il est hypnotisé par la nuque de Mallory, le lobe de son oreille, le minuscule anneau argenté.

— Ta première fois au Chicken Box ! s'exclame-t-elle en se tournant vers son frère.

— J'aurais dû me douter que Krystel ne m'apporterait que des ennuis quand elle m'a obligé à rentrer l'an dernier, soupire-t-il.

— On a dit qu'on ne parlait pas de Krystel, le reprend sa sœur.

— Parlons plutôt d'Alison ! suggère Jake.

— Qui est-ce ? demande Mallory.

— L'hôtesse de l'air dont j'ai récupéré le numéro aujourd'hui, lui explique Cooper. Elle nous retrouve là-bas.

Jake n'est pas certain que l'hôtesse de l'air viendra, et pourtant une femme les attend devant le bar... et il s'agit bien d'Alison.

— Cooper ! Salut !

Avant de la rejoindre, Cooper prend Jake et Mallory à part.

— Ne m'en voulez pas, hein, mais si tout se passe bien, et je vais faire en sorte que ce soit le cas, je ne rentrerai sans doute pas ce soir. Ni même demain qui sait.

Jake a du mal à y croire : ce serait une telle chance pour Mallory et lui…

— Ne t'inquiète pas pour nous, dit-il à Cooper. On est de vieux amis, Mal et moi.

— Mal ? insiste Cooper. Tu ne m'en veux pas ? J'en ai besoin.

Mallory repousse son frère.

— Va t'amuser, et ne t'en fais pas pour nous. Mais conduis-toi en gentleman, par pitié.

Dès que Cooper et Alison disparaissent dans le bar, Jake se met à rêver de homards et de nuit étoilée le samedi soir, de balade à Great Point le dimanche puis de rentrer écouter de la musique, parler de livres et peut-être se doucher à deux dans le manoir avant de commander un dîner chinois qu'ils mangeront devant un vieux film. Peut-être qu'une chaîne a eu la riche idée de programmer *Même heure, l'année prochaine* tous les ans à la même date.

Mallory s'apprête à suivre Cooper à l'intérieur du bar, et Jake la retient par la main.

— Je peux te parler une seconde ?

Elle sautille sur place.

— Ça n'a pas été difficile de se débarrasser de lui.

— Mal, je suis sérieux.

— Moi aussi.

— J'ai remarqué le maillot suspendu dans la douche extérieure, et je voudrais être sûr de ne pas tomber sur un type prêt à me mettre une branlée.

— Ah… Il appartient à JD.

Jake attend la suite.

— Le secouriste de l'an dernier.

C'était ce que Jake redoutait.

— On sort ensemble, ajoute Mallory. Rien de très sérieux.

— Enfin, c'est suffisamment sérieux pour qu'il laisse des vêtements chez toi après s'être douché.

— Disons qu'on n'est pas fiancés et qu'on n'a pas l'intention de sauter le pas. Et… il est absent ce week-end. C'est moi qui lui ai suggéré de partir, il fait du vélo avec des potes.

Avec un sourire, elle ajoute :

— Tu es en sécurité.

— Nous sommes seuls au monde.

— Et ce week-end durera jusqu'à la fin des temps, ajoute Mallory. Allons danser.

Été n° 3 : 1995

De quoi parle-t-on en 1995 ? L'attentat à la bombe d'Oklahoma City ; la Bosnie et la Serbie ; le mi-cuit au chocolat ; la « Macarena » ; Windows 95 ; Des'ree ; le terroriste américain « Unabomber » ; Yitzhak Rabin ; Toy Story *; les séances d'abdos en huit minutes ; Yahoo ! ;* Frasier ; Sur la route de Madison *; l'acquittement d'O. J. Simpson.*

Quand nous retrouvons notre héroïne au début de l'année 1995, nous sommes heureux de constater combien les choses vont bien pour elle.

Mallory est devenue – après le départ à la retraite de M. Falco et quatre mois d'allers-retours à Cape Cod deux fois par semaine pour suivre les cours lui permettant d'obtenir son diplôme – une vraie enseignante. Elle s'est syndiquée et elle assiste aux réunions pédagogiques ; elle se prépare pendant des heures la veille des jours où son proviseur, M. Major, inspecte son cours. Le mardi et le jeudi, elle est chargée de surveiller le réfectoire, et elle se laisse soudoyer par les élèves à coups de chips et de biscuits. Elle s'approche de tous ceux qui ont pris une pizza et chante «*Ain't Too Proud to Beg*» – «je n'ai pas honte de supplier» – jusqu'à ce qu'on lui offre la part la plus croustillante. Avant de quitter le lycée, elle passe systématiquement par le bureau d'Apple, la conseillère d'orientation, pour qu'elles se racontent leurs journées respectives ; elles échangent des ragots, vident leur sac, mais ont aussi parfois des échanges constructifs sur le meilleur moyen de communiquer avec les élèves. Le vendredi après-midi, elles vont profiter du *happy hour* en ville. Elles commandent des bières et des beignets de mozzarella, et elles trinquent pour se féliciter d'avoir survécu à une nouvelle semaine, comme si elles vivaient en zone de guerre – conséquence d'un quotidien avec cent douze adolescents –, et Apple lance «plus que vingt-sept (ou dix-neuf, ou douze) semaines avant les grandes vacances».

Mallory a presque honte de l'avouer : elle n'est pas du tout impatiente que l'année scolaire se termine. Elle commence chacun de ses cours par lire un poème et demander à ses élèves de réagir. Elle choisit des œuvres de Nikki Giovanni, Gwendolyn Brooks, William Carlos Williams, Audre Lorde, Linda Pastan, Eldridge Cleaver, Robert Bly, et la coqueluche de tout le monde : Langston Hughes. Mallory photocopie aussi des nouvelles de Joyce Carol Oates, Maxine Hong Kingston, John Updike. Ils analysent des éditoriaux du *New York Times*. Ils étudient *Frankie Addams*, de Carson McCullers, que seule une poignée d'élèves apprécient, puis ils passent à *La Servante écarlate*, qui rencontre toujours un franc succès. *La dystopie*, songe Mallory. Les ados adorent ça, voir craquer les coutures du monde qu'ils connaissent. Ses élèves tiennent des journaux dans lesquels ils établissent des liens entre des passages d'œuvres étudiées en cours et leur propre existence. Ils écrivent des nouvelles, des sonnets, des réflexions personnelles, des essais argumentés, des haïkus (ils en raffolent à cause de leur brièveté), et une dissertation, requise par l'institution, qui les rend stressés et irritables – ça tombe toujours à la mi-mars, à un moment où tout le monde se déteste à Nantucket de toute façon.

Mallory est appréciée parce qu'elle est jeune, parce qu'elle est « cool », parce qu'elle porte des blazers sur des leggings et les bracelets brésiliens que les élèves de seconde lui fabriquent, parce qu'elle est amie avec Apple (« Mlle Davis »), qui est aussi jeune et cool, parce qu'elle s'adresse aux élèves comme à des êtres humains, parce qu'elle s'intéresse à leur vie. Elle sait qui sort avec qui, qui vient tout juste de rompre. Elle a la présence d'esprit d'apporter un sandwich supplémentaire si besoin et de l'offrir par exemple à Maggie Sohn, dont les parents sont en plein divorce, pour qu'elle puisse passer sa pause déjeuner dans sa salle de classe et discuter avec elle. Elle sait où les fêtes ont lieu, qui est invité, qui a été malade et quels couples se sont formés. Elle glane des informations dans les écrits de ses élèves, mais il lui arrive aussi d'entendre des choses lorsqu'ils entrent ou sortent de sa classe, et de recueillir des confidences. Mallory garde tout pour elle, ne partageant son savoir qu'avec Apple – elle ne répète jamais rien ni au proviseur, ni aux parents, ni même à JD.

Et puis, quand tout va si bien qu'il semble impossible que ça aille mieux, c'est effectivement l'inverse qui se produit. Tout se dégrade. Terriblement.

Mallory a pourtant été mise en garde par Apple et d'autres enseignants : au retour des vacances de Pâques, les élèves deviennent incontrôlables. Et dès que les températures dépassent les 20 °C, c'est terminé.

Pour Apple, c'est « la fièvre printanière. Elle touche tout le monde ».

Pendant les vacances d'avril, Mallory et JD vont à Vieques, une minuscule île au large de Porto Rico. Mallory a choisi cet endroit parce qu'il est peu connu, relativement préservé et bon marché. Elle a réservé sept nuits dans un petit motel en bord de mer, dans un minuscule village du nom d'Esperanza. La chambre est sombre et la literie douteuse, mais ils ne font pas la fine bouche. Mallory est ravie parce que le motel donne sur une plage de sable blanc et des eaux turquoise. JD est ravi parce qu'il y a un bar-restaurant branché attenant au motel.

Leur premier jour complet de vacances, JD établit son campement sur un tabouret de bar et enchaîne les bières ; après le déjeuner, il passe aux margaritas. Mallory ferme les yeux au début – elle sait que JD est habitué aux clubs de vacances, où tout l'intérêt consiste à boire le plus possible, histoire d'en avoir pour son argent. Mais au bout de deux jours, elle perd patience et commence à s'inquiéter pour le coût global des vacances – ils ont convenu de partager toutes les dépenses. Mallory veut partir à la découverte de l'île. Elle veut plonger avec un masque et un tuba. Elle veut faire le tour de Mosquito Bay pour voir la bioluminescence. Elle veut voir la ville principale, Isabel Segunda. Sur une île voisine, Culebra, se trouve un restaurant chinois réputé. Mallory voudrait trouver un bateau pour les y emmener.

— Bien sûr, bien sûr, tout ce que tu veux, chérie, lui répond JD.

Cependant, le convaincre de quitter son tabouret de bar est une autre paire de manches. Mallory loue un masque et des palmes dans la boutique de surf au bout de la rue et explore la baie devant l'hôtel. Elle achète deux billets pour une visite de Mosquito Bay, mais JD tombe raide mort à 20 heures et elle y va seule. Alors que l'eau s'illumine tout autour d'elle – ce sont les dinophytes, des micro-organismes aquatiques qui brillent d'une lumière bleue au contact d'autres créatures –, elle finit par se rendre à l'évidence : JD et elle ne sont pas faits l'un pour l'autre.

Ils sortent ensemble depuis dix-huit mois, même si, ainsi qu'elle l'a dit à Jake, leur histoire n'a jamais été très sérieuse. Pour Mallory en tout cas. JD est beaucoup plus investi dans leur relation, il en réclame toujours davantage. Il aime que Mallory vienne jouer aux fléchettes avec lui le mercredi soir, ce qu'elle ne fait que lorsqu'elle n'a pas trop de copies à corriger. Le vendredi, après l'incontournable *happy hour* avec Apple, elle rejoint JD pour la soirée hebdomadaire de l'Anglers Club : ils mangent des petits-fours – palourdes gratinées et roulés à la saucisse – avec les vieux habitants de l'île dans une ancienne bâtisse sympathique. JD a déjà invité Mallory chez ses parents et l'a présentée comme sa « copine », ce qui l'a rendue malade. D'un autre côté, ça a été agréable d'avoir sur l'île quelqu'un qui tenait à elle. JD est dans une forme physique olympique, mais leurs rapports sexuels lui rappellent les années de fac, lorsqu'il gesticule en poussant des grognements dans le noir. Il n'est intéressé que par son seul plaisir. Et il se montre d'une jalousie explosive envers tous les hommes célibataires que Mallory est amenée à croiser. Il est jaloux de M. Major, jaloux des élèves masculins de Mallory, surtout les terminales.

À deux reprises au cours de l'hiver écoulé, il a évoqué la possibilité qu'ils emménagent ensemble, et à ces mots elle a bien failli faire une apoplexie. Parce qu'emménager ensemble, ça ne pouvait signifier qu'une chose : l'installation de JD chez Mallory, or non, désolée, ça n'arriverait jamais. Elle ne le laisse même pas bricoler dans la maison. Les petits travaux, comme réparer la ventilation dans la salle de bains, changer la moustiquaire de la porte de derrière…

Mallory a appris à les faire elle-même. Et pour les plus gros, comme la construction de la douche extérieure, le traitement des façades en prévision de l'hiver, le nettoyage de la cheminée, elle embauche des professionnels, dont JD se montre systématiquement jaloux.

De retour au motel après son tour de Mosquito Bay, Mallory observe JD qui ronfle dans leur lit et décide de mettre un terme une bonne fois pour toutes à leur relation dès qu'ils seront à Nantucket.

JD culpabilise tellement d'avoir raté la baie illuminée que le lendemain il s'occupe de réserver un taxi pour aller visiter Isabel Segunda. Une fois sur place, ils déambulent main dans la main et tombent sur un adorable bistro, dont s'échappent des arômes entêtants de basilic. La propriétaire vient de préparer du pesto, et elle leur propose d'en arroser une salade de tomates, pêches et mozzarella. Mallory accepte aussitôt la proposition. JD, lui, commande un poisson grillé. Ils s'installent autour d'une table sur le bord de la terrasse, qui donne sur la mer. La propriétaire est aux petits soins avec eux, elle les surnomme « les tourtereaux », et ils passent deux heures si enchantées que Mallory en vient à se demander si elle n'a pas eu une réaction excessive la veille.

JD règle le déjeuner, et ils sortent profiter de l'après-midi caniculaire, légèrement étourdis. Ils se promènent encore un peu, passent une tête dans des galeries et des boutiques de souvenirs. JD voudrait lui faire un cadeau, un souvenir qu'elle rapporterait chez elle, et Mallory (maladroitement ?) répète le précepte maternel, à savoir que tout ce qu'on achète en vacances devient toujours ridicule chez soi. JD accuse le coup. Aurait-elle tout gâché ? Non, ou en tout cas pas complètement. Il cueille une fleur d'hibiscus rouge et la glisse derrière l'oreille de Mallory.

— Merci d'avoir organisé ce voyage. J'ai de la chance de t'avoir.

Ils se mettent en quête d'un taxi pour rentrer à Esperanza, mais la chance n'est pas avec eux. Il fait chaud, ils ne parlent ni l'un ni l'autre très bien espagnol, et lorsqu'ils retournent au bistro pour demander l'aide de la propriétaire, celui-ci a fermé ses portes pour l'après-midi. JD commence à pester. Il se vante d'être doué pour résoudre les problèmes et n'aime pas se sentir impuissant. Il arrête une camionnette blanche et propose au conducteur 20 dollars pour qu'il les ramène à Esperanza. Le conducteur est un jeune Hispano-Américain séduisant en polo blanc. Il sourit à Mallory en apercevant la fleur dans ses cheveux, et accepte l'argent. JD et elle montent.

Problème résolu ! Elle exerce une petite pression sur la cuisse de JD avant de se caler contre l'appuie-tête et de fermer les yeux. La vitre est baissée, et l'air est chaud, sirupeux. Elle navigue entre la veille et le sommeil quand elle entend soudain le conducteur leur parler.

— Alors, vous venez d'où ?

Mallory rouvre les yeux. Elle est surprise par son anglais parfait, dénué de tout accent.

— L'île de Nantucket.

— Tu connais ? demande JD. C'est dans le Massachusetts, au large de Cape Cod. Au sud de Boston.

— Oui, j'y ai passé quelques étés dans mon enfance.

JD éclate de rire comme si le type venait de leur faire une blague.

— Sérieux ? Tu veux dire qu'on emmène les enfants défavorisés en colo là-bas ?

Pendant le silence gêné qui suit, Mallory regrette de ne pas pouvoir s'échapper par la fenêtre ouverte.

— Désolé, mec, finit par lâcher JD. Je disais ça pour rire.

Le conducteur pile au premier stop.

— Je ne peux pas aller jusqu'à Esperanza finalement. Vous allez devoir terminer à pied. Suivez la route jusqu'à la mer, puis prenez à droite.

Il tend à JD son billet de 20 dollars.

— Reprenez votre argent.

Plus tard, rien de ce que dira JD ne pourra la faire changer d'avis. Leur histoire est terminée, et Mallory ne ressent qu'un immense soulagement.

Elle s'efforce de ne pas avoir de chouchous parmi ses élèves, mais elle est devenue très proche de Maggie Sohn, qui se débat contre le divorce de ses parents. Elle a aussi un faible pour Jeremiah Freehold. Un gamin brillant et gentil. Son père est pêcheur de pétoncles, sa mère couturière. Ils vivent dans une vieille maison dans le bas d'Orange Street. Jeremiah est l'aîné de cinq enfants. Rien de tout ceci n'est très exceptionnel. Ce qui l'est plus, c'est qu'à 18 ans, Jeremiah n'a pas mis une seule fois le pied sur le continent. La famille Freehold rappelle à Mallory le

Nantucket des années 1800. Ce sont des quakers, ils mènent une existence paisible sur l'île, loin de toute folie consumériste. Dans le journal qu'il tient pour le cours de Mallory, Jeremiah dresse la liste de toutes les choses qu'il n'a jamais vues en vrai : un feu tricolore, un McDonald's, un escalator, un centre commercial, un complexe multisalle, une salle de jeux, un fleuve, un gratte-ciel, un parc d'attractions.

En voilà un qui a été drôlement couvé, songe Mallory. D'un autre côté, sa vie possède une pureté qu'elle ne peut s'empêcher d'admirer.

À l'automne, juste après la rentrée scolaire, elle lui a demandé ce qu'il envisageait pour la suite de ses études. Il lui a répondu qu'il n'irait pas à l'université ; il ferait le même métier que son père. Mallory a voulu connaître son sentiment sur cette question. C'est un lecteur intelligent et enthousiaste, quel dommage qu'il ne prolonge pas son instruction !

« Je continuerai mon instruction dans l'océan, lui a-t-il rétorqué. Et j'emprunterai des livres à la bibliothèque. »

Après les vacances de Pâques, Jeremiah prend l'habitude de passer dans la salle de Mallory à la fin de sa journée de cours. Il voudrait qu'elle lise les poèmes qu'il compose. Qu'elle lui conseille des livres. Mallory est fascinée par le roman de Michael Ondaatje, *Le Patient anglais*, que Jake lui a envoyé pour Noël. Avec une dédicace : *Encore un homme. Et encore un bon roman. Je t'embrasse, Jake.* Mallory n'est pas prête à se séparer de son exemplaire – il contient des mots de la main de Jake, ce qui le rend précieux –, mais elle se rend exprès à la librairie pour en acheter un à Jeremiah.

Il le dévore en deux jours, puis passe en discuter avec Mallory. Jeremiah est immense et dégingandé, il a un grand front et une pomme d'Adam saillante. Mallory trouve qu'il ressemble à un jeune Abraham Lincoln. La plupart du temps, il porte une chemise en flanelle, un jean et des boots épaisses. Ce jour-là, par contre, il a une nouvelle chemise, en coton blanc, et ses yeux sont éclairés d'une lueur inhabituelle, ses joues teintées de rose. Il parle à toute allure pour lui dire combien il a aimé ce roman, bute sur ses mots : Hana, le Caravage, les Bédouins avec leurs flacons d'onguents, Kip le démineur, le désert du nord de l'Afrique, la villa italienne aux murs troués par des explosions…

Jeremiah a des sentiments pour elle, songe-t-elle. À moins qu'elle ne se fasse des idées…

Les jours suivants, elle chasse Jeremiah dès la fin des cours, prétextant une réunion, un rendez-vous chez le dentiste, puis chez le garagiste pour faire réviser sa Blazer… et ça fonctionne. Jeremiah cesse de passer la voir.

Deux semaines plus tard, pourtant, il réapparaît. Il est dans tous ses états, les joues en feu, il transpire. Tous les élèves de terminale s'apprêtent à partir pour le voyage scolaire rituel de trois jours à Boston – Apple les accompagne tous les ans, et elle déteste ça (un séjour dans un hôtel inconfortable avec quarante adolescents en rut qui pensent que c'est la fête), mais l'indemnité offerte par l'établissement est trop alléchante pour y renoncer –, or les parents de Jeremiah refusent de le laisser partir.

— On a organisé une réunion de famille pour en discuter, explique-t-il. J'ai avancé mes arguments et eux les leurs, mais à l'arrivée un seul a vraiment compté : je vis sous leur toit et je suis sous leur responsabilité tant que je n'aurai pas emménagé chez moi. Et ils refusent que j'y aille.

— Oh…

Elle est perdue. Comme à peu près tout un chacun, elle aurait aimé avoir des parents différents dans son adolescence. Kitty préparait des repas sophistiqués tous les soirs de semaine, et Mallory était chargée de ranger la cuisine après. Elle avait tendance – à l'instar de n'importe quel ado, non ? – à se débarrasser de la corvée au plus vite, mais on aurait dit que Kitty avait des yeux derrière la tête.

« Applique-toi », lui criait-elle du salon si elle la soupçonnait de charger le lave-vaisselle sans avoir pris le temps de rincer soigneusement chaque assiette.

Mallory avait appris à faire la sourde oreille. Le flux continu de remarques sortant de la bouche de sa mère devenait un bla-bla incompréhensible.

Senior était peu loquace, sauf s'il était question de discuter de la circulation sur la 83 ou de l'équipe de base-ball des Orioles. Il était économe – le chauffage dans leur maison de Deepdene Road n'était allumé que le 15 décembre, pas un jour avant, et réglé sur la température très précise de 19,5 °C ; il était coupé le

15 mars, et pas un jour plus tard. « Si vous avez froid, mettez un pull », disait-il. Quant à ses opinions politiques, il en était resté au mandat d'Eisenhower – il suffisait de voir la façon dont il avait traité sa propre sœur, Greta.

Et pourtant, si exaspérants fussent-ils, Kitty et Senior entraient dans la catégorie des « parents normaux » dans l'Amérique du XXe siècle. Ils n'auraient jamais empêché Mallory ou Cooper de vivre une expérience susceptible d'élargir leur horizon. Mallory s'efforce de comprendre les raisons qui poussent les Freehold à empêcher Jeremiah de se rendre à Boston dans le cadre d'un voyage scolaire supervisé, avec ses camarades de classe qu'il connaît depuis toujours.

— C'est un problème d'argent ? demande Mallory.

Elle sait que le voyage revient à 110 dollars par élève, mais ils ont justement vendu des barres chocolatées tout l'hiver pour le financer – et une partie de ces fonds est réservée aux familles dans le besoin. Mallory pourrait toujours en toucher un mot à M. Major.

— Non, répond Jeremiah. C'est une question de principe. À leurs yeux, le continent est d'une complexité inutile.

Il secoue la tête.

— J'adore cette île, mais dès que j'aurai assez d'argent de côté, je partirai. Et j'irai en Afrique du Nord.

Mallory mentionne Jeremiah à la réunion pédagogique le lendemain. Elle espère que quelqu'un – Apple ou même M. Major – proposera d'appeler les Freehold pour les persuader de laisser Jeremiah participer au voyage. Pourtant M. Major, habituellement ouvert d'esprit et très impliqué auprès des élèves, la coupe aussitôt dans son élan.

— Aucune force de persuasion ne peut venir à bout des réticences de cette famille. N'insistez pas.

Après la réunion, Apple enfonce le clou dans le couloir.

— Et ne t'avise pas d'aller frapper à leur porte, Mal, je t'en conjure. Je te connais, tu as de la sympathie pour ce gosse, il est un peu différent, il n'a pas beaucoup d'amis, tu veux le sauver, mais ne t'en mêle pas. Il s'en sortira. Si tu veux apporter ton soutien à quelqu'un, je suis toute désignée : je vais passer soixante-douze heures à confisquer des cigarettes et à tenter d'éviter que des adolescentes tombent enceintes.

Les terminales partent le lundi matin de bonne heure. Ils reprendront le dernier ferry mercredi soir. Le lycée paraît étonnamment vide sans eux. Deux des cours de Mallory sautent, et elle se retrouve avec beaucoup de temps libre. Le lundi, elle en profite pour remplir les bulletins de fin d'année. Le mardi, il pleut, et elle se terre dans sa salle pour lire le dernier Anne Tyler. Le mercredi, il y a du soleil et il fait chaud. C'est une journée idéale pour faire l'école buissonnière. Qu'est-ce qui l'empêche de se faire passer pour malade ou de poser un jour de congé afin de bronzer sur sa terrasse ? Le sens des responsabilités. À son arrivée au lycée, elle se rappelle que les secondes ont une sortie scolaire à Jetties Beach, et se retrouve plus que jamais désœuvrée.

En passant devant la bibliothèque, elle aperçoit Jeremiah assit seul à une table, son journal ouvert devant lui. Son cœur se serre. Elle ne peut pas le laisser là.

— Ça te dirait de déjeuner avec moi ? Je t'invite.

— À la cantine ?

Mallory remarque qu'il a une gamelle en fer-blanc, au couvercle bombé – le genre qu'utilisent les ouvriers en bâtiment. Elle sait que Mme Freehold prépare le déjeuner de son fils tous les jours. Il n'achète jamais rien, pas même une brique de lait.

— Non, on va partir à l'aventure, rétorque-t-elle sur un coup de tête.

En tant que terminale, Jeremiah a le droit de quitter le lycée pour sortir déjeuner, même si Mallory le soupçonne de ne pas l'avoir fait une seule fois de l'année. Raison de plus pour l'encourager à sortir aujourd'hui. Ses camarades sont en train de découvrir les merveilles de Boston, alors quel mal y aurait-il à ce que Jeremiah aille à la plage, lui ? À moins que…

— Tu pourrais me faire découvrir un endroit que je ne connais pas ?

Mallory vit à Nantucket depuis deux ans à peine, et il lui reste des zones entières de l'île à découvrir.

Jeremiah incline la tête. Elle voit bien qu'il se demande si elle est sérieuse.

— Viens, lui dit-elle, ma voiture est garée devant.

Jeremiah propose de lui montrer l'étang Gibbs, qui se trouve au centre de l'île, parce que c'est là que son père lui a appris à pêcher. La curiosité de Mallory est piquée : elle sait, grâce aux journaux de ses élèves, que c'est l'endroit où ont lieu la plupart des fêtes des lycéens.

— On a cinquante minutes, observe-t-elle. Ça nous laisse le temps d'un aller-retour ?

— Oui.

Il rassemble son journal, ses livres et son déjeuner avec détermination, et l'espace d'un instant Mallory a l'impression d'être une prof exceptionnelle, le genre qui sort des schémas établis, qui se dépasse pour ses élèves, qui sauve la vie de l'un d'entre eux, au moins symboliquement.

Ils prennent la route. Elle a laissé la capote, mais il fait suffisamment doux pour ouvrir les vitres et permettre à l'air printanier de s'engouffrer dans l'habitacle. Mallory monte le volume de la radio. La chaîne diffuse « Crazy » d'Aerosmith, et Jeremiah lève le visage vers le plafond pour hurler les paroles.

— Alors tu as la radio chez toi ?

— Oui, répond-il. Et même la télé. Avec le câble.

Il sourit.

Il lui indique une route de terre sur la gauche, et ils serpentent à travers d'épais bois broussailleux. L'hiver a été plutôt rude, avec beaucoup de neige, de pluie et de vent, et la chaussée est en mauvais état avec de sacrées bosses et des branches traîtresses qui laissent de fines rayures sur les flancs de la Blazer. Mallory commence à se demander si cette aventure est bien raisonnable. La route est à sens unique – plus étroite qu'une voie normale –, il est donc impossible de faire demi-tour avant de sortir des bois.

— Tu es sûr que c'est le bon chemin ?

— Sûr, confirme Jeremiah.

Il a un coude posé sur la vitre baissée, et il est si grand que sa tête effleure presque le plafond.

— Continuez, on va tomber dessus.

Mallory tente de se détendre. C'est elle qui a parlé d'aventure ! Et elle préfère être là plutôt qu'à la cantine devant une tourte au poulet, non ?

Les arbres commencent à s'espacer et il y a de la lumière devant eux, comme s'ils voyaient le bout d'un tunnel. Un instant plus tard, le paysage s'éclaircit et un immense étang d'un bleu argenté se déploie à leurs pieds. Une famille de canards glisse dessus.

— C'est… c'est…

Mallory vit à côté d'un étang elle aussi, mais celui-ci est différent. Il est en pleine nature, invisible depuis les routes principales. Comme s'il avait été déposé ici, en secret. Mallory n'en revient pas d'avoir vécu sur l'île tout ce temps sans avoir eu connaissance de ce lieu.

— Mon père a un canoë, lui explique Jeremiah. La première fois qu'il m'a amené ici, j'avais 6 ou 7 ans, et on a attrapé des perchaudes qu'on a rapportées à la maison pour le dîner. L'étang porte ce nom en mémoire de John Gibbs. Un prêtre amérindien qui s'est attiré des ennuis avec sa tribu et est venu se cacher ici. Les colons blancs aimaient tellement sa prédication qu'ils se sont acquittés de son amende… de 11 livres. Bizarre, non ? C'est arrivé il y a des centaines d'années… et l'étang est toujours là.

Il déglutit.

— Mes parents sont convaincus qu'il s'agit de notre

île, que nous sommes ses intendants, et que c'est notre tour de veiller dessus, alors pourquoi irions-nous ailleurs ?

Mallory approche la voiture du bord de l'étang. Elle regrette de ne pas avoir son appareil photo. Elle coupe le moteur et ouvre sa portière. Elle veut voir l'eau de plus près. Ils sont venus jusqu'ici, autant en profiter. Personne ne le remarquera s'ils rentrent avec cinq ou dix minutes de retard. Mallory n'a pas cours avant la fin d'après-midi, quant à Jeremiah, il est en étude toute la journée.

Elle descend et pose le pied dans la boue. Enfin plus exactement sa chaussure s'enfonce entièrement dans la boue. Elle constate alors que son pneu avant est embourbé.

— Oh, oh…

Jeremiah se tient à quelques mètres.

— Remonte, s'il te plaît, lui dit-elle. Je veux vérifier qu'on n'est pas coincés.

Elle rentre son pied, démarre et enclenche doucement la marche arrière. Lorsqu'elle enfonce l'accélérateur, la roue avant tourne et fait gicler la boue.

— Non !

Mais quelle imbécile ! Elle passe en mode quatre roues motrices. *Ça va marcher*, pense-t-elle. Après tout, elle a acheté ce véhicule tout-terrain parce qu'il est le plus résistant de tous. En tout cas c'est ce qu'elle aime se raconter.

À nouveau les roues patinent. La boue éclabousse tout, y compris le visage de Mallory à travers sa fenêtre ouverte.

— Vous feriez mieux d'arrêter, lui conseille Jeremiah. Vous vous enfoncez encore plus. Je vais descendre et pousser.

Mallory s'interdit de paniquer. Tout ira bien. Ils vont réussir à débloquer la voiture. Ils reprendront cette horrible route de terre avec ses horribles bosses, puis ils se retrouveront en territoire connu, sur Milestone Road. Ils arriveront au lycée une heure avant son dernier cours, au pire. Mallory lavera sa voiture ce week-end. Elle mettra un coup de polish pour effacer les rayures sur la carrosserie. Elle n'a jamais été très maniaque avec cette voiture de toute façon. C'est une baroudeuse, elle est faite pour avoir des gnons.

Jeremiah s'accroupit à l'avant de la Blazer et pousse. Il a de l'eau jusqu'aux chevilles ; elle a dû rentrer dans ses boots. Mallory voit les tendons de son cou se tendre, ses joues rougir, les veines de son front enfler. Elle appuie sur l'accélérateur en priant : *Allez ma belle, tout doux, voilà…*

Les roues patinent et s'enfoncent un peu plus dans la boue.

Mallory retire son pied de la pédale d'accélération.

— Vous avez des planches qu'on pourrait glisser sous les roues ?

— Des planches ? répète-t-elle.

On est mercredi midi, il n'y a personne d'autre à l'étang – pas une voiture, pas une âme qui vive, rien que des oiseaux et le ciel sans nuages au-dessus de leurs têtes. Ils vont devoir aller chercher de l'aide. Ils n'ont pas le choix. Mallory s'interroge : vaut-il mieux envoyer Jeremiah ou le laisser ici avec la voiture ? C'est sa voiture à elle, et il a de plus grandes jambes. Elle l'expédie sur Milestone Road.

— Arrête le premier automobiliste que tu verras et explique-lui la situation. On a besoin que quelqu'un nous tracte.

Pendant que Jeremiah s'éloigne, Mallory descend de la Blazer pour évaluer la situation. Elle est embourbée. Embourbée ! Elle s'assied sur le capot, se prend le visage à deux mains et essaie de ne pas pleurer. Elle voulait seulement se rendre utile... Que dit toujours Kitty ? Aucune bonne action ne reste impunie. Elle espère que M. Major se montrera compréhensif. Il sait combien elle était malheureuse que Jeremiah soit privé de ce voyage, il trouvera naturel qu'elle ait voulu lui offrir une petite récréation. Un bol d'air frais. C'est une si belle journée, tout le monde a la fièvre printanière. Même Mallory.

Ce que notre héroïne n'a pas imaginé (contrairement aux plus malins d'entre nous), c'est que la personne qui ramène Jeremiah à l'étang n'est autre que JD. Au volant du SUV des pompiers.

Mallory n'en croit pas ses yeux. C'est tellement... gênant. Elle se demande soudain s'il s'agit vraiment d'une coïncidence. Depuis leur rupture, elle a souvent croisé JD au volant de ce véhicule sur les routes entre le lycée et chez elle. Elle n'avait pas envisagé un seul instant qu'il puisse la suivre ou l'espionner... jusqu'à maintenant.

JD se gare derrière la Blazer et descend. Il porte son

uniforme noir. Elle disait souvent, pour le taquiner, qu'il était sexy avec. Mais maintenant elle le trouve intimidant.

Il inspecte l'avant de la voiture et pousse un long sifflement.

— Ah ça, pour être embourbée…

Mallory souhaite plus que tout rester sur un terrain formel.

— Tu as un câble de remorquage ?

— Oui, répond JD. Tu pourrais me dire ce que vous faisiez ici, le jeune M. Freehold et toi-même, tout seuls, au milieu d'une journée de cours ?

Mallory fixe JD droit dans les yeux, les joues en feu. Elle ne le laissera pas envenimer la situation avec sa jalousie pathologique.

Mais d'un autre côté, comment pourra-t-elle l'en empêcher ?

— Je vous l'ai dit, nous sommes partis à l'aventure, avec Mlle Blessing.

Mallory ferme les yeux. Elle sent l'imagination de JD s'agiter avec autant de vélocité que les pattes palmées d'un canard sous la surface étale de l'étang.

— À l'aventure… Vous m'en direz tant.

À l'occasion du retour des terminales au lycée le lendemain matin, Mallory apprend que Christy Belk et Maggie Sohn, oui, sont sorties en douce de leur chambre d'hôtel, ont traversé une autoroute pour aller acheter une bouteille de bourbon en utilisant la fausse carte d'identité de Christy, puis l'ont partagée avec les deux autres filles qui dormaient avec elles, lesquelles ont passé la fin de la nuit à vomir tripes et boyaux.

Ce n'est pourtant pas ce dont tout le monde parle au lycée. Non, tout le monde ne parle que de Jeremiah Freehold et Mlle Blessing, qui sont allés ensemble à l'étang Gibbs.

Apple passe voir Mallory entre deux cours.

— Dis-moi que ce n'est pas vrai, s'il te plaît. Par pitié, dis-moi que tu as suivi mon conseil et laissé ce garçon tranquille.

— Comment es-tu au courant ?

— Comment ? Ça jase beaucoup, ma biche. Beaucoup.

Oh, mais c'est pas possible ! s'insurge Mallory, intérieurement. Les gens ne peuvent tout de même pas s'imaginer un seul instant qu'il se soit passé quoi que ce soit d'inapproprié, si ? Elle est heurtée, inquiète et déçue – non seulement parce que Jeremiah et elle sont devenus des objets de curiosité (dans le meilleur des cas) ou les sujets de rumeurs graveleuses (dans le pire des cas), mais aussi parce que dans chacun de ses cours elle remarque que ses élèves évitent de croiser son regard tout en scrutant le moindre de ses gestes. Il y a même un garçon qui donne une tape dans le dos de Jeremiah.

À la fin de la journée de cours, Mallory est convoquée dans le bureau de M. Major. Elle s'y attendait, et elle le désirait même, tant elle espérait avoir une occasion d'expliquer ce qui s'est passé. Cependant, après sa discussion avec Apple, elle craint d'être renvoyée. Elle se demande si M. et Mme Freehold seront présents pour se plaindre que Mallory Blessing dévoie leur fils.

Dès que le proviseur a refermé la porte de son bureau derrière elle, Mallory prend la parole :

— Je me suis terriblement fourvoyée, monsieur. J'ai cru que ce serait une bonne idée d'emmener cet élève faire un tour à l'heure du déjeuner. J'avais de la peine pour lui. Mais je sais que les apparences peuvent être trompeuses, et je comprends pourquoi vous êtes dans l'obligation de vous séparer de moi.

Avant ces dernières heures, elle n'avait pas mesuré à quel point la situation pouvait donner lieu aux pires interprétations possibles. Jeremiah et elle se sont rendus à l'étang Gibbs seuls. Une enseignante et un élève. Il a beau avoir 18 ans, ça ne change rien. Que lui avait dit Leland à New York, déjà ? « C'est franchement déplacé. Tu pourrais avoir un peu plus d'amour-propre, non ? » N'a-t-elle donc rien appris ces deux dernières années ? N'a-t-elle pas du tout mûri ? C'est bien l'impression qu'elle a, en effet. Retour à la case départ.

— Me séparer de vous ? Vous plaisantez, voyons ! Je n'ai aucune intention de laisser partir mon enseignante la plus prometteuse, enfin !

Mallory conserve son poste, mais cet incident jette un froid sur son été. Elle a l'impression, où qu'elle aille, que les gens l'évitent, parlent dans son dos. Elle vit dans la crainte d'une rencontre malencontreuse avec Jeremiah ou ses parents ; elle regrette de ne pas connaître la marque de leur voiture pour pouvoir scruter le parking du supermarché avant d'entrer faire ses courses.

Elle a décidé, plus tôt dans le printemps, de ne pas retourner travailler au restaurant du Summer House ; elle voulait profiter d'un véritable été de vacances. Et pourtant, une semaine après la fin des cours, elle regrette déjà sa décision. Apple est partie – elle a accepté un poste dans une colonie de vacances en Caroline du Nord – et, sans son amie, Mallory se surprend à souffrir de la solitude.

Elle aimerait appeler Jake, mais c'est impossible. Lorsqu'ils se sont quittés la dernière fois, ils ont convenu de ne se contacter que pour s'annoncer l'une des quatre choses suivantes : fiançailles, mariage, grossesse ou mort.

« Comment est-ce que je saurai si tu reviens l'année prochaine ? lui a demandé Mallory.

— Je reviendrai chaque année. Quoi qu'il arrive. »

Mallory a accepté sa réponse, pourtant une année c'est long, et beaucoup de choses peuvent se produire dans ce laps de temps. L'été dernier, Jake avait une bonne excuse pour revenir à Nantucket : Cooper l'avait embarqué avec lui. Mais cette année ? Que va-t-il bien pouvoir dire à Ursula ?

Peut-être qu'ils ont rompu, pense-t-elle. *Ce n'est pas impossible.*

Mallory a désespérément besoin de compagnie. Elle appelle son frère et lui propose de venir passer le week-end avec elle.

— J'ai déjà organisé tout mon été, lui répond-il. Ce

week-end, on est à Vegas avec Alison, le suivant on a un concert avec Jake et Ursula, puis on va à Denver et ensuite à Nashville.

— Ah…

Elle a l'impression qu'elle vient de recevoir une fléchette empoisonnée en plein dans le front. Jake et Ursula n'ont donc pas rompu. Ils sont ensemble et ils organisent des sorties de couple, avec d'autres couples.

— Alors Alison et toi… C'est du sérieux finalement ?

— Oui, très sérieux, Mal, lui rétorque-t-il de sa voix de vieille âme à la patience infinie. Pourquoi tu me demandes ça ?

Je ne sais pas, moi, peut-être parce que tu as commencé ton histoire avec Alison moins d'un mois après avoir été plaqué par ta femme ?

— Je suis heureuse pour toi. Amusez-vous bien.

Un soir, elle se passe « Everybody Hurts » en boucle et boit une bouteille de vin toute seule. Elle est tombée bien bas. Elle espère qu'elle a touché le fond à ce stade. Le lendemain, elle appelle Leland, mais la ligne n'est plus attribuée. Quoi ? Leland aurait déménagé ? Pour retrouver sa trace, Mallory doit appeler Kitty, qui pourra obtenir des informations *via* Geri Gladstone. Or un coup de fil avec sa mère n'est jamais une chose simple : Mallory limite ses échanges avec ses parents à un appel tous les quinze jours. La conversation se déroule toujours de la même manière : sa mère lui parle de tennis, des dernières nouveautés du country club, de son parterre de vivaces, qui fait (apparemment) la jalousie de tout Deepdene Road. Puis elle interroge sa fille sur sa vie amoureuse. Kitty n'appréciait pas JD (sans surprise) et a donc été soulagée d'apprendre leur séparation, mais son insistance sur le sujet est usante. (« Je t'assure qu'il y a des hommes riches à Nantucket, Mallory, sur ces énormes yachts. Tu pourrais en rencontrer un si tu te décidais à troquer ton sempiternel short en jean contre une robe. ») Enfin, Kitty demande à Mallory quand elle a l'intention de quitter Nantucket pour « rejoindre la civilisation ».

Ce jour-là, comme chaque fois, Mallory répond :

— Je reste ici pour le moment, maman.

À quoi Kitty réplique :

— Oh, ma chérie…

Puis après un lourd soupir, elle ajoute :

— Ton père veut te dire bonjour.

— Le numéro de Leland, maman ! lui rappelle-t-elle.

Mais trop tard, Senior a déjà pris le combiné.

— Elle est partie chez Geri. Je vais être tranquille pendant une heure, merci. Il y a un match des Orioles.

Il se trouve que Leland a emménagé dans le Village.

— Apparemment, le coin où elle habite est très embourgeoisé, ajoute Kitty.

Mallory roule des yeux exaspérés. Dans l'esprit de sa mère, New York n'a pas évolué depuis 1978, et tous les habitants du Village sont des punks drogués.

— Tout ce coin s'est embourgeoisé depuis un bon moment, maman.

— Si tu le dis… En tout cas, je suis étonnée que tu ne sois pas au courant du déménagement de Leland.

— Je ne lui ai pas reparlé depuis les fêtes de fin d'année, confesse Mallory.

Le lendemain de Noël, les deux amies ont déjeuné ensemble à Baltimore. Leland repartait pour New York un jour plus tard. Leur conversation manquait de fluidité, tant leurs vies étaient différentes. Leland était devenue chroniqueuse pour le *Bard and Scribe*. Elle s'était vantée de son futur entretien avec Fiella Roget, une Haïtienne de 24 ans, dont le roman, *Danse danse*, était « le seul sujet de discussion de tout New York ». Et en échange, Mallory l'avait ennuyée à mourir en lui racontant sa vie au lycée et ses soirées avec JD à jouer aux fléchettes.

Mallory culpabilise de ne pas avoir pris des nouvelles de Leland avant, mais plus elle a attendu et plus la perspective d'un coup de fil est devenue pesante. Maintenant qu'elle a une raison concrète de l'appeler – l'inviter à passer un week-end –, ça sera plus simple.

C'est une voix inconnue qui répond au nouveau numéro de Leland.

— *Allô*[1] ?

— Oui, bonjour, répond Mallory, je cherche Leland Gladstone.

— Un instant je vous prrrrie.

Il y a des messes basses. À moins que Mallory ne se fasse des idées ? Elle est allongée sur sa terrasse,

1. En français dans le texte.

au soleil, parce que c'est là qu'elle se sent le plus en sécurité, face à l'océan.

J'ai de la chance, pense-t-elle. *Je suis bénie. Mais je suis tellement seule…*

Elle ne sait pas très bien comment elle réagira si Leland décline son invitation.

— Oui ?

— Lee ?

— Mal ? C'est toi ?

— Oui, salut, comment vas-tu ? J'ai demandé à Kitty de récupérer ton numéro par Geri, je ne savais pas que tu avais déménagé, et j'ai été débordée par la fin de l'année scolaire et, enfin bref, ça me ferait très plaisir que tu viennes me voir ce week-end, ou le suivant…

Mallory parle trop vite. Elle est nerveuse. Elle ne s'explique pas pourquoi : pendant des années, Leland et elle ont été aussi proches que des sœurs siamoises. Ceci explique sans doute cela, songe-t-elle. Leur proximité d'autrefois rend leur éloignement inconfortable, même si Mallory sait pourtant que c'est ce qui arrive lorsqu'on grandit : les chemins s'éloignent, les gens perdent le contact. Ainsi, Leland ne l'a pas prévenue qu'elle déménageait. Et Mallory ne connaît pas la personne qui vient de répondre au téléphone. La nouvelle colocataire de Leland, sans doute.

Celle-ci pousse un soupir – d'agacement ? de regret ?

— J'aimerais que ce soit possible, lui dit-elle. Mais je pars demain pour Bread Loaf.

— Bread Loaf, répète Mallory, qui a besoin d'une seconde pour comprendre.

Au début, elle pense à Sugarloaf, l'endroit où les Blessing et les Gladstone partaient skier en famille. Bread Loaf, c'est autre chose, une sorte de retraite pour les écrivains.

— Dans le Vermont, précise Leland. Je vais y passer trois semaines et demie, donc…

— Pour écrire ? Tu t'es lancée… dans un roman ?

— Moi ? Non !

Elle éclate de rire, et Mallory l'imite, même si elle est malheureuse parce que Leland ne viendra pas à Nantucket. Mallory n'a plus qu'une envie, raccrocher, mais en plus d'être malpolie, ça ne ferait que creuser encore un peu plus le gouffre entre elles deux.

— J'accompagne Fifi.

— Fifi ? répète Mallory.

— Fiella.

— Fiella Roget ?

Mallory a vraiment le sentiment qu'il lui manque une pièce du puzzle. La semaine dernière, Fiella Roget a fait la couverture du *New York Times Magazine*. Elle est célèbre, un véritable phénomène littéraire.

— Oui, Fiella Roget.

Derrière Leland, Mallory entend à nouveau la voix qui lui a répondu. Leland l'a interviewée et elles sont devenues amies, c'est ça ? Des amies si proches que Leland surnomme Fiella « Fifi » ? Si proches, oui, que Fifi décroche son téléphone et l'a invitée à Bread Loaf pour trois semaines ?

— Elle a accepté d'enseigner là-bas l'an dernier,

bien avant la sortie de son roman et toutes les sollicitations qui ont suivi. Elle a décidé d'honorer son engagement.

— D'accord, répond-elle sans bien comprendre en quoi tout cela est censé la concerner. Et qu'est-ce que tu comptes faire pendant qu'elle honore son engagement ?

— Agrandir mon réseau professionnel, bien sûr.

Mallory se détend aussitôt. Revoici enfin la Leland qu'elle connaît.

— Les écrivains les plus prometteurs se trouvent parmi les serveurs, tu sais, parce que ce sont eux qui ont obtenu des bourses et qui sont obligés de travailler. Les autres paient pour venir. Je compte assister aux ateliers de Fifi pour voir si je réussis à identifier des talents en devenir. Qui sait, je décrocherai peut-être un scoop pour le magazine.

— Ça se tient, répond Mallory.

— Et puis il faut que je sois là pour repousser ses admirateurs. Tu sais qu'on surnomme cet endroit « Bed Loaf[1] », non ?

« Repousser ses admirateurs » ? Une idée insensée traverse soudain l'esprit de Mallory.

— Et alors comme ça… tu as emménagé dans le Village ?

— À l'angle de Charles et de Bleecker. Fifi a un appartement génial, et les choses sont allées tellement vite que… oui, elle m'a proposé de m'installer avec elle en mars.

---

1. Jeu de mots sur *bread* (pain) et *bed* (lit).

« Les choses sont allées tellement vite » ?

— Est-ce que tu…

Mallory n'ose pas formuler la question qui lui brûle les lèvres. Elle a peur que Leland se moque d'elle ou se mette en colère. Leland est hétérosexuelle – elle est sortie plusieurs années avec Fray, elle a investi tant d'énergie pour traquer un banquier d'investissement diplômé de Princeton avec une mâchoire bien carrée et un corps de sportif, dans le genre de ce fameux Kip.

— Tu veux dire que tu sors avec Fiella Roget ? Vous êtes en couple ?

— Oui et oui, on est follement amoureuses. Incroyable, non ?

La vache. Non, là, vraiment… la vache !

« C'est formidable, je suis tellement heureuse pour toi, profite de Bread Loaf, avec un peu de chance vous trouverez une autre occasion de me rendre visite, Fifi et toi, pour voir les sapins de Noël du centre-ville, ou l'été prochain ! » Lorsque Mallory raccroche, elle pense : *Il faut que je raconte ça à quelqu'un !* Mais qui ? Apple est loin, Cooper est occupé à sillonner le pays avec Alison. Mallory pourrait enfourcher son vélo pour aller au Summer House et en parler à Isolde et Oliver, mais ils n'ont jamais rencontré Leland et ils ne lisent pas, le nom de Fiella Roget ne leur dira sans doute rien. Mallory pourrait appeler Kitty, sauf qu'elle n'est pas assez désespérée pour ça. Elle s'interroge sur les Gladstone. Sont-ils au courant que leur fille sort avec une romancière à succès ? Sont-ils aussi ébahis que Mallory ?

Au bout d'un moment, l'attrait de la nouvelle finit par s'émousser et le lendemain matin, au réveil, Mallory ne ressent plus qu'un sentiment d'abandon et d'isolement. Cooper a Alison, Leland a Fifi… et Jake a Ursula.

Août traîne en longueur. Les journées de Mallory, si trépidantes pendant l'année scolaire, sont pleines d'heures à occuper. Elle devrait sortir dans les bars le soir pour tenter de faire une rencontre. Au lieu de quoi elle lit et rédige des plans de cours pour la future année scolaire. Elle court et bronze. Elle achète un livre de recettes, et prépare du baba ganousch en faisant griller des aubergines fraîches et des gousses d'ail bien dodues jusqu'à ce qu'elles deviennent d'un brun doré et s'attendrissent. C'est un tel régal que Mallory le dévore sans pouvoir s'arrêter.

Une minuscule victoire sur cet été.

Enfin, la dernière semaine d'août arrive. Mallory est à la fois soulagée et nerveuse. Elle s'est réveillée à 3 heures du matin ces cinq ou six dernières nuits, tirée du sommeil par un rêve de Jake arrivant avec un bateau de pirate ou une montgolfière.

« Quoi qu'il arrive. »

Ces mots ont-ils la même signification pour eux deux ? Quoi qu'il arrive ?

Mallory guette la sonnerie du téléphone. Elle guette un télégramme. Comment sont-ils remis ? En main propre ? Elle vit sur une route qui n'a pas de nom. Elle jette des coups d'œil réguliers par la fenêtre de derrière, à la recherche d'un livreur de télégrammes égaré.

« Quoi qu'il arrive. »

On est lundi, la fête du Travail est dans une semaine.

On est mardi.

Le mercredi, elle finit par se rendre à la poste pour relever son courrier. Jake a son adresse, c'est là qu'il lui a expédié le roman à Noël. Lorsqu'elle ne trouve, dans sa boîte aux lettres, que l'habituelle collection de factures et de catalogues de rentrée, des larmes lui brûlent les yeux. Comme si son humiliation n'était pas assez cuisante, elle se cogne dans un couple qui entre au moment où elle sort.

— Ça va, Mal ?

Elle redresse la tête, cligne des yeux.

— JD, lâche-t-elle.

Il est avec une femme. Plus âgée mais séduisante, avec de longs cheveux cuivrés si magnifiques qu'on se sent presque obligé de les complimenter. Mallory connaît cette femme, c'est…

— Bonjour, mademoiselle Blessing, dit-elle. Je suis Tonya Sohn, la mère de Maggie.

JD sort avec Tonya Sohn, la mère de Maggie, divorcée de fraîche date. Mallory attend une seconde avant de mettre la clé dans le contact de la Blazer, hésitant entre le rire et les larmes.

Le rire ! Elle veut que JD soit heureux et qu'il la laisse tranquille.

Elle jette son courrier sur le siège passager, et une carte postale quelconque s'échappe d'un des catalogues puis glisse par terre. Mallory reconnaît son nom dessus. Elle la ramasse aussitôt et la retourne.

J'arrive vendredi 1er à 16h45. Si tu ne m'attends pas à l'aéroport, je prendrai un taxi pour te rejoindre à la maison.

Le message n'est pas signé, mais Mallory sait évidemment qui l'a envoyé.

Elle patiente encore un peu avant de mettre la clé dans le contact, hésitant entre le rire et les larmes tellement elle est soulagée.

Le rire ! Elle a tant de choses à lui raconter !

Été n° 4 : 1996

De quoi parle-t-on en 1996 ? Année bissextile ; Bill Clinton face à Bob Dole ; Braveheart *; la Tchétchénie ; le clonage ; la bombe pendant les JO d'Atlanta ; le divorce de la princesse Diana et du prince Charles ; JonBenét Ramsey, la mini-miss ; Kofi Annan ; le moteur de recherche Ask Jeeves ; Tupac Shakur ; la maladie de la vache folle ; les Spice Girls ; le djihad ;* Urgences *;* Jerry Maguire *et son « Gagne-moi le blé ! ».*

1996 est une année sans événement marquant pour notre héros.

Alors, se dit-il, passons directement aux bonnes choses.

Le vendredi 30 août, Mallory attend Jake sur le débarcadère du ferry. Ses cheveux sont plus longs et plus blonds ; elle les porte tressés. Elle a son sempiternel short en jean. Il n'a qu'une envie : le lui arracher.

Au mépris du protocole qu'ils ont établi ensemble et qui n'autorise aucune démonstration d'affection tant qu'ils ne sont pas à l'abri, dans la maison, il lui prend le visage à deux mains et lui donne un baiser qui les laisse tous deux hors d'haleine.

Lorsqu'elle finit par s'écarter, elle lui sourit. C'est bien trop long, une année sans ce sourire, pense-t-il. Il regrette de ne pas avoir apporté d'appareil photo. Il aurait aimé l'immortaliser.

Pendant qu'elle prépare l'apéritif, Jake va se baigner, puis il se rince sous la douche extérieure. Il n'y a pas de short de bain accroché aux patères. C'est la deuxième année de suite, ce qui est une bonne nouvelle, même s'il n'aime pas imaginer Mallory toute seule.

Bien sûr que si, il aime ça. Ce qui est complètement injuste, car Ursula et lui vivent ensemble désormais – ce qui signifie que Jake habite dans l'appartement qui sert à Ursula pour se doucher et changer de vêtements avant de retourner travailler. Jake préfère penser que Mallory passe ses soirées allongée près du feu avec pour seule compagnie Cat Stevens, un livre et les hurlements du vent.

Il enveloppe le bas de son corps dans une serviette et entre dans la maison. Mallory lui tend une bière fraîche et un cracker recouvert de rillettes de poisson fumé. C'est l'un des mets les plus délicieux que Jake ait jamais goûtés.

— Si tu aimes tant ça, lui dit-elle, je pourrai t'emmener dans la boutique où je l'ai acheté, et tu en rapporteras chez toi. Ça se congèle très bien.

— Ou ça peut rester un de ces délices que je ne savoure qu'une fois par an.

— Comme moi, réplique-t-elle avec un immense sourire. Tu t'occupes de la musique pendant que j'épluche le maïs ? Je t'ai dit que j'avais acheté un lecteur dans lequel on peut charger cinq disques ?

Jake la soulève dans ses bras pour l'emmener dans sa chambre.

— Encore ? glapit-elle.

Encore, encore, encore ; c'est leur quatrième week-end de la fête du Travail ensemble, et cette année, pour une raison qu'il ne s'explique pas, Jake ne parvient pas à assouvir son désir pour elle. Mallory serait sans doute gênée s'il lui avouait à quelle fréquence il pense à elle les 362 jours restants de l'année. Parfois incidemment, parfois fréquemment, parfois constamment.

Une fois que le maïs est épluché, les tomates coupées en rondelles et arrosées d'huile d'olive et de vinaigre balsamique, une fois que les burgers sont grillés, qu'ils se sont servi un verre, qu'ils ont mis du Sheryl Crow et qu'ils se dévorent du regard par-dessus la flamme de l'unique bougie éclairant la table – c'est romantique, a insisté Mallory, si romantique que Jake ne voit pas son assiette –, elle lui demande :

— Alors, comment va Ursula ?

— Bien. Je ne sais pas ce qui s'est passé, mais elle a l'air d'avoir plus ou moins renoncé à cette histoire de fiançailles.

— Vraiment ? s'étonne Mallory.

— Pas vraiment, vraiment. Disons que j'ai gagné un peu de temps en acceptant qu'on emménage ensemble.

— Ah…

Elle arrête d'empiler des cornichons sur son steak haché pour planter ses yeux dans les siens.

— Tu es allée chez elle ou elle est venue chez toi ?

— On a pris un nouvel appartement, répond-il. C'est ce qu'elle voulait. Un nouveau départ, un endroit rien qu'à nous. On partage le loyer.

— Et vous pourrez y rester une fois que vous serez mariés.

Chaque année vient un moment où Jake se demande si Mallory va le mettre dehors. Et cette année, c'est à ce moment précis.

— Je suppose que c'est l'idée, oui.

Il avale une gorgée de bière. Il n'aime pas parler d'Ursula, même s'il comprend pourquoi Mallory en ressent le besoin. Elle aime le faire le vendredi soir, histoire de se débarrasser du sujet, établir un état des lieux de la vie amoureuse de Jake à Washington, que pour que celle-ci cesse de planer au-dessus de sa tête comme un nuage d'orage.

« Je préfère savoir plutôt que de me poser des questions », lui a-t-elle expliqué.

Jake n'est pas certain de partager son avis.

— Elle te croit où ? demande Mallory.

— À Nantucket.

— Avec Coop ?

— Je ne suis pas certain d'avoir prononcé ces mots exacts, « avec Coop »… Je lui ai juste annoncé que j'allais passer le week-end à Nantucket parce que j'avais à peine pris l'air de l'été. De toute façon, elle a l'air de penser que c'est une tradition.

— Mais c'en est une.

Pendant une seconde, ils ne disent rien. Jake doit repousser la culpabilité qui l'assaille, parce qu'il est évident qu'Ursula n'a pas envisagé qu'il s'agissait de ce genre de tradition.

— Elle sait que tu viens chez moi ?

— Elle n'a jamais posé la question. J'imagine que si quelqu'un l'interrogeait sur le sujet, elle supposerait qu'il s'agit d'une maison de famille.

— Mais elle connaît mon existence ? Elle se souvient de m'avoir vue au mariage ?

— C'est possible… Enfin oui, elle a remarqué que nous avions dansé ensemble au mariage de Coop, et elle m'a demandé qui tu étais, mais elle ne t'a pas évoquée depuis. Elle n'a jamais, apparemment, établi de lien avec cet endroit.

Mallory mord dans son burger, puis étale du beurre sur son épi de maïs. Elle semble déconcertée par ce que Jake vient de dire… pourquoi ?

— Je trouve ça injuste. Je passe tellement de temps à être jalouse d'elle, et elle, elle n'en sait pas suffisamment pour être jalouse de moi.

— Ce qui est certain, c'est que si elle connaissait les sentiments que j'ai pour toi, elle serait très jalouse. Est-ce que ça te réconforte un peu ?

— Oui, dit-elle avant de lui envoyer un baiser au-dessus de la table plongée dans la pénombre.

Jake se réveille seul dans le grand lit bas. Les draps sont blancs avec un passepoil bleu ciel ; Mallory lui a avoué qu'elle avait fait une petite folie dans une boutique luxueuse d'ameublement en prévision de sa visite. Une bande de soleil filtre à travers les volets en bois (neufs eux aussi) et atterrit directement dans les yeux de Jake. Il respire l'odeur de Mallory sur l'oreiller d'à côté et s'étire.

Il se prépare du café dans la cafetière à piston, puis sort avec son mug sur la terrasse. Il regarde le déroulement infini des vagues. C'est un spectacle hypnotique. Il n'y a pas âme qui vive sur la plage, ni d'un côté ni de l'autre. Qu'est-ce qui l'empêche de courir nu jusqu'à l'océan pour son premier bain de la journée ?

Rien, sans doute. Alors il le fait.

Alors qu'il est ballotté par les flots, il aperçoit Mallory qui rentre de son jogging. Pas de tresses aujourd'hui, mais une queue-de-cheval. Elle s'aide de la pointe de sa basket droite pour retirer sa basket gauche, puis fait pareil avec ses orteils de l'autre côté. Elle ôte ses chaussettes, boit un peu d'eau fraîche et s'étire vers le sol. Puis elle entre dans la maison. Il entend sa voix, elle doit l'appeler. Est-elle inquiète ? S'imagine-t-elle qu'il est parti ? Non, elle a bien dû remarquer qu'il avait laissé toutes ses affaires.

Une seconde plus tard elle ressort sur la terrasse. Elle mord dans une pêche, l'aperçoit dans l'eau et lui fait signe.

Il lui répond.

Elle lève les bras au-dessus de sa tête, puis presse la plante de son pied droit contre sa cuisse gauche, au-dessus du genou. Une posture de yoga, l'arbre. Elle la lui a montrée hier soir pour qu'il s'y essaie (sans succès). Il voit très bien son tatouage, une liane verte, qui se détache sur la peau dorée de sa cheville. Il a l'impression d'avoir le cœur entouré de lianes.

Il est amoureux d'elle.

En comptant les vendredis et les lundis, aujourd'hui c'est le début de leur quatorzième journée ensemble, la fin de leur deuxième semaine. Est-ce le temps nécessaire pour tomber amoureux ?

Il sort de l'eau, et Mallory éclate de rire en découvrant qu'il est nu. Elle lui tend une serviette de plage rayée, qu'il noue autour de sa taille. Il lui prend la pêche de la main, la pose sur la petite table de la terrasse et lui donne un long baiser passionné. Quand ils finissent par se séparer, Mallory lui sourit.

— Bonjour !

— Je suis…

Doit-il lui dire ? Il en a envie, mais il a peur.

— … fou de toi.

— Ou fou tout court, réplique-t-elle avant de l'embrasser à nouveau.

Il fait griller du bacon, découpe un oignon et des tomates pour les omelettes. Il trouve un morceau de brie et le lui montre.

— Je peux utiliser ça ?

— Je suis folle de toi, moi aussi.

— Ça veut dire oui pour le brie ?

Elle hausse les épaules.

— Bien sûr.

Jake bat les œufs et fait chauffer le beurre dans la poêle. Pendant qu'il s'active aux fourneaux, il l'entend près de la chaîne, il identifie le *clic clic clic* qui signale qu'elle parcourt les CD. Elle a troqué ses vêtements de course contre un deux-pièces jaune vif et son short en jean. Ils ont prévu d'aller faire du kayak sur l'étang, puis d'aller acheter des homards pour leur dîner, comme ils en ont pris l'habitude. Ils ont fait l'impasse sur le Chicken Box la veille. Mallory était déçue, ça fait partie de la tradition. Ils ont même failli se disputer. Elle l'a accusé d'avoir peur de tomber sur quelqu'un de Washington. S'il ne peut pas nier que cette crainte est toujours présente dans un coin de son esprit – comment expliquerait-il à des collègues d'Ursula le fait de danser avec une fille, de l'embrasser ? –, la véritable raison de son désir de rester à la maison était autre : il n'avait aucune envie de partager Mallory. Il voulait pouvoir jouer avec ses cheveux, suivre les contours de ses côtes, écouter sa respiration. Si ce n'est pas une définition de l'amour, ça…

Jake plie l'omelette en deux. Il sert à Mallory celle qui est un peu plus réussie – où le fromage a davantage fondu et où les oignons ont caramélisé –, ce qui est une autre preuve de son amour. Chez lui, il se garde toujours la meilleure part, parce que la donner à Ursula reviendrait à la gâcher.

Ils mangent à table, Mallory pousse un cri de plaisir à chaque bouchée, ce qui le rend fou de désir, même si ce n'est pas du tout l'effet qu'elle recherche. Elle est spontanée, et c'est l'une des choses qu'il préfère chez elle. Elle ignore tout des artifices, de la manipulation, des petits jeux. Toutes les collègues femmes de Jake sont plongées dans *Les Règles, secrets pour capturer l'homme idéal* en ce moment – à ce qu'il en a compris, il s'agit d'un guide pour apprendre à ignorer les hommes afin de les amener à vous poursuivre de leurs ardeurs. Or Jake est bien placé pour savoir que c'est une stratégie qui fonctionne ; c'est l'une des raisons pour lesquelles il est toujours avec Ursula.

Il ne peut pas aimer Mallory… parce qu'il aime Ursula, même si ça ressemble souvent moins à de l'amour qu'à de la sorcellerie. Il existe des milliers d'attaches entre Ursula et lui : souvenirs communs, complicité, langage secret, références qu'ils sont les seuls à comprendre. Ursula le relie à sa sœur ; elle faisait sourire Jess, elle la faisait rire, elle lui donnait le sentiment d'être une adolescente de 11, 12, 13 ans comme les autres, ce que personne d'autre n'a jamais su faire. Les émotions que ces souvenirs éveillent en lui relèvent de l'indicible. Il a encore une image très précise d'Ursula dans sa tenue blanche près du cercueil de Jessica. Il ne pourra jamais oublier la beauté majestueuse qu'elle dégageait ce jour-là.

Une vie sans Ursula est inimaginable. Et pourtant, ce qu'il ressent pour Mallory n'est pas un engouement passager. C'est bien plus que cela.

Ils sont fous l'un de l'autre. Oui, voilà ce qu'ils sont cette année. Et ils en resteront là. Pour le moment.

La chaîne passe au morceau suivant, « Sunshine », de World Party. *Sunshine, I just can't get enough of you. Sometimes you just blow my mind.* « Mon rayon de soleil, je n'en ai jamais assez de toi. Parfois tu me foudroies. » Tout dans ce moment confine à la perfection : la sélection de la chanson, la lumière estivale qui envahit la pièce, l'harmonie des saveurs de ses omelettes, le bleu pervenche des dernières fleurs d'hortensia de l'été, que Mallory a coupées et mises dans un bocal à son habitude. Et Mallory elle-même, assise en face de lui, qui a encore de bonnes couleurs dues à son jogging.

Tout est si sublime que Jake songe : *Pause ! Je veux rester ici pour toujours.*

Mais bien sûr la vie ne fonctionne pas ainsi. Les vagues continuent inlassablement à se dérouler, et rien ne peut les arrêter.

Le dimanche, il pleut. C'est la première fois depuis quatre ans que Jake expérimente un jour de mauvais temps à Nantucket. Ça n'empêche pas Mallory de sortir courir ; à son retour elle est trempée comme une soupe et claque des dents. Jake l'emmitoufle dans une serviette de bain blanche bien épaisse et lui apporte un mug de café délicieux, léger et sucré.

— Est-ce que tu veux que j'allume un feu ? propose-t-il. Ou que je te fasse couler un bain ?

— Je vais plutôt aller me recoucher, dit-elle. Tu viens ?

Il pleut beaucoup trop dru pour prendre la voiture jusqu'à Great Point. Ils restent au lit et lisent – Mallory a insisté pour qu'il essaie un roman qui s'appelle *Le Journal de Bridget Jones* (pas si mal). Lorsqu'il en a assez de Bridget, Daniel et Mark (« c'est une réinterprétation d'*Orgueil et Préjugés*», l'informe Mallory ; « merci, je m'en étais rendu compte », rétorque Jake, alors qu'il ne s'est rendu compte de rien du tout), il pose le livre et se blottit contre le dos chaud de Mallory, pose le menton sur son épaule et respire l'odeur de ses cheveux. Quand il l'a rencontrée, elle avait un parfum fruité, et maintenant il est plus boisé, un mélange de clou de girofle et de sauge.

Après avoir fait l'amour, Mallory propose un tour en ville, pour aller louer la cassette vidéo de *Même heure, l'année prochaine*. Ils en profiteront pour passer chez le traiteur chinois sur le chemin du retour.

Jake est d'humeur maussade. Comment se fait-il qu'ils en soient déjà à l'étape du dimanche soir ? Il a l'impression que le week-end est passé deux fois plus vite. Ils auraient peut-être dû aller au Chicken Box… S'ils avaient fait plus de choses, aurait-il moins le sentiment que le temps a filé ?

Mallory se méprend sur sa réaction.

— Je peux y aller seule si tu préfères rester ici.

— Non !

Il n'a aucune envie d'être séparé d'elle ne serait-ce qu'une demi-heure.

Ils se tiennent ostensiblement par la main au moment de gravir l'escalier qui mène à la boutique. L'avant du magasin est occupé par le comptoir photo, on y trouve aussi des cartes de vœux et des cadres photo en promotion. Ils ont à peine franchi l'entrée qu'ils tombent sur un homme d'un certain âge ; son visage s'illumine dès qu'il reconnaît Mallory.

— Mademoiselle Blessing ! Quelle bonne surprise !

— Monsieur Major.

Pendant qu'elle échange une accolade avec lui, Jake tente de déchiffrer son expression. Qui est cet homme ?

— Je vous présente mon ami Jake McCloud. Jake, voici M. Major, le proviseur du lycée.

Une poignée de main. « Bonjour, enchanté de faire votre connaissance. Vous vivez sur l'île ?... Non, je suis juste en visite... Oh, et d'où venez-vous ?... De Washington... Merveilleux, profitez-en, je dois filer, Mme Major m'attend avec impatience à la maison, nous avons prévu de regarder *Braveheart*, ce sera la troisième fois, je crois qu'elle a un petit faible pour Mel Gibson, bonne soirée, à mardi, Mallory. »

Pendant qu'elle se dirige vers la salle du fond, où se trouvent des étagères remplies de boîtes de cassettes vidéo, il s'attarde à l'avant du magasin et regarde les appareils jetables. Il sent alors une main sur son bras. En se retournant, il découvre M. Major, qui baisse la tête et lui glisse tout bas :

— Mallory est une jeune femme remarquable et une sacrée enseignante.

(Il voudrait ajouter : « Traitez-la bien, elle mérite le meilleur. » Mallory a toujours suscité un instinct protecteur en lui, et il voudrait que ce type sache combien il tient un trésor entre ses mains.)

— Vous êtes un petit veinard, ajoute-t-il.

Jake sent sa gorge se nouer.

— Oui, je sais.

Mallory le rejoint quelques minutes plus tard avec une cassette dans un sac en plastique blanc.

— Je ne l'ai pas louée.
— Ah bon ?
— Je l'ai achetée !
Elle remarque alors qu'il a un sac à la main lui aussi.
— Qu'est-ce que tu as trouvé ?

Au moment de franchir le seuil de la maison, ils entendent le téléphone sonner.

— C'est sans doute Apple, dit Mallory. Je ne réponds pas. J'aurai tout le temps de penser au lycée après ton départ.

Le répondeur se déclenche et la voix de Mallory annonce : « Vous êtes bien chez Mallory, soit je suis absente, soit je n'ai pas envie de répondre ! Merci de me laisser un message… ou pas ! » Jake approche l'appareil jetable de son œil et le braque sur Mallory, postée près du téléphone. Il appuie sur le déclencheur. Il a pris quatre photos, de profil, quand elle était au volant de la Blazer, et elle l'a repoussé d'un geste de la main, en lui disant qu'elle ne pouvait pas poser en conduisant. Mais il ne veut pas qu'elle pose, justement, il veut la saisir dans les moments où elle est le plus naturelle. Il saisit l'instant où elle baisse les yeux vers le répondeur, dans l'expectative. Le correspondant raccroche et la tonalité résonne dans le silence.

— Parfait, conclut-elle.

Elle se tourne vers lui en souriant. *Clic clac.*

Boîtes en carton blanc, vapeur odorante, sauce soja, baguettes… puis Mallory appuie sur le bouton « play » et vient s'asseoir à côté de lui sur le canapé. Les voici de retour au Sea Shadows Inn de Santa Barbara, avec George et Doris, qui mangent seuls dans le restaurant de l'hôtel et se remarquent mutuellement. Ils lèvent leurs verres pour trinquer à distance, avant de finir par se retrouver assis côte à côte devant le feu. Ils discutent, rient, posent les fondements d'une relation qui durera un week-end par an jusqu'à la fin de leurs jours.

— Les biscuits ! s'écrie Mallory à la fin du film.

Elle lui en jette un. Il la prend en photo.

La prophétie de Mallory : *Vos compétences sont sous-estimées.*

— Sous les draps, ajoute-t-elle.

Celle de Jake : *Visez la médaille d'or ! Vous êtes destiné à devenir un champion.*

— Sous les draps, ajoute-t-il.

Mallory se lève.

— Allons-y, champion.

Elle se tient devant lui, en short en jean et tee-shirt, les cheveux aplatis du côté où elle a pressé la tête sur son torse pendant le film. Et s'il appelait Ursula pour lui dire qu'il ne rentrera pas ? Et s'il démissionnait de son poste sans âme chez PharmX ? Et s'il se retirait du bail pour leur nouvel appartement ? Et s'il restait ici et cherchait un boulot, même un boulot de musicien dans un café ?

— Tout va bien ? s'inquiète Mallory. On dirait que tu es à des milliers de kilomètres.

— Au contraire. Je suis ici, avec toi.

Ils sont en train de s'embrasser sur le lit lorsque la sonnerie du téléphone retentit à nouveau.

— Apple, murmure Mallory. Ne fais pas attention.

Il la sent se crisper légèrement lorsque le message du répondeur se déclenche. Suivi d'un bip.

« Euh, bonsoir ? dit une voix. Je cherche Jake McCloud ? Je suis Ursula… »

— Quoi ? lâche Jake.

Mallory s'assied sur son lit.

« … de Gournsey, sa petite amie, et j'ai besoin de le joindre. C'est urgent. »

Le père d'Ursula est mort. Une crise cardiaque en pleine journée d'orientation pour les nouveaux étudiants de Notre-Dame, un pique-nique au bord d'un lac. Une ambulance l'a conduit à l'hôpital Saint-Joseph, mais il a été déclaré mort à son arrivée. Ursula explique à Jake qu'elle va prendre un vol pour South Bend le lendemain matin, et il lui répond qu'il la rejoindra sur place. Ils raccrochent, puis Jake passe plus d'une heure en ligne avec la compagnie aérienne, pour changer son billet, et pendant ce temps Mallory est assise sur le canapé, la tête dans les mains.

Lorsqu'il finit par venir la chercher pour la reconduire au lit, ils s'allongent côte à côte dans le noir.

— Je suis certaine que c'est le dernier endroit où tu as envie d'être dans l'immédiat. C'est une chose de passer du temps ensemble quand Ursula est heureuse et obnubilée par son boulot. C'en est une autre d'être ensemble alors qu'elle est confrontée à un deuil pareil. Tu ne devrais pas être avec moi. Tu devrais être avec elle.

Mallory a raison. M. de Gournsey – Ralph, ou « Ralphie », comme Ursula et Jake aiment l'appeler entre eux depuis leurs 13 ans – est mort. C'était un homme fluet, chauve, mais avec une grosse voix puissante qui le rendait intimidant. Ça, et son intelligence redoutable. Il était un expert de la culture d'Asie du Sud-Est ; dans le salon des de Gournsey, on trouvait un cabinet de curiosités rempli de figurines en jade et en corail qu'ils avaient collectionnées, sa femme et lui, au cours de leurs voyages en Thaïlande, à Singapour, aux Philippines. Au fil des ans, Ralphie s'est révélé un allié pour Jake. Tout comme Mme de Gournsey (Lynette, elle insiste pour que Jake l'appelle Lynette). Ils se sont ligués tous les trois pour faire face à la tornade qu'est Ursula.

— Ralph adorait les maquettes de train, dit-il.

Il repense au jour où Ralph l'avait invité au sous-sol de la maison, pour lui montrer ses trains pour la première fois, c'était à Noël, l'année de troisième. Le circuit était sophistiqué, les rails sinuaient dans un décor sur mesure, suivaient les courbes des collines, sans oublier le village de Noël avec une quantité impressionnante de détails. Le frère d'Ursula, Clint, ne s'intéressait pas du tout aux trains, et Jake, qui le savait et espérait conquérir Ralph de Gournsey, avait admiré avec enthousiasme le circuit. Il voudrait l'expliquer à Mallory, mais comment pourrait-elle être touchée, ou même comprendre ?

Elle comprend la situation sans doute mieux qu'il ne le croit, car elle dit :

— Tu veux que j'aille dormir dans la chambre d'amis pour te laisser le temps de digérer la nouvelle ? Je me sens de trop tout à coup, je ne le connaissais pas.

— Non, reste.

Il ressent, entre autres choses, de la colère et de l'amertume, à ce que cette nouvelle tombe maintenant – si seulement c'était arrivé la semaine prochaine, ou même demain. Mais non, c'est arrivé aujourd'hui, alors qu'il n'avait qu'une envie : faire l'amour à Mallory une dernière fois. Et maintenant tout est gâché, oui.

Pour se rendre à South Bend, Jake doit passer par Boston et Detroit. Il atterrit là-bas le lundi à 16 heures. Il a l'intention de prendre un taxi pour aller chez les de Gournsey, mais il a la surprise de trouver son père à la descente de son avion. Alec McCloud l'accueille les bras grands ouverts et Jake se blottit contre lui.

— Tu sais ce que c'est de perdre un être cher, dit Alec. Tu vas l'aider à traverser cette épreuve.

Lorsqu'ils montent en voiture, Alec lance :

— Alors, Ursula nous a dit que tu étais à… Nantucket ? Avec ton ami de l'université ? Comment s'appelle-t-il déjà ?

— Cooper, répond Jake. Cooper Blessing.

— Ah oui, voilà. Ursula dit que c'est devenu une sorte de tradition.

Jake a l'impression que des chacals sont en train de lui dévorer le cœur. À la mort de Jessica, il a fait le serment d'être quelqu'un de bien pour ses parents. Ils avaient déjà traversé tant d'épreuves, il ne voulait surtout pas être un fardeau supplémentaire. Il serait à la hauteur, il se surpasserait, il éviterait les ennuis, il ne leur mentirait pas. Jake s'imagine raconter son histoire avec Mallory à son père. « Tous les ans pour le week-end de la fête du Travail, quoi qu'il arrive. » Ce serait un tel soulagement de partager ce secret avec quelqu'un. Comment réagirait Alec ? Et la mère de Jake ? Il a trop honte pour aller au bout de cette question. Il ne peut pas se confier à ses parents. Il ne peut se confier à personne.

— Oui, se contente-t-il de dire. J'y vais tous les ans. Pour la fête du Travail.

Ursula ne va pas bien. Lorsque Jake arrive chez les de Gournsey, il la trouve étendue à plat ventre sur son lit de petite fille.

— Hé, dit-il en s'asseyant près d'elle. Je suis là.

Elle se met à sangloter dans son oreiller, avant, enfin, de tourner la tête d'un côté comme une nageuse qui reprendrait son souffle. Puis les mots jaillissent, compréhensibles et incompréhensibles en même temps : elle est une mauvaise fille, la pire qui soit, elle est autoritaire, ingrate, tyrannique, froide, dure, prétentieuse. Ses deux parents la craignaient, et c'était bien naturel, car elle les a méprisés toute sa vie… jusqu'à maintenant.

— Mon père m'aimait, mais il ne m'appréciait pas,

gémit-elle. Tu m'as dit toi-même qu'ils trouvaient que j'étais un monstre d'égoïsme. Et je l'étais ! Je le suis ! Je le suis à cet instant précis !

Jake lui caresse le dos. Elle avait l'air de tenir bien mieux le coup au téléphone, et il s'était attendu à ce qu'elle soit occupée à organiser la réception à la fac, à choisir des chants pour la messe, à rédiger une nécrologie pour le *South Bend Tribune*. Une part de lui avait même imaginé qu'elle serait en train de travailler.

Il comprend qu'il avait faux sur toute la ligne. Il y a une fissure dans l'armure d'Ursula.

Ils traversent la journée du mardi dans un état second. Des amis et des voisins passent les voir avec de petits plats, des fleurs, des gâteaux, des boîtes de chocolats, des livres sur le deuil et des bouteilles de Jameson, le whiskey préféré de Ralph, même si personne d'autre dans la maison n'en boit. Jake et Ursula ont droit, de la part de chacun, à une variation sur l'air de : « Vous avez tellement de la chance de pouvoir compter l'un sur l'autre. » Sans oublier : « Quand allez-vous vous marier ? »

Le mercredi, à l'enterrement, Jake et ses parents sont assis au premier rang avec Ursula, Lynette et le frère d'Ursula, Clint, qui est arrivé d'Argentine in extremis avec une sacrée barbe. La moitié de l'université de Notre-Dame est présente. Le recteur de l'université, M. Malloy, prononce l'éloge funèbre, un soliste de la chorale chante l'« Ave Maria ». La messe est magnifique. Ursula pleure tout du long. Jake pensait qu'elle prendrait la parole, mais elle en est, de toute évidence, incapable. Elle a perdu pied. Et Jake se demande si c'est ce qu'il a guetté toutes ces années : une occasion de lui servir de planche de salut, de surgir tel Superman pour la rattraper alors qu'elle dévale dans le vide.

Ils doivent tous deux reprendre le travail, et ils embarquent donc ensemble à bord du premier vol pour Washington le jeudi matin. Ce n'est que lorsqu'ils se sont installés à leurs places en première – l'hôtesse les a surclassés à l'embarquement en voyant la tête d'Ursula – que celle-ci se tourne vers Jake et lui demande :

— C'était comment à Nantucket ?

— Oh, bien, je crois… Avec tout ce qui s'est passé, j'ai déjà oublié.

— C'était une voix de jeune femme sur le répondeur, qui est-ce ?

— Ah bon ? Je ne sais pas…

Il sort le magazine de la compagnie aérienne rangé dans la poche devant lui pour se donner un air détaché.

— Peut-être la sœur de Coop ? C'est une maison de famille.

— La sœur de Coop ? La demoiselle d'honneur avec laquelle tu as dansé à son mariage ?

Jake baisse le magazine et joue l'agacement.

— Sincèrement, Ursula, tu crois que je m'en souviens ?

— Elle était là ou pas ? La sœur ?

Jake a passé quatre week-ends avec Mallory. Il a

de la chance, en un sens, de ne pas avoir eu à mentir plus tôt.

— Non, Ursula. Il me semble pourtant te l'avoir dit, l'idée, c'était de faire un truc entre garçons.

Juste avant de partir, il a avoué à Mallory avoir donné à Ursula le numéro de la maison, en cas d'urgence. « Évidemment, je ne m'attendais pas à ce qu'elle l'utilise. Je la connais depuis ses 13 ans, et elle n'a jamais été face à une urgence qu'elle aurait été incapable de gérer toute seule. »

Ursula hoche la tête – mais semble-t-elle entièrement convaincue ?

— D'accord.

Quand Jake range ses affaires ce soir-là après le travail, il tombe sur l'appareil jetable. Il a encore bien à l'esprit son échange pour le moins tendu avec Ursula, et son premier réflexe est donc de se débarrasser de cette fichue preuve. Il ne peut pourtant pas prendre le risque de le faire ici, dans leur appartement – même en l'enfouissant sous les ordures de la cuisine, il resterait un risque qu'Ursula tombe dessus. Elle a un sixième sens pour certaines choses. Jake le fourre donc dans son attaché-case, il s'en débarrassera sur le chemin du bureau. Et cependant, le lendemain matin, il dépasse une première poubelle, puis une deuxième, puis une dizaine d'autres. Il ne peut pas se résoudre à jeter l'appareil. Pendant sa pause déjeuner, il marche dix bonnes minutes pour trouver un labo photo à la frontière d'un quartier moins bien fréquenté. L'employé lui annonce un délai de trois jours pour le développement.

Il attend une semaine entière avant d'aller récupérer les photos, règle les 8 dollars en liquide. Il se rend ensuite dans un bar de la Treizième Rue, où il est certain de ne croiser aucune connaissance, et il parcourt les clichés. Il a l'impression de se livrer à un acte aussi transgressif que s'il regardait de la pornographie, alors qu'il s'agit de portraits tout ce qu'il y a d'innocent. Mallory, la tête rejetée en arrière, qui approche des nouilles chinoises de sa bouche avec une paire de baguettes, Mallory au volant de la Blazer, Mallory endormie, juste avant qu'il ne la réveille pour qu'elle le conduise à l'aéroport.

Il a prévu de regarder les photos, puis de les jeter… Sauf que non, il ne peut décidément pas s'y résoudre. Il les range dans la pochette, qu'il glisse à l'intérieur de la brochure de PharmX sur le code de bonne conduite en entreprise, dans son tiroir du bas. La fin du monde pourrait survenir, personne ne les trouverait.

Jake survit une première semaine, une seconde – mais le terme « survivre » n'est pas galvaudé, il s'agit vraiment de passer le cap de chaque journée sans incident, crise ni bouleversement. Techniquement, c'est encore l'été, les trottoirs sont aussi brûlants qu'un gril, toutefois les enfants ont repris le chemin de l'école, les costumes en coton et les robes légères ont été remisés au fond des penderies ; l'automne se profile, et avec lui la fin de la rigolade. On trouve déjà des bonbons pour Halloween au supermarché, et tout le monde place de grands espoirs dans l'équipe de football des Redskins pour la reprise de la saison.

Ursula paraît changée. Elle est plus douce, plus

calme ; elle se blottit contre lui sous les draps au lieu de lui présenter son dos glacial. Elle appelle sa mère tous les deux ou trois jours, pour prendre des nouvelles. Elle rentre du travail à 20 heures, parfois 19 h 30. Le seul motif de plainte de Jake serait qu'elle mange encore moins qu'avant. Elle flotte désormais dans le tailleur qui mettait en valeur sa minceur anguleuse, on dirait qu'elle n'est plus qu'une silhouette en carton. Elle disparaît.

Un jour, Cooper appelle Jake sur sa ligne professionnelle ; il est 16 h 45, ce qui signifie qu'il veut lui proposer de le retrouver pour un verre.

— Hé, mon pote, quoi de neuf ? Ça fait un moment que tu n'as pas donné de nouvelles.

Dès qu'il entend la voix de Cooper, Jake sort la seule photo de Mallory qu'il a extraite de la pochette de photos pour la ranger dans son tiroir du milieu. Celle où on la voit manger des nouilles chinoises. Mallory a un côté un peu gauche en société, ça fait partie de son charme, mais il adore sa façon d'utiliser des baguettes, et quand il pose les yeux sur cette photo il a l'impression que ces baguettes lui transpercent le cœur justement.

— J'ai traversé une mauvaise passe, répond Jake, le père d'Ursula est mort.

— Oh, non, je suis désolé. J'appelais pour te proposer de prendre un verre après le boulot, mais si tu n'es pas d'humeur…

— Je suis d'humeur, répond-il, se surprenant lui-même.

Ils se retrouvent dans leur bar attitré, commandent

un pichet de bière, deux shots de Jim Beam et des ailes de poulet grillé. La normalité de ce rendez-vous est réconfortante. Alanis Morissette pousse ses gémissements en fond sonore, et la clientèle se compose de l'habituelle foule de salariés BCBG et aisés qui se retrouvent pour boire, discuter, rire comme s'il s'agissait d'un jour comme les autres – car pour eux, c'est un jour comme les autres. Jake observe Cooper assis en face de lui. Un vrai amour. C'est le terme qui lui vient toujours à l'esprit quand il pense à son ami. Un type dont les sujets de conversation ne se limitent pas à Tiger Woods et au foot américain ; non, Cooper est quelqu'un de profond – d'intelligent, de compatissant, capable de réfléchir. Lorsqu'il a tort, il le reconnaît, lorsqu'il ne sait pas, il le dit. C'est pour cela que leur amitié dure depuis aussi longtemps alors que tant d'autres se sont défaites.

Cooper lui demande comment Ursula réagit à la situation, et Jake s'éloigne pour une fois du laïus qu'il a pris l'habitude de répéter depuis les obsèques.

— Plus mal que ce à quoi je m'attendais. Et tu sais quoi ? Ça l'a en quelque sorte rendue… humaine à mes yeux.

Cooper avale une gorgée de bière.

— Je vois ce que tu veux dire. Ursula me terrorise.

Jake prend des nouvelles d'Alison. Est-ce qu'ils sont toujours ensemble ? (Jake connaît déjà la réponse : il sait par Mallory qu'ils ont rompu.)

— Non, c'était impossible avec la distance. Mais elle était drôle, et cette histoire m'a fait du bien après

Krystel. Enfin… deux jours après m'être séparé d'Alison j'ai rencontré Nanette.

— Nanette ?

Mallory n'a mentionné aucune Nanette.

— Je suis sorti pour noyer mon chagrin, explique Cooper. Et Nanette était au bar ce soir-là, elle s'est occupée de moi.

— Je croyais que tu voulais garder tes distances avec les femmes du monde de la restauration ?

— Nanette est différente. Elle reste derrière le bar et elle slame. Et puis tout le monde n'a pas la chance d'avoir rencontré son âme sœur en quatrième.

— Certes…

— Plus sérieusement, pourquoi est-ce que tu fais encore mariner Ursula ? Tu vas te décider à l'épouser, oui ?

Jake éclate de rire.

— Je crois qu'il nous faut un peu plus de bourbon.

Jake est saoul quand il quitte Cooper. Le Jim Beam dans ses veines agit exactement comme la vapeur d'une douche révélant un mot écrit sur le miroir d'une salle de bains : *Demande en mariage.*

La vendeuse de la bijouterie, Lonnie, est très maquillée – fard à paupières scintillant, rouge à lèvres luisant évoquant une sucette à la cerise –, et elle arbore une choucroute permanentée irisée de laque sous les spots. La boutique est vide et Lonnie s'apprêtait sans doute à fermer pour la soirée, pourtant elle accueille Jake avec chaleur. Elle a probablement repéré une proie facile : un jeune type en mission commandée par l'alcool.

— Alors, quel genre de bague de fiançailles vous cherchez ?

— Le genre qui a l'air de valoir plus que ce qu'elle coûte.

Il la fait rire. Elle s'enquiert de son budget, il répond 5 000 dollars, parce que ça lui paraît une somme raisonnable, et ronde, et elle lui répond qu'elle a des choses à lui proposer autour de ce prix. Elle lui sort plusieurs bagues, qui vont de minuscule à absurde, et les lui présente sur un plateau en velours noir. Il n'arrive pas à se décider. Elle le bombarde de questions sur l'« heureuse élue », terme qui ferait sans doute trembler Ursula.

— C'est ma copine depuis quatorze ans, explique Jake, même si on a fait des pauses et qu'on a connu d'autres histoires entre-temps.

L'enthousiasme de Lonnie monte encore d'un cran.

— Vous avez eu d'autres partenaires mais vous êtes revenus l'un vers l'autre au bout du compte. C'est le signe d'un amour véritable.

Les choses sont évidemment beaucoup plus compliquées, néanmoins il n'a aucune intention de s'étendre sur le sujet avec Lonnie.

— Elle est avocate pour la SEC.

Jake patiente une seconde pour voir si la bijoutière est impressionnée, mais elle ne sait sans doute pas ce qui se cache derrière ces lettres. Washington est la ville des acronymes.

— C'est quelqu'un de sérieux, reprend-il. Je ne veux pas quelque chose de clinquant.

— Non, il faut une bague simple, classique, de bon goût. Est-ce qu'elle porte d'autres bijoux ?

Eh bien, elle ne quitte ni la croix en or que ses parents lui ont offerte pour sa confirmation en troisième, ni la fine montre en or qu'ils lui ont achetée lorsqu'elle a terminé ses études de droit. Elle a un collier de perles, mais ses oreilles ne sont même pas percées. Il a l'impression de manger en partie ses mots, toutefois, si Lonnie le remarque – ainsi que les odeurs de cigarette et de graillon qui l'ont suivi depuis le bar –, elle n'en fait aucune mention.

— Voilà la bague que je vous conseille. À mon avis, vous feriez une bêtise en ne la prenant pas. Elle est un peu au-dessus de votre budget, 6400 dollars, mais elle est largement au-dessus des autres. C'est un diamant d'un carat et demi, d'une clarté exceptionnelle, sur une monture en or blanc.

Elle lui présente la bague sur sa paume.

— D'accord, dit-il après l'avoir regardée. On part sur celle-ci, alors…

— Modérez un peu votre enthousiasme, le taquine-t-elle avec un clin d'œil appuyé. Vous pouvez me faire confiance, Mallory va être folle de joie.

Il redresse aussitôt la tête.

— Mallory ?

Lonnie écarquille les yeux, et il remarque une paillette sous son œil, qui luit comme une larme.

— Je me suis trompée ? Pardon, j'ai cru entendre Mallory.

Elle pose une main sur le bras de Jake.

— Je suis vraiment navrée.

— Elle s'appelle Ursula.

Il est ivre ! Il a dit à Lonnie que sa copine s'appelait

Mallory ! Qu'est-ce qui lui a pris enfin ? Sans doute qu'inconsciemment il a pensé qu'une fois qu'il aurait été au bout de sa démarche, il faudrait qu'il appelle Mallory… Elle comprendra dès qu'elle aura décroché le téléphone. Elle a compris avant même qu'il ne quitte Nantucket, il en mettrait sa main à couper. Elle est restée silencieuse pendant tout le trajet jusqu'à l'aéroport ce lundi matin, à l'aube. Et quand il a lancé : « Même heure l'année prochaine ? », elle s'est contentée de hausser les épaules.

« Quoi qu'il arrive, Mallory Blessing, a-t-il insisté avant de l'embrasser, de descendre de la Blazer et de se retourner. Quoi qu'il arrive. »

Jake se force à rester concentré sur Lonnie – fard à paupières, laque et compagnie.

— Ma copine s'appelle Ursula. Ursula.

Lonnie ne perd pas une minute. Elle referme l'écrin, enregistre l'achat et accepte sa carte de crédit.

— Ursula va être enchantée, conclut-elle.

Il ne sait pas comment faire sa demande. Autour d'un dîner romantique ? Il voit mal Ursula accepter de sortir au restaurant alors qu'elle est encore rongée par la tristesse. Et puis elle n'avalerait rien de toute façon. Il pourrait l'emmener devant l'un des monuments les plus emblématiques de Washington – le Lincoln Memorial ou le Jefferson Memorial. Il pourrait la convaincre de sortir faire un jogging demain matin et s'agenouiller devant le miroir d'eau au moment du lever du soleil, lorsque l'image ondulante de l'obélisque apparaît à sa surface.

Il a laissé passer une occasion en or à Paris.

Il envisage d'attendre jusqu'à Thanksgiving, et leur retour à South Bend. Il pourra l'emmener à la patinoire, puisque c'est là qu'il a enfin trouvé le courage de lui demander de patiner avec lui. Il était si nerveux qu'il avait la paume moite dans son gant.

Au moment de rentrer chez eux, il revoit Ursula à cet âge, 13 ans, avec son appareil dentaire, son sous-pull à motifs bicyclette, dont le col dépassait de son pull jacquard bleu marine sous son caban de la même couleur, son bonnet à rayures avec oreilles qui se terminaient par des fils à pompons, noués sur le sommet de son crâne. Leur nouvel appartement est si grand que si Ursula se trouve dans la chambre à coucher, elle ne l'entendra pas.

L'entrée est plongée dans le noir, alors Jake en déduit qu'elle est encore au travail avant d'apercevoir sa mallette au pied de la console sur laquelle est posé le courrier.

Il s'engage dans le couloir qui conduit à leur chambre. Il est déterminé. Il frappe à la porte, l'entrouvre. Ursula est allongée sur le lit dans une robe bleu marine sans manches, dont la ceinture est serrée au tout dernier cran. Un gant de toilette est posé sur ses yeux.

Jake s'assied sur le lit à côté d'elle.

— Ça va ?

Elle retire le gant.

— Migraine.

Jake lui tend l'écrin.

— J'ai quelque chose pour toi.

Elle cligne des yeux, lui prend la boîte de la main, l'ouvre. Son expression ne trahit rien – ni surprise, ni joie, ni « ah enfin il était temps ». Elle sort la bague et la glisse à l'annulaire de sa main gauche. Elle est trop grande, il le voit bien, mais ils pourront retourner à la bijouterie, pour la faire mettre à sa taille.

— Elle est ravissante. Merci.

— Tu veux bien m'épouser ?

Ursula se laisse retomber sur son oreiller et ferme les yeux.

— Oui, dit-elle.

Jake ne pense qu'à une chose, combien Lonnie serait dévastée si elle pouvait voir Ursula à cet instant précis.

Été n° 5 : 1997

De quoi parle-t-on en 1997 ? La princesse Diana ; Harry Potter ; Madeleine Albright ; la comète Hale-Bopp ; les otages de Lima au Pérou ; Tony Blair ; Google ; la mort de Gianni Versace ; Titanic *et son « Je suis le maître du monde ! » ; l'accident d'avion en Indonésie ; la rétrocession de Hong Kong à la Chine ; The Notorious B.I.G. ; « Candle in the Wind » ;* X-Files *; le combat entre Evander Holyfield et Mike Tyson.*

Le troisième week-end de juin 1997, Jake McCloud et Ursula de Gournsey se marient à South Bend. La cérémonie aura lieu à la Log Chapel sur le campus de Notre-Dame et sera suivie d'un dîner en petit comité dans l'une des plus anciennes institutions de la ville. Mallory tient tous ces détails de Cooper, qui sera le témoin de Jake. Elle a interrogé son frère le plus naturellement du monde. « Et il y aura des garçons d'honneur ? » Un seul visiblement, le frère d'Ursula, Clint. « Et qui sera le témoin d'Ursula ? » Cooper n'en a pas la moindre idée. « Sa mère peut-être ? »

Sa mère ? Comme c'est bizarre, songe Mallory, qui repense aussitôt à la chanson « How Bizarre », qui a rencontré un grand succès chez ses élèves toute l'année, et qui est une rengaine insupportable. À moins que ce qui soit bizarre, en réalité, ce soit le fait que Mallory ne demanderait jamais de la vie à Kitty de lui servir de témoin.

— Jake est nerveux ?

La voix de Mallory est un peu crispée, mais Cooper ne s'en rend pas compte.

— Nerveux ? Aucune idée. Est-ce qu'on peut être nerveux d'épouser la fille avec qui on sort depuis seize ans ?

Mallory est incapable de savoir si c'est une bonne ou une mauvaise chose que le week-end du mariage de Jake soit le seul de l'été – enfin des quatre derniers étés – où Leland puisse venir lui rendre visite à Nantucket. Fiella et elle débarquent à 18 heures le vendredi. Mallory les attend à la descente du ferry.

— Oh, ce voyage a duré une éternité, lâche aussitôt Leland. Cinq heures de route, puis deux de bateau.

— Pourquoi vous n'avez pas pris l'avion ? s'étonne Mallory, tout en cherchant Fiella derrière son amie.

Elle appréhende de faire sa connaissance, non seulement parce qu'elle est la compagne de sa meilleure amie, et qu'elle veut donc lui faire bonne impression, mais parce qu'elle est une romancière célèbre, vraiment célèbre. Son premier roman, *Danse danse*, fait l'objet d'une adaptation au cinéma avec Angela Bassett et John Malkovich, et son second, *Les Cendres froides du cœur*, a été sélectionné par Oprah Winfrey pour son émission et occupe la première place du classement des meilleures ventes du *New York Times* depuis vingt-sept semaines.

Mallory repère Fiella au milieu de la passerelle, entourée d'un groupe de collégiennes qui lui réclament un autographe. Ça n'a rien de très surprenant qu'on l'ait reconnue : elle ne passe pas inaperçue. Sa peau est d'un cuivre soutenu et ses boucles serrées, très brunes au niveau du crâne, sont dorées aux pointes. Elle porte une robe dos nu orange vif qui dévoile avantageusement sa poitrine. Fiella Roget est, en toute objectivité, encore plus époustouflante en vrai qu'en photo ou à la télé.

— Fifi ne voulait pas prendre l'avion, répond Leland avec irritation. Elle voulait « faire l'expérience d'un voyage sur l'eau ».

— Je vois l'idée, je crois.

À peine Fiella a-t-elle signé un autographe qu'une autre adolescente lui succède, et Mallory se demande si Leland est confrontée à cette situation dès qu'elles se rendent quelque part – et aussi, accessoirement, si elles vont réussir à quitter le débarcadère pour rejoindre la Blazer.

Leland finit par se frayer un chemin à travers la foule pour libérer Fiella, provoquant des remous.

— On peut respirer, oui ! crie-t-elle à une blonde guillerette qui brandit un exemplaire de *Danse danse*. On est en vacances !

Ce qui n'empêche pas l'adolescente de présenter impérieusement son livre à Fiella, ravie de le dédicacer. Puis elle s'extrait de la cohue avec autant de fluidité que si elle retirait une robe de chambre en soie, et elle offre sa main tendue, accompagnée d'un sourire radieux, à Mallory.

— Désolée, lui dit-elle. Je suis Fifi, et toi, Mallory. J'ai vu toutes vos photos d'enfance, à Baltimore. Je suis si enchantée de te rencontrer.

Sa voix colle des frissons à Mallory. Fiella, Fifi, a une pointe d'accent créole. Cette femme est majestueuse, c'est une reine. Mallory comprend aussitôt pourquoi Leland est tombée amoureuse d'elle.

— Sincèrement, je n'en peux plus, lâche cette dernière sur le chemin du parking. Elles ont passé les deux heures de la traversée à te regarder, et elles ne trouvent le courage de t'aborder qu'au moment de quitter le bateau ?

— Elles sont inoffensives, les défend Fifi, balayant les protestations de Leland. Et puis c'est grâce à elle que je paie les factures. Bref, regarde comme cet endroit est charmant ! Ne sommes-nous pas les créatures les plus chanceuses au monde ? Merci, Mallory, pour ton invitation.

Elles viennent d'arriver à la Blazer, propre, lustrée et aspirée pour leur venue.

— Oh, voici notre carrosse ?

— Pitié, gémit Leland, tu peux parler comme une personne normale ?

C'est agréable de recevoir du monde quand parmi les hôtes se trouve quelqu'un d'aussi enthousiaste que Fiella Roget. Elle s'assied à l'avant, reléguant Leland sur la banquette arrière avec les bagages. À chaque coup d'œil dans le rétroviseur, Mallory croise le regard noir de Lee. Un regard qu'elle ne connaît que trop bien. Évidemment, ça doit être difficile, pour ne pas dire démoralisant, de sortir avec une femme aussi célèbre – surtout pour Leland, accoutumée à être au centre de l'attention. Mais elle a bien dû finir par s'habituer à ce rôle, non ? Elles sortent ensemble depuis plus de deux ans.

Fifi sort un journal en toile de sa sacoche en cuir et commence à griffonner à l'intérieur malgré les cahots de la Blazer sur les nids-de-poule de la route sans nom.

— Stop ! s'écrie-t-elle soudain.

Mallory freine aussitôt, pensant que Fifi se sent mal ou qu'elle a oublié quelque chose au débarcadère ; celle-ci bondit de la voiture pour se précipiter au bord de l'étang et cueillir une fleur fuchsia sur un rosier du Japon. Elle la respire.

— Regarde ça, Lee ! s'écrie-t-elle en la brandissant au-dessus de sa tête.

On dirait qu'elle étreint la totalité du paysage – le miroir étal et bleu de l'étang, le vert électrique des roseaux qui l'entourent, l'explosion rose et blanc du rosier.

— Ça s'appelle la nature, rétorque Leland, qui n'a pas du tout l'air charmée.

Une fois arrivée, Fifi passe un long moment à embrasser la vue de la plage et de l'océan avant de reporter son attention sur le moindre détail de la maison. Mallory s'est livrée à un véritable ménage de printemps. Elle a acheté une nouvelle couette et des draps, pour la plus grande des chambres d'amis. Il y a une carafe en cristal et deux verres sur l'une des tables de nuit, un bouquet d'iris sauvages sur l'autre. Elle a aussi profité de l'hiver pour faire rénover son unique salle de bains : carrelage métro blanc, table de toilette à la place du lavabo colonne avec la tache de rouille impossible à retirer et une nouvelle cuvette de W.-C. équipée d'un abattant avec frein de chute, le luxe ! Mallory a conservé la baignoire en porcelaine sur pied, parce que l'artisan qui s'occupe des travaux, Bob (qui a un accent de la Nouvelle-Angleterre si prononcé que, quand elle pense à lui, elle entend « Baob »), lui a dit qu'elle était en bon état et que ce serait un enfer de la remplacer. Mallory a fait l'acquisition de quelques coussins pour adoucir le tweed vert du canapé, et elle a installé un bocal rempli de coquillages et de verre dépoli sur la table basse, à côté d'un livre de photos de Nantucket. Elle a prévu du chardonnay californien pour Leland et une bouteille de Bombay Sapphire pour Fiella, qui ne boit que du gin. Elle a préparé une salade de fruits étagée et des muffins à l'orange et au romarin, qu'elle servira au petit déjeuner avec un beurre au miel maison.

Fifi s'extasie sur son intérieur, les coquillages, l'étroite table de ferme, le compotier rempli de pêches, de prunes, de nectarines et d'abricots… puis elle découvre le mur de livres.

— Oh là là ! Je ne pourrai jamais repartir.

Leland sort de la salle de bains, et Mallory la prend dans ses bras pour lui glisser à l'oreille :

— Je suis contente que tu sois là. Ça me fait plaisir de te voir.

Leland s'écarte et son expression la trahit : elle souffre. Fiella absorbe tout l'oxygène de chaque pièce.

— Tim Winton, *La Femme égarée* ? lance Fifi en sortant le livre de l'étagère. Je mourais d'envie de le lire.

Mallory le lui arrache presque des mains. C'est le cadeau que Jake lui a envoyé pour Noël. *C'est écrit par un homme. Mais c'est quand même bon. Je t'embrasse, Jake.*

— Tu peux emprunter tous les livres que tu veux, à l'exception des quatre sur cette étagère, lui dit Mallory.

— Pourquoi ? intervient Leland. Qu'est-ce qu'ils ont de spécial ?

Fifi range *La Femme égarée.*

— Je suis pareil avec certains livres. *Le Chant de Salomon*, *The Bone People.* Tous les livres de Jamaica Kincaid.

Elle prend un livre sur l'étagère du dessous.

— Le dernier Mona Simpson ! Celui-ci, je peux te l'emprunter ?

— Bien sûr ! Je l'ai adoré.

— À boire, pitié, marmonne Leland.

Mallory les informe qu'elle a des steaks de thon qui marinent, une baguette fraîche et de quoi préparer une salade.

— On peut aussi sortir dîner si vous préférez. Je suis amie avec le barman du Blue Bistro, et il nous a gardé une table pour 20 heures. Je ne voulais surtout pas vous imposer quoi que ce soit…

Mallory se tourne vers Leland et ajoute :

— Vous aviez peut-être prévu autre chose ?

— Autre chose ? s'offusque Fifi. Ne sois pas bête, Mallorita, on est venues ici pour passer du temps avec toi. Pour que j'apprenne à te connaître. On va rester ici, évidemment ; on va manger le merveilleux repas que tu nous as préparé, puis on parlera toute la nuit pour partager nos secrets les plus intimes.

Fifi serre la main de Mallory entre les siennes, entremêlant leurs doigts aux couleurs contrastées. Mallory est fascinée par ce geste, mais, lorsqu'elle redresse la tête, elle aperçoit, par-dessus l'épaule de Fifi, Leland qui roule des yeux d'exaspération.

Elles se servent du vin, grignotent les noix de cajou au sel et au poivre que Mallory a préparées plus tôt dans la semaine.

— Depuis quand tu cuisines ? lui demande Leland. Si je me souviens bien, tu ne savais même pas te servir du four dans la dînette.

— Arrête ça, chérie, intervient Fifi, on dirait une vieille sorcière irascible.

— J'ai appris sur le tas, répond Mallory. C'est très calme ici en hiver.

Elles lavent la salade, réchauffent le pain, font griller le thon, préparent la vinaigrette. Mallory allume la bougie sur la table. Elles lèvent leurs verres.

— Merci à toutes les deux d'être venues, dit Mallory. Je suis tellement contente de vous recevoir.

Au moment d'entrechoquer son verre avec les leurs, elle mesure à quel point c'est vrai. Elle a à peine pensé au dîner de répétition de Jake et d'Ursula – qui a lieu dans une pizzeria de South Bend.

Pendant le dîner, Mallory tente de veiller à ce que la conversation reste centrée sur Leland.

— Comment vont tes parents, alors ?

En réalité, elle voudrait surtout savoir comment les Gladstone ont réagi au couple que forment Leland et Fifi.

— Ils divorcent.

Mallory pose sa fourchette.

— Pardon ?

— Mon père couche avec Sloane Dooley, ajoute Leland.

Il faut une minute à Mallory pour digérer la nouvelle. Sloane Dooley ? La mère de Fray, la danseuse de disco, sans doute cocaïnomane ?

— Tu te fous de moi, ajoute Mallory.

— Pas du tout. Ma mère a l'air convaincue que ça dure par intermittence depuis un bon moment. Ça remonterait peut-être même à l'époque où on sortait ensemble, Fray et moi.

— Je n'en reviens pas.

Et c'est vrai, Mallory a bien du mal à y croire. Steve Gladstone et Sloane Dooley couchent ensemble ? Et ça aurait déjà été le cas à l'époque où Mallory, Fray, Leland et Cooper étaient au lycée ?

— Quand l'as-tu découvert ?

Ce que Mallory aimerait lui demander, c'est : pourquoi Leland ne l'a-t-elle pas appelée lorsqu'elle l'a découvert ? Et pourquoi Kitty ne l'a-t-elle pas prévenue ? Puis Mallory se souvient que Kitty lui a téléphoné, à trois reprises ces dernières semaines, et qu'elle lui a laissé des messages l'implorant de rappeler – ce qu'elle s'est bien abstenue de faire.

— Fin mai. Geri est allée assister à une course de chevaux avec des amies, et à son retour elle a trouvé mon père et Sloane dans le Jacuzzi.

— Geri est dévastée, ajoute Fifi. On a failli l'emmener ici avec nous.

— C'est Fifi qui y a pensé. L'idée ne m'a pas traversé l'esprit un seul instant.

— Alors Geri et toi, vous êtes proches ? s'enquiert Mallory.

— Comme les doigts de la main, lui répond Fifi en croisant son majeur et son index. Mais j'ai aussi beaucoup d'affection pour Steve. Enfin je trouve que cette histoire avec Sloane est une trahison impardonnable.

Une trahison impardonnable ? Mallory est surprise. Pour qui se prend Fifi, enfin ? Elle ne les connaît même pas ! Elle n'a pas grandi dans la même rue qu'eux.

— Steve est nul, lâche Leland d'un ton morose.

Sloane encore plus. Ils vont emménager ensemble à Fells Point.

— Mince alors, dit Mallory.

Elle essaie de convoquer les quelques souvenirs qu'elle a de Sloane. L'arrêt de bus pour le ramassage scolaire se trouvait devant la maison des grands-parents de Fray, et Mallory garde une image très précise de ce matin glacial où elle a vu un taxi se garer devant chez eux. Sloane en est sortie, elle ne portait qu'un jean et un soutien-gorge en dentelle violette sous une veste en cuir mal ceinturée. Elle se rappelle aussi ce week-end où Sloane était partie avec un homme qui travaillait dans une banque d'investissement. Senior s'était demandé, devant ses enfants, si elle était rémunérée pour l'accompagner. Sloane fumait des cigarettes roulées et aimait le groupe de funk KC and the Sunshine Band. « *That's the way (uh-huh, uh-huh), I like it !* » Sloane Dooley avait toujours rôdé à la lisière de leur existence, s'illustrant par son comportement scandaleux avant de disparaître.

De leur côté, les Gladstone ont été comme de seconds parents pour Mallory. Elle se souvient encore du jour où Steve est rentré avec la Saab décapotable et a proposé à Leland et Mallory d'aller faire un tour. Il avait acheté cette voiture sur un coup de tête, sans en parler à Geri ni à Leland, ce qui avait surpris Mallory. (Senior et Kitty n'étaient même pas capables de rapporter, sur une impulsion, une pizza pour le dîner.) Geri avait mis ça sur le compte de la crise de la cinquantaine, et maintenant Mallory se demande si Steve n'avait pas fait cette folie pour impressionner Sloane Dooley.

Elle éprouve un chagrin infini. Elle a toujours cru que les Gladstone resteraient ensemble saison après saison, année après année, dans leur maison de Deepdene Road. Ils semblaient s'être fabriqué une petite existence normale, heureuse et surtout stable. Chaque fois que Mallory avait une pensée pour les parents de Leland, elle imaginait Steve en train d'organiser le tri des ordures ménagères pendant que Geri en tenue de tennis blanche s'engouffrait dans sa Honda. Les Gladstone accrochaient des guirlandes lumineuses pour Noël, ils avaient un compte à l'épicerie du coin. Ils partaient skier et faisaient des croisières sur les fleuves d'Europe. Lorsqu'ils rendaient visite à Leland à New York, ils l'emmenaient voir un spectacle à Broadway puis l'invitaient à dîner dans un restaurant réputé. Apparemment, ils n'ont pas été troublés un seul instant d'apprendre que Leland sortait avec Fiella Roget. Ils ont tous les deux accueilli cette dernière à bras ouverts… incroyable, non ? Mallory est consternée que cette souillon, cette cossarde de Sloane Dooley ait réussi à diviser les Gladstone. Peut-être qu'une couture avait déjà craqué, qu'il existait une ligne de fracture invisible, ou peut-être que c'est le mariage en soi qui constitue le problème. C'est un pari avec une chance sur deux de réussite ; la moitié du temps ça fonctionne, l'autre non.

Mallory vide son verre de vin, puis va chercher une autre bouteille dans le frigo. Elle est bien contente de ne pas être celle qui se marie ce week-end.

La conversation finit par se concentrer sur Fiella, ce qui paraît inévitable. Fiella Roget a appris l'« art de raconter des histoires », pour la citer, aux pieds de sa grand-mère. Elle a grandi à Petit-Goâve, en Haïti, et n'avait droit, chaque année, qu'à une robe en coton et une paire de sandales neuves. Elle avait une poupée de chiffon qui s'appelait Camille et qu'elle traînait partout, ainsi qu'une bible illustrée. Son histoire préférée était celle de Daniel dans la fosse aux lions.

— Au fond, *Danse danse* est une version postmoderne de ce récit, mais du point de vue d'une jeune femme de couleur.

Les paupières de Leland se ferment en papillotant – de toute évidence, elle a entendu ce récit des milliers de fois –, et même si Mallory écouterait volontiers Fifi jusqu'au bout de la nuit, elle sait que son devoir de maîtresse de maison lui impose de sonner poliment la fin de la soirée.

— Je me charge de ranger, dit-elle. Vous avez eu une longue journée. Dormez autant que vous voulez demain matin. Je sortirai courir de bonne heure, mais j'aurai préparé le petit déjeuner.

— Leland va aller se coucher, dit Fifi. Moi, je suis un vrai oiseau de nuit. Je vais t'aider à ranger. Encore un verre et tu auras droit aux anecdotes les plus croustillantes… La perte de ma virginité avec M. Bobo, l'usurier, que j'ai détroussé dans la nuit. Il avait le sommeil profond et il ne m'a pas entendue ouvrir son portefeuille, même si je frissonne encore parfois à l'idée de ce qui se serait produit si…

Leland se racle la gorge.

— Arrête, Fifi.

— Je vais me débrouiller toute seule, dit Mallory. Mais merci.

— Ne sois pas ridicule, Mallorita, insiste Fifi en prenant la corbeille à pain. Laisse-moi t'aider.

« Mallorita » semble donc être son nouveau surnom, ce qui ne la dérange pas, même si elle sent un flux d'ondes désapprobatrices en provenance de Leland. Mallory et Fifi s'occupent de la vaisselle et de ranger les restes. Il est presque 23 heures, et Mallory se demande si le dîner à South Bend est terminé. Jake et Ursula passent-ils la nuit séparément ? Est-ce que les gens qui sont ensemble depuis autant d'années suivent les traditions ? Sans doute que oui. Ursula dormira chez sa mère, tandis que Jake et Cooper seront chez les parents de Jake. Le mariage a lieu à 17 heures le lendemain. Mallory ne sait pas encore très bien comment elle se sentira à 18 heures, lorsque Jake sera officiellement marié. Est-ce que tout ce qu'elle ressent, amour, désir, culpabilité, joie, souffrance et confusion, se condensera en elle ? Son cœur se transformera-t-il en trou noir ? Ou peut-être éprouvera-t-elle la même chose qu'à cet instant : un engourdissement. Jake ne lui appartient pas, il ne lui a jamais appartenu. Les moments qu'ils ont partagés étaient un emprunt. Ou, d'accord, un vol.

La porte de la chambre claque, et Mallory est si surprise qu'elle se coupe le doigt sur les dents du couteau à pain. Du sang apparaît. Rien de grave, mais quand même… Qu'est-ce qui se passe ? Elle se retourne en suçant son doigt. Fifi se trouve à une extrémité de la table de ferme, les derniers couverts en argent sales rassemblés dans sa main tel un bouquet de fleurs post-modernes.

— Je te prie de l'excuser, dit-elle à Mallory. Elle nous fait une crise.

Mallory n'a pas besoin de demander des précisions ; elle sait ce qui se passe. Leland est jalouse. Fifi a accordé trop d'attention à Mallory, qui n'a pas réussi à braquer suffisamment le projecteur sur Leland en retour. Elle se demande si ça arrive souvent, peut-être chaque fois qu'elles voient une tierce personne.

— Je me suis coupée, dit Mallory.

— Montre-moi.

— Non, ça va, j'ai juste besoin d'un pansement.

— Elle manque de confiance en elle. Et je t'avoue que je commence à trouver ça fatigant.

Mallory comprend qu'il s'agit d'une invitation pour qu'elles règlent, ensemble, le compte de Leland. Et il faut bien reconnaître que c'est tentant. Leland a de vrais défauts… mais comme tout le monde. Et elle doit être traumatisée par la séparation de ses parents et l'histoire de son père avec Sloane Dooley. Peut-on vraiment lui reprocher de se montrer susceptible, voire soupçonneuse ?

— Je vais me coucher, annonce Mallory. On se voit demain.

— Mallorita…

Le surnom lui donne aussitôt la nausée. Fiella Roget ne la connaît pas depuis assez longtemps pour s'arroger le droit de l'affubler de petits noms. C'est sa technique pour attirer les gens, les séduire, elle leur donne l'impression qu'ils sont uniques.

— Mon doigt, se justifie Mallory. On se voit demain. Tu peux veiller aussi longtemps que tu le veux, mais s'il te plaît, ne sors pas te promener sur la plage.

— Pourquoi ? C'est dangereux ?

— Pas du tout, simplement…

— Tu te ferais du souci pour moi ? Tu es adorable.

Avant que Mallory ne comprenne ce qui se passe, Fifi prend son doigt blessé dans sa bouche et le suce doucement. Il s'agit peut-être d'un effet du vin, mais elle a la sensation de se dissocier de son corps et d'observer la scène à plusieurs mètres de là. Elle est là, avec son doigt dans la bouche de Fiella Roget. Et elle pense aussitôt « comme c'est bizarre », ce qui lui donne envie de rire, parce que, vous savez quoi chers élèves, c'est vraiment très bizarre. Mallory ressent un soulagement immédiat dans son doigt, coincé entre les lèvres et la langue de Fifi.

La porte de la chambre s'ouvre alors et Fifi retire d'un geste vif mais qui cependant n'a rien de brusque le doigt de Mallory de sa bouche, et elle fait mine de l'examiner.

— Qu'est-ce que vous faites ? demande Leland.

— Rien, *mon chou*[1].

(Toute l'histoire du monde, Fiella l'a appris, se résume à des questions de temporalité. Cinq minutes de plus et elle aurait pu embrasser l'adorable et

---

1. En français dans le texte.

pure Mallorita. Elle ne peut pas nier que ce type de conquête provoque toujours en elle un véritable frisson d'excitation.)

— Je viens me coucher, ajoute-t-elle.

Le lendemain matin, de retour de son jogging, Mallory entend Leland et Fifi se hurler dessus. Elles sont dans la cuisine, Mallory les aperçoit à travers la porte-moustiquaire. Leland porte un pyjama en soie blanche, composé d'un short et d'un caraco. Fifi est nue. Elle se tient dans un rayon de soleil qui donne à sa peau l'apparence de l'or fondu. Ses seins sont ronds et fermes ; son ventre est une étendue lisse et plate avec un petit nombril sombre, ovale. Le bas de son corps est masqué par les meubles de cuisine.

— Tu cherches à la séduire ! s'emporte Leland. Pas parce qu'elle t'attire ou parce que tu la trouverais intéressante, non… tu le fais pour le plaisir de me mettre en colère !

Waouh, pense Mallory.

— C'est ton amie, je veux apprendre à la connaître.

— Mais oui, bien sûr. Comme tu voulais apprendre à connaître Pilar.

— Avec Pilar, j'ai commis une erreur, concède Fifi. Et puis Mallory est hétéro.

— Je l'étais avant de te rencontrer ! Toutes les femmes sont hétéros avant de te rencontrer. Et Mallory est particulièrement influençable. Elle se laisse facilement impressionner. Je t'avais prévenue pourtant, c'est une suiveuse…

— Je pense que tu te trompes au contraire. Elle a

du cran. Une fille simple mais qui n'est pas une carpette pour autant. Elle lit…

— Elle lit ce qu'on lui dit de lire. Quand on vivait ensemble à New York, dès que j'avais terminé un livre elle me l'empruntait. C'était systématique.

— Ce que j'essaie de dire, c'est qu'elle est inoffensive, reprend Fifi. Et sympa. Tu devrais essayer d'être sympa de temps en temps…

— Bien sûr ! Il suffirait que je sois sympa un jour pour que tu me quittes le lendemain…

— Oh, tais-toi, Leland.

Dans la bouche de Fifi, ce prénom prend des accents railleurs et dédaigneux – elle ironise sur l'origine sociale privilégiée de sa maîtresse.

— Tais-toi toi-même !

Soudain elles s'embrassent, puis la bouche de Leland descend vers la poitrine de Fifi. Mallory tremble de rage, d'humiliation et d'autres sentiments qu'elle est sans doute trop *simple* et *sympa* pour identifier.

— Hé ! Vous êtes levées ? crie-t-elle à travers la moustiquaire.

Elle tape ses baskets pleines de sable sur le paillasson pour leur laisser le temps de réagir. Quand elle entre dans la maison, elle trouve Leland près du plan de travail, faisant mine d'inspecter les muffins. Fifi a disparu dans la chambre.

— Salut, dit Leland d'une voix qui tremble à peine. Tu as bien couru ?

— Oui, c'était… sympa, dit-elle en assénant ce mot avec force. Bon, écoute, il y a eu un changement de programme. Je vais vous laisser vous débrouiller toutes seules aujourd'hui, et sans doute ce soir.

— Un changement de programme ?

— Oui. Et malheureusement j'ai besoin de la voiture, mais il y a des vélos, sinon vous pouvez toujours appeler un taxi. Vous trouverez les numéros des chauffeurs dans l'annuaire.

— Mal…

Leland sait, ou soupçonne, que Mallory les a entendues. Elle va rétropédaler, présenter des excuses ou, pire que tout, dédramatiser ce qu'elle a dit et tenter de persuader Mallory qu'elle a mal interprété ses propos.

— Oublie, reprend Mallory. J'irai à vélo. La Blazer est à vous.

— Mallory…

Non, hors de question qu'elle laisse une chance à Leland. Elle entre dans la salle de bains, prend une serviette et sort se doucher dehors.

Une heure plus tard, au bar de la piscine du Summer House, Mallory déguste un cocktail offert par l'homme assis à côté d'elle, Bayer Burkhart. Le prénom, Bayer, se prononce comme l'animal auquel il ressemble, *bear*. *Ours*. Un type robuste avec une barbe noire. Il a demandé à Mallory s'il pouvait lui offrir un verre et elle a accepté. Un cocktail, parce que son objectif était de se soûler. Ce qui l'a conduite à s'interroger : est-ce un signe qu'elle est manipulable ? Non, simplement… elle est facile à vivre. Contrairement à d'autres.

— Je suis facile à vivre, lâche-t-elle une fois qu'elle a vidé son verre. Contrairement à d'autres.

— Trinquons à ça ! Et j'ai bien l'impression que ce verre a besoin d'être rempli.

Isolde et Oliver ne travaillent plus ici, pas plus qu'Apple – elle a rempilé une année de plus dans sa colonie en Caroline du Nord –, si bien que Mallory est ici incognito, ce qui est très agréable. Bayer semble avoir le même objectif qu'elle : boire pour passer le temps et raconter à la parfaite inconnue assise sur le tabouret voisin tous ses problèmes. Ils ne se connaissent pas, mais nous sommes tous humains après tout, ce qui nous permet de faire preuve d'empathie et d'avoir un avis impartial sur les situations.

Bayer se lance :

— Alors ? Parle-moi de toi.

Mallory, répond-elle, sans préciser son nom de famille, au cas où il serait un tueur en série. La fille d'un comptable et d'une femme au foyer, ayant grandi à Baltimore et vécu à New York brièvement jusqu'à la mort de sa tante Greta, qui lui a légué une maison sur la côte sud et un petit pécule. Mallory s'est depuis installée sur l'île, et elle enseigne à présent les lettres au lycée de Nantucket.

— Bon, passons maintenant aux questions sérieuses, reprend Bayer. Pourquoi bois-tu seule en pleine journée ?

— Pour deux raisons, répond-elle. La première, c'est que je reçois du monde en ce moment. Ma meilleure amie d'enfance et sa compagne, qui est célèbre. Je ne peux pas te dire de qui il s'agit…

Mallory s'interrompt pour observer Bayer plus attentivement. A-t-il l'air de quelqu'un qui lit ? Il a des yeux bruns qui paraissent intelligents, il porte un polo et une Breitling à cadran bleu (une montre qui coûte cher, elle le sait).

— Tu lis ?

— Surtout des essais. Et des biographies. Mon livre préféré de tous les temps, c'est *October 1964*[1], de David Halberstam.

Mallory ajoute aussitôt mentalement ce titre à sa liste de lectures, avant de se reprocher d'être influençable.

— Bref, mon amie Leland et sa copine ont eu une grosse dispute, pendant laquelle elles ont dit des choses insultantes à mon propos, que j'ai entendues.

— Aïe ! Quel genre de choses ?

— Rien d'important.

Bayer incline son verre vers elle.

— À mes yeux, tu es parfaite.

— Tu viens de me rencontrer, c'est normal. Je n'ai pas encore eu le temps de te décevoir.

— Pas faux. Et la seconde raison ?

Mallory a encore les idées assez claires pour prendre le temps de se demander à quel point elle a envie d'être honnête avec son nouvel ami qui pourrait bien être un tueur en série.

— Mon ex se marie aujourd'hui.

---

1. Cet ouvrage (non traduit en français) traite de la victoire historique de l'équipe de Saint Louis sur les Yankees de New York lors du championnat de base-ball.

— Ça fait vraiment deux coups durs d'un coup.

— Ne m'en parle pas.

Bayer propose qu'ils commandent à manger ; c'est lui qui l'invite, elle peut choisir ce qu'elle veut. Elle lui avoue qu'elle a travaillé ici et qu'elle sait que le bacon cheese-burger est le meilleur plat du menu. Elle prendra le sien à point, avec un supplément cornichon. Et elle souhaiterait ses frites bien croustillantes et assaisonnées.

— J'aime les femmes qui savent ce qu'elles veulent. Je prendrai la même chose.

— Maintenant, c'est toi qui parles et moi qui écoute. Qu'est-ce qui t'amène à boire tout seul au bord de la piscine du Summer House aujourd'hui ?

Bayer lui raconte qu'il est arrivé à Nantucket le mercredi précédent. Il est venu avec son voilier, à bord duquel il vit. Il a loué l'emplacement pour tout l'été, même s'il ne sait pas encore combien de temps il restera. Il a un plus gros bateau à Newport, mais il a eu besoin de prendre l'air, et les membres de son équipage aussi, alors il est parti seul.

Les cocktails ont rempli leur office : Mallory est complètement désinhibée.

— Qu'est-ce que tu fais comme métier ? Tu as l'air riche.

Bayer rejette la tête en arrière pour rugir de rire, et c'est son rire – et non le fait qu'il possède deux voiliers, dont l'un doté d'un équipage – qui change le regard que Mallory porte sur lui. Son rire le rend instantanément désirable, et même séduisant.

— J'ai inventé la douchette pour scanner les codes-barres. Celle qu'on trouve dans la plupart des magasins du pays.

— Ah…

Il lui faut une minute pour digérer cette information. Ce n'est ni un avocat, ni un médecin, ni un banquier d'affaires. Un inventeur. L'inventeur de la douchette à codes-barres.

— Tu as quel âge ?

Sa question provoque un nouvel éclat de rire.

— Quel âge tu me donnes ?

Mallory craint qu'il ait 40 ou même 45 ans, ce qui serait trop vieux. Mais elle pourrait se voir sortir avec quelqu'un qui aurait dix ans de plus qu'elle peut-être…

— 37 ? lance-t-elle, pleine d'espoir.

— Bingo !

Ils mangent, commandent d'autres verres, même si Mallory serait incapable de dire le nombre exact. À un moment donné, toutefois, elle se rend compte qu'elle est trop soûle pour rentrer chez elle à vélo. Bayer lui propose aussitôt de lui appeler un taxi, qui les déposera, son vélo et elle, à domicile. C'est très gentil, mais elle ne peut pas nier qu'elle est déçue.

— Tu ne veux pas m'inviter à voir ton voilier ?

— Si tu es trop ivre pour monter sur ton vélo, tu es trop ivre pour monter sur mon bateau. Je ne suis pas comme ça.

Mallory se renfrogne et il lui soulève le menton de l'index.

— Par contre, je veux bien noter ton numéro de téléphone si tu acceptes de me le donner.

Mallory rentre chez elle au coucher du soleil. La Blazer n'est pas là ; Leland et Fifi sont sorties. Elle avale un verre d'eau glacée et s'endort à plat ventre sur son lit, tout habillée. Elle a l'impression d'avoir oublié quelque chose. Le four ? Non. Le fer à repasser ? Non. Bon, si ça ne lui revient pas, c'est que ça ne doit pas être très important.

Quand elle se réveille, le lendemain matin, elle a un mal de crâne carabiné, et son cœur lui fait la même impression que ces bourses de sirènes qu'elle ramasse sur le rivage, friables et vides.

Elle se rappelle aussitôt ce qui ne lui revenait pas la veille au soir : Jake a épousé Ursula.

Pendant ce temps, Mallory reste célibataire, ce que sa meilleure amie au monde a très bien su expliquer : elle n'est ni intéressante ni originale. Elle est influençable, une vraie suiveuse. Elle est « sympa », comme un bocal rempli de pâquerettes, ou un poney qui tourne en rond dans un manège.

Jake a épousé Ursula.

À travers les murs, elle entend une voix de femme qui pousse des gémissements d'extase.

Non, se dit-elle, *non, je suis en train de rêver, là.*

Le téléphone sonne. Mallory regarde l'heure sur son radio-réveil. Il est tôt mais pas tant que ça – 8 h 30. C'est peut-être Cooper qui l'appelle pour lui apprendre que Jake a planté Ursula devant l'autel.

— Allô ?

Sa voix est aussi agréable que des gravillons dans un mixeur.

— Mallory, c'est Bayer. Ça te dirait une petite sortie en mer ?

Comme c'est bizarre… La visite catastrophique de Leland et Fifi a conduit tout droit à l'histoire d'amour entre Mallory et Bayer Burkhart.

Ce premier dimanche, il l'emmène faire de la voile, et elle tombe amoureuse – non pas de Bayer, mais de la vie sur l'eau. Il s'agit d'un voilier de 70 pieds baptisé *Dee Dee*. Mallory lui demande si c'est le nom d'une de ses ex, celle qui est partie, et il lui répond qu'il s'agit d'un hommage au musicien Dee Dee Ramone. Est-ce qu'elle approuve ce choix ? Elle dit que oui, même si elle ne connaît que trois chansons des Ramones. Le *Dee Dee* dispose d'une belle cabine bien équipée. Une cuisine avec une machine à expresso, un coin salon avec une télé satellite, une table à manger ronde, une grande chambre à la proue, avec un immense lit bas et un cabinet de toilette pourvu d'une douche et d'eau chaude, ainsi qu'une seconde chambre plus petite que Bayer utilise comme bureau. Toutes les portes sont soigneusement vernies et munies d'un crochet pour empêcher qu'elles ne battent en cas de mer agitée.

Ils naviguent tous les jours où le vent le permet – ils vont à l'île de Tuckernuck, puis plus loin, jusqu'à celle, minuscule, de Muskeget. Ils longent Martha's Vineyard pour se rendre à Cuttyhunk. Ils font le tour de Monomoy pour atteindre Chatham.

Mallory passe les premières traversées allongée sur le pont avant en maillot de bain, à lire, mais au bout d'un moment elle commence à enregistrer les gestes de Bayer – régler le foc, choquer la grand-voile, sa façon de manier les cordages, de les coincer. Elle aime la concentration qui se peint sur son visage lorsqu'il navigue. Une seule préoccupation semble l'habiter : les conduire d'un point à un autre par ce moyen de transport si ancien et chargé d'histoire.

Quand ils sont allongés dans le vaste lit, sous l'écoutille ouverte qui permet de voir l'immense mât et les étoiles, Bayer se révèle soudain très, très intéressé par le corps de Mallory. Il est un amant si doué qu'elle se surprend à compter les heures qui les séparent de la tombée de la nuit, lorsque le *Dee Dee* est bien amarré et que ce sont eux qui font tanguer l'embarcation.

Bayer veut faire d'elle son second. Il lui montre comment attacher le bateau : il se trouve qu'elle a un talent inné pour les nœuds. Elle adore se tenir pieds nus sur la proue et lancer les amarres autour de la bitte, comme si elle était une cowgirl attrapant un veau. Il lui arrive de rater sa cible, mais Bayer est patient. Ils n'ont jamais un mot d'énervement l'un contre l'autre. Pourquoi en auraient-ils ? Leurs journées sont peuplées de soleil, d'eau, de vent. Ils nagent, Mallory lit, Bayer lance quelques lignes à l'eau et attrape presque toujours un poisson assez gros, un bar ou un tassergal. Il fait griller les bars sur son barbecue japonais, plonge les tassergals dans du lait.

Ils passent une semaine à ce rythme, une deuxième. Elle le surnomme Skipper, il l'appelle Mary Ann, comme dans la série *L'Île aux naufragés.* Les jours sans vent, Bayer s'occupe de l'entretien du bateau, Mallory rentre chez elle, va courir ou faire du vélo, et attend son appel. Elle ne le rejoint jamais sans qu'il l'y ait invitée, même si elle est tentée de le surprendre rien qu'une fois, parce qu'elle n'arrive pas à se défaire du sentiment qu'il lui cache quelque chose. Elle est incapable de dire d'où lui vient cette impression. Kitty téléphone et, à son habitude, interroge Mallory sur sa vie sentimentale. Enfin elle a quelque chose à lui raconter – elle a rencontré un homme riche qui possède un yacht ! –, mais elle se rend aussitôt compte qu'elle ne sait presque rien de Bayer.

Elle établit une liste. Il a inventé la douchette à codes-barres. Il vit à Newport, où il possède un bateau encore plus grand que le *Dee Dee.* Son livre préféré est *October 1964.* Il aime les Ramones et Violent Femmes, les Clash, AC/DC et INXS. Il possède un savoir encyclopédique sur les membres de ces groupes. Il parle de Joe Strummer et de Michael Hutchence comme s'ils étaient ses amis. Ce qui est peut-être le cas…

Mallory lui a demandé un jour comment il occupe son temps quand ce n'est pas l'été et qu'il ne prend pas son bateau.

— Je m'essaie à la politique.

Elle lui a demandé des précisions.

— Tu fais du porte-à-porte pour distribuer des tracts de tes candidats préférés ? Tu passes des coups de fil ?

Il s'est esclaffé.

— Disons que je tire quelques ficelles.

Bayer est maître dans l'art de fournir des réponses

aussi vagues que celle-ci. Il s'est confié au minimum, le jour de leur rencontre, pour lui donner l'impression qu'il s'ouvrait à elle. Mais maintenant, des semaines plus tard, il demeure un mystère.

Parfois, il lui raconte ses frasques de jeunesse – avec ses potes Icarus et Dennis ; La Havane, Islamorada en Floride, l'île Hamilton, Nassau aux Bahamas ; poissons, voiliers, tempêtes, requins ; un bateau, *Fille d'argent*, que Bayer voulait acheter, mais que son propriétaire refusait de vendre – il a fait faillite quelques mois plus tard. « Et tu lui as acheté son bateau alors ? — Non. Je me suis rendu compte que je ne le voulais que parce que je ne pouvais pas l'avoir. » Mallory se demande si c'est une façon de l'encourager à jouer les filles inatteignables. Mais pourquoi se prêterait-elle à ce petit jeu alors qu'ils sont heureux ensemble et que l'été est si court ?

Bayer lui donne plusieurs centaines de dollars, chaque fois qu'il l'envoie faire des courses à l'épicerie ou chez le caviste. Il déteste aller dans les magasins, et elle lui rend service. Il proteste quand elle veut lui rendre la monnaie. « Garde-la, ce n'est que de l'argent. Ce qui est à moi est à toi. »

Il fume une cigarette tous les soirs, et lorsque Mallory a bu elle tire dessus, une fois, même si la plupart du temps elle se contente de regarder la silhouette de Bayer se découpant sur le ciel qui s'assombrit, l'extrémité incandescente, la fumée qui sort de sa bouche.

— Tu m'emmèneras à Newport ? lui demande-t-elle un soir.

Elle a soudain pris conscience qu'ils passaient rarement du temps à terre – à Chatham il pleuvait, ils sont donc allés déjeuner au restaurant, et ils ont eu un après-midi enchanté sur la plage de Cuttyhunk, mais ils n'ont pas croisé âme qui vive.

— Si j'ai quitté Newport cet été, c'était pour m'en échapper.

— Alors sortons dîner ici, dans ce cas. On n'a été nulle part depuis ce premier jour au Summer House.

Il n'a même pas mis les pieds chez elle. Lorsqu'elle le lui a proposé, il a rétorqué :

— Tu essaierais de faire de moi un marin d'eau douce ?

Elle le comprend : la vie sur l'eau est nettement supérieure à celle sur terre.

— Pourquoi on n'essaierait pas un restau demain soir ? J'ai des amis qui travaillent au Blue Bistro.

Elle a la gorge nouée, parce qu'elle a peur qu'il refuse. Elle a l'impression de rompre une sorte de règle, de lui révéler qu'elle est le genre de personne à avoir besoin de la vie en société pour être heureuse, alors que Bayer, lui, se satisfait visiblement de l'unique compagnie de Mallory.

— Je t'invite.

Il éclate de rire. Un rire sincère, elle le connaît au moins assez bien pour savoir ça.

— Hors de question, c'est moi qui t'invite. Je suis obligé de mettre des chaussures ?

Mallory porte une robe d'été et Bayer un bermuda, des tongs et une chemise en vichy pêche. Il s'est mouillé les cheveux et il a taillé sa barbe pour être plus présentable. Le Blue Bistro, qui sert une cuisine raffinée en front de mer, est pris en sandwich entre deux bars de plage. Il y flotte une odeur délicieuse et l'atmosphère bourdonne de conversations et de rires. Un pianiste interprète une version *easy-listening* de « I Fought the Law » des Clash, ce qui fait naître un sourire sur les lèvres de Bayer. Isolde leur a réservé une table haute pour deux dans le sable, si proche des vagues qu'ils ont presque l'impression de dîner sur le bateau. Lorsqu'elle leur apporte les menus et la carte des vins, Bayer lui fait signe qu'il n'en a pas besoin : il commande une bouteille de sancerre et la fondue de fruits de mer pour deux.

— Parfait, dit Isolde en accordant à Bayer un de ses rares sourires. Mallory a bien de la chance.

— C'est moi qui en ai, rétorque-t-il en prenant la main de Mallory sur la table.

La vache ! articule en silence Isolde par-dessus l'épaule de Bayer.

Le vin arrive, ils boivent. On leur apporte aussi une corbeille de petits beignets salés au romarin et aux oignons.

Il semble heureux. Leur soirée en amoureux se passe bien alors ? Elle serait incapable d'expliquer pourquoi, mais elle a l'impression qu'il y a un enjeu particulier.

Ils s'approchent de l'océan avec leurs verres de vin à la main et se mouillent les pieds. Le soleil se couche, des bandes magenta flamboient dans le ciel. Une mouette effleure la surface de l'eau de son vol rasant ; à l'horizon, le ferry glisse sur l'eau vers le continent. Mallory vit à Nantucket depuis quatre ans et continue à trouver qu'ici l'été est si beau que c'en est douloureux. Sans doute parce qu'il s'agit d'une saison fugace et évanescente. Elle se termine toujours. Mallory n'a aucune envie qu'elle se termine pourtant. Elle aspire à quelque chose qui survivrait à l'été, quelque chose de permanent. Songe-t-elle à Bayer ? Ou à Jake ?

Le vin lui monte à la tête. Elle entraîne Bayer à leur table.

Une seconde bouteille de vin. On leur sert la fondue. Mallory transperce une crevette dodue avec sa fourchette, la plonge dans l'huile bouillante, puis, quand elle est bien rose, elle la trempe dans l'une des trois sauces délicieuses.

Le dîner est parfait, le restaurant, la soirée dans son ensemble, il n'y a rien à redire. N'est-ce pas ?

Avant le dessert, Oliver leur fait porter des shots d'une liqueur italienne, la sambuca, dans de minuscules verres givrés. Mallory lève le sien.

— À toi, Skipper.

Bayer lui sourit.

— À toi, Mary Ann.

Une femme surgit soudain de nulle part. Elle porte une robe portefeuille rouge à fleurs et, sur la tête, un foulard assorti. Elle a des cheveux foncés et du rouge à lèvres carmin. Elle est plus jolie. Plus âgée. De l'âge de Bayer.

— Bayer ? C'est bien toi ?

Il se lève.

— Bonsoir, Caroline, oui.

Il lui fait la bise du bout des lèvres, en posant une main dans son dos. Puis d'un large geste du bras il désigne Mallory.

— Je te présente mon amie, Mary Ann.

Mallory a bien été élevée par sa mère ; elle sait qu'on se lève pour saluer quelqu'un. Mais elle n'a pas pris en compte le sable, ni la distance entre sa chaise et la table, ni la quantité d'alcool absorbée ni encore moins la confusion liée au fait que Bayer ne l'a pas appelée par son véritable prénom. Sa chaise bascule au moment où elle se lève et elle se voit aussitôt tomber tête la première sur la vaisselle et la bougie… Heureusement, elle réussit à se redresser in extremis, sans rien casser ni renverser.

— Enchantée de faire votre connaissance, Caroline.

Si Mallory ne mange pas complètement ses mots, elle n'articule pas non plus très bien. La main de Caroline est douce, sa poigne ferme, son regard inquisiteur. Elle jauge Mallory et doit parvenir à la conclusion qu'il n'est pas utile de prolonger la conversation, car elle se tourne à nouveau vers Bayer.

— J'ai appris que tu étais ici. Par Dee Dee.

« Par Dee Dee… » Mallory a besoin de boire : son verre étant vide, elle prend celui de Bayer et le vide. Est-ce malpoli ? Ça lui est bien égal.

Bayer ne dit rien. Son visage est impassible ; ses yeux sont ceux d'un homme qui sait qu'il va être exécuté.

— Et comment vont les enfants ? ajoute Caroline. Ils s'amusent bien en colo ?

— Pas si on se fie à leurs lettres.

Ses lèvres s'incurvent très légèrement aux commissures.

— Ça m'a fait plaisir de te voir, Caroline.

— Ah... Bon, très bien. Ça m'a fait plaisir aussi.

Elle adresse un signe de tête à Mallory.

— Profitez de votre soirée.

L'intrusion de Caroline abrège la soirée. Mallory ne veut pas de dessert. Pendant qu'elle se rend aux toilettes, elle tente de se convaincre qu'il y a une explication, que le seul mensonge de Bayer concerne l'origine du nom de son bateau. *Dee Dee Ramone.* Il a voulu lui faire une blague et elle ne s'en est pas rendu compte. Quand elle regagne la table, elle constate qu'il a laissé une pile de billets de 100 dollars, et ce geste confirme sa culpabilité. Il suffit d'inonder d'argent les personnes auxquelles on a fait du mal, et leurs amis, pour qu'elles vous pardonnent. Isolde découvre le tas de dollars en apportant les desserts offerts par le restaurant et emballés. Elle murmure à l'oreille de Mallory :

— Tout va bien ?

— Oui, oui, répond-elle, même si en réalité elle n'en sait rien.

De retour sur le voilier, Bayer allume une cigarette, s'assied à la poupe et invite, d'un geste, Mallory à s'asseoir à côté de lui, sur un coussin.

Elle secoue la tête. Elle préfère rester debout. Par où commencer ?

— Tu as des enfants ?

— Guinevere, qui a 10 ans. Gus, qui en a 9. Ils sont en colo dans le Maine tout l'été.

Guinevere, 10 ans. Gus, 9 ans. Pourquoi est-ce la première fois qu'elle entend parler de ses enfants ? Il ne peut y avoir qu'une explication, non ?

— Et Dee Dee ?

Il se racle la gorge.

— Ma femme.

— Ta femme.

— Oui. Quand je t'ai dit que j'avais un plus gros bateau chez moi, avec un équipage, et que j'avais besoin de prendre l'air…

— Tu voulais dire que tu avais une famille.

— C'était un euphémisme.

— C'était un mensonge. Un mensonge, Bayer.

— J'ai un autre bateau.

— Je me fous de ton autre bateau. Par contre je m'intéresse à ta femme. En ne me parlant pas d'elle, tu m'as rendue complice. Tu imagines ce que Caroline a dû penser ?

— Quelle importance ce qu'elle pense ? Tu en as quelque chose à faire ? Tu ne la connais même pas.

— Non, mais et moi ? Tu t'es demandé ce que je pensais ? Tu m'as menti. Et maintenant bien sûr, toutes les choses qui m'ont toujours gênée dans notre relation prennent sens.

Il s'en prend à elle.

— Parce qu'il y a des choses dans notre relation

qui te gênent ? Honnêtement, tu m'as toujours eu l'air pleinement satisfaite.

Ce qui était le cas, oui, quand elle croyait être tombée sur un riche célibataire, avec du temps et de l'argent à lui consacrer. Avec le recul, elle se dit que ce n'est sans doute pas un hasard si elle a commencé son histoire avec Bayer juste après avoir entendu Leland déballer toutes ces méchancetés à son propos. Leland avait raison : Mallory est influençable. Et crédule. Une fille plus maligne se serait rendu compte qu'elle se faisait berner.

— Depuis le début, tu me joues la comédie. Je me sens tellement… bête. Abusée. Je suis une fille sympa, Bayer ! Quelqu'un de bien !

Il écrase sa cigarette. Observe Mallory. Elle est belle ce soir, mais elle l'est toujours, au fond. Elle est jeune, peut-être trop pour comprendre. Elle lui a dit, le jour de leur rencontre, qu'elle se demandait s'il n'était pas un tueur en série. Non, il n'en est pas un, et, en toute honnêteté, il n'est pas non plus un vulgaire coureur de jupons, même s'il a conscience que Mallory ne voit sans doute pas les choses du même œil. Dee Dee et lui ont décidé, d'un commun accord, de passer l'été séparés. Les enfants étaient en colo, le moment semblait idéal.

« Fais ce que tu veux, lui a rétorqué Dee Dee. Mais pars loin d'ici. Je ne veux plus te voir. »

En ce qui concerne Dee Dee, Bayer se sent autorisé à tout – même si elle sera sans doute mise au courant par Caroline Stengel demain matin, sinon ce soir déjà. En revanche, Bayer doit bien reconnaître que cette histoire n'est pas très juste pour Mallory. Il aurait dû jouer cartes sur table et lui dire qu'il était marié. Il se demande d'ailleurs pourquoi elle ne lui a jamais posé la question. Ce qui l'a conduit à se poser des questions sur elle. Par moments, il a eu l'impression qu'elle n'était pas présente. Ailleurs, avec quelqu'un d'autre.

— Tu es une fille sympa, et quelqu'un de bien, Mary Ann. Oui, c'est vrai. Mais même les gens sympas, les gens bien ne sont pas parfaits. Tout le monde a ses faiblesses. Je te soupçonne de m'avoir caché un secret toi aussi. Peut-être même un gros ?

Mallory a l'impression, soudain, d'être dans une montgolfière sur le point de s'écraser sur un champ de maïs. Soit elle sera tuée dans les flammes de l'accident, soit elle s'en sortira indemne.

Je m'en sortirai, songe-t-elle. C'est son choix, et donc elle choisit la seconde option.

Parce que Bayer a raison. Elle a un secret. Un gros.

— Je suis amoureuse.

Il a l'air sincèrement surpris.

— De moi ?

— Non. Je suis amoureuse de Jake McCloud.

Ah, pense-t-il. *Mon cinquième sens ne m'a pas trompé.*

— Jake McCloud, c'est l'ex qui s'est marié le jour de notre rencontre ?

— C'est celui qui s'est marié, dit-elle.

Elle hésite. Ça paraît si bizarre que ce soit à lui, Bayer Burkhart, qu'elle finisse par l'avouer.

— Mais nous n'avons jamais été réellement ensemble. C'est mon… mon « même heure, l'année prochaine». Comme dans le film. Il vient passer un week-end à Nantucket, chez moi, chaque été, quoi qu'il arrive.

Bayer opine du chef.

— Intéressant comme arrangement.

Il n'en revient pas de ressentir de la jalousie. Quelque chose dans l'expression de Mallory. Ce Jake McCloud est un sacré chanceux. Franchement, Bayer voudrait l'étrangler.

— Ça a l'air sympa.

Elle hausse les épaules.

— Ça a ses avantages et ses inconvénients.

Été n° 6 : 1998

De quoi parle-t-on en 1998 ? Monica Lewinsky et sa robe bleue ; la tempête due à El Niño ; les JO d'hiver de Nagano ; la mort de Linda McCartney ; l'étude sur le lien entre le vaccin ROR et l'autisme ; le vélo elliptique ; l'ouragan Mitch ; Windows 98 ; le viagra ; Mary à tout prix *; la victoire électorale de Jesse Ventura, l'ancienne star du catch ; « One week » des Barenaked Ladies ;* South Park.

Mallory fête Thanksgiving avec Apple et dix membres de sa famille – ses parents, ses deux frères et ses deux sœurs, ainsi que leurs compagnons et compagnes –, venus des quatre coins du pays pour se réunir à Nantucket. Ils ont réservé l'un des salons privés du Woodbox Inn, un endroit qui semble exister depuis le tout premier Thanksgiving, avec ses plafonds bas, son parquet à larges lames qui craquent et ses cheminées dans chaque pièce. C'est la première fois de sa vie que Mallory peut se détendre à cette occasion. À Baltimore, Kitty est une vraie pile électrique, qui se ronge les sangs si elle ne parvient pas à remettre la main sur la douzième fourchette à dessert de chez Tiffany ou si Senior ne découpe par la dinde de la bonne façon ou si Cooper rentre ivre après avoir revu des copains du lycée – ce qu'il ne manque jamais de faire.

Cette année, Mallory ne mange même pas de dinde. Elle commande le bœuf Wellington, parce que pourquoi pas ?

·

Vu qu'elle a raté Thanksgiving, Mallory est obligée de rentrer à Baltimore pour Noël. Le 24 au soir, les Blessing ont l'habitude d'aller chez les Gladstone boire le vin chaud de Steve et manger le fameux gratin de crabe de Geri. Ensuite ils dansent tous dans le salon sur des chansons comme « Rockin' Around the Christmas Tree ». Le matin du 25, Kitty se demande systématiquement ce que Steve a mis dans son vin chaud.

Pour la seconde année de suite, il n'y aura pas de petite sauterie du 24 chez les Gladstone. L'année dernière, les Blessing ont tenté de reprendre le flambeau, mais c'était guindé, ça manquait de naturel, et Geri a passé l'essentiel de la soirée à sangloter sur le canapé. Cette année, Leland et Fifi l'ont emmenée skier, laissant les Blessing se débrouiller tout seuls. Kitty propose d'aller à la fête du country club, mais qui dit country club dit père Noël et enfants qui crient, si bien que et Mallory et Cooper mettent leur véto. Ils préfèrent aller chercher des pizzas chez Angelo's et regarder un film de Noël.

— Ça me va, dit Senior en tendant à Cooper un billet de 100 dollars. Noël tombe à la fin de l'année, comme les impôts. Je serai dans mon bureau. Prévenez-moi quand les pizzas seront là.

Kitty boude à peine une seconde.

— Très bien. J'ai de quoi m'occuper en cuisine de toute façon. Nous avons un invité-surprise demain.

— Qui est l'invité-surprise ? demande Mallory.

Il est tard, les pizzas ont été englouties (accompagnées d'une bouteille de Dom Pérignon que Mallory a payée avec les 100 dollars de Senior – c'est Noël après tout !), le film savouré, et à présent Mallory et Coop sont étendus par terre dans le salon, qui n'est plus éclairé que par la guirlande lumineuse du sapin et le feu qui décline. Même si c'est agréable, Mallory est triste que la tradition du 24 se soit perdue. Quand Steve Gladstone a commencé à coucher avec Sloane Dooley, s'est-il rendu compte qu'il sabotait non seulement son mariage, mais aussi le 24 décembre de ses voisins d'en face ?

— Aucune idée, répond Cooper.

— Pas de nouvelle petite amie ?

— Oh nooooon. Je garde mes distances avec les femmes pour un moment. Alison était chouette, Nanette aussi mais complètement hypocondriaque, et Brooke était une vraie psychopathe. À la Glenn Close.

— N'oublions pas Krystel, que tu as épousée !

— Je suis attiré par les cinglées. Alison était l'exception : elle était normale. On a rompu à cause de la distance, mais aussi parce que j'avais l'impression qu'il manquait un truc entre nous… et c'était la folie.

Mallory ferme les yeux. Elle se rappelle combien, quand elle était petite, Cooper était son grand frère superstar, ce qui suscitait, pour tout un tas de raisons, du ressentiment en elle. Maintenant il est devenu son ami, et la vie est beaucoup plus douce.

— J'ai vraiment dû être un sacré salaud dans mes vies antérieures, dit-il.

— Ne t'en fais pas, tu trouveras quelqu'un. Il y a des tas de détraquées sur Terre.

À 17 heures, le lendemain après-midi, juste avant le dîner du 25, on sonne à la porte.

— Mallory ! Tu peux aller ouvrir s'il te plaît ? lui lance Kitty.

Mallory ne s'attend pas à grand-chose. Elle suppose qu'il s'agit du nouveau prof de tennis du country club. Sa mère a pour projet de jouer les entremetteuses entre Mallory et lui.

Pourtant, sur le seuil de la maison se trouve une femme – rondelette, au sourire nerveux, aux longs cheveux argentés brillants, portant des lunettes papillon, bleu canard avec des strass.

— Mallory, dit-elle. Oh, laisse-moi te regarder !

Mallory n'en croit pas ses yeux. La voix… elle reconnaît la voix. Les cheveux, les lunettes, le sourire. Elle connaît cette femme, mais qui est-elle ?

Soudain Mallory retient un cri.

— Ruthie !

C'est la Ruthie de tante Greta.

Ruthie ouvre ses bras et Mallory se blottit contre elle. Des larmes perlent au coin de ses yeux, pas seulement parce qu'elle est sciée de voir Ruthie, mais aussi parce qu'elle sait que c'est, en plus de la pile de pulls et de CD, un cadeau de ses parents. Le meilleur cadeau qu'elle aurait pu imaginer.

Si les Gladstone étaient les rois du 24, Kitty a toujours été la reine du 25. À la seconde où Ruthie pose le pied dans la maison, un bouchon saute. Il y a des cocktails au champagne et des amuse-gueules dans la bibliothèque – palourdes gratinées et le fameux brie coulant de Kitty qu'elle sert avec des noix de pécan et un chutney de griottes. Tout le monde accueille Ruthie comme une femme importante, ce qu'elle est, mais aussi comme une parfaite inconnue, ce qu'elle est pour tout le monde sauf pour Mallory.

Ruthie se montre très digne alors que la situation doit la mettre terriblement mal à l'aise. Elle vit toujours dans la « maison de Cambridge », dit-elle, même si elle est dans la région de Baltimore pour les fêtes, venue rendre visite à son neveu, son épouse et leur jeune bébé.

Ruthie n'a pas peur de vider deux cocktails au champagne, et les membres de la famille Blessing non plus. Johnny Mathis chante « Sleigh Ride », le feu crépite dans la cheminée. Mallory parle à Ruthie de son poste au lycée de Nantucket, elle lui dit combien l'héritage de tante Greta a changé sa vie.

— Je ne peux pas la remercier, mais je peux te remercier, toi.

— Greta t'aimait tant… Tu étais comme une fille pour elle.

Sans l'intervention de sa mère, qui les appelle tous dans la salle à manger, Mallory n'aurait pas pu retenir quelques larmes.

Côte de bœuf rôtie, incroyables épinards à la crème de Kitty, pommes dauphine maison et, pour le dessert, l'incontournable gâteau aux dattes avec une sauce au caramel chaud et un nuage de crème fouettée.

Senior récite les grâces, puis Kitty lève son verre de pinot noir.

— J'aimerais dire quelque chose.

Oh non, pense aussitôt Mallory. Elle est convaincue que Kitty va gâcher la soirée en tentant de prouver combien elle est devenue tolérante. « Nous connaissons d'autres lesbiennes (autrement dit Leland et Fifi) et nous les trouvons tout à fait fréquentables. »

Mallory croise le regard de Cooper. Si elle n'était pas aussi loin de lui, elle lui tiendrait la main le temps que Kitty finisse de débiter le laïus gênant qu'elle a préparé.

— Ruthie, je veux te remercier de partager ce dîner de Noël avec notre famille. Nous te devons des excuses pour toutes les années où nous n'avons pas été aussi ouverts que nous aurions dû l'être. Aujourd'hui, avec l'âge, nous avons compris, Senior et moi, que tout ce qui compte c'est l'amour.

Elle lève son verre de vin plus haut.

— Et qu'il ne s'explique pas.

— Bien dit ! s'exclame Coop, et ils entrechoquent leurs verres sans croiser leurs bras.

Mallory observe son père, qui avale une gorgée de vin avant de chercher le couteau à découper. Elle n'est pas surprise qu'il ait laissé Kitty faire tout le boulot, mais elle n'a pas l'intention pour autant de lui permettre de s'en tirer à si bon compte.

— C'est aussi ce que tu penses, papa ? Que tout ce qui compte c'est l'amour, et qu'il ne s'explique pas ?

Senior pose sur Mallory un regard qui ne vacille pas. Ses traits lui sont familiers, pourtant à cet instant elle devine autre chose dans ses yeux. Comme si deux minuscules portes venaient de s'ouvrir sur… un véritable être humain.

— Oui, dit-il. C'est ce que je pense.

Un phénomène encore plus extraordinaire se produit alors. Il sourit.

— Merci d'être venue, Ruthie. Tu nous honores de ta présence. Nous ne méritons pas ton pardon, mais nous te sommes reconnaissants.

— Joyeux Noël, répond-elle.

Cooper est prêt à quitter Baltimore dès le lendemain ; Mallory, elle, a prévu de rester jusqu'au 27, et elle le supplie de ne pas l'abandonner. Est-ce qu'il pourrait prolonger son séjour d'une petite journée ?

Entendu.

— Les Bello organisent un goûter en fin d'après-midi, les informe Kitty. Pourquoi vous ne m'accompagneriez pas ?

— Hors de question, répond Mallory.

— Un goûter ? Le lendemain de Noël ? Mais pour quoi faire ? s'étonne Cooper.

— La réponse tombe sous le sens, ironise Mallory. Pour se débarrasser de leurs restes.

— Si vous n'avez rien de mieux à faire, insiste Kitty, Regina, Bill et le reste du quartier seront ravis de vous voir.

Coop est sauvé par un coup de fil de Jake McCloud, qui veut savoir s'il est libre pour une bière et des ailes de poulet frites au PJ's Pub, leur repaire à l'époque de l'université.

— Tu n'es pas à South Bend pour les fêtes ? lui demande Coop.

— Non, la mère d'Ursula est venue à Washington. Elles ont prévu d'aller voir *Casse-Noisette* ce soir, alors je passe la soirée en solitaire.

— D'accord, répond Coop.

Ursula le rend nerveux.

— Et au fait, propose à ta sœur de se joindre à nous si elle est libre.

— Oh, elle est libre !

Cooper frappe à la porte de la chambre de Mallory. Elle écoute « I've Done Everything for You », de Rick Springfield, sur sa chaîne, et elle chante « *You've done nothing for me*[1] *!* » au moment du refrain.

---

1. Ce qu'on pourrait traduire « J'ai tout fait pour toi », « Tu n'as rien fait pour moi ».

— Entrez.

Coop entrouvre la porte. Mallory est affalée sur son vieux pouf à poils longs violet, que toute la famille surnomme Grover, comme le personnage du *Muppet Show*.

— Il faut que j'intervienne, là ! Rick Springfield ? Grover ? Tu es en pleine régression. Tu sors avec moi ce soir. On retrouve Jake McCloud à 20 heures.

Mallory se redresse.

— Quoi ?

— Je t'évite un goûter de Noël, tu peux me remercier. On sort retrouver Jake.

— Tu me proposes de venir parce que je te fais de la peine ? Je ne voudrais surtout pas vous gêner si vous voulez partager un moment entre mecs… À moins que… Ursula sera là ?

— Elle va voir *Casse-Noisette* avec sa mère. Jake prend le train tout seul.

— Pour te voir.

— Pour nous voir. C'est lui qui m'a parlé de toi.

Elle lève les sourcils.

— Vraiment ? Il t'a dit de me proposer de venir sans que tu aies besoin de le suggérer ?

— Oui. Tu peux arrêter d'être aussi pénible, là ? Je vais prévenir Kitty.

À 19 h 45, Mallory entre dans la cuisine vêtue d'un jean, d'un col roulé noir et d'une paire de Converse – rien de plus normal –, mais elle porte aussi les nouvelles créoles en argent qu'elle a reçues pour Noël et du maquillage – du mascara et du rouge à lèvres.

Des boucles d'oreilles ? Du maquillage ? pense Coop.

— Tu n'avais pas besoin de te pomponner, tu sais. On va au pub.

— Ta sœur est ravissante, riposte Kitty.

Elle a décidé de se dispenser du goûter de Noël elle aussi. Elle va préparer des sandwichs avec le reste de côte de bœuf, qu'ils savoureront, son mari et elle, au coin du feu. Il semblerait que le romantisme ne soit pas mort sous le toit des Blessing.

— On ne sait jamais, ta sœur rencontrera peut-être un médecin ce soir !

Le PJ's Pub est un vrai rade, qui a la faveur de tous les étudiants de Johns Hopkins, et ni Cooper Blessing ni Jake McCloud ne font exception. Il se trouve en face de la bibliothèque, juste en bas de la rue où ils vivaient, et ils y étaient donc constamment fourrés. Le mercredi soir, les bières étrangères étaient à 1 dollar, et le dimanche, la part de pizza à 50 cents. Le simple fait d'énoncer ces prix à voix haute donne l'impression à Cooper d'avoir 100 ans. Pourtant, à la seconde où Mallory et lui descendent les marches menant à l'entrée en contrebas de la rue et où il sent les odeurs de bière éventée et de graillon, Coop a de nouveau 21 ans.

Jake est installé à leur table habituelle, à côté du juke-box sous le miroir Stella Artois où Jerry, le propriétaire, inscrit les plats du jour. Dès qu'il les aperçoit, Jake se lève d'un bond.

— Eh ben dis donc, lâche Mallory.

Les étudiants de Hopkins étant en vacances, la

clientèle, composée d'habitants, est un peu plus âgée. Jerry vient leur serrer la main ; il se rappelle encore les prénoms de Coop et de Jake, alors qu'ils ont obtenu leur diplôme il y a respectivement neuf et dix ans. Ils commandent un pichet de bière, puis un second, et Mallory tient le rythme, son visage est éclatant. Coop la comprend. Ça fait du bien de sortir de la maison. Mallory raconte à Jake que Ruthie s'est jointe à eux pour le dîner de Noël, et il montre beaucoup d'intérêt pour cette histoire – Coop se demande bien pourquoi… De son côté, Jake a passé un Noël en demi-teinte. Ursula et sa mère, Lynette, pleurent toujours la disparition du père d'Ursula, il y a deux ans et demi maintenant. Noël n'est plus pareil sans lui et ne le sera jamais.

— Je suis content de prendre un peu l'air pour être honnête, confie Jake. Elles ont du mal à s'entendre. Ursula a dû travailler hier…

— Le 25 décembre ? s'étonne Mallory.

— On dirait Senior, ajoute Coop.

— Et Lynette lui a demandé d'avoir la gentillesse de sortir le nez de ses dossiers pour profiter un peu de sa famille.

Jake finit sa bière avant d'ajouter :

— Je vous laisse imaginer comment ça s'est terminé.

— Ben moi, j'ai bien assez profité de ma famille, lance Mallory.

— Moi aussi ! approuve Coop.

Un troisième pichet, des ailes de poulet, des beignets de mozzarella. Coop s'absente pour aller aux toilettes et passer un rapide coup de fil. À son retour, il trouve Mallory et Jake penchés l'un vers l'autre au-dessus de la table et absorbés par leur conversation. Cooper se souvient combien sa petite sœur était pénible dans leur enfance – avec Leland, elles les espionnaient sans arrêt, Fray et leurs autres amis, elles réclamaient en gloussant à être intégrées à leur groupe. Coop est si heureux que Mallory soit devenue une adulte aussi sociable, capable de passer du temps avec ses amis. Il entend Jake lui demander :

— Tu as reçu le livre ?

— Oui. Je l'ai lu en deux jours. Merci.

— Tu sais que c'est inspiré de *Mrs Dalloway* ?

Elle lui donne une tape sur le bras.

— Oui, je le savais, merci… mais toi, tu le savais quand tu l'as lu ?

Cooper reprend sa place, et Mallory et Jake redressent aussitôt la tête comme s'ils étaient surpris. Il a l'impression d'avoir interrompu leur petit tête-à-tête.

— De quel livre vous parlez ?

Mallory se lève.

— Je vais mettre un peu de musique.

Jake s'éclaircit la voix.

— *Les Heures*, de Michael Cunningham. Tu l'as lu ?

— Ah, non ! Je passe mon temps à lire pour le travail, je ne le fais pas sur mon temps libre. Alors, quoi, tu as envoyé le bouquin à Mal ? Vous avez monté… un club de lecture tous les deux ?

Coop rit à sa propre blague, tout en se demandant si c'est aussi drôle. Il devrait peut-être se mettre à lire et rejoindre un club de lecture. Ce serait le moyen rêvé de rencontrer des femmes intelligentes.

— De quoi vous avez envie ? leur demande Mallory, qui se tient près du juke-box. Ils n'ont pas de Cat Stevens.

— Dieu merci, se réjouit Coop.

— Et pas non plus de Rick Springfield.

— Encore mieux !

— Surprends-nous, dit Jake.

— C'est ça, ajoute Coop. Si tu choisis un truc que je ne déteste pas, je serai surpris.

Mallory insère des pièces de 25 cents et presse des boutons. Une seconde plus tard, des accords de piano résonnent, puis vient la voix de Paul McCartney : « Maybe I'm Amazed ». *Peut-être que je suis étonné…* Coop approuve ce choix, et apparemment Jake aussi. Il se lève.

— Danse avec moi.

— Non, répond Mallory.

— Personne ne danse ici, souligne Coop.

— Juste pour cette danse, insiste Jake.

— Non, répète Mallory.

Et pourtant Jake réussit à la convaincre, et ils commencent à danser un slow devant le juke-box, ce qui est bizarre, mais bon, ils ont tous trop bu, et puis Cooper est distrait de toute façon parce qu'une de ses ex, Stacey Patterson, vient d'entrer dans le pub.

Coïncidence ? Non. Cooper a mené l'enquête et appris que Stacey bossait pour le service marketing de l'aquarium de Baltimore. Et qu'elle était toujours célibataire. Il a appelé les renseignements, récupéré son numéro et l'a invitée à les rejoindre au pub.

Elle porte un manteau en laine rouge et une mini-jupe en pied-de-poule avec des bottines noires montantes. Elle est toujours aussi belle. Coop se précipite à sa rencontre, la serre dans ses bras. Il l'accompagne au bar.

— Qu'est-ce que tu veux boire ?

— Un verre de merlot, s'il te plaît.

Cooper n'est pas certain que ce soit un choix très avisé dans un endroit pareil, mais après tout, pourquoi pas ? Elle jette un coup d'œil par-dessus l'épaule de Coop.

— C'est Jake McCloud ? Je n'ai pas pensé à lui depuis des années.

— Oui, c'est lui. Il va être fou de joie de te voir.

— Il danse avec sa femme ?

— Non, c'est ma sœur, Mallory.

— Ah… Eh bien, ils feraient un joli couple.

Cooper se retourne pour les regarder tourner lentement devant le juke-box. Mallory abandonne une seconde sa tête contre le torse de Jake.

C'est vrai qu'ils feraient un joli couple, se dit Cooper. *Dans une autre vie.*

Été n° 7 : 1999

De quoi parle-t-on en 1999 ? Le contrôle des armes à feu; le bug de l'an 2000; le Kosovo; Napster; la mort de John F. Kennedy Jr.; Sex and the City*; le vol 990 d'EgyptAir; « I Try » de Macy Gray; le contrôle des armes à feu;* Matrix*; Amazon ; l'ouragan Floyd; l'euro;*

le contrôle des armes à feu; la violence des jeux vidéo; le contrôle des armes à feu.

Les souvenirs qu'il garde de Mallory et la perspective de la revoir – dans neuf mois, neuf semaines, neuf jours – constituent, pour Jake, une réserve d'oxygène dans son apnée émotionnelle.

Jake a passé une sacrée année.

Ursula a décidé de fêter son septième anniversaire à la SEC en donnant sa démission. Si on reste plus de sept ans, on reste toute la vie, prétend le dicton. Elle est courtisée par tout Washington, et elle finit par accepter un poste au sein du département des fusions et acquisitions du cabinet Andrews, Hewitt et Douglas pour un salaire hallucinant et la promesse d'une prime encore plus hallucinante (sans oublier la perspective d'obtenir plus rapidement que quiconque un statut d'associée).

Ursula gagne si bien sa vie que Jake décide à son tour de démissionner de son poste chez PharmX, qu'il déteste en théorie et en pratique depuis le tout début. Il en a assez des réunions avec les membres du Congrès et les législateurs pour tenter d'assouplir la réglementation et augmenter le prix des médicaments pour l'industrie pharmaceutique. Il annonce son départ à Ursula, elle le traite de fou, il lui répond qu'il s'en fiche, et elle est trop occupée pour se bagarrer.

Très bien, conclut-elle. *Mais tu ne viendras pas pleurnicher quand tu passeras tes journées en caleçon devant la télévision.*

Jake donne son préavis, puis prévoit dès le lendemain une dévitalisation – il veut profiter de sa bonne mutuelle avant de la perdre. Le patron de Jake, Warren, passe le voir plus souvent que d'habitude, chaque fois avec une nouvelle proposition pour le convaincre de rester – promotion, augmentation, deux semaines supplémentaires de congé. (Warren n'en revient pas que Jake McCloud ait tenu aussi longtemps dans l'univers factice et sans âme du lobby pharmaceutique. Jake a réussi, par miracle, à conserver son intégrité morale, ne se battant que pour les traitements auxquels il croyait vraiment. Il a été un immense atout toutes ces années, et si Warren est triste de le voir partir, il se réjouit aussi pour lui. Son talent peut être bien mieux employé ailleurs.)

Le jour où Jake vide son bureau, il commence par le tiroir du centre, où il a rangé la photo de Mallory en train de manger des nouilles ainsi qu'une enveloppe contenant trois oursins plats et sept prophéties chinoises. Il jette la photo, en se disant qu'elle est datée – ce qui le peine malgré tout. Il la regarde chaque jour comme d'autres regardent des photos de plages des Caraïbes – pour se souvenir qu'il existe un autre monde, un refuge réconfortant et joyeux.

Il glisse l'enveloppe contenant les oursins et les prophéties dans une autre en kraft marquée du tampon « confidentiel » et referme avec soin l'attache en métal. Il l'intercale entre des dossiers sur des médicaments, dans son attaché-case. Il rit presque de lui-même, tant ces précautions sont inutiles. Il porterait les oursins sur une chaîne autour du cou qu'Ursula ne remarquerait rien.

Jake a à peine quitté PharmX qu'il tombe malade. Très malade – une forte fièvre avec douleurs et frissons. Il transpire, il est gelé. Il dort la journée et passe ses nuits dans un état de stupeur hébétée. Ursula compatit dans un premier temps. « Pauvre bébé. » Elle lui frictionne le dos et prépare un bol avec des glaçons qu'elle lui pose sur sa table de nuit. Elle dort sur la banquette du salon parce qu'elle ne peut pas « se permettre d'attraper son virus ». Elle fait encore plus d'heures qu'à la SEC, mais Jake comprend, elle bosse aux fusions et acquisitions, c'est du vingt-quatre heures sur vingt-quatre, et puis elle veut devenir rapidement associée pour qu'ils puissent enfin avoir un semblant de vie commune. Elle charge leur voisine, Mme Rowley, de faire un saut à la pharmacie pour acheter de l'ibuprofène et du paracétamol, et elle trouve un traiteur qui livre de la soupe.

Le téléphone sonne, les messages s'accumulent – Cooper, la mère de Jake, la mère d'Ursula, le père de Jake, Warren de PharmX, son pote Cody qui a une piste pour un poste de lobbyiste dans une organisation « de premier ordre ». Jake est trop malade pour décrocher. Les messages de ses parents et de Lynette lui enjoignent d'aller voir un médecin. (« Sinon, on prendra un avion », le menace son père, qui ne plaisante qu'à moitié. Ils ont déjà perdu un enfant, aucune maladie n'est jamais prise à la légère chez les McCloud. Mais Jake sait aussi que ses parents n'ont pas le temps de venir à Washington, tout comme Ursula n'a pas le temps de prendre une demi-journée pour l'accompagner aux urgences.)

Au septième jour, alors qu'il n'y a eu aucune amélioration, que Jake est au lit, faible et tremblant, avec plus de 39 de fièvre, à peine en état d'aller aux toilettes, Ursula surgit dans son tailleur gris clair et ses stilettos, et elle déclare :

— Maintenant ça suffit. On va à l'hôpital.

Il se trouve que Jake a une infection à staphylocoque, sans doute consécutive à sa dévitalisation. A-t-il bien pris ses antibiotiques jusqu'au bout ? Il ne sait plus. De toute façon, ça n'a plus vraiment d'importance ; il a gagné un séjour de deux nuits au Georgetown Hospital, avec antibiotiques en intraveineuse. Jake ne connaît que trop bien les noms des médicaments qu'on lui injecte, et il sait aussi qu'il s'agit du dernier recours pour les médecins. Il fait une septicémie, autrement dit il est gravement malade, au point où il pourrait presque mourir. Il frémit à l'idée qu'il a bien failli laisser l'infection se répandre comme une traînée de poudre. En réagissant, Ursula lui a sauvé la vie.

— Tu m'as sauvé la vie, lui dit-il.

— Tu vas t'en sortir, répond-elle en l'embrassant sur le front. Et puis je n'y suis pour rien. Ta mère a appelé.

Liz McCloud est la seule femme au monde qui intimide Ursula ; c'est vrai depuis le collège, et l'époque où Jessica était encore en vie. Apparemment, Liz a appelé Ursula à son cabinet, se débarrassant avec une précision chirurgicale des multiples assistantes juridiques qui se dressaient entre sa belle-fille et elle. Une fois qu'elle l'a eue au bout du fil, elle s'est montrée encore plus redoutable que de coutume. « Conduis mon fils aux urgences, Ursula. Immédiatement. Et quand je dis immédiatement, c'est immédiatement. Pas après avoir pris le temps de facturer trois heures à tes clients. »

Vingt-quatre heures plus tard, Jake se sent beaucoup mieux. Au milieu de sa seconde journée d'hospitalisation, il est assis dans son lit et mange un sandwich au thon puis un riz au lait en regardant un talk-show avec une infirmière du nom de Gloria.

Ursula passe le chercher à la fin de son séjour, et elle semble étrangement silencieuse – pas distraite, pas brusque, juste silencieuse. Jake se demande si cette maladie surprise l'a conduite à l'introspection. Lorsqu'il s'inquiète de savoir si tout va bien, elle se contente de secouer la tête et de jouer avec le téléphone portable que son cabinet lui a imposé pour pouvoir la joindre à toute heure du jour. Elle ouvre le rabat, le referme d'un geste sec. Est-elle en colère ? Il est incapable de se prononcer.

Une fois à l'appartement, elle l'installe dans leur lit – il remarque que les draps ont été changés –, et elle lui apporte ses médicaments avec un verre d'eau glacée. Il a encore deux antibiotiques différents à prendre pendant quinze jours, et il ne faut surtout pas les avaler le ventre vide, elle lui remet donc aussi les menus de deux restaurants, un italien et un thaï, qui livrent à domicile.

— Je dois malheureusement retourner au bureau, lui annonce-t-elle.

— Je comprends. Merci pour tout.

— Warren a appelé pour dire que la personne qui a repris ton bureau avait trouvé un effet personnel que tu avais oublié. Warren est passé le déposer ce matin.

— Je ne vois pas ce que ça peut être, mais je n'en ai pas besoin.

Aussitôt son estomac, qui lui paraît de toute façon hérissé de verre, se serre. Oh, non… Oh, non, non, non, non, non, non, non !

— C'est une enveloppe, poursuit Ursula. Qui contient des photos, je crois. Je ne l'ai pas ouverte parce que… eh bien, parce que ce n'est pas à moi. Warren dit que le type les a trouvées planquées dans le code de bonne conduite de l'entreprise et qu'il a pensé que tu voudrais sans doute les récupérer.

— Des photos ? Planquées ? Je n'ai pas la moindre idée de ce dont il s'agit.

Il décide de nier que ces photos de Mallory sont les siennes. Mallory au volant. Mallory endormie. Mallory riant aux éclats devant la télévision.

— Là, vraiment, je sèche. Et tu doutes bien que je n'ai jamais ouvert ce code de bonne conduite une seule fois de toute ma vie. C'est peut-être le précédent occupant du bureau qui les a oubliées ?

Ursula hoche la tête, une seule fois.

— Peut-être.

Jake attend qu'elle ait quitté l'appartement, puis patiente une demi-heure de plus, juste au cas où.

Il sort du lit, et se rend sur des jambes en coton, le ventre noué, jusqu'à la console dans l'entrée. Posée sur un beau plat en céramique qu'ils ont reçu en cadeau de mariage – une personne qui a cru qu'ils étaient du genre à recevoir ! – se trouve la pochette. Dessus, on peut lire, en lettres rouges grotesques PHOTOS EXPRESS, et juste au-dessous le nom de Jake et son numéro de téléphone professionnel, de sa propre écriture. Ursula sait donc que les photos lui appartiennent.

Mais les a-t-elle regardées ?

Les a-t-elle regardées ?

Hein ?

Jake sort les clichés d'une main tremblante. Elle a bien dû jeter un coup d'œil, au moins à une ou deux, non ? Pour voir de quoi il retournait ? Et si elle l'a fait, elle a forcément vu Mallory. Jake n'a rien photographié d'autre – ni la plage, ni l'étang, ni l'océan –, ce qui implique qu'Ursula n'a peut-être pas compris que ces images ont été prises à Nantucket. Et elle n'a peut-être pas reconnu Mallory.

Non, elle a forcément reconnu Mallory si elle a vu ces photos, même brièvement. Il ne lui a pas échappé que Jake dansait avec elle au mariage de Cooper, et elle a d'ailleurs fait une remarque à ce sujet, signe que ça la dérangeait. Elle a été jalouse, et une femme jalouse n'oublie pas. D'un autre côté, Mallory était coiffée et maquillée le jour du mariage, alors peut-être que…

Ursula n'a pas regardé les photos, décide-t-il. Elle aurait débarqué en trombe et aurait exigé une explication. Et qu'aurait-il bien pu lui dire ?

La vérité. Oui, il lui aurait dit la vérité. « C'est Mallory Blessing, la sœur de Cooper. Ma "même heure, l'année prochaine". »

Il est possible qu'Ursula n'ait pas ouvert la pochette parce qu'elle pressentait que son contenu signerait la fin de leur histoire. Après tout, Jake ne possède même pas d'appareil photo.

Il ne regarde pas les clichés, parce que ça ne rendrait que plus difficile encore ce qu'il s'apprête à faire. Il ouvre la porte de l'appartement et se rend à l'autre bout du couloir où se trouve l'incinérateur de déchets. Il ouvre la trappe ; Ursula et lui l'ont surnommée la bouche de l'enfer, parce qu'on dirait qu'un dragon cracheur de feu se terre tout en bas. Il garde les photos dans sa main un instant, et tente de se convaincre que ce n'est pas si grave. Il ne s'agit que de clichés, des images sur papier. Ce n'est pas comme s'il la jetait elle, Mallory, au feu. Et pourtant, il ne peut s'empêcher d'imaginer les flammes déformant ses traits, noircissant sa beauté pour la réduire en cendres et en fumée. Il ne peut pas… D'un autre côté, il n'a pas la force de descendre dans la rue.

Il lâche la pochette.

De retour dans l'appartement, il est tremblant et transpirant. Il devrait jeter l'autre enveloppe aussi, celle avec les oursins et les prophéties. Mais non, désolé, il en est incapable. Il a besoin de conserver un souvenir.

Lorsque Jake retrouve la santé, il constate à quel point il est désœuvré. Où en est-il du côté de la recherche de boulot ? Nulle part, bien sûr, il a été bien trop malade pour ça, et il ne peut pas nier qu'à la suite de sa démission il est échoué en terre inconnue. L'argent n'est pas un problème pour eux, et Jake s'achète donc un nouvel ordinateur, se crée un compte de messagerie électronique et peaufine son CV. Il se fixe un cadre : le matin, il sort courir, puis il achète le *Washington Post* sur le trajet du retour et épluche les petites annonces. Il envisage de reprendre ses études, pourquoi pas de médecine même, mais il sait, au fond de lui-même, qu'il n'a pas envie d'être médecin. Il envisage à nouveau l'enseignement, pour faire comme Mallory, et s'imagine supervisant des TP et donnant des contrôles sur le tableau périodique.

Il aime les gens, il aime leur parler, il aime défendre les causes auxquelles il croit. Il faut donc qu'il cherche un poste dans le financement de projets. Ça ne lui pose aucun problème d'appeler des gens pour leur demander de l'argent. Il contacte l'association des anciens élèves de Johns Hopkins. Ils le font venir pour un entretien et lui offrent un poste dans la foulée. Ils ne sont pas idiots : Jake était un étudiant populaire, apprécié et brillant, qui occupait une place de choix au sein de sa fraternité et qui était membre d'une association dédiée à l'accueil des futures recrues de l'université. Qui représente mieux Johns Hopkins que lui ?

Malheureusement, le poste est situé à Baltimore, ce qui impliquerait de faire le trajet tous les jours, or Ursula et lui n'ont pas de voiture. Il pourrait prendre le train, bien sûr, mais il ne sait pas pourquoi, quelque chose le retient d'accepter. Ce poste n'est pas assez exigeant. Il a besoin de se surpasser.

Ursula se montre patiente et encourageante, toutefois il sait très bien ce qu'elle pense : *Mais décide-toi, enfin !* Et aussi : *Je suis trop débordée pour consacrer de l'énergie à ces histoires.* (C'est d'ailleurs ce qu'elle pense en permanence, quelles que soient les histoires auxquelles elle se réfère.) Jake sent bien que l'intérêt qu'elle lui porte décline. Elle est si absorbée par son travail – de grosses entreprises qui engloutissent de petites entreprises, comme une gigantesque partie de Pac-Man – qu'il voit bien qu'elle doit se forcer à l'interroger sur sa journée. Elle veille toutefois à ne pas être trop dure. « Tu veux bosser pour Hopkins, bosse pour Hopkins » – même s'il a bien vu qu'elle était soulagée lorsqu'il a refusé le poste. À moins qu'elle n'ait été déçue ? Elle aurait peut-être aimé pouvoir dire aux gens que son mari travaillait pour « l'université Johns Hopkins ». Elle aurait peut-être aimé qu'il ait de longs trajets quotidiens pour qu'ils se voient encore moins.

En juin, Ursula se voit confier une fusion à Las Vegas.

Elle s'envole là-bas pour une semaine. Le cabinet l'a installée, avec les membres de son équipe, au Bellagio ; elle a une suite. Elle rentre à Washington pour le week-end, puis repart passer une deuxième semaine à Las Vegas. Et une troisième. Mais un vendredi elle appelle Jake pour lui annoncer que sa réunion s'est éternisée, qu'elle a raté son vol et qu'elle va rester pour le week-end à Vegas.

— De toute façon, ça ne rime à rien que je continue à faire ces allers-retours. Autant que je reste ici jusqu'à ce que l'accord soit conclu.

— D'accord… Anders fait pareil ?

— Anders ? Oui, lui et toute l'équipe. Je suis la seule à faire des allers-retours. Enfin, il y a aussi Silver, mais il a des enfants.

L'« équipe » se compose de quatre personnes – Ursula, Anders Jorgensen, un certain Mark, et Hank Silver, le patron d'Ursula. Anders est célibataire, Mark aussi (il est gay), Hank est marié et a cinq enfants, qui jouent tous au squash et ont des tournois absolument tous les week-ends. Hank rentre chez lui parce que sa femme ne lui laisse pas le choix : c'est impossible d'être un seul parent avec cinq enfants sportifs. Anders jouait au football américain dans son université de Californie du Sud, ce qui leur fournit, à Ursula et lui, un sujet de conversation en dehors du travail – la rivalité entre l'équipe de Californie du Sud et celle de Notre-Dame est célèbre. Ni Jake ni Anders n'ont jamais rencontré de femme ayant autant de connaissances sur le sujet.

Jake serait-il jaloux d'Anders ? Eh bien…

— Entendu.

Oui, il est jaloux, mais il ne cédera pas à ce sentiment. Et d'une il est loin d'être innocent, et de deux se montrer jaloux d'Anders ne servirait qu'à le rabaisser un peu plus en comparaison.

— Profites-en bien. Et n'oublie pas de dormir.

— Pourquoi tu ne me rejoindrais pas le week-end prochain ? Je pense que ça te plairait.

Quand Jake atterrit à Las Vegas, il fait près de 44 °C. Il a pris un billet en classe éco parce qu'il ne s'est pas senti autorisé à utiliser les miles d'Ursula alors qu'il contribue aux revenus du foyer à hauteur de zéro dollar, très précisément. Il arrive fatigué, d'humeur massacrante, et ne parvient donc à apprécier ni le paysage désertique ni l'architecture de la ville – de loin on dirait qu'un gamin a oublié de ranger ses jouets. Le taxi de Jake passe devant le panneau emblématique : BIENVENUE À LAS VEGAS, et quelques instants plus tard ils atteignent le Strip. Le chauffeur de Jake, Merlin, prend l'initiative de jouer les guides touristiques. (Merlin a bien compris que ce client serait difficile à impressionner. Merlin convient volontiers que cette ville n'est pas pour tout le monde, ce qui ne l'empêche pas pour autant de convoquer toute sa puissance de persuasion. Il lui montre les hôtels de Vegas : le Stratosphere, avec son grand huit au sommet, le Circus, le Mirage, où vivent des tigres blancs ; le Treasure Island devant lequel se produisent toutes les heures des pirates, à l'heure pile, le Venetian, parcouru de canaux sur lesquels chantent des gondoliers, le Caesars Palace, le Paris, le New York-New York, l'Excalibur, le Luxor et le Mandalay Bay. Merlin se gare devant le Bellagio.

— C'est le joyau de la ville, annonce-t-il avec une pointe d'émotion.

Il lui arrive de fumer un joint en regardant trois ou quatre fois de suite le spectacle qu'offre la fontaine devant l'hôtel.

Il tend sa carte au client.

— Je peux vous avoir cinquante pour cent de réduction au Cirque du Soleil, lui dit-il. Appelez-moi.

— Merci.

Il répond sans enthousiasme, ce qui ne signifie pas qu'il ne donnera pas suite, pense Merlin. Il faut parfois un peu de temps pour apprécier Vegas.)

À la réception, Jake constate qu'Ursula a oublié d'annoncer son arrivée, si bien que le réceptionniste, Kwasi, ne peut pas lui remettre de clé.

— Je suis son mari, enfin.

— Je comprends très bien votre position, et j'espère que vous comprenez la mienne.

(Le point de vue de Kwasi étant que ce type est peut-être le mari d'Ursula de Gournsey, peut-être pas – mais que, même s'il est son mari, elle peut très bien ne pas vouloir de lui dans sa chambre.) Il pose un jeton de 10 dollars sur le comptoir et le pousse vers Jake, qui le prend sans savoir de quoi il s'agit.

— Et c'est censé me servir à quoi ?

(Kwasi songe : *Le simple fait de poser cette question…*) Il sourit.

— Je vous conseille la roulette.

Jake trouve une cabine téléphonique et appelle Ursula sur son portable. Il tombe sur la messagerie et raccroche aussitôt. La raison d'être de ce portable, c'était qu'elle soit joignable jour et nuit. Mais elle est sans doute enfermée en réunion avec son équipe – même s'il est déjà 18 heures et qu'elle lui a dit ce matin, bien qu'il ait l'impression que ça remonte déjà à trois jours, qu'elle aurait terminé sa journée de travail à 16 heures, pour que Hank Silver puisse prendre un avion pour rentrer chez lui.

Jake décide de s'installer sur la banquette près des ascenseurs et d'attendre. Il a emporté un livre, *Le Chant des plaines*, de Kent Haruf, un roman âpre et obsédant, qui est précisément ce qu'il ne faut pas lire quand on se sent déjà abandonné. S'il le sortait et l'ouvrait ici, dans ce hall d'hôtel où règne une atmosphère exubérante de passion du jeu, avec les lumières, le bruit des pièces qui pleuvent, le voile de fumée et l'odeur de whiskey, il passerait vraiment pour un ringard. Il a un jeton, autant l'utiliser.

Il ne connaît rien au jeu, et il a peur de se ridiculiser en s'asseyant à la table de black-jack ou en s'essayant au craps. Les machines à sous ne l'attirent pas du tout. Que lui a conseillé Kwasi déjà ? La roulette.

Il suffit simplement de placer le jeton sur un chiffre, non ? Il regarde la boule rouler tandis que la roulette accomplit trois tours – 23, 4, 35… Quel chiffre choisir ? Il pense à l'anniversaire de Mallory, le 11 mars, mais il n'a jamais été là pour le fêter avec elle, ni même le lui souhaiter – selon les termes de leur accord.

Il choisit le chiffre 9 pour leur mois, septembre. Il pose son jeton sur le 9 rouge et pense : *Tout ou rien.* De toute façon ce jeton lui a été offert.

Et devinez quoi ?

Le 9 remporte la mise.

Il gagne.

Jake pousse un petit cri de joie alors que son jeton est remplacé par une pile de jetons. Incroyable, non ? C'était son coup d'essai, et il a remporté la mise !

— J'ai gagné ! dit-il à sa voisine, une femme plus âgée, qui fume un cigarillo.

Son rouge à lèvres s'est incrusté dans les rides autour de sa bouche.

— Et c'était la première fois que je jouais ! insiste Jake.

(Elle s'appelle Glynnis. Elle voudrait dire à ce gamin que la chance du débutant n'est pas une fable, contrairement au père Noël. Elle est même plus prévisible que la mort.)

— Suivez mon conseil, lui dit-elle, et allez encaisser vos gains.

Mais Jake ne l'écoute pas. Il place la moitié de ses gains sur le 5, pour mai, le mois de naissance d'Ursula, et l'autre sur le 20, pour le jour de son anniversaire.

Le numéro qui remporte la mise est à nouveau le 9.

Jake n'en croit pas ses yeux. Encore le 9 ? Son argent disparaît.

Glynnis exhale un panache de fumée de cigarillo et lâche :

— Cette ville vit sur le dos d'imbéciles dans votre genre.

Il a fallu moins de cinq minutes à Jake pour faire l'expérience de Las Vegas, avec ses hauts et ses bas. Il retourne à la cabine, compose à nouveau le numéro du portable d'Ursula : messagerie. Il se dit qu'il ne lui reste plus qu'à aller au bar et attendre.

Il n'est pourtant pas dans le bon état d'esprit. L'exaspération le gagne. Il a fait tout ce chemin pour venir voir sa femme, or non seulement elle ne répond pas au téléphone, mais en plus elle a omis de prévenir la réception de son arrivée. Elle n'a vraiment aucune considération pour lui. Et elle n'en a jamais eu. Pourquoi l'accepte-t-il depuis aussi longtemps ?

Aucune importance au fond. Il s'en va. Il va prendre le vol de nuit pour Washington.

Sauf qu'il ne trouve pas la sortie. Il a dû tourner au mauvais endroit, il s'est enfoncé dans les entrailles du casino – autour de lui se trouvent des rangées et des rangées de machines à sous, des kilomètres de tables de black-jack, de poker, de craps et de roulette qu'il redoute tant à présent. Des serveuses vêtues de bustiers en satin noir et chargées de cocktails glissent entre les joueurs comme si elles avaient des patins aux pieds. Trois d'entre elles lui demandent ce qu'il veut commander. Il répond qu'il cherche la sortie la plus proche, et à ces mots elles tournent les talons pour s'éloigner en glissant.

J'abandonne, songe Jake. Pourquoi pas un bar dans ce cas, un bon vieux bar. Sauf qu'il ne semble pas y en avoir non plus dans cette partie de l'hôtel.

Il finit par retrouver miraculeusement son chemin jusqu'aux ascenseurs du lobby. Voilà, maintenant il ne bouge plus. Il sort son livre, tout en se demandant pour quelle raison Ursula a pensé que cet endroit pourrait lui plaire.

— Jake ?

C'est sa femme, qui se dresse devant lui, vêtue d'un tailleur rose pâle et d'escarpins en cuir vernis nude. Elle porte ses cheveux lâchés. Ils sont plus longs que dans son souvenir, à moins que ce ne soit un effet du brushing et de la raie sur le côté. Elle est si incroyable qu'il ne peut pas exister un homme sur cette terre digne d'elle, pas même lui.

— Salut, dit-il en se levant pour l'embrasser et en identifiant la saveur de la tequila sur ses lèvres. Tu as bu ?

— Oui. Avec Mark et Anders, on est allés prendre un verre au Lily Bar. C'est devenu une tradition, le vendredi.

— Tu veux dire que là, tu… tu viens du bar ? Tu prenais un verre avec Mark et Anders alors que tu savais que mon vol a atterri il y a une heure ? Et pendant ce temps-là, moi, je poireautais dans le hall parce que tu as oublié de prévenir la réception de mon arrivée, Ursula. J'ai essayé de te joindre.

— Oui. C'est ce que j'ai vu.

— Si tu as vu les appels, pourquoi n'as-tu pas décroché ?

— Je terminais de travailler sur mon dossier. Je pensais te retrouver dans la chambre. J'ai réservé une table à l'Eiffel Tower pour ce soir.

— Je n'ai pas pu accéder à la chambre parce que tu avais oublié de prévenir la réception.

— Oui, j'ai entendu, Jake. Je suis désolée, mais j'ai été occupée. Ce n'est pas si grave, si ? Il me semble que tu as survécu.

Son ton est celui de la réprimande. Elle sait qu'elle a commis une erreur, et elle aimerait qu'il passe l'éponge, comme il le fait depuis dix-neuf ans face à son égoïsme.

— Pas grave du tout, répond-il. Mais Ursula…

— Oui ?

— Je m'en vais.

Il hisse son sac sur son épaule et prend la direction opposée à celle de ce casino infernal. Quelques secondes plus tard, il aperçoit le faisceau de lumière naturelle qui lui indique la direction à suivre – il a l'impression d'être dans le tunnel qui conduit à la vie après la mort. Il franchit l'entrée principale de l'hôtel et retrouve le soleil caniculaire.

Dans l'aéroport de Las Vegas, Jake entend soudain quelqu'un appeler son nom. Une voix d'homme, pas de femme. Ursula est sans aucun doute montée dans la chambre, s'est servi un verre de vin et s'est fait couler un bain, où elle attend le retour de Jake.

Sauf que cette fois il ne rappliquera pas. Ursula peut rester à Las Vegas jusqu'à la fin de ses jours, si ça lui chante. Lui, il rentre.

— Jake ! Jake McCloud !

Un homme fend la foule des voyageurs qui font la queue pour leur vol de nuit. C'est Cody Mattis, une connaissance de Washington, et Jake culpabilise aussitôt : Cody lui a laissé un message il y a des semaines de cela, quand il était malade, et il ne l'a jamais rappelé.

Il essaie de faire bonne figure, du mieux qu'il peut dans ces circonstances.

— Salut, Cody, qu'est-ce qui t'amène ici, dans la ville du péché ?

Un enterrement de vie de garçon, dans un club de striptease. Il n'avait jamais vu des femmes pareilles de sa vie, bla-bla-bla. Jake s'abstrait de cette dernière partie de l'échange. Il n'a aucune envie de penser aux femmes.

— Désolé de ne t'avoir jamais rappelé, mon pote, dit-il. J'ai été occupé…

— Ah oui ? Tu as trouvé du boulot ?

— Non, pas encore, je continue à chercher.

Cody lui donne sa carte.

— Tu te souviens que je fais du lobby pour la NRA ? Quand j'ai dit à mon patron que tu avais quitté PharmX, il m'a quasiment donné pour mission de t'amener à l'une de nos réunions.

— Vraiment ? s'étonne Jake en prenant la carte.

La NRA – la National Rifle Association.

— C'est le truc de Charlton Heston, non ? ajoute Jake.

— Il s'agit de défendre le droit de nos concitoyens à porter des armes. Ce bon vieux deuxième amendement ! On aimerait beaucoup que tu rejoignes notre équipe.

Jake doit vraiment être très en colère, car pendant les six heures du vol retour à Washington – de dépit, il s'est offert une place en première –, il caresse la possibilité de faire du lobby pour la NRA.

« Ce bon vieux deuxième amendement ! » : *Une milice bien organisée étant nécessaire à la sécurité d'un État libre, le droit qu'a le peuple de détenir et de porter des armes ne sera pas transgressé.* Un amendement ratifié en 1791, à l'époque où un citoyen pouvait avoir toutes sortes de raisons de posséder une arme. Alors qu'aujourd'hui, à l'horizon d'un nouveau millénaire,

Jake est convaincu qu'il y en a trop, et que beaucoup sont entre les mains des mauvaises personnes.

Et pourtant il se fait mentalement l'avocat du diable. Il a passé suffisamment de temps dans le Michigan – toute son enfance et sa jeunesse – pour savoir que beaucoup de gens bien, les pères de ses amis par exemple, chassent. Or il n'y a aucune raison pour empêcher ces personnes de se procurer des fusils ou des munitions, si ? Et quid des armes utilisées pour l'autodéfense ? Si c'était Jake qui était constamment obligé de voyager pour le travail et qu'Ursula passait du temps seule dans l'appartement, ne voudrait-il pas qu'elle possède un pistolet, juste au cas où ? *Peut-être*, se dit-il. D'un autre côté, ne pourrait-elle pas être tentée de l'utiliser dans une situation qui ne le justifie pas – et prendre le risque de blesser ou même de tuer quelqu'un ?

Il ne travaillera pas pour la NRA.

Cela dit, c'est agréable d'être courtisé professionnellement, et il a besoin d'un poste. En plus, le salaire doit être généreux, ce qui ferait du bien à son amour-propre. Il ne peut pas continuer comme ça.

Le lundi, Jake passe un coup de fil au patron de Cody, un certain Dwayne Peters, et organise un rendez-vous pour le lendemain. Déjà au téléphone, Dwayne Peters révèle ses talents de vendeur.

— La NRA a mauvaise réputation ici, sur la côte Est, on a besoin d'une refonte de nos relations publiques, et c'est là que vous entrez en jeu, Jake. Il faut que les mamans, les papas et tous les membres de l'intelligentsia, incapables de faire la différence entre un .45 et un .30-06, comprennent que c'est nous qui veillons sur l'Amérique. Vous ne voulez pas contribuer à la sécurité de notre pays, vous aussi ?

Jake est à ça de lui répondre : « Si, monsieur, bien sûr », tant ce dernier a su se montrer persuasif. Le deuxième amendement est aussi intouchable que la liberté d'expression ou de religion. Les pères de la nation n'avaient pas tort. Mais bien sûr qu'ils avaient tort, dirait Ursula. Car à cette époque, seuls les hommes blancs bénéficiaient du droit de vote.

Voilà pourquoi Jake répond plutôt :

— À demain, monsieur. Je suis impatient d'en apprendre plus sur la NRA.

Ce soir-là, il est en train de manger un sandwich au jambon sur la table basse – même avec la climatisation, il fait trop chaud pour cuisiner – quand Ursula débarque. Elle descend de l'avion, il le voit à sa tenue : un pantalon en lin et une chemise blanche.

— Bonsoir, dit-elle.

Elle pose sa valise et son attaché-case, puis place sa housse à vêtements sur la balustrade. Elle a l'air triste. Ou peut-être vaincue. Pour une fois, il n'arrive pas à savoir ce qu'elle pense.

Et ça lui est égal. Il continue à mastiquer son sandwich, ouvre la bière couverte de condensation devant lui. Il est en caleçon, comme elle l'avait prédit. Il en veut à Ursula de ne pas lui avoir annoncé son arrivée ; s'il l'avait su, il aurait mis un pantalon.

— Je ne compte pas m'excuser d'être parti, dit-il. Et je ne compte pas non plus m'excuser de t'avoir fait quitter Vegas, parce que je ne t'ai rien demandé.

— Je ne suis pas partie à cause de toi. Le dossier est terminé. On a conclu l'affaire.

— Ah…

Jake sait qu'il devrait se réjouir de cette nouvelle, mais il aurait tellement aimé qu'Ursula ait quitté Las Vegas parce qu'elle fait passer leur mariage en premier.

— Eh bien j'ai le plaisir de t'annoncer que je passe un entretien d'embauche demain. Avec la NRA.

— La NRA ?

Elle accompagne sa question d'un bruit qui ressemble à une toux ou un rire. L'incrédulité se lit sur son visage.

— Si j'étais toi, j'annulerais. Tu n'as pas vu les infos ?

Cet après-midi-là, dans la ville de Mulligan, dans l'Ohio, un garçon de 17 ans, dont les médias préservent l'anonymat, est entré dans la classe de son stage d'été avec un AK-47 et a tué douze élèves et l'enseignant avant de retourner l'arme contre lui. On ne parle que de ça. L'adolescent a acheté l'arme au supermarché. Personne ne lui a demandé de pièce d'identité. Il a réglé en liquide, est sorti du magasin avec le fusil d'assaut et trente cartouches, puis il a repris sa voiture pour se rendre au lycée et montrer à tout le monde combien il détestait ces stages de rattrapage scolaire.

— Ne t'en fais pas, le rassure Ursula. Tu auras d'autres opportunités.

Ce qui tracasse vraiment Jake, c'est qu'il ait pu envisager de travailler pour la NRA. Il se rappelle une vieille conversation téléphonique avec Mallory, à l'époque où ils étaient encore étudiants. « Je suis un gentil, Mallory. » Il va veiller à ce que cela reste vrai.

Ursula n'a aucun répit. La semaine qui suit la fusillade, elle est nommée avocate principale – honneur insigne ! – sur un dossier à Lubbock, au Texas. Lubbock est plus près que Las Vegas, mais il faut plus de temps pour y aller, parce qu'il n'y a pas de vols directs. Elle ne pourra pas rentrer le week-end, même si Lubbock n'est vraiment pas un endroit attrayant. Ursula ne voit aucune raison de demander à Jake de lui rendre visite. Il n'y a rien d'autre à faire là-bas à part travailler.

— J'espère qu'Anders fait partie de l'équipe ? lui dit Jake quand elle l'informe de sa nouvelle mission, même s'il souhaite secrètement l'inverse.

— Oh oui, bien sûr. Ça marche bien, lui et moi. Il me comprend. Ils ont mis Mark sur un autre dossier, il y aura donc Anders, une jeune collaboratrice, AJ, et deux assistants juridiques.

Elle marque un silence.

— AJ a un physique de top model. Je te parie qu'Anders et elle seront fiancés avant la fin de l'affaire.

Jake connaît trop bien Ursula pour se sentir rassuré. Elle ne fait jamais aucun commentaire sur le physique des autres femmes ; à ses yeux, la valeur d'une femme tient à son intelligence, son degré de compétence, l'intérêt qu'elle suscite chez les autres. Elle ne dit ça que pour rassurer Jake. Pourquoi ?

— Je culpabilise de te laisser seul jusqu'à la fin de l'été, lui dit-elle. On n'a pas eu l'occasion de partir cette année.

— Ne t'en fais pas, lui répond-il. Ta carrière est plus importante.

Ursula l'enlace.

— Tu comptes aller à Nantucket ? Pour la fête du Travail ?

— Oui.

Il arrive à Nantucket le vendredi, et Mallory l'attend à l'aéroport avec la Blazer. Au lieu de se diriger vers la route sans nom qui mène chez elle, elle l'emmène en ville.

— Tiens, tiens, dit-il. Y aurait un changement de programme ?

— J'en ai bien peur.

Elle se gare peu après devant le supermarché. L'inquiétude gagne aussitôt Jake. Il y a toujours du monde en ville, et donc de bien plus grandes chances de tomber sur une connaissance. Ces deux derniers étés, ils ont souvent croisé des élèves, anciens ou actuels, de Mallory, ainsi que des parents d'élèves, lors de leurs déplacements sur l'île. Elle le présente toujours comme « un ami de la famille », ce qui est vrai et donne l'impression que leur relation est platonique et innocente. Ce qui n'empêche pas Jake d'être gêné et d'avoir l'impression de porter un tee-shirt clamant : JE TROMPE MA FEMME.

Il a perdu tous ses jetons en un tour de roulette à Las Vegas, mais le vrai risque, il le prend en venant à Nantucket chaque année. Il se demande quelle est la probabilité qu'ils soient un jour démasqués. Une chance sur mille ?

— Où est-ce qu'on va ?

À l'autre bout du parking, il entend une fiesta, des gens célèbrent la fin de l'été. Il imagine parmi eux des anciens de Johns Hopkins, de Notre-Dame, de Georgetown, un vrai terrain miné.

— J'ai acheté un bateau ! lui annonce-t-elle. On va à Tuckernuck !

L'arrière de la Blazer est rempli de sacs de courses et du sac en toile monogrammé de Mallory. Ils transportent les provisions jusqu'à un magnifique voilier, le *Greta*, équipé d'un moteur Yamaha de 250 chevaux à la poupe. La coque est bleu canard, et contient une petite cabine. Jake n'en croit pas ses yeux.

— C'est le tien ?

— Je te présente mon Contessa 26.

Elle lui explique qu'elle a fait l'acquisition du voilier dans des circonstances similaires à celles qui lui ont permis d'obtenir son vélo et la Blazer – son propriétaire voulait s'en débarrasser.

— Après avoir quitté le type de Newport, je me suis rendu compte que ce qui me manquait le plus, c'était de passer du temps sur l'eau. Alors j'ai pris des leçons de navigation. J'ai validé le dernier cycle la semaine dernière.

Oui, Jake se souvient qu'elle lui a parlé de cours de voile l'an dernier. Il se souvient aussi d'avoir été jaloux de son moniteur, Christopher, jusqu'à ce qu'elle mentionne incidemment son âge : près de 80 ans.

— C'est le voilier de Christopher ? Il est mort ?

— Il est toujours en vie, mais il ne peut plus le sortir, sa femme a exigé qu'il arrête. Du coup, il m'a quasiment donné le bateau. Je n'ai eu qu'à embaucher son ami Sergei pour le transport.

Elle se déchausse avant de monter dessus. Jake l'imite.

— Et j'ai acheté un nouveau moteur. Il n'était pas donné, enfin ça valait le coup.

— Bien joué, Mal. Je suis tellement fier de toi.

Il descend dans la cabine, simple mais douillette : une cuisine, une table de navigation, deux couchettes dans la pointe avant et un cabinet de toilette.

— Tu m'as dit que tu m'emmenais où, déjà ?

Elle l'emmène à Tuckernuck, une île qui n'est qu'à un jet de pierre de la côte ouest de Nantucket mais qui n'appartient pas au même univers. C'est un endroit secret. Réservé aux propriétaires, et à leurs invités, des vingt-deux maisons dépendant de générateurs et de puits. Il n'y a pas un seul bâtiment public sur Tuckernuck, pas une seule épicerie. Pas d'Internet, ni de télévision par câble, et le réseau cellulaire n'est pas bon.

La définition parfaite de l'enfer pour Ursula, songe Jake. Et du paradis pour lui.

Mallory jette l'ancre à côté de Whale Island, une bande de sable blanc à la pointe sud-est de Tuckernuck, et ils se rendent sur le rivage en pataugeant dans l'eau, avec leurs provisions et leurs bagages. Mallory part seule, à pied, pour la maison, qui se trouve à un peu plus d'un kilomètre. Jake garde leurs affaires. Il a l'impression d'être un pionnier. De quoi a-t-on besoin pour vivre au fond ? De nourriture, de vêtements, d'un toit sur la tête, d'une personne à aimer. Il s'émerveille de la beauté du paysage qui l'entoure. Whale Island est le seul endroit où les bateaux peuvent jeter l'ancre. Au-delà du ruban de sable blanc se trouvent des parcelles vertes sillonnées de chemins sablonneux, où l'on aperçoit, ici ou là, un toit en ardoise. De l'autre côté de l'étroit bras de mer, Smith's Point et Nantucket, qui ressemblent à une métropole en comparaison.

Jake entend soudain quelqu'un appeler son nom et découvre Mallory au volant d'une vieille Jeep rouge sans toit ni portes.

En route !

La maison, qui appartient à la belle-famille de M. Major, a été construite en 1922. Il s'agit d'une construction toute simple, avec une immense pièce de séjour à l'étage entièrement entourée de baies vitrées, ce qui offre une vue à 360 degrés sur l'île et l'océan autour. La nièce de Mme Major a récemment refait toute la décoration, on dirait une « cabane » de Robinson Crusoé version magazine de déco. Il y a un canapé en rotin et des fauteuils papasan avec des coussins ivoire, sans oublier de drôles de hamacs en corde dans les coins. Sur le sol en contreplaqué sont peintes de larges bandes jaune citron et blanc. Jake est surpris de découvrir une petite télévision et une petite étagère remplie de vidéos, devant laquelle est accroché un panneau où l'on peut lire, écrit à la main : *Réservé aux jours de pluie.*

Jake lâche un sifflement admiratif. Il a l'impression qu'ils viennent d'entrer dans un autre monde. Personne ne les trouvera ici.

C'est leur septième week-end ensemble, et ce chiffre porte peut-être bien chance, car c'est le meilleur depuis le début. Le vendredi soir, Mallory prépare des burgers, comme l'exige la tradition, et, même si la cuisinière est petite, elle réussit aussi à faire griller du maïs. Le samedi, ils sortent deux vélos de l'abri de jardin et partent explorer l'île. Ils vont voir les deux étangs – North Pond, dans lequel ils se baignent, et le plus petit, East Pound, aux eaux troubles, dans lequel ils ne se baignent pas. Ils prennent le soleil à trois endroits différents d'une plage de sable doré. Ils aperçoivent des gens de loin et les saluent d'un geste de la main : pas besoin d'échanger le moindre mot. Ce serait aussi déplacé que de parler dans une église.

Le dimanche, ils partent randonner vers le cœur de l'île. Mallory emmène Jake voir l'ancienne caserne de pompiers et l'ancienne école. La plupart des maisons de Tuckernuck sont fermées maintenant que l'été se termine. Jake est fasciné par l'une d'elles, une petite construction qui a connu, de toute évidence, de meilleurs jours. Les vitres de ses fenêtres sont fendillées et obscurcies, les encadrements écaillés, et la gouttière sur la façade avant ne semble plus tenir qu'à un seul clou rouillé. Cette façade est précédée d'une large galerie qui rappelle étrangement la maison dans *Out of Africa*, se dit Jake. Alors qu'il n'est pas du genre à recueillir les chats errants, il ne peut s'empêcher de s'imaginer achetant cette bicoque pour la retaper. Il s'en ouvre à Mallory, qui plisse les yeux derrière ses lunettes de soleil.

— Tu as vraiment mauvais goût !

— Elle est à l'écart de la civilisation.

— C'est le moins qu'on puisse dire.

— On pourrait y passer nos vieux jours ensemble.

Le dimanche, il se met toujours à être saisi de ce genre de nostalgie – il ne survivra pas s'il la quitte.

— Comment va Ursula ?

Mallory ne l'a pas mentionnée du week-end, et il sait que cette question ne survient pas à ce moment précis par hasard. Dès qu'il parle de vieillir à ses côtés, Mallory lui rappelle gentiment qu'il s'est déjà engagé solennellement à le faire aux côtés d'une autre.

— La vie n'est pas facile, dit-il.

— Tant mieux, rétorque-t-elle avant de lui serrer la main. Je plaisante. Qu'est-ce qui se passe ? Tu peux en parler ?

— J'ai beau connaître la femme que j'ai épousée, il m'arrive d'être encore déstabilisé par certaines de ses réactions.

Il la régale avec le récit de son séjour à Las Vegas.

— Ah, quand même… Est-ce que tu t'es déjà demandé si ce qui t'attire chez Ursula ce n'est pas justement le fait qu'elle se rende indisponible ? Alors que moi je le suis beaucoup trop ?

— Tu n'es pas du tout disponible.

— D'un point de vue émotionnel, si. Tu sais très bien ce que je ressens pour toi.

— Vraiment ?

Il se détourne de la maison pour la regarder droit dans les yeux. Une buse à queue rousse tourne dans le ciel au-dessus de leurs têtes, mais c'est la seule âme qui vive alentour. Comme s'ils étaient les deux derniers êtres humains sur la planète. Il prend soudain conscience que depuis sept années, il attend que Mallory déclare forfait et lui dise : « Ça y est, je m'avoue vaincue, s'il te plaît, quitte Ursula et emménage à Nantucket, ou c'est moi qui viendrai à Washington, ou on arrivera à faire fonctionner une relation à distance. » Mais elle ne prononce jamais ces mots, et que peut-il en déduire, sinon que Mallory se satisfait de leur arrangement ? Qu'elle le préfère à un engagement sur le long terme. Elle l'a, lui… tout en conservant sa liberté, ce qui, les années passées, a signifié la présence d'autres hommes dans sa vie.

— Je vais être honnête avec toi, Mal. Je ne sais pas du tout quels sont tes sentiments pour moi.

— Je t'aime, Jake.

Voilà, elle l'a dit.

Je t'aime.

Jake lui a fait cette déclaration mille fois dans sa tête, qu'ils soient allongés côte à côte dans le même lit, ou qu'elle se trouve à mille kilomètres de lui.

Il ne veut surtout pas gâcher ce moment. Il tient à ce qu'il soit inoubliable. À ce que Mallory y repense non seulement pendant les 362 jours à venir, mais aussi pour le restant de sa vie.

— Je t'aime aussi, Mallory Blessing. Je. T'aime. Aussi.

Et ça marche. Ses yeux s'embuent de larmes. Elle l'a entendu et, plus important, elle l'a cru.

Lorsqu'il l'embrasse, pourtant, elle le repousse.

— On doit y aller. On doit être à Whale Island à 18 heures. J'ai une surprise.

La surprise, c'est un homme bien bâti et incroyablement séduisant, qui accoste Whale Island dans un Contender de 36 pieds. Jake carre aussitôt les épaules et se tient plus droit sur le siège bancal de la vieille Jeep, pendant que Mallory court à la rencontre de leur visiteur. Jake n'est pas certain que cette surprise le réjouisse.

Mallory et Mister Amérique discutent pendant ce qui lui semble une éternité – oui, Jake est jaloux –, puis Mister Amérique remet à Mallory un sac en papier. Elle l'embrasse sur la joue et agite la main pour lui dire au revoir. Mister Amérique fait rugir son moteur et exécute un demi-tour avec beaucoup d'adresse avant de reprendre la direction de Nantucket.

— C'était qui ? demande Jake.

— Barrett Lee, lui répond Mallory. Il s'occupe de toutes les maisons ici et, l'été, il se charge de l'approvisionnement.

— Parce qu'on avait besoin de provisions ?

Mallory ouvre le sac. Jake reconnaît les boîtes en carton blanc et une odeur de raviolis frits lui chatouille les narines.

— Il nous a apporté notre dîner. Maintenant, on rentre ! On a un film à regarder.

Été n° 8 : 2000

De quoi parle-t-on en 2000 ? Le dépouillement des votes en Floride ; le projet génome humain ; le Yémen ; les World Series de base-ball ; le décès de Walter Matthau ; la fin de l'assemblage de la station spatiale internationale ; l'émission de télé-réalité Survivor *; le décès de Charles M. Schulz ; les JO de Sydney ; Slobodan Milosević ; le Pilates ;* Les Soprano *; l'attentat contre le USS Cole ; le procès anti-trust contre Microsoft ;* Presque Célèbre *; l'huile d'olive extra-vierge ; « Who Let the Dogs Out », des Baha Men.*

Le nouveau millénaire approche et devinez quoi ? Cooper Blessing se remarie !

Sa fiancée s'appelle Valentina Suarez et travaille aux services administratifs de la Brookings Institution. Elle vient d'Uruguay, plus précisément d'une ville côtière, Punta del Este, qui est une zone touristique très prisée, fréquentée par une clientèle internationale aisée. La famille de Valentina possède un restaurant en bord de mer, et ses parents ne peuvent pas se permettre de prendre des jours de congé, même pour le mariage de leur fille. Mallory ne peut s'empêcher de trouver ça louche et à force d'insister elle finit par apprendre de la bouche de son frère que Valentina n'a pas informé ses parents de ce mariage, parce qu'ils ne l'approuveraient pas. Ils aimeraient qu'elle épouse un Sud-Américain, de préférence un Uruguayen, et idéalement le fils des propriétaires du casino qui jouxte leur restaurant, Pablo, l'amour de jeunesse de Valentina.

Mallory s'attendait, pour un second mariage – auquel la mariée n'a convié aucun membre de sa famille –, à quelque chose de très simple. Une cérémonie civile suivie d'un déjeuner.

Mais non. Valentina a toujours voulu un grand mariage, et Cooper a l'intention de faire en sorte que son rêve devienne réalité – ce qui ne pourrait pas rendre Kitty plus heureuse.

— On va pouvoir tout recommencer ! Et en juin en plus, qui est une bien meilleure période.

Mallory sera le témoin de Valentina. Et Fray, celui de Cooper, à nouveau. Cooper compte-t-il avoir d'autres garçons d'honneur ?

— Jake. Jake McCloud, précise-t-il, comme si Mallory avait pu se méprendre. Et Valentina a demandé à sa voisine du dessous, Carlotta, d'être sa demoiselle d'honneur.

Pour le second mariage de Cooper, nous retournons une fois de plus à l'église presbytérienne de Roland Park, que Kitty a décorée dans les tons de rose. La fleur qui prédomine est la pivoine. Tout le monde adore les pivoines… Peut-il jamais y en avoir trop ? Si oui, alors c'est le cas le jour du second mariage de Cooper.

La robe de Mallory est un long fourreau en soie rose pâle. Elle se fait coiffer comme pour le mariage précédent, mais remplace la gypsophile par de minuscules roses pâles dans son chignon.

Mallory aperçoit Jake à la répétition, une heure avant la cérémonie, et elle se sent dans le même état de fébrilité qu'un lemming prêt à sauter d'une falaise. Elle se pose tant de questions… Est-il venu avec Ursula ? Ils possèdent tous les deux des téléphones portables maintenant, et ils se sont échangé leurs numéros, mais les règles qu'ils ont établies des années plus tôt restent valables. Mallory n'est autorisée à le contacter que pour l'un des motifs suivants : fiançailles, mariage, grossesse ou décès. Elle n'a donc pas pu le contacter pour savoir s'il comptait proposer à Ursula de l'accompagner. Elle ne tardera pas à connaître la réponse…

Il porte une queue-de-pie grise. Oui, encore une queue-de-pie. Kitty tient à certaines traditions.

Quand Jake découvre Mallory, il hausse les sourcils. Façon de signifier qu'elle lui plaît… non ? Qu'elle est en beauté ? Il s'approche et l'embrasse chastement. Une véritable torture.

Il lui glisse à l'oreille :

— Elle est là. Je suis désolé.

Mallory ne laissera pas cette mauvaise nouvelle lui gâcher la soirée.

— Super, dit-elle. J'ai hâte de discuter avec elle.

Pendant la cérémonie, dirigée par le révérend Dewbury, qui manifeste autant d'optimisme et d'espoir pour cette union que lors du premier mariage de Cooper, Mallory observe discrètement les invités.

Du côté du marié, au quatrième rang, près de l'allée centrale, se trouve Ursula de Gournsey dans une sublime robe écume avec un décolleté en cœur et des broderies. Elle porte ses longs cheveux brillants avec une raie sur le côté, et un rouge à lèvres vif. Mallory ne peut détacher ses yeux d'elle, jusqu'à cet instant terrible où Ursula croise son regard et le soutient. Mallory reporte aussitôt son attention sur son frère, ce grand enfant prodige, l'homme le plus gentil qu'elle connaisse. Elle a envie de croire que son amour pour Valentina durera jusqu'à la tombe, pourtant, en secret, elle ne peut se défaire de l'impression que cette union est condamnée d'avance.

La réception a lieu, une fois de plus, au country club, mais cette fois le cocktail et la séance photo se déroulent en extérieur avec le paysage émeraude du golf en arrière-plan. Le mariage ayant lieu le 24 juin, le jour ne semble jamais vouloir se coucher, et même à 19h30, quatre golfeurs – les Decker et les Whipp – en sont encore au dix-huitième trou. Les invités du mariage peuvent ainsi entendre le bruit sec que fait le club de Paulson Whipp lorsqu'il frappe la balle sur le tee. Au lieu d'admirer le drive de son mari, Carol Whipp se tourne vers le country club en plissant les yeux.

— C'est le mariage de Cooper Blessing. Oh, et regarde ! On dirait Mallory, non ? Je me demande pourquoi elle n'a pas encore rencontré quelqu'un.

Cette question sera sur les lèvres de beaucoup de gens ce soir : « Quand viendra ton tour ? »

Mallory accueille ces interrogations avec irritation et gêne, même si elles proviennent d'amis de Senior et de Kitty qu'elle connaît depuis toujours, et dont elle sait qu'ils veulent simplement la voir heureuse (ce qui implique apparemment de se « caser »). Elle n'a aucune envie de nourrir de faux espoirs cependant, alors elle leur répond :

— Il est bien possible que je sois condamnée au rôle de témoin à vie.

Fray, qui l'a entendue, lui apporte son soutien.

— Bien dit ! Moi, en tout cas, je ne me marierai jamais.

— Cooper le fait assez souvent pour nous tous, rétorque Mallory. Tu viens prendre un verre ?

— Je n'ai pas bu une seule goutte d'alcool depuis six ans, neuf mois et deux semaines, lui dit-il. Depuis ma visite à Nantucket.

Six ans, neuf mois et deux semaines. Soit la durée exacte de son histoire avec Jake.

— Accompagne-moi quand même, tu prendras un soda. J'ai besoin d'un garde du corps pour me protéger.

— Contre qui ?

— Tout le monde.

Il y a un repas assis, avec au choix de l'agneau ou du saumon, des pommes de terre nouvelles, des petits pois extra-fins. Mallory observe à la dérobée la table voisine. Ursula ne touche pas à son assiette ; elle ne mange jamais, lui a confié Jake. Ce soir, Mallory non plus ne mange pas. Elle est trop nerveuse. Jake discute avec Geri Gladstone, assise à sa droite. Sait-il qu'il s'agit de la mère de Leland ? Fiella et elle ont été invitées au mariage, mais Fifi est en tournée en Europe, et Leland l'a accompagnée. Geri a pris du poids, qui se concentre essentiellement dans les cernes sous ses yeux et son double menton. Mallory n'aime pas être aussi cynique, mais elle ne peut s'empêcher de penser qu'elle aurait aimé que Geri suive la trajectoire inverse après que Steve l'a quittée pour Sloane Dooley – elle aurait aimé que Geri retrouve une ligne superbe et sorte avec un célèbre joueur de base-ball.

Mallory boit du champagne, toutefois elle reste prudente et s'interdit d'enchaîner les coupes trop vite. Elle n'a aucune envie de jouer le rôle de la fille soûle – pas tout de suite en tout cas. Elle se rappelle le désir qu'elle ressentait pour Jake au premier mariage de Cooper. Un sentiment si doux et innocent en comparaison de la jalousie dévorante qui se déchaîne en elle ce soir. Elle aime Jake à présent. Leur dernier week-end à Tuckernuck a été merveilleux, et elle doute qu'ils puissent un jour en passer un meilleur. Et pourtant… N'est-ce pas ce qu'elle se dit chaque année, au terme de chacun de leurs week-ends, toujours un peu meilleur que le précédent ? Leur histoire est un arbre qui pousse – peu à peu les racines s'enfoncent dans la terre et un nouveau cerne de croissance se forme sur le tronc.

L'orchestre commence à jouer les premières danses. Cooper entraîne Kitty sur la piste, Senior est le cavalier de Valentina. Elle est belle et paraît heureuse – mais l'est-elle vraiment sans aucun membre de sa famille ? Ou fait-elle semblant, comme Mallory ?

(Elle fait semblant. Valentina n'arrive toujours pas à croire que la foudre n'a pas frappé l'autel, tant elle commet un sacrilège en épousant cet homme sans la bénédiction de ses parents, sans même qu'ils soient au courant. Ils sont partis skier à Las Leñas ce week-end, car les Suarez sont très riches, très sophistiqués, très actifs, même s'ils ont une opinion très arrêtée au sujet de l'avenir de leur fille, Valentina. Ils comptent sur elle pour rentrer définitivement en Uruguay et épouser Pablo Flores. Et d'ailleurs, Señor et Señora Suarez ont retrouvé Pablo dans la station de ski et ils discutent tous les trois du retour de Valentina, comme si c'était un acquis, sans se douter un seul instant qu'elle est au même moment en train de danser à son propre mariage avec son tout nouveau beau-père.)

Mallory sent que quelqu'un lui tape sur l'épaule. Fray.

— Ça te dit de sortir fumer une cigarette ?

— Un peu plus tard peut-être.

Critiquer les mariages avec Fray n'est pas sans attrait, mais, dans l'immédiat, Mallory veut rester seule. Elle va se réfugier aux toilettes.

Les toilettes pour femmes du country club n'ont pas été rénovées depuis 1973, ce qui fait qu'elles sont à la fois irrémédiablement démodées et réconfortantes. On pénètre dans une antichambre à moquette rose avec une banquette en skaï rose et trois tabourets recouverts de petites protections au crochet et glissés sous une longue tablette. Au-dessus de celle-ci se trouve le miroir devant lequel des générations de femmes se sont mis du rouge à lèvres et poudré le nez, se sont regardées au fond des yeux en se demandant… quoi ? Eh bien, toutes sortes de choses : *Qu'est-ce que je fais avec Roger ? Ai-je un problème d'alcool ? Pourquoi n'ai-je pas préparé un doctorat ? Combien faut-il payer la baby-sitter ? Ai-je l'air grosse ? Ai-je l'air vieille ? Pourquoi Roger ne peut-il pas s'empêcher de critiquer Ford (ou Carter, ou Reagan) si ostensiblement en public ? Pourquoi Helen me bat-elle froid ? Dans combien de temps vais-je enfin pouvoir rentrer me coucher ?*

Il y a une coupe en cristal taillé remplie de bonbons enveloppés dans de la cellophane crème. Par habitude, Mallory en fourre une poignée dans son sac à main. Alors qu'elle savoure cette petite joie toute simple, elle entend du bruit provenant de la pièce où se trouvent les toilettes. Des vomissements.

Mallory se dépêche d'entrer dans une des cabines ; les vomissements continuent. Quelqu'un a trop bu… mais qui ? Cette réception est décidément plus ennuyeuse que la première de Cooper. Où est passé son ami Brian de la Brookings Institution ? Il était amusant, et il lui semble même qu'il avait rendu Jake jaloux.

(Brian Novak est marié avec trois enfants. Comme il a eu la mauvaise idée d'investir dans une crêperie de Cheverly, la petite ville du Maryland où il réside, il n'a pas réglé les échéances de son prêt immobilier depuis trois mois, si bien que sa femme a dû accepter un boulot à l'accueil d'une clinique et qu'il ne peut donc pas être présent au mariage de Cooper, étant coincé chez lui pour garder ses enfants, tout en se rongeant les sangs à la perspective d'une saisie. À cet instant précis, il regrette plus que tout de ne pas être à Baltimore, en train de faire tourner Mallory sur la piste de danse. Elle était mignonne avec ses taches de rousseur, ses yeux couleur océan, ce petit espace entre ses dents du bas, et puis c'était quelqu'un qui savait s'amuser, qui avait un côté espiègle, ce qu'on ne peut absolument pas dire de son épouse.)

Lorsque Mallory sort de sa cabine, elle aperçoit Ursula de Gournsey, penchée au-dessus du lavabo, qui se rince la bouche. Mallory se fige.

— Est-ce que ça va ?

Serait-ce Ursula qu'elle a entendue vomir ? Sans doute, puisqu'elles sont seules aux toilettes. Ursula croise le regard de Mallory dans le miroir. Elle a le teint cireux.

— Je crois que je suis enceinte, lui assène-t-elle.

Enceinte.

Mallory a l'impression d'être aspirée par une spirale émotionnelle de plusieurs jours tant elle passe par différentes phases : apitoiement, jalousie, colère, dépit. Il est d'ailleurs étonnant qu'elle tienne encore debout. Reprenons la métaphore de l'arbre. Mallory a l'impression qu'Ursula a pris une hache parfaitement affûtée pour couper à sa base son histoire avec Jake. Ce qui n'empêche pas Mallory de rejoindre le lavabo à côté de celui d'Ursula, d'ouvrir le robinet, d'appuyer sur le distributeur pour faire tomber dans sa paume une grosse goutte de savon liquide nacré au parfum de gardénia (encore un détail qui la replonge dans l'enfance), de sourire au reflet d'Ursula et de lui dire :

— Formidable ! Toutes mes félicitations.

— Non, dit-elle, les yeux embués de larmes. C'est affreux. Une catastrophe.

Mallory s'essuie les mains sur une serviette en papier qui porte le logo du country club en relief, puis la jette dans la poubelle. Un accès de rage pure la consume. Porter l'enfant de Jake, c'est affreux ? Une catastrophe ?

Mallory en déduit qu'Ursula est contrariée parce que cette grossesse va interférer avec son projet de devenir associée au sein du cabinet. Jake a été très clair sur la place qu'Ursula accorde au travail dans sa vie.

Alors que Mallory s'apprête à tourner les talons sans plus de cérémonie – estimant qu'Ursula devrait se sentir chanceuse d'attendre un bébé de Jake –, Ursula éclate en sanglots violents et elle se radoucit. Peut-être que Leland avait raison : Mallory est influençable, manipulable. Ou peut-être que notre héroïne est simplement gentille et sensible.

— Venez, lui dit-elle.

Elle l'entraîne vers la pièce voisine et s'assied à côté d'elle sur le divan. Elle pose une main hésitante dans le dos d'Ursula ; elle est si maigre que Mallory sent chacune de ses vertèbres. Ne sachant pas très bien quoi dire, elle incline la tête vers la coupe de bonbons.

— Vous voulez un bonbon ?

Ursula secoue la tête, même si ses sanglots se calment un peu.

— Je suis Mallory Blessing, la sœur de Cooper.

— Je sais, lui répond Ursula. Je vous ai vue au premier mariage.

— Je suis désolée que vous soyez aussi contrariée. C'est parce que ça tombe au mauvais moment…

Ursula se prend la tête à deux mains et la secoue.

— Non. Enfin, si, mais ce n'est pas le pire.

Mallory sort un mouchoir en papier de son sac et le tend à Ursula. Ça paraît complètement fou qu'elle soit là, aux toilettes, à consoler Ursula, non ?

Oui, complètement fou. Enfin, jusqu'à ce que, une seconde plus tard, le terme « fou » prenne une tout autre dimension.

— L'ennui c'est que ce n'est pas… ce n'est pas… lebébeuhdejabeuh.

— Attendez, quoi ? demande Mallory, qui n'a pas compris la seconde partie de la phrase d'Ursula. Il n'est pas quoi ?

La porte s'ouvre alors à la volée, et elles sont assaillies par un déluge d'organdi blanc et de gémissements en espagnol. C'est Valentina. Suivie de Carlotta, qui prend très au sérieux son rôle de demoiselle d'honneur et tient l'immense traîne de la jeune mariée.

Valentina est dans un état d'hystérie total. Elle balaie la pièce du regard. Elle cherche de toute évidence un endroit où s'effondrer, mais Ursula et Mallory occupent les meilleures places.

Ursula se lève, et exécute une parodie de pas de deux avec Valentina. Mallory doit-elle lui demander ce qui ne va pas ? D'un autre côté, elle est sans doute la dernière personne à qui Valentina veut parler.

Surtout qu'elle est accompagnée de Carlotta, qui parle sa langue natale – et qui n'est pas, surtout, la sœur de son mari.

Mallory et Ursula n'ont pas terminé leur conversation. À moins que… Elles n'ont d'autre choix que de s'éclipser dans le couloir, où on entend très bien l'orchestre jouer « Two Tickets to Paradise ». La parenthèse de complicité s'est refermée, pourtant Mallory veut se laisser une dernière chance.

— Je n'ai pas compris la fin de votre phrase tout à l'heure. Vous avez dit que ce n'était pas… quoi ?

Les nerfs de Mallory sont à vif. Ursula voulait-elle se plaindre de l'injustice de la situation ? La grossesse et l'accouchement constituent des inégalités fondamentales. Les femmes se font avoir. Elles doivent porter les enfants, endurer les souffrances de la mise au monde puis se dédier à l'allaitement si chronophage… sans parler de tout le reste.

Ursula secoue la tête. Elle pose un regard méfiant sur Mallory, comme si cette dernière cherchait à lui soutirer une information qu'elle n'a pas envie de lui donner.

Ce n'est pas… quoi ?

Mallory est tout à fait capable d'imaginer l'inimaginable.

Ce n'est pas le bébé de Jake.

Mais elle n'obtiendra pas de confirmation d'Ursula.

— Je ferais mieux d'y retourner. Merci pour le mouchoir.

Comme si ce que Mallory a fait pour elle se résumait au carré blanc trempé qui se décompose dans sa main.

Avant que Mallory n'ait eu le temps de répondre, Ursula s'éloigne vers la salle de réception.

Mallory va chercher Fray sur la piste de danse. Il danse le twist avec Geri Gladstone, ce qui est sans doute la chose la plus incongrue du monde quand on songe que l'ex-mari de Geri a emménagé avec la mère de Fray, Sloane… Geri a pourtant l'air de s'amuser sincèrement, et Mallory s'en veut de lui voler Fray, mais… aux grands maux, les grands remèdes.

— J'ai besoin de toi, lui dit-elle. Et de sortir fumer.

Mallory a aussi besoin de tequila. Deux doigts, qu'elle se procure au bar, puis qu'elle emporte en se faufilant entre les tables vers la sortie du fond. Jake et Ursula sont toujours à table. Ursula regarde son portable (quelle idée !), et Jake hausse un sourcil intrigué en voyant Fray et Mallory quitter la pièce ensemble.

Ce n'est pas le bébé de Jake. Est-ce seulement possible ? On dirait le rebondissement téléphoné d'un mauvais feuilleton télévisé, sauf qu'il s'agit de la vraie vie. Ursula aurait-elle trompé Jake ? Cette idée offense Mallory… quelle hypocrisie ! Que fait-elle de leur pacte à la « même heure, l'année prochaine » ? Elle n'est pas en position de juger qui que ce soit.

Si Ursula attend vraiment l'enfant d'un autre, Mallory doit-elle en parler à Jake ? La réponse est évidente : non. Alors doit-elle garder le secret et laisser Jake penser que c'est son bébé même s'il s'agit d'un mensonge ?

Mallory est incapable d'avoir les idées claires. Elle suit Fray dehors.

Ils vont s'asseoir sur le muret de pierre à l'extrémité de la terrasse, dans le noir, pour que personne ne les voie fumer. Mallory pense surtout à ses parents – elle se sent encore comme une adolescente par tellement de côtés.

— Tu as toujours fumé ? demande-t-elle à Fray. Je ne me souviens pas.

— J'ai commencé quand j'ai arrêté l'alcool. J'avais besoin d'un nouveau vice, qui me tuerait à plus petit feu.

L'effet de la tequila se fait déjà ressentir après trois gorgées, et à la première bouffée de tabac Mallory a la tête qui tourne au point qu'elle manque de tomber du muret. Elle tend la main vers celle de Fray pour se retenir, mais lui agrippe la cuisse. Ce qui est un peu gênant… Elle se redresse et fait tomber la cendre dans l'herbe bien tondue.

— Alors, comment ça va ? lui demande-t-elle. Tu t'en sors bien, à ce que j'ai compris. Déjà millionnaire ?

— J'ai six cafés dans l'ouest du Vermont et un autre qui ouvrira à Plattsburgh à la fin de l'été. Et tous me rapportent de l'argent. La semaine prochaine, je vais à Seattle pour étudier la possibilité de lancer ma propre marque de café. Starbucks et d'autres l'ont fait. Je ne vois pas pourquoi je n'en serais pas capable.

— Tu pourrais l'appeler Café Fray, glousse-t-elle. Non, oublie, c'est nul comme nom.

(Fray trouve ça plutôt pas mal, lui. L'avenir du café est entre les mains des jeunes générations, et il est convaincu que ça peut les amuser, ce côté «à la fraîche». Il voit très bien des franchises Café Fray fleurir sur les campus des grandes universités du pays, fréquentées par des filles en jeans troués et effilochés, et par des étudiants révisant toute la nuit en période d'examen. Et puis, ainsi que Fray l'a appris, ce qui plaît aux vingtenaires plaît aux autres classes d'âge, pour la simple et bonne raison que tout le monde rêve d'avoir encore 20 ans.)

— Je vais l'appeler Café Fray. Merci, Mal.

— Tu penseras à ma commission, hein ?

Elle termine la fin de sa tequila d'une traite et… waouh ! Elle sait déjà qu'elle le paiera plus tard, mais dans l'immédiat l'alcool remplit son office. Elle ressent une longue brûlure à l'intérieur.

— Ce mariage est… Je ne sais même pas quoi en dire.

Elle meurt d'envie de parler à Fray du triangle amoureux qui gouverne son existence depuis six ans, neuf mois et deux semaines, et de sa découverte récente qui pourrait rebattre les cartes. Cependant c'est un trop grand secret pour Fray – ou pour n'importe qui d'autre. D'autant que Fray pourrait être tenté d'en parler à Coop, dans le but de «protéger» Mallory.

Elle envisage alors de lui raconter qu'elle a vu Valentina pleurer aux toilettes, mais elle n'a pas envie non plus d'aggraver les choses de ce côté-là. C'est plus sage de ne rien dire.

— Je ne dirai rien, lance-t-elle, parce qu'elle est soûle et ne parvient pas à se taire complètement.

La plus surprenante des choses se produit alors. Fray tourne le visage de Mallory vers le sien et ils s'embrassent. Fray se lève du muret et se retrouve à gauche de Mallory, debout à côté de ses jambes – prisonnières du fourreau de soie rose pâle.

Mallory savoure ce baiser. Est-ce étrange qu'elle embrasse Fray, un garçon qu'elle connaît depuis qu'elle est petite ? C'est peut-être ce qu'elle ressentira demain, mais ce soir elle a soif de l'attention qu'il lui témoigne. Et puis elle a toujours nourri une curiosité sexuelle pour lui, profondément refoulée, parce que, évidemment, il était plus âgé et qu'il avait un goût de danger, d'interdit – à cause de Cooper et de Leland –, ce qui ne le rendait que plus intrigant. Il est sobre ce soir, il sait pertinemment ce qu'il fait, et Mallory ne peut donc en déduire que deux choses : soit il en pince pour elle depuis toujours, soit elle a réussi, elle ne sait comment, à se transformer en objet de désir. Or les deux hypothèses sont flatteuses. Quoi qu'il en soit, elle laisse Fray la conduire vers le petit bois au-delà du dix-huitième trou, et ils font l'amour contre un arbre, ce qui pourrait sembler précipité et inconfortable, mais est en réalité tout l'inverse. Fray prend son temps et il se débrouille si adroitement avec les contraintes imposées par le fourreau que Mallory en vient à se demander s'il fait souvent l'amour à des demoiselles d'honneur lors des réceptions de mariage, en prenant appui contre un arbre. Ce à quoi ils ne pensent ni l'un ni l'autre, sauf au tout dernier instant, c'est la question de la contraception : Fray promet de se retirer… et ne tient pas parole.

Lorsqu'ils retournent dans le salon de réception, l'orchestre joue « At Last », la chanson sur laquelle Mallory a dansé avec Jake lors du premier mariage de Coop. Elle le cherche dans la foule et constate qu'il les observe justement, Fray et elle. Il ne détache pas ses yeux d'elle alors qu'elle retire une feuille de ses cheveux.

Il secoue la tête de façon presque imperceptible, à moins que l'imagination de Mallory lui joue des tours, qu'elle invente ce geste de désapprobation, de jalousie. Mallory aimerait tant aller le prendre par la main et l'entraîner sur la piste de danse, lui susurrer à l'oreille : « Oui, j'étais dans les bois avec Fray, mais c'est toi que j'aime, ça a toujours été toi, ce sera toujours toi, Jake McCloud. »

Elle ne peut pas, bien sûr. Ursula est assise à côté de lui, elle remue la glace dans son verre. Ursula qui a appris à Mallory qu'elle était enceinte, et peut-être autre chose aussi, à moins que… De toute façon, Mallory ne pourra pas approcher Jake du reste de la soirée.

— Tu danses ? lui propose Fray.

— Oui, bien sûr.

La fête du Travail arrive dix semaines plus tard. Mallory attend dans la Blazer quand Jake sort de l'aéroport. Il monte à côté d'elle sans un mot. Elle démarre sans un mot.

Mallory s'engage sur la route sans nom, un nuage de poussière et de sable tourbillonne dans le sillage du 4 × 4, comme toujours. Mallory a des steaks hachés dans un emballage plastique au frigo, six épis de maïs épluchés, quatre tomates mûres à point qu'elle a coupées en tranches et sur lesquelles elle a versé un filet d'huile d'olive et de vinaigre balsamique, une part de brie qui ramollit à côté d'une pile de crackers et d'un petit pot de chutney. Des romans attendent Jake sur sa table de nuit – *Les Mots retrouvés*, de Myla Goldberg, et *Le Tueur aveugle*, de Margaret Atwood –, comme chaque année. Pourtant, cette année, quelque chose a changé. Plusieurs choses même peut-être.

Mallory se gare devant la maison, coupe le moteur et se tourne vers Jake.

— On est arrivés ! dit-elle d'un ton qu'elle veut guilleret.

— Ursula est enceinte. J'aurais dû t'appeler, mais je voulais te l'annoncer en personne. Tu le mérites, je trouve.

Mallory n'arrive pas à savoir si elle doit feindre la surprise ou non. Non, décide-t-elle. Elle apprécie qu'il fasse l'effort de tout déballer dès le début, pour qu'ils puissent discuter jusqu'à épuisement du sujet et profiter de leur week-end.

— Je comprends… Bien mieux que tu ne le supposes.

— Comment ça ?

— Je suis enceinte, moi aussi.

Deuxième partie

LA TRENTAINE

Été n° 9 : 2001

De quoi parle-t-on en 2001 ? Un mardi matin au ciel cristallin. Le vol 11 d'American Airlines de Boston à Los Angeles qui percute la tour nord du World Trade Center à 8 h 46 ; le vol 715 de United Airlines qui relie aussi Boston à Los Angeles et percute la tour sud à 9 h 03 ; le vol 77 d'American Airlines de Washington-Dulles à Los Angeles qui frappe le Pentagone à 9 h 37 ; et à 10 h 03, le vol 93 de United Airlines de Newark à San Francisco qui s'écrase dans un champ près de Shanksville, en Pennsylvanie ; les 2 996 morts ; le pays sonné et dévasté ; pour la première fois depuis le bombardement japonais de Pearl Harbor en 1941, nous avons été attaqués sur notre sol ; un homme en costume d'été bleu marine se jette d'une fenêtre du 102e étage ; un chef de partie salvadorien en retard pour son service de mise en place au Windows on the World, qui regarde le ciel s'embraser et le sommet du gratte-ciel – six étages en dessous de la cuisine où il travaille – exploser ; la banque Cantor Fitzgerald ; le président George Bush dans un bunker; la veuve enceinte de l'homme courageux qui a dit: «allons-y»; l'avion qui s'est écrasé en Pennsylvanie et qui se dirigeait vers le Capitole; le monde qui dit: «Les États-Unis ont été attaqués»; les États-Unis qui disent: «New York a été attaqué»; New York qui dit: «Downtown a été attaqué»; le concert télévisé en hommage aux victimes «America, a Tribute to Heroes»; les messages des morts sur les répondeurs; les premiers pompiers qui montent les escaliers pendant que les civils les dévalent; les affiches placardées dans tout Manhattan: DISPARU*; la date – choisie par les terroristes à cause du ciel parfaitement dégagé.*

Si nous avions retenu autre chose de cette année avant cet événement, il n'en restait plus que des décombres, à mettre au compte de tout ce que nous avions perdu.

Ursula adore être mère.

Et personne n'en est aussi surpris qu'elle. Sa grossesse a été pénible. Elle a tout eu: les violentes nausées matinales, le syndrome du tunnel carpien aux deux mains, le diabète gestationnel et, pour couronner le tout, au septième mois, le placenta prævia, qui l'a condamnée à rester alitée jusqu'à la date de l'accouchement.

Cette dernière complication – et l'alitement consécutif – n'a pas été bien accueillie au cabinet. Hank Silver a eu une réaction prévisible: il a débarqué chez elle pour lui dire que si ses priorités avaient changé elle voudrait peut-être, plutôt que se démener pour décrocher le statut d'associée, envisager un temps partiel et une fonction de consultante.

— La maternité comme voie de garage, très peu pour moi, a rétorqué Ursula sans cacher sa répugnance face à une telle idée. Vous me connaissez mieux que ça, Hank. Je vais gagner ce dossier depuis mon lit. Et dès que le bébé sera né, je compte travailler deux fois plus dur. J'obtiendrai mon statut d'associée cette année. C'était mon objectif quand vous m'avez engagée, et il n'a pas changé.

(Hank est assez malin pour savoir qu'il marchait sur des œufs ; il ne voulait surtout pas se retrouver avec un procès pour sexisme. Mais Hank a cinq enfants ; il sait mieux que quiconque que les enfants changent la donne. Ils ont la priorité, Ursula ne tardera pas à le découvrir.)

— Entendu. Je tenais juste à ce que vous sachiez que si vous changez d'avis après la naissance du bébé, nous comprendrons tous.

Ils comprendront ? Comme c'est chou de leur part. Ursula avait bien remarqué le changement d'attitude de ses collègues lorsqu'elle leur avait annoncé sa grossesse. Elle avait un jour entendu deux associés la qualifier de « castratrice », ce qui l'avait secrètement flattée. Mais elle avait dû renoncer à ses tailleurs ajustés et à ses stilettos affûtés. Elle s'était arrondie et adoucie ; ses seins étaient lourds, gonflés, et elle ne pouvait plus porter que des ballerines Ferragamo – dans lesquelles elle ne se sentait même pas bien. Elle les retirait sous son bureau et frictionnait régulièrement ses cous-de-pied douloureux.

Dès qu'elle avait fait connaître son état, sa capacité à prendre des décisions avait été remise en question, les gens lui coupaient la parole, y compris les assistants. Elle n'en était pas revenue de voir ces stéréotypes prendre vie sous ses yeux, en Technicolor de surcroît.

Ursula aurait pu égorger Hank Silver. Il avait cinq enfants et il passait son temps à se vanter de leurs exploits – au squash ! –, mais il n'y avait bien sûr eu aucun débat à ce sujet au cabinet à la naissance de chacun d'eux, parce que Hank était un homme. Qu'il avait une femme à la maison pour s'occuper de sa progéniture, et que, même s'il avait été un père célibataire, il y aurait eu sa mère, sa sœur, une femme de ménage, une armée de nounous et de jeunes filles au pair pour l'aider, sans que personne sourcille, dise qu'il ne s'occupait pas de ses enfants, le traite de mauvais père ou lui suggère de se mettre à temps partiel, pour faire un boulot d'assistanat.

Si incroyable que cela paraisse, néanmoins, Ursula avait un sujet d'inquiétude bien plus pressant que sa carrière ou la discrimination sur son lieu de travail.

Elle s'inquiétait de la paternité du bébé.

Elle avait fait tous les examens requis avant la naissance – deux échographies, le test de la clarté nucale pour déceler une éventuelle trisomie 21, la recherche d'incompatibilités rhésus –, mais aucun de ceux-ci ne lui avait appris ce qu'elle avait réellement besoin de savoir : le bébé était-il celui de Jake ou d'Anders ?

Si l'aventure sentimentale d'Ursula avec Anders Jorgensen avait débuté à Las Vegas, ils n'avaient pas franchi la ligne rouge avant d'être nommés sur un nouveau dossier ensemble à Lubbock, au Texas, où ils n'avaient absolument rien à faire d'autre pendant leur temps libre, que se rendre dans le bar miteux de leur hôtel – le bien nommé « Impulse », *impulsion* –, et boire. Lors de leur première visite à l'Impulse, Ursula avait commandé une coupe de champagne et s'était vu servir un Prosecco qui avait un goût de bonbon à la pomme verte. Elle était aussitôt passée à la vodka (ils avaient de la Stoli, Dieu merci), additionnée d'eau de Seltz et d'une rondelle de citron. Elle pouvait en boire dix d'affilée ; c'était une boisson suffisamment vive pour faire oublier la chaleur extérieure et le kitsch du bar.

Le fait étonnant n'était pas qu'elle ait couché avec Anders, non, c'était qu'elle ait attendu aussi longtemps. Anders était un grand gars blond et bien bâti, un Viking – un vrai, un descendant direct. Sa taille et sa force n'étaient surpassées que par son intelligence, son aisance lors des négociations, son talent incroyable pour son métier. Il poussait Ursula à travailler mieux, plus dur, il l'inspirait. Il lui transmettait son énergie lorsqu'ils étaient dans la même pièce. Et elle, est-ce qu'elle l'impressionnait ? Oui, elle voyait bien que oui. Ce qui lui avait fait l'effet d'un électrochoc. Elle était devenue accro à l'attention qu'il lui témoignait.

Et Jake dans tout ça ?

Pendant qu'Ursula sirotait des cocktails à l'Impulse, Jake était chez eux à Washington, et il jouait à des jeux sur son ordinateur au lieu de chercher du travail. Il était, se disait alors Ursula, sur une voie très dangereuse, celle de devenir aussi inintéressant qu'un œuf dur. Mais Ursula avait été élevée dans la foi catholique, et elle avait le sens de l'honneur. Une rigueur morale.

À moins que…

Les charmes d'Anders étaient plus forts que sa morale. Il avait trouvé le code, forcé l'entrée – quelle que soit la métaphore que l'on préfère –, en conséquence de quoi, Ursula et lui s'étaient retrouvés au lit. À de multiples reprises.

Ursula se convainquait – en suivant pieds nus le couloir de l'hôtel pour regagner sa chambre, après avoir remis à la hâte la jupe de son tailleur, de traviole, sans remonter jusqu'en haut la fermeture Éclair – que le problème était le suivant : Jake et elle s'étaient rencontrés trop jeunes et, pendant leurs périodes de séparation, Ursula n'en avait pas assez profité pour faire les quatre cents coups.

Des excuses : elle détestait ça. Elle avait été placée face à la tentation, elle n'avait pas eu le cran de résister, et de sa mauvaise conduite avait découlé cette punition : elle ne savait pas qui était le père de l'enfant qu'elle portait.

Quand Anders a appris sa grossesse, leur aventure s'est terminée brutalement. Il n'a eu qu'une chose à lui dire : « Ce n'est pas le mien. Tu m'entends, Ursula ? Même s'il est de moi, ce n'est pas le mien. »

Il a accepté une mutation dans le cabinet newyorkais, et la sublime collaboratrice blonde de 1,80 mètre, Amelia James Renninger, connue sous le sobriquet d'AJ, l'a suivi. Ils ont emménagé ensemble dans un loft à SoHo.

« Même s'il est de moi, ce n'est pas le mien. » Ursula a été, d'un côté, rassurée par cette réaction aussi vive : elle a décidé de croire que puisque Anders avait catégoriquement refusé la paternité, le bébé devait être celui de Jake. Ce qui ne l'a pas empêchée de redouter qu'à la naissance il soit blond et costaud, alors que Jake et elle étaient tous deux bruns et longilignes. Elle redoutait plus que tout les réactions au cabinet lorsqu'elle montrerait des photos de son bébé et que tout le monde se rendrait compte qu'il ressemblait comme deux gouttes d'eau à Anders Jorgensen.

Le 23 janvier 2001, Elizabeth Brenneman McCloud voit le jour. Elle pèse 3 kilos et mesure 48 centimètres. Des cheveux bruns, des yeux sombres, des traits qui ne sont pas sans rappeler ceux de Jake.

Dieu est miséricordieux, pense Ursula, même si elle sait qu'elle finira par payer à un moment ou à un autre.

À la naissance de Bess, Ursula engage une nourrice et l'installe sur un lit de camp dans la seconde chambre de l'appartement, devenue la chambre d'enfant, mais elle tient à se lever pour chaque tétée. Elle tire son lait en continu, étiquette les sachets et les entrepose au congélateur. Elle ne reprend le travail que quatre semaines plus tard. Elle est envoyée à Omaha dans le Nebraska, pour un dossier, mais elle rentre à Washington tous les week-ends, tant pis pour le sommeil. Elle rencontre plusieurs nounous et déniche Prue – une Irlandaise de 60 ans, mère de quatre enfants désormais adultes. Elle s'occupe merveilleusement bien de Bess, et Ursula scrute le moindre de ses gestes dans l'espoir de réussir à reproduire le mouvement calme et assuré de ses mains, sa capacité à être là pour le bébé, bien présente, jamais distraite, jamais pressée.

« Je peux vous garantir une chose, lui a décrété Prue. C'est une période que vous regretterez. »

Ursula est présente sur tous les fronts, et depuis des mois elle réussit à faire face. Elle réussit à facturer mille heures à la fin juin. Après Omaha, elle accepte un dossier à Bentonville, dans l'Arkansas. Il n'y a rien de plus proche ? lui demande Jake. Il est serviable, met la main à la pâte, en adoration totale de Bess, peut-être même plus qu'Ursula – elle l'a surpris en train de danser avec leur fille dans sa chambre, sur des berceuses de Mozart. Il vient cependant de prendre le poste de vice-président à la Fondation pour la recherche sur la mucoviscidose, et il sillonne le pays à la recherche de donateurs. Le troisième dossier d'Ursula est situé à Washington, ce qui lui permet d'allaiter Bess tous les matins et tous les soirs. À l'approche de l'été, quand Bess commence sa diversification alimentaire, Ursula se rend au marché pour acheter des produits frais qu'elle fait cuire à la vapeur et réduit en purée. Jake est impressionné ; Ursula n'a jamais rien cuisiné de sa vie.

Bess franchit toutes les étapes importantes de son développement en avance. Elle roule sur le ventre, s'assied, sourit, rit, gazouille. Elle se met à avoir un duvet châtain et de grands yeux chocolat. Elle a le sourire de Jake. Quel sourire… Ursula n'a jamais fondu devant rien… à part ce sourire.

Jake se rend à Nantucket pour la fête du Travail, et Prue part voir sa fille à Lake Lure, si bien qu'Ursula a Bess pour elle seule tout le week-end. Et elle est… parfaite ! La mère parfaite qui poursuit sa carrière professionnelle ! Elle allaite Bess, lui donne à manger, la change, l'emmène au parc et n'hésite pas à la pousser cent cinquante fois de suite sur la balançoire à bébé, lui fait la lecture, la couche pour sa sieste. Pendant que Bess dort, Ursula travaille, et elle profite de ses pauses pour monter sur le tapis de course et parcourir 6,5 kilomètres. À la fin de la journée, elle est trop fatiguée pour se préparer ne serait-ce qu'un sandwich ou appeler le restaurant indien à un bloc de chez elle, alors elle se sert un verre de vin et mange une pomme en guise de dîner.

Dès que Jake est de retour de Nantucket, Ursula retourne au travail, mais c'est plus difficile après ce merveilleux week-end qu'après la naissance de Bess. Ursula repense alors la proposition de Hank Silver et la considère d'un autre œil. Que vise-t-elle vraiment à travers le statut d'associée ? L'argent ? Le prestige ? Une satisfaction personnelle ? Ursula a toujours eu dans l'idée qu'elle changerait le monde, qu'elle ferait la différence – et elle est la première à reconnaître que ce n'est pas dans l'univers des fusions et acquisitions qu'elle y parviendra.

Le week-end suivant, Bess a un peu de fièvre. Elle est grincheuse et ronge son poing ; elle éternue, son nez coule, la morve étrangle ses pleurs. Lorsque Ursula rentre du travail le lundi soir, Prue lui annonce que la petite ne fait pas ses dents, contrairement à ce qu'ils ont tous pensé. Bess doit voir la pédiatre. Prue a pris rendez-vous pour le lendemain matin à 9 heures.

Aucun problème, Ursula ira voir le médecin et arrivera au cabinet plus tard.

— Tu es sûre ? s'étonne Jake. Prue peut l'accompagner.

— Je ne suis pas ce genre de mère qui laisse sa nounou emmener son enfant malade chez le médecin.

Jake lui presse l'épaule.

— Je sais bien. Et je suis fier de toi.

Ses mots se veulent gentils, elle le sait – Jake est l'être le plus gentil que Dieu ait créé –, ce qui ne les empêche pas d'avoir une tonalité légèrement condescendante. Il est fier qu'elle fasse passer Bess avant le travail parce qu'il s'attendait à l'inverse. Il est fier d'elle, mais il ne lui propose pas de se charger du rendez-vous chez la pédiatre, alors que ça ne lui a posé aucun problème de prendre son vendredi, la semaine dernière, pour son week-end entre potes à Nantucket.

Ursula pourrait amorcer une dispute, pourtant elle ne le fera pas, parce que ça virerait au règlement de comptes, qu'ils se diraient des choses blessantes qu'ils ne pensent pas et qu'elle finirait par emmener elle-même Bess chez le médecin. Elle ne dit rien. Elle progresse.

Elle a l'intelligence d'arriver en premier dans la salle d'attente du Dr Wells le lendemain matin. Ursula n'a pas une minute à perdre : il suffira que la pédiatre regarde dans les oreilles de Bess, qu'elle rédige une ordonnance, et hop, elles repartiront. Il est 8 h 55. L'équipe soignante s'affaire dans les bureaux, se préparant à recevoir les enfants de l'élite de Washington. Deena Dick, la secrétaire du Dr Wells, fait partie des femmes les plus puissantes de Washington, et elle le sait.

En voyant Ursula se présenter avec cinq minutes d'avance, Deena retient son souffle. Ah, ces parents... Mais mieux vaut qu'elle soit en avance plutôt qu'en retard, en un sens. Elle sait déjà que sa journée se terminera avec une femme d'ambassadeur débarquant en trombe à 17 h 10 avec son gosse, à la sortie de sa pédicure – comme en témoigneront les morceaux de coton entre ses orteils. Question de priorité.

Deena se lève pour faire entrer Ursula et la petite Bess dans le cabinet ; la pédiatre est constamment en retard, et ne sera d'ailleurs pas là avant dix minutes au moins, mais elles pourront déjà peser la fillette et prendre sa température. Les parents se montrent plus patients une fois qu'ils ont franchi le seuil de la salle d'examen.

La sonnerie du téléphone l'interrompt dans son élan.

— Chérie ?

C'est son mari, Wes.

— Tout va bien ?

Quand elle a quitté la maison ce matin, Wes était déjà prêt pour le travail et il préparait du pain perdu pour Braden et les jumeaux devant les informations.

— Il s'est passé quelque chose. Allume la télé.

Deena est perdue. Un avion se serait écrasé sur le World Trade Center ? Au début, elle pense à un petit appareil, un pilote sans expérience, une bourrasque de vent traîtresse, peut-être. Elle n'a pas le temps d'allumer la télévision… Bon d'accord, peut-être que si, il y a un petit poste dans la pièce où ils déjeunent. Elle met CNN. Et bien sûr… Oh là là, ça a l'air grave. Le gratte-ciel est en flammes, et on annonce déjà des morts. Deena récite une prière, puis va chercher Ursula et la petite Bess.

Bess est sur la balance, elle pèse presque sept kilos, annonce Kim, l'infirmière. Kim fourre un thermomètre dans l'oreille de Bess. 37,4 °C, pas de fièvre. Ursula lui a-t-elle donné du paracétamol ce matin ?

Ursula est distraite par les vibrations incessantes de son téléphone dans son sac à main. Ça doit être le travail. Le dossier à Washington est complexe, avec beaucoup de paperasserie et de ramifications politiques.

— Non, dit-elle.

Kim pose un regard dédaigneux sur le sac d'Ursula.

— Le docteur ne va pas tarder.

Ce qui peut signifier que la pédiatre en a pour quatre minutes ou pour quarante, Ursula le sait. Kim lui rend Bess. Ursula la tient d'un seul bras pour fourrager dans son sac et sortir son téléphone.

C'est Jake, qui veut sans doute savoir comment le rendez-vous s'est passé. Eh bien, s'il est aussi curieux, il n'avait qu'à s'en charger lui-même. Ursula décide de l'ignorer.

Dix minutes plus tard, il n'y a toujours pas de

pédiatre en vue, et la fébrilité gagne Ursula. Il est 9 h 15. Elle entend des voix dans le couloir, perçoit la nervosité dans les échanges – peut-être ont-ils un enfant très malade ou blessé à soigner ? Ursula ressort son portable ; Jake lui a laissé un message. Elle n'a pas le temps de l'écouter. Elle appelle son assistante, Marjorie. Celle-ci ne décroche pas, ce qui est pour le moins surprenant, Marjorie étant l'assistante la plus fiable et la plus efficace du cabinet.

Dix autres minutes s'écoulent. C'est ridicule, non ? Ursula passerait bien une tête dans le couloir, mais elle craint qu'à la moindre plainte on ne prolonge volontairement son attente.

Le téléphone d'Ursula sonne. C'est Marjorie cette fois.

— Vous êtes au courant ?

— Au courant de quoi ?

— Deux avions se sont écrasés sur les tours jumelles à New York.

Elle a une voix bizarre, presque comme si elle était au bord des larmes. Marjorie, pleurer ? Elle, la fille d'un colonel de la Seconde Guerre mondiale ?

Soudain, Ursula comprend ce qu'elle vient de lui dire. Les tours jumelles. *Le World Trade Center.*

— Ils disent que l'impact a eu lieu entre le 92e et le 98e étage de la tour nord. Je ne sais pas pour la tour sud. On cherche encore l'information.

— Bonté divine, souffle Ursula.

Les bureaux new-yorkais d'Andrews, Hewitt et Douglas sont situés au 83e étage de la tour sud du World Trade Center.

Anders.

Ursula pose Bess sur la table d'examen et tente de lui remettre sa grenouillère avec ses mains tremblantes. Elle sort dans le couloir. Où sont-ils tous passés ? Elle s'engage dans le couloir, vers la partie du cabinet réservée au personnel. Elle trouve Deena, Kim et le docteur Jennifer Wells devant un petit téléviseur rectangulaire, médusées. À l'écran, on voit un avion filer tout droit vers le haut d'un gratte-ciel, semant des flammes et la destruction dans son sillage. On dirait un film.

Ursula retient un cri. Le Dr Wells se retourne.

— J'arrive tout de suite.

— Non. Je dois y aller.

Elle ne s'embête pas à arrêter un taxi. Son appartement n'est qu'à dix blocs du cabinet de la pédiatre, et Ursula veut marcher. L'air frais, le soleil. Les gens dans la rue sont soit insouciants, soit rivés à leurs portables dans un état de bouleversement palpable. Un attroupement s'est formé devant la vitrine d'un magasin d'électroménager où est installé un écran plat. Ursula jette un coup d'œil par-dessus l'épaule d'un homme et aperçoit d'autres images d'un avion s'écrasant sur la tour. À moins qu'il ne s'agisse de la seconde, la tour sud ?

L'homme se retourne et fixe Ursula. La soixantaine, un nez en forme de bulbe, des pores dilatés, un regard doux brillant de larmes.

— Les gens sautent, dit-il.

Ursula se met à courir dans la rue, poussant Bess dans sa Maclaren – c'est la Ferrari des poussettes, sa fille est bien installée, elle ne pousse pas un cri. Ursula doit juste rentrer. Le 83e étage de la tour sud… A-t-il été touché ? Se trouve-t-il en dessous de l'impact ? Au-dessus ? Il vaudrait mieux en dessous, non ? Mais peut-être pas. Peut-être pas.

Les gens sautent.

Ursula pousse la Maclaren dans le hall de l'immeuble. Le portier, Ernie, est visiblement terrifié.

— Un avion vient de s'écraser sur le Pentagone.

— Quoi ? s'écrie-t-elle.

Elle sort Bess de sa poussette et la serre contre sa poitrine. Elle a besoin de Jake. Où est-il ?

— M. McCloud est en haut ? Vous ne l'avez pas vu descendre ?

— Non, madame.

Ursula se précipite vers l'ascenseur. Peut-elle l'emprunter sans danger ? Ils vivent au 10e étage. Un avion ne viendra quand même pas s'écraser sur une tour d'habitation au beau milieu de la ville, si ?

Les deux heures suivantes se déroulent dans la plus grande confusion. Le Pentagone, à moins de cinq kilomètres de là, a été touché. Cinq kilomètres. Si elle emmenait Bess près du fleuve, elles verraient de la fumée. Un avion s'est écrasé quelque part en Pennsylvanie ; on commence à entendre que sa cible était la Maison-Blanche ou le Capitole. La Maison-Blanche est à moins de deux kilomètres. Ils sont en état de siège. Et malgré tout, Ursula veut aller travailler. Elle a besoin de savoir ce qui se passe du côté du cabinet de New York. Jake lui interdit d'aller où que ce soit. Ursula compose le numéro de Marjorie, qui ne décroche pas.

Hank l'appelle et lui annonce qu'il est probable que le cabinet a perdu tous ses employés de New York, ou du moins tous ceux qui se trouvaient dans les bureaux à 9 heures ce matin. Il cherche à obtenir une liste de noms. Ursula tremble.

— Et Anders ?

— Je vous tiens au courant.

Elle comprend pourtant à sa voix qu'il sait déjà. Anders, comme Ursula, arrive toujours de bonne heure au travail. Il aime attaquer la journée sans tarder.

Jake hurle soudain dans le salon. La tour nord s'est effondrée. Elle est… réduite en miettes. Puis la tour sud tombe à son tour.

Alors, enfin, Ursula pleure.

Ce soir-là, Ursula reste plantée devant la télévision, on dirait qu'elle a pris racine. Et pendant qu'elle allaite Bess, elle arrête une décision. Une décision radiale. Peut-être même insensée.

Mais qu'est-ce qui est insensé désormais ? Hank a confirmé en fin d'après-midi que Andrews, Hewitt et Douglas avaient perdu soixante et onze employés de leur antenne new-yorkaise – avocats, assistants, secrétaires.

Anders est présumé mort.

L'associé qui dirigeait ce cabinet, un goliath nommé Cap Randle, est présumé mort. Son épouse, enceinte de huit mois, a immédiatement ressenti les premières contractions à l'annonce de la nouvelle et a donné le jour à leur premier enfant, un fils.

Ursula ne peut pas y penser, c'est trop terrible.

Amelia James Renninger, AJ, est vivante. Elle avait un rendez-vous pour se faire épiler les sourcils à Chinatown à 8 h 30 ce matin-là, et tandis qu'elle marchait vers le cabinet, a-t-elle raconté à Hank, elle a vu le second avion percuter la tour.

Pourquoi Anders n'avait-il pas un rendez-vous, lui ? Un rafraîchissement chez le coiffeur pour ses boucles dorées ou un détartrage chez le dentiste ? Ursula se sent aussitôt monstrueuse.

Jake se dresse entre la télévision et elle.

— Je pense qu'on devrait la couper pour ce soir.

— Et s'il arrive autre chose ?

— Il n'arrivera rien d'autre.

Ursula éteint. Bess s'est endormie accrochée à son sein. Cette petite si douce et innocente. Elle mérite un monde meilleur… et Ursula compte le lui offrir.

— Assieds-toi un instant, dit-elle à Jake.

— Tu veux que je la mette dans son berceau ?

— Je veux que tu t'asseyes.

Elle n'est plus qu'une boule de nerfs soudain.

Jake se juche sur le bras du canapé.

— Qu'est-ce qu'il y a ?

— Je veux quitter Washington. Je veux retourner dans l'Indiana.

— Quoi ? s'esclaffe-t-il. Qu'est-ce que tu racontes ? Je sais que tu es bouleversée, Ursula. C'est aussi mon cas. Et celui de tout le pays. Mais on ne peut pas faire un trait sur notre vie ici et retourner à South Bend parce que tu penses qu'on y sera plus en sécurité.

— Bien sûr qu'on peut. Ma mère vit là-bas, tes parents aussi. On a de la famille à South Bend.

— Je sais bien. Sauf que ta carrière est ici, Ursula. Qu'est-ce que tu comptes faire à South Bend ?

Ursula embrasse tendrement le front de Bess puis lui sourit.

— Je compte me présenter aux élections.

Été n° 10 : 2002

De quoi parle-t-on en 2002 ? La reine mère ; l'assassinat du journaliste Daniel Pearl ; la création du département de la Sécurité intérieure des États-Unis ; les attaques du tireur d'élite à Washington ; le circuit court ; À la Maison-Blanche *; « Soak Up the Sun » de Sheryl Crow ;* Nanny, Journal d'une baby-sitter *; American Idol*[1] *;* 8 Mile *; le site de rencontre match.com.*

Le samedi 6 avril, Lincoln Cooper Dooley fête son premier anniversaire et Mallory organise une grande fête chez elle.

Qui a-t-elle invité ?

Kitty et Senior, qui viennent en avion de Baltimore : ils logeront au Pineapple Inn, car les autres hôtels n'ont pas encore ouvert pour la saison. Cooper, qui a

1. Émission de télévision américaine qui a donné « Nouvelle Star » en France.

divorcé de Valentina et qui ne peut apparemment pas se libérer – Mallory n'insiste pas pour avoir une explication, parce qu'elle le soupçonne d'avoir une nouvelle histoire. Pour se faire pardonner son absence, il envoie des cadeaux, notamment une girafe en peluche de plus d'un mètre de chez FAO Schwarz, si grande que Mallory roule des yeux en la découvrant, même si elle est mignonne et ressemble plus ou moins à Cooper.

Fray descend du Vermont en voiture avec sa petite amie, Anna. Elle est bassiste dans un groupe post-grunge composé uniquement de femmes.

Pour son anniversaire, Link aura aussi droit à la présence de Sloane Dooley et de Steve Gladstone. Ils logent dans un autre hôtel que les parents de Mallory – Kitty a pris fait et cause pour Geri, depuis la séparation des Gladstone. Mallory ne se réjouit pas particulièrement d'accueillir Sloane et Steve chez elle, même pour quelques heures, mais Sloane est la grand-mère de Link, alors qu'y peut-elle ?

À la seconde où Mallory est devenue mère, elle a eu l'impression d'être enfin entrée dans une pièce où elle avait sa place. Link est né par césarienne à l'hôpital de Nantucket, et une infirmière l'a tout de suite emmené pour le nettoyer pendant que le chirurgien recousait Mallory. Une seconde infirmière a voulu la rassurer :

— On vous ramènera votre petit garçon dans quelques minutes.

— Mon petit garçon, a-t-elle répété. Mon petit garçon à moi, jusqu'à la fin de mes jours.

La conclusion heureuse d'une situation qui s'annonçait... pour le moins compliquée. Mallory et Fray n'étaient pas amoureux, et tout le désir qu'ils avaient pu ressentir l'un pour l'autre s'était dissipé à l'instant où ils avaient quitté la piste de danse à la fin de la réception pour les secondes noces de Cooper.

Six semaines plus tard, lorsque Mallory a appelé Fray pour lui annoncer qu'elle était enceinte et lui dire qu'il était le père, il lui a demandé si elle était sûre. Elle lui a répondu que oui, qu'elle avait fait trois tests de grossesse, qu'ils étaient tous positifs, et qu'elle n'avait couché avec personne d'autre depuis le mois de septembre précédent. « Très bien, a-t-il conclu, et qu'est-ce que tu veux faire ? » « Je veux le garder, et tu pourras t'impliquer ou pas dans sa vie, tu n'as aucune pression. Je ne m'attends pas à ce que tu m'épouses ou que tu t'installes à Nantucket, ni même à ce que tu m'embrasses encore un jour. Par contre, si tu veux participer aux dépenses, je t'en serais reconnaissante. »

Et ensuite ? Ensuite Fray s'est révélé absolument irréprochable. Oui, il se réjouissait lui aussi. Ils allaient avoir un bébé ! C'était à la fois amusant et irréel, comme s'ils avaient suivi le même cours de biologie et qu'à l'issue d'un TP ils avaient produit un bébé. Fray avait toujours voulu devenir père, et ce, d'autant plus qu'il n'en avait pas eu. Il serait présent, mais pas trop. Il viendrait le voir sur l'île pendant un ou deux ans, et une fois qu'il serait assez grand, il l'emmènerait dans le Vermont. Ils s'organiseraient. Aucune tension ni dispute. Il s'agissait d'un miracle, et ils le chériraient tous les deux.

L'annonce de la nouvelle s'est révélée épineuse. Mallory et Fray ont décidé de ne pas cacher la vérité : ils avaient eu une aventure d'un soir lors du mariage de Cooper, et Mallory était tombée enceinte. Leur histoire était terminée, mais ils comptaient bien élever cet enfant ensemble.

Mallory a décidé que la meilleure façon de l'annoncer à ses parents était d'envoyer une lettre. Elle y expliquait ce qui s'était passé et concluait ainsi : « Appelez-moi quand vous serez prêts à en parler. » Un coup de génie de sa part, puisqu'ainsi elle permettait à Kitty de digérer ses émotions dans son coin et de n'appeler Mallory qu'une fois qu'elle aurait les idées plus au clair. Et sa réaction a d'ailleurs été de dire que, si cette nouvelle était « pour le moins inattendue », Senior et elle avaient toujours aimé Frazier comme leur propre fils et qu'ils étaient, naturellement, « fous de joie » de devenir grands-parents.

Il fallait ensuite prévenir Cooper. Mallory l'a appelé un soir après le travail.

— Bon alors écoute, j'ai une nouvelle dingue à t'annoncer. J'ai couché avec Fray le soir de ton mariage et je suis enceinte.

Copper a ri. Bien sûr qu'il a ri.

— Je suis très sérieuse.

Elle aurait dû envoyer une lettre à Coop aussi, parce que leur conversation téléphonique a duré quarante-cinq minutes, durant lesquelles son frère est passé de l'incrédulité à la colère (il avait visiblement fait promettre à Fray, à l'époque du lycée, qu'il ne chercherait jamais à « séduire » Mallory), avant d'accepter la nouvelle avec amour. C'était formidable, a-t-il conclu, les deux personnes qu'il préférait au monde allaient avoir un bébé ensemble.

Les deux personnes qu'il préférait au monde ? s'est alors étonnée Mallory. Et Valentina ?

Il restait un dernier obstacle à franchir : Leland. Mallory ne pouvait pas lui annoncer qu'elle attendait un enfant de Fray et espérer sauvegarder leur amitié, si ? Non, impossible. Leland sortait toujours avec Fiella Roget, elles étaient amoureuses, en couple, mais peu importait... Pour Leland, il s'agirait d'une trahison. Fray était à elle.

Mallory aurait bien utilisé la voie écrite également, malheureusement elle avait peur que Fray n'en parle à Sloane, qui mettrait Steve dans la confidence, lequel vendrait la mèche à Leland. Mallory ne pouvait pas courir le risque que la nouvelle lui parvienne par ce canal.

Elle a donc appelé l'appartement de New York et a laissé un message sur le répondeur, demandant à Leland de la rappeler de toute urgence. Le téléphone de la maison a sonné à 2 h 15, tirant Mallory d'un sommeil profond. Elle savait qui c'était, et elle s'est félicitée des conditions de l'appel : l'heure tardive, la nuit veloutée, et même l'ivresse de Leland, qui rendaient les choses légèrement plus faciles.

— Assieds-toi.

— Qui est mort ?

— Personne. Je suis enceinte.

— Quoi ?

— Lee, laisse-moi terminer. J'ai couché avec Fray au mariage de Coop et je suis enceinte.

Silence à l'autre bout du fil. Mallory s'y était attendue. Elle a résisté à la tentation de parler pour combler le vide. Elle a attendu, sans dire un mot.

Et enfin :

— Tu es en train de m'annoncer que tu vas avoir un bébé avec Fray ?

— Oui, tout à fait.

— Oh, là, là, Fifi ne va pas en revenir. Je veux dire, on pourrait jamais inventer une histoire pareille, si ?

Jamais, a songé Mallory. Leland n'avait pas l'air fâchée, seulement surprise et peut-être un peu amusée. Est-ce que tout irait bien alors ?

— Sache que ce bébé aura deux marraines qui réaliseront tous ses vœux. On est là pour toi, Mal.

Après un silence, elle a ajouté :

— Punaise, le bébé de Fray. Vous n'êtes pas… en couple, si ?

— Non. C'était une aventure sans lendemain. Enfin, je veux dire, exception faite de l'enfant, bien sûr.

— Fifi, viens ici et félicite Mallory. Elle va avoir un enfant avec Fray.

Oui, a pensé Mallory, *tout ira bien.*

À présent, Link est un gros bébé joyeux et souriant d'un an, qui gazouille, porte tout à la bouche – où se trouvent trois dents –, bave, rampe, s'accroche aux meubles, encouragé par tous ceux qui l'aiment. Apple est de la fête avec son fiancé, Hugo, Isolde et Oliver aussi. Isolde commence à servir les petits-fours et Oliver s'occupe de servir à boire. Mallory tente de les empêcher de travailler, mais c'est plus fort qu'eux. Une fois que tout le monde a un verre – c'est une fête pour adultes, il n'y a pas un seul autre enfant (Link a beau avoir des « amis » à la crèche, Mallory n'est pas encore prête à mêler des parents innocents à la dynamique étrange de sa famille) –, l'atmosphère se détend. Cooper Senior et Steve Gladstone sortent ensemble sur la terrasse, même si Kitty et Sloane se tiennent dans des coins diamétralement opposés du séjour (comme si elles étaient des piquets de tente). Kitty a bien sûr tout de la grand-mère dominatrice. Sloane ressemble à une version plus âgée et légèrement plus distinguée de la personne dont Mallory se souvient, même si elle est vêtue d'un legging en cuir noir, d'une blouse jaune vaporeuse qui laisse transparaître son soutien-gorge en dentelle noire dessous. Ses cheveux longs sont aussi emmêlés que si elle venait de sortir de son lit. Elle semble avoir conscience que sa présence ici est sujette à controverse, mais Sloane n'a jamais accordé beaucoup d'importance à ce que les autres pensaient d'elle, et elle ne va pas changer parce qu'elle est devenue grand-mère, si ? Elle reste avec Fray et Anna, qui porte un jean déchiré, un tee-shirt et un épais trait d'eye-liner. Son oreille gauche est percée de huit trous. C'est quelqu'un d'adorable ; Mallory l'aime beaucoup, elle est gentille avec Link, et Fray semble heureux. Il vient à Nantucket une fois par mois et loue un appartement très sympa en ville, où il accueille Link pendant un week-end entier, ne passant à la maison que pour récupérer du lait maternel et des vêtements propres si besoin.

Et donc… c'est la fête ! Mallory privilégie des musiques douces – Simon and Garfunkel, Jim Croce –, et sert à ses invités une multitude de petits-fours chauds : saucisses briochées, tartelettes au cheddar, toasts de pétoncles gratinés. Quand elle n'est pas en train de sortir de la nourriture du four et de la disposer sur des plats, elle vérifie que tout va bien du côté de Link, de sa mère, de Sloane.

Où est passée Sloane ? Mallory balaie rapidement le séjour du regard – elle n'est pas là. Et Steve non plus d'ailleurs… Seraient-ils partis ? Kitty aurait-elle fait une réflexion ? Mallory confie à sa mère le plat avec les pétoncles pour vérifier le reste de la maison. La salle de bains ? Vide. Sa chambre ? Vide. (Dieu merci !) Celle de Link ? Vide aussi. Elle se dit qu'ils ont dû sortir sur la terrasse pour regarder l'océan et prendre un peu l'air, lorsqu'elle se rend compte que la porte de la chambre d'amis est entrouverte : Sloane et Steve sont à l'intérieur et se disputent à voix basse. Les traits de Sloane sont déformés par un rictus de rage, et Steve brandit ses deux mains.

Mallory l'entend dire :

— C'est toi qui as insisté pour qu'on vienne.

Mallory s'éloigne. Elle essaie d'imaginer Sloane et Steve au début de leur passion secrète – l'obsession dévorante, les moments volés pour des rendez-vous d'autant plus enivrants qu'ils sont interdits. Leur amour était-il, à leurs yeux, une perle rare que personne d'autre ne pouvait comprendre ? Et, dans ce cas, que pouvaient-ils ressentir maintenant qu'ils étaient condamnés à être comme tout le monde, à se chamailler parce qu'ils se sentaient mal à l'aise à la première fête d'anniversaire du petit-fils de Sloane ?

Ça donnait à réfléchir. Si Mallory et Jake se mettaient un jour ensemble, découvriraient-ils un beau matin au réveil que la magie avait disparu ? Sans doute, oui.

Fray et Anna ont apporté une pile de cadeaux à Link, dont il déchire les emballages, et Kitty vient chercher du vin dans la cuisine.

— Tu ne crois pas qu'il faudrait réunir tout le monde si le petit ouvre déjà ses cadeaux ?

— Non, il a un an.

Mallory ne veut surtout pas créer l'événement autour de l'ouverture des cadeaux, de peur que ça vire à la confrontation entre les deux grands-mères. En toute franchise, elle aimerait que la fête se termine. Si elle commence à sevrer Link progressivement, la lactation continue, et ses seins sont justement pleins de lait et brûlants. Il faudrait qu'elle aille dans sa chambre le tirer, mais elle craint trop qu'en son absence la fête se transforme en bombe et que l'explosion fasse des victimes innocentes – Apple, Hugo, Isolde, Oliver, Anna. Elle regarde Link, assis par terre au milieu du salon, qui tape sur le tambour qu'Anna lui a offert – super idée, merci, Anna ! –, et les larmes lui montent aux yeux : elle l'aime tellement et d'un autre côté elle s'inquiète tellement de lui imposer une situation familiale si peu traditionnelle. Un jour il grandira et découvrira que son père était le meilleur ami de son oncle, mais aussi le petit copain de la meilleure amie de sa mère, et il apprendra que sa grand-mère a brisé le mariage des parents de la meilleure amie de sa mère (qui est aussi l'ex-copine de son père)... Que pensera-t-il de tout ça ?

Peu importe ce qu'en pense Kitty.

On frappe à la porte, et Mallory ne peut pas voir immédiatement la personne qui vient d'entrer. Par la fenêtre, elle constate qu'un taxi s'éloigne sur la route sans nom, et elle se demande qui il a bien pu déposer.

Une seconde plus tard, elle aperçoit son frère.

Cooper est là. Il est venu. Les larmes que Mallory avait retenues se mettent à couler, parce que certaines personnes ont le don de tout arranger, et Cooper en fait partie.

— Surprise ! Ma sœur et mon meilleur ami font un bébé ensemble, et tu croyais vraiment que j'allais rater son premier anniversaire ? Que j'allais envoyer une girafe en peluche pour me remplacer ?

Mallory a acheté un gâteau à la pâtisserie. Ils allument l'unique bougie et chantent. Link ne pourrait pas s'en désintéresser davantage, mais tout va bien, c'est la dernière étape avant laquelle tout le monde pourra enfin rentrer chez soi. Apple et Hugo, Isolde et Oliver sont les premiers à partir, amorçant l'exode.

Senior et Kitty ont offert à Link, entre autres choses, une grosse batte de base-ball en mousse et la balle qui va avec, et Senior est impatient d'emmener son petit-fils sur la plage pour jouer avec lui. Il fait frais mais il y a du soleil, alors Mallory accepte. Kitty, Cooper, Steve Gladstone et elle sortent les regarder, pendant que Sloane, qui semble s'être un peu calmée, propose de ranger. Senior se poste à un mètre de Link et lui lance la balle. Alors qu'il n'a reçu aucune instruction, Link réussit à toucher la balle avec sa batte au premier essai. Tout le monde applaudit.

— Il est doué, Mal ! lui crie Senior.

Après plusieurs autres tentatives, ils rentrent tous dans la maison. Cooper propose de déposer Sloane et Steve Gladstone en ville à leur hôtel. Une fois qu'ils sont partis, Fray et Anna annoncent leur départ : ils ont réservé une table dans un restaurant ce soir-là. Fray repassera le lendemain dans la matinée pour prendre Link toute la journée.

Une fois qu'ils sont partis, Mallory annonce à Kitty qu'elle doit allaiter Link, puis le coucher pour une sieste. Elle attend que sa mère fasse un commentaire sur le fait qu'elle allaite encore son fils d'un an, et elle est donc estomaquée de l'entendre lui dire :

— Je suis fière de toi, ma chérie.

— Pardon ? C'est vrai ?

Elle ne cherche pas à se faire plaindre ou à en rajouter dans la théâtralité, mais Mallory est à peu près certaine qu'elle n'a jamais entendu ces mots dans la bouche de sa mère auparavant. Kitty était fière de Cooper ; ils étaient tous fiers de Cooper. Mallory a toujours été aimée, rarement célébrée.

— Ta fête était très réussie. La nourriture était un régal. J'ai discuté avec ton amie Apple, et elle m'a dit que tu étais une excellente enseignante, appréciée par ses élèves. Elle m'a expliqué que grâce à toi, ils se mettent tous à la lecture, ce qui est merveilleux, ma chérie.

— Ah…

Mallory a si peu l'habitude d'entendre de tels compliments dans la bouche de sa mère qu'elle en est presque gênée.

— Merci.

— Ça n'a pas dû être simple de nous recevoir, Sloane Dooley et moi, dans la même pièce. Frazier et toi vous comportez comme des adultes responsables, et je suis admirative de la gentillesse dont tu fais montre à l'égard de sa petite amie. Et tu es une mère merveilleuse. Link est un bébé adorable et de bonne composition, d'humeur joyeuse et égale. Et tout ça, c'est grâce à toi.

Kitty s'interrompt. Elle n'a pas terminé, comprend Mallory. Kitty a toujours autre chose à ajouter.

— J'aimerais juste que tu rencontres quelqu'un. Que tu sois heureuse.

— Oh, maman, mais je suis heureuse.

Kitty sourit, même s'il est évident qu'elle n'en croit pas un mot.

Une heure plus tard, Link fait la sieste, et Mallory et Cooper sont installés sur la terrasse avec des verres, bravant le vent glacial qui monte de l'océan.

— Maman pense que je ne peux pas être heureuse sans homme dans ma vie, dit-elle.

— C'est étrange que tu n'aies rencontré personne, rétorque Cooper. Tu as tout pour toi.

Mallory ne répond pas immédiatement. Le vin est le meilleur ami des confidences, elle doit être prudente. Elle voudrait parler de Jake à son frère, mais elle ne peut pas. Si leur histoire tient depuis aussi longtemps, c'est parce que personne, absolument personne, n'est au courant.

Il y a bien eu ce soir, le lendemain de Noël, où Jake et elle ont enfreint les règles qu'ils se sont imposées en dansant ensemble, dans ce pub de Baltimore. Coop a bien dû se rendre compte de quelque chose ce soir-là, non ? Il doit d'ailleurs penser à la même chose lui aussi, parce qu'il reprend :

— Au fait, je t'ai dit que Jake McCloud était retourné vivre à South Bend ? Et que sa femme, Ursula, se présentait au Congrès ?

Mallory manque de lâcher son verre de vin.

— Quoi ?

— Ouais… Et en plus elle a l'air d'avoir des chances de gagner.

Le 30 août, Jake arrive en ferry, même si dans sa carte postale il a précisé que Mallory ne devait pas venir le chercher, qu'il prendrait un taxi jusqu'à la maison. Elle sait qu'il ne veut pas prendre le risque que quelqu'un les voie ensemble.

Quand il entre, elle lui tend une bière. La chaîne diffuse du Cat Stevens. Le fromage et les crackers sont prêts, les steaks hachés attendent au frigo, la dernière fleur d'hortensia est dans son bocal près de la bougie, et Mallory a déposé deux romans sur la table de nuit de Jake : *La Nostalgie de l'ange*, d'Alice Sebold, et *Le Petit Copain*, de Donna Tartt.

Rien n'a changé – à l'exception du panier de jouets dans un coin de la pièce et des céréales qu'on sent parfois sous la plante des pieds. Mallory a fini de sevrer Link : il passe ce long week-end dans le Vermont, avec Fray et Anna.

C'est toujours le premier baiser échangé avec Jake que Mallory préfère. Comme une longue rasade d'eau fraîche après avoir erré dans le désert pendant 362 jours. Chaque année elle craint que la magie entre eux cesse d'opérer – pour Jake ou pour elle –, et chaque année leur baiser est plus passionné, plus pressant que la précédente.

Jake lui agrippe les fesses, les malaxe, l'attire tout contre lui et la serre dans ses bras, avant de murmurer contre ses lèvres :

— Tu n'as pas idée à quel point tu m'as manqué.

Mallory a envie de faire l'amour avec lui, mais elle se retient et s'écarte légèrement.

— Raconte-moi ce qui se passe. South Bend, le Congrès ?

Une conséquence immédiate du 11 Septembre, lui explique-t-il. Ursula a perdu des collègues – beaucoup de connaissances, et un ami proche.

— Peut-être plus qu'un ami d'ailleurs, ajoute Jake. J'ai toujours suspecté Ursula et Anders d'avoir une aventure.

— Ah oui ?

C'est la première fois que Jake fait allusion à une possible infidélité d'Ursula. Mallory n'a jamais répété le moindre mot de sa conversation avec Ursula le soir du mariage de Cooper – elle n'a d'ailleurs pas laissé entendre qu'il y avait eu une conversation.

— Ça n'a plus d'importance maintenant. Enfin,

sauf que ça a poussé Ursula à prendre cette décision. Elle veut changer les choses. Le monde.

Jake et Ursula ont acheté une maison moderne de style méditerranéen, à toit plat, sur LaSalle Street à South Bend. Elle est entourée d'un terrain de 2500 mètres carrés. Jake a conservé son poste dans sa fondation : il sillonne le pays pour sensibiliser l'opinion sur la mucoviscidose et récolter beaucoup, beaucoup d'argent pour financer la recherche. Ursula a rejoint un cabinet d'avocats de South Bend, même si elle consacre l'essentiel de son temps à se familiariser avec les problèmes du deuxième district électoral de l'Indiana et à faire campagne. Depuis plus de trente ans, c'est Corson Osbourne qui occupe ce siège au Congrès, et il va prendre sa retraite. Ancien enseignant d'Ursula à Notre-Dame, il lui a apporté son soutien avec enthousiasme. Osbourne est républicain ; Ursula, elle, se présente comme candidate indépendante.

— Indépendante ? s'étonne Mallory. Elle ne se retrouve pas un peu isolée ?

— Tu parles, les deux camps font tout pour la récupérer.

Mallory ne se ment pas : elle est blessée que la vie de Jake ait connu un tel bouleversement sans qu'elle en ait rien su. Elle passe tout le week-end à se débattre avec ses sentiments, sans parvenir à identifier pourquoi ça la dérange autant. Ce n'est que le dimanche, après avoir regardé *Même heure, l'année prochaine*, qu'elle réussit à formuler ce qu'elle éprouve.

— Tu ne trouves pas ça bizarre que George et Doris

aient chacun une vie de son côté et qu'elle disparaisse brusquement quand ils se retrouvent à l'hôtel ?

— C'est justement tout l'intérêt, non ? Ce qui compte pour eux, c'est ce qui compte pour nous : pendant un week-end, ils se retrouvent dans une bulle de bonheur.

— On parle d'un film, Jake. Le spectateur accepte de ne pas se braquer sur les invraisemblances. Nous, on vit dans la réalité.

— Qu'est-ce que tu essaies de me dire, Mal ? Tu veux savoir ce que je pense des conditions de mon prêt immobilier ? Tu veux savoir à côté de qui je m'assieds le dimanche à l'église ?

— Tu vas à la messe ?

— Maintenant, oui. Ursula est candidate.

— Ursula est candidate. Pour le Congrès. Vous allez vous retrouver sous le feu des projecteurs. Et on a tous les deux des enfants maintenant…

— C'était déjà le cas l'an dernier. Et on a passé un moment merveilleux, mais moins merveilleux que cette année.

— On devrait peut-être arrêter.

À peine ces mots ont-ils franchi ses lèvres que Mallory les regrette. Aucun d'eux n'a jamais suggéré une chose pareille.

— J'ai bien compris que tu ne voulais pas que je vienne t'attendre au débarcadère.

— Par pure précaution.

— Je pense que ça vaudrait mieux pour toi qu'on arrête.

Elle pose les yeux sur les deux biscuits chinois, sur

la table basse, encore enveloppés dans leur emballage plastique. Ce serait si pratique s'ils pouvaient réellement prédire l'avenir.

— C'est un miracle que personne n'ait rien découvert.

— Je pense qu'il vaudrait mieux qu'on n'arrête pas, rétorque Jake. Ce week-end est important pour moi. Il fait partie intégrante de celui que je suis. Tu comprends ?

Mallory se réfugie dans ses bras et abandonne sa tête contre son torse. Elle adore leur rituel du dimanche, tout en le détestant. Elle donnerait n'importe quoi pour revenir au vendredi. Chaque année, c'est pareil.

— Dis-moi la vérité. Est-ce qu'une minuscule part de toi espère qu'elle perdra ?

— Je vais te dire la vérité, et je ne l'ai encore dite à personne. Seule une minuscule part de moi espère qu'elle gagnera.

Les élections de mi-mandat en novembre se déroulent dans le calme. Peu d'Américains s'y intéressent ; Mallory Blessing, elle, les suit de près. Elle regarde la soirée électorale jusqu'au bout, jusqu'à l'annonce des vainqueurs dans les districts les moins disputés, et notamment le deuxième de l'Indiana, où une jeune avocate du nom d'Ursula de Gournsey – qui a grandi dans cet État, et qui a fini major de sa promotion à l'université de Notre-Dame en 1998 – a remporté une victoire écrasante, en tant que candidate indépendante.

Été n° 11 : 2003

De quoi parle-t-on en 2003 ? Le département de la Sécurité intérieure des États-Unis ; l'accident de la navette spatiale Columbia ; le régime Atkins ; Saddam Hussein et la guerre en Irak ; le « pumpkin-spice latte » ; Lost in Translation *; le programme P90X pour obtenir un corps musclé en quatre-vingt-dix jours ; « Hey ya ! » d'OutKast ; la panne de courant nord-américaine ; l'élection d'Arnold Schwarzenegger au poste de gouverneur de Californie ; les armes de destruction massive ;* Nip/Tuck.

Mallory vit à Nantucket depuis dix ans maintenant, et elle a appris que le meilleur mois de l'année sur l'île était… septembre. Des journées de soleil doré et de brises plaisantes. Toutes les boutiques, les galeries d'art et tous les restaurants restent ouverts, mais sans la foule estivale. Le paradis !

Le samedi qui suit la fête du Travail, le cœur de Mallory ne s'est pas encore tout à fait remis du départ de Jake. Le mieux à faire, c'est de sortir, et, par chance, le temps est splendide – il fait 23 °C sous un ciel azur sans le moindre nuage. Dieu n'offre jamais de journée plus belle que celle-ci, alors Mallory prépare un pique-nique, une couverture, un panier rempli de jouets. Elle tartine Link de crème solaire et le ficelle dans son siège auto à l'arrière de la Blazer.

En route pour la plage !

Ce qui est amusant, vu qu'ils vivent sur la plage,

non ? Link est encore trop petit, et les vagues de la côte sud trop imprévisibles, Mallory préfère l'emmener sur la côte nord, où l'eau est calme et tranquille.

Elle peut même garer la Blazer sur le sable, à Fortieth Pole, il lui suffit de dégonfler un peu ses pneus, et les voilà cahotés par les reliefs des dunes.

Ils ont le croissant de sable doré presque pour eux tout seuls ; il y a juste un type avec un pick-up gris métallisé qui pêche à deux cents mètres de là. Son labrador chocolat renifle les algues sur le rivage.

— Ça, c'est la vraie vie, dit Mallory en libérant Link. On est encore en été, mon petit gars.

— Été ! crie-t-il en remuant ses petits pieds, impatient de goûter l'eau.

À quoi ressemble une journée de plage idéale ? Pour Mallory, des heures de soleil chaud, des bains dans une eau limpide et fraîche, de la lecture sur sa serviette pendant que Link creuse un trou, puis lance des pierres dans l'océan pour entendre le bruit du *plouf*, qu'il aime tant. Ils déjeunent – un sandwich au poulet, des bâtonnets de céleri et de carottes avec du houmous, des tranches bien fraîches de pastèque, des biscuits au citron vert. Ensuite, Mallory installe Link sous le parasol pour qu'il fasse sa sieste. Elle se blottit contre lui et ferme les yeux.

Elle se réveille en sursaut lorsqu'elle sent quelque chose de froid sur son pied. C'est le labrador chocolat, qui la renifle. Elle essaie de le chasser gentiment, alors que son propriétaire approche en courant. Mallory pose un doigt sur ses lèvres. Ce n'est pas grave que le chien l'ait réveillée, elle, mais elle trouverait beaucoup moins amusant que son maître ou lui interrompent la sieste de Link.

Elle se lève au moment où le type attrape son chien par son collier.

— Viens, Rox, murmure-t-il. Je suis désolé.

Mallory fait quelques pas avec eux en direction de l'eau pour que leur conversation ne réveille pas Link.

— Aucun problème.

Le type est mignon – grand, les cheveux coupés en brosse et un regard chaleureux.

— Vous avez attrapé quelque chose ?

— Non, j'ai pas de chance aujourd'hui.

— Il y a toujours le marché aux poissons…

— Je voulais venir vous voir de toute façon. C'est moi qui vous ai vendu cette voiture.

Il faut une minute à Mallory pour comprendre de quoi il parle.

— La Blazer ?

— Elle m'appartenait, vous me l'avez achetée. J'avais eu votre nom par Oliver, le barman du Summer House…

— Mais oui !

Elle prend le temps de l'observer un peu plus attentivement. Il lui rappelle vaguement quelque chose maintenant qu'il lui a dit qui il était, même si elle ne l'aurait jamais reconnu toute seule.

— Vous êtes…

— Scott. Scott Fulton.

— « Scotty », ça y est ! Je me souviens ! On se tutoyait à l'époque, non ? J'en profite pour te remercier. Ça fait dix ans que je l'ai, et je n'ai jamais eu le moindre problème.

— Je vois que tu as bien veillé sur elle. Ça m'avait fendu le cœur de m'en séparer, mais je me rappelle combien tu avais l'air heureuse derrière le volant. Ça a facilité la séparation. Je savais qu'elle était entre de bonnes mains.

— Tu n'as pas quitté l'île ? Tu ne devais pas aller…

— Si, si, en école de commerce. J'ai emménagé à Philadelphie, je me suis acheté une Volkswagen, je me suis marié, j'ai obtenu mon MBA, j'ai commencé à faire des affaires dans l'immobilier, j'ai divorcé, j'ai investi tout mon temps et mon énergie dans le travail, je me suis fait une petite frayeur côté santé à 33 ans et j'ai décidé qu'il fallait que je change de vie. Alors je suis revenu m'installer ici cet été, j'ai acheté le garde-meubles sur Old South Road et six locaux commerciaux juste à côté, et je vais construire des logements bon marché.

— Eh ben ! Alors moi, je suis Mallory Blessing, j'enseigne la littérature au lycée, je suis mère célibataire de ce petit garçon là-bas, Lincoln, Link, qui a deux ans et demi.

— Tu es célibataire ? Oublie ce que j'ai dit au sujet de mon manque de chance aujourd'hui.

Leur rencontre sur la plage serait digne de figurer dans une comédie romantique, et c'est précisément pour cette raison que Mallory se montre méfiante. Ça ressemble presque à un coup monté : la belle journée, la plage déserte, le chien qui provoque la discussion, le fait plus qu'improbable que Scott Fulton lui ait vendu la Blazer et ne puisse donc pas être considéré comme un véritable inconnu. Il est célibataire, il possède une entreprise sur l'île, et il a l'intention de vivre sur l'île à longueur d'année. Il loue une maison en ville, sur Winter Street, en face de l'hôtel qui appartient à la famille Quinn (Ava Quinn est l'une des meilleures élèves de Mallory). C'est trop beau pour être vrai. Est-ce trop beau pour être vrai ?

Mallory ne va pas tarder à le découvrir.

Elle ne peut pas accepter de rendez-vous un soir de semaine – c'est trop compliqué à gérer entre le lycée et Link –, mais elle accepte un dîner au restaurant le week-end suivant.

Il n'y en a pas de plus romantique sur l'île que celui qu'il a choisi. Minuscule, avec son cadre rustique, son éclairage à la bougie, il est niché dans une petite rue pavée. La salle est décorée de casseroles en cuivre et de fleurs séchées, et il y a un harpiste. Un harpiste, oui ! C'est la première fois que Mallory mange dans cet endroit, parce que c'est vraiment un restaurant réservé aux rendez-vous amoureux, et avec qui aurait-elle bien pu y aller ? JD ne s'y serait pas senti à l'aise, et Bayer ne l'a jamais emmenée nulle part. (Mallory n'a aucune envie que JD et Bayer s'invitent à cette soirée, d'un autre côté, à quoi servent les relations passées sinon à produire des enseignements ?)

Le menu du dîner est imposé. Ce soir, il s'agit d'une queue de homard pochée au thym citron sur un lit de pousses de salade, suivie d'un steak d'aloyau grillé au feu de bois, puis d'une tarte tatin à l'abricot avec glace au lait ribot. Scott choisit un vin blanc pour accompagner l'entrée, et un vin rouge pour la viande. Mallory admire l'aisance et le pragmatisme avec lesquels il s'adresse à leur serveur. Elle imagine que Jake se comporterait exactement de la même façon s'il était assis en face d'elle à cet instant précis. Elle ne veut pas qu'il soit présent à ce rendez-vous, lui non plus, mais du fait que son séjour à Nantucket remonte à deux semaines seulement son souvenir est encore très frais dans l'esprit de Mallory – tout ce qu'il a dit et fait, toutes les fois où il l'a touchée, embrassée, où regardée avec un désir ardent. Que dirait-il s'il la voyait avec Scott, à cet instant précis ? Serait-il jaloux ? Oui, bien sûr. Mallory sait qu'elle n'a aucune raison de se sentir coupable – après tout, à l'heure qu'il est, Jake assiste sans doute à un gala politique avec Ursula. Il se couchera ensuite à ses côtés et lui fera peut-être même l'amour. (Mallory essaie de ne jamais y penser.)

En face d'elle, Scott secoue la tête. Il l'a surprise en train de penser avec amour à Jake.

— Je n'arrive pas à croire que tu sois célibataire.

— Et je n'arrive pas non plus à croire que tu le sois, dit-elle en se penchant vers lui.

Ils sont assis à la meilleure table, près de la vitrine. Enfin, la meilleure, sauf si un élève de Mallory passe par là.

— Parce que tu es bien célibataire ? Tu m'as dit que tu étais divorcé… c'est officiel ?

— Officiel depuis six ans. Lisa est restée à Philadelphie, elle a épousé un de mes camarades de Wharton et ils ont un bébé.

Wharton… Kitty serait folle de joie. Mais non, désolée, Kitty n'est pas non plus conviée autour de la table ce soir.

— Et toi, tu n'as pas d'enfant, alors ? Parce que c'est le moment de me le dire sinon.

— Pas d'enfant.

Il lui prend la main. Ils se tiennent la main. Est-ce que ça lui plaît ? Oui, c'est agréable.

— Mais j'aimerais en avoir un jour.

— Tu te rends compte que tu viens de dire ça à un premier rendez-vous ? le taquine Mallory.

— Et… il ne fallait pas ?

— Hum…

Elle ne sait pas très bien si elle veut d'autres enfants, elle n'a jamais eu l'occasion de se poser la question.

— Ne nous emballons pas trop vite, reprend-elle. On ne nous a même pas encore apporté notre entrée.

Qu'apprend Mallory sur Scott Fulton durant ce dîner ?

Il a 34 ans, il en aura 35 en mai. Il a grandi à Orlando en Floride. Son père, qui était animateur pour Disney, est mort d'une crise cardiaque lorsque Scott était en seconde. Sa mère s'est alors remariée avec un homme qui travaille pour le département des Affaires étrangères et vit à Dubaï, où elle se trouve également aujourd'hui. Il est fils unique. Il a rencontré sa future ex-femme à l'université FSU, en Floride. Elle suivait une formation de management hôtelier et l'a emmené à Nantucket lorsqu'elle a trouvé un boulot. Il est tombé amoureux de Nantucket. À l'époque, il travaillait au Lobster Trap six soirs par semaine, où il a fait la connaissance d'Oliver (oui, Oliver aimait cet endroit, Mallory se souvient), et il allait sur la plage de Nobadeer dans la journée.

Sa frayeur médicale était une petite crise cardiaque due au stress, au café et au tabac – et à la cocaïne, confesse-t-il. Il a arrêté le stress, le tabac et la cocaïne.

— Pas le café.

— La cocaïne, oui, en revanche ?

Elle sait qu'elle risque de passer pour une mère la vertu, mais c'est que soudain Krystel s'est invitée à leur table.

— Oui.

Il aime pêcher et se promener dans la nature avec Roxanne, sa chienne, qui a 6 ans. Il l'a achetée juste après son divorce. Il joue au golf et vient de s'inscrire au club de Miacomet. Il compte rester dans sa location sur Winter Street jusqu'au printemps, même si son objectif est d'acheter une maison en ville.

Les moins chères doivent coûter un million au bas mot, songe Mallory. Elle chasse à nouveau Kitty de la table.

— Il n'y a que moi qui parle, conclut-il. Quand vas-tu me raconter des choses sur toi ?

— Au prochain rendez-vous.

Scott la reconduit chez elle. Il n'est pas question un seul instant qu'elle l'invite à entrer, parce qu'elle a demandé à Ava Quinn de garder Link. C'était tellement pratique… Scott a déposé Ava en venant chercher Mallory, puisqu'elle vit en face de chez lui, et il la reconduira chez elle après.

Mallory laisse Scott l'embrasser. Un baiser délicieux – tendre et plaisant. Ils ont des atomes crochus. Mallory essaie de ne pas repenser au dernier baiser qu'elle a donné à Jake presque exactement au même endroit, deux semaines plus tôt, avant qu'il ne monte dans sa Jeep de location pour rejoindre l'aéroport.

Va-t'en, dit-elle à Jake dans sa tête. *Laisse-moi voir si ça marche.*

Mallory et Scott se retrouvent pour un deuxième rendez-vous – au Languedoc, pour son fameux cheese-burger et ses frites à l'ail –, puis ils vont dans un piano-bar. Mallory demande « Tiny Dancer », et Scott glisse un billet de 20 dollars dans le bocal. Ils passent une chouette soirée. Scott connaît du monde : le barman l'appelle par son prénom, et ils croisent deux de ses contremaîtres. Scott se montre d'une courtoisie irréprochable : il présente Mallory et offre à tout le monde une tournée.

Pour leur troisième rendez-vous, ils emmènent Link et Roxanne à Sconset. Ils empruntent la balade côtière, avec ses vues imprenables sur l'océan Atlantique à droite et ses sublimes maisons sur la gauche. Pour une raison inexplicable, Link réclame à tenir la main de Scott, et ils marchent donc tous les deux devant, tandis que Mallory les suit avec Roxanne, qu'elle tient en laisse. Ce changement brutal de configuration perturbe Mallory. On pourrait trop facilement prendre Scott et Link pour un père et son fils, et Mallory parle à Roxanne comme si c'était sa chienne.

Ils font un tour dans Sconset, jetant un coup d'œil

dans les jardins miniatures, dont certains débordent encore de fleurs – les rosiers grimpants en sont à leur deuxième floraison. Ils admirent les minuscules maisons, construites dans les années 1700, à une époque où les gens étaient plus petits. Scott leur fait prendre New Street jusqu'au restaurant Le Chanticleer avec son célèbre cheval de manège planté dans la pelouse, juste devant. Puis ils poussent plus loin, jusqu'à la charmante chapelle à bardeaux gris.

— Tu te verrais te marier ici ? lui demande Scott.

— Est-ce que tu viens de me faire une demande en mariage pour notre troisième rendez-vous ? rétorque Mallory. Mais qu'est-ce qui ne tourne pas rond chez toi ?

Il l'enlace par les épaules et la serre contre lui. La laisse de Roxanne est toujours enroulée autour du poignet de Mallory, Scott tient Link par la main, et ils forment une petite famille parfaite… sauf qu'ils n'en sont pas une.

— Tu me plais beaucoup, Mallory.

« Tu ne me connais pas », voudrait-elle lui répondre. Elle lui a raconté toute sa vie dans les grandes lignes – Kitty et Senior, Coop et l'échec de ses deux mariages, tante Greta et Ruthie, Leland et Fifi, Apple et Hugo, M. Major. Elle lui a même raconté l'anecdote avec Jeremiah Freehold. Ils ont parlé en long en large et en travers de Fray et des raisons pour lesquelles Mallory a choisi d'élever son fils seule. Même si Scott sait toutes ces choses – il s'est montré très attentif –, il ne la connaît pas.

Que faut-il pour connaître une personne ?

Du temps. Il faut du temps.

Scott la trouvera-t-il toujours aussi merveilleuse quand elle aura une grippe intestinale ou qu'il l'entendra au téléphone avec le parent d'un élève en difficulté ? Pensera-t-il qu'elle est une bonne mère quand elle grondera Link parce qu'il fait déborder l'eau de son bain ou quand elle sautera l'histoire du soir parce qu'elle sera trop fatiguée ? La trouvera-t-il toujours aussi chouette quand elle lui expliquera qu'ils ne pourront jamais se voir le vendredi pendant l'année scolaire parce que ces soirées-là sont réservées à Apple ? Elle n'aime pas les haricots blancs ni aucune autre variété de haricots ; elle n'a pas le sens de l'orientation ; elle ne s'intéresse pas au théâtre, et l'an dernier elle est rentrée chez elle pendant l'entracte de la comédie musicale du lycée. Elle a tellement de défauts, il y a tant de domaines dans lesquels elle pourrait s'améliorer, mais elle n'a ni le temps ni l'énergie de s'y employer… Elle ne fait pas de don à la crèche de Link, parce que celle-ci lui coûte déjà très cher, même si elle pourrait, bien sûr, se permettre de se priver de quelques centaines de dollars. Elle ne regarde jamais les informations, ne sait pas qui est le Premier ministre anglais. Enfin si, évidemment, elle sait que c'est Tony Blair, mais il ne faut pas lui poser la moindre question sur le Royaume-Uni. Le président français ? Elle serait tentée de répondre François Mitterrand, même si elle soupçonne qu'elle ferait erreur – Mitterrand est même sans doute mort. Elle lit l'hebdomadaire de l'île, le *Inquirer and Mirror*, juste pour s'assurer qu'aucune de ses connaissances n'a eu maille à partir avec la police.

Elle n'a jamais assisté à une seule réunion publique à la mairie. Scott ne pourrait pas trouver moins bien informé qu'elle. Enfin, sauf au sujet des stars... Elle s'est abonnée, cette année, au magazine *People* – il lui en a coûté 30 dollars, qu'elle aurait pu donner à la crèche...

Sera-t-il gêné par l'une de ces choses quand il les découvrira ?

Après leur quatrième rendez-vous – ils sont allés voir *Love, Actually* au Dreamland, puis ils se sont régalés de tartares de thon et de cosmos au fruit de la passion –, Mallory accepte de suivre Scott dans sa location sur Winter Street, et ils couchent ensemble. Ça se passe bien – mieux que bien ! Scott est un équilibre parfait entre douceur et fermeté. Il sait ce qu'il fait.

Plus tard, alors que Mallory est allongée dans l'immense lit aux draps en flanelle à motif écossais bleu – on est en octobre ! –, il lui apporte un verre d'eau glacée et deux macarons à la noix de coco sur une assiette. Une fois qu'elle les a dévorés, il lui dit :

— Je te raccompagne chez toi. Et je ne veux rien entendre, c'est moi qui paie la baby-sitter.

En avant toute ! Ils deviennent un couple.

Ils s'emmitouflent pour assister ensemble à des matchs de foot, ils choisissent des citrouilles pour les transformer en lanternes avec Link, à Halloween. Mallory prend l'habitude d'appeler Scott au bureau quand elle rentre du lycée pour lui raconter sa journée. Il apprend les noms de ses élèves – Max et Matthew,

Katie, Tiffany, Bridget et les deux Michael –, retient leurs histoires personnelles. Il connaît par cœur son emploi du temps.

La première semaine de novembre étant anormalement douce, Scott en profite pour faire un dix-huit trous. Mallory et Link vont le rejoindre au country club à la fin de son parcours, et Mallory s'émerveille de le voir si mince et musclé dans sa tenue de golf. Même les crampons lui donnent fière allure. Il trouve un putter taille enfant et emmène Link sur le green. Il se penche vers lui et l'enveloppe de ses bras pour lui montrer comment tenir le club. Ils tapent dans la balle pour la mettre dans le trou, puis recommencent, et encore. Link adore sortir la balle et taper à nouveau dedans.

La barre sur laquelle sont suspendues les serviettes dans la salle de bains se décroche, et Scott demande à Mallory si elle serait d'accord pour qu'il passe la réparer en son absence. Elle hésite. Elle n'a jamais laissé JD réparer quoi que ce soit dans la maison, et elle ne l'aurait surtout pas autorisé à venir en son absence. Et pourtant elle se surprend à lui répondre : « Bien sûr, ce serait formidable. » La barre est posée sur le sol depuis plus d'une semaine ; Mallory a été trop débordée pour sortir sa perceuse.

Il la répare le jour même et lui laisse un adorable dessin d'eux deux en train de s'embrasser. Il a un vrai talent, qu'il a dû hériter de son père. Mallory scotche l'esquisse sur la porte du frigo.

Mallory prend l'habitude d'emmener Roxanne courir avec elle. Elle la laisse dormir sur le canapé en tweed vert.

Un jour, en fin d'après-midi, pendant son cours d'écriture créative pour les terminales – c'est la première année qu'il a lieu, Mallory s'est battue pour qu'il existe –, elle entend frapper à la porte de sa salle de classe. Elle ouvre à Apple, qui tient le plus splendide bouquet de fleurs qu'elle ait jamais vu.

— On vient de les livrer pour toi, lui dit Apple. Devine qui les envoie.

La carte dit : *Juste comme ça. Je t'embrasse, Scott.*

Mallory décide de lui faire une surprise à son tour. Le lendemain, elle quitte le lycée à l'heure du déjeuner, achète des sandwichs à la dinde et se rend à son bureau.

Scott a une assistante, Lori Spaulding, que Mallory connaît de loin. Une mère célibataire, elle aussi, dont la fille a un an de plus que Link. Elles se croisaient à la crèche.

— Bonjour, Lori. J'ai apporté le déjeuner du patron. Il est là ?

Lori met une seconde avant de répondre.

— Il est là, oui. Je vais le chercher.

— S'il est occupé, je peux te le confier ?

— Je suis sûre qu'il voudra te voir.

Mallory perçoit une légère tension dans sa voix rauque.

— J'ai cru comprendre que c'était la passion entre vous deux.

Ce soir-là, au téléphone, Mallory lui demande :

— Tu as eu une histoire avec Lori ?

Scott éclate de dire.

— Jamais, non. Pourquoi ?

Mallory ne sait pas très bien comment l'expliquer. Elle sent quelque chose. Lori a un faible pour Scott ; elle est jalouse de Mallory. *Pourquoi elle et pas moi ?* doit-elle se dire. Et pourquoi, en effet ? Lori est jolie. Ses cheveux blonds sont toujours coiffés en une impeccable tresse africaine. Mallory l'admirait bien avant que Scott entre en scène – elle s'est toujours demandé comme une mère célibataire active pouvait avoir des cheveux aussi magnifiques. Se levait-elle une heure plus tôt pour se coiffer ? Utilisait-elle deux miroirs ? Ou avait-elle juste un don naturel ? Mallory ne serait jamais capable de se faire une coiffure pareille, même en s'entraînant des millions d'années – cela fait partie à ses yeux de l'un des nombreux mystères de la féminité auxquels elle n'a pas accès. Quand elle attache ses cheveux, elle se fait une queue-de-cheval avec un élastique – et encore, celle-ci est souvent de travers.

— Elle est séduisante. Elle a une voix sexy. Elle est célibataire.

— Elle ne me fait aucun effet, répond Scott.

La période des fêtes approche. Mallory va passer Thanksgiving à Baltimore, tandis que Scott reste à Nantucket. Il prépare un repas pour tous ses ouvriers, qui sont pour la plupart célibataires et n'ont aucun autre endroit où aller à part les bars.

Scott manque à Mallory. Elle se réfugie dans sa chambre d'enfance pour lui téléphoner, porte fermée, parce qu'elle ne veut pas que sa mère, ou Coop, puissent l'entendre. Elle adore le son de sa voix. Elle adore qu'il fasse frire une dinde dans un bain d'huile pour ses gars, qu'il prépare une farce à part et des choux de Bruxelles, en s'inspirant d'une recette qu'il a vue à la télévision. Il lui raconte qu'il ira en centre-ville le lendemain soir pour voir l'illumination des arbres de Noël – à 17 heures, tous les sapins sur Main et Centre s'éclaireront simultanément –, ce qui la rend jalouse : elle se demande qui va l'accompagner, peut-être Lori et sa fille, et s'ils prendront un verre ensemble après.

Le fait qu'il lui manque et qu'elle ressente de la jalousie est un bon signe, pense-t-elle. Ils sont sur la bonne voie.

Autour de Noël, Link part passer quelques jours avec Fray et Anna dans le Vermont. Pendant ce temps, Mallory et Scott deviennent inséparables. Ils alternent les nuits, tantôt chez lui – ce que Mallory adore parce que l'hôtel d'en face est décoré pour les fêtes –, tantôt chez elle – ce qu'elle adore aussi parce que Scott a « planté » un petit sapin sur la plage, qu'il a décoré de lumières blanches, ce qui procure une joie immense à Mallory chaque fois qu'elle pose les yeux dessus. Ils assistent au spectacle de la Nativité à l'église, ils font des courses en ville et prennent des chocolats chauds avec des guimauves maison au Even Keel Café. Deux jours avant Noël, il neige, et ils mettent des chaussures imperméables pour aller promener Roxanne en ville de bon matin et prendre des photos de Main Street, silencieuse sous son beau manteau blanc intact. Puis ils détachent Roxanne et la laissent faire des glissades sur la chaussée comme un gosse avec des patins.

Le 24, ils assistent à la fête annuelle de l'hôtel en face de chez Scott et passent un bon moment avec de nombreuses personnes, notamment, bien sûr, M. Major, Apple et Hugo. Mallory s'étouffe presque de bonheur : elle vit sur l'île depuis dix années et elle a réussi à se créer une vie à elle, une vie bien entourée. Emménager à Nantucket était un saut dans l'inconnu. Tante Greta lui avait dit, quand elle était petite, que Nantucket choisissait ses habitants et qu'elle avait choisi Mallory, mais ce n'est qu'à cet instant précis qu'elle ressent cette vérité avec une certitude absolue.

Scott a dû remarquer qu'elle était en pleine introspection, parce qu'il lui serre la main.

Ils boivent du cidre aux épices (si fort que Mallory ne peut en avaler que quelques gorgées avant de passer au vin), ils mangent du fromage et des dattes fourrées, et lorsque Mallory et Scott traversent la rue sur des jambes un peu chancelantes pour rentrer, il est bien plus de minuit et c'est déjà Noël.

L'après-midi du 31 décembre, ils font une longue promenade sur la plage avec Roxanne. Le soleil est bas dans le ciel blanc, il fait froid. Les vagues martèlent le rivage comme si elles cherchaient à faire passer un message. Voilà à quoi ressemble l'hiver à Nantucket, et ce n'est que le début.

Alors qu'ils s'apprêtent à rebrousser chemin vers la maison pour préparer la fête du soir – Apple et Hugo viennent manger une fondue, qu'ils arroseront d'une bouteille de Krug (c'est Scott qui a insisté pour faire cette folie) –, il lui lance soudain :

— Je voudrais te dire quelque chose.

À son ton, une alarme se déclenche aussitôt en

Mallory. Il s'apprête à lui faire une confession : il est marié en réalité, il a un ou des enfants, qui vivent à Dubaï. Son projet de rénovation sur Old South Road n'est qu'une façade pour blanchir l'argent de la mafia. Il a un problème de jeu. Il est encore accro à la cocaïne. Il couche avec Lori.

— Oui ?

— Je t'aime.

Mallory ferme les yeux. Elle est prise de panique. Elle ne sait pas quoi faire. Pourquoi ne s'est-elle pas préparée ? N'importe quelle imbécile se serait doutée que les choses prenaient cette direction.

— Je t'aime aussi, répond-elle, avant de se le reprocher immédiatement.

Elle est influençable, et manipulable, exactement comme Leland l'a dit à Fifi toutes ces années plus tôt.

Elle ment à Scott. Elle ne l'aime pas. Elle l'apprécie vraiment beaucoup, beaucoup. Elle le trouve merveilleux. Intelligent, gentil, sexy, drôle et absolument génial avec Link. Elle est heureuse chaque fois qu'il franchit la porte de chez elle, elle se réjouit à chaque appel qu'elle reçoit. Il a rempli un vide dans leur existence, à Link et à elle, dont elle n'avait même pas conscience. Son histoire avec lui est une aventure inattendue. Une passion enivrante. Elle adore leur complicité. Et c'est un vrai luxe de l'avoir, il a rendu sa vie sur l'île tellement plus facile, à travers des attentions, petites ou grandes, grâce à sa présence, sa fougue. Depuis trois mois et demi, elle est un objet d'adoration. Des fleurs livrées au lycée ! Une maison en ville et une autre sur la plage ! Les petits dessins qu'il lui laisse sans arrêt maintenant qu'il sait combien elle les chérit. Tout ce dont rêvent les autres femmes. Mallory et Scott pourraient se marier à la Sconset Chapel ; Roxanne porterait une couronne de roses blanches autour du cou, et Link un minuscule smoking. Mallory a tout le temps d'avoir un autre enfant, mais…

Mallory n'aime pas Scott.

Janvier passe. Février aussi.

Mallory ne comprend pas ce qui ne tourne pas rond chez elle. Scott coche toutes les cases.

Elle essaie de décortiquer le problème. Elle adore son odeur. Il n'a pas de manies agaçantes. Il ne s'impose jamais, il respecte le fait qu'elle veuille passer du temps avec Link, toute seule. Il a de bons goûts musicaux, certains recoupent les siens, même si son groupe préféré, les Red Hot Chili Peppers, indiffère Mallory.

Il n'y a aucun problème côté sexe. De ce côté-là, elle est même comblée.

Mars passe.

Peut-on utiliser une métaphore autour du golf ? Pourquoi pas, étant donné qu'à la fin mars il y a une succession de journées suffisamment belles pour que Scott puisse y jouer. Il propose à Mallory et Link de le retrouver à la fin de son parcours pour qu'il aide Link à perfectionner son putt. Les sentiments de Mallory pour Scott sont comme la balle qui roule vers le trou mais s'arrête juste avant d'entrer, sur le rebord, provoquant un cri d'incrédulité et de frustration. *Tu vas rentrer, oui !* pense-t-elle.

Mallory commence à soupçonner que ce n'est pas seulement une question de temps. Que disait Kitty ? L'amour ne s'explique pas – et l'absence d'amour non plus en l'occurrence. Oui, vraiment, c'est inexplicable.

Ça ressemble néanmoins à une bonne excuse. Mallory est tout à fait capable d'expliquer la situation.

Scott ne lit pas de romans, mais elle l'a surpris un jour devant l'étagère dédiée aux romans que Jake lui envoie chaque année à Noël. Elle ne sait pas comment elle aurait réagi s'il avait sorti l'un des livres. Lui aurait-elle demandé de le reposer, comme elle l'a fait avec Fifi ? Glissée dans le dernier roman, *Le Bizarre Incident du chien pendant la nuit*, se trouve l'enveloppe où Mallory range toutes les prophéties de leurs dimanches soir. Que dirait-elle à Scott s'il les voyait ? Les oursins plats qu'ils ont ramassés à Great Point, Jake et elle, sont alignés devant les livres. Quand Scott en a pris un, Mallory s'est sentie fébrile durant les quelques secondes qu'il lui a fallu pour le remettre à sa place.

Ses CD de Cat Stevens et son album de World Party, *Bang !*, sont cachés dans le tiroir qui contient ses sous-vêtements. Elle ne peut pas prendre le risque que Scott veuille les écouter. En janvier, il lui a proposé d'aller faire un tour à Great Point, mais elle a décliné.

Mallory aime Jake. Son cœur est pris. Il appartient à Jake depuis ce jour où il a décroché le téléphone dans la chambre de Coop la première fois, depuis cet après-midi où il est descendu du ferry, depuis cet instant où il a fait glisser une omelette dans son assiette.

Qu'y peut-elle au fond ? Serait-elle simplement têtue ? Aurait-elle été conditionnée ? Non. Mallory pensait qu'un jour elle rencontrerait un homme qui éclipserait Jake. Elle se réjouissait d'ailleurs de cette perspective, parce que même si l'amour qu'elle a pour lui est la plus douce des souffrances, ça reste une souffrance.

Fin avril a lieu la fête de la jonquille. C'est le premier week-end important de l'année, celui qui lance la saison sur l'île. Il y a un défilé de voitures de collection jusqu'à Sconset, où tout le monde pique-nique. Scott inscrit la Blazer, et propose de décorer la voiture si Mallory se charge de choisir le thème et de préparer un pique-nique. Apple et elle décident de caricaturer les étudiants des écoles privées.

Mallory n'en revient pas du travail accompli par Scott. Le capot est recouvert d'un tapis de jonquilles, et il a ajouté une adorable couronne de jonquilles sur la calandre. C'est une journée ensoleillée, bien que froide, mais ils décident de décapoter la Blazer pour aller à Sconset. Scott et Hugo prennent les deux places à l'avant, vêtus de leurs blazers bleu marine et de leurs chemises en coton rose, tandis que Mallory, Apple, Link et Roxanne s'entassent à l'arrière. Apple porte un col roulé blanc et un cardigan bleu marine, et Mallory un pull à jacquard jaune avec les mocassins bateau qu'elle possède depuis le lycée. Link a un polo au col relevé. Ils font signe aux spectateurs sur le bord de la route, et Roxanne aboie. Il y a des baleines bleues sur son collier.

Arrivés à Sconset, ils s'installent pour pique-niquer :

gin tonic, sandwichs triangles, pointes d'asperges, œufs mimosa, saucisses cocktail accompagnées de sauce barbecue. Les juges passent près d'eux et s'attardent pour admirer les détails des sandwichs ; ils remarquent le soin apporté aux tenues, le bracelet de montre d'Apple, en tissu, les lunettes de soleil en écaille de Scott, à la Jackie Kennedy. Mallory croise son reflet dans le rétroviseur. Avec son pull et ses boucles d'oreilles en perles, elle ressemble de façon inquiétante à Kitty. Un photographe de l'*Inquirer and Mirror* immortalise Mallory et Scott devant la Blazer. Ce dernier raconte au journaliste leur histoire : la voiture qu'il a vendue à Mallory l'été 1993, puis leurs retrouvailles dix ans plus tard et le couple qu'ils forment maintenant.

Ils remportent le premier prix pour leur pique-nique, et une mention spéciale pour la décoration de la Blazer.

La photo de Mallory et Scott est publiée en première page du journal le jeudi suivant, et Mallory s'entend dire un millier de fois : « Vous allez si bien ensemble, vous formez un couple parfait. »

À quoi elle répond :

— Le couple parfait, ça n'existe pas.

Mai arrive. Le week-end où Fray prend Link, Scott annonce à Mallory qu'il a prévu une petite escapade à Boston – une suite au Four Seasons, une loge au stade Fenway, des réservations dans les meilleurs restaurants. Ils ont projeté tout l'hiver d'aller à Boston, mais il y a toujours eu un empêchement. Maintenant que leur week-end se profile pour de bon, Scott paraît… nerveux.

— Les cerisiers du Japon seront en fleur dans le jardin public, lui dit-il. Il faudra qu'on fasse un tour dans les barques en forme de cygne. J'en louerai peut-être même une entière pour nous tout seuls.

Mallory comprend qu'elle a trop tardé. Il va lui faire sa demande. Elle l'imagine sortant un écrin en velours et l'ouvrant au moment où leur cygne glissera sous les arbres aussi roses que des barbes à papa, persuadé qu'elle a toujours rêvé qu'on lui offre une bague dans ces conditions. Mallory voudrait aussitôt se transformer en souris et courir se réfugier sous le canapé en tweed vert. Creuser un trou dans le sable et y disparaître.

— Scott. Il faut qu'on parle.

Été n° 12 : 2004

De quoi parle-t-on en 2004 ? Les batailles de Falloujah ; Condoleezza Rice qui succède à Colin Powell ; le tsunami dans l'océan Indien ; la mort de Ronald Reagan ; « j'utilise le joker "coup de fil à un ami" » ; le quinoa ; le petit accident de garde-robe de Janet Jackson ; Lost*;* Lolita malgré moi*; « Mr. Brightside » des Killers.*

C'est le dernier jour de cours, et Mallory et Apple sortent le fêter ensemble. Elles décident de casser leur tirelire et de s'offrir un déjeuner tardif sur la splendide pelouse verte de l'hôtel White Elephant. Aucun endroit n'incarne mieux l'élégance en front de mer, ce qui est exactement ce qu'il leur faut à toutes les deux après cent quatre-vingts jours de casiers qui claquent, de néons qui bourdonnent et de chips qui volent dans le réfectoire.

L'hôtesse du restaurant, Donna, a trois garçons qui sont passés par le lycée, des « chenapans » – Apple les a bien connus –, et elle les installe à l'une des tables offrant la meilleure vue sur le port. Un guitariste du nom de Tony Maroney chante « Fire and Rain ». Mallory repense aussitôt à Jake. Elle se demande s'il joue encore parfois de la guitare, comme à l'époque de la fac.

— La première tournée est pour moi, leur dit Donna. Et vous avez le droit de choisir une chanson.

— Je prends un cosmo, répond Mallory.

Une de leurs traditions, tout droit inspirée par *Sex and the City*.

— Et vous pouvez demander à Tony de jouer « School's Out » d'Alice Cooper pour fêter la fin de l'année scolaire ?

— Juste une eau gazeuse pour moi, ajoute Apple.

Dès que Donna a tourné les talons, Apple se penche vers Mallory pour lui murmurer :

— Je suis enceinte !

Quelle bonne nouvelle ! Mallory est folle de joie !

— Quand t'en es-tu rendu compte ?

— Le week-end dernier. Je n'en suis qu'à huit semaines, on ne l'a encore annoncé à personne à part la famille.

— Et Hugo ? Il est content ?

Mallory a pris l'habitude de le surnommer TPCM, le « type le plus chouette au monde ». Ce qui lui va comme un gant.

— Il veut avancer le mariage. Sa mère, ses tantes, sa grand-mère Beulah… elles sont toutes de la vieille école.

Donna leur apporte leurs boissons, et Mallory avale la première gorgée acidulée et rafraîchissante de son cosmo si mérité. Tony Maroney susurre dans son micro :

— Un peu de Steely Dan pour deux jolies enseignantes, « My Old School ».

— Ce n'est pas du tout ce que j'avais demandé, chuchote Mallory.

— C'est quand même une chanson qui parle d'école ! Enfin bref, reprend Apple, on a décidé de se marier le week-end de la fête du Travail à Martha's Vineyard.

Mallory se retrouve dans une situation problématique.

Apple est sa meilleure amie à Nantucket. C'est grâce à elle que Mallory a obtenu un poste au lycée, qu'elle a trouvé qui elle était, qu'elle a commencé à construire une vie sur l'île. Apple est son roc : si elle a besoin de quelqu'un pour garder Link en catastrophe, pour l'accompagner au ferry ou pour venir la chercher après une dévitalisation, elle appelle Apple. Mallory et Link ont passé toutes les fêtes avec Hugo et elle – la fondue du 31 décembre, le brunch de Pâques, le feu d'artifice du 4 Juillet.

Elle ne peut pas rater le mariage d'Apple et Hugo.

Mallory se dit que tout ira bien. Mais comment ? Comment cela irait bien ? Il ne s'agit pas seulement d'une cérémonie le samedi suivie d'une réception à laquelle Mallory et Jake pourraient se rendre d'un coup d'avion – Jake irait boire des bières pendant que Mallory assisterait au mariage. Il s'agit d'un week-end entier de festivités ! Dîner de fruits de mer le vendredi soir, puis mariage à l'église, suivi d'une réception et d'une soirée dansante au Hot Tin Roof. Sans oublier le brunch dominical. Hugo appartient à l'une des familles noires les plus importantes de l'île. Sa mère, Wanda, a cinq sœurs, dont l'une est conseillère municipale de longue date. Il n'est pas question de plaisanter avec le mariage de l'un des enfants. Ils privatisent le Charlotte Inn, un hôtel quatre étoiles, pour leurs invités.

Mallory doit réfléchir à une solution tout en se montrant non seulement attentive au mariage qui se profile, serviable, mais aussi enthousiaste. Apple a deux sœurs et deux belles-sœurs, donc Mallory ne risque pas de se voir proposer un rôle de demoiselle d'honneur. Elle sera une simple invitée.

Peut-elle envisager de ne pas y assister ? Elle imagine toutes sortes d'excuses dans sa tête. Une vilaine grippe intestinale ? Un problème avec Link – il ne peut pas aller chez son père comme prévu parce que Fray et Anna ont eu un empêchement de dernière minute ? Apple lui dirait : « Viens avec Link, il pourra nous apporter les alliances. » Ce qui ne laisse que la grippe intestinale.

Mallory se fait l'impression d'être la personne la plus méprisable au monde, ne serait-ce que pour avoir cette pensée. Elle ne mérite pas une amie comme Apple.

Mallory ne peut demander conseil à personne. Elle doit trouver la solution en elle, et son instinct lui dit qu'il n'y en a qu'une : aller au mariage, s'amuser, annuler la venue de Jake.

Elle réfléchit à ce que cela impliquerait : se priver de la présence de Jake une année de plus. Elle repense à la formule « quoi qu'il arrive ». Elle se rappelle la réplique de Doris dans le film : « Je savais que… quel que soit le prix, j'étais prête à le payer », alors qu'elle se trouve à l'aéroport en 1956 et que George, débordé par la culpabilité, menace de reprendre un vol pour rentrer chez lui.

Ils ont tenu onze étés. Ce qui est en soi remarquable. Le problème qu'elle rencontre cette année fait partie de la vie, ça arrive à tout le monde. On veut être à deux endroits simultanément, et c'est impossible.

Peut-être qu'ils pourraient changer la date, avancer ou reculer d'une semaine. Les dernières années, Jake a passé la dernière quinzaine d'août avec Bess et Ursula dans le Michigan, il ne sera donc sans doute pas libre le week-end précédent. Et le week-end suivant, Link rentre de chez son père, ça ne colle pas non plus.

Mallory envisage de proposer à Jake d'aller passer deux jours à Martha's Vineyard. Il suffira qu'ils prennent une chambre dans un autre hôtel que le Charlotte Inn, où tout le monde logera. Elle fera une brève apparition au dîner du vendredi, elle manquera le brunch du dimanche. Elle demandera à Jake de la retrouver au Hot Tin Roof. La lumière sera tamisée ; il y aura du bruit et les gens seront ivres. Ils retourneront à Nantucket dès le dimanche matin.

Ce n'est pas idéal, loin de là. Jake pourrait très bien refuser. Mais toutes les relations exigent des compromis, surtout celle-ci.

Jake ne voudrait jamais qu'elle rate le mariage d'Apple.

Mallory perd des heures précieuses à imaginer comment ce week-end devrait se dérouler dans l'idéal. Elle viendrait accompagnée d'un homme au dîner de fruits de mer, et elle regarderait le coucher de soleil avec lui, assise dans le sable, puis il déplierait une couverture près du feu de joie pour qu'elle soit plus confortable. Oui, elle viendrait avec un homme qui séduirait les tantes de Hugo et leur servirait des « whisky sour » pendant le cocktail pour leur éviter de traverser la pelouse en talons. Elle viendrait avec un homme qu'elle pourrait présenter à tout le monde comme son compagnon, avec lequel elle danserait le slow, dont elle tiendrait la main pendant qu'Apple et Hugo échangeraient leurs vœux.

Un homme comme… Scott Fulton.

Oui, disons-le : Scott serait la personne idéale pour l'accompagner au mariage d'Apple et de Hugo. Mais Mallory a tourné cette page. Scott et elle se sont séparés il y a plus de six semaines, et il a disparu de sa vie. Il se comporte avec autant d'élégance dans la séparation que dans leur relation. Mallory doit parfois s'interdire de lui téléphoner. Un soir, Link l'a réclamé, et elle s'est dit qu'elle avait commis une erreur, qu'elle irait le voir à son bureau le lendemain matin à la première heure pour lui dire qu'elle voulait qu'il lui donne une seconde chance. Elle devrait d'abord affronter Lori Spaulding – Scott sortait peut-être même avec elle maintenant –, mais Mallory tenterait sa chance.

Après une nuit de sommeil, elle avait retrouvé la raison. Il lui avait suffi de s'imaginer dans une robe blanche devant la porte de la Sconset Chapel dont s'échappaient des notes d'orgue, attendant de s'unir à Scott Fulton pour le restant de ses jours.

Non.

Il n'y a de la place que pour Jake dans le cœur de Mallory. Elle repense à l'époque de son enfance, où sa vie était peuplée de princesses en rose. Elle se revoit écouter l'album de *Grease* avec Leland. C'est Jake qu'elle veut – comme Sandy veut Danny.

Elle prie pour une intervention divine, une révélation, une solution. Pour qu'un événement se produise. Quelque chose, n'importe quoi, par pitié…

Tous les ans, le deuxième samedi d'août, l'ensemble musical des Boston Pops vient faire un concert sur l'île. Des milliers de personnes y assistent et les 2 millions de dollars de bénéfices sont entièrement reversés à l'hôpital de Nantucket. C'est l'une des soirées estivales que Mallory préfère. Link et elle s'y rendent en compagnie d'Apple et Hugo ; ils s'installent toujours le plus loin possible, près des vagues, pour pouvoir prendre un bain nocturne avant un délicieux pique-nique – Mallory réfléchit au menu pendant un an, et Apple apporte le vin – en écoutant l'orchestre, et enfin en admirant le feu d'artifice à la fin de l'*Ouverture solennelle 1812*.

Mallory vérifie le vendredi matin que tout est en ordre du côté d'Apple – *le pique-nique est prêt, on se retrouve demain, à 17 h 30 ?* Apple lui répond : *Cool* – une petite blague entre elles, pour se moquer des lycéens –, sans rien ajouter d'autre.

Mallory sait qu'Apple est accablée de fatigue et de nausées, et elle sait aussi qu'elle doit passer une échographie à Boston à 11 heures le samedi matin, ce qui la rend nerveuse. Elle a le pressentiment qu'il y a « quelque chose » avec le bébé.

À 13 heures le samedi, Mallory apporte la touche finale au pique-nique. Elle a préparé un baba ganousch accompagné de bâtonnets de carottes et de crackers de riz ; des sandwichs roulés au rôti de bœuf, au Boursin et à la roquette ; une salade de poulet et de pommes de terre au céleri et à la ciboulette ; une salade de concombres marinés dont elle a trouvé la recette dans un livre offert par Kitty ; et des carrés au citron recouverts d'un crumble à la noix de coco. Peut-on imaginer menu plus parfait ? Mallory pense que non.

Elle n'a pas eu de nouvelles d'Apple de la journée, ce qui la surprend un peu. Au point qu'à 14 heures, son esprit s'aventure en zone interdite, et le « quelque chose » au sujet du bébé devient un « problème ».

À 14 h 30, Mallory envoie un message pour prendre des nouvelles sans se montrer trop inquisitrice : *Tout va bien ?*

Elle ne reçoit pas de réponse, ce qui ne ressemble pas à Apple. D'un autre côté, ils ne sont pas sur l'île, peut-être que son portable n'a plus de batterie ou qu'elle l'a même carrément oublié tant elle était obnubilée par son examen. C'est très possible.

À 16 heures, Mallory n'a toujours pas de nouvelles, ni d'Apple ni d'Hugo, et lorsqu'elle compose le numéro de son amie elle tombe directement sur la messagerie. Doit-elle emmener Link à la plage, s'installer à leur endroit habituel et attendre qu'ils les rejoignent ?

Oui, conclut-elle. Elle prépare son fils : elle lui fait enfiler un maillot de bain à étoiles et un polo blanc, elle peigne ses cheveux blonds et couvre chacune de ses joues de cinquante baisers. Elle le chatouille jusqu'à ce qu'il pousse des cris, avant de l'asseoir sur ses genoux pour lui mettre ses sandales à Velcro. Elle a tellement de chance d'avoir un enfant en bonne santé.

Apple aura aussi un enfant en bonne santé, pense-t-elle. Une fille, peut-être, qui épousera Link quand elle sera grande.

Mallory se gare sur North Beach Street, puis Link et elle se mêlent à la foule qui se dirige vers la plage. Elle tient le panier de pique-nique d'un côté, et la main de Link de l'autre, si bien que lorsque son portable sonne elle doit s'arrêter, poser le panier et dire à son fils :

— Ne bouge surtout pas.

Évidemment, les gens autour d'eux râlent. *Désolée, les gens, je dois prendre cet appel.* Elle sait qu'il s'agit d'Apple.

Elle veut sans doute la prévenir qu'ils ont raté le ferry et qu'ils seront en retard.

— Apple ?

— Mal ?

— Tout va bien ? L'écho s'est bien passée ?

Un silence. Une respiration. Est-ce qu'Apple pleure ? Mallory bouche son autre oreille. Elle ne quitte pas Link du regard : c'est typiquement le genre de situation dans laquelle elle pourrait le perdre. Un sentiment de terreur l'étreint. Elle a prié pour qu'il arrive quelque chose, mais elle ne voulait bien sûr pas qu'il arrive malheur à Apple ou au bébé.

Pitié, Dieu, non ! Je retire ce que j'ai dit !

— On a passé l'écho, dit Apple. J'attends des jumeaux. Deux garçons.

— Oh, mon Dieu !

Mallory est tellement soulagée.

— C'est incroyable. Je comprends mieux pourquoi tu ne donnais pas de nouvelles ! Ils sont en bonne santé ?

— En bonne santé, oui.

Et pourtant Mallory est décontenancée par le ton de son amie, elle sent qu'il cache autre chose.

— Écoute… ne me déteste pas.

— Vous allez rater le concert ? Ne t'en fais pas, enfin, tu as appris une énorme nouvelle. Tu dois être dans tous tes états.

— « Dans tous mes états », c'est bien ça. Hugo est… il… écoute, ne me déteste pas, Mal.

— Je ne te détesterai pas. Qu'est-ce qu'il y a ?

— Hugo est dans tous ses états, je suis dans tous

mes états, on s'étripait déjà avant de recevoir cette nouvelle à cause du mariage, de sa famille et, bon oui, d'accord, de ma famille aussi. Mais ça change la donne.

— Dans quel sens ?

Mallory sent l'inquiétude revenir. Apple et Hugo vont se séparer ?

— Qu'est-ce que ça change, ma belle ?

— On est à l'aéroport de Boston, là. On prend un vol pour les Bermudes ce soir. On va se marier sans attendre, Mal. La fête est annulée. Je suis vraiment désolée.

Mallory coince le téléphone entre son oreille et son épaule pour prendre Link dans ses bras avant qu'il ne s'éloigne. Elle se cogne dans un monsieur d'un certain âge en bermuda saumon, qui lui dit :

— Faites un peu attention, mademoiselle.

Mallory déteste qu'on l'appelle « mademoiselle », mais elle est si heureuse qu'elle pourrait embrasser cet homme. Apple va se marier maintenant ! Maintenant ! La fête est annulée !

— Tu n'as pas à être désolée, dit-elle à Apple, son roc, son amie la plus fiable. Je suis tellement heureuse pour toi, ma chérie. File épouser l'homme le plus chouette au monde. Félicitations !

Été n° 13 : 2005

De quoi parle-t-on en 2005 ? L'ouragan Katrina ; Brad et Jen ; YouTube ; la nomination de John Roberts à la présidence de la Cour suprême des États-Unis; les White Sox à la première place du championnat de baseball; l'affaire Valerie Plame, l'agente de la CIA dont l'identité a été dévoilée par Scooter Libby; la Xbox 360; Russel Crowe; Jude Law; The Wire*;* Brokeback Mountain *et son fameux «j'aimerais savoir comment te quitter».*

Leland Gladstone et Fiella Roget sont ensemble depuis dix ans. Elles forment un couple célèbre sur la scène littéraire new-yorkaise, et elles sont invitées à une vingtaine d'événements par semaine: inaugurations de galeries, lectures, déjeuners d'auteurs, parties de poker secrètes aux mises pharaoniques et soirées raves dans les boîtes les plus branchées de la ville. Elles sont la Gertrude Stein et la Alice B. Toklas de leur génération, la mixité ethnique en plus. Et elles sont bien, bien mieux habillées.

Fifi enseigne dans le master de création littéraire de Columbia – ce qui revient à assurer un atelier par semestre en échange d'un salaire très généreux. Elle dispose donc de longues plages de temps pour travailler sur son nouveau roman, dont elle a du mal à accoucher. Ses deux premiers livres évoquaient son enfance et son adolescence à Haïti; elle a décidé cette fois de situer l'action aux États-Unis, mais son récit lui semble boiteux et téléphoné. Elle essaie de ne pas se mettre la pression: l'inspiration ne se commande pas, et son éditeur le comprend bien. Fifi aimerait juste que ses lecteurs arrêtent de lui demander quand ils pourront la lire. Leland a bien sûr l'intelligence de ne jamais aborder le sujet, même si Fifi l'a entendue récemment dire aux femmes de ménage de ne pas s'embêter avec le bureau : « Fifi n'y a pas mis les pieds depuis des semaines. »

Fifi est invitée à faire des interventions rémunérées dans tout le pays, et au printemps 2005 elle accepte une proposition du département des études féministes de Harvard. Fifi décide d'en profiter pour passer deux ou trois nuits sur place. Elle aime Boston. Son architecture, qui a conservé le côté désuet de l'époque puritaine, est charmante. Boston n'a pas le côté « esprit mal tourné » de New York.

— Je peux réussir à me libérer pour deux jours, dit Leland quand Fifi lui fait part de ses projets. Mais trois, non.

— Je crois que j'ai envie d'y aller seule. Ça nous fera sans doute du bien à toutes les deux d'être séparées.

Fifi voit bien Leland hésiter entre réaction agressive et blessée. Deux émotions qui fatiguent Fifi. Elle est convaincue que tous les couples ont besoin de respirer de temps en temps, bien que Leland ne voie pas les choses du même œil. Ces dernières années, elle aurait plutôt tendance à l'étouffer. Elle adore accompagner Fifi dans tous ses déplacements, et en profiter pour faire des papiers pour le *Bard and Scribe*, dont elle est devenue la rédactrice en chef et qui ne marche plus à cause du succès d'Internet. Fifi appréciait la compagnie constante de Leland avant, mais depuis un moment elle ne peut pas s'empêcher de se dire que celle-ci « surfe sur son succès ».

Si Fifi a pu avoir des doutes sur sa décision de partir

seule, ils s'envolent à la seconde où elle s'installe dans sa chambre d'hôtel, passe une commande au room service et se fait couler un bain. Elle a eu une jeunesse si frugale que les hôtels de luxe continuent à tenir du mystère insondable pour elle – le linge de lit incroyable, les stylos fins et lourds, le papier à lettres blanc cassé, les peignoirs en coton gaufré suspendus dans l'armoire. Sa chambre est même pourvue d'un insert au gaz et de deux fauteuils en cuir profonds. Quelqu'un lui a fait porter un plateau de fromages et de fruits – la réceptionniste, Pamela, se trouve être une immense fan de *Danse danse.*

La chambre lui offre un plus grand luxe encore : la solitude. Fifi sort son manuscrit pour le retravailler. Elle ne repose son stylo que cinq minutes avant de devoir partir. Elle enfile alors une robe à la va-vite et descend dans le lobby. Une voiture l'attend pour la conduire à Harvard.

Les histoires au long cours ont leurs hauts et leurs bas, et Fifi a tous les droits de vouloir passer du temps seule. Les décisions qu'elle va prendre, néanmoins, sont moins faciles à expliquer.

Le lendemain de son intervention à l'université est une belle journée printanière. Fifi pourrait en profiter pour faire du shopping, se promener dans le parc ou même s'installer sur le toit-terrasse de son hôtel pour continuer à travailler sur son manuscrit. Au lieu de quoi elle appelle la réception et demande à ce qu'un chauffeur la conduise à l'embarcadère de Hyannis. Elle compte prendre le ferry pour Nantucket.

Elle appelle Mallory pour la prévenir (elle est impulsive mais pas malpolie) et réussit à la joindre entre ses deux premiers cours de la journée.

— J'avais envie de venir passer la nuit sur l'île. Je peux sans doute arriver à temps pour ton dernier cours de la journée. Ça pourrait intéresser tes élèves ?

— Tu plaisantes ? Je finis justement par mon cours avec mes élèves de terminale. On a étudié *Danse danse* le mois dernier. Ils l'ont dévoré. Je leur ai dit qu'on était amies, et je ne suis pas certaine qu'ils m'aient crue.

— Ils vont voir ce qu'ils vont voir ! Je suis en route.

Fifi ne compte pas parler de son changement de programme à Leland. Elle sait qu'elle devrait... mais elle n'a aucune envie d'affronter les inévitables tensions. « Mallory est *mon* amie, pas la tienne. » (Oh, et qui a insisté pour qu'elles partagent tout, hein ? L'appartement, la place de parking dans le garage, la Peugeot garée sur cette place ? Leland, bien sûr.) Fifi a envie d'aller à Nantucket et de voir Mallory tranquillement. Mais pourquoi ? Cherche-t-elle à énerver Leland ?

Peut-être en partie.

Pas seulement, toutefois. Fifi aime beaucoup Mallory. Elle est maligne, drôle et... normale. Un double de Leland sans le goût du drame. Elle est agréable à regarder, même si sa beauté est discrète, naturelle – le bronzage doré, les cheveux décolorés par le soleil, les yeux couleur océan. L'instinct de romancière de Fifi lui souffle qu'il faut se méfier de l'eau qui dort. Elle cache peut-être quelque chose. Ou peut-être pas.

Fifi et Leland ont rendu visite à Mallory l'été précédent. Elles ont pris une chambre d'hôtel pour préserver l'intimité de chacune, mais elles ont dîné chez elle. Le petit garçon, son fils, était chez son père dans le Vermont, et Mallory avait ce côté insouciant des adolescents dont les parents sont absents. Après le dîner, elle a emmené Fifi et Leland dans un piano-bar. Un petit endroit exigu à l'éclairage tamisé, bondé de gens joyeusement enivrés qui chantaient à tue-tête. Mallory connaissait Brian, le pianiste ; elle s'est assise à côté de lui, sur la banquette, pour tourner les pages de sa partition alors que les clients les entouraient pour entonner « Hotel California » ou « Sweet Caroline », avant de jeter quelques billets dans un bocal en verre. Leland avait la plus jolie voix d'elles trois, et c'est pourtant elle qui avait insisté pour partir. Au moment de la suivre, alors qu'elle s'empressait de quitter le bar, Fifi s'est dit : *Ce serait tellement plus amusant sans elle…*

Et donc nous y voilà.

Fifi passe moins de vingt-quatre heures sur l'île, mais ce séjour express est une métamorphose pour deux raisons. La première, c'est le cours d'écriture créative de Mallory. Quand elles se présentent, toutes les deux, à la porte de la classe quelques secondes après la sonnerie, les douze élèves sont déjà assis en rond et ont sorti leurs cahiers. Fifi les observe à travers la vitre.

Mallory pousse la porte et dit :

— J'ai une surprise pour vous ! Fiella Roget est passée vous dire un petit bonjour.

Les douze têtes se redressent d'un coup. Fifi se contente de les saluer d'un geste de la main, et elle sent que les élèves s'interrogent. *C'est vraiment elle ? Si, c'est vraiment elle... C'est vraiment elle !* Ils commencent à applaudir, puis l'un d'eux se lève et tous les autres l'imitent, elle a droit à une standing ovation de douze personnes, et elle qui a pourtant été applaudie, célébrée, louée dans tout le pays sent ses yeux s'embuer.

Il y a neuf filles et trois garçons. Fifi est d'ailleurs frappée de constater que les filles sont plus nombreuses dans les cours d'écriture créative mais que ce sont les hommes qui occupent la majorité des places dans les classements des meilleures ventes... enfin elle ne va pas se lancer sur cette voie. Il y a cinq élèves de couleur, ce qui la surprend. Elle s'attendait à ne voir que des jeunes blancs comme neige, des privilégiés qui croient que tout leur est dû. Or Fifi découvre qu'à Nantucket pendant l'année, la population est beaucoup plus mélangée qu'en été : le lycée envoie des e-mails dans six langues différentes. Les élèves de Mallory ont grandi sur l'île, comme Fifi à son époque, et certains sont aussi désireux qu'elle de s'échapper. Pas étonnant qu'ils aient adoré *Danse danse.*

La vénération qu'ils ont pour Mallory saute aux yeux. Ils l'appellent « Mlle Bless » et ils la taquinent – sans jamais lui manquer de respect pour autant. Elle est l'enseignante de littérature par excellence, celle que Fifi aurait rêvé d'avoir au lycée – celle qui écoute, qui lit chaque devoir avec attention et qui pose des questions sans se montrer indiscrète, celle qui prête un roman à l'un de ses élèves en lui disant : « J'ai pensé à toi en le lisant. Tu me diras s'il t'a plu ? »

Fifi aimerait que Leland soit là pour le voir. Elles vivent dans leur petit monde littéraire clos et elles sont convaincues d'être des ambassadrices de la culture, d'influencer l'opinion publique, alors que celle qui fait vraiment avancer les choses, c'est Mallory.

La seconde raison de la métamorphose de Fifi, c'est le fils de Mallory, Link. Cet adorable blondinet de 4 ans aux joues rondes et douces a les yeux de Mallory – bleus ? verts ? L'expérience de Fifi avec des enfants de cet âge-là est inexistante : elle pourrait aussi bien faire connaissance avec un lémurien. Link observe son visage, touche la peau sur le dos de sa main. Il aime son nom, « Fifi », ça le fait rire. Il le répète en boucle de sa petite voix haut perchée.

— Tata Fifi est écrivaine, tu sais, lui dit Mallory. Elle écrit des livres.

Elle essaie d'en écrire, rectifie Fifi intérieurement.

Au mot « livres », Link va en chercher une pile qu'il dépose sur le canapé pour que Fifi les lui lise. *Bonne nuit, petit dinosaure ! Dors bien, ours brun ! Tam-Tam et Piccolo.* Link lui montre les images qu'il aime et les lui explique – Tam-Tam ne porte pas de pantalon, mais ce n'est pas grave, parce que c'est un cochon –, et il connaît certains passages par cœur. Il est intelligent, et très précoce !

Mallory le nourrit d'un petit bol de pâtes au

jambon, puis elle lui donne son bain ; Fifi l'entend rire et faire des éclaboussures. Il revient dans le salon vêtu d'un pyjama bleu avec des petits trains. Ses cheveux blonds sont mouillés et peignés, il sent le dentifrice.

Il prend la main de Fifi et tire dessus.

— Il voudrait que tu le bordes, lui explique Mallory.

Fifi a l'impression que c'est un plus grand honneur que le prix Pulitzer.

— Avec plaisir.

Elle entend alors son portable vibrer – Leland –, et elle envisage de décrocher et de sortir pour lui avouer sa trahison. « Je suis à Nantucket avec Mallory. » Au lieu de quoi, elle éteint son téléphone. Elle a des choses plus importantes à faire.

Link grimpe dans son petit lit. Fifi lui caresse les cheveux et dépose un baiser sur son front. Il y a une veilleuse dans le coin, un nombre impressionnant de livres sur son étagère, une immense girafe en peluche, la photographie d'un couple – sans doute le père de Link avec sa compagne. L'ancien petit copain de Leland, Frazier. Il y a encore quelques mois – non, il y a encore une semaine ! –, Fifi aurait scruté le portrait, curieuse d'étudier le genre d'homme qui fascinait Leland dans son adolescence.

Maintenant, elle n'en voit plus l'intérêt.

— Bonne nuit, joli prince. Fais de doux rêves.

Fifi et Mallory s'installent autour de la table de ferme, éclairée par une seule bougie. Mallory leur sert à chacune un verre de vin. Elle a réussi à improviser un dîner miraculeux : des blancs de poulet grillés à la poêle avec une sauce à la crème et à la moutarde, accompagnés d'une salade verte avec des croûtons de pain de maïs qu'elle a préparés elle-même.

Mallory lève son verre.

— Je n'arrive toujours pas à croire que tu es là, que Leland t'a laissée venir sans elle.

Fifi sourit. Elles trinquent, boivent.

— Je quitte Leland, annonce Fifi.

— Quoi ? Pourquoi ?

Pourquoi quitte-t-on quelqu'un ? L'amour s'est épuisé, ou il a changé. Sans doute la seconde option dans le cas de Fifi. En dépit de tous les sentiments négatifs que Leland peut lui inspirer – l'agacement venant en tête –, Fifi sait qu'elle aimera toujours Leland. Elle est un membre de sa famille, une sœur. Mais Fifi ne veut pas vivre avec sa sœur, ni lui faire l'amour.

Il y a autre chose aussi, un secret. Fifi a croisé récemment une écrivaine qu'elle avait connue en 1995 à Bread Loaf. Elle s'appelle Pilar Rosario, elle est dominicaine, et lors de leur première rencontre il a tout de suite été évident qu'elles étaient attirées l'une par l'autre. Mais Fifi était alors encore dans les premiers temps exaltants de son histoire avec Leland, et cette attirance est restée lettre morte.

Puis il y a un mois environ, après une conférence de Fifi dans un centre culturel new-yorkais, Pilar a fait une apparition – au moment le plus opportun, puisque Leland était occupée à lécher les bottes du responsable de la rubrique fiction du *New Yorker* –, et lui a laissé sa carte.

— Appelle-moi. J'aimerais beaucoup qu'on se revoie pour se donner des nouvelles.

Fifi a failli jeter la carte – accepter un rendez-vous avec Pilar serait une façon de trahir Leland –, avant de se raviser, se disant qu'un verre de vin ne lui ferait aucun mal.

Et pourtant... quel mal ça lui avait fait ! Fifi avait été attirée par Pilar pour de nombreuses raisons, et notamment le fait qu'elle lui avait confié vouloir un bébé.

— Moi aussi, avait répondu Fifi, se surprenant elle-même.

Elle était là, la vraie trahison, parce que même si Fifi n'avait pas couché avec Pilar, même si elle ne l'avait ne serait-ce que revue, elle s'était avoué cette vérité alors qu'avec Leland elles avaient juré d'avoir une existence heureuse et sans enfants. Et Leland y tenait farouchement : pas d'enfants, pas d'animaux, pas même de plantes, elles ne devaient veiller sur rien d'autre qu'elles-mêmes.

Cet échange avec Pilar a permis à Fifi de prendre conscience du tiraillement de plus en plus fort en elle, de cet appel biologique qu'elle ne peut ignorer ou nier. Elle veut un bébé.

— C'est pour ça que je suis venue à Nantucket, dit-elle à Mallory. Je voulais que tu sois la première informée. Leland va avoir besoin de toi.

Été n° 14 : 2006

De quoi parle-t-on en 2006 ? L'interdiction des liquides dans les cabines des avions ; « SexyBack », de Justin Timberlake ; Meryl Streep dans Le Diable s'habille en Prada *; la crise des subprimes ; le TRX, le renforcement musculaire en suspension ; l'émission de téléréalité The Osbournes ;* Friday Night Lights *; la naissance de Suri Cruise ;* Mange, prie, aime *;* Grey's Anatomy.

La réalité d'un mandat à la Chambre des représentants est la suivante : on passe une année à accomplir des choses et celle d'après à faire campagne afin d'être réélu pour accomplir d'autres choses.

Qui a eu l'idée de ce mandat de deux années ? L'un des rédacteurs de la Constitution terrifié par le modèle britannique ? Jake comprend, bien sûr, ce besoin de se prémunir contre la soif de pouvoir, mais il pense qu'un mandat de trois années serait nettement plus productif.

Ursula, elle, pencherait plutôt pour un mandat de six ans.

Aucun concurrent ne s'étant opposé à elle lors de sa campagne pour sa seconde réélection, elle annonce à Jake qu'elle envisage de se présenter au Sénat en 2008.

— Le mandat de Tom va se terminer, et il chute dans les sondages. Je pense que c'est le bon moment. Je sais que je suis encore la petite nouvelle, mais…

Mais… vous avez regardé la télé ? Les médias adorent Ursula de Gournsey. Le correspondant de

Newsweek à Washington, qui a repéré son monogramme sur son attaché-case lorsqu'elle montait les marches du Capitole avec ses talons aiguilles de dix centimètres, a pris l'habitude de la surnommer UDG, et ses confrères lui ont aussitôt emboîté le bas. UDG est un produit que tout le monde s'arrache sur la scène politique américaine.

D'abord elle est jeune et belle, et elle a du style. Comment Ursula réagit-elle à ces épithètes ? Jake se souvient comme si c'était hier de leurs années étudiantes. « Dis-moi que je suis intelligente. Dis-moi que je suis forte. » Ne se sent-elle pas insultée lorsque la presse se fait l'écho des noms des créateurs de ses vêtements, de la teinte exacte de son rouge à lèvres ? (Il s'agit du « Cherries in the Snow » de Revlon, qu'elle a acheté pour la première fois l'année de ses 15 ans dans un grand magasin avec l'argent gagné en vendant des programmes sportifs à l'université. Fidèle à ses racines, Ursula n'a jamais changé de marque ni de coloris.) Jake était convaincu que toute cette attention portée au physique d'Ursula plutôt qu'à ses qualités intellectuelles la conduirait à montrer les crocs, mais il se trompait. Ursula se félicitait de toute l'attention qu'elle parvenait à attirer. S'il faut un rouge à lèvres Revlon pour braquer les projecteurs sur le projet de loi de réforme de la santé qu'elle a préparé avec le sénateur du Rhode Island, Vincent Stengel, ainsi soit-il. Ursula associe style et intelligence, le fond et la forme, ainsi que de nombreux commentateurs l'ont souligné. La totale.

Si Ursula est taillée pour la politique, ce n'est pas le

cas de Jake. Il a des avis tranchés sur des sujets – dont certains diffèrent de ceux d'Ursula –, mais il déteste les manigances, les tractations, les pactes. Il essaie de rester en dehors de ce monde, ne se rend qu'aux événements accessibles à la famille et aux amis, et il vient toujours accompagné de Bess. Elle est en maternelle, et Jake la conduit tous les matins, puis va la chercher tous les après-midi. Ils ont toujours leur nounou, Prue, à Washington, mais à South Bend c'est Jake qui gère tout ce qui touche à Bess – et lorsqu'il doit se déplacer pour son travail, Lynette, la mère d'Ursula, prend le relais. Bess voit les parents de Jake tous les dimanches. Ils se révèlent étonnamment dynamiques, ils emmènent Bess au zoo ou à la patinoire, celle où Jake a fait le premier pas vers Ursula il y a bien des années.

Ils mangent beaucoup de pizzas qui viennent de chez Barnaby's.

Jake aimerait un deuxième enfant. Il en voudrait un troisième, un quatrième, un cinquième même. Sauf qu'Ursula voit déjà à peine Bess. Elle est censée aller la chercher à l'école le mercredi et la conduire à son cours de danse, mais la semaine dernière elle avait un rendez-vous avec des ouvriers de l'usine d'éthanol, et la précédente elle assistait à une rencontre avec des secouristes. Quand Jake lui a demandé si elle voulait changer « son » jour, elle s'est emportée.

— Je fais tout ça pour elle !

— Elle est trop jeune pour le comprendre, Ursula. Elle a besoin de sa mère.

— Tu n'es pas trop jeune pour le comprendre, Jake. Bess va très bien. Je lui lis une histoire le soir.

On se fait un câlin. Je l'ai emmenée à la bibliothèque la semaine dernière. La seule personne à qui ça pose problème, c'est toi.

Ursula a raison ; ça lui pose problème. Il n'est pas heureux. Tous les jours il envisage de demander le divorce. Il s'imagine emménager à Nantucket avec Bess, épouser Mallory et avoir un enfant avec elle.

— Tu es sûre de vouloir poser ta candidature à un poste de sénatrice ?

— Oui, répond-elle. Bonne nuit.

Comment va la vie professionnelle de Jake ? Eh bien, c'est la bonne nouvelle : il adore son travail. Jake est vice-président de la Fondation pour la recherche sur la mucoviscidose, chargé du développement, ce qui signifie qu'il demande de l'argent à des particuliers et à des entreprises. Certaines personnes – la majorité en réalité – détestent l'idée de demander de l'argent, mais il se trouve que Jake a un don pour ça. Bien sûr, le fait qu'il se passionne pour cette cause, qu'il soit capable d'émailler la conversation de statistiques avec naturel et qu'il comprenne les avancées médicales dans ce domaine est d'une grande aide. Si les traitements de 2006 avaient été disponibles en 1980, Jessica aurait vécu dix ans de plus, peut-être même vingt.

Jake ne le dit pas évidemment. Il s'est interdit d'utiliser l'histoire de sa sœur pour obtenir des dons. Il ne s'autorise à l'évoquer que lorsqu'on lui demande pourquoi il s'enflamme à ce point pour la recherche sur la mucoviscidose – et non sur le cancer, la maladie de Charcot ou la cardiopathie. Et encore, il se contente de répondre que cette maladie lui a enlevé un de ses proches, rien de plus.

Jake n'assiste pas à tous les galas de bienfaisance de la fondation à travers le pays – ce serait impossible –, mais il est évidemment présent aux plus importants, comme celui qui a lieu à Phoenix en mai. Les philanthropes de la région revêtent leurs smokings et leurs robes de soirée, boivent quelques coupes de champagne en grignotant des canapés, cherchent à quelle table ils ont été placés, s'émerveillent devant les décorations, écoutent le discours exaltant de l'orateur, mangent du poulet en sauce et enchérissent sur des lots.

Le gala de Phoenix compte mille quarante-quatre invités sur leur trente et un. La soirée est présidée par Carla Frick. Jake a rencontré beaucoup d'organisateurs de galas, et Carla est la meilleure. Tout est réglé à la minute près, elle est parée contre une centaine de hics possibles et elle a réuni un comité de seize femmes tout aussi imperturbables, attachées aux détails et affables qu'elle.

En voyant ces femmes en pleine action à Phoenix, Jake se demande comment il se fait que les hommes règlent la marche du monde depuis toujours. Ce sont les femmes qui devraient s'en charger partout – et Jake ne le dit pas seulement parce qu'il est marié à Ursula de Gournsey.

Il est en pleine discussion avec Dave Van Andel du Michigan, qui a fait le déplacement à Phoenix exprès pour le gala (et pour traverser les routes plates et rectilignes du désert avec sa Porsche 911), quand

Carla vient le trouver. Ils en sont encore à la phase cocktails et canapés de la soirée. Un orchestre de jazz accompagne un sosie de Frank Sinatra qui chante des standards de sa voix de crooner. L'atmosphère est raffinée, les cocktails généreusement pourvus en alcool, les bouchées à la gelée de piments un régal. Phoenix sait recevoir. Pourquoi tout le monde ne vit-il pas ici ?

Carla sourit à Dave.

— Je dois vous emprunter Jake une minute.

Elle l'emmène dans le couloir à l'extérieur de la salle de réception. Elle porte une combinaison noire avec des bretelles en strass et elle a une croix en diamants autour du cou. Elle se met à jouer avec, et Jake découvre soudain une nouvelle facette de Carla, une fissure dans sa carapace.

— Sydney vient d'être conduite à l'hôpital.

— Quoi ?

Sydney Speer est une jeune femme de 29 ans, originaire de Scottsdale en Arizona, qui présente le journal sur une chaîne locale. Elle est atteinte de mucoviscidose, et c'est l'une des meilleures ambassadrices de Jake. La fondation lui fait sillonner le pays, parce que chaque fois que des gens l'entendent raconter les obstacles qu'elle a été amenée à surmonter pour apparaître à la télévision tous les soirs, ils doublent systématiquement le montant qu'ils avaient prévu de donner.

— Que s'est-il passé ?

— Une infection. Son niveau d'oxygène est tombé à un niveau si bas que Rick ne voulait pas prendre de risques. Sydney aurait préféré prendre la parole avant.

Les yeux de Carla se mettent à briller de larmes.

— Parce que Syd est une battante.

Une seule larme argentée coule sur son maquillage parfait.

— Et puis elle adore ce gala, ajoute-t-elle.

Jake sort aussitôt son portable pour envoyer un message au mari de Sydney, Rick. *Je pense fort à vous. Tenez-nous au courant.* Il y a un autre problème, moindre, qu'il faut cependant résoudre.

— Qui va parler ?

— J'ai des plans de secours dans beaucoup de domaines, mais pas celui-ci. Je ne pensais pas que nous courions le moindre risque de nous retrouver sans oratrice. J'ai vu Sydney dimanche, elle jouait au golf.

Carla se rapproche de l'entrée de la salle de réception et balaie l'assemblée du regard.

— Les Gwinnett ont perdu leur fils, ils connaissent la maladie de près, et je sais que Joanne n'a aucun problème à en parler, mais je ne peux pas la faire monter sur scène devant un millier de personnes dans un délai aussi court.

— Bien sûr que non, approuve Jake avant de soupirer. Je vais m'en charger.

— Vous allez demander à Joanne ?

— Non. Je vais prendre la parole.

Il se racle la gorge puis précise :

— J'ai perdu ma sœur jumelle à 13 ans, à cause de la mucoviscidose.

(Carla Frick sent sa bouche s'arrondir d'une façon qui, elle en a la conviction, ne doit pas être séduisante. Elle cherche quelque chose à dire. « Est-ce que vous m'en aviez déjà parlé, Jake ? Je ne crois pas, moi… »

Elle est à moitié amoureuse de Jake McCloud, qui est si beau, si honnête, si gentil… et si indisponible, marié à une femme élégante, qui siège au Congrès. Carla a récemment divorcé d'un homme qui, bien que beau, n'était ni honnête ni gentil, et elle s'est juré que la prochaine fois elle aurait une histoire avec quelqu'un comme Jake. Cette révélation au sujet de sa sœur, bien que brutale et totalement inattendue, explique beaucoup de choses. Jake fait un travail remarquable, dans lequel il s'investit pleinement, et maintenant Carla comprend pourquoi. Elle ne pensait pas que ses sentiments pour lui pourraient s'intensifier, et pourtant c'est le cas.)

— Je n'en parle pas souvent.

Il pose une main sur l'avant-bras de Carla et la retire aussitôt. Carla est une jeune divorcée, et ils viennent de s'isoler un long moment dans le couloir – trop long sans doute. Il est certain que les rumeurs vont aussi bon train à Phoenix qu'ailleurs.

— C'est moi qui vais monter sur scène.

Jake est doué avec les gens – mais il est habitué à exercer sa force de conviction en tête à tête ou en petits groupes. Il n'a aucun talent pour la prise de parole en public.

Il griffonne quelques idées sur une serviette en papier… Elles sont si décousues qu'il décide de jeter la serviette. Il a assisté à suffisamment de discours lors de galas de bienfaisance pour savoir qu'il n'a qu'une chose à faire : raconter son histoire.

Et pourtant, son ventre se noue, il a trop chaud dans son smoking, il est parcouru de picotements. Il ne peut plus rien avaler, et ce serait une très mauvaise idée de boire. Il a déjà sifflé la moitié d'un whisky Coca et craint de se ridiculiser. Qu'est-ce qui lui a pris ?

Les lumières se tamisent et les invités prennent place autour des tables, sur lesquelles l'entrée, une salade, a déjà été servie, et qui sont éclairées par des chandelles. Ils étalent du beurre sur leurs petits pains, se servent de vin. Les lumières sur scène s'intensifient, l'orchestre joue une musique plus discrète en fond sonore, et Carla se dirige vers le pupitre, les jambes larges de sa combinaison ondulant à chacun de ses pas. Il y a des applaudissements. Le public est tout acquis à leur cause, se dit Jake. Il lui pardonnera d'être mauvais.

— J'ai eu Rick Speer, et je lui ai dit que nous prierions tous pour Sydney, ce soir, ajoute Carla après avoir expliqué la situation. Et je suis heureuse de vous annoncer qu'en son absence, Jake McCloud, le vice-président de la Fondation pour la recherche sur la mucoviscidose, a eu le courage d'accepter de partager publiquement son histoire pour la toute première fois. Alors je vous demande, mesdames, messieurs, de réserver un accueil chaleureux à Jake McCloud.

Des applaudissements. Jake n'arrive pas à savoir s'ils manquent d'enthousiasme – ces gens ont payé pour voir Sydney – tant le sang palpite dans ses oreilles. Les imaginer tous en sous-vêtements ne servira à rien. Jake est nerveux : pas parce qu'il va prendre la parole, mais à cause de ce qu'il s'apprête à dire. Rares sont ceux à qui il a raconté l'histoire de Jessica. Qui exactement ? Il n'a pas eu besoin d'en parler à Ursula, parce qu'elle a vécu cette période de sa vie avec lui. Bess est encore trop petite pour comprendre. Il s'en ouvrira à elle plus tard.

Mallory, pense-t-il.

Il en a parlé à Mallory.

Voilà pourquoi, lorsqu'il succède à Carla derrière le micro, ce n'est pas les mille quarante-quatre invités qu'il regarde, mais une seule personne : Mallory. Il est de retour en 1993, elle a 24 ans. Elle est allongée sur la vieille couverture étendue sur la plage, avec son tee-shirt et son short en jean. Ses cheveux sont étalés autour de sa tête tandis qu'elle fixe la nuit étoilée. Lorsque Jake commence à lui parler de Jessica, elle roule sur le flanc et se redresse sur un coude. Ses yeux sont verts ce soir, et ils sont rivés à ceux de Jake.

Elle l'écoute.

— À quel âge remontent les premiers souvenirs ? 4 ? 5 ans ? C'est à ce moment-là que les premières connexions entre les synapses de l'enfant se font pour lui permettre de conserver la mémoire des événements. Et c'est environ à cet âge que j'ai compris que ma sœur jumelle, Jessica, était différente. Les crises de toux, les séjours à l'hôpital.

Jake marque un silence.

— C'est sans doute un ou deux ans plus tard que mes parents nous ont expliqué qu'elle était atteinte de mucoviscidose.

Il règne un silence absolu.

— Et oui, j'ai bien parlé de sœur jumelle. Nous étions de faux jumeaux, évidemment, même s'il arrive parfois que certaines personnes me posent la question.

Il y a quelques rires dans l'assemblée, sans doute en provenance de parents de jumeaux, ou de gens qui ont connu cette situation.

— Autrement dit, nous avions des ADN aussi comparables que ceux d'un frère et d'une sœur d'âges différents. Jessica avait le gène de la mucoviscidose, pas moi.

Jake fait une nouvelle pause.

— Vous vous doutez, j'imagine, de ce que j'ai pu ressentir. Si j'en avais eu le pouvoir, j'aurais volontiers... avec joie, avec reconnaissance... délesté ma sœur du fardeau de la maladie pour m'en charger à sa place.

Ses yeux s'embuent de larmes. Le public se brouille, mais Jake le contrôle de la situation.

— C'était impossible, bien sûr. Et c'est pour cette raison que j'ai consacré les cinq dernières années à lever des fonds pour la fondation. Je le fais pour que plus aucun enfant n'ait à perdre de frère ou de sœur à 13 ans, pour que plus aucun parent n'ait à perdre d'enfant, contrairement aux miens pour qui, je crois, ça a été d'autant plus difficile qu'ils sont tous les deux médecins.

Jake s'interrompt le temps de reprendre son souffle.

— Si je suis ici devant vous aujourd'hui, c'est pour vous demander votre soutien, parce que ma sœur jumelle ne peut plus le faire.

Le discours de Jake McCloud est salué par une standing ovation. Le gala de Phoenix permet de collecter un million et demi de dollars – soit plus de 400 000 dollars supplémentaires par rapport à l'année précédente.

Jake est en train de passer la sécurité à l'aéroport de Phoenix le lendemain quand sa patronne, Starr

Andrews, l'appelle. Starr a 70 ans ; elle dirige la fondation depuis l'origine et n'a donné aucun signe de vouloir arrêter dans l'immédiat. Jake ne pourrait pas rêver d'une meilleure supérieure, pour la principale raison qu'elle lui laisse toute latitude pour mener sa mission en parfaite autonomie.

— J'ai appris que vous aviez parlé de Jessica hier soir, lui dit-elle.

— En effet.

Jake se souvient qu'il a aussi mentionné Jessica lors de son entretien d'embauche – pour expliquer à Starr Andrews ses motivations pour le poste. Il a également ajouté qu'il préférerait que son rapport personnel à cette maladie ne soit pas communiqué. Il se demande si Starr l'appelle pour le lui rappeler.

— Je suis fière de vous, lui dit-elle. Vous vous êtes exposé, vous vous êtes ouvert à des inconnus sur un sujet très intime. Et grâce à vous nous avons collecté une somme impressionnante. Alors j'ai une question : seriez-vous prêt à recommencer ?

Jake prend la parole à Cleveland et Raleigh en mai. À Minneapolis et Omaha en juin. À La Jolla, Jackson Hole et Easthampton en juillet.

Les dons consécutifs aux galas de la fondation sont en augmentation de plus de trente pour cent.

Jake s'en vante-t-il auprès d'Ursula ? Oui, un peu. C'est elle la star du couple, personne ne peut le remettre en question. Mais Jake a parcouru beaucoup de chemin depuis l'époque où il passait ses journées devant la télé en caleçon.

Avant la suspension estivale du Congrès, Ursula et Vincent Stengel réussissent à faire voter leur projet de loi, à la fois à la Chambre des représentants et au Sénat, ce qui est un sacré coup de force. Leur loi est formidable. Elle accomplit l'exploit d'augmenter les ressources des mères célibataires actives tout en faisant économiser 160 millions de dollars au gouvernement.

Ursula a le vent en poupe. Avec Jake, ils louent une maison au bord du lac Michigan, et elle parvient à se détendre un peu. Ils se dorent au soleil, ils emmènent Bess faire un tour de buggy dans le sable et jouer au parc aquatique. Ils assistent à la fête de la myrtille à South Haven.

Mi-août, Ursula reçoit un coup de fil de Vincent Stengel. Il les invite, Jake et elle, à Newport pour le week-end de la fête du Travail. Il y a un donateur potentiel, un très gros bonnet, qui serait prêt à faire des chèques, non seulement à Vincent mais aussi à Ursula. Ce type – Bayer Burkhart – a beaucoup apprécié leur loi sur la santé. Il voit la possibilité de l'émergence d'une position centriste, mélange idéal de gauche et de droite qu'il aimerait promouvoir. Il souhaiterait avoir une conversation, ou plusieurs, avec eux, et ce week-end prolongé semble l'occasion idéale. Pour ne rien gâcher, il possède un yacht de plus de trente mètres avec trois cabines de luxe, une piscine, une salle de gym et un cinéma.

— C'est une opportunité incroyable pour moi, s'enthousiasme Ursula. Et puis ça a l'air marrant, non ? Un long week-end en Nouvelle-Angleterre… En plus, tu aimes bien ce coin, non ?

Jake sait qu'il devrait être surpris que ce ne soit pas arrivé plus tôt.

— Ça a l'air très alléchant en effet, dit-il en songeant : *reste naturel, reste naturel !* Mais tu sais bien que je ne suis pas libre ce week-end-là.

— Demande à la fondation de trouver un autre orateur, Jake, s'il te plaît, lui rétorque-t-elle en lui jetant un regard implorant. Je sais que tu es doué dans ce que tu fais, et je suis fière de toi. Mais fais l'impasse pour moi cette fois, d'accord ?

Elle pense qu'il est pris par une obligation professionnelle. Il se rend à Nantucket chaque année à cette période depuis treize ans, et Ursula ne l'a toujours pas enregistré. Jake sait bien qu'il devrait se réjouir au contraire, que c'est bien le signe qu'elle ne se doute pas de la véritable nature de ces week-ends. Pourrait-il s'en tirer en prétextant une obligation professionnelle incontournable ? Non, il risque d'être démasqué.

— Ce n'est pas le travail, Ursula. C'est mon séjour annuel à Nantucket.

— Nantucket ? Tu n'es pas sérieux ! Tu peux bien louper ton séjour pour une fois, enfin !

— Désolé, ma chérie. Je peux m'arranger pour n'importe quelle autre date, mais pas celle-ci.

— Nous avons reçu une invitation, Jake. Une invitation conjointe avec Vince qui fait partie de la commission des affaires judiciaires du Sénat, où j'aimerais bien finir par siéger. Ce Burkhart est milliardaire. Il faut que je le brosse dans le sens du poil.

— Et personne ne t'en empêche. Simplement, je ne peux pas t'accompagner.

— Tu n'es pas raisonnable. Pourquoi tu ne demandes pas à Coop de changer de date ?

— Parce que je n'ai pas envie de le faire. J'ai envie d'aller à Nantucket comme tous les ans.

— Et si j'appelais Cooper ?

Jake retient son souffle. Est-ce qu'elle bluffe ?

— Vas-y, je t'en prie. Charge-toi de lui expliquer que ta carrière politique est plus importante qu'une tradition qui dure depuis treize ans. Explique-lui par la même occasion comment marche le compromis dans un mariage.

— Changer de date pour votre week-end à Nantucket serait un compromis. Là, justement, tu ne proposes… rien.

— Je suis désolé, Ursula.

Ils s'affrontent du regard, et il est convaincu que la vérité est écrite sur son visage : il y a une autre femme.

— J'espère que tu es content de toi. Tu me prives d'une chance inespérée. Tu me prives d'un soutien financier qui pourrait garantir ma victoire.

— C'est peut-être une bonne chose que tu y ailles seule. Si ça se trouve, ce Bayer Burkhart est un célibataire avec un penchant pour les femmes de tête.

— Il est marié, et très heureux en ménage. Avec une certaine Dee Dee, dont le père a fait la carrière politique de Buddy en coulisses…

Jake ne l'écoute plus. Il se fiche de savoir à quel point ces gens sont riches et ont le bras long.

— De toute façon, conclut-elle, je n'irai pas seule.

Bien sûr que si, pense Jake.
Et il a raison.

Été n° 15 : 2007

De quoi parle-t-on en 2007 ? L'iPhone ; l'élection de Nancy Pelosi à la tête de la Chambre des représentants ; l'ouverture de l'école pour filles d'Oprah Winfrey en Afrique du Sud ; Juno *; Paris Hilton ; Lindsay Lohan et ses scandales ; Whoopi Goldberg, qui devient animatrice de « The View » ; la nomination de Gordon Brown au poste de Premier ministre britannique ; la fusillade de l'université Virginia Tech ;* Supergrave *; les* « açai bowls » *; la mort d'Anna Nicole Smith ;* Gossip Girl *; « Glamorous » de Fergie.*

Cooper se marie à nouveau, et cette fois il fait les choses bien. Tish – Letitia Morgan – vient d'une vieille famille de Philadelphie. Elle a grandi dans la banlieue de cette grande ville, a fait ses études en histoire de l'art à l'université de Vassar. Elle est aujourd'hui directrice de la Phillips Collection à Washington. Cooper l'a remarquée sur le quai de sa station de métro, une première, puis une seconde fois. Il a alors décidé que si leurs chemins se croisaient à nouveau, il lui proposerait un rendez-vous. Il s'est écoulé si longtemps qu'il a craint qu'elle n'ait changé de travail, ou même quitté la capitale. Mais un vendredi matin, il l'a aperçue. Elle avait les bras chargés de fleurs emballées dans du papier kraft et d'un plateau sur lequel se trouvait ce qui ressemblait à des bruschettas aux artichauts. Au moment où elle se dirigeait vers la sortie de la station Dupont Circle, talonnée par Cooper, quelque chose a perturbé son équilibre et, au moment de descendre de l'escalator, son sac s'est renversé. La totalité de son contenu s'est éparpillée par terre.

Pas de chance pour Tish (le sol était sale), mais tant mieux pour Cooper, qui a pu voler à son secours et l'aider à tout ramasser – son portefeuille, son portable, ses stylos, sa monnaie, son paquet de mouchoirs, son échantillon de lotion pour le corps, son baume à lèvres à la cerise, son chéquier, quelques listes de courses et tickets de caisse, ainsi qu'un disque en plastique que Cooper a conservé une ou deux secondes de trop dans la main, parce qu'il cherchait à comprendre de quoi il s'agissait.

— C'est ma pilule, lui a-t-elle expliqué. Merci.

Comme elle l'expliquerait plus tard, Cooper avait l'air si mortifié qu'elle a éclaté de rire.

Depuis, ils étaient inséparables.

Les noces ont lieu en Pennsylvanie, et la cérémonie religieuse est suivie d'une réception dans un hôtel. C'est la troisième grosse fête de mariage de Cooper. Il voulait quelque chose de plus intime, mais Tish se marie pour la première fois, elle, et ses parents règlent la note, si bien qu'ils ont des garçons et des demoiselles d'honneur, un orchestre de douze musiciens, des dragées. Ils ont invité cent trente personnes, dont seulement une vingtaine du côté de Cooper – ses parents et sa sœur, bien sûr, Fray et sa compagne de longue date, Anna, Jake et Ursula (qui est candidate au Sénat et dont Cooper était persuadé qu'elle n'accompagnerait pas Jake, et pourtant si, Ursula est bien présente), ainsi que quelques-uns de ses collègues de la Brookings Institution, dont Brian Novak, désormais divorcé et qui lui a demandé pas moins de trois fois si Mallory était toujours célibataire.

Oui, lui a répondu Cooper. Il n'est pas certain que Brian soit assez bien pour sa sœur. Elle mérite un prince, quelqu'un comme l'ami de la famille de Tish, Fred, même s'il vit à San Francisco, ce qui le rend indésirable sur le plan géographique.

Lors de ses deux mariages précédents, le moment préféré de Cooper a été le cocktail juste après la séance photo (qu'il subit chaque fois), avant tout le cirque du dîner. Le troisième mariage ne fait pas exception. Il prend un gin tonic bien frais dans le jardin fleuri de l'hôtel. Des chênes majestueux de 200 ans les protègent du soleil de début août. Un serveur propose de petites *spanakopitas* grecques bien croustillantes et des rillettes de crabe citronnées sur des rondelles de concombre. Cooper regrette de ne pas pouvoir prolonger ce moment indéfiniment plutôt que d'avoir à affronter la réalité épineuse du mariage en soi.

Cooper et Tish sont en train de discuter avec Ursula de Gournsey, et Cooper sent bien que sa jeune épouse est impressionnée : Tish n'en revient pas que Coop connaisse UDG et que cette star de la politique assiste à leur mariage ! Tish est en train de lui parler de leur voyage de noces sur la côte amalfitaine – Capri,

Sorrente, Positano –, payé comme le reste par ses parents. Le départ est prévu d'ici à quelques semaines.

— À la fin du mois d'août ? s'étonne Ursula en se tournant vers Cooper. Ce qui veut dire que tu annules ton week-end avec Jake cette année ?

— Quel week-end ? s'enquiert Tish.

Elle sourit à Cooper, dans l'attente d'une explication. Il n'a pas la moindre idée de ce à quoi Ursula peut bien faire allusion. Jake et lui se retrouvent de temps en temps pour partager une bière, quand Jake est de passage dans la capitale.

— Coop et Jake se retrouvent à Nantucket tous les ans, pour le week-end de la fête du Travail, explique Ursula. Pour un moment entre garçons. Vous finirez par apprécier cette petite tradition au bout d'un moment. Jake est toujours délicieux à son retour. Et ça dure depuis combien de temps maintenant ? Treize, quatorze ans ?

Cooper connaît assez bien les relations humaines pour savoir qu'il est plus prudent de se contenter de sourire et de hocher la tête.

— Ça alors ! s'exclame Tish. Je n'étais pas au courant !

Un week-end à Nantucket tous les étés depuis treize ou quatorze ans ? Il faut qu'il trouve une échappatoire, vite !

Il glousse.

— On en parlera plus tard, dit-il à sa jeune épouse. Allons chercher un autre cocktail avant de passer à table.

Ils passeraient le week-end de la fête du Travail à Nantucket depuis treize ou quatorze ans ? Soit depuis… 1993 ? Ça correspond à la fois où ils sont allés chez Mallory pour son enterrement de vie de garçon, juste après qu'elle avait hérité de la maison. L'année où il a épousé Krystel. Krystel… Cooper n'a aucune envie de penser à elle, et il ferait mieux d'éviter. Entre-temps, il a eu deux autres épouses et cinq histoires sérieuses.

Cette année-là, il était reparti le jour de son arrivée, puis il y est retourné avec Jake un an plus tard – était-ce encore pour la fête du Travail ? –, cependant depuis Cooper n'est retourné à Nantucket que pour le premier anniversaire de son neveu. Il se sent d'ailleurs coupable de ne pas y aller plus souvent, mais il a été très occupé.

Pourquoi Ursula pense-t-elle que Cooper et Jake se retrouvent à Nantucket tous les ans depuis autant d'années ? Il est évident que c'est Jake qui lui a dit ça. Pourquoi enfin ? Il mentirait à son épouse que certains qualifient de « femme la plus intelligente d'Amérique » ?

Il doit y avoir une autre explication… Cooper décide de ne pas s'encombrer de ce problème dans l'immédiat. Il est temps de s'asseoir pour déguster la salade César.

Si Cooper a complètement oublié la conversation avec Ursula, ce n'est pas le cas de la jeune Mme Letitia Morgan Blessing. Elle aborde le sujet au moment du filet de bœuf à la sauce bordelaise accompagné de son risotto de maïs.

— Alors, tu vas à Nantucket pour la fête du Travail

avec Jake McCloud ? C'est vraiment une tradition entre vous ? Tu aurais quand même pu m'en parler. Tu te rends compte que ce week-end tombe deux jours après notre retour d'Italie ?

(Tish ne veut pas se disputer le jour de son mariage, mais Cooper a bien insisté pour qu'ils soient tous les deux parfaitement transparents dans leur relation tant il a été floué par ses deux précédentes épouses : la première était une consommatrice de crack, la seconde fuyait un mariage arrangé en Uruguay. Tish n'en revient pas de n'apprendre qu'aujourd'hui, incidemment, cette tradition de week-end annuel entre potes. Ce qui l'intrigue, toutefois, c'est qu'elle sait bien qu'il n'était pas à Nantucket pour la fête du Travail l'an dernier : ils l'ont passée ensemble, dans le New Jersey, avec sa famille à elle. Qu'est-ce qui se passe ?)

— Je ne vais pas du tout à Nantucket avec Jake tous les ans. Enfin, ça m'est arrivé deux fois, il y a plus de dix ans. Je pense qu'Ursula s'est emmêlé les pinceaux.

(*Vraiment ?* songe Tish. Ursula de Gournsey ne lui semble pourtant pas être le genre de femme à s'emmêler les pinceaux.)

Coop observe Jake. Il est à la table 4 avec Ursula et l'ami de la famille de Tish, Fred-de-San-Francisco, ainsi que des amis de Vassar. Ursula a l'air occupée à envoyer des textos sur son portable, ce qui est vaguement insultant – enfin bon, d'un autre côté, elle se présente au Sénat, elle doit avoir des affaires urgentes à régler, même un samedi soir du mois d'août. Jake se lève de table pour aller chercher un verre au bar où…

Mallory se trouve justement. Ils se mettent à discuter ; leur conversation a l'air intense. Est-ce vraiment le cas, ou Cooper est-il en plein délire ? Jake et Mallory se connaissent, ils se connaissent depuis ce premier été, et ils avaient déjà entendu parler l'un de l'autre, à travers Coop. Ils s'entendent bien… et alors ?

Mallory a eu son verre de vin et elle retourne à la table 2, où Brian Novak l'attend, un bras posé sur le dossier de la chaise qu'elle occupe.

Cooper remarque que Jake suit du regard Mallory. Et qu'il s'attarde une fois qu'elle est assise. Une idée traverse l'esprit de Cooper : *Mallory et Jake ?* Il les revoit danser un slow dans un pub, il y a bien des années maintenant. Ça lui avait paru… un peu étrange, même déconcertant, mais, à la fin du morceau, ils l'avaient aussitôt rejoint.

Tous les week-ends de la fête du Travail à Nantucket depuis quatorze ans…

Lorsque Jake quitte à nouveau sa table – pour se diriger vers les toilettes –, Cooper décide de le suivre.

— Dépêche-toi, lui dit Tish. C'est presque l'heure des toasts.

Elle les guette avec impatience – qui n'aime pas entendre des compliments dans la bouche des autres ? –, alors que Cooper, lui, redoute les mauvaises blagues (« espérons que la troisième sera la bonne ! »).

— Besoin pressant, lui dit-il.

Tout en suivant Jake aux toilettes, Cooper songe soudain que Mallory et lui sont restés seuls à Nantucket cette première année, parce que Fray avait eu un accident insensé et que Leland avait fait sa vie de son côté, à son habitude. À l'époque, Cooper n'y avait même pas pensé. Puis la seconde année, il a rencontré Alison l'hôtesse de l'air et il a passé tout son week-end dans sa chambre d'hôtel, laissant à nouveau Jake et Mallory seuls. Il ne s'était pas posé de questions à l'époque parce que… eh bien, parce qu'il avait la vingtaine et qu'il était tristement égocentrique.

Jake serait-il retourné tous les ans à Nantucket pour… voir Mallory ? Et… coucher avec elle ? Mais non, impossible. Jake est depuis toujours avec Ursula. Ils ont un enfant ensemble. Et Mallory en a aussi un, avec Fray – rebondissement déjà étrange en soi. Non, il n'y a rien du tout entre Jake et Mallory. Coop devrait retourner s'asseoir à sa place. Ou il devrait aller s'assurer auprès de Fray, son témoin, que son discours ne contient aucune allusion à ses mariages précédents.

Au lieu de quoi Coop pousse la porte des toilettes des hommes.

Jake est appuyé sur un lavabo, les mains posées de part et d'autre, et il fixe son reflet dans le miroir d'un air… bouleversé.

— Tout va bien ? lui demande Coop.

Jake se redresse aussitôt.

— Oui, désolé. Ça fait juste… beaucoup.

— Qu'est-ce qui fait beaucoup ?

— Ma vie. Je ne te demande pas de comprendre, et je ne compte pas te noyer sous les détails, ne t'inquiète pas.

— En parlant de détails…

Cooper s'interrompt. Il ne peut pas interroger Jake. D'un autre côté, il ne peut pas ne pas l'interroger.

— Est-ce que Mallory te prête sa maison le week-end de la fête du Travail ? Tu y vas tous les ans ? Pour ce week-end en particulier ?

— C'est elle qui t'en a parlé ?

— Non. Ursula a fait allusion à une tradition entre nous. Tu peux m'expliquer ?

Ils se regardent un instant en chiens de faïence. Cooper se rend compte qu'il tremble. Jake est son modèle, et ce depuis qu'il l'a choisi comme grand frère au moment d'entrer dans la fraternité. Et son histoire avec Ursula a toujours été un exemple à suivre pour lui – il est à la recherche d'une relation semblable depuis toutes ces années et il l'a enfin trouvée avec Tish. Il n'a aucune envie d'entendre que la perfection à laquelle il a toujours cru cache un revers aussi sombre.

— Non, répond Jake. Je suis désolé, mais je ne peux pas.

Plus tard, après l'ouverture du bal et toutes ces histoires ridicules de jarretière et de bouquet – Mallory n'attrape pas le bouquet et Coop entend Kitty lui reprocher de ne même pas avoir essayé –, il coince sa sœur au bar. Tish et ses demoiselles d'honneur s'en donnent à cœur joie sur la piste de danse, ce qui laisse à Cooper une minute de liberté.

— J'aimerais bien venir à Nantucket avec Tish.

— Bien sûr, très bonne idée.

— Pourquoi pas le week-end de la fête du Travail ?

— Vous ne serez pas en Italie ?

— On rentre le 28.

— Et tu n'auras pas besoin de bosser ?

Son ton reste parfaitement léger quand elle précise sa pensée :

— Après deux semaines de voyage de noces, tu penses repartir aussitôt à Nantucket pour un week-end de trois jours ?

Cooper hausse les épaules.

— Pourquoi pas ?

— Et Tish peut aussi enchaîner ?

— Réponds à ma question, Mal. Est-ce qu'on peut venir à Nantucket, Tish et moi, ce week-end-là ?

Mallory avale une gorgée de vin. A-t-elle un air coupable ? Serait-elle une briseuse de ménage ? Et ce depuis des années ?

— Ce week-end-là ne m'arrange pas spécialement.

— Ah oui ? Pourquoi ?

— Tout un tas de raisons. J'aime bien avoir le temps de me préparer pour ma première semaine de cours. Et Link revient toujours de chez Fray le lundi, j'en profite pour ranger sa chambre, laver ses draps, trier ses jouets, ce genre de choses. N'importe quel autre week-end peut aller en revanche.

— Trier ses jouets ? C'est ça ton excuse ?

Mallory lui donne un coup d'épaule.

— On en reparlera quand tu auras des enfants ! Au fait, c'est ton meilleur mariage jusqu'à présent.

Une semaine avant Thanksgiving, Jake appelle Cooper pour lui proposer qu'ils se retrouvent autour d'une bière. Cooper meurt d'envie de le voir – parce que son mariage avec Tish est terminé. La troisième fois n'a pas été la bonne ; elle a même été de plus courte durée encore que les deux précédentes. Cooper a surpris Tish au téléphone avec l'« ami de la famille », Fred, qui n'est pas du tout un ami de la famille, mais un ancien petit copain, enfin pas vraiment ancien d'ailleurs – quand Cooper a regardé le portable de Tish, il a constaté qu'ils avaient échangé soixante-huit appels en dix jours. Tish s'est mise à pleurer, à le supplier de lui pardonner. Il s'agissait d'une histoire purement « sentimentale », lui a-t-elle dit. Elle n'avait jamais couché avec lui. Enfin bon, si, une fois, mais ça n'avait pas été mémorable. D'accord, plutôt une poignée de fois. Elle avait couché avec lui à plusieurs reprises, mais elle n'était pas amoureuse de lui. Elle était amoureuse de lui, malheureusement il vivait à San Francisco. Elle déménageait à San Francisco et elle avait accepté un poste au Young Museum.

Oui, Cooper a très envie de prendre une bière avec son vieil ami Jake McCloud, cependant il est tenaillé par la sensation que Jake et Mallory ont une sorte d'arrangement, et pardon mais non, il refuse de s'en rendre complice. Il ne peut pas sortir Mallory de sa vie, c'est sa sœur, en revanche il peut très bien mettre son amitié avec Jake en stand-by.

— Désolé, mec. Je suis déjà pris.

Été n° 16 : 2008

De quoi parle-t-on en 2008 ? Wisteria Lane et Desperate Housewives*;* Danse avec les Stars*; les JO de*

Pékin; la liseuse Kindle; Slumdog Millionaire*; les cours de vélo en salle; la Wii; la faillite de Lehman Brothers;* High School Musical; *la crise financière mondiale; l'élection présidentielle; «Viva la Vida» de Coldplay.*

Tout le monde est obnubilé par une seule question : qui sera le prochain président des États-Unis ? Tout le monde sauf Mallory. Elle suit les élections à la télévision pour connaître le résultat d'Ursula de Gournsey, candidate pour remplacer le sénateur sortant de l'Indiana, Thomas Castillo.

Et elle a réussi son pari.

Ursula de Gournsey – UDG – est sénatrice des États-Unis.

Été n° 17 : 2009

De quoi parle-t-on en 2009 ? Le scandale Madoff; l'amerrissage du vol 1549 d'US Airways sur l'Hudson; le concert de Springsteen au Super Bowl; les pirates somaliens; la mort de Michael Jackson; Twitter; la barre au sol; la mort de Ted Kennedy; The Office*; l'accident de Tiger Woods; Al-Qaïda;* Very Bad Trip*; «Boom Boom Pow» des Black Eyed Peas.*

Plus Jake vieillit et plus il prend conscience que rares sont les situations purement bonnes ou purement mauvaises. Ursula a remporté un siège au Sénat, ce qui semblait, au départ, une bonne nouvelle, sans ombre au tableau. Elle a réussi à accéder à une tribune qui lui offre une audience encore plus grande, et elle obtient une place – et ces places-là sont chères – au sein de la commission des affaires judiciaires. Elle n'a que 43 ans, son avenir s'annonce radieux.

Pour célébrer sa victoire, on organise une fête à laquelle tous les donateurs importants sont conviés. Bess est épargnée (elle reste à l'appartement avec Prue), mais Jake, lui, doit être présent aux côtés de sa femme et remercier tous ceux qui viennent la saluer. La moitié seulement ont un lien avec l'Indiana. Les autres appartiennent à l'establishment ou au monde politique de la capitale, ce sont des gens qui utilisent leur argent pour avoir de l'influence.

À l'approche d'un grand type en veston croisé, Ursula murmure :

— C'est Bayer Burkhart, le type de Newport, avec sa femme Dee Dee, en rose. Ils sont amis avec Vince et Caroline Stengel, tu te souviens ?

Jake se souvient très bien de Newport et de l'invitation qu'il a déclinée à cause du week-end à Nantucket, néanmoins les connexions entre ces différentes personnes lui sont sorties de la tête. Jake connaît évidemment Vince Stengel, le sénateur du Rhode Island, mais il a un doute en ce qui concerne son épouse. L'a-t-il déjà rencontrée ? Son cerveau fait une sorte de blocage quand il s'agit d'agrandir son cercle de connaissances. Il fréquente déjà toutes les personnes qu'il a besoin de fréquenter.

Ce qui ne l'empêche pas de jouer le jeu.

— Bonsoir, monsieur Burkhart.

Il serre la main immense et puissante du type.

— Je suis Jake McCloud, ajoute-t-il.

Bayer incline la tête d'un mouvement raide, comme s'il avait un torticolis.

— Jake McCloud… Je l'ai déjà dit à votre femme, mais j'ai la sensation de vous avoir croisé quelque part. Il y a des années. Votre nom m'est familier. Ça finira bien par me revenir.

Jake n'a jamais vu ce type de sa vie. Il éclate de rire.

— Entendu, monsieur Burkhart. Merci pour votre soutien !

Bayer Burkhart garde la main de Jake dans la sienne plus longtemps que ne le veut la bienséance, et il continue à le dévisager bizarrement. Il pense l'avoir déjà vu. Tout le monde se cherche un lien personnel avec Ursula, Jake le comprend bien, mais un peu de tenue ! Il retire sa main.

Un peu plus tard, Jake identifie un visage familier dans la queue. Il appartient à quelqu'un qu'il n'a pas vu depuis longtemps : Cody Mattis, l'homme qui voulait que Jake fasse du lobby pour la NRA. Cody a gravi les échelons au sein de l'association, il est devenu le numéro deux ou le numéro trois.

Ce qui n'explique pas la raison de sa présence à cette fête.

— Pourquoi Cody Mattis est-il là ? demande-t-il à Ursula.

Il s'efforce de parler à voix basse, ce qui n'empêche sans doute pas Ursula de percevoir son inquiétude.

— Tu n'as pas… Ursula, tu n'as pas touché d'argent de la NRA, si ?

La présence de Cody Mattis implique que la réponse à cette question est oui. Même si Ursula n'a pas reçu d'argent provenant directement de la NRA, elle a accepté un financement occulte en lien avec celle-ci. Et à ce qu'en sait Jake, le financement occulte provient de Bayer Burkhart.

— On en discutera plus tard, lui répond-elle.

« Plus tard », c'est à minuit, dans leur appartement. Bess dort ; Prue est rentrée se reposer après une longue journée. Jake entre dans leur chambre, plongée dans le noir, où Ursula fait semblant de dormir.

— Tu as accepté un financement de la NRA pour ta campagne ?

— Ne prends pas tes grands airs. Je te rappelle que tu as passé un entretien pour travailler là-bas.

— C'était il y a dix ans, Ursula. Et je n'ai pas donné suite.

— Parce que je te l'ai déconseillé.

— Non, parce que tu m'as parlé de la fusillade à Mulligan et que j'ai fait appel à mon sens moral pour déterminer que je ne voulais avoir aucun lien avec le lobby des armes à feu.

— Je te trouve bien moralisateur.

— Combien as-tu accepté ?

— Sept cents, dit-elle avant de se racler la gorge. Sept cent cinquante.

Sept cent cinquante mille dollars.

— Et tu as dû leur promettre quoi en échange, Ursula ?

Elle soupire.

— Nous savons tous les deux qu'ils aiment les fusils dans l'Indiana. Je leur ai seulement promis que je ne donnerai pas ma voix pour qu'on leur retire leurs armes ou pour qu'on les rende plus difficiles d'accès.

— Quand tu dis « fusils », tu veux parler d'AR-15. Des semi-automatiques.

— Ils s'en servent pour chasser, Jake. Dindes, cailles, lapins, biches...

— Rembourse-les. Rends-leur l'argent.

— Je ne peux pas, enfin. Ils me l'ont donné, je l'ai dépensé, j'ai gagné. Je ne peux pas le rendre comme s'il s'agissait d'un pull qui ne me plaît finalement pas.

Jake a la gorge nouée. Il connaît Ursula depuis près de trente ans, il pensait tout savoir d'elle. Mais il se rend compte que c'est une étrangère en réalité.

— La fusillade de Mulligan, insiste-t-il. Ce gosse, il avait 17 ans, Ursula. Il a acheté son arme au supermarché et personne ne lui a demandé sa pièce d'identité. La législation sur les armes à feu doit être musclée, elle ne peut pas demeurer telle quelle, et encore moins assouplie !

— Est-ce qu'on pourrait dormir maintenant ?

— Rends l'argent ou je pars.

Ursula a un petit rire indulgent, comme s'il était un gamin qui retient son souffle.

— D'accord.

Jake passe la nuit dans son bureau. Il pense au cirque médiatique qui se déchaînera s'il quitte la sénatrice Ursula de Gournsey pour un désaccord politique. Ils ont conclu un pacte à l'époque où Ursula s'est présentée à son premier mandat au Congrès : la politique ne pénétrerait pas à l'intérieur de leur foyer. Ils ne pourraient pas être d'accord sur tous les sujets, c'était une évidence. Le spectre des problèmes couverts par la politique est si large qu'il est presque impossible que deux Américains aient exactement les mêmes opinions : l'ADN politique de chaque citoyen est unique, à l'instar de l'ADN biologique. Pour Jake, le contrôle des armes à feu est une question essentielle, qui ne cessera d'occuper une place de plus en plus grande tant que des lois ne seront pas ratifiées. Il est tout à fait plausible que d'ici à une dizaine d'années des tueries de masse comme celle de Mulligan se produisent toutes les semaines.

Ursula ne partage pas son avis… Peut-être. Mais peut-être qu'elle a besoin du soutien de son électorat, composé de chasseurs. Ou peut-être qu'elle est si aveuglée par l'ambition qu'elle accepte tout l'argent qu'elle peut récolter.

Jake la quittera-t-il ?

Non.

En a-t-il envie ?

Oui.

Été n° 18 : 2010

De quoi parle-t-on en 2010 ? Le séisme en Haïti ; l'émergence du Tea Party ; Démineurs *; la catastrophe pétrolière dans le golfe du Mexique ; le restaurant El Bulli en Espagne ; l'accident minier au Chili ; la mort d'Alexander McQueen ;* 127 heures *; WikiLeaks ;* Downton Abbey *; « Forget You » de Cee Lo Green.*

La période de l'année qu'elle préfère, c'est celle juste avant de le voir. Il est sur le ferry. Il est à bord de l'avion. Il est en route. Sa Jeep de location ne va pas tarder à emprunter à toute allure la route sans nom, soulevant un nuage de poussière et de sable. L'anticipation est un ravissement. C'est une fraise mûre à point plongée dans du chocolat au lait fondu, c'est un feu qui crépite par une soirée neigeuse, c'est un double arc-en-ciel, une immense vague qui forme un tube vert translucide, la première gorgée d'un champagne bien frais.

Et puis… il arrive, il est là. Leurs regards se croisent, il se hâte de sortir de la voiture – tant pis pour les bagages, on verra plus tard –, la prend dans ses bras, la soulève de terre, la repose, prend son visage à deux mains et l'embrasse.

Si le temps pouvait se suspendre, pense-t-elle. *Pitié, mon Dieu.*

C'est tout l'inverse lorsqu'il part. Elle ne connaît pas de douleur plus insoutenable que celle de le regarder s'éloigner dans sa Jeep, alors qu'elle sait qu'elle ne le reverra pas avant 362 jours (363 les années bissextiles).

Qu'est-ce qui va changer au cours de cette année ?

Et s'il survenait un événement qui l'empêche de revenir ?

La prophétie de Mallory : *Une connaissance du passé vous affectera dans le futur proche.*

La prophétie de Jake : *Ce n'est pas en donnant de la confiture aux cochons que vous obtiendrez leur reconnaissance.*

Troisième partie

LA QUARANTAINE

Été n° 19 : 2011

De quoi parle-t-on en 2011 ? Le crash d'un hélicoptère militaire en Afghanistan ; la mort d'Oussama Ben Laden ; l'Obamacare ; Nicki Minaj ; le plafond de la dette ; la fusillade de Tucson ; le mouvement « Occupy Wall Street » ; Mad Men *; les « pop cakes » ; « Rolling in the Deep » d'Adele ; la mort de Steve Jobs ;* Le Stratège.

À la fin de l'année scolaire, M. Major annonce que le lycée a reçu un don conséquent d'un donateur anonyme qui a pour ambition de récompenser l'excellence dans l'enseignement. Un enseignant sera choisi chaque année, en septembre, pour recevoir un prix de 75 000 dollars – ce qui, dans le cas de Mallory, représente son salaire annuel actuel. Un comité composé de parents et de membres influents de l'île se réuniront pendant l'été pour passer en revue les candidats, et le vainqueur sera annoncé la semaine de la rentrée.

— C'est toi qui vas le remporter pour la première année, affirme Apple. J'en suis certaine.

— Tu vas me porter la poisse ! rétorque Mallory. Je sais que je fais bien mon travail, je n'ai pas besoin d'une validation extérieure.

— Mais tu ne cracherais pas sur 75 000 dollars.

— Non, en effet, convient Mallory.

Le printemps, cette année-là, a été froid, venteux et pluvieux à Nantucket, et le toit de Mallory a fui. Elle a fait venir un couvreur qui a découvert de vastes pans de la toiture rongés par la pourriture, ainsi que plusieurs bardeaux emportés par le vent. « Vous vivez en bord de mer, votre maison a été construite dans les années 1940, lui a-t-il dit, le toit a sans doute été remplacé dans le courant des années 1970. Il est temps d'en refaire un neuf. »

Mallory lui a demandé pour combien il y en aurait.

« Pas grand-chose : 40 000 à 45 000 dollars. »

Mallory a investi l'argent que tante Greta lui a légué (sur des placements prudents), mais elle a déjà pioché dedans pour divers travaux de rénovation dans la maison et pour acheter la Jeep qui a remplacé la Blazer – laquelle a rendu l'âme l'été précédent.

En théorie, Mallory a l'argent nécessaire pour remplacer le toit de la maison, mais elle se retrouvera sans économies, ou presque.

Elle pourrait demander à Fray de payer ces travaux, ou au moins de participer. Il est généreux ; leur fils ne manque de rien, et Mallory sait que Fray lui paiera ses études supérieures. Pourtant il n'a pas à aider Mallory. Elle est la mère, elle a la garde principale de leur fils. Le toit au-dessus de leurs têtes est de sa responsabilité.

Kitty et Senior ?

Jamais de la vie.

Mallory trouve que c'est cruel de la part de M. Major d'avoir parlé de ce prix dès maintenant. Elle ne pense plus qu'à ça. Elle se demande qui compose le comité – y a-t-il des parents de ses élèves ? Elle a été l'enseignante de tous les enfants de l'île, la réponse est donc forcément oui. Et il est vrai que la plupart des parents l'adorent. À Noël, elle est toujours couverte de cadeaux – muffins à la citrouille, bougies parfumées, bouteilles de Sancerre, écharpes tricotées à la main, vanity cases brodés à ses initiales, biscuits en pagaille, bons cadeaux pour la librairie, crème de luxe pour les mains, décorations de Noël, assortiment de chocolats, le meilleur bacon de l'île. Certains cherchent à l'acheter – Mallory rédige plus de vingt lettres de recommandation pour l'université chaque année –, mais pour l'essentiel ce sont des manifestations authentiques de gratitude et d'affection. Dans l'enseignement, comme dans tous les domaines de la vie, on récolte les fruits de ses investissements.

Mallory se renseigne pour savoir quels seront ses concurrents. Il y a M. Forsyth, un prof de biologie. À près de 70 ans, c'est une légende. Tout le monde l'adore. Une année, ses élèves lui ont offert un tee-shirt sur lequel on pouvait lire *L'ATP se forme grâce à la respiration cellulaire*. C'est lui, le favori, pour des raisons sentimentales. Il y a aussi Rich Bristol, le prof de musique qui dirige la chorale. Il est jeune, bel homme, et les filles du cours de théâtre l'adorent, c'est leur idole. Ce qui pourrait jouer contre lui. Mallory n'a aucune chance.

Mais si, si, elle en a. Il faut être dans la pensée positive. L'une des fuites se trouve juste au-dessus du lit de Link.

Si elle gagne, elle leur paiera un nouveau toit et elle donnera le reste à une association caritative.

Sauf qu'elle sait pertinemment qu'elle n'en fera rien. La vie recèle trop de surprises pour qu'une mère célibataire se permette d'être aussi magnanime.

Elle repense à Rich Bristol. Il y a eu des rumeurs à son sujet, des rumeurs impliquant une élève, Danielle Stephens. Il se montrait trop amical. Il aurait franchi la ligne rouge. Mallory se rappelle alors sa deuxième année d'enseignement à Nantucket et l'incident avec Jeremiah Freehold. Elle frissonne. Elle était si jeune à l'époque… Aujourd'hui, bien sûr, elle préférerait se couper la main plutôt que de faire monter un élève dans sa voiture. Et pourtant à l'époque elle l'a fait ; et elle s'est retrouvée dans la même situation que Rich Bristol actuellement. Peut-être pire, même. Les gens se souviennent-ils de Jeremiah ? Est-ce que cette tache sur la réputation de Mallory ne partira jamais complètement ?

Apple se voit confier une responsabilité administrative au sein du comité. Elle n'a aucun pouvoir de décision, mais elle assistera à l'ensemble des réunions. Elle connaîtra les favoris.

— Je ne pourrai rien te répéter, Mal. Je n'aurais même pas dû te dire que j'avais un rôle au sein du comité.

— J'ai juste une question : est-ce que Mme Freehold fait partie des membres ?

Apple prend une inspiration et Mallory sent son cœur se serrer.

— Non, lui dit-elle.

À 10 ans, Link est maintenant assez grand pour passer tout le mois d'août dans le Vermont avec Fray et Anna. Fray vit au bord d'un lac. Il a un bateau à moteur : ils font du ski nautique et du VTT ; ils pêchent des truites et les font cuire au feu de bois. Link adore ses étés dans le Vermont, mais ce sera le dernier. Fray lance sa marque Café Fray à l'automne, et ils emménagent à Seattle avec Anna.

Link est un enfant équilibré. Il sait qu'il doit tirer le meilleur parti de son séjour dans le Vermont cette année, et il se réjouit d'avance à la perspective d'aller voir, ensuite, son père et à Anna à Seattle. Il y a la tour futuriste, la Space Needle, le marché de Pike Place et l'équipe de football des Seahawks !

Mallory se dit que Link prendra l'habitude de traverser le pays. Fray le fera sans doute voyager en première – du moins jusqu'à ce qu'il achète son propre jet. Et elle, elle en est à se demander comment financer un nouveau toit.

Son obsession pour ces travaux, le prix d'excellence et le fait que son fils volera bientôt en jet ont au moins un bénéfice : l'été file. La fête du Travail est soudain à sa porte, et Mallory se jure qu'elle ne s'inquiétera pas pour cette histoire de toiture pendant le séjour de Jake. Elle ne s'inquiétera de rien.

Vendredi soir, le 2 septembre 2011 : les steaks hachés sont au frigo dans leur emballage en plastique. Le maïs est épluché, les tomates en rondelles sont arrosées d'un filet de vinaigre balsamique, les braises sont d'un orange intense et grisonnent sur les côtés. Les fleurs d'hortensia – trois cette année, la floraison a été tardive à cause du printemps frais et humide – sont dans le bocal à côté de la bougie.

— Est-ce qu'on pourrait mettre quelques bougies en plus cette année ? lui demande Jake. Ma vue n'est plus ce qu'elle était.

Ils ont toujours une année d'informations à rattraper. Par où commencer ?

— Comment va Leland ? s'enquiert Jake.

Pas bien. Après sa rupture avec Fifi, Leland a emménagé à Brooklyn, dans le quartier de Williamsburg, où l'immobilier est presque aussi cher qu'à Manhattan. Mallory a du mal à y croire, et elle se représente mal Leland en « banlieue ». En 1993, aucun taxi n'aurait accepté de conduire quiconque à Brooklyn, qui s'est considérablement embourgeoisé depuis. Sa population se compose d'artistes de gauche, les restaurants y sont réputés. Mais même si Leland s'est recréé une vie avec d'autres amis, elle continue à se languir de Fifi. Elle a fini par quitter le *Bard and Scribe* pour lancer un journal en ligne, *La Lettre de Leland*, qui vise « les femmes fortes et indépendantes, de 18 à 98 ans ». Elle a cinquante et un mille abonnés et vingt-deux annonceurs. Ce qui n'est pourtant pas suffisant et la contraint à diriger des cours d'été sur l'édition à l'université de New York.

— Elle a rencontré une autre femme ? demande Jake. Ou un homme ?

— Si seulement… L'un ou l'autre, les deux, peu importe ! Je m'inquiète pour elle.

— Je n'ai pas revu ton frère depuis son dernier mariage. Quand je l'appelle, il est toujours très aimable, mais il n'a jamais le temps de me voir pour un verre.

— Il s'est fiancé, dit-elle avant de secouer la tête. Avec une femme qu'il a rencontrée sur un site. Tammy. Elle est divorcée et a trois enfants.

— Ça va durer ?

— Euh… non ? Même si, pour ce qui est de leur mariage, ils ont au moins la bonne idée de faire ça en petit comité dans les îles Vierges, à Tortola.

— Bonne idée parce que ça m'évitera de te regarder flirter avec Brian de la Brookings Institution…

Mallory ne peut retenir un sourire. Le pauvre Brian… Il était complètement mordu d'elle, et elle a exploité la situation pour rendre Jake jaloux.

— Bonne idée parce que ça m'évitera de te voir avec UDG.

— Argh ! Pourquoi est-ce que je ne t'ai pas épousée après ce premier été ?

— On ne va pas passer la soirée à se perdre en regrets, mon cher. Allons admirer le coucher de soleil.

Jake a pris son bain rituel après qu'ils ont fait l'amour, et il est toujours en maillot de bain. Ses muscles sont un peu moins tendus, remarque-t-elle, son estomac un peu plus rebondi ; quelques mèches argentées parsèment sa chevelure brune. Mallory le revoit encore tel qu'il était l'été de leur rencontre. Elle l'aime encore plus aujourd'hui pour ses années de plus, ses cheveux gris, les rides autour de ses yeux et de sa bouche quand il sourit. Ils se retrouvent chaque année depuis dix-neuf ans sans exception. Ils ont tellement de chance.

Le soleil plonge dans l'océan. Jake fait griller les steaks hachés. Cat Stevens chante « Hard Headed Woman ». Mallory a commencé à faire écouter le CD à son fils. Il adore la musique de Mallory – Cat Stevens, R.E.M., World Party –, et il aime aussi Nirvana, Pearl Jam, et Soundgarden à cause de Fray. Musicalement, c'est un quadra enfermé dans le corps d'un enfant de 10 ans.

Mallory allume les bougies – trois grosses bougies et deux plus fines dans des chandeliers.

— Et toi alors ? lui demande-t-il. Comment va le lycée ?

Elle décide de ne pas mentionner le prix, de peur d'être conduite à parler du toit dans la foulée.

— C'est comme nous deux, lui dit-elle en plongeant ses yeux dans les siens.

Il est là, il est bien là, c'est lui, il est de l'autre côté de l'étroite table, elle se couchera dans le même lit que lui ce soir, se réveillera à ses côtés demain matin. C'est un conte de fées. Une partie de Tu préfères ? Tu préfères un bonheur absolu de trois jours ou une relation durable mais ennuyeuse à longueur d'année ? Mallory a depuis longtemps choisi son camp.

— Chaque été, je me dis que c'est impossible que notre week-end soit meilleur que le précédent, et pourtant chaque été me donne tort.

Jake lui envoie un baiser.

— Cette année, j'ai eu le genre d'élève qu'on a une fois dans sa carrière. Abigail Stewart.

Mallory se lève pour aller chercher la nouvelle qu'Abby lui a remise pour son dernier devoir de l'année. Elle raconte l'histoire d'une fille de 17 ans qui sort avec un garçon appartenant à un groupe de rock amateur. Elle tombe accidentellement enceinte au moment où la carrière du garçon décolle. La nouvelle était si bien écrite que Mallory a d'abord craint qu'Abby n'ait plagié un texte existant. Elle a ratissé le Net sans rien trouver. Et elle a remarqué que le style d'Abby était similaire à celui de ses autres devoirs : frais, vif, irrévérencieux et d'une grande grande grande intelligence.

— Je vais juste te lire le premier paragraphe.

Elle adore la façon dont Jake appuie le menton sur sa main et la fixe, le visage éclairé par la lueur des bougies.

— Continue, lui dit-il quand elle a terminé.

Elle lui lit les trois premières pages, puis s'interrompt parce que leur dîner refroidit.

— Tu pourras terminer la suite au lit, tout à l'heure.

Jake lui a caressé le mollet avec son pied tout le temps où elle lisait. Ils se touchent dès que possible, par tous les moyens. Il est là, il est bien là.

— Je vais être trop occupé au lit pour lire, lui dit-il.

— Ah oui ?

— Ah oui.

Et ils se lèvent pour aller dans la chambre. Oublié le dîner, oublié la brillante nouvelle d'Abby !

Ils ont depuis longtemps renoncé au Chicken Box. Le risque pour Jake de tomber sur une connaissance est bien trop grand. Après avoir fait l'amour, ils s'assoupissent. C'est une nouvelle habitude prise ces dernières années, ils se relèvent ensuite à 2 ou 3 heures du matin pour se régaler de leurs hamburgers froids.

Mallory rêve de son vélo à dix vitesses. La chaîne a déraillé et elle essaie de la remettre ; elle s'en met partout, ses doigts sont couverts de graisse, qui se mélange à la poussière et au sable de la route sans nom.

— Mal.

La voix de Jake la réveille en sursaut. Elle rêve parfois qu'il est couché à côté d'elle alors qu'il n'est pas là, et la déception de se réveiller seule est terrible. Lorsqu'elle ouvre les yeux, Jake est là, son corps chaud pressé contre le sien. Elle aperçoit les points argentés dans sa barbe qui a commencé à repousser. Soudain, il se redresse, sur le qui-vive.

— Tu sens une odeur de fumée ?

Oui, se dit-elle. C'est peut-être l'odeur du barbecue, qui entre par la fenêtre ouverte. Un instant plus tard, le détecteur de fumée commence à pousser son cri strident, et elle pense : *Les bougies !* Jake enfile son boxer et emporte la couette du lit dans le salon. La table de ferme est en feu – le devoir d'Abby, la nappe, Mallory ne voit pas le reste. Jake jette la couette sur la table et Mallory empoigne la casserole dans laquelle elle a fait cuire le maïs, pour la renverser dessus. L'eau éclabousse et coule, ça grésille et ça fume, il y a une odeur de plastique fondu, de bois brûlé et de maïs. Mallory tremble. Le détecteur de fumée continue à leur hurler : *Mais comment avez-vous pu être aussi inconscients ?* Elle remplit la marmite d'eau.

— Il est éteint, lui dit Jake. Mal, c'est fini.

Ils entendent tous deux les sirènes au même moment, et soudain ils sont de retour en 1993, Jake et elle sont sur la plage et appellent Fray en hurlant.

Mallory entend des voix, une portière qui claque.

— Cache-toi dans la chambre, souffle-t-elle à Jake.

— Tu plaisantes ? Je n'ai pas l'intention de me cacher. Va enfiler quelque chose.

Elle ne s'était même pas rendu compte qu'elle était nue. Elle attrape une robe de chambre suspendue derrière la porte de la salle de bains, et elle est en train de nouer la ceinture quand la porte s'ouvre à la volée. Trois pompiers en tenue noire, avec veste épaisse et casque sur la tête, surgissent. Mallory les connaît : Mick Hanley, Tommy Robinson et… JD.

JD aperçoit Mallory, puis la table fumante et dégoulinante.

— Dieu merci, tu n'as rien. L'entreprise qui t'a installé ton détecteur prévient automatiquement la caserne.

Oui, elle se souvient que Fray avait insisté sur ce détail. Les pompiers ont déjà débarqué deux fois. La première parce qu'elle avait fait brûler du bacon, la seconde parce qu'elle avait oublié des pignons de pin dans une poêle. Après ce deuxième incident, elle a investi dans une hotte avec un puissant extracteur de fumée.

Elle bafouille :

— Les b… b… bougies. Il y en a sans doute une qui est tombée.

Elle repense à celles si fines et élégantes dans les chandeliers que Cooper lui a offerts à Noël l'an dernier (elle soupçonne qu'il lui a refourgué un des cadeaux de son dernier mariage). Peut-être que l'une d'elles n'était pas parfaitement calée et qu'elle est tombée sur le devoir d'Abigail.

— Ton fils est là ? lui demande JD.

Il balaie la pièce du regard et aperçoit alors seulement Jake. Mallory essuie les larmes et la fumée qui lui piquent les yeux. Mick ouvre la porte qui donne sur la terrasse, et une brise agréable traverse la maison.

— Bonsoir, dit Jake.

Il est en caleçon, ce qui ne laisse pas beaucoup de doute sur la raison de sa présence chez Mallory.

S'il te plaît, ne te présente pas, pense-t-elle.

La venue de JD est vraiment embêtante, et voilà pourquoi. Au début du mois de juillet, Mallory a été invitée à la fête d'une bachelière, et elle y a croisé JD. Son histoire avec Tonya Sohn était terminée depuis longtemps, et Mallory savait qu'il était célibataire. Même si elle continuait à lui en vouloir d'avoir fait courir d'affreuses rumeurs sur son compte et celui de Jeremiah Freehold, le temps (et les margaritas) a rempli son office. Ils ont réussi à discuter, poliment dans un premier temps, puis de plus en plus chaleureusement. JD lui a présenté des excuses pour l'horreur qu'il avait dite à leur chauffeur à Puerto Rico – « Tu veux dire qu'on emmène les enfants défavorisés en colo là-bas ? » –, alors que Mallory s'est efforcée d'effacer ce souvenir douloureux. Tous les employés de la caserne avaient suivi des ateliers de sensibilisation, et il avait changé du tout au tout dans ce domaine. « J'ai évolué, si tu préfères. » Mallory ne cherchera pas à se voiler la face : elle voulait passer l'éponge et rentrer dans les bonnes grâces de JD. L'île était trop petite pour que Mallory se montre rancunière. Au gré de la soirée, l'affection sincère qu'ils avaient l'un pour l'autre est remontée à la surface, au détriment du bon sens. Mallory a fini par suivre JD chez lui. Sur le moment, cette aventure lui a semblé inoffensive, et peut-être même plaisante. Elle l'a traitée à la légère, ils s'étaient bien amusés. Elle est partie de chez JD à minuit pour libérer sa baby-sitter. Ce n'est que le lendemain, lorsque JD l'a appelée pour lui proposer qu'ils prennent le petit déjeuner ensemble en ville, qu'elle a compris à quel point elle s'était fourré le doigt dans l'œil. En voulant simplifier sa vie sur l'île, elle n'avait réussi qu'à la compliquer, et considérablement.

« Non, JD, on ne peut pas faire ça.

— Et pourquoi pas ?

— Parce qu'on ne peut pas. Je suis désolée, je ne voulais pas te donner de faux espoirs. »

JD a raccroché sèchement – et elle n'a pas été surprise. C'était bien son genre de réaction, du JD tout craché. Mallory ne l'a pas revu depuis.

— Bonsoir, répond JD.

Sa voix est amicale, presque chaleureuse, et il serre la main de Jake. Il joue la comédie, songe-t-elle.

— Je suis JD. Je me souviens de t'avoir vu… purée, il y a des années de ça maintenant, l'été où votre pote a disparu.

Jake hoche lentement la tête. Il se rappelle peut-être que c'est le type avec qui Mallory est sortie à une époque. Elle ne lui en a pas beaucoup parlé, alors qu'elle aurait dû – oh, oui, elle aurait dû ! –, pour qu'il sache combien JD est dangereux.

— Mais j'ai oublié ton nom, ajoute JD.

— Jake.

(Mallory ferme les yeux. *C'est la fin…*)

— Je m'appelle Jake.

JD hoche la tête sans lui demander son nom de famille. Puis il dit à Mallory :

— Le mieux, c'est qu'on sorte la table sur la plage. Demain, quand tout aura bien refroidi, tu pourras décider ce que tu veux en faire.

— D'accord.

— Tu ne pourras sans doute pas la récupérer. Ce qui est dommage… J'ai d'excellents souvenirs de cette table.

Il ricane d'une façon qui suggère qu'ils ont fait l'amour sur cette table – et si c'est le cas, ça n'avait rien de mémorable –, mais Mallory s'en fiche. Jake a disparu pour enfiler un short et un tee-shirt. Mick, Tommy et JD sortent la table sur la terrasse, puis la descendent sur le sable.

(Malgré la présence d'un feu – et tous les feux

doivent être pris au sérieux, surtout dans une poudrière comme cette maison –, Mick Hanley a envie de rire. Quand JD a vu l'adresse surgir sur l'ordinateur, il a bondi comme un diable, hurlant à Mick de « se magner le train » – alors même que Mick avait déjà enfilé les deux jambes de son pantalon, contrairement à JD, qui n'en avait qu'une. C'était la maison de sa « copine », Mallory Blessing, qui brûlait à Miacomet. Mick avait l'impression que l'histoire de JD et Mallory s'était terminée dans les années 1990, mais bon, qu'en savait-il ? Cette entrée chez elle alors qu'elle se trouvait quasiment nue avec un autre type… En tout cas, ce n'est plus la copine de JD, ça, c'est sûr, à moins qu'ils n'aient pas une relation exclusive. Mick a bien l'intention de profiter du trajet retour à la caserne pour charrier JD.)

Le prix d'excellence pour l'enseignement est remis à Bill Forsyth. L'annonce a lieu dans l'amphithéâtre du lycée, l'après-midi du jour de la rentrée, et les élèves se déchaînent. C'est un bon choix, d'un point de vue sentimental. Bill prendra sa retraite cette année après quarante-quatre années d'enseignement au lycée. C'est le choix logique, le seul choix, se répète Mallory. Elle n'était même pas encore née quand il a commencé à enseigner. Et pourtant l'angoisse monte en elle au point que ses oreilles se mettent à siffler. Elle tente de se calmer : elle est en bonne santé, Link aussi. Il est rentré lundi, mince et bronzé, ses cheveux d'un blond devenu presque platine avec le soleil. Il s'est découvert une nouvelle passion pour les peintres impressionnistes. Anna a suivi des études en histoire de l'art à Bennington, et cet été elle lui a parlé de Renoir, Degas, Monet, Manet et celui qui a déjà la préférence de Link, Camille Pissarro. Elle lui a passé ses fiches illustrées avec des tableaux, qu'il a montrées à sa mère dès son retour à Nantucket.

Mallory a l'argent nécessaire pour la réfection du toit sur un compte en banque et, si elle a peur de tout dépenser d'un coup, elle peut toujours remplacer le toit par étapes. Elle commencera cet automne avec la partie qui fuit au-dessus du lit de Link, et se chargera du reste l'an prochain. Beaucoup de parents de ses élèves doivent cumuler deux ou trois boulots pour payer le loyer ou rembourser leur emprunt immobilier, Mallory n'a aucun droit de se plaindre. Au bout du compte, elle n'a même pas eu besoin de remplacer la table de ferme – il a suffi d'un bon ponçage et d'une couche de vernis.

Tout va bien. Tout va bien, oui. Elle remplacera la toiture en entier. Elle pourra toujours travailler plus si besoin. Et si elle se retrouve dans une situation délicate, elle demandera de l'aide à Fray. Elle devrait davantage s'inquiéter de voir Link revenir métamorphosé de son séjour chez Fray et Anna.

À moins que ce ne soit plutôt un motif de gratitude. Elle ne sait pas très bien.

Apple agrippe Mallory par le bras, juste après la dernière sonnerie de la journée.

— Je ne comprends pas, c'est n'importe quoi !

— Pourquoi ?

— Ne répète pas ce que je vais te dire.

— À qui veux-tu que je le répète ?

Apple et elle ont réussi à échapper au petit manège politique du lycée parce qu'elles ont fait le choix de ne se confier que l'une à l'autre.

— J'adore Bill Forsyth, et toi aussi. C'est un bon enseignant, mais il fait les mêmes cours depuis quarante-quatre ans.

— Eh oui, la biologie n'évolue pas beaucoup.

— C'est une science, pas un art.

Elle encadre son front de ses deux mains, comme elle le fait lorsqu'un problème lui résiste. Elle baisse la voix :

— Ce prix était pour toi. Jusqu'à la dernière réunion, tu étais la favorite. Il a dû se passer quelque chose. Un revirement chez un des membres du comité.

Mallory est tentée de lui demander si la cousine de JD, infirmière aux urgences, ou sa belle-sœur, Brenda, dont cinq enfants ont suivi leur scolarité dans ce lycée, appartenaient au comité, mais savoir précisément qui a été convaincu de voter contre elle ne l'avancera à rien.

— Ce n'est pas la fin du monde, conclut Mallory.

La fin du monde, ça aurait été que Jake réponde : « Jake McCloud », puis que, plus tard, JD fasse une recherche en ligne sur son nom.

— Tout va bien, je t'assure, Apple.

Été n° 20 : 2012

De quoi parle-t-on en 2012 ? Les Kardashian ; la mort de Whitney Houston ; Uber ; le décès de Trayvon

Martin ; Lance Armstrong, déchu de ses sept victoires au Tour de France pour dopage ; Breaking Bad *; la Zumba ; la fusillade d'Aurora ; Instagram ; la tuerie de l'école primaire de Sandy Hook ; l'ouragan Sandy ; le restaurant Noma à Copenhague ;* Happiness Therapy *; le kale ; « We are never ever getting back together », de Taylor Swift.*

Tous les gens que Jake connaît ont un profil sur Facebook. Récemment, il lui est arrivé à trois reprises, au retour d'un déjeuner, de trouver son assistante à la fondation, Sara, hypnotisée par l'écran de son ordinateur – « likes », « tags », « partages ». Quand il s'éclaircit la voix – ils ont pourtant une règle sur l'utilisation des ordinateurs du bureau à des fins personnelles dont tout le monde se fiche ostensiblement –, elle le regarde et dit :

— C'est plus fort que moi. J'ai l'impression d'être prisonnière de sables mouvants. Je n'arrête pas de m'enfoncer, toujours plus profond.

À défaut de battre Facebook, autant se rallier à son camp !

Il demande à Sara de l'initier. Il lui apporte son ordinateur portable et elle l'aide à se créer un profil en utilisant sa photo officielle de la fondation.

— Ça fait un peu trop sérieux, déplore-t-elle. La plupart des gens mettent des photos de leur famille au ski ou à Disneyland.

— Disneyland ?

— Vous voulez mettre une photo avec Ursula ?

— Mauvaise idée.

— Avec Bess alors ?

— Je ne préfère pas.

Ce qu'il ne précise pas à Sara, c'est qu'il ne veut créer ce compte que pour pouvoir chercher les gens qu'il connaît. C'est bien à ça que ça sert, non ? Reprendre contact avec des personnes de son passé ?

(Sara a bien du mal à cacher sa consternation de voir Jake insister pour utiliser un portrait rasoir comme photo de profil et refuser tout bonnement de mettre une photo de couverture. Pourquoi est-ce qu'il s'embête alors ? Dans la rubrique « À propos », il lui demande de renseigner l'intitulé de son poste actuel – bonjour l'ennui ! –, puis l'université Johns Hopkins, le lycée John Adams, South Bend dans l'Indiana et la fraternité Phi Gamma Delta. Il l'autorise à indiquer pour « situation amoureuse » qu'il est marié, mais il ne veut pas ajouter le nom de son épouse, ce que Sara peut comprendre en un sens. Elle lui montre comment publier des photos, s'il décidait un jour de s'y mettre.

— Et maintenant, il faut envoyer des invitations à des amis.

— Vous mesurez à quel point la démarche paraît pathétique ? Envoyer des invitations ? À des amis ? Je pensais qu'il me suffirait d'ajouter les gens que je connais.

— Vous devez leur envoyer une invitation, qu'ils peuvent soit accepter, soit refuser, lui explique Sara.

Aucune personne saine d'esprit ne refuserait une invitation émanant de Jake McCloud.

— Merci, Sara. Je reviendrai vous voir si j'ai des questions.

— Bonne chance !

L'inscription de son patron sur Facebook est une chance inespérée pour elle : il comprendra peut-être enfin pourquoi elle n'arrive pas à décrocher du site pendant sa pause déjeuner.

— Je vous envoie une invitation tout de suite, ajoute-t-elle.

— Vous ? Mais pourquoi ? On se voit tous les jours. Vous travaillez à dix mètres de moi.

— Les réseaux sociaux constituent un monde parallèle, vous savez.

Jake la regarde sans comprendre.

Sara retourne à son bureau et envoie une invitation à Jake McCloud. Elle sera sa première amie.

Il accepte son invitation. Son cas n'est pas complètement désespéré.)

Jake passe près d'une heure sur Facebook, et il constate combien il est facile de perdre toute notion de temps sur la Toile. Il lui suffit de cliquer sur la page de sa section de Phi Gamma Delta pour retrouver des membres de sa fraternité auxquels il n'avait pas pensé depuis des siècles. Idem pour les anciens élèves de Johns Hopkins. Et du lycée John Adams. Et de South Bend. Oh ! La mère de Jake, Liz McCloud, est sur Facebook. Comment trouve-t-elle le temps, elle, pour ça ?

Il lui envoie une invitation. Une invitation à sa propre mère ! C'est tellement bizarre…

Son père, le Dr Alec McCloud, n'est pas sur Facebook, lui.

Jake cherche ensuite Ursula. Elle est sans aucun doute beaucoup trop occupée pour perdre du temps avec ces bêtises. C'est exact, même s'il existe une page Facebook pour Ursula de Gournsey, sénatrice de l'Indiana, qu'il peut « suivre » s'il veut être « tenu informé » de tout ce qu'Ursula accomplit pour les péquenauds qui l'ont élue. A-t-il envie de la suivre ?

Non, merci.

Jake envoie une invitation à Cooper Blessing et, tant qu'à faire, à Tammy Pfeiffer Blessing, sa nouvelle femme. (Est-ce que ça vaut le coup ? se demande Jake. Ou Tammy suivra-t-elle les traces des trois précédentes épouses de Coop ?) Il comprend comment accéder à la liste d'amis de Coop et il sélectionne quelques autres membres de leur fraternité, puis Stacey Patterson, une ex de Coop – pourquoi pas ? –, ainsi que Frazier Dooley, qui possède à la fois une page personnelle et une page pour les Cafés Fray. On peut créer une page pour une marque de café ? Jake décide de ne pas la suivre, même s'il fréquente très régulièrement le Café Fray de Dupont Circle. Il envoie aussi une invitation à Katherine Duvall Blessing, dite « Kitty ». Coop est ami avec sa propre mère, c'est sans doute une tendance. (Dire qu'une chose est tendance est devenu en soi une tendance, c'est ce que lui a appris Bess, du haut de ses 11 ans.)

Est-ce que sa fille est sur Facebook ?

Non, Dieu merci, et si Jake a un jour son mot à dire sur le sujet, elle ne sera pas autorisée à se créer un profil avant ses 30 ans. Quelle perte de temps !

Une perte de temps, oui, surtout qu'il a fallu ce très

long détour pour que Jake arrive enfin à la raison de la création de son compte.

Mallory, bien sûr.

Elle est amie avec Coop, Kitty et Fray. Il clique sur son nom et, comme par magie, son visage envahit l'écran. Jake panique et referme presque brutalement le couvercle de son ordinateur tant c'est irréel. La photo qu'elle a choisie pour son profil a été prise sur le perron de sa maison. Le soleil couchant lui donne un teint d'un rose doré. Ses cheveux sont attachés en chignon informe, et il aperçoit des taches de rousseur ainsi que des rides sur son visage. Dans l'esprit de Jake, elle aura toujours 24 ans, mais sur ce portrait elle fait presque son âge. Elle porte un sweat-shirt à capuche bleu marine qui a un côté masculin, et il se demande si elle fréquente quelqu'un. Puis évidemment vient la question de savoir qui a bien pu prendre cette photo sur laquelle elle semble si songeuse et rêveuse. Comment le découvrir ?

Une notification apparaît sur son écran : *Carla Frick vous a envoyé une invitation.*

Carla Frick, l'organisatrice du gala à Phoenix, est déjà au courant qu'il est sur Facebook ? Il a créé son profil il y a environ une minute !

Jake se sent vulnérable, mais il accepte l'invitation, et presque au même moment sa mère et Frazier Dooley acceptent celle qu'il leur a envoyée.

Jake éclate de rire. Sa mère est gynécologue-obstétricienne, et Frazier se trouve à la tête d'un empire du café. Qu'est-ce qui se passe, enfin ? Entre une hystérectomie et une césarienne, Liz McCloud fait un tour sur Facebook ? Et Fray accepte des invitations tout en supervisant des milliers d'employés ?

Apparemment.

Stacey Patterson accepte aussi son invitation.

C'est surréaliste. Mallory saura-t-elle que Jake a consulté sa page comme un vulgaire harceleur ? Il sait qu'il ferait mieux de la fermer, mais c'est plus fort que lui. Il scrute la photo de couverture. Une vue du lac Miacomet. Connaissant l'endroit, Jake réussit à repérer le kayak de Mallory, retourné sur la petite plage.

Dans onze semaines et trois jours, il sera en train de pagayer dans ce kayak.

Doit-il cliquer sur les photos que Mallory a postées ? Il a peur… Et s'il y en a une de son nouveau copain ? La journée de Jake sera gâchée – sa journée, mais aussi sa semaine, sa vie. Et pourtant, la curiosité est trop forte, il accède à la rubrique.

Elle ne contient que deux photos. Une de Link en tenue de base-ball, appuyé sur une batte. La légende indique : *Il a été sélectionné dans l'équipe junior !* La seconde est un portrait de groupe : Mallory et Link sont avec un couple et deux petits garçons. Jake sait qu'il s'agit d'Apple et Hugo, les plus proches amis de Mallory, et de leurs jumeaux, Caleb et Lucas.

Jake pousse un soupir de soulagement. Peut-être que Mallory n'est pas sur Facebook depuis très longtemps, elle non plus. Il constate qu'elle a quatre-vingt-dix-sept amis et il les fait défiler. Beaucoup de noms ne lui évoquent rien, mais il en reconnaît certains : Leland Gladstone, Fiella Roget, M. Major. Jake s'arrête sur

Scott Fulton. Le type avec lequel Mallory est sortie pendant un temps, celui qui a failli la demander en mariage. Jake s'apprête à cliquer sur son nom quand sa raison le rappelle à l'ordre : *Sérieux, mec, ça suffit, là.*

Katherine Duvall Blessing, « Kitty », accepte son invitation. Jake est maintenant ami avec elle sur Facebook. Qu'en pensera Mallory ?

Il se demande si Coop va accepter son invitation. Si oui, pourra-t-il en déduire que tout va bien entre eux ? Et sinon que leur amitié est définitivement brisée ?

Jake place sa souris sur le bouton bleu de la page de Mallory qui dit « Ajouter ». Doit-il lui envoyer une invitation ? Les réseaux sociaux constituent un monde parallèle, Sara l'a bien dit, et dans ce monde parallèle il serait tout à fait raisonnable pour Jake et Mallory d'être amis.

Elle le tuerait, pense-t-il. Et il est certain qu'elle refusera.

Il ferme Facebook et range son ordinateur portable dans son attaché-case.

Plus tard, au moment de quitter le bureau, il passe voir Sara.

— Merci pour votre aide aujourd'hui. Pour Facebook.

— À consommer avec modération, lui dit-elle. C'est une vraie drogue.

Le 31 août 2012, Jake prend le vol direct d'American Airlines, de Washington à Nantucket. C'est risqué, bien sûr – ça n'aurait rien d'étonnant qu'il croise une connaissance dans l'avion –, mais c'est pratique. Le trajet dure 90 minutes, du décollage à l'atterrissage. Jake loue une Jeep à l'arrivée et se dirige vers la route sans nom. Il a l'impression de rentrer à la maison.

Vendredi soir : burgers, maïs, tomates, Cat Stevens, bougies qu'ils prennent le soin d'éteindre avec le bout de leurs doigts humecté, puis de vérifier deux, trois fois, avant d'aller dans la chambre.

La table de ferme est aussi belle que si elle était neuve.

Ils passent le samedi matin à faire du kayak, le lac est exactement comme Jake l'avait imaginé : ils aperçoivent même un couple de cygnes. Ils pagaient jusqu'à l'autre rive, puis reviennent. Sur le trajet du retour, ils aperçoivent une femme avec un petit garçon, qui pêche, les pieds dans la boue. Mallory les salue d'un signe de la main.

— Bonjour ! leur crie-t-elle.

Jake leur accorde à peine un coup d'œil, mais il remarque le regard insistant de la femme.

Il s'agite et fait tanguer le kayak. Il s'agit de Stacey Patterson, l'ex de Cooper.

— Hé ! Jake ? Jake McCloud ?

— Vite, vite, souffle-t-il à Mallory.

Elle n'a pas besoin d'encouragements pour accélérer, elle donne de grands coups de pagaie puissants tout en réussissant à conserver l'air le plus naturel du monde.

Jake entend le garçon demander :

— C'était qui, maman ?

— Personne, j'ai dû me tromper… Allez, on attrape un poisson ?

C'était moins une. De retour à la maison, Jake explique à Mallory comment il connaît la pêcheuse. « Tu te souviens qu'elle nous a rejoints au pub le lendemain de Noël ? » Oui, Mallory se souvient, bien sûr. Puis ils restent silencieux quelques secondes, se faisant les deux mêmes réflexions.

Les conséquences auraient pu être terribles s'ils ne s'étaient pas esquivés.

C'est un miracle qu'un incident de ce genre ne se soit pas produit plus tôt.

À cause du quasi-drame causé par cette rencontre impromptue, ils décident qu'il vaut mieux que Mallory aille chercher seule les homards en ville. Elle manque à Jake tout le temps de son absence, même si cela lui fournit une occasion de se promener tranquillement dans la maison. Il pourrait aussi le faire quand elle sort courir le matin, mais en général il en profite pour dormir, le visage enfoui dans l'oreiller de Mallory afin de s'imprégner de son odeur. S'il revient à Nantucket tous les ans, c'est évidemment pour voir Mallory, la question ne se pose pas, pourtant il y a tant d'autres choses qu'il aime dans ce week-end, l'une d'entre elles étant l'absence de planning. Ces trois journées sont dégagées de tout : réunions, appels, rendez-vous, déjeuners, cocktails, fille à accompagner à l'école ou à aller chercher. Ils ont leurs petites habitudes avec Mallory, mais ils les adaptent à mesure que le temps passe, et en fonction des circonstances. Elle est peut-être aussi démunie d'aller seule à la poissonnerie qu'il l'est de rester sans elle à la maison… Elle comprend la situation néanmoins : elle n'a pas plus envie que lui que leur aventure soit découverte. Il est en sécurité avec elle.

La « promenade » de Jake passe par l'examen des livres sur la table de chevet de Mallory – *Madame Hemingway*, de Paula McLain et *Anatomie de la stupeur*, d'Ann Patchett. Puis il ouvre sa penderie pour regarder ses vêtements. Il sort une blouse, une robe. Il l'imagine avec en cours. Tous ses élèves, garçons comme filles, doivent être amoureux d'elle ; il ne peut pas imaginer que ce ne soit pas le cas. La veille, il lui a demandé si elle voyait quelqu'un, sans oser lui avouer avoir remarqué le sweat-shirt marine sur sa photo de profil Facebook et s'être demandé à qui il appartenait. Mallory a répondu qu'elle n'avait pas d'histoire sérieuse. Ça a été plus fort que lui, Jake a voulu savoir si elle avait une histoire « pas sérieuse ». Mallory a confessé qu'elle avait entretenu un flirt par textos avec Brian de la Brookings Institution, qui s'était terminé lorsqu'il lui avait envoyé une photo de son pénis. Elle lui a raconté qu'elle avait éclaté de rire avant d'effacer la totalité de leur échange. Brian l'a relancée une dizaine de fois pour comprendre s'il avait franchi une limite, s'il l'avait choquée ou si elle ne le trouvait pas « assez gros ». Mallory a fini par lui répondre qu'à 43 ans elle était trop vieille pour se livrer au jeu des sextos, et lorsqu'il a insisté – « il n'y a pas de limite d'âge pour les sextos » –, elle lui a dit qu'elle préférait qu'ils restent amis.

Jake et elle ont convenu que les textos étaient trop dangereux. Ce serait tentant bien sûr, si tentant, d'envoyer un message à Mallory chaque fois qu'il pense à elle, mais ils connaissent tous les deux des personnes qui ont été démasquées par une facture de téléphone portable – infidélités, relations secrètes, doubles vies, etc. Jake n'écrit à Mallory que deux fois par an – un premier texto à la fin du mois d'août pour l'informer de l'heure à laquelle il arrivera, et un second quand il est dans la Jeep de location et se met en route. Elle ne lui répond presque jamais.

Ils mangent les homards sur la plage, et les arrosent d'une bouteille d'excellent champagne – un Veuve Cliquot millésimé que Mallory a reçu comme cadeau de fin d'année de la part d'un élève. Les bulles détendent Jake. Après avoir terminé leurs homards, ils s'allongent sur « leur » couverture – toujours la même depuis ce premier été – et se tiennent la main, posant leurs coupes de champagne en plastique sur leur poitrine.

Est-ce qu'ils ont encore des sueurs froides en pensant à Stacey Patterson ? Oui ! Quand Jake a ouvert son portable avant le dîner, il a aussitôt entendu un petit *ping !* inhabituel. Il s'agissait d'un message de Stacey sur Facebook. *J'aurais juré t'avoir vu en train de faire du kayak à Nantucket aujourd'hui ! Tu es ici ou je suis déjà en train de perdre la boule ?* Jake a envisagé de répondre : *Stacey, tu commences à perdre la boule*, mais il s'est ravisé. Mieux valait ne rien faire du tout.

— Et si on partait l'an prochain ? suggère Mallory. On pourrait se retrouver dans un coin perdu, à Saskatchewan au Canada, ou à Altoona en Pennsylvanie ? Dans un endroit où personne ne nous connaîtrait, où on pourrait s'afficher ensemble en public…

— Il y aura toujours un risque de croiser quelqu'un. Et puis j'aime bien venir ici. C'est le berceau de notre histoire. Et Ursula a accepté cette tradition comme une évidence. Elle n'en reparle plus.

— Ça pourrait arriver un jour.

— Ça pourrait.

Il leur ressert à chacun du champagne. Il préfère admettre la possibilité qu'Ursula les démasque plutôt que la balayer d'un revers de main. À ce stade, il s'inquiète pourtant beaucoup plus que leur secret puisse être découvert par Bess. Elle a atteint l'âge où elle commence tout juste à s'intéresser aux garçons, et Jake aimerait qu'elle ait confiance en eux. S'il était plus fort, il renoncerait peut-être à son histoire avec Mallory par respect pour sa fille. Mais Jake n'en a aucune envie – il dirait bien qu'il en est « incapable », mais il est lucide –, et si Bess devait s'en rendre compte, il reconnaîtrait sa faute. Il a une conduite irréprochable les trois cent soixante-deux autres jours de l'année, dans l'espoir de contrebalancer son « escapade » d'un point de vue karmique.

Ils finissent le champagne, puis vont se coucher, main dans la main. Ils vivent dans une bulle magique, de celles qui n'éclatent jamais.

Le dimanche, il y a du crachin, et Jake accepte de se rendre à Great Point, même s'il met une casquette. Une fois franchie la guérite à Wauwinet, ils ne croisent pas un seul chat. Le ciel est maussade, composé de « cinquante nuances de gris », plaisante Mallory, et l'eau est une plaque d'acier bleu. Le vent agite les grandes herbes et rend le vol des mouettes imprévisible, elles virent et plongent.

Sur le chemin de la maison, ils s'arrêtent pour acheter leur dîner. Mallory entre seule dans le restaurant chinois. Jake s'enfonce sur le siège de la voiture, rabat la visière de la casquette sur son visage et attend qu'elle ressorte en tenant la capuche de son imperméable pour éviter que le vent ne l'arrache. Elle n'est restée à l'intérieur que trois ou quatre minutes, mais elle lui lance un sourire si enthousiaste en réapparaissant qu'il se met à rire. S'il doit un jour se justifier auprès de Bess, il lui dira combien c'est bon de savoir qu'il y a une personne sur terre qui est toujours heureuse de le voir.

Été n° 21 : 2013

De quoi parle-t-on en 2013 ? Les bombes pendant le marathon de Boston ; la Corée du Nord ; « Royals » de Lorde ; la mort du militaire Chris Kyle ; Snapchat ; le bal du Met ; House of Cards *; la nomination aux Oscar de Sandra Bullock ; la nomination de John Kerry au poste de secrétaire d'État ; The Goldfinch ; la mort de James Gandolfini.*

Tous les matins, au réveil, Ursula regarde son téléphone professionnel (un BlackBerry), puis son téléphone personnel (l'iPhone 5S), avant de monter sur son vélo d'appartement avec son iPad et de lire quatre journaux – le *Washington Post*, le *New York Times*, le *Wall Street Journal* et le *South Bend Tribune*. Elle aimerait pouvoir dire qu'elle les lit tous de A à Z, mais elle n'en a pas le temps. Quand le Congrès siège et qu'elle est à Washington, elle se lève à 5 h 15, et elle a l'esprit encore un peu embrumé, alors qui pourrait lui reprocher de commencer par balayer les gros titres ? Elle ne s'attarde en général pas sur la rubrique dédiée aux informations locales du *Post* et du *Times*, parce que les meurtres et les incendies, qu'ils aient lieu à Washington ou dans le Queens à New York, ne font pas partie de ses priorités. Et pourtant le matin du 23 octobre 2013, Ursula consulte intentionnellement cette rubrique, parce qu'elle a eu vent d'une rumeur incroyable. Hank Silver, son ancien patron chez Andrews, Hewitt et Douglas, lui a rapporté qu'A. J. Renninger envisagerait de se présenter à la mairie de Washington.

Ursula est convaincue que cette rumeur n'est pas fiable. A. J. – Amelia James Renninger, la blonde de 1,80 mètre qui a rejoint les bureaux de New York et a réussi à échapper au destin tragique qui a frappé presque tous les autres membres du cabinet le 11 septembre 2001 parce qu'elle avait rendez-vous pour une épilation des sourcils –, désormais de retour à Washington, travaille comme « consultante freelance », ce qui peut signifier à peu près tout et n'importe quoi. Ursula a entendu parler d'elle ici ou là, au fil des années, et jamais en termes très élogieux. Elle a souffert de stress post-traumatique à la suite des attentats et a donc quitté le cabinet (relocalisé dans Midtown). Qui pourrait le lui reprocher ? Seulement ensuite, à ce qu'il semblerait, elle a développé une addiction, sans doute aux anxiolytiques, et elle a complètement disparu des radars pendant toute une période. Elle a refait surface à Washington il y a un ou deux ans, et chercherait à présent à se jeter dans la mêlée politique.

Maire de Washington ? Ursula ne peut pas imaginer de boulot plus ingrat. Elle se souvient qu'A. J. est fille de militaire (son père était capitaine de frégate dans la marine), et qu'elle n'a donc pas de ville natale à proprement parler. Et puis Washington absorbe sans mal les gens.

Ursula ne trouve aucune mention de la course électorale pour la mairie, ni en général, ni avec une allusion à A. J., mais son attention est soudain attirée par un gros titre : *Un couple de Baltimore tué sur l'autoroute.*

… sur la bande d'arrêt pour changer un pneu… l'épouse se trouvait à côté de son mari, sans doute pour signaler aux automobilistes leur présence… ils ont tous deux été fauchés par un semi-remorque… un voisin confirme qu'ils rentraient chez eux après un spectacle au Kennedy Center.

Sans doute le concert de Yo-Yo Ma, songe Ursula. Elle voulait y emmener Bess, mais son emploi du temps ne le lui a pas permis.

Elle aperçoit alors les noms des victimes : *Cooper Blessing et Katherine Duvall Blessing.*

Ursula arrête aussitôt de pédaler. Cooper Blessing est mort ? Et qui est cette Katherine ? Sa nouvelle épouse ? Ursula parcourt à nouveau l'article et remarque que l'âge des victimes lui avait échappé à la première lecture. Il ne s'agit pas de Cooper mais de ses parents. Ursula les a vus à trois occasions ; elle peut dire qu'elle les connaissait, en un sens (elle n'est pas sûre qu'elle aurait été capable de les reconnaître au milieu d'une foule). Ils sont morts. Tués sur la route.

Ils laissent un fils, une fille et un petit-fils, précise la dernière ligne de l'article.

Les mains d'Ursula sont glacées. Le vélo se trouve au sous-sol de leur triplex, et tout en montant les marches qui mènent au premier étage, où se trouvent les chambres, elle se demande comment annoncer la nouvelle à Jake.

Elle le réveillera doucement, puis elle lui tendra ses lunettes pour qu'il puisse prendre connaissance de l'article.

Elle s'assied délicatement de son côté du lit et observe son visage. Il y a plus de gris que de brun dans ses cheveux à présent. Depuis combien de temps ? Elle prend conscience que, même si elle le voit chaque jour, elle ne le regarde jamais vraiment bien. Sur la durée, tous les mariages ont leurs hauts et leurs bas, elle le sait, et si la carrière d'Ursula n'est qu'une succession de hauts, leur couple ne survit que grâce à la constance imperturbable de Jake. Un autre homme l'aurait quittée depuis longtemps.

Elle lui a à peine effleuré la joue qu'il se réveille en sursaut. C'est vrai qu'elle ne le réveille jamais ainsi.

— Qu'est-ce qui se passe ?

— J'ai une mauvaise nouvelle. Tiens.

Jake chausse ses lunettes et prend la tablette qu'elle lui tend ; Ursula le regarde balayer l'écran des yeux. Il retient soudain son souffle en ayant un mouvement de recul. Il lâche l'iPad, se laisse retomber sur son oreiller.

— Oh, non…

— Je suis vraiment navrée, chéri. Au début, j'ai cru que c'était Cooper, notre Cooper, qui était mort.

— C'est Senior, murmure-t-il. Et Kitty.

— Tu étais… proche d'eux ?

Ursula se sent gênée de ne pas connaître la réponse à cette question.

— Enfin, je sais bien qu'ils étaient les parents de Coop et on les a vus à tous ses mariages, mais… Tu avais des liens avec eux en dehors de ces occasions ?

Jake secoue la tête.

— Je suis désolé, Ursula, tu peux me laisser une minute s'il te plaît ?

Il est en état de choc, il a besoin de digérer la nouvelle ; Ursula le comprend très bien. Malheureusement, elle a une audience de la commission des affaires judiciaires à 9 heures, et elle doit se magner. Elle fait quand même l'effort supplémentaire d'apporter un café à Jake pendant qu'il se douche.

— Je serai là vers 19 heures, 19 h 30. On pourrait aller dîner au Jaleo ce soir ?

— Pas ce soir, non.

— Ah… d'accord.

Elle sait qu'elle ne devrait pas se sentir rejetée, mais c'est pourtant le cas.

— Je t'aime.

Jake ne lui répond pas. Ursula l'observe à travers la vapeur de la douche, il est immobile, il laisse l'eau lui marteler l'arrière du crâne.

— Je t'aime, Jacob.

— D'accord. Merci, Ursula. Merci.

Pour des raisons qu'Ursula ne s'explique pas, Jake refuse d'assister aux obsèques des Blessing.

— Mais Cooper est ton ami, tu le retrouves pour un week-end tous les ans. Tu le connais depuis toujours. Tu étais présent à trois de ses quatre mariages. Et tu connaissais ses parents. Pourquoi ne veux-tu pas aller leur rendre un dernier hommage ?

— Je ne veux surtout pas créer de cirque médiatique. Il y aura des centaines de personnes, et tu seras une énorme source de distraction. Je ne veux pas transformer cette cérémonie en spectacle de foire.

— De foire ?

— Les gens vont se jeter sur toi, ils voudront te prendre en photo, ils échangeront des messes basses. Tu attires déjà l'attention dans la queue au Starbucks. Je ne trouve pas juste d'infliger ça aux Blessing alors qu'ils sont en plein deuil.

— Tu veux dire que sans moi tu irais ? Alors vas-y, vas-y seul.

— Je ne pense pas pouvoir. J'ai peur que ce ne soit dur émotionnellement, et je suis censé être à Atlanta mardi. Soit le lendemain. J'ai rendez-vous avec un type du Centre pour le contrôle et la prévention des maladies. Il m'a fallu trois mois pour le décrocher.

— Je comprends. Mais il s'agit des parents de ton meilleur ami. Et ce n'est même pas comme si l'un d'eux avait été malade depuis longtemps. Cooper a perdu ses deux parents, brutalement. C'est tragique. Tu dois être présent.

— Je vais l'appeler aujourd'hui et organiser quelque chose pour la semaine suivante. Une fois qu'il sera moins entouré. Rappelle-toi ce qui s'est passé à la mort de ton père, Sully.

« Sully ». Jake n'a pas employé ce surnom depuis des dizaines d'années, depuis le lycée sans doute. Il cherche à l'amadouer… Pourquoi ?

— Tu n'aurais pas pu remarquer l'absence d'une personne.

— Peut-être…

La réaction de Jake continue à lui paraître étrange.

— Coop préférera me voir en tête à tête. Je suis sûr de moi, Ursula.

Ursula partage si peu l'avis de Jake que, après son départ pour Atlanta, elle libère son emploi du temps l'après-midi des obsèques et prend sa voiture pour aller à Baltimore.

Le parking de l'église presbytérienne de Roland Park est bondé. Des panneaux invitent les automobilistes à aller se garer un peu plus loin – des minibus affrétés pour l'occasion les conduiront aux obsèques. Au moment de monter à bord de l'un d'eux, elle se demande si Jake n'avait pas raison. Les onze autres passagers interrompent aussitôt leurs conversations pour la regarder avec des yeux arrondis. Un monsieur d'un certain âge surmonte sa surprise et lui demande :

— Sénatrice de Gournsey ?

Elle lui répond d'un sourire crispé. Ne dit pas un mot.

Il y a la queue pour entrer dans l'église. Ursula est impressionnée par le monde. Tous ces gens représentent l'accumulation de deux existences – leurs amis, leurs collègues, leurs voisins, le facteur sans doute, mais aussi l'employée du pressing, les membres de leur country club, les enseignants et entraîneurs sportifs de leurs enfants, le toiletteur pour chien. Ursula se dit que si elle mourait et que n'assistaient à ses obsèques que ceux qui ressentent vraiment de l'amour et de l'affection pour elle, alors l'assemblée se composerait de trois personnes : Jake, Bess et sa mère.

Ursula cherche quelqu'un, n'importe qui, de familier. Elle a assisté à trois mariages de Cooper – il y en a eu un quatrième, en petit comité aux îles Vierges –, elle devrait donc croiser un visage connu. L'ami de Cooper, Fray Dooley, le magnat du café (Ursula se souvient de lui parce que Jake le lui a montré sur la couverture de *Forbes*) est présent avec… sa compagne ? son épouse ? Celle-ci ressemble beaucoup moins à la reine du punk dont Ursula a gardé le souvenir qu'à une épouse décorative avec des bras sculptés et un sac à main Stella McCartney. L'argent a le pouvoir de faire rentrer n'importe qui dans le rang, songe-t-elle avec une pointe de tristesse. À leurs côtés se trouve un enfant de l'âge de Bess environ, très beau dans son costume même s'il n'a pas l'air à l'aise, avec une mèche blonde qui lui tombe dans les yeux. Ce doit être le fils de Frazier.

Un futur fiancé pour Bess ! pense Ursula pour se remonter le moral. Elle aime déjà plaisanter sur le fait que sa fille fera un bon mariage d'argent, ce qui choque Jake.

Elle attend son tour pour saluer la famille, parce que l'intérêt d'être venue – tout l'intérêt d'ailleurs –, c'est de montrer à Cooper qu'elle tient suffisamment à lui pour être présente. Sa sœur et lui sont seuls pour accueillir les invités. Ursula observe cette dernière ; elle ne se souvient pas de son prénom. *Maddie* est celui qui lui vient à l'esprit, même si elle sait que ce n'est pas le bon. Mais le pire, c'est le souvenir mortifiant que réveille la présence de cette « Maddie ». Les toilettes du country club, les nausées dont Ursula a souffert au début de sa grossesse, à l'époque où elle pensait – non, où elle était persuadée – que Bess était la fille d'Anders. Et n'a-t-elle pas failli l'avouer à cette « Maddie » ?

Mallory ! Voilà son prénom !

Ce jour-là, Ursula a vraiment été à deux doigts de confesser cette horrible pensée à Mallory Blessing, une parfaite inconnue. Elle avait réussi à se retenir juste à temps, parce que dans un coin de son cerveau elle avait tout de suite pris la mesure de ce qui risquait d'arriver : Mallory en parlerait à son frère, et par loyauté Cooper se sentirait obligé de s'en ouvrir à Jake.

Ursula sent une main dans son dos. Elle se retourne et découvre une belle femme en tenue de créateur noire, avec une coupe de cheveux asymétrique très à la mode et un très gros collier.

— Sénatrice de Gournsey ? Je suis Leland Gladstone.

La voix de la femme déborde de confiance en soi. Elle décline son identité comme si Ursula pouvait la connaître. Ursula a-t-elle déjà croisé Leland Gladstone ? Son nom lui dit vaguement quelque chose. Une présentatrice ? Une chroniqueuse ? Ursula n'a pas le temps de s'appesantir sur le sujet, car son tour est venu de présenter un dernier hommage.

Les yeux de Cooper s'arrondissent quand il la découvre ; il cherche quelqu'un derrière elle.

— Jake n'est pas venu, si ?

Son ton est presque hostile.

Elle le serre dans ses bras.

— Je suis vraiment désolée, Coop. Jake est à Atlanta pour le travail, il n'a pas pu se libérer. Il m'a chargée de te présenter ses condoléances, bien sûr.

Cooper hoche la tête. Il a l'air exténué et surtout très las.

— Oui, d'accord, dit-il, merci d'être venue.

Son regard glisse sur Ursula pour se poser sur Leland Gladstone, et ses traits se radoucissent aussitôt.

— Salut, Lee.

C'est fini, alors, Ursula est congédiée. Elle se sent légèrement vexée. Elle est, après tout, sénatrice des États-Unis, et elle a pris sur son temps pour venir aujourd'hui. Mais c'était sans doute ce que Jake essayait de lui faire comprendre : il y a tellement de monde aujourd'hui que personne ne peut sortir du lot, et s'attendre à un traitement de faveur serait abject.

Ursula passe à la sœur, Mallory. Si Cooper a l'air épuisé, Mallory, elle, semble littéralement dévastée. Ses yeux sont deux trous vides – elle a dû avaler des comprimés. Elle dévisage Ursula les yeux plissés, comme si elle était face au soleil, puis elle regarde derrière elle également – à la recherche de Jake, sans doute. Parce que ce sont des relations de Jake, pas d'Ursula.

— Bonjour ? lance Mallory, sans cacher sa grande perplexité.

Ses manières doivent reprendre le dessus, parce qu'elle tend aussitôt une main froide et raide.

— Merci d'être venue, sénatrice.

— Pas de ça entre nous, appelez-moi Ursula.

Elle serre la main de Mallory même si elle voudrait étreindre la pauvre femme. C'est si terrible de perdre ses deux parents d'un seul coup.

— Jake voulait venir, mais il est en déplacement pour le travail. Il vous adresse ses condoléances.

Mallory opine du chef, même si Ursula n'est pas certaine qu'elle sache très bien qui est Jake.

— Nous sommes sincèrement désolés, Mallory, nous partageons votre peine.

— Merci, murmure Mallory, qui découvre à son tour Leland Gladstone derrière Ursula.

Elle fond alors en larmes. Les deux femmes se prennent dans les bras et se balancent d'avant en arrière en sanglotant. Ursula les observe un instant et ressent presque de la jalousie. Ursula n'a pas une seule amie pour lui ouvrir les bras ainsi et pleurer avec elle. Elle n'en a jamais eu.

Un placeur l'installe au deuxième rang. Elle proteste tout bas :

— Je devrais être au fond, je connais à peine…

Mais le fond de l'église est réservé à ceux qui resteront debout, et les seules places assises disponibles sont tout devant. Ursula se sent mal. Elle connaissait à peine M. et Mme Blessing, et elle a droit à ce traitement de faveur parce qu'elle est sénatrice. Jake avait raison, elle n'aurait pas dû venir. Il est toujours plus avisé qu'elle. C'est un génie des relations sociales, il sait décrypter comme personne les gens et les situations. Il devrait être ambassadeur. Pourquoi n'a-t-il pas choisi cette voie ? Si Ursula le pouvait, elle sortirait de l'église, mais elle récolte ce qu'elle a semé, il faut qu'elle l'accepte. Elle s'assied. La femme qui se trouvait derrière elle dans la queue, l'amie de Mallory, Leland Gladstone, est placée à côté d'elle.

Elle se penche vers Ursula pour lui glisser à l'oreille :

— J'ai des mouchoirs si vous en avez besoin. Et des pastilles à la réglisse.

Ursula lui est reconnaissante de sa gentillesse, même si celle-ci est purement formelle.

— J'en veux bien une s'il vous plaît.

Leland ouvre une ravissante petite boîte métallique, et tend à Ursula un petit bonbon enrobé de sucre de la taille d'un petit pois.

— Je suis la meilleure amie de Mallory depuis l'enfance. J'ai toujours connu Kitty et Senior, ils ont toujours fait partie de ma vie.

— Mallory a beaucoup de chance de vous avoir, lui dit Ursula.

Leland a un petit rire sec.

— Ça, je ne sais pas. Je ne suis pas quelqu'un de très commode.

— Eh bien, dans ce cas, nous sommes deux.

— Je peux vous poser une question ?

— Bien sûr, répond Ursula.

Au même moment, l'organiste se met à jouer et toute l'assemblée se lève.

— Ça attendra plus tard, conclut Leland.

Au cimetière, Leland prend Mallory par le bras. Elle est flanquée sur sa gauche de Coop, Fray, Anna, la copine de Fray, qui ne ressemble pas du tout à la rockeuse punk qu'on lui avait vendue, et de Link. La mère de Leland, Geri, se trouve de l'autre côté des deux tombes avec son nouveau compagnon, John Smith, rencontré sur un site en ligne. (Leland voudrait que sa mère vérifie qu'il s'appelle bien John Smith, parce que ça ressemble beaucoup à un pseudonyme, et il a l'apparence insipide et les manières affables de celui qui cherche à effacer un passé douteux. Leland a tout sauf envie que Geri se fasse duper par un arnaqueur qui séduit des divorcées esseulées en ligne puis leur prend tout ce qu'il y a à leur prendre.) Le père de Leland et Sloane se trouvent quelque part derrière Leland. Ça devrait être l'inverse – Geri était la meilleure amie de Kitty, elle aurait sa place au côté des membres de la famille, alors que Steve et Sloane pourraient se tenir un peu à l'écart… Enfin ! Leland a décidé de ne faire aucune remarque.

Kitty et Senior sont morts. C'est tout ce qui compte.

Le bon côté – et oui, Leland a conscience qu'il est choquant qu'elle réussisse à trouver un avantage aux obsèques des parents de sa meilleure amie –, c'est que Leland a récupéré le numéro de portable et l'adresse électronique de la sénatrice Ursula de Gournsey. Celle-ci a en effet eu la gentillesse d'accepter de donner une interview pour *La Lettre de Leland.* Leland n'en revient pas. Quel joli coup ! Elle brûle d'envie d'en parler à Mallory, mais, bien sûr, ça attendra.

Après l'inhumation, il y a une réception au country club. Une réception digne de Kitty Blessing – avec des serveurs qui proposent des hors-d'œuvre (Leland se souvient combien Kitty adorait servir un brie bien coulant accompagné de chutney sur des crackers) et un buffet pour trois cents personnes, avec des pièces de viande entière découpées à la demande. Il y a un quatuor à cordes et un bar sans limite de consommations. C'est vraiment très réussi, et Leland est impressionnée que Cooper et Mallory aient réussi à organiser une si belle fête. Elle se demande si Kitty n'a pas remis au personnel du country club des pages et des pages d'instructions ainsi qu'un chèque en blanc pour le cas où ils disparaîtraient prématurément, Senior et elle. À deux reprises au moins, Leland se surprend à balayer la pièce du regard à la recherche de Kitty. Et c'est bien ça, la mort : Kitty n'est plus là. Kitty et Senior sont partis, ils ne reviendront jamais, et comment est-ce possible ? Le monde continue à tourner, le country club est exactement le même, les Decker et les Whipp sont là – ils discutent avec Geri et John Smith, comme toutes les personnes que Leland, Mallory, Cooper et Fray ont connues dans leur enfance. Toutes en vie, sirotant du vin blanc, du bourbon ou des martinis, piochant de minuscules beignets au crabe sur les plateaux qui circulent entre les convives, étalant du brie sur des crackers, se refusant délibérément à penser qu'un jour, eux aussi, ils mourront, et que tout le monde les pleurera avant de se jeter sur un buffet.

Ursula de Gournsey n'assiste pas à la réception. Elle a expliqué qu'elle était attendue à 16 heures au Capitole. À ce seul mot, « Capitole », Leland a ressenti un frisson d'excitation. Elle adore les femmes puissantes.

Leland avait plus ou moins intégré le fait que l'ami de Cooper, Jake, avec qui elle a dîné à Nantucket il y a plus de vingt ans, était marié à Ursula de Gournsey, mais pour autant elle ne s'attendait pas à se retrouver derrière elle dans la queue avant les obsèques. UDG n'est peut-être pas la femme politique la plus puissante – il y a Hillary Clinton, Sarah Palin, Nancy Pelosi et Dianne Feinstein –, mais elle est la chouchoute des médias. Une chance que Leland ait toujours eu l'esprit d'à-propos. « Ma publication a des dizaines de milliers d'abonnées, à 98 % des femmes, ayant suivi à 85 % des études supérieures, et elle propose un contenu de qualité sur des sujets très variés.

J'aimerais beaucoup vous interviewer, pour offrir à mes lecteurs une compréhension plus intime de celle que vous êtes, de femme à femme. Ça ne serait pas trop contraignant, un rapide coup de fil, je ne veux faire perdre son temps à personne, ni à vous ni à moi. »

La promesse d'une interview rapide a achevé de convaincre Ursula. « Ça me semble envisageable, oui. Voici mes coordonnées. » Une main sur le bras de Leland avant d'ajouter : « Et merci d'avoir été si gentille avec moi. »

— Tu veux bien m'apporter un autre martini ?

Mallory tend son verre vide à Leland.

— Corsé, précise-t-elle. Le plus corsé possible, s'il te plaît !

— Et tu ne veux pas un peu d'eau aussi, Mal ? lui propose Leland.

La réception est sur sa fin. Steve et Sloane raccompagnent – bizarrement ? miraculeusement ? – Geri et John en voiture. La disparition des Blessing semble avoir atténué le dédain profond des parents de Leland l'un pour l'autre, et ils ont retrouvé des rapports amicaux. À moins que… À moins que Geri veuille seulement rouler des patins à John Smith sur la banquette arrière pour faire passer un message bien tordu à son ex-mari.

— Je boirai de l'eau plus tard, répond Mallory. Pour le moment, je veux du martini.

Leland obtempère, et passe commande au barman, M. Bridger – il travaille ici depuis si longtemps que

Leland se rappelle encore l'époque où il lui préparait des cocktails sans alcool.

— Mallory le veut bien corsé, précise Leland.

M. Bridger secoue la tête.

— Quelle tristesse…

Il pense aux Blessing, pas à la commande de Mallory – enfin, Leland en est presque sûre… Lorsqu'il lui tend le verre rempli d'un liquide brumeux avec trois olives piquées sur un cure-dent, il lui demande :

— Tu t'es mariée ?

— Heureusement, non ! répond-elle avec un enthousiasme un peu forcé.

Elle doit avoir un peu trop bu elle aussi, parce qu'elle ajoute :

— J'ai été lesbienne pendant une période… Aujourd'hui, je ne sais plus ce que je suis.

« Seule » est le mot qui lui vient à l'esprit. Elle se sent seule. Ce qui la mettrait mal à l'aise si Mallory et Cooper n'étaient pas célibataires, eux aussi. Cooper a divorcé pour la quatrième fois. Quatrième ! Et Mallory ne s'est jamais mariée. Elle a eu un fils avec Fray, mais ils n'ont jamais été en couple, pas même cinq minutes. Mallory sort parfois avec des types à Nantucket, enfin c'est ce que Leland croit savoir. Ça lui semble tellement étrange. Mallory est si jolie, si intelligente, tous les hommes devraient lui courir après. Leland les revoit toutes les deux dans sa chambre d'enfance, elles écoutaient des disques en remplissant leurs soutiens-gorge avec des chaussettes et en utilisant des brosses à cheveux comme micros. Est-ce qu'elles auraient un problème ?

— Est-ce qu'on a un problème, à ton avis ? lance Leland, un peu plus tard.

Mallory et elle sont chez les Blessing, dans la « bibliothèque », que Kitty a décorée dans le style d'un pavillon de chasse anglais : il y a une nature morte avec un faisan au-dessus du manteau de la cheminée en pierre, ainsi qu'un vieux fer à marquer portant les initiales CB à côté d'un soufflet en cuir. Les deux amies sont seules, assises sur le canapé en daim où elles s'enfoncent. La pièce contient un mini-bar, ce qui leur permet de continuer à boire à un rythme soutenu. Il y a aussi un placard dans lequel Senior rangeait sa chaîne stéréo, une platine et sa collection de vinyles – Neil Sedaka, les Beach Boys, les Spinners. Mallory a mis l'album *Revolver* des Beatles. La nuit est tombée de bonne heure, comme souvent fin octobre. Mallory a fait du feu, et il y a une lampe avec un abat-jour rose dans un coin. C'est douillet, elles sont seules. Coop a emmené Link voir un film d'animation, *Drôles de dindes*. Il avait envie de se changer les idées, a-t-il expliqué.

— Un problème ? répond Mallory.

— On ne s'est jamais mariées. J'ai été avec Fifi pendant dix ans, mais…

— Tu l'aurais épousée, si tu avais pu à l'époque ?

Mallory est installée à une extrémité du canapé, en chaussettes, les pieds posés sur la table basse. Elle boit du gin écossais avec du tonic – c'est ce qu'elle a trouvé dans le bar de son père.

— Fifi n'est pas du genre à se marier.

La gorge de Leland se serre dès qu'elle prononce son prénom.

— En revanche, elle était du genre à vouloir des enfants, dit Mallory.

Et Fifi a maintenant un fils, Kilroy – conçu grâce à un don de sperme –, qui a 5 ans. De temps à autre, Leland les aperçoit, Fifi et lui, à des événements littéraires, et elle prend aussitôt ses jambes à son cou. Elle meurt d'envie d'avoir une conversation avec Fifi, mais elle refuse d'en être l'initiatrice. Elle n'en revient pas que Fifi ne l'ait pas appelée, ne lui ait même pas envoyé un texto pour la féliciter au sujet de *La Lettre de Leland.* Elle doit bien être au courant, non ? Ses amis et collègues doivent la lire, non ? Leland a pris le parti d'être patiente. Un jour, Fifi comprendra qu'elle aime Leland et qu'elle l'a toujours aimée.

— Je suis convaincue qu'elle reviendra dans ma vie un jour. Ce qui doit arriver finit toujours par arriver.

— Tu le crois vraiment ? Tu penses que mes parents étaient destinés à être fauchés sur le bas-côté de l'autoroute comme… comme des hérissons ou des ratons-laveurs ? Parce qu'ils ont connu le même sort, Lee. La même fin que des animaux écrasés.

— Il est temps que tu ailles te coucher. La journée a été longue. Où sont les comprimés que t'a prescrits le Dr Roche ? Tu vas en prendre un, et moi aussi.

— Je ne suis pas prête à aller au lit, proteste Mallory.

Elle a exactement les mêmes intonations que lorsqu'elle avait 9 ans et que Senior et Kitty imposaient des horaires de coucher très stricts – 20 heures les soirs de semaine et 21 heures le week-end. Leland a commencé à passer ses premières nuits ici l'année de CE2, même si c'était plus souvent Mallory qui allait chez les Gladstone – Leland avait une salle de jeux en sous-sol, un Jacuzzi et un frigo rempli de sodas dans le garage, sans oublier que Steve et Geri la laissaient se coucher à l'heure qu'elle voulait. Ça n'avait changé que lorsque Leland et Mallory étaient entrées au lycée : elles dormaient alors plus souvent chez les Blessing pour pouvoir voir ce que faisaient Cooper et Frazier. Fray avait embrassé Leland pour la première fois dans le salon de cette maison, devant *Flashdance*.

Leland vient de s'en souvenir.

— Je voudrais te dire quelque chose, lâche Mallory en s'asseyant très droite brusquement. C'est un secret. Un vrai secret, le genre dont personne n'est au courant à part moi et quelqu'un d'autre.

Leland sait bien qu'elle devrait empêcher Mallory de lui confier un secret alors qu'elle est complètement ivre le soir de l'enterrement de ses parents. Que va-t-elle lui avouer ? Que Kitty avait une aventure avec M. Bridger ? Que Senior était recherché par le FBI pour fraude fiscale ? À moins que cela ne concerne Cooper et l'une de ses quatre ex-femmes ? Elles pourraient organiser tout un colloque sur la vie sentimentale de Cooper.

— Je t'écoute, l'encourage Leland.

— Tu dois me promettre de ne le répéter à personne.

— Je te le promets.

Leland est sincère bien sûr, enfin allez, elles ont 44 ans, elles savent bien à leur âge que dans toute l'histoire de l'humanité aucun secret n'a jamais été entièrement préservé. La vérité finit toujours par sortir. Ou peut-être pas. Peut-être y a-t-il des millions, non des milliers de milliards de secrets enfouis dans le noir, dans des trous rectangulaires comme ceux où les cercueils de Kitty et de Senior ont été mis.

— J'ai un « même heure, l'année prochaine ».

Leland répète la phrase dans sa tête, espérant qu'elle finira par avoir du sens. Mais non.

— Pardon ?

— J'ai quelqu'un dans ma vie. Un homme que je vois un week-end par an. Comme dans le film *Même heure, l'année prochaine.*

Même heure, l'année prochaine… Leland en a un vague souvenir. Peut-être que Geri l'a regardé un dimanche après-midi il y a bien longtemps ; peut-être qu'il pleuvait et qu'un poulet rôtissait dans le four pour le dîner. Peut-être que Geri a appelé Leland pour qu'elle regarde quelques scènes avec elle, et peut-être que Leland était assez jeune pour faire ce plaisir à sa mère au lieu de courir à l'étage écouter le classement des meilleurs titres de la semaine à la radio en finissant ses devoirs ou en écrivant des petits mots qu'elle donnerait à ses amies à son arrivée en cours, le lendemain matin. Peut-être qu'elle est arrivée à la fin du premier tiers du film. Peut-être que Geri lui a expliqué le début du film – un couple de banlieusards, en apparence normale, se retrouvent pour faire des folies tous les ans, un seul week-end, et ce pendant des dizaines d'années. Ils évoluent avec le temps bien sûr.

Peut-être que Geri a même observé : « Quel arrangement idyllique, au fond. »

— Attends, dit soudain Leland, c'est vrai ?

— Oui. Et je suis amoureuse de lui. J'ai toujours été amoureuse de lui. Mais cet amour est enfermé, rangé dans une boîte bien hermétique. Il n'a jamais affecté le cours de nos vraies vies. On a frôlé la catastrophe. Et donc oui, lui et moi, on se retrouve un week-end par an, depuis longtemps. Et personne n'est au courant. À part toi, maintenant.

— Pourquoi est-ce que tu m'en parles ?

Leland n'est pas certaine que l'on puisse parler de véritable relation à partir du moment où elle est enfermée dans une boîte hermétique.

— Il était aux obsèques ?

— Non.

— Il est au courant pour tes parents ?

— Je suppose.

— Comment ça ?

— Je te le dis parce que j'ai besoin de me confesser. Je sais que c'est bête mais une part de moi…

Elle plisse les yeux et deux sanglots étranglés lui échappent. Pauvre Mal… Elles sont assises là, avec leurs verres, dans la bibliothèque de Senior et Kitty, alors que Senior et Kitty sont dans des cercueils sous terre. Leland se penche vers son amie pour l'enlacer.

— Ça va aller, Mal.

Mallory secoue la tête. Elle a du mal à respirer. Leland se précipite dans la salle de bains pour chercher des mouchoirs. Elle ne s'est jamais entièrement investie dans leur amitié, et ce depuis le début, convaincue qu'elle lui était supérieure et qu'elle n'avait donc pas à faire autant d'efforts qu'elle. À présent, elle veut se rattraper. Si Mallory éprouve le besoin de se confesser au sujet de son histoire avec cet homme, très bien. Leland l'écoutera sans la juger.

Mallory essuie son visage avec un mouchoir, prend deux grandes inspirations, puis réussit à se calmer un peu.

— Une part de moi est convaincue que ce qui est arrivé à Kitty et Senior est ma faute. À cause de cette histoire avec… Cet homme, il… il est marié.

— Oui, je m'en doutais, rétorque Leland. Sinon… Enfin je veux dire, s'il ne l'était pas, vous pourriez être ensemble à longueur d'année. Ou plus souvent en tout cas. Mais peu importe, Mal. Tes parents ont été victimes d'un accident idiot survenu sans raison. C'est sans lien avec ton histoire. Je peux te le garantir.

— Non, tu ne peux pas !

Leland lui prend la main.

— Parle-moi de lui. Si tu ne l'as jamais dit à personne, il doit y avoir plein de choses que tu meurs d'envie de raconter.

— Pas vraiment. En un sens, je n'ai pas assez à raconter. Il vient ici tous les ans, on fait les mêmes choses, on a établi une sorte de rituel, ce qu'on mange, les chansons qu'on écoute… Et puis il repart.

— Tu ne l'appelles jamais ? Tu ne lui envoies pas de messages ?

Mallory secoue la tête.

— J'ai du mal à y croire.

— C'est encore plus dur à vivre qu'à croire.

— Tu le retrouves tous les ans sans faute ? Et Link ?

— Il est toujours avec Fray ce week-end-là. À la fin de l'été.

Leland commence à s'imaginer le tableau : quelques jours ensoleillés, où Mallory est seule avec ce mystérieux inconnu, l'homme de ses rêves, dans sa maison romantique sur la plage. Ils font l'amour et mangent des figues fraîches en chantant sur les Carpenters, puis il repart, Mallory reste sur le seuil de chez elle et lui envoie des baisers. Le temps est suspendu.

« Quel arrangement idyllique, au fond. »

— C'est quand même incroyable que vous n'ayez jamais dû renoncer une seule année, non ? Sa femme est au courant ?

Mallory secoue la tête.

— Sa femme… il y aurait tellement à dire à son sujet.

Elle baisse la voix pour ajouter :

— Elle est venue à l'enterrement. Toute seule.

— Elle… Quoi ?

Soudain Leland s'écarte de Mallory, de quelques centimètres seulement, rien de trop théâtral, mais elle a besoin de prendre un peu de distance. Sa femme est venue seule à l'enterrement. Tous les ans « depuis longtemps maintenant ». Combien de temps ? Depuis que Mallory a hérité de la maison ? Leland ne souhaitait pas demander le nom du type, par respect pour l'intimité de son amie – et parce qu'elle ne pensait pas le connaître.

La fin de l'été.

Leland fouille sa mémoire à la recherche de souvenirs de sa visite à Nantucket, ce premier été. Elles avaient fait une surprise à Fray, ça, elle s'en souvient. Et ils avaient bien failli remettre le couvert, Fray et elle. Cooper était là, avec son ami de Johns Hopkins, Jake McCloud. Que sait-elle de lui ? Argh ! Pas grand-chose. S'il n'avait pas fini par épouser Ursula de Gournsey, il aurait été effacé de la mémoire de Leland à tout jamais.

Mais il a fini par épouser Ursula de Gournsey.

Qui est venue à l'enterrement toute seule. Pourquoi ? Pourquoi était-elle là aujourd'hui sans son mari, alors que c'est lui l'ami de Coop ?

— C'est Jake McCloud ? murmure Leland.

Mallory pousse un soupir.

— Oh, là là, Mal.

— Je sais.

— Mal…

— Crois-moi, je sais.

— Dans un esprit de transparence…

Mallory redresse la tête.

— J'étais assise à côté d'Ursula pendant la cérémonie. J'étais surprise de la voir là. Et je vais peut-être te paraître horrible… Non, pas peut-être : je vais te paraître horrible. J'ai récupéré son adresse mail et son numéro de portable. Je lui ai demandé si elle accepterait de répondre à une interview pour *La Lettre de Leland*, et elle a accepté.

— Oh, Lee…

— Je suis désolée, je ne pouvais pas savoir. Mais oui, c'est vrai, je suis cette amie qui a profité de l'enterrement de tes parents pour faire avancer sa carrière. C'est juste… je n'étais pas au courant.

— Maintenant si, lui dit Mallory. Alors s'il te plaît…

S'il te plaît… quoi ? se demande Leland. Mallory n'ajoute rien d'autre. Elle abandonne sa tête contre le dossier du sofa et ferme les yeux. Leland envisage d'essayer de la faire monter dans sa chambre d'adolescente, mais la tâche lui semble impossible. Elle couvre Mallory avec le plaid en chenille rouge foncé qui, aussi loin que remontent ses souvenirs, a toujours été présent dans cette pièce, puis elle répond à l'appel de l'autre moitié du canapé.

S'il te plaît… quoi ? Leland s'endort, bercée par cette pensée.

Leland rêverait de proposer à ses lectrices un entretien-fleuve avec Ursula de Gournsey, mais, étant donné ce que Mallory lui a confessé, elle décide qu'il vaut mieux éviter de plonger trop profond dans l'existence d'Ursula. Elle lui propose donc de figurer dans sa rubrique des « Confidences à la douzaine » : douze questions, certaines en rafale, destinées à susciter des réponses amusantes, d'autres plus provocatrices. Il se trouve qu'Ursula préfère aussi cette formule ; elle n'a pas assez de temps à consacrer à Leland pour un portrait fouillé.

Douze questions, ça fait beaucoup, souligne Ursula. Elle espère qu'elles pourront boucler l'entretien en trente minutes, quarante-cinq maximum.

— Je peux aussi vous les adresser par courrier électronique ? propose Leland. Pour vous laisser le temps de réfléchir à vos réponses ?

— Votre mail finirait directement aux oubliettes. Faisons ça maintenant. Je vous écoute.

La Lettre de Leland
Confidences à la douzaine
avec la sénatrice Ursula de Gournsey

1. Le gadget dont vous ne pouvez pas vous passer ?

Un silence à l'autre bout de la ligne.

— Est-ce qu'on vous a déjà répondu « vibromasseur » ? demande Ursula.

— Sans arrêt.

— Ce n'est pas ma réponse.

Le ton de sa voix trahit presque une forme de vexation, comme si c'était Leland qui avait suggéré une chose pareille.

— Je me posais juste la question, ajoute-t-elle.

Mon BlackBerry.

2. La chanson que vous aimeriez entendre sur votre lit de mort ?

« Let It Be[1]. »

3. Cinq minutes de bonheur parfait ?

— Le temps de récupération après un bon jogging au rythme soutenu sur mon tapis de course.

— Vous voulez prendre le temps de réfléchir un

1. Chanson des Beatles, dont le titre pourrait se traduire « Qu'il en soit ainsi ».

peu à votre réponse ? Et peut-être parler de votre mari ou de votre fille ?

— Ah…

15 °C, un ciel bleu, un jean et un pull en cachemire, la meilleure place du stade entre mon mari et ma fille, Notre-Dame contre le Boston College.

4. Une décision que vous regrettez ?

D'avoir accepté un financement de la NRA.

Réponse courageuse, pense Leland. *Cet entretien commence à avoir de l'allure.*

5. Une mauvaise habitude ?

Corriger les fautes de grammaire des autres.

6. Quel serait votre dernier repas ?

— Je ne comprends pas la question, dit Ursula.

— Qu'aimeriez-vous manger pour la dernière fois ?

— Vous voulez dire avant de mourir ?

— Oui.

— Et ça intéresse vraiment les gens ?

— Beaucoup. L'enjeu est un peu plus grand que si je vous demandais votre aliment préféré. Vous pouvez choisir un repas entier.

— Ah… Alors des céréales, je pense.

— Des céréales ?

Des Rice Krispies *avec des rondelles de banane et du lait écrémé.*

7. Votre opinion la plus polémique ?

— Les hommes ne sont pas nos ennemis. J'ai bien

conscience que cela risque de beaucoup choquer votre lectorat. Mais j'ai appris au Congrès, et au cours de ma vie professionnelle en général, que les hommes veulent voir les femmes réussir. Ce sont les femmes qui se font des coups bas entre elles.

— Mmh.

Leland est loin d'être enchantée par cette réponse. L'objet de cette publication est de permettre aux femmes de se nourrir des expériences des autres femmes, de grandir grâce à elles.

— J'espère que ça aura changé quand ma fille, Bess, sera adulte. Lorsque ma mère était jeune, elle concentrait toute son énergie à soutenir mon père pour qu'il réussisse. C'était son travail. Puis avec ma génération, notre génération, les femmes se sont intéressées à leur propre réussite. L'étape suivante la plus logique serait qu'elles se soutiennent entre elles, qu'elles s'investissent dans leurs succès respectifs.

Après un silence, elle ajoute :

— Mais nous en sommes encore loin.

Les femmes doivent se soutenir entre elles, s'investir dans leurs succès respectifs. Les hommes ne sont pas nos ennemis.

8. Dans une boîte de crayons de couleur, lequel seriez-vous ?

— Le noir.

— Le noir ?

— Mon père disait toujours que j'étais grave, d'une gravité qui confinait au sinistre. Et puis c'est la couleur qu'on utilise pour les contours. Une couleur essentielle.

— J'entends bien, mais…

— Je ne vous répondrai pas jaune, rose ou violet. Ma réponse, c'est noir.

Noir.

9. Votre plus grande fierté ?

— Mon élection au Sénat est sans doute une réponse trop évidente. Je pourrais parler de ma loi sur la réforme du système de santé, mais ça ennuierait tout le monde.

Ursula marque une pause.

— Je crois que je vais répondre mon mariage.

Leland sursaute.

— Votre mariage ?

— Oui. Je suis mariée depuis seize ans, mais nous sommes ensemble, Jake et moi, depuis plus de trente ans. En toute honnêteté, je ne sais pas pourquoi il reste encore avec moi.

Leland est comme pétrifiée.

Passe à la question suivante !

Le fait-elle ? Non, bien sûr.

— Vous êtes une femme intelligente, accomplie.

— Je suis une vraie sorcière à la maison. Je suis exigeante, ingrate et je suis obligée de prévoir du temps pour ma famille dans mon emploi du temps professionnel, même si c'est la première chose que j'annule quand je suis débordée. J'ai bien conscience que si je ne commence pas à prendre le temps de m'amuser avec ma fille, elle finira par me détester, devenir comme moi, ou les deux. Et pourtant j'ai l'impression que si je cesse de travailler, ne serait-ce qu'une heure, le pays va s'écrouler. On parle des gens qui sont « accros au travail » comme s'il s'agissait d'une plaisanterie, voire d'une bonne chose. C'est une maladie et j'en suis atteinte. Je suis droguée au travail. Je souffre d'une addiction. Alors oui, je ne sais pas très bien pourquoi Jake reste, mais je lui en suis reconnaissante.

Mon mariage avec Jake McCloud, qui dure depuis seize ans.

10. La célébrité qui vous fait craquer ?

Le présentateur Ted Koppel.

11. Votre endroit préféré aux États-Unis ?

— Il faudrait sans doute que je choisisse un endroit dans l'Indiana. Mais j'ai déjà mentionné le stade de Notre-Dame, alors qu'est-ce qu'il me reste ? Fishers ? Carmel ?

— Ce sont des lieux qui vous inspirent ?

— J'aimerais pouvoir choisir un lieu magique, dans le genre de Nantucket.

Leland est à nouveau sonnée par sa réponse.

— Jake adore Nantucket. Moi, je n'y suis jamais allée, poursuit Ursula. Il y va tous les ans passer un week-end entre hommes. Je n'arrête pas de lui dire qu'une année je vais finir par m'imposer.

Oh, là là, pense Leland. *Arrêtez de parler de Nantucket, par pitié !*

— J'adore Newport, dans le Rhode Island, mais si étrange que cela puisse paraître je crois que je vais choisir Las Vegas. J'ai travaillé sur un dossier là-bas peu après avoir rejoint un cabinet d'avocats…

Ursula s'interrompt et Leland pense qu'elle vient de recevoir un texto, ou un double appel, avant de comprendre, au frémissement dans sa voix, qu'elle est submergée d'émotion.

— C'était une époque où j'étais heureuse. Vegas est une ville… insensée, non ? Mais elle ne cherche pas à s'excuser d'être ce qu'elle est, et ça m'a plu. J'ai adoré cet endroit, sans que je puisse l'expliquer vraiment.

Las Vegas.

12. Le titre que vous donneriez à votre autobiographie ?

— *La Voie du milieu.* C'est une allusion à ma politique. Je suis centriste. Les gens ne sont peut-être pas d'accord avec toutes mes prises de position, mais ils ne peuvent pas non plus être en désaccord avec toutes mes opinions. Je crois au bon sens, au travail acharné, au capitalisme américain, à la Constitution et à l'égalité devant la loi de tous les citoyens américains.

— D'accord.

Leland est de gauche, à la limite de l'extrême gauche. Elle n'a aucune envie de s'engager dans un débat politique au téléphone ; cependant elle trouve que ce titre, *La Voie du milieu*, est une dérobade aussi bien qu'un compromis. Elle aurait voulu qu'Ursula de Gournsey se révèle être une sorte de Superwoman. Enfin, peut-être que le lectorat de *La Lettre de Leland* retiendra ceci : les femmes de pouvoir sont soumises aux mêmes pressions et remises en question que les autres mortelles.

Leland se sent un peu mal à l'aise. Ursula de

Gournsey possède-t-elle tout ? Il suffit à n'importe qui de lire ces confidences pour comprendre que la réponse est non. Mais seule Leland sait qu'Ursula de Gournsey possède bien moins que ce qu'elle pense.

La Voie du milieu.

Les « Confessions à la douzaine » d'Ursula de Gournsey sont publiées le 20 janvier, soit pile une semaine avant le discours sur l'état de l'Union. Leland s'attend à ce que Mallory l'appelle pour l'incendier. Elle ne lui a pas explicitement demandé de ne pas interviewer Ursula, mais son « alors, s'il te plaît… » semblait tout de même une indication assez claire qu'elle attendait de Leland qu'elle réfrène ses ardeurs. Ce qu'elle a fait, en ne publiant pas un portrait fouillé.

Leland ne reçoit aucun coup de fil furieux. Non, elle reçoit des textos, des courriels, des messages sur Facebook, Twitter et Instagram, qui disent tous la même chose : *Adoré l'article avec UDG ! LL monte d'un cran !!!*

Il faut quelques jours, mais les « Confessions à la douzaine » d'Ursula de Gournsey finissent par faire le buzz. La phrase qui a retenu l'attention de tout le monde, c'est : « Les hommes ne sont pas nos ennemis. » Elle fait l'objet, dans le *New York Times*, d'une tribune libre signée par le gouverneur du Nevada, qui partage avec la sénatrice ce sentiment et qui trouve que les hommes ne devraient pas être à ce point critiqués pour les injustices sociales. (Le gouverneur est aussi enchanté qu'Ursula ait choisi comme endroit préféré Las Vegas, qui se trouve dans son État.)

L'article sur UDG et les débats qu'il provoque conduisent à un quasi-doublement du lectorat de Leland – elle atteint 125 000 lecteurs (Ursula de Gournsey est d'ailleurs l'un d'entre eux !), ce qui lui permet d'attirer dix-sept nouveaux annonceurs. *La Lettre de Leland* rapporte désormais suffisamment d'argent pour que Leland démissionne de son poste d'enseignante et se concentre à plein temps sur son blog.

Ce qui ne l'empêche pas de continuer à se ronger les sangs, à craindre d'avoir sacrifié son amitié la plus ancienne pour rencontrer le succès. Une semaine plus tard, quand, en prenant son portable, Leland constate qu'elle a reçu coup sur coup deux textos de Mallory, elle pense que l'heure a sonné. Mallory va la traiter d'opportuniste (ce qu'elle est), égoïste (*idem*) et sans pitié (eh bien, oui).

Leland ouvre les messages en tremblant. Le premier dit : *Joyeux anniversaire, Lee ! Je t'aime !*

Et le second : *Oups, désolée, j'ai cru qu'on était déjà le 29, pas le 27. Je t'écris mercredi.*

D'accord, pense Leland. Alors Mallory n'est pas en colère ? C'est une nouvelle formidable, parce que Leland va pouvoir profiter de l'élan que lui a apporté ces « Confessions à la douzaine » pour passer à la vitesse supérieure avec *La Lettre de Leland.* Elle pourra prétendre à une certaine influence dans la société. Elle doit garder le pied sur l'accélérateur, et non se laisser ralentir par des sujets épineux comme le risque de blesser sa meilleure amie.

Ce n'est qu'en s'endormant, ce soir-là, que Leland

s'avise soudain que Mallory n'a peut-être même pas vu l'article. Il a fait le buzz, d'accord, ce qui ne signifie pas pour autant que tous les Américains l'ont lu. Mallory est une mère célibataire active qui vit sur une île à cinquante kilomètres de la côte. Elle est accaparée par son quotidien au lycée, ses élèves, Link, la tâche pénible et douloureuse de régler la succession financière et professionnelle de ses parents. Elle ne passe sans doute pas des heures en ligne à taper le nom d'Ursula de Gournsey dans un moteur de recherche, contrairement à ce que fait Leland avec Fiella Roget, pour suivre le moindre de ses mouvements à la trace.

Leland ouvre son ordinateur portable (elle dort avec, oui, elle est pathétique à ce point).

Mallory Blessing n'est pas abonnée à *La Lettre de Leland.* Le premier réflexe de Leland est de se sentir vexée. Sa meilleure amie !

Elle referme son ordinateur d'un geste brusque. À la réflexion, c'est un vrai soulagement.

Été n° 22 : 2014

De quoi parle-t-on en 2014 ? Le vortex polaire et la vague de froid ; l'émission de Jimmy Fallon ; l'eau contaminée à Flint dans le Michigan ; Vladimir Poutine et l'Ukraine ; le vol 17 de la Malaysia Airlines abattu par des militaires ; Ebola ; la nomination de Janet Yellen à la tête de la Réserve fédérale ; la pleine conscience ; la mort de Robin Williams ; les émeutes à Ferguson, dans le Missouri ; le rapprochement diplomatique entre

Cuba et les États-Unis ; l'inauguration du One World Trade Center ; le mariage de George Clooney et Amal Alamuddin ; l'État islamique ; Minecraft ; Girls *; le « découplage inconscient » ; Tinder ; « All About that Bass » de Meghan Trainor.*

L'été qui suit la mort des parents de Mallory…

Bon, attendez. Elle a besoin d'une minute pour digérer cette phrase. Ses parents sont morts. Senior et Kitty ont été tués. Pendant tout le premier semestre 2014, Mallory se débat. Au réveil, tout va bien… jusqu'à ce qu'elle se souvienne. Alors, c'est comme si elle tombait dans un trou noir, sans fond, avec le vent qui rugit à ses oreilles, le vertige, la nausée, la sensation de flottement, de perte, non seulement de Senior et de Kitty, mais d'elle-même. Elle est assaillie par des émotions, toutes désagréables, pour certaines laides, la pire étant la culpabilité. Mallory a-t-elle été une bonne fille ? Ou même simplement correcte ? Elle craint que non.

Elle détestait toutes les règles. À commencer par la serviette sur les genoux. L'interdiction d'appeler en criant d'une autre pièce, de descendre l'escalier bruyamment. Les petits pains devaient d'abord être rompus en deux, puis en morceaux sur lesquels on étalait du beurre. Le sel et le poivre devaient toujours être remis ensemble. Le vernis à ongles ne s'appliquait que dans la salle de bains. Les messages de remerciement devaient être rédigés à la main et postés dans les trois jours. Il y avait une liste de séries télévisées interdites. Hors de question d'aller voir le *Rocky Horror*

Picture Show au cinéma. « Bonjour. » « Puis-je s'il vous plaît sortir de table ? » « Allô, ici Mallory Blessing à l'appareil. » Et la pire : ne jamais mentionner une personne par un pronom en sa présence. Kitty y tenait mordicus.

Mallory haïssait les attentes qu'ils avaient pour elle : obtenir de bonnes notes, bien se tenir, savoir faire la conversation, ne jamais commettre la moindre infraction au volant, avoir une éthique de travail irréprochable. Elle s'était rebellée intérieurement, même quand elle obtempérait, et elle était certaine que Senior et Kitty le sentaient. Pourtant, rien de ce qu'ils lui avaient appris, rien de ce qu'ils exigeaient ne l'avait desservie. Elle aurait dû leur être reconnaissante au lieu de se montrer revêche. Elle aurait dû accepter les leçons de maquillage et de danse de salon que sa mère lui avait proposées. Elle aurait dû l'accompagner dans les magasins, elle n'aurait jamais dû qualifier les boucles d'oreilles que Kitty lui avait offertes pour ses 40 ans de « mémères ». Mallory avait rejeté toutes les tentatives de sa mère pour faire d'elle quelqu'un de plus raffiné. Elle avait pris un malin plaisir à passer ses quatre années à Gettysburg en jogging, un chouchou dans les cheveux. Elle s'était fait faire un tatouage lors de son premier hiver à Nantucket, une liane qui s'enroulait autour de sa cheville. Si on lui en avait demandé la signification, elle aurait répondu que c'était purement décoratif, histoire de s'amuser, mais en vérité elle se délectait de devenir l'anti-Kitty.

Mallory a évité de se confronter émotionnellement à la disparition de ses parents en se concentrant sur les tâches matérielles. Qu'y avait-il à faire ? Eh bien, dans un premier temps, la cérémonie, l'inhumation et la réception à organiser. Mallory s'est occupée de tout sur pilote automatique, Cooper n'étant d'aucune aide. Puis il a fallu mettre la maison en vente, donner ou vendre aux enchères le mobilier, céder l'entreprise de Senior. Une fois encore, Cooper a passé son tour, et Mallory s'y est attelée seule, avec l'aide de l'avocat de la famille, Jeffrey Todd, et de la sienne, Eileen Beers. Pendant les vacances de février, elle est allée à Baltimore avec Link pour trier les affaires. Pendant les vacances d'avril, Link est allé à Seattle voir Fray et Anna, qui attendait une petite fille, et Mallory et Cooper se sont retrouvés à Baltimore pour finaliser la vente de la maison et de l'entreprise de Senior. Même divisé en deux, l'héritage était conséquent. Une fortune aux yeux de Mallory. Et cependant l'argent, qui représentait un tel souci à une époque, n'a plus aucune valeur à ses yeux.

Que se raconte-t-elle pour chasser ses démons ?

Qu'ils étaient ensemble.

Qu'ils n'ont pas souffert.

Qu'ils ont vécu une existence heureuse et bien remplie.

Qu'elle leur a donné un petit-fils, qu'ils adoraient tous les deux.

Que ce n'est pas sa faute.

Elle n'a aucune part de responsabilité dans l'accident. Elle leur a parlé à tous les deux le jour de Noël, les a remerciés pour leurs cadeaux. Elle leur a dit qu'elle les aimait. Link aussi.

Ils roulaient dans une Audi A4, que Senior avait achetée au printemps. Il n'y avait aucune raison qu'un pneu éclate, sinon par pure malchance.

Cooper dit que quand l'heure a sonné, elle a sonné. Il serait vain de nier cette évidence.

Mallory tente d'adopter sa philosophie, même si elle a bien du mal. Elle ne peut s'empêcher de penser que quelque chose a mal tourné, qu'il y a eu une erreur. Ça n'aurait jamais dû arriver. Elle voudrait tout arranger. Elle se réveille au milieu de la nuit en larmes. Elle veut qu'ils reviennent. Pitié, rien qu'un jour, une heure, une minute même, pour qu'elle puisse leur dire qu'elle les aime. Pour qu'elle puisse les remercier.

L'été qui suit la mort des parents de Mallory, un sauveur inattendu surgit dans sa vie, et c'est le baseball. Lincoln Dooley est sélectionné dans l'équipe de Nantucket. Mallory passe son mois de juillet dans les gradins, sans oublier la douzaine de trajets à Cape Cod ou sur la côte. Si le fait d'assister au moindre match lui prend beaucoup de temps, et lui coûte beaucoup d'argent, c'est exactement ce dont elle a besoin pour occuper son esprit. Les U14 de Nantucket n'ont jamais eu une équipe aussi performante dans toute leur histoire : leur palmarès est d'autant plus impressionnant que l'île ne constitue pas un réservoir immense de jeunes joueurs. Leur succès s'explique notamment par le fait que dix des douze coéquipiers jouent ensemble depuis qu'ils sont tout petits. Mais aussi par la personnalité de leur entraîneur, Charlie Suwyn.

La soixantaine, père d'enfants déjà grands, il

possède une entreprise prospère de gardiennage sur l'île et a récemment perdu son épouse, Sue. L'amour de Charlie pour le sport est contagieux, mais surtout, il adore les enfants, qui sont pourtant, il faut bien l'avouer, à un âge difficile. Il leur a enseigné toutes ses stratégies, ce qui leur permet de gagner souvent. En dehors du terrain, Charlie est chaleureux et encourageant. Son mot d'ordre est limpide : *Ce sont des enfants*. Les joueurs sont là pour développer leurs compétences, apprendre le fair-play, l'esprit d'équipe, et surtout s'amuser.

En tant que receveur, Link est indispensable à l'équipe. S'il ne laisse passer aucune balle, il est en revanche imprévisible sur le marbre. Mallory n'est jamais aussi tendue que lorsqu'il est en position de batteur. Il manque souvent la balle, ce qui est normal, mais il lui arrive aussi d'être éliminé parce qu'il n'a même pas bougé, ce qui est un problème. Il est le septième à occuper cette position.

Fray n'a pas fait une seule fois le voyage pour venir voir jouer son fils. Mallory sait que ça contrarie Link, même s'il n'en parle pas. Elle envoie sans arrêt des vidéos, accompagnées de messages qui disent : *Regarde notre fils !* ou : *Le numéro 6 met le feu !* Fray passe parfois un coup de fil après un match (sur une incitation de Mallory – *Appelle-nous vite avant que la pizza arrive !*), et même si elle n'entend que ce que dit Link, elle perçoit bien le manque de naturel des échanges entre le père et le fils.

La saison culmine par une semaine de tournoi à Cooperstown, dans l'État de New York, à la fin du mois de juillet. Mallory décide de faire une petite folie et de s'offrir une chambre dans l'hôtel Otesaga, un établissement de luxe chargé d'histoire, au charme désuet. C'est là que tous les grands joueurs de base-ball descendent quand ils sont en ville. En plus de tous les matchs de base-ball, Mallory réussit à profiter de la piscine et à prendre, tous les matins, son petit déjeuner sur la terrasse avec vue sur le lac Otsego.

Les conditions du séjour sont idylliques, les résultats sportifs, moins. Sur sept rencontres, Nantucket perd les six premières. Link brille au poste de receveur, en revanche c'est la catastrophe dès qu'il doit se tenir sur le marbre : il rate seize lancers. Lors du dernier match, cependant, la chance tourne. Il frappe la balle dès son premier tour de batteur, et celle-ci s'envole au-delà du champ extérieur. *Home run !* Mallory est si heureuse – et si surprise ! – qu'elle fond en larmes. Pendant toute la saison, elle a imaginé ses parents dans le ciel, assis sur une version éthérée (et plus confortable !) de leurs fauteuils de jardin et encourageant Link.

Kitty et Senior l'ont-ils vu réussir son coup ?

La deuxième fois qu'il prend la batte, Link réussit un autre *home run*. Mallory n'en croit pas ses yeux, et pourtant si, la balle se retrouve bien au-delà du champ extérieur et Link fait le tour des bases en trottinant avant de sauter dans les bras de ses coéquipiers, réunis sur le marbre.

Quand arrive son troisième tour à la batte, Nantucket est en retard de deux points. Dewey, le père assis juste à côté de Mallory lui demande :

— Quelles sont les chances qu'il réussisse encore ?

— Nulles, répond Mallory, même si elle ne peut s'empêcher d'espérer mieux qu'une élimination.

S'il arrivait à la première base, les U14 auraient peut-être une chance de revenir dans la partie. Mallory imagine Senior se levant de son fauteuil de jardin céleste pour crier, comme il le faisait lorsqu'il regardait un match des Orioles à la télé. Puis elle entend le son mat de la batte sur la balle, et celle-ci s'envole jusqu'à l'un des recoins les plus éloignés du champ extérieur, et tous les coureurs réussissent à compléter leur tour, et tandis que les autres parents sautent à pieds joints sur les gradins métalliques, dans la cacophonie la plus totale, Mallory se prend le visage à deux mains. Elle sanglote, parce que, alors qu'elle ne sait pas très bien ce qui arrive aux gens qui meurent, elle a la certitude que ses parents sont quelque part ici, à Cooperstown – à moins que ce ne soit eux, Link et elle, qui portent Senior et Kitty en eux. En tout cas, ce sont ses parents qui ont rendu cet exploit possible. Elle n'a pas le moindre doute sur ce point.

Le lendemain matin, Mallory et Link reprennent la voiture. Malgré le dernier match triomphal, le trajet est mélancolique. Cette saison de base-ball a été une source de consolation dans leur existence ; Charlie, le coach, et les autres parents sont devenus une seconde famille. Les matchs, ennuyeux parfois, ont généré une forme de dépendance. Mallory maîtrise à présent les règles du base-ball à la perfection. Elle s'est nourrie de hotdogs et de cacahuètes décortiquées, elle a vécu en short, une visière sur la tête. Et maintenant que la saison est terminée, Mallory ne le niera pas… elle est triste. Link jouera peut-être encore l'an prochain, à moins qu'il ne préfère prendre un petit boulot. Mais même si lui joue encore, personne ne peut savoir lesquels de ses coéquipiers répondront encore présents à l'appel. Et, de toute façon, ça ne sera plus la même chose.

Link profite des cinq heures de route du retour pour annoncer à Mallory qu'il n'a aucune envie d'aller à Seattle la semaine suivante – ni jamais d'ailleurs.

— Mais… tu n'as pas envie de voir le bébé ?

— Non, dit Link, d'une voix ferme. Je n'ai pas envie.

— Chéri, c'est ta sœur, et tu ne l'as pas encore rencontrée.

— Elle est encore trop petite pour s'en rendre compte. Je ne veux pas y aller.

— Et ton père et Anna ?

— Anna, pfff… Elle ne m'aime pas.

— Qu'est-ce que tu racontes, enfin ? Anna t'adore.

Il y a encore quelques étés, Mallory était convaincue que Link était entièrement sous l'influence de la compagne de Fray.

Il hausse les épaules.

— J'aimais bien les étés avec eux quand j'allais dans le Vermont. À Seattle, Papa passe son temps à travailler, et il fait froid dans la maison. Anna est soit au téléphone, soit sur son ordinateur, et je passe beaucoup trop de temps à jouer aux jeux vidéo. Il n'y a que le dimanche qu'on fait des trucs ensemble, et maintenant il va y avoir un bébé, alors… non, je n'irai pas.

— Ce n'est pas à toi de décider, mon grand, désolée.

— Maman, s'il te plaît, ne me force pas à y aller. Je n'ai pas encore pris de vraies vacances. On n'a fait ni voile ni kayak. J'ai à peine vu l'océan.

— On fait tous des choix dans la vie, tu as décidé de jouer au base-ball.

— Et si papa est d'accord ? Je pourrai rester à la maison ?

Mallory hésite sur la réponse à apporter. Elle a bien senti que la relation entre Link et Fray se détériorait depuis un petit moment. Avant, Fray venait sans arrêt à Nantucket, tous les mois. Depuis qu'il a emménagé à Seattle, il n'a pas fait le déplacement une seule fois. Pas une seule ! Mallory ne lui a fait aucune remarque, parce qu'elle sait qu'il est très occupé. Il continue à subvenir à tous les besoins de Link, et elle a pensé qu'ils se retrouveraient au mois d'août, comme chaque année.

Elle ne peut s'empêcher de se dire que si Link ne part pas à Seattle, il sera à Nantucket pour le dernier week-end de l'été. Ce qui n'est pas possible. Mallory est navrée, mais ce n'est *pas* possible.

Va-t-elle condamner son fils unique à un mois de malheur dans une maison avec un nouveau-né pour pouvoir continuer à entretenir sa liaison ?

Link doit faire la connaissance de sa petite sœur, Cassiopeia. Bébé Cassie. Il doit passer du temps avec Fray. Link a 13 ans, il est à l'âge où la présence d'un modèle masculin, d'un père, est cruciale.

Fray partagera sans aucun doute ce sentiment. Il

refusera d'être privé de Link tout l'été. Il l'appâtera avec des billets pour un match de l'équipe de Seattle, les Mariners, ou une virée camping à deux dans les îles San Juan. Ils pêcheront des truites arc-en-ciel, verront des orques. Ils feront des feux de camp et parleront de filles. Anna et la petite resteront à la maison avec la petite équipe de nounous.

— Si ton père accepte que tu restes à Nantucket, je ne me battrai pas, finit par dire Mallory.

Sauf que Fray ne sera jamais d'accord, pense-t-elle. Elle n'a aucune inquiétude à se faire. Son week-end avec Jake n'est pas menacé.

Fray accepte.

— Quoi ? s'étrangle Mallory.

Link et elle ont retrouvé avec bonheur la maison sur la plage. C'est le mois d'août, le temps est splendide, l'eau fraîche mais pas froide, et Mallory nage deux fois plus pour rattraper son absence en juillet. Elle fait le plein de maïs, de tomates, de tartes aux myrtilles, de salade de brocoli cru, et s'offre même une fois un bouquet de lys pêche. Le base-ball n'est déjà plus qu'un souvenir lointain.

— Il a dit que je n'étais pas obligé de venir si je ne voulais pas, explique Link. Il pense que ce sera mieux de se voir à Noël. Il a prévu qu'on aille tous à Hawaï, je crois.

— Ce sera mon premier Noël sans mes parents, mais oui, tu as raison, Hawaï me paraît une excellente idée, amusez-vous bien.

— Maman…

Link enlace Mallory par la taille et la serre de toutes ses forces, comme il le fait chaque fois que Senior et Kitty surgissent dans la conversation.

— Tu peux venir avec nous !

Mallory rit tout en pleurant. Oui, elle verse encore des larmes. Ses parents avaient chacun ses manies, mais elle comprend à présent qu'ils étaient son point d'ancrage. Ils étaient là – Kitty avec son amour du tennis et de la famille royale britannique, Senior avec son regard pragmatique sur le monde. Ils étaient tous deux déroutés par le mode de vie solitaire que Mallory avait choisi, pas parce qu'ils le désapprouvaient, mais parce qu'ils l'aimaient et souhaitaient qu'elle rencontre quelqu'un.

Mallory appelle Fray. Depuis quatorze ans qu'ils élèvent ensemble, à distance, Link, elle ne s'est jamais laissée aller à la colère. Aujourd'hui, si..Aujourd'hui, elle est prête à en découdre comme on dit.

— Tu as dit à Link qu'il n'était pas obligé de venir ? lui lance-t-elle dès qu'il décroche.

Il n'a pas répondu sur son portable, et elle l'a donc joint sur sa ligne professionnelle.

— Qu'est-ce qui t'a pris enfin ! ajoute-t-elle.

— Il n'a pas envie de venir, répond Fray. Il a passé tout l'été en vadrouille à jouer au base-ball et il a envie de voir ses amis. J'ai eu 13 ans moi aussi, je sais ce que c'est.

— Mais tu ne veux pas le voir ? Tu es son père ! Tu n'es pas impatient de le retrouver, de lui expliquer comment les relations entre les garçons et les filles évoluent à l'adolescence, de lui présenter sa sœur ?

— Sa sœur a tout chamboulé ici. Anna souffre de dépression post-partum. Elle est dans un sale état, elle a besoin d'aide, j'ai donc embauché quelqu'un pour être avec le bébé en permanence. C'est loin d'être un super été pour moi, Mal. Franchement, je suis soulagé.

— Soulagé…

La dépression post-partum doit être prise au sérieux, elle ne peut pas prétendre le contraire. Pauvre Anna… Mallory ne peut pas envoyer Link dans un endroit où l'atmosphère est aussi tendue.

— Ça ne durera qu'un temps, ajoute Fray. J'ai dit à Link qu'on le prendrait pour Noël.

— C'est très gentil, mais du coup je me retrouverai seule, et je ne suis pas capable d'affronter Noël seule cette année, dit Mallory.

Après un silence, Fray se racle la gorge.

— Je n'y avais pas réfléchi. Et j'imagine que Thanksgiving sera aussi une période difficile pour toi.

— J'ai besoin d'avoir Link pour les fêtes. Je l'ai toujours eu pour les fêtes. Toi, tu as le mois d'août. C'est notre arrangement depuis le début, et il a toujours fonctionné.

— Mais pas cette année… Je suis sincèrement navré, Mal.

Link n'ira pas à Seattle un mois entier, cependant… pourquoi pas pour deux semaines ? Ou une ? Ou même un long week-end avant la rentrée, celui de la fête du Travail ? Anna se sentira peut-être un peu mieux ?

— C'est trop loin pour faire un aller-retour en un week-end, rétorque Link.

Mallory a l'impression d'entendre un homme de 70 ans. Elle a l'impression d'entendre son père.

— Et puis j'ai envie de voir oncle Coop ce week-end-là.

— Oncle Coop ?

Mallory a enfin l'impression de respirer un peu mieux.

— Les Black Keys donnent un concert en plein air à Columbia, explique-t-il. J'espérais qu'oncle Coop pourrait m'emmener.

Mallory achète deux places en ligne – rang C, au centre – pour le concert du samedi 30 août. Link envoie des textos à tous ses copains pour se vanter. Mallory sort sur la terrasse s'asseoir à sa place préférée, au soleil ; il y a deux traces d'usure ovales sur les planches, à l'endroit où elle a posé ses fesses si souvent depuis vingt et un ans. Elle passe en revue toutes les raisons pour lesquelles ce rebondissement est une aubaine : Link va pouvoir voir son groupe préféré en concert, il passera un moment privilégié avec une autre figure masculine importante pour lui… et il ne restera pas à Nantucket.

Mallory appelle son frère. Elle est soudain prise de panique à l'idée qu'il pourrait déjà avoir des projets pour ce week-end.

— Salut, Coop, dis, tu es libre le samedi 30 août ?

— Salut, Mal.

Son ton est monocorde. Son peps naturel et son

charme se sont un peu éteints depuis la mort de Kitty et Senior. Raison supplémentaire de lui envoyer Link pour lui remonter le moral – c'est décidément un plan « gagnant-gagnant ».

— Oui, je suis libre, pourquoi ?

Mallory prend sa voix mesurée de mère inquiète pour son fils, plutôt qu'une voix commerciale de vendeur de tapis. Link ne veut pas aller chez son père et il passe donc le mois d'août à Nantucket ; Mallory a envie de lui faire une surprise pour le féliciter de son incroyable performance à Cooperstown et elle se demande si Coop serait prêt à accueillir Link ce week-end-là. Ce dernier rêve de voir les Black Keys en concert, et Mallory a déjà acheté deux places au troisième rang.

— J'ai sans doute mis la charrue avant les bœufs avec les billets, conclut-elle. Désolée.

— Non, je suis super tenté par le concert, rétorque Coop. Ce n'est pas le problème.

— D'accord… alors quel est le problème ?

— Le problème, c'est que je sais ce qui se passe. Je sais ce que tu es en train de faire, Mal.

Mallory se concentre sur la surface scintillante de l'océan, sur les vagues qui déferlent inlassablement.

— Qu'est-ce que je suis en train de faire ?

— Tu veux que ce soit moi qui le dise ? Vraiment ? Très bien, dans ce cas. Tu te débarrasses de Link.

Il marque un silence, puis ajoute :

— Histoire d'être seule ce week-end-là. Je suis au courant pour Jake et toi, Mal.

Est-elle surprise de ce qu'elle entend ? Oui. Oui,

elle est surprise. Au point qu'elle doit se retenir de lancer son téléphone dans l'océan.

Jake lui a dit, il y a des années de cela, que Cooper lui semblait un peu distant – un mélange d'amertume et d'indifférence. Ils ne se voient plus. Mallory ne s'en est pas inquiétée. Les gens s'éloignent. Les adultes ont des vies bien remplies. Elle est bien placée pour le savoir, elle ne voit plus Apple qu'au lycée, et une ou deux fois pendant l'été, parce qu'elle est mariée et qu'elle a des jumeaux de 9 ans. Cooper a une vie personnelle si tumultueuse qu'elle a pensé qu'il n'avait pas une seule soirée de libre, surtout que les allers-retours incessants de Jake entre Washington et l'Indiana limitent ses disponibilités.

Elle n'avait pas imaginé ça.

— Coop…

— Je ne tiens pas à être votre complice. C'est l'adultère qui me dérange, oui, mais pas seulement… Il se sert de toi, Mal.

— Non.

— Il a Ursula, et toi… tu n'as personne. Ça me tue de penser que tu passes l'essentiel de l'année toute seule, à attendre son retour. Tu es comme ces femmes de marin. Ça me brise le cœur.

— Tu te trompes.

Mallory a eu des histoires avec JD, Bayer, Scott Fulton… et avec Fray. On ne peut pas dire qu'elle ait été seule toutes ces années, simplement elle n'a jamais rencontré un homme qu'elle aimait, ou appréciait même simplement, autant que Jake, et elle n'a pas vu l'intérêt de se caser.

Elle a toujours eu le sentiment qu'elle détenait un certain pouvoir dans sa relation avec Jake. C'est elle qui a décidé, à la fin de leur premier été, de ne pas donner une autre dimension à leur histoire. Si elle l'avait fait, elle a la certitude que celle-ci se serait terminée, et peut-être même mal. Jake ne serait plus qu'un nom du passé. Leur idylle n'est peut-être pas conformiste, mais Mallory est convaincue d'avoir fait le bon choix.

Elle n'est pas célèbre, contrairement à Ursula, ça ne l'intéresse pas d'être sous les projecteurs. Elle n'est qu'une personne lambda, plutôt une bonne personne a-t-elle toujours pensé. Coop doit être persuadé qu'elle n'a aucune moralité, et pourtant, concernant son histoire avec Jake, Mallory serait justement tentée de rétorquer qu'elle a, au contraire, fait preuve d'une grande moralité. Elle n'a jamais cherché à avoir plus que la part qui lui était octroyée. Leur week-end annuel possède une certaine pureté ; ils ne sont ni débauchés ni malintentionnés. Elle ne se voile pas la face pour autant : elle sait que c'est mal. Mais dans un sens c'est bien, aussi.

Si Mallory l'explique à Coop, comprendra-t-il ? Peut-être. Peut-être pas. Elle ignore à quel règlement dévoyé il se réfère en matière d'amour. Peut-être que c'est elle qui suit un règlement dévoyé. Ou peut-être qu'il n'y a pas de règlement.

Mallory a conscience d'avoir un atout dans son jeu. L'utilisera-t-elle ?

— J'ai déjà perdu beaucoup cette année, je ne peux pas renoncer à lui aussi.

Oui, elle a décidé de jouer éhontément la carte

horrible de la mort de leurs parents. Elle pourrait aussi ajouter : « Si tu ne t'étais pas fait la malle pendant ton enterrement de vie de garçon, ça ne serait jamais arrivé. »

— D'accord, dit Cooper. Envoie-moi Link.

— Merci, répond-elle dans un souffle.

— Oh, et au fait, je sors avec quelqu'un. Une psychologue, qui s'appelle Amy. Je peux lui demander de discuter avec ton fils pour s'assurer qu'il va bien.

— Il va bien. Tu devrais peut-être demander à Amy de te dire si toi tu vas bien.

Elle grimace aussitôt, doutant de la pertinence d'envoyer une telle pique à Coop dans ce contexte.

Il rit.

— Tu as raison !

Été n° 23 : 2015

De quoi parle-t-on en 2015 ? « Hotline Bling » de Drake ; le vote en faveur de l'abrogation de l'Obamacare au Parlement ; American Sniper *; la sécheresse en Californie ; la comédie musicale* Hamilton *; le jeu vidéo FIFA ; les produits de coaching électronique de la marque Fitbit ; la Syrie ; les accusations d'agressions sexuelles visant Bill Cosby ; la fusillade de San Bernardino ; le « dab » ;* Veep *; « Love Wins*[1] *» de Carrie Underwood.*

---

1. Slogan de partisans de la légalisation du mariage homosexuel.

Ursula continue à lire quatre journaux tous les matins, auxquels elle a ajouté la newsletter *Skimm*, qui propose un condensé des nouvelles – et *La Lettre de Leland* le vendredi. Ses « Confessions à la douzaine » ont été vues plus de 2 millions de fois, mais ce n'est pas ce nombre qui est important, c'est le type de personnes qui les ont lues.

Du côté des moins, il se trouve qu'A. J. Renninger est abonnée à cette publication. Elle a critiqué publiquement Ursula pour avoir affirmé que les femmes devaient se soutenir entre elles et souhaiter leurs succès respectifs.

« La sénatrice, que je considérais comme une amie proche, ne m'a apporté aucun soutien lorsque je me suis lancée dans la course à la mairie, a-t-elle déclaré au média *Politico*. Et je suis sûre de savoir pourquoi : elle ne voulait pas devoir me considérer comme la femme la plus importante de la ville. »

Ursula a bien failli appeler A. J. sur-le-champ pour mettre les choses au clair. Elle ne lui avait pas apporté son soutien parce qu'elle ne pensait pas qu'A. J. serait la meilleure maire possible pour la ville. Sa victoire n'a cependant pas été une surprise pour Ursula : elle a réussi à lever tellement de fonds qu'Ursula était persuadée qu'elle avait promis des faveurs et des retours sur investissement à plus d'un lobby. Ursula n'a pas assisté à la fête d'investiture d'A. J. parce qu'elle avait d'autres « engagements » – elle a préféré travailler tard, puis monter sur son tapis de course et se régaler d'un bol de céréales pour le dîner.

Du côté des plus, il se trouve qu'une chroniqueuse de *Vogue* a proposé à Ursula, après avoir lu *La Lettre de Leland*, un portrait, qui a paru dans le numéro du printemps 2015. Ursula y porte des tailleurs de Carolina Herrera, Stella McCartney et Tracy Reese. Les photographies attirent sans doute plus les lectrices que l'article, même si celui-ci est fouillé. À la fin, la journaliste, Rachel Weisberg, demande à Ursula si elle envisage de se présenter à l'élection présidentielle.

« Je ne suis pas encore prête, a répondu Ursula, mais je ne peux pas l'exclure entièrement pour l'avenir. »

Cette déclaration provoque une réaction en chaîne. Dans un moment d'orgueil démesuré, Ursula a montré l'article à sa fille. Bess a 14 ans, elle est en seconde, c'est une élève brillante qui fait du volley et de la flûte, et qui lit tout ce qu'elle trouve sur les injustices sociales. Ses romans préférés parlent d'adolescents marginalisés vivant dans des pays du tiers-monde. Vous traversez l'Afrique avec pour seule possession un stylo rouge ? Alors Bess McCloud s'intéresse à votre histoire. Ursula chérit secrètement la dévotion passionnée de sa fille pour l'inclusivité et la diversité, même si celle-ci commence à monter au créneau contre certains choix politiques d'Ursula. Bess, comme beaucoup d'adolescents, a un grand cœur de gauche.

Ursula pensait que sa fille apprécierait de voir l'article de *Vogue*, parce qu'elle y clarifie justement sa position sur certains sujets sensibles. Elle voudrait faire voter une loi qui imposerait de vérifier les antécédents judiciaires des acheteurs d'armes. Elle est d'avis que le domaine de la santé doit rester aux mains du privé, et elle est déterminée à faire baisser les coûts des médicaments. Elle a aussi un programme fourni sur le front des questions LGBTQ+, qui vise à protéger les droits des civils et des militaires. Ursula est une « centriste indépendante », mais elle voudrait que Bess comprenne en quoi cela consiste plus précisément grâce à ce reportage en noir et blanc sur papier glacé.

Seulement, le lendemain matin, lorsque Bess entre dans la cuisine où Jake lui prépare, à son habitude, une omelette, tandis qu'Ursula parcourt sur son ordinateur le *South Bend Tribune* – les problèmes d'évacuation des eaux de pluie font la couverture, encore ! –, elle lance :

— Alors comme ça tu comptes te présenter à la présidentielle ?

Jake fait aussitôt volte-face, spatule à la main.

— Quoi ?

Plus tard ce jour-là, la mère d'Ursula, Lynette, téléphone. Alors que Bess et Jake ont visiblement été contrariés par la perspective qu'Ursula puisse se lancer dans la course à la Maison-Blanche, Lynette est folle de joie.

— Tu sais que ton père l'avait prédit quand tu avais 7 ans et que tu étais fascinée par le procès du Watergate ? Tu connaissais le sens du terme « *impeachment* » avant de savoir faire du vélo. J'en ai parlé aux copines de mon club aujourd'hui, et elles vont toutes voter pour toi.

Super, se dit Ursula. *Ça fait cinq voix.*

— Je n'ai pas annoncé que je me présentais à l'élection présidentielle, réplique-t-elle à sa mère, comme elle l'a fait plus tôt avec Bess et Jake. J'ai dit que je ne l'excluais pas. Et je peux te promettre que si je décide un jour de me lancer, tu ne l'apprendras pas dans le magazine *Vogue*. On en discutera d'abord en long, en large et en travers ensemble.

Cette réponse a semblé laisser Jake et Bess sceptiques ; Lynette, elle, est déçue.

Ursula lit *La Lettre de Leland* par reconnaissance – la vague de réactions suscitée par ses « Confidences à la douzaine » a changé la donne : Ursula est devenue une source d'intérêt (voire d'inspiration) aux yeux d'un public qui dépasse la région de Washington –, mais aussi parce qu'elle y prend du plaisir. C'est une publication intelligente. Il y a des articles sur le sexe et les relations amoureuses, les livres, l'art, la musique, le sport, le cinéma et la télévision, la nourriture et le vin, les voyages. Une source d'informations diversifiées, destinées aux Américaines qui s'intéressent à autre chose que la mode, la beauté et la décoration.

Chaque article est fascinant, incroyablement bien renseigné et rédigé d'une plume brillante. En toute honnêteté, Ursula préfère *La Lettre de Leland* au *Washington Post* et au *Times* réunis.

Ursula passe les deux premières semaines d'août à South Haven, dans le Michigan, pour voir sa mère.

Lynette de Gournsey a en effet vendu l'immense maison de South Bend pour acheter un appartement qui donne sur la rivière Saint-Joseph et cette magnifique maison de vacances au bord du lac Michigan. Ursula s'installe dans un fauteuil de style Adirondack sur une petite éminence de la magnifique pelouse ombragée de sa mère et ouvre *La Lettre de Leland* sur son iPad. Jake a emmené Bess « petit-déjeuner » dehors (ce qui signifie qu'il va lui acheter des cookies) et sa mère a une « réunion » (ce qui signifie qu'elle va boire des mimosas avec ses meilleures amies, Sue et Melissa). L'article phare de la semaine s'intitule : « Même heure, l'année prochaine : et si c'était la solution pour sauver le mariage moderne ? »

Ursula s'empresse de cliquer sur le lien. Elle est impatiente de savoir comment sauver un mariage contemporain. Si le mariage est fait de flux et de reflux, alors Jake et elle sont entrés dans une longue phase de reflux, à moins qu'ils ne soient franchement échoués dans un marécage d'eau stagnante. C'est Leland qui a rédigé elle-même cet article. Elle est la fondatrice et l'éditrice du blog, pourtant elle ne prend généralement pas en charge la rédaction des textes. À part pour cet article.

... conversation à cœur ouvert avec une amie proche m'a amenée à découvrir un secret troublant... cette amie, appelons-la « Violet », vit une histoire d'amour clandestine depuis plus de vingt ans, qu'elle surnomme son « même heure, l'année prochaine », en référence au film. Son amant et elle se retrouvent pour un long week-end chaque année, avant de reprendre chacun le

cours de son existence sans communiquer – ni appels, ni textos, ni e-mails – jusqu'à leurs retrouvailles, douze mois plus tard.

Au début, j'avoue avoir été choquée. (« Violet » est célibataire, mais son amant est absolument marié.) Et pourtant, plus je réfléchis à son aveu, et plus je me dis que cet arrangement semble... idyllique.

C'est vrai, se dit Ursula. Elle se serait parfaitement vue entretenir ce genre de liaison avec Anders, s'il était encore en vie. Il aurait pu épouser A. J., Ursula serait restée avec Jake, et elle aurait retrouvé Anders à Las Vegas chaque année au printemps, et ils seraient allés dans ce bar à karaoké qu'ils avaient fréquenté à l'époque. Ils auraient dîné au Golden Steer, puis seraient sortis danser au Hyde, ainsi qu'ils l'avaient fait ce soir si mémorable, avant de faire l'amour dans une suite avec vue sur les fontaines du Bellagio.

Si Anders était encore en vie et qu'Ursula réussissait à organiser cette petite escapade, à son retour auprès de Jake et de Bess, elle serait... si revigorée, si énergisée, si heureuse.

C'est justement un point que Leland soulève dans son article. La monogamie au sein des unions de longue durée est-elle une attente irréaliste ? Beaucoup de personnes échouent dans le mariage. Et si ce n'était pas aux participants qu'il fallait s'en prendre mais aux règles ? Serait-il possible qu'une brève liaison bien organisée comme celle que « Violet » entretient soit la solution ? Violet et son amant se retrouvent sur une côte quelque part. Ils font de la voile, ils se promènent, ils ramassent des oursins ; ils regardent des films, ils mangent de la cuisine chinoise et se lisent les prophéties que contiennent leurs biscuits.

Ursula a un mouvement de recul aussi vif que si elle venait d'être piquée par une guêpe. Elle relit la dernière phrase.

Des oursins ? Des prophéties ?

Une amie proche de Leland, « Violet », pour ne pas dévoiler son identité.

Ursula pose son iPad. Elle a soudain envie de vomir. Mais non, non, c'est un cas classique d'emballement à la Ursula – et justement la coach de vie qu'elle vient d'engager, Jasmine, lui enseigne des stratégies pour faire face ; or, dans les situations stressantes, il faut aborder les problèmes méthodiquement, pas à pas, plutôt que de se mettre à courir dans tous les sens comme si ses cheveux étaient en feu.

Des oursins. Des prophéties chinoises.

Il y a des années de cela, alors que Jake venait de quitter PharmX et avait contracté une infection à staphylocoque, Ursula a dû fouiller dans le bureau de son mari à la recherche des informations de sa mutuelle pour régler son séjour à l'hôpital. Elle est tombée sur une enveloppe « confidentiel » qui lui a paru... bizarre. En la prenant, elle a senti des bosses sous ses doigts et l'a donc ouverte. Elle contenait trois oursins plats et une poignée de prophéties chinoises. Ces deux éléments précis. Et rien d'autre.

Une coïncidence ?

Un long week-end chaque année : celui de la fête du Travail.

Pendant plus de vingt ans : oui, au moins.

Sur la côte : la maison à Nantucket.

L'amie proche de Leland, « Violet » : Mallory Blessing.

Ursula balaie méthodiquement les vingt dernières années, enfin aussi méthodiquement qu'elle le peut étant donné les circonstances. Sans même s'en rendre compte, elle s'est avancée à l'extrémité de la pelouse en surplomb du lac. Elle a besoin de sentir la brise. Ses bras sont engourdis, ils pendent comme ceux d'une poupée. Il y a eu l'année où Ursula est partie seule à Newport parce que Jake refusait d'annuler son week-end à Nantucket. Il y a également eu celle où ils ont repoussé le baptême de Bess. Le baptême de sa propre fille ! Il était inenvisageable qu'il annule son séjour à Nantucket. Ce week-end était sacré, disait-il, il tenait à passer du temps avec Cooper, avec les potes. Et pourtant, à ce qu'en sait Ursula, Jake n'a pas vu Cooper récemment. Et il a refusé de se rendre aux obsèques des parents de son ami – obsèques au cours desquelles Ursula a fait la connaissance de Leland et appris que Mallory et elle étaient des amies d'enfance.

Des amies proches.

Ursula doit appeler quelqu'un, mais qui ?

Leland ? se demande-t-elle. Non. En bonne journaliste, Leland protégera ses sources.

Ursula compose le numéro professionnel de Cooper. Il est le nouveau directeur de la politique intérieure de l'administration actuelle, un poste énorme, très exigeant.

Elle a du mal à franchir la barrière de son secrétariat. Marnie sait visiblement qu'Ursula est une sénatrice et les échanges professionnels doivent être planifiés en amont. Ursula explique que son coup de fil est purement personnel. Son mari, Jake McCloud, a étudié à Johns Hopkins avec Cooper. Ils étaient dans la même fraternité.

— Vraiment ? M. Blessing ne m'en a jamais parlé.

— Je ne mentirais pas sur un sujet pareil, rétorque-t-elle d'un ton irritable qui ne fera que renforcer sa réputation d'être un peu garce (peut-être plus qu'un peu d'ailleurs, peut-être qu'elle est une vraie garce insupportable, ce qui explique pourquoi son mari la trompe depuis plus de vingt ans). Ils étaient à Phi Gamma Delta. Jake était le « grand frère » de Cooper.

Marnie soupire.

— M. Blessing m'a déjà parlé de Phi Gamma Delta, en effet... Mais je ne peux toujours pas vous aider. Il est en lune de miel cette semaine.

— En lune de miel ?

Encore ? pense-t-elle.

— Tant mieux pour lui, ajoute-t-elle. J'espère qu'ils ont choisi une destination plaisante.

— Ils sont à Saint Michaels, dans le Maryland. Voulez-vous que je l'informe de votre appel ? Ou...

— Pourriez-vous me donner son numéro de portable ? J'ai une question personnelle assez urgente à lui poser.

— Je suis désolée, je ne peux pas.

Ursula ne peut s'empêcher de louer la discrétion de Marnie, même si elle brûle d'envie de parler à Coop.

— Dans ce cas, dites-lui que j'ai cherché à le contacter.

Ursula raccroche. Et maintenant ? Elle doit avoir le numéro de la maison à Nantucket quelque part. Elle pourrait téléphoner et voir qui décroche. Si c'est Mallory, Ursula lui… quoi ? Lui demandera si elle entretient une liaison avec Jake depuis vingt ans ?

Ursula décide de tenter sa chance. Elle n'a pas le choix de toute façon. Le numéro n'étant enregistré dans aucun de ses téléphones, elle se connecte aux Pages blanches en ligne et tape : *Mallory Blessing Nantucket Massachusetts.* Sa recherche ne donne aucun résultat.

Évidemment. On est en 2015, plus personne n'a de ligne fixe depuis dix ans.

Une autre lune de miel, sur la côte du Maryland, à Saint Michaels. Il n'y a qu'un seul endroit dans lequel de jeunes mariés voudraient descendre, non ? L'hôtel de luxe Inn at Perry Cabin.

La réceptionniste qui décroche a l'air jeune et pétillante, ce qui pourrait arranger ses affaires.

— Bonjour, ici la réception du Inn at Perry Cabin, que puis-je faire pour vous ?

— Bonjour, je suis la sénatrice Ursula de Gournsey.

Elle marque une pause le temps de prier intérieurement : *Faites que cette jeune femme s'intéresse un peu à la politique.*

— Je cherche à joindre Cooper Blessing, je crois qu'il passe sa lune de miel dans votre établissement ?

— Bonjour, sénatrice. Oui, il est bien ici. J'ai juste besoin que vous me donniez son numéro de chambre pour que je puisse établir la communication.

— Je ne le connais pas. Je ne pensais pas avoir à

le joindre cette semaine, mais une urgence s'est présentée. Si je vous laisse un message, pouvez-vous me garantir que vous veillerez à ce qu'il en prenne connaissance immédiatement ?

— Mmmmh…

Après un silence, la réceptionniste ajoute :

— Je pense que je peux vous mettre en relation malgré tout. Ne quittez pas, sénatrice.

Elle entend une sonnerie au bout de la ligne, et elle se demande comment elle est devenue ce genre de femme prête à déranger quelqu'un en pleine lune de miel pour l'interroger sur la possible infidélité de son mari. Elle devrait raccrocher ! Mais elle ne peut pas. Elle a besoin de savoir.

Un Cooper ensommeillé décroche le combiné.

— Allô…

Elle l'a réveillé. Bien sûr qu'elle l'a réveillé, il est à peine plus de 9 heures ! Elle s'efforce de chasser de son esprit une image de Cooper nu, couvant sa gueule de bois sous la couette moelleuse de l'hôtel, à côté de la pauvre femme qui vient de devenir la quatrième – cinquième ? – Mme Cooper Blessing.

— Cooper ?

Elle a la voix d'une détraquée. Elle est détraquée.

— C'est Ursula de Gournsey, bonjour.

Elle entend un bruissement – Cooper doit être en train de s'asseoir dans son lit tout en se demandant ce qui lui arrive brusquement.

— Bonjour, Ursula. Est-ce que… est-ce que tout va bien ? Ce n'est pas Jake, si ?

Sa voix s'étrangle légèrement, il doit craindre que

Jake ne soit mort, blessé, ou atteint d'une maladie incurable. Ursula se sent encore plus mal. Elle n'a pas revu Cooper depuis l'enterrement de ses parents.

— Jake va très bien, s'empresse-t-elle de dire. Bess et lui sont partis prendre le petit déjeuner en ville. Ils vont tous les deux très bien.

Elle respire la brise qui monte du lac. Il est si vaste qu'il a son propre horizon.

— J'appelle pour te poser une question sur tes week-ends avec Jake, à Nantucket.

Un ange passe. Cooper se racle la gorge.

— Ursula…

— Vous allez bien tous les deux à Nantucket pour le week-end de la fête du Travail, chaque année, non ?

Un autre ange passe. Ursula entend une voix féminine, celle de la nouvelle épouse, qui veut, à juste titre, savoir qui les appelle dans leur chambre d'hôtel à 9 heures du matin en pleine lune de miel et rend Cooper aussi nerveux. C'est peut-être à cause d'Ursula que Cooper traversera un divorce de plus.

— Ursula de Gournsey, murmure-t-il. J'en ai juste pour une minute.

Puis il s'éclaircit la voix et reprend :

— Désolé, Ursula.

— C'est moi qui suis désolée. Désolée de m'immiscer dans ta vie au moment le moins opportun qui soit, j'en suis certaine. Mais je viens juste de constater quelque chose, je lisais ce… blog, et je me suis brusquement demandé si vous alliez vraiment à Nantucket Jake et toi depuis toutes ces années. Peut-être qu'il… y va seul ? Ou avec quelqu'un d'autre ? Je ne suis pas en train d'exiger des preuves, je ne vais pas te demander de m'envoyer une photo ou de raconter des anecdotes. Ta parole me suffira.

Ursula sent son café remonter dans son œsophage. Si Cooper lui répond qu'il ne va pas à Nantucket depuis vingt ans, alors cela laissera le champ libre à une autre possibilité terrible, répugnante, et ils seront tous deux face à cette réalité.

— C'est bien avec toi que Jake passe le week-end de la fête du Travail à Nantucket ?

Une demi-seconde, peut-être moins.

— Oui, Ursula. Oui, bien sûr.

« Bien sûr. » Elle ferme les yeux. Se pourrait-il que Cooper lui mente ? La réponse est sans doute oui. Son passif avec les femmes témoigne d'un manque de stabilité évident. Peut-être qu'il ment à ses épouses. Peut-être que c'est même un mythomane. Et puis il se peut qu'il cherche à couvrir… sa sœur, Mallory. Mallory Blessing est jolie, oui. Une fille simple, qui respire la santé. Une fille jolie comme on en croise tous les jours. Elle n'est pas particulièrement séduisante, ni puissante, ni irrésistible. Elle ne ressemble pas à Ursula. Impossible que Mallory ait des appâts suffisants pour attirer Jake dans ses filets à Nantucket chaque été depuis des années. Ursula se montre paranoïaque, folle même.

— Super, Coop, merci beaucoup !

Elle prend un ton si guilleret que Cooper va définitivement la prendre pour une cinglée.

— Ursula ?

— Oui ?

— Merci d'avoir appelé. On se croisera à Washington.

Elle raccroche et retourne à son fauteuil. Son iPad est posé dans l'herbe, *La Lettre de Leland* éclaire toujours l'écran. La matinée a entièrement perdu de son attrait à ses yeux. Elle n'a pas abordé la situation avec calme et méthode. Elle a agi sur un coup de tête, et maintenant elle se sent ridicule.

En même temps, cette histoire d'oursins et de prophéties chinoises… Ça continue à la tracasser.

Mallory dépose Link à Nobadeer Beach où il a rendez-vous avec des amis. Cette plage est sur la même côte que celle au bord de laquelle ils vivent, et elle a bien du mal à comprendre pourquoi Link ne les invite pas plutôt à la maison comme il le faisait quand il était plus petit. Elle a même proposé de préparer des fajitas avec son guacamole maison. Link lui a répondu qu'ils « s'amuseraient plus » à Nobadeer.

« Et puis, a-t-il ajouté, on n'a pas envie d'aller à la plage si on sait que des parents regardent.

— Regardent quoi ? » a-t-elle demandé sans obtenir de réponse.

— J'espère pour toi qu'il n'y a pas de bières dans ton sac à dos, lui dit-elle. Si la police appelle, je ne décroche pas. Je te laisserai moisir en prison.

— Pas de bière.

— Prouve-le.

Link hésite avant d'ouvrir la fermeture Éclair de son sac à dos : deux bouteilles d'eau et une boisson énergétique.

— Tu as de la chance, lui dit-elle.

— Bonjour la confiance…

Son ton reste léger, pourtant il claque la portière de la Jeep un peu trop fort en descendant.

— Hé ! lui lance-t-elle par la vitre baissée. Je t'aime.

Il lève une main.

— Je t'aime, Lincoln, répète-t-elle plus fort.

Il se retourne, mais ne réussit pas à garder sa mine renfrognée. Il lui sourit.

— Je t'aime, maman.

Le portable de Mallory sonne. C'est Cooper. Cooper ? Il s'est marié six jours plus tôt sur la côte du Maryland. Mallory a pris l'avion pour assister à la cérémonie. C'était en tout petit comité – Amy, sa sœur, sa mère, Coop et elle. Mallory est persuadée que Link a profité de son absence pour recevoir du monde, même s'il était censé dormir chez son copain Bodie. À son retour, elle a trouvé le sol de la cuisine collant. Elle n'avait plus ni liquide à vitres, ni serviettes de table, ni pains à hotdogs, ni ketchup. Et il y avait une canette de Coca vide sur le rebord de la fenêtre de la salle de bains. Elle a été soulagée que ce soit un soda, mais Link a 14 ans et elle enseigne au lycée depuis bien trop longtemps pour être naïve ; la bière ne doit plus être très loin…

Mallory se gare sur le bas-côté de la route sablonneuse. Elle a une vue inestimable sur les dunes et l'océan au-delà. Les vagues sont bonnes aujourd'hui, il y a des dizaines de surfeurs.

— Coop ? lance-t-elle en décrochant.

Elle se demande si son mariage est déjà terminé.

Pendant la lune de miel, ce serait un nouveau record (enfin de peu).

— Tout va bien ?

— Devine qui m'a appelé ce matin… Bon, tu ne vas jamais deviner, alors je vais te le dire. Ursula de Gournsey en personne.

Mallory remonte les vitres de la Jeep, allume la climatisation et oriente les grilles vers son cœur. Elle transpire.

— Pour de vrai ?

— Pour de vrai.

— Et qu'est-ce qu'elle voulait ?

— Elle voulait que je lui confirme que c'est avec moi que Jake va à Nantucket tous les étés. Elle m'a dit qu'elle n'attendait pas que je lui fournisse une preuve, qu'elle me croirait sur parole.

Mallory a l'impression que c'est elle qui surfe sur les vagues, mais ça n'a rien d'une expérience plaisante, ça lui donne juste la nausée. Elle se pince la cuisse. Elle a toujours pensé que s'ils étaient démasqués, Jake et elle, elle aurait le temps de préparer sa défense. Or elle est prise de court, elle a l'impression d'avoir reçu une gifle violente.

— Qu'est-ce que tu lui as répondu ?

— Je lui ai répondu oui. Je lui ai dit que c'était avec moi que Jake allait à Nantucket tous les étés. J'ai menti, Mal. À une sénatrice.

— Merci. Merci… Coop. Merci.

— J'en suis malade. Bordel, je suis en lune de miel, Mallory, je commence à construire ma vie avec Amy. Une nouvelle vie. Et je me retrouve à devoir mentir pour protéger ma sœur qui entretient une liaison avec mon meilleur ami depuis… combien de temps ? Combien d'étés ?

— Beaucoup. Beaucoup d'étés.

— Beaucoup d'étés, répète-t-il.

— Elle t'a expliqué pourquoi elle te posait la question ? Ça lui est venu comme ça ou il y a une raison particulière ?

— Elle a parlé d'un blog qui lui aurait mis cette idée dans la tête.

— Un blog ?

Mallory a du mal à imaginer Ursula de Gournsey plongée dans la lecture d'un blog.

— C'est ce qu'elle m'a dit, oui. Je n'ai pas demandé de précisions. Je voulais m'étendre le moins possible sur le sujet. Mais j'ai quand même dû mentir.

Coop s'interrompt et elle remarque que sa respiration est saccadée. Est-ce que son frère serait en train de pleurer ?

— J'ai arrêté de parler à Jake le jour où j'ai compris ce qui se passait… ça remonte à mon mariage avec Tish. C'était donc en, quoi ? 2007 ? Je n'ai pas eu de véritable échange avec lui depuis huit ans. Mon meilleur ami. Mon grand frère, le frère que je n'ai jamais eu. Et si je dois encore mentir… Je ne te menace pas de te lâcher, je te demande juste *de ne plus jamais me forcer à mentir* !

Il a hurlé ces derniers mots, et comment le lui reprocher.

— Promis, murmure-t-elle.

— Sauf que tu n'arrêteras pas de le voir, je le sais.

Elle ne répond pas.

— Tu sais pourquoi j'ai menti, Mal ? En plus du fait que tu sois la seule famille qui me reste ?

— Pourquoi ?

— Parce que je pense que vous devez former un couple super, Jake et toi. Vous êtes tous les deux… si faciles à vivre. Et tellement intelligents. Et gentils. Vous êtes des gens bien. Je comprends pourquoi il te plaît. Je comprends pourquoi tu lui plais. Ce qui ne vous empêche pas de commettre ensemble une chose qui est fondamentalement mauvaise. Ce qui m'apporte la preuve de ce que j'ai toujours soupçonné.

— Quoi ?

— On est tous humains. Absolument tous.

Il n'en faut pas plus ; des larmes coulent sur les joues de Mallory. Elle remonte ses lunettes de soleil sur le sommet de son crâne et fixe la surface scintillante de l'Atlantique jusqu'à ce qu'elle devienne floue.

Un blog… Un blog ?

De retour chez elle, Mallory tape aussitôt dans le moteur de recherche en ligne les mots : *blogs les plus populaires femmes.*

Le premier résultat la renvoie à *La Lettre de Leland.*

C'est un blog ? Mallory avait cru qu'il s'agissait plutôt… elle ne sait pas très bien de quoi en réalité. C'était le projet de Leland, sa « tribune ». Mallory s'est toujours sentie coupable de ne pas s'y intéresser de plus près. Elle y a jeté un coup d'œil lorsque Leland l'a créé, elle a lu un article sur des techniques d'autodéfense dans le métro et un autre sur l'histoire d'une femme dans l'Utah retenue contre son gré par un polygame, à l'époque où tout le monde ne parlait que de ça. Le site lui avait paru nerveux, assourdissant, subversif et urbain, exactement à l'image de Leland, et Mallory ne s'était tout simplement pas sentie concernée.

Elle clique sur le lien de *La Lettre de Leland.*

L'article qui fait la une, juste sous la bannière du site, s'intitule : « Même heure, l'année prochaine : et si c'était la solution pour sauver le mariage moderne ? »

— Hein ? s'étrangle Mallory. Mais non !

… conversation à cœur ouvert avec une amie proche m'a amenée à découvrir un secret troublant… cette amie, appelons-la « Violet », vit une histoire d'amour clandestine depuis plus de vingt ans qu'elle surnomme son « même heure, l'année prochaine », en référence au film.

Mallory poursuit sa lecture. Leland a tout raconté. Jusqu'au détail des oursins et des prophéties.

Mallory se lève, balaie du regard le séjour comme si elle avait un public, des spectateurs indignés guettant sa réaction.

Elle va se servir un thé glacé dans la cuisine, y ajoute une rondelle de citron, avale une gorgée. C'est glacé, rafraîchissant, on sent bien la menthe, parce que Mallory en met toujours plein, qu'elle cueille dans son pot d'herbes fines sur la terrasse. Elle sait qu'elle a une vie de rêve, elle ne l'a jamais nié. Elle a hérité de cette maison alors qu'elle n'avait rien, un cadeau extraordinaire aux yeux de n'importe qui. Elle a un fils en bonne santé, fort, intelligent. Le fils de

Fray. Peut-être que la... trahison de Leland – il n'y a pas d'autre mot pour qualifier ce qu'elle a fait – est une vengeance ruminée depuis longtemps, pour que Mallory paie sa relation sexuelle avec Fray et l'enfant qui en a découlé. Pourtant Leland a accueilli la nouvelle de cette grossesse avec beaucoup de calme. S'agissait-il d'une comédie ? A-t-elle rongé son frein patiemment toutes ces années, attendant le moment opportun pour planter une aiguille dans le cœur d'une poupée vaudoue à l'effigie de Mallory ?

Peut-être que Leland est fâchée que Fifi soit venue rendre visite à Mallory, seule, il y a des années de cela maintenant. Peut-être que Fifi a dit à Leland qu'elle avait informé Mallory de leur rupture avant que celle-ci ait vraiment lieu. Ça aurait été un sacré coup dur. Leland tient énormément à Fifi, bien plus qu'elle n'a jamais tenu à Fray.

N'est-ce pas ?

Mallory se rend compte qu'elle n'a aucune idée de qui Leland aime – ou a aimé –, à part elle-même. Et cela n'a-t-il pas toujours été le cas ? Mallory repense à l'enfance, l'adolescence, le lycée – même si, pour être parfaitement honnête, tout le monde était égocentrique au lycée. Au début de l'âge adulte, il y a eu ces mois terribles de colocation à New York. Leland a piqué le boulot dont Mallory rêvait, et même si Leland était mieux taillée pour le poste, elle a traité Mallory comme son inférieure. Elle ne partageait ni les confits de canard ni les souris d'agneau du restaurant français au rez-de-chaussée de leur immeuble : elle mangeait ces plats devant Mallory, en sauçant avec des morceaux de baguette dorée, en approchant d'un geste théâtral une fourchette chargée de purée de pommes de terre de sa bouche, avant de l'enfourner et de pousser un gémissement de plaisir, tant c'était « délicieux ». Et pendant ce temps, Mallory se contentait de sandwichs, de ramen ou d'œufs brouillés en poudre.

Il y a aussi eu la première visite catastrophique de Leland à Nantucket, au cours de laquelle elle a disparu avec ses amis new-yorkais, abandonnant Mallory et Fray. Et puis sa seconde visite non moins catastrophique avec Fifi. Leland avait eu des mots si cruels : « Mallory est particulièrement influençable… c'est une suiveuse. » Bien sûr, Leland était remontée contre Fifi et jalouse de Mallory, mais… elle avait pensé ce qu'elle disait. Sinon, elle aurait choisi de la dénigrer en d'autres termes.

À la réflexion, c'était étonnant que Mallory et Leland soient restées amies. Ça n'avait été possible que parce que Mallory avait décidé de fermer les yeux sur les défauts de Leland. Elles ont tellement de souvenirs en commun – et pas seulement ceux qui lui sont d'abord revenus en mémoire, il y en a d'autres qu'elle a oubliés. Prendre la Saab de Steve Gladstone pour une virée au centre commercial, mutualiser leur argent de poche pour acheter des ailes de poulet frites, s'arrêter pour remettre 2 dollars d'essence dans le réservoir pour ne pas rendre la voiture à sec, écouter l'album *Songs in the Attic* de Billy Joel. « Captain Jack » était leur chanson préférée ; Mallory connaissait les paroles un peu mieux que Leland, et elle en était fière. Et avant cela encore, les innombrables journées d'été au country club, les poiriers dans la piscine, les saltos arrière depuis le plongeoir, les balles de tennis qui rebondissaient sur le mur d'entraînement en béton (et elles, vêtues seulement d'un une-pièce et d'une paire de baskets en toile, à cet âge où on n'a pas encore conscience d'avoir un corps). Elles arpentaient leur quartier à vélo ; une fois, elles s'étaient aventurées un peu trop loin et des garçons plus âgés avaient arrêté leur voiture pour leur demander leur nom. Leland, qui était très réactive, avait répondu : Laura Templeton. Et Mallory, qui l'avait imitée, avait dit : Jackie Templeton. Deux personnages de la série *Hôpital central*. L'un des garçons avait alors demandé : « Vous êtes sœurs ? Vous ne vous ressemblez pas. Qui est l'aînée ? » Leland ouvrait la bouche pour répondre – pour dire, bien évidemment, qu'elle était l'aînée –, quand elle s'était brusquement repoussée du trottoir et s'était mise à pédaler comme une dératée. Mallory l'avait suivie. Elles ne s'étaient pas arrêtées avant d'être arrivées devant la maison de Leland, et alors elles avaient commencé à se dire qu'elles avaient peut-être échappé de peu à un grand danger, de ceux contre lesquels on met les filles de leur âge en garde.

Elles avaient des faibles pour des acteurs qui changeaient tout le temps : Mel Gibson, Kevin Costner, Mickey Rourke. Elles avaient été toutes les deux follement amoureuses de Mickey Rourke, mais elles avaient établi qu'elles ne pouvaient pas en pincer pour la même personne, et c'était Leland qui avait pu le garder parce qu'elle avait l'affiche de *Neuf semaines et demie* dans sa chambre. Mallory se souvient d'avoir nourri de l'amertume, parce qu'il n'y avait jamais eu de photo plus désirable que celle de Mickey Rourke dans ce film.

Leland était la dominante, Mallory la dominée – c'était un fait. Et ça ne dérangeait pas Mallory. Plus tard, elle a fini par comprendre qu'elle n'avait besoin de l'approbation que d'une seule personne : la sienne. Peu lui importait de ne pas trouver sa place sur l'échiquier du monde culturel. Il lui suffisait d'être une bonne enseignante, une meilleure mère encore, et la meilleure personne possible.

Elle n'a qu'un point faible, une faille : Jake. Et maintenant le monde entier est au courant. Leland a braqué le projecteur sur elle.

Mallory aimerait être ce genre de personne qui passe l'éponge. Cooper a enfreint ses propres règles pour la couvrir. Avec un peu de chance, Ursula l'a cru et cet article, lu par des centaines de milliers d'Américaines, sera oublié d'ici une semaine.

Mais Mallory n'est pas comme ça.

Elle pourrait aussi être le genre de personne qui efface progressivement Leland de sa vie. Elle la rayera de son carnet d'adresses, sur son téléphone et sa boîte mail. La maison de ses parents a été vendue, elle n'a plus aucune raison d'aller passer les fêtes à Baltimore. Link pourra voir Sloane, sa grand-mère, et Steve Gladstone, le compagnon de sa grand-mère, en présence de Fray.

Mais Mallory n'est pas non plus comme ça.

Elle a été manipulée, malmenée et maltraitée par sa

meilleure amie depuis plus de trente ans et, cette fois, c'est la dernière. Mallory est en colère. Sa colère, elle le sait, finira par s'estomper, mais avant cela elle veut que Leland ressente la morsure de la brûlure, l'âcreté de son amertume.

Elle l'appelle.

— Mal ?

Mallory fixe son reflet dans le miroir de sa chambre tout en parlant.

— J'ai vu ton article, « Même heure, l'année prochaine ».

Mallory est fière d'elle. Elle parle d'une voix claire, sans trembler. Elle soutient son propre regard.

Silence.

— Ursula a appelé Cooper.

— Oh, mon Dieu.

— Ce n'est pas ce qui me dérange le plus. C'est une conséquence indépendante de la trahison en soi.

— Il ne s'agit pas d'une trahison, Mal…

— Je t'ai fait une confidence. Une confidence top secret sur un sujet extrêmement sensible. J'étais ivre, je le reconnais, et j'étais triste. C'était le soir de l'enterrement de mes parents. J'ai partagé quelque chose avec toi, ma meilleure amie depuis toujours, et toi tu l'as posté sur ton *blog*.

Elle prononce ce mot comme s'il était répugnant.

— Tu l'as exposé aux yeux de tous. Tu t'es servie de mon secret pour t'attirer des clics.

— Je n'ai pas donné ton nom…

— Tu n'aurais pas dû te donner cette peine. Ursula a appelé Cooper !

Son visage commence à se marbrer, elle sent que la maîtrise de la situation est en train de lui échapper comme le fil d'un cerf-volant arraché par le vent. Elle pose son portable sur sa commode. Elle entend la voix de Leland, mais pas le détail de ses paroles. De ses excuses. De ses regrets obséquieux. Mallory prend une profonde inspiration. *Raccroche*, pense-t-elle. Sauf qu'elle n'a pas terminé. Elle approche à nouveau le téléphone de son oreille.

Un silence, puis :

— Mal ? Tu es toujours là ?

— Ça n'aurait rien changé que tu aies donné mon nom. Et je me fiche d'Ursula. Ce qui est grave, c'est que tu as enfreint la promesse que tu m'avais faite. C'est vraiment hypocrite et immonde de ta part, Lee. Tu as toujours eu une attitude égoïste, sans considération pour les autres, mais là, ça a pris des proportions exponentielles. Tu as porté le coup fatal à notre amitié. Je serai triste sans toi, mais je crois que tu le seras encore plus, parce que tu vas devoir vivre avec la culpabilité de savoir que tu es une personne vide, en faillite morale, prête à vendre le plus grand secret de ta meilleure amie pour… quoi ? Des « likes » ? Des « followers » ? Des annonceurs ? L'admiration d'inconnus ?

Mallory reprend son souffle.

— J'espère que tu trouveras ce que tu cherches. C'est peut-être la reconnaissance de Fifi, ou alors l'amour de ton père… je n'en ai aucune idée. Et je m'en fous. Adieu, Lee.

— Mal…

Mallory raccroche. Leland l'appelle quatre fois et laisse trois messages, que Mallory efface sans les écouter. Elle bloque le numéro de portable de Leland, son adresse électronique et le site *La Lettre de Leland* qu'elle épingle comme « contenu inconvenant ». Quand elle a terminé, il est l'heure d'aller chercher Link à la plage.

Lorsque Link monte en voiture, les cheveux mouillés, sculptés en forme de vagues insensées et de pointes, accompagné d'effluves de sel, de sueur et de crème solaire, les jambes et les pieds couverts de sable, il dit :

— Tu as pleuré, maman ?

Ça doit sauter aux yeux, et pourtant Mallory secoue la tête.

— Demain je proposerai aux gars de passer à la maison, et tu pourras nous préparer à manger, d'accord ?

Elle sent que les coins de sa bouche se soulèvent, comme s'ils étaient doués d'une volonté propre.

— D'accord.

Une semaine avant Noël, Link sort la poubelle de la cuisine après le dîner – une corvée qu'il apprécie à cette époque de l'année parce que l'air est frais et sent le feu de bois, la brume qui monte de l'océan scintille comme des guirlandes de Noël. À l'horizon, il devine les lumières d'une couronne géante que leur voisin le plus proche accroche sur le côté de sa maison.

Alors qu'il pose le sac pour le fermer, sur le seuil de

la porte de derrière, dehors, il aperçoit une enveloppe UPS souple à moitié fourrée dans les ordures. Link tire dessus et constate que ce paquet lui est adressé.

Quoi ?

Il dégage une carcasse de poulet, des épluchures de pommes de terre et des prospectus publicitaires. Le colis a été expédié depuis Brooklyn par L. Gladstone. Tante Leland. Qu'est-ce que l'enveloppe fait à la poubelle ?

Il la déchire et découvre un cadeau emballé, un vêtement apparemment. Un maillot de l'équipe de football des Patriots, le numéro 87, *Gronkowski*. Oui ! Link en mourait d'envie, et c'est une taille adulte, il pourra le porter sur un sweat-shirt à capuche.

Il inspecte le reste du sac, pour le cas où Mallory aurait accidentellement jeté d'autres cadeaux. Puis il emporte le sac jusqu'aux poubelles extérieures sur le côté de la maison, admire la couronne du voisin et rentre avec son maillot. Une chance qu'il l'ait trouvé !

— Maman, dit-il en le lui montrant. Tante Leland m'a envoyé ça et tu l'as jeté sans faire exprès.

Mallory est installée sur le canapé près du feu, elle corrige des devoirs.

— Je l'ai fait exprès, répond-elle avec un petit sourire. Leland est morte à mes yeux.

Été n° 24 : 2016

De quoi parle-t-on en 2016 ? La mort de Prince ; l'élection de Donald Trump ; la mort de Mohamed

Ali ; le projet de faire figurer Harriet Tubman sur les billets de 20 dollars ; la mort du juge de la Cour suprême Antonin Scalia ; le Brexit ; le joueur de football américain, Colin Kaepernick, qui s'agenouille avant un match ; la « guerre des toilettes transgenres » en Caroline du Nord ; la fusillade à Orlando ; le mouvement « Black Lives Matter » ; le yoga avec des chèvres ; la mort de Gene Wilder ; le divorce des Brangelina ; la mobilisation contre le passage d'un oléoduc dans une réserve indienne du Dakota du Nord ; la mort de Carrie Fisher ; le choix des pronoms de genre ; Orange is the New Black*; « Formation » de Beyoncé.*

Burgers, maïs épluché, tomates en rondelles, « Hard Headed Woman » de Cat Stevens, hortensias dans un bocal, le même que celui de la première année – ce que Jake trouve réconfortant –, posé sur la trace de brûlure noire qui marque la table de ferme. Le repas, la musique, le bocal et l'étroite table de ferme sont les mêmes, mais tant de choses ont changé par ailleurs.

Mallory a utilisé une partie de son héritage pour rénover entièrement l'intérieur de la maison. Elle l'a… éviscérée. Disparus les lambris rustiques et la cheminée en brique poussiéreuse avec la dalle en ardoise. Envolée la porte-moustiquaire avec son claquement à vous donner des frissons le long de la colonne vertébrale chaque fois que quelqu'un entrait ou sortait. Partis les plans de travail de la cuisine en Formica – si démodés qu'ils étaient revenus à la mode –, les placards en aggloméré, le réfrigérateur chocolat et l'évier en inox.

De l'avis général, la maison de Mallory est maintenant éblouissante, à tomber par terre. Les murs sont habillés de planches de bois peintes en blanc ; la vieille bibliothèque qui s'affaissait a été remplacée par une nouvelle encastrée, blanche, qui va du sol au plafond, est dotée d'éclairages d'accentuation, ainsi que de rails cuivrés et d'une échelle mobile pour accéder aux rayons supérieurs. Le parquet est en chêne clair. Il y a un nouveau canapé blanc, profond, et deux fauteuils club confortables, recouverts de tissu crème, posés sur un tapis rayé de toutes les nuances de blanc imaginables, du beige très clair au bleu très pâle. Les placards de la cuisine sont blancs et munis d'élégantes poignées en laiton, le Formica a été remplacé par du marbre. On dirait que, pour sa chambre, Mallory s'est inspirée de vacances aux Bahamas. Elle a désormais un plafond cathédrale. Les murs sont d'une couleur pêche très pâle, et le somptueux lit king-size à baldaquin est entouré de voilages blancs. Elle a annexé la salle de bains, dans laquelle elle a fait poser un carrelage vert forêt ; elle a fini par se débarrasser de la vieille baignoire pour la remplacer par une nouvelle en pierre, qui ressemble aux coquillages qu'ils ramassaient lors de leurs balades sur la plage. La chambre d'amis a eu droit à un papier peint extravagant – un fond azur sur lequel gambadent des zèbres.

Une seule pièce est demeurée intacte : la chambre de Link. Y pénétrer, c'est faire un voyage dans le temps. On y retrouve les lambris familiers, le plancher qui grince recouvert de tapis tressés, la commode avec son épaisse couche de peinture grise. Si Jake ne fait pas erreur, Mallory l'avait trouvée au magasin d'occasion installé près de la décharge.

Jake caresse les murs de la chambre de Link.

— Mon vieil ami le lambris.

C'est le seul endroit de la maison qui ait conservé l'odeur démodée d'autrefois, mélange d'eau salée et d'humidité.

— Il m'a interdit de toucher à quoi que ce soit. Enfin, j'ai quand même pu transformer son placard en cabinet de toilette. Sans doute le plus petit du monde. Il dit qu'il préférait la maison avant, tu imagines ?

— Eh bien…

— Ah non, pas toi aussi ! Tu détestes ? Tu trouves que je lui ai fait perdre tout son caractère ?

Jake revient dans la pièce principale.

— Tu as gardé le bureau !

Il ne l'avait pas remarqué jusqu'à présent, mais le bureau en forme de haricot est toujours à sa place, dans le recoin le plus éloigné de la pièce, côté étang, presque caché derrière la nouvelle porte à six panneaux de la chambre de Mallory. Il détonne dans ce nouveau décor, un peu comme une tante célibataire démodée dans une fête de top models, et pourtant c'est à elle que Jake aurait envie d'adresser la parole. Quelles que soient les circonstances.

— Je n'ai pas réussi à m'en débarrasser. Je revois encore tante Greta écrire des lettres à ce bureau. Aujourd'hui, je me demande si elle écrivait à Ruthie.

La musique change et c'est au tour de « At Last » de s'échapper de l'enceinte connectée à la playlist du téléphone de Mallory. Le lecteur avec cinq chargeurs à CD est parti depuis longtemps.

— Je suis désolée que ça ne te plaise pas, dit Mallory en vidant la fin de son verre.

Même le vin est plus chic – la bouteille de chardonnay à 12 dollars a été remplacée par un sancerre.

— Mais c'est moi qui vis ici, ajoute-t-elle. Link partira pour la fac d'ici deux ans, et toi dès lundi.

— Hé là, dit-il en la prenant dans ses bras. C'est magnifique, Mal. On se croirait dans un magazine. Je dois juste m'habituer au changement.

— Je n'avais plus envie de vivre dans une petite chaumière rustique et charmante. Fray possède carrément un château à Seattle, et avec Anna ils viennent d'acheter un chalet dans une station de ski…

— Tu n'as pas fait tout ça pour essayer de suivre les traces de Fray, si ?

— Je voulais que ce soit bien. Mieux.

— Mais qu'est-ce qui pourrait bien être mieux qu'avoir l'océan Atlantique sous ses fenêtres ?

— Je sais, mais…

Elle s'écarte de quelques centimètres, et Jake en profite pour l'observer attentivement. Si la maison a subi une rénovation de fond en comble, Mallory Blessing, elle, reste exactement la même. Il aperçoit quelques cheveux gris au niveau de sa raie – et il se félicite qu'elle n'ait pas cherché à les cacher. Elle est bronzée et, dès qu'elle hausse les sourcils, son front est un accordéon de rides. Jake adore ça. Il adore la voir vieillir peu à peu, gagner en maturité. Elle a encore ses taches de rousseur de fillette sur le nez, et ce soir ses yeux tirent sur le bleu, à un point qu'il n'a encore jamais vu.

— Est-ce que tout va bien, Mal ?

Elle abandonne sa tête contre le torse de Jake, et il ferme les yeux. Trois cent soixante-deux jours. Voilà depuis combien de temps il attend de la serrer dans ses bras.

— Je me sens un peu fatiguée ces derniers temps. On a eu une année difficile, Link et moi. Je voudrais qu'il travaille au lycée, qu'il se consacre au base-ball et qu'il soit un gentil garçon. Lui, il veut sortir avec sa copine, aller à des fêtes sur la plage et se défoncer avec ses copains.

— Je comprends ce que tu ressens.

— Bess aussi t'en fait baver ?

— Pas moi.

— Ursula ?

Jake hoche la tête. Bess n'a pas de copain, elle ne va pas à des fêtes et ne fume pas de joints. Elle reste à la maison avec son amie Pageant, et ensemble elles préparent des banderoles incendiaires pour les rassemblements, les marches et les manifestations auxquels elles se rendent le week-end, afin de se battre pour la prise de conscience du changement climatique, la liberté de procréation, les droits des transgenres, des immigrés, le contrôle des armes à feu, Amnesty International. C'est difficile de suivre le fil, et si Jake tente de lui apporter son soutien – il adore que Bess défende les causes auxquelles elle croit –, Ursula a une réaction amusée, qui passe pour condescendante.

« Tu vas soutenir les lesbiennes aujourd'hui ? lui a

récemment demandé Ursula. À moins que ce ne soit les nains de l'Ouganda plutôt ?

— Tu es insultante, lui a rétorqué Bess. Si les gens te connaissaient vraiment, personne ne voterait pour toi !

— Bess ! » est intervenu Jake, mais elle avait déjà claqué la porte de leur appartement.

Ursula a balayé l'échange d'un petit rire.

« Laisse-la partir. Moi aussi, à son âge, je détestais ma mère. C'est normal. »

— Et si on sortait, ce soir, après le dîner ? suggère Jake. Et si on allait au Chicken Box en souvenir du bon vieux temps ?

— J'adorerais... Mais on ne peut pas. On a eu très chaud, Jake. J'étais persuadée qu'Ursula allait t'enfermer et que je serais seule cette année.

— Elle ne m'a pas du tout semblé inquiète, lui dit Jake.

Mallory lui a raconté toute l'affaire avec *La Lettre de Leland*, le coup de fil d'Ursula à Cooper. Mallory s'est étonnée qu'Ursula n'ait pas posé directement la question à son mari. Mais c'est parce qu'elle ne comprend pas l'architecture de son mariage. Ursula n'affronte jamais les problèmes de façon frontale, en partie parce qu'elle n'a pas l'énergie émotionnelle suffisante, et en partie parce qu'elle a peur qu'en retirant le mauvais élément, tout leur jeu de construction s'effondre. Un mariage en échec serait une mise à mort politique. Ursula doit le sauvegarder à n'importe quel prix.

Jake n'a pas été enchanté d'apprendre que Cooper était au courant, même si le fait qu'il ait accepté de les couvrir leur offre un peu de liberté. Pourquoi ne pas en profiter.

— On est vieux, maintenant, on ne connaîtra plus personne là-bas.

— On pourrait, si.

— Faisons autre chose, alors. Et si, après le dîner, on embarquait une bouteille de vin pour aller la boire à bord du *Greta* ? Ce serait agréable d'être sur l'eau. On pourra s'asseoir à la proue. Personne ne nous verra.

Mallory fait la moue.

— Mmh… je ne sais pas. On fait toujours les mêmes choses pour une bonne raison : elles sont bien rodées.

— Personne ne nous verra assis à la proue de ton bateau, Mal.

Elle soupire.

— D'accord. Mais quand on marchera sur le quai, reste six pas derrière moi, les mains dans les poches, et mets une casquette.

Il éclate de rire.

— Marché conclu.

Ils garent la Jeep de Mallory en centre-ville et longent – Mallory devant, Jake derrière – le kiosque, puis deux restaurants avant d'atteindre les quais. C'est excitant d'être dehors en pleine nuit, au milieu des gens qui savourent leur dernier week-end de l'été. Jake est nerveux, ce qui accentue encore son plaisir ; il a bu trop de vin, sans doute, et Mallory a une seconde bouteille dans son sac. Ils devront peut-être dormir sur le bateau et rentrer en douce à l'aube.

Ils arrivent à la loge du gardien. Au-delà, l'accès est réservé aux propriétaires des bateaux et à leurs invités. Il y a là un adolescent dont les boucles blond-roux qui dépassent de sa casquette de l'université de Miami évoquent la salade débordant d'un hamburger. Jake doit se retenir de tourner les talons. Mallory connaît tous les adolescents de l'île. Elle est « la » prof de lettres du lycée, la meilleure, la plus populaire. N'importe lequel de ses élèves pourrait dégainer son portable pour prendre en photo le type avec lequel Mlle Blessing traîne et le poster sur Snapchat. Quelqu'un d'autre pourrait alors utiliser un logiciel de reconnaissance faciale. Le lycée d'abord, puis toute l'île sauraient que Mlle Blessing a été aperçue sur les quais à 21 heures avec Jake McCloud, le mari d'Ursula de Gournsey.

Est-il parano ? Sans doute.

— Je suis la propriétaire du *Greta*, dit-elle à l'ado. À la place 106.

— OK, répond-il.

Ils passent. Jake est si soulagé qu'il veut prendre la main de Mallory, mais elle le repousse – et elle a raison. Il l'enlace alors par les épaules, et elle lui donne un coup dans les côtes. Ils sont à la hauteur de l'emplacement 100. Le *Greta* est à trois bateaux d'eux, sur la droite. Ils sont presque hors de danger.

Un homme et une femme descendent de l'un des immenses yachts sur la gauche. L'homme est grand et robuste. Mallory et Jake doivent se décaler sur le côté pour que le couple puisse passer.

— Bonsoir, dit Jake.

L'homme s'arrête. Il est si lourd que les planches de la passerelle grincent.

— Mallory ?

Elle se retourne.

— Oh ! s'écrie-t-elle comme si quelqu'un venait de lui pincer les fesses. Bayer ?

Elle fait un pas hésitant en direction de l'homme avant de se raviser et de lui adresser plutôt un signe de la main à distance.

— Bonsoir, ça fait plaisir de t'avoir croisé.

De toute évidence, elle n'a pas l'intention de s'attarder pour faire les présentations. Jake est soulagé.

En avant ! pense-t-il. Pourtant, il a l'intuition que cette interaction n'est pas entièrement terminée. Bayer les observe – et plus spécifiquement Jake maintenant –, alors que la femme, une brune mince à l'avant-bras chargé de joncs dorés, est absorbée par son téléphone.

— On se connaît ? lance Bayer à l'intention de Jake.

Il n'a pas l'intention de prendre le risque de le regarder dans les yeux et préfère donc lancer un coup d'œil au yacht dont le couple vient de descendre. Le *Dee Dee*.

— Non, je ne crois pas.

— Vous êtes sûr ? insiste Bayer.

— Il croit toujours connaître tout le monde, intervient la brune en glissant son portable dans son sac.

Quand elle tend la main vers celle de Bayer, ses bracelets tintent.

— Allez viens, chéri, on a une réservation à 21 h 30.

— Bonne soirée, leur dit Jake.

— Merci, répond Bayer, vous aussi.

Mallory détale aussi vite qu'une pouliche de 3 ans qu'on viendrait de lâcher sur un champ de courses. Elle court pratiquement jusqu'à la place 106 et saute sur le voilier comme s'il s'apprêtait à partir sans elle. Jake ne peut s'empêcher de rire.

Elle a clairement été effrayée. Elle sort une clé de la poche arrière de son corsaire blanc, l'insère dans la serrure du cadenas et ouvre la porte de la cabine. Elle disparaît dans le noir.

Jake l'entend poser la bouteille, puis fouiller dans un tiroir. Le temps qu'il la rejoigne, elle a déjà débouché le vin.

— Qui était-ce ?

— Bayer. Bayer Burkhart.

Elle avale une longue gorgée à même le goulot.

Bayer Burkhart. Ce nom éveille un vague souvenir. À moins que Jake ne se fasse des idées.

— Et c'est qui ?

— Quelqu'un que j'ai connu autrefois. Oh là là, c'était bizarre. Flippant, même. Je ne l'avais pas revu depuis vingt ans.

— Tu connaissais la femme qui l'accompagnait ?

— Non, mais je pense savoir qui c'était.

Mallory va sortir des verres du petit placard.

— Quand je l'ai rencontré, il vivait à Newport.

Newport... Décidément, ce nom, associé à cet endroit, lui dit quelque chose, mais Jake n'arrive pas à savoir quoi exactement.

— Tu as eu une histoire avec lui ?

Il est soudain consumé par la jalousie.

— Oui, on peut dire ça. Une histoire brève, d'un été. Ce qui est drôle, c'est qu'en le regardant, juste à l'instant, je n'ai pas réussi à convoquer un seul souvenir agréable.

— Tant mieux, dit Jake.

Mallory lui tend un verre de vin.

C'est dimanche soir, après le dîner chinois, après le film, après les prophéties, après l'amour. Des heures douces-amères, les huit ou dix avant qu'il ne reprenne la route de l'aéroport. C'est encore pire cette année, mais pourquoi ?

Mallory s'est endormie, et Jake lui en veut, alors qu'il sait pourtant que c'est généralement lui qui s'abandonne le premier dans les bras de Morphée pendant qu'elle reste éveillée et réfléchit à la nature cruelle de leur relation.

Mallory respire dans son oreiller en duvet. Le nouveau matelas est ferme et moelleux à la fois. On dirait une génoise. Jake lui caresse le dos. Elle a la peau si douce qu'il se fait un devoir de la toucher à la moindre occasion. À cette heure demain il sera de retour à Washington. Bess et Ursula ne rentreront pas avant deux jours, il aura donc du temps pour décompresser, retirer tout le sable de ses chaussures, se focaliser sur les sujets qui réclament son attention – sa famille, son travail, les fonds qu'il doit collecter pour la fondation. Ça devrait aller. Ça ira. La douleur insoutenable qu'il ressent à cet instant à la perspective de quitter Mallory s'estompera, peu à peu, jusqu'à devenir supportable

– et puis, en avril ou en mai, la mélancolie sourde qui recouvre son cœur comme une couche de poussière se transformera presque instantanément en impatience à la perspective de la retrouver.

La lumière de la lune s'engouffre par la fenêtre côté étang, si bien que lorsqu'il sent une zone un peu rugueuse sous son doigt, dans le creux des reins de Mallory, il la scrute à la lueur fantomatique. Une morsure ? Une éraflure ? Une tache, constate-t-il. Il attrape ses lunettes et son téléphone pour l'éclairer avec la lumière du flash. Une marque noire irrégulière. Elle n'a pas l'air jolie, mais est-elle vraiment dangereuse ? Jake la prend en photo. Serait-il sorti de son rôle ?

Peut-être, en tout cas demain matin il lui montrera la photo et insistera pour qu'elle se fasse examiner.

Été n° 25 : 2017

De quoi parle-t-on en 2017 ? De quoi ne parle-t-on pas ? Moonlight *contre* La La Land*; la Corée du Nord; le scandale autour des paroles de la chanson de Beyoncé « Becky with the good hair »; les violences à Charlottesville; Jeff Bezos; les accords de Paris; l'« avocado toast »; le CrossFit; Meryl Streep; l'éclipse totale de Soleil; la fusillade de Las Vegas; la marche des femmes; les ouragans Harvey, Irma, Jose et Maria; #MeToo : Harvey Weinstein, Louis C.K.; « Something Just Like This », de The Chainsmokers et Coldplay.*

Mallory a un mélanome. Un cancer de la peau. Ces mots font peur, mais elle refuse de paniquer. Elle doit tenir bon pour Link.

Il a pris quinze centimètres en une année, il a obtenu son permis d'apprenti conducteur, et il sort avec une fille du nom de Nicole DaPra – et quand elle dit qu'ils « sortent » ensemble, Mallory veut dire qu'ils sont devenus des siamois. Elle les soupçonne d'ailleurs d'avoir des relations sexuelles, et elle achète donc une énorme boîte de préservatifs sur Amazon (inutile de prendre le risque que quelqu'un les aperçoive dans son Caddie au supermarché et lance une rumeur). Elle les range dans le tiroir de sa commode pendant qu'il regarde des vidéos YouTube allongé sur son lit.

Il tourne la tête, découvre la boîte et lance :

— J'en ai pas besoin, maman. Nicole prend la pilule.

Soupçons confirmés, alors. Mallory sent les larmes lui monter aux yeux alors même que l'honnêteté de Link est un signe qu'elle l'a bien élevé. Ils arrivent à communiquer, même sur les sujets les plus sensibles. C'est une bonne chose, alors pourquoi pleure-t-elle ?

Elle sort de la chambre discrètement et va se poster sur la terrasse pour regarder l'océan. L'océan a été son conseiller toutes ces années, comprend-elle. L'océan a été son époux.

Elle lui dit : *Je pleure parce qu'il grandit. Avec Nicole – une fille que j'aime beaucoup, que j'adore, je n'aurais pas pu en choisir une plus gentille, une plus intelligente –, ils couchent ensemble, ce qui signifie que son enfance est terminée. J'ai été détrônée et je ne serai plus jamais la seule dans son cœur.*

À moins qu'elle ne se trompe. Peut-être qu'une mère reste pour toujours la seule dans le cœur de son fils. L'espoir fait vivre.

Elle parle à Link de la tache et du diagnostic. Elle lui dit de ne pas s'inquiéter, ils ont pris la maladie suffisamment tôt. Son chirurgien, le Dr McCoy, procède à une exérèse, puis à une biopsie des ganglions sentinelles. Les marges sont saines ; les ganglions ne sont pas envahis. Elle est suivie par un oncologue, le Dr Symon, qui lui prescrit trente jours de radiothérapie à l'hôpital de Cape Cod. « Ça réglera le problème une bonne fois pour toutes », lui dit-il.

Mallory est néanmoins dévastée : elle n'a plus le droit de s'exposer au soleil. Elle doit rester couverte en permanence. Une protection solaire à SPF 70 n'est pas suffisante. Elle achète quatre parasols, des chapeaux à large bord, des lunettes de soleil à la Jackie Kennedy. Sa peau conserve à longueur d'année une pâleur hivernale. Elle peut se baigner en portant un tee-shirt de surf, mais doit se dépêcher de regagner l'ombre dès qu'elle sort de l'eau. Le soleil est un tireur embusqué, c'est la Grande Faucheuse, et pourtant Mallory n'aspire qu'à le retrouver. Elle a vécu une existence dépourvue de vices, à l'exception de Jake, du vin blanc… et du soleil. Il s'agissait de sa drogue préférée. Elle est entrée en cure de désintoxication, et elle est en bonne voie.

Link et Nicole se rendent au bal de promo du lycée ensemble. C'est le couple le mieux habillé ; elle en robe de satin rose qui rappelle à Mallory celle qu'elle portait pour le deuxième mariage de Coop, la nuit où elle a conçu Link, et lui en pantalon de toile rose et blazer bleu marine. Mallory prend dix mille photos. Elle est avec Terri, la mère de Nicole, nutritionniste à l'hôpital et mère célibataire comme Mallory. Elles deviendraient sans doute amies si Mallory avait l'énergie de construire une relation de ce genre à partir de zéro.

Elle devrait appeler Apple pour voir si elle peut l'éloigner de Hugo et des garçons pour dîner avec elle au restaurant – des martinis et des frites à la truffe.

Mais non, Apple n'est pas du genre à accepter les invitations à l'improviste. Mallory aurait dû anticiper la semaine dernière, le mois dernier.

Leland lui manque.

Elle pourrait proposer à Terri de sortir avec elle. Est-ce que ce serait étrange qu'elles dînent ensemble pendant que leurs enfants sont au bal de leur promo ?

Oui, très étrange.

Terri se tourne alors vers Mallory et lui dit :

— J'ai une nouvelle à t'annoncer.

Mallory sourit. « Nicole est enceinte ? » Elle garde sa plaisanterie pour elle. Ça n'aurait rien de drôle.

— Nicole va passer l'année prochaine à l'étranger. À Ravenne, en Italie.

Mallory ne comprend pas tout de suite.

— Mais elle est encore au lycée.

— C'est la nouvelle tendance. Partir à l'étranger

en immersion dès le lycée. Elle vivra dans une famille avec d'autres enfants. Elle ira en cours là-bas. De septembre à juin.

— Waouh ! C'est long, neuf mois. Je n'étais pas du tout au courant.

— Elle n'a rien voulu dire tant qu'elle n'était pas sûre d'être acceptée. C'est un programme très demandé.

— Link est au courant ?

— Pas encore. Elle veut profiter du bal. Elle a peur qu'il le prenne mal.

— Ah, dit Mallory tout en pensant : *Ils n'ont que 16 ans et ils ne sont pas fiancés.* Je suis sûre que ça ira.

Link ne le prend pas bien. Link est une vraie loque. Nicole n'avait absolument rien laissé transpirer de son projet de passer une année scolaire entière en Italie, et Mallory doit bien reconnaître qu'elle est impressionnée. Elle pensait que les adolescents d'aujourd'hui étaient incapables de garder un secret.

— Elle ne part pas avant septembre, réconforte-t-elle son fils. C'est dans plus de trois mois. La situation pourrait évoluer entre vous deux d'ici là.

— Oui, dit Link. Je l'aimerai encore plus.

C'est une des rares soirées où il est seul à la maison. En temps normal, Nicole et lui font tous leurs devoirs ensemble, chez l'un ou chez l'autre. Mais ce soir, Nicole est à la réunion d'information pour son futur séjour. Mallory a préparé le dîner préféré de Link : poulet grillé à la grecque accompagné de pâtes avec une sauce crémeuse à l'ail et au citron. Il fixe la nourriture sans toucher à rien.

— Mange, s'il te plaît.

— Je ne peux pas, répond-il.

Des larmes se mettent à couler sur les joues de son grand garçon, si beau et si fort.

— Elle va tellement me manquer, ajoute-t-il.

— Viens là.

Elle l'entraîne vers le nouveau canapé, si confortable et réconfortant qu'ils l'ont surnommé Gros-Câlin. Mallory se souvient de toutes les fois où ils se sont assis sur le vieux canapé inconfortable et increvable en tweed vert, devant un feu en automne, en hiver ou au début du printemps – en été, ils ouvraient toutes les portes et les fenêtres pour créer un courant d'air qui les empêchait de fondre. Ils ont lu, ils ont regardé la télé, ils ont discuté. Quand Link était bébé, elle l'a allaité sur ce canapé vert, et il aimait s'assoupir dessus lorsqu'il rentrait malade de l'école.

Mallory soupire. Elle est une experte patentée dans ce domaine : endurer l'absence de l'être aimé. Elle ne peut pas le dire à Link aussi franchement, mais elle peut partager avec lui un peu de son expérience.

— Tu as peur que Nicole rencontre un Italien à croquer, je sais, ou qu'elle apprenne une nouvelle langue, découvre des œuvres magnifiques, visite des églises sublimes et mange des repas délicieux sans toi, et que toutes ces expériences que vous n'aurez pas partagées introduisent de la distance entre vous. Ce n'est pas seulement ta copine, c'est aussi ta meilleure amie. L'amour que vous vivez est le plus pur, parce qu'il s'agit d'un amour de jeunesse.

Les yeux de Mallory s'embuent de larmes. Elle a déjà traversé une année riche en émotions, et ce n'est pas en train de s'arranger.

— Ça va être douloureux pendant un temps, quelques semaines ou quelques mois, mais dans le meilleur des cas, et c'est ce qu'on espère tous bien sûr, vous trouverez le moyen de continuer à vous aimer malgré la distance. Ou bien… vous déciderez que cette année sera plus simple si vous vous séparez. Nicole aura peut-être envie de plonger tête la première dans sa nouvelle vie en Italie, et si ça arrive il faudra que tu lui rendes sa liberté sans protester. Tu as le lycée, le base-ball, et moi. Je serai toujours là si tu as besoin d'évacuer ta tristesse, ta colère ou ta frustration. Je serai aussi la première à comprendre que, une fois Nicole partie, tu veuilles sortir avec Lauren, Elsa ou Asha.

— Euh, non merci.

— Tu es jeune, Link. Et le pire défaut de la jeunesse, c'est de ne pas être capable de l'apprécier pour ce qu'elle est… Pour ça, il faut avoir la sagesse qui vient avec l'âge.

— Maman, je me marierai avec Nicole. Enregistre bien ce que je te dis. On se mariera dès qu'on aura fini la fac.

— Super idée, lui dit-elle, parce qu'elle sait que c'est ce qu'il a besoin d'entendre dans l'immédiat. Mais ne perds pas de temps à te morfondre. Profite plutôt de chaque seconde que tu peux passer avec

Nicole entre aujourd'hui et son départ, d'accord ? Vis l'instant présent. Ne perds pas ton temps avec des conjectures.

Le téléphone de Link se met à vibrer. C'est Nicole, sa réunion doit être terminée. Il bondit.

— Entendu, maman, merci.

Il se baisse pour embrasser Mallory, puis décroche.

— Viens à la maison, ma mère a préparé à dîner. Du poulet et des pâtes. Elle trouve que c'est une super idée qu'on se marie après la fac.

À la fin du mois de juillet, Mallory se rend soudain compte qu'elle va avoir le même problème que l'été où Link a joué au base-ball : il ne voudra jamais aller à Seattle. Ni pour un mois ni même pour un séjour de dix jours – ce qu'il a fait ces deux dernières années. Il ne voudra pas non plus aller à Washington voir Coop. Il ne partira nulle part. Il veut rester à Nantucket et travailler à l'épicerie avec Nicole jusqu'à son départ pour l'Italie.

Mallory ne sait pas très bien comment faire avec Jake. Elle ne peut pas annuler sa visite. Si elle a tiré un enseignement de son cancer, c'est bien que la vie est trop courte.

Link est peut-être assez grand pour qu'elle lui dise tout simplement : « Écoute, j'ai un ami qui va me rendre visite ce week-end, et j'aurais besoin d'un peu d'intimité. Est-ce que tu peux t'installer chez Nicole pendant ces trois jours ? Tu pourrais en profiter pour l'aider à préparer sa valise, non ? »

Mais… pouah ! Hors de question.

Puis Mallory pense à Tuckernuck. Jake et elle pourraient s'y rendre comme ils l'ont fait une année et s'installer dans la maison de M. Major pour le week-end. Ce sera un peu acrobatique à cause du soleil – il n'y a pas un seul arbre qui fournisse de l'ombre là-bas –, mais elle sera prudente. Oui, elle sera très prudente… Pourvu que ça marche !

Elle envoie un message électronique à M. Major pour tâter le terrain. Il a pris sa retraite il y a cinq ans, mais elle continue à le croiser sur l'île – au supermarché, dans la queue à la banque ou à la poste –, ça ne lui semblera donc pas complètement incongru.

Un énorme service à vous demander… y aurait-il un moyen… le week-end de la fête du Travail… des souvenirs si joyeux de la dernière fois et depuis la mort de mes parents et mes récents soucis de santé… je vous remercie de me tenir au courant quand vous aurez une réponse.

La bonne nouvelle, c'est que Mallory n'a pas à attendre longtemps la réponse. La mauvaise, c'est que M. Major lui apprend qu'ils ont vendu la maison il y a un an. Son entretien coûtait trop cher, et personne ne s'en servait.

Mallory sent qu'elle perd le moral. Elle pourrait toujours proposer à Jake de dormir sur le *Greta*. Ils feront de longues sorties en mer le jour, et Mallory pourra aller acheter des burgers le vendredi soir, des homards le samedi soir et de la nourriture chinoise le dimanche soir. Ils regarderont *Même heure, l'année prochaine* sur son ordinateur portable. Ça pourrait être amusant ?

Pas du tout. Ils auront l'impression d'être en cavale. Ils devront se cacher, vivre un succédané de leurs traditions, ils se sentiront à l'étroit, condamnés à un week-end au rabais.

L'argent n'est pas un problème s'il peut résoudre la situation. Mallory pourrait louer une chambre dans un hôtel. Elle la mettrait à son nom, et Jake pourrait aller et venir discrètement. Sauf que qui dit hôtel dit personnel – réceptionnistes, concierges, femmes de chambre – et autres clients. Le risque est bien trop grand.

Pourrait-elle louer une maison, celle de quelqu'un d'autre ? La solution paraît extrême, mais pourquoi pas ?

Nantucket compte des centaines, peut-être même des milliers de locations, et pourtant Mallory n'en trouve pas une seule en bord de mer disponible ce week-end-là, à l'exception d'une maison de sept chambres à Wauvinet, qui se loue 25 000 dollars la semaine. Surtout, ne vous y trompez pas, cet endroit est un fantasme d'agent immobilier à lui tout seul, avec sa vue à tomber sur Polpis Harbor, sa piscine, son Jacuzzi, son extension contenant un bar et une salle de sport, son court de tennis, sa cuisine et son salon d'extérieur, sa salle de cinéma privée.

La maison s'appelle Desdemona, ce qui intrigue évidemment Mallory. C'est le nom de l'héroïne tragique dans *Othello,* que le héros éponyme tue parce qu'il la soupçonne d'un adultère qu'elle n'a pas commis. Un nom étrange pour une maison de vacances, et cependant un nom parfait pour l'endroit qu'elle louerait afin que son fils ne croise pas son amant marié.

Vingt-cinq mille dollars. Avant la mort de Kitty et de Senior, elle n'aurait même pas pu imaginer l'envisager. Aujourd'hui, Mallory a l'argent nécessaire, mais peut-elle le dépenser en toute conscience, alors qu'ils n'y passeront qu'un week-end et qu'ils ne poseront pas le pied dans la moitié des pièces ?

Non, sans hésitation. Elle n'en revient pas d'avoir sérieusement considéré cette option. Il dormira sur le bateau. Ils iront à Chatham le samedi, Cuttyhunk le dimanche. Et s'il pleut… Elle ne sait pas très bien ce qu'ils feront dans ce cas-là. Le *Greta* est triste à mourir sous la pluie. Il n'a pas intérêt à pleuvoir.

Mallory examine à nouveau la possibilité de louer Desdemona. Elle connaît des gens qui partent en vacances, qui vont à Capri, font un safari. Des voyages qui doivent coûter 25 000 dollars, ou presque. Fray a emmené Link, Anna, le bébé et sa nounou au Four Seasons de Maui, dans l'archipel d'Hawaï, pendant dix jours à Noël. Ça, ça a bien dû coûter 25 000 dollars. Bien sûr, Fray et Mallory ne possèdent pas des moyens comparables, mais à quoi sert l'argent si on ne peut pas le dépenser pour des choses qui rendent heureux ?

Mallory et Jake n'ont pas besoin de sept chambres ou d'un court de tennis, ils n'ont pas besoin de regarder *Même heure, l'année prochaine* dans une salle de cinéma privée. Mais ils ont besoin de se voir dans un environnement intime et sûr, et s'il faut dépenser 25 000 dollars pour que ce soit possible, alors Mallory le fera.

Que dit Doris dans *Même heure, l'année prochaine* déjà ?

« Je savais que… quel que soit le prix, j'étais prête à le payer. »

Mallory décroche son téléphone pour appeler l'agence immobilière.

— Bonjour, ici Jeremiah à l'appareil, comment puis-je vous aider ?

Mallory hésite. *Jeremiah ?*

— Bonjour, dit-elle en priant pour que ce ne soit pas le Jeremiah auquel elle pense. Je m'appelle Mallory Bless…

— Oh, bonjour, mademoiselle Blessing, c'est Jeremiah Freehold.

Elle doit se retenir de raccrocher.

— Jeremiah, quelle surprise ! Tu es devenu…

— Agent immobilier, oui, depuis plusieurs années.

— C'est merveilleux.

Elle savait qu'il avait supervisé la rénovation complexe de la maison classée de ses parents et elle était même peut-être au courant qu'il avait choisi cette voie professionnelle, mais elle n'en est pas moins surprise – et consternée – d'avoir affaire à lui dans l'immédiat. Toutes ces années plus tard, elle reste mortifiée par leur virée à l'étang Gibbs.

— Est-ce que je peux vous renseigner ?

Que répondre ? Elle ne va pas l'interroger sur Desdemona. La maison coûte 25 000 dollars la semaine et elle est enseignante. Et puis quelle excuse pourrait-elle fournir pour la location ? Une fête de famille ? Depuis la mort de ses parents, sa famille ne se compose plus que d'un seul membre si l'on excepte Link : Cooper. Elle n'aurait jamais dû appeler. Pourquoi a-t-elle appelé ? Comment va-t-elle pouvoir mettre un terme à cette conversation ?

— J'appelle pour une amie, dit-elle en grimaçant tellement ça sent la fausse excuse. Elle cherche une location avec une ou deux chambres pour le week-end de la fête du Travail. De préférence en bord de mer. Et pas trop chère. Est-ce que tu aurais quelque chose de libre ?

Il éclate de rire.

— Rien du tout.

Elle avait malgré tout le minuscule espoir qu'il existait une liste de biens réservée aux initiés et que Jeremiah, se souvenant de la gentillesse que Mallory avait eue pour lui – car c'était de la gentillesse –, accepterait de l'en faire bénéficier.

— Tant pis. Je lui dirai qu'elle n'a pas de chance. Merci, Jeremiah.

— Je vous en prie. Prenez soin de vous.

(Jeremiah raccroche puis fixe le téléphone. En réalité, il a un bien à Madaket, sur la plage, qui serait idéal pour deux personnes. Il envisage de la rappeler pour le lui proposer, mais il se retient. Il l'aimait tellement à une époque. Quand elle lui a proposé, un midi, d'aller faire un saut à l'étang Gibbs alors qu'il traversait la pire période de son année de terminale, il a bien cru que ses prières étaient exaucées. Tout le long du trajet à l'aller, il n'avait qu'une pensée en tête : l'embrasser. Pourtant, lorsqu'ils se sont embourbés, elle s'est montrée irascible. Elle l'a pris de haut, l'envoyant sur la route appeler à l'aide comme si elle était une reine et lui son valet, et après, quand tout le monde s'est mis à parler d'eux au lycée – il ne va pas mentir, ça l'a grisé –, elle est devenue glaciale. Elle a cessé de lire ses poèmes, de lui conseiller des livres. Elle s'est montrée ultracritique sur ses derniers devoirs, et il a terminé l'année avec un A– alors qu'il méritait un A tout court. Non, il ne lui parlera pas de la maison à louer sur la plage de Madaket, désolé.)

Mallory veut voir dans sa conversation avec Jeremiah Freehold un signe : louer Desdemona est une très mauvaise idée. Même si elle, elle était prête à débourser 25 000 dollars pour leur week-end, Jake en aurait été mortifié. À choisir, il opterait pour le *Greta*.

Très bien, alors elle l'installera sur son voilier. Il ne pourra pas se doucher et il rentrera à Washington recouvert d'une croûte de sel, mais tant pis après tout.

Le soir qui suit toutes ces tergiversations, Link rentre juste avant son couvre-feu de minuit. Il trouve Mallory en train de consulter des sites d'agences immobilières – évidemment pas celles où travaille Jeremiah –, à la recherche d'une maison libre le week-end de la fête du Travail et moins chère que Desdemona. Elle se sent honteuse.

Pourquoi tout est-il déjà réservé ? Pourquoi Nantucket est-elle si prisée ? Elle sait bien pourquoi, pourtant.

— Maman, lance-t-il en s'asseyant en face d'elle de l'autre côté de la table de ferme. Ne dis pas non.

— Non à quoi ?

— Promets-moi de m'écouter avant de dire non.

— Tu n'iras pas en Italie.

— Ce n'est pas ce que je comptais te demander.

— D'accord.

Elle ferme les fenêtres ouvertes sur son écran et rabat le couvercle de son ordinateur.

— Vas-y, ajoute-t-elle.

— Nicole décolle le lundi 4 septembre. Son vol part de JFK, et elle passe le week-end d'avant, le week-end de la fête du Travail, à New York avec sa mère, pour acheter des fringues et d'autres trucs en prévision de son départ. Elles m'ont proposé de les accompagner.

Le cœur de Mallory bondit autant que s'il se trouvait sur un trampoline.

— Elles te l'ont vraiment proposé ? Terri est d'accord ? Elle n'a pas envie d'un dernier week-end en tête à tête avec sa fille ?

— C'est elle qui a eu l'idée. Je crois qu'elle a un ami, un type à qui elle rend visite à New York tous les ans et qu'elle veut voir, du coup elle nous donne à Nicole et moi de l'argent pour qu'on ait une vraie soirée en amoureux.

— C'est moi qui vais te donner de l'argent pour cette soirée.

Les pensées de Mallory bourdonnent comme des moucherons autour d'une lampe sur une terrasse. Terri a un ami à New York auquel elle rend visite chaque année. Son « même heure, l'année prochaine » peut-être ? Et il va permettre à Mallory de sauver le sien ? Est-ce vraiment possible ?

— Alors je peux y aller ?

— Oui, tu peux. Dis à Terri que je réglerai ta part

du voyage. Il n'y a pas de raison qu'elle dépense un seul centime pour toi.

Link se laisse aller contre le dossier de sa chaise.

— Merci, maman.

— Je t'en prie, mon petit prince.

Les yeux de Link se remplissent de larmes.

— Je ne veux pas qu'elle parte.

— Je sais, mon grand. Crois-moi, je sais exactement ce que tu ressens.

Été n° 26 : 2018

Qu'est-ce qui nous obsède en 2018 ? La fusillade de Parkland ; Kim Jong-un ; la guerre commerciale engagée par Trump ; Mark Zuckerberg ; la tuerie de Nashville ; la condamnation de Bill Cosby ; le sauvetage des enfants de la grotte de Tham Luang ; Banksy ; la victoire judiciaire du pâtissier qui avait refusé de faire un gâteau de mariage à un couple homosexuel ; les familles séparées à la frontière mexicaine ; le concert de Bruce Springsteen, le « Boss », à Broadway ; Cardi B ; la fusillade d'Annapolis ; la mort de Barbara Bush ; la fusillade dans une synagogue de Pittsburgh ; l'émission de Stephen Colbert ; le divorce de Chris Pratt et d'Anna Faris ; Game of Thrones*;* Bohemian Rhapsody*; « In my Feelings », de Drake ; les incendies en Californie ; la mort du journaliste Jamal Khashoggi ; la mort de George H. W. Bush.*

Au réveil, Ursula trouve vingt-quatre textos, deux fois plus de courriels et quinze messages téléphoniques, dont trois de Lansdell Irwin, président de la commission des affaires judiciaires du Sénat.

L'une des juges de la Cour suprême, Cecil Anne Barton, surnommée Juge Cece, est morte dans son sommeil. À 84 ans, on ne peut pas considérer qu'il s'agit d'une tragédie, mais elle était appréciée de tous.

Les trois messages de Lansdell Irwin sont des variations sur le thème : « Réveillez-vous, nous avons du pain sur la planche. »

La sélection d'un candidat pour la Cour suprême est une tâche délicate. Le président actuel, John Shields, est un délicieux gentleman de 83 ans, qui a tout du papy sympa, celui qui emmène ses petits-enfants dîner chez le glacier. Il est entendu que, du fait de son grand âge, il ne fera qu'un mandat à son poste, assurant l'intérim jusqu'à la nomination d'un autre juge. Shields avoue volontiers qu'il ne comprend rien aux « réseaux sociaux » – Facebook est un mystère, et ne parlons pas de Twitter –, il laisse donc ces questions aux « jeunes ». Ursula ne place pas beaucoup d'espoir en lui ; elle a eu vent des candidats qu'il envisage de nommer en remplacement de Cecil Anne Barton, et ils sont tous ternes.

Lorsqu'il annonce le nom de son candidat, Ursula a pourtant une agréable surprise. Il s'agit de Kevin Blackstone Cavendish, qui se fait surnommer « Stone ». Le seul petit hic avec Stone Cavendish étant qu'il s'agit encore d'un homme blanc, parangon de la bourgeoisie protestante américaine, qui est passé par les meilleures écoles. Mais il constitue dans l'ensemble un bon choix, qui a le mérite de ne pas posséder d'étiquette politique. Il est marié, il a trois enfants inscrits dans des établissements publics, il est avenant (pour un juge), charmant même. Ursula aurait pu le sélectionner si elle avait été dans cette position. Elle prédit que cette décision sera validée par la Chambre et le Sénat sans trop de remous.

Ursula se trompe.

Une femme se fait connaître, une directrice d'école très respectée de Richmond, en Virginie, et affirme que Stone Cavendish a abusé d'elle sexuellement pendant l'été 1983, soit l'été avant leur départ à tous deux pour l'université. Ils se sont rencontrés à l'occasion d'une fête sur la plage à Point Pleasant, dans le New Jersey. Stone travaillait comme sauveteur et la femme, Eve Quist, était en visite chez une amie pour le week-end. Stone et Eve avaient lié connaissance autour d'un feu de joie. Stone lui avait offert une canette de bière légère. Eve raconte que lorsqu'elle est allée se soulager dans les dunes, Stone Cavendish l'a suivie puis plaquée dans le sable. Il aurait remonté sa jupe et déboutonné son propre short. Elle aurait crié et il lui aurait jeté une poignée de sable au visage – une partie serait entrée dans ses yeux, l'autre dans sa bouche. Elle dit qu'elle a eu l'impression d'étouffer.

Il lui aurait dit : « Ne fais pas de bruit, s'il te plaît, et donne-moi ce que je veux. »

Il aurait tenté d'introduire sa main dans la culotte d'Eve et elle lui aurait mordu l'épaule, de toutes ses forces, au point de sentir le goût du sang. Elle aurait profité de sa surprise pour se libérer et courir jusqu'au feu de joie, chercher son amie. Les deux filles auraient ensuite quitté la fête.

Eve aurait raconté l'agression à son amie, Lydia Hager, et lui aurait parlé de son intention de prévenir la police. L'ennui étant qu'elles étaient sorties en douce pour se rendre à la fête et que Lydia craignait de s'attirer des ennuis. Elle aurait supplié Eve de ne plus y penser. Lydia connaissait Stone Cavendish, savait qu'il avait été accepté à Dartmouth. Eve, quant à elle, était inscrite à l'université de Virginie.

« Tu ne le reverras jamais », lui aurait dit Lydia.

Stone Cavendish nie ces accusations en bloc : il ne se souvient pas d'Eve Quist. Et pourtant Ursula pense lire dans son regard autre chose. À moins que ce qu'elle lit dans les yeux du juge, comme le reste des Américains, ne soit simplement son incrédulité face au fait que n'importe qui peut sortir du bois, lancer une accusation sans preuve et lui faire courir le risque de perdre son siège à la Cour suprême.

Le FBI lance une enquête. Les médias se régalent.

Eve Quist est une femme séduisante, calme, intelligente et qui parle bien. Elle n'a aucun bénéfice à tirer de ces accusations. Au contraire, elle a tout à y perdre même. Elle est déterminée et sa version des faits ne varie jamais. Pas un seul détail ne change, alors qu'elle raconte son histoire des dizaines de fois. Son mari, William Quist, est un chirurgien orthopédiste. Il dit aux enquêteurs qu'Eve lui a fait part de cette agression lors de leur troisième rendez-vous. Il est convaincu que ce drame a sans doute hanté Eve toute sa vie et, même si elle n'aurait jamais cherché à retrouver la trace de son agresseur, elle n'a pas pu supporter l'idée de le laisser accéder à l'une des plus hautes fonctions de l'État sans informer le reste de la nation qu'il était, ou avait été du moins, violent. Leur but n'est pas de « ruiner la vie » de quiconque. Eve aimerait juste qu'il reconnaisse sa culpabilité et lui présente ses excuses.

Stone Cavendish n'est disposé ni à l'un ni à l'autre.

Le témoignage de Lydia Hager aurait permis de corroborer les faits, sauf qu'elle est morte d'un cancer du sein en 2011. Eve ne connaissait personne d'autre à la fête.

Le FBI traite l'affaire avec le plus grand sérieux et contacte tous les sauveteurs qui ont travaillé à Point Pleasant pendant l'été 1983. Ils trouvent trois hommes et une femme qui se souviennent d'avoir travaillé avec Stone, et les quatre affirment avoir régulièrement assisté à des fêtes sur la plage auxquelles Stone Cavendish était également présent. Les hommes n'ont pas la moindre idée de la soirée à laquelle Eve Quist fait référence. Il y a eu tant de fêtes cet été, et ça remonte à si longtemps. La femme, Cindy Piccolo, était sortie avec Stone Cavendish une grande partie de cet été, mais ils s'étaient séparés à la mi-août, parce que Stone voulait partir à Dartmouth libéré de toute attache. Cindy avait eu du mal à l'oublier. C'était impossible, avait-elle précisé dans sa déclaration. Il était beau, intelligent, sûr de lui, ancien élève bon chic bon genre d'un internat et il allait faire des études supérieures dans l'une des meilleures facs du pays. Cindy l'avait vu discuter avec une rousse, ce soir-là, et quelqu'un lui avait dit qu'il s'agissait d'une amie de Lydia Hager. Cindy les avait bien observés. Elle avait vu Stone acheter une bière à Eve, puis la suivre dans les dunes. Elle affirme aussi avoir vu Eve revenir des dunes seule – à son grand soulagement –, et être partie à la recherche de Stone. Ils ont fini par faire l'amour dans le sable ensemble ce soir-là.

Cindy se rappelle-t-elle si Eve semblait bouleversée à son retour des dunes ?

« Non, je ne me rappelle pas. »

Cindy se rappelle-t-elle si Stone avait une morsure sur l'épaule ? D'après Eve Quist, il portait un débardeur, et la trace aurait dû être visible.

« Non, je ne me rappelle pas. »

Cindy a-t-elle entendu quelqu'un parler, ce soir-là ou le lendemain, de ce qui s'était passé entre Eve et Stone lorsqu'ils étaient dans les dunes ensemble ?

« Non. »

Cindy a-t-elle jamais revu Lydia ou Eve ?

« Non. Mais je me souviens des cheveux roux. Les cheveux d'Eve. Je suis certaine que c'est avec elle qu'il a disparu dans les dunes. »

Le pays est divisé en deux camps : celui de Stone et celui d'Eve.

Jake appartient au second.

— Ce type est coupable.

Ils sont dans la cuisine, à l'heure du petit déjeuner.

Jake prépare une omelette pour Bess, qu'elle dévorera sans hésitation. Elle a un rapport parfaitement sain à la nourriture, ce qui rend Ursula heureuse mais aussi jalouse.

— Je suis d'accord avec papa, dit-elle.

Ursula ne décroche pas un mot. Elle imagine qu'à travers le pays, d'autres familles ont exactement la même conversation et que chacun prend parti, toutefois la plupart des familles ne comptent pas parmi leurs membres une sénatrice qui devra voter pour ou contre la nomination de l'accusé à un poste de juge à la Cour suprême.

— Je dois rester impartiale, lâche-t-elle.

— Oh, allez, Ursula. Ne me dis pas que tu le crois innocent.

— C'est un bon juge, le défend-elle. Intelligent. Il prend des décisions réfléchies et nuancées. Son recrutement ferait beaucoup de bien à la Cour suprême.

— Il a agressé une fille, intervient Bess. Il a voulu la violer. Tu ne peux pas fermer les yeux sur cet événement parce que tu aimes sa façon de statuer, maman, désolée.

— Il aurait agressé une fille, rectifie Ursula. Je ne crois pas que nous ayons suffisamment de preuves pour le condamner.

Elle sourit à sa fille avant d'ajouter :

— Désolée.

Trois jours plus tard, une autre femme porte des accusations. Meghan Royce est une avocate de l'aide juridictionnelle du comté de Broward, en

Floride. Elle aurait rencontré Stone Cavendish le 31 décembre 1991, à Miami, lors d'une fête qui se tenait dans l'appartement d'une résidence luxueuse en front de mer. Ils auraient engagé la conversation sur le balcon, puis l'auraient poursuivie à l'intérieur, sur un des canapés, au milieu de la foule bruyante d'invités. Tous deux auraient bu. Stone aurait fini par proposer qu'ils aillent dans un endroit « plus calme » et aurait entraîné Meghan Royce dans l'une des chambres. Ils se seraient embrassés. Royce affirme qu'au bout d'un moment Stone se serait inquiété qu'ils puissent être dérangés par quelqu'un et aurait suggéré qu'ils se cachent dans la penderie. Royce aurait accepté, mais une fois dans la penderie elle aurait commencé à se sentir « mal à l'aise, prise de claustrophobie ». Elle aurait tenté de sortir et l'aurait dit explicitement à Stone, qui aurait ri et l'aurait repoussée vers le fond du placard, contre les vêtements suspendus. Meghan Royce aurait élevé la voix, et Stone lui aurait plaqué une main sur la bouche en disant : « Ne fais pas de bruit, on sait tous les deux pourquoi on est ici. » Meghan Royce l'aurait frappé à l'entrejambe, suffisamment fort pour qu'il la traite de cinglée et lui crache au visage. Il l'aurait laissée partir. Elle aurait quitté la fête presque aussitôt, mais avant, aurait relaté l'incident à son amie. Elle aurait dit : « Un type vient d'essayer de me forcer à coucher avec lui dans la penderie. » Ce à quoi son amie lui aurait répondu : « Dieu merci tu t'en es tirée, mais c'est dommage que tu partes, tu vas rater le décompte de minuit. »

« C'était comme ça au début des années 1990, déclare Meghan Royce. Il m'a fallu des années pour comprendre à quel point c'était grave. »

Stone Cavendish affirme n'avoir aucun souvenir de Meghan Royce. Il reconnaît avoir été présent à Miami pour le nouvel an fin 1991 avec son ami Doug Stiles. Néanmoins, d'après Cavendish, ils ont dîné au restaurant avant de faire la tournée de quelques boîtes. Il ne se souvient pas d'une fête dans un appartement. L'amie à qui Meghan Royce a parlé avant de partir, Justine Hwang, est expatriée en Mongolie et ne peut pas être jointe dans l'immédiat. Personne ne sait où trouver Doug Stiles.

Les médias règlent aussitôt son compte à Meghan Royce. Elle a deux divorces à son actif et a perdu la garde de son seul fils, qui vit à Tampa avec son ex-mari. Lorsqu'on l'interroge, ce dernier répond que Meghan a un problème d'alcool.

Meghan Royce engage une avocate qui fait valoir les états de service irréprochables de sa cliente : elle n'a pas raté un seul jour de travail et elle monte régulièrement au créneau pour des prévenus que personne d'autre ne voudrait défendre. Elle ajoute que la vie personnelle de Meghan Royce n'a eu aucune incidence sur ses souvenirs de l'agression qu'elle a subie le soir du 31 décembre 1991. Stone Cavendish l'a repoussée au fond d'une penderie alors qu'elle lui avait demandé à sortir. Il lui a plaqué une main sur la bouche. Elle a dû le frapper pour lui échapper.

Le FBI enquête sur cette seconde accusation et réussit à contacter Justine Hwang en Mongolie, qui déclare se souvenir de la soirée en question. Meghan Royce lui a bien dit que quelqu'un l'avait forcée à entrer dans une penderie et qu'elle avait dû se débattre pour en sortir. Justine Hwang ne peut pas affirmer que ce quelqu'un était Stone Cavendish. Elle n'a jamais rencontré le type dont parlait Meghan, il y avait beaucoup de monde à la fête, et elle est incapable de leur donner l'adresse de l'appartement où celle-ci s'est tenue – ainsi que de leur expliquer comment elles avaient atterri là. Le bouche à oreille sans doute.

L'avocat de Stone Cavendish déclare qu'il est évident que Meghan Royce avait bu et que, s'il ne remet pas en doute le fait que quelque chose lui soit arrivé à cette fameuse fête, elle se trompe sur l'identité de son agresseur, puisqu'il ne peut pas s'agir de Stone Cavendish.

« Elle a sans doute entendu l'histoire de l'autre accusatrice et a voulu en profiter pour avoir son quart d'heure de gloire. »

Bess est scandalisée.

— J'espère que tu as conscience de ce qui se joue, maman. Ils humilient ces femmes en s'appuyant sur la théorie qu'une femme qui a perdu la garde de son fils n'est pas crédible. C'est répugnant. Les deux histoires se ressemblent beaucoup, et pour la première il y a un témoin qui se souvient d'avoir vu Stone Cavendish suivre Eve vers les dunes, puis Eve revenir seule. De quelle preuve supplémentaire as-tu besoin ? Les gens disent : « Oh, Cindy est aigrie parce que Stone l'a larguée pour une autre et aujourd'hui elle se venge. » Une vengeance trente-cinq ans plus tard ? Pourquoi a-t-on tant de mal à croire que la mémoire lui est revenue et qu'elle a décidé de parler ?

Bess s'interrompt le temps de respirer.

— Tu sais qu'il est coupable, maman.

— S'il était jugé, il n'y aurait pas assez de preuves pour le condamner.

— Maman…

Ursula soupire. En toute honnêteté, elle préférerait que Stone Cavendish admette les faits – ou au moins la possibilité que ces femmes puissent avoir raison, même si ceux-ci remontent à si longtemps qu'il ne se souvient de rien – et présente des excuses. Ça ferait tellement de bien d'entendre une personne reconnaître ses torts plutôt que les nier en bloc, non ? Stone pourrait dire qu'il était un peu brutal avec les femmes, qu'il était – oui, disons-le franchement – violent, qu'il avait bu, qu'il n'a pas réfléchi, qu'il se sentait invincible et autorisé à tout, comme beaucoup d'hommes blancs privilégiés. Et il aurait pu ajouter qu'il était désolé aujourd'hui. Qu'il aimerait pouvoir croiser celui qu'il était à l'époque et lui donner une bonne raclée. Il a tellement appris de la vie ces trente dernières années. Il a grandi.

Ursula pourrait lui écrire une déclaration. « Ça marcherait ! » voudrait-elle lui dire. Mais Kevin Blackstone Cavendish reste bloqué en mode « nier nier nier ». Il campe sur ses positions. Son équipe recueille des déclarations des quatre-vingt-quatre avocates qu'il a côtoyées au cours de sa carrière et qui se portent garantes de sa probité, de son tempérament, de ses manières. Ils reçoivent des lettres de prêtres, de voisins, d'anciens enseignants et camarades de classe.

Le FBI conclut son enquête.

La veille du vote de confirmation, Ursula reçoit un coup de fil de Bayer Burkhart.

— Soyez gentille avec lui demain, s'il vous plaît. C'est le type qu'il nous faut. Un centriste, qui parle pour la majorité des travailleurs américains normaux. Ménagez-le, s'il vous plaît, Ursula. Vous serez récompensée.

« Vous serez récompensée. » Ce que Bayer veut dire, c'est que ses amis milliardaires et lui la soutiendront dans la course à la présidence en 2020. Récemment encore, il était question que ce soit Vincent Stengel qui se présente – avec Ursula au poste de vice-présidente –, mais le pays est prêt pour une femme présidente, il en réclame une, même.

N'est-ce pas ce qu'elle désire ? Ce qu'elle a toujours désiré ?

Et n'est-il pas vrai que Kevin Blackstone Cavendish ferait un excellent juge à la Cour suprême ? Les États-Unis ne méritent-ils pas que les politiques partisanes cessent ? Qu'on trouve des compromis sur les sujets importants tout en préservant les principes fondamentaux : liberté, égalité et justice pour tous ? N'est-il pas temps de faire advenir l'ère de la raison et des lumières ?

— Vous le pensez coupable ? demande Ursula.

— La question n'est pas là. Elle se posait en 1983 et en 1991, mais elle ne se pose plus aujourd'hui. Vous savez qui était président en 1983, Ursula ? Ronald Reagan. Et en 1991 ? Bush senior. Ces femmes déterrent des histoires anciennes. Et je suis assez vieux pour me souvenir que quelqu'un a dit : « Les hommes ne sont pas nos ennemis. » Et vous savez qui a dit ça, Ursula ? Vous.

— La question se pose parce que Cavendish ment sans doute, Bayer. S'il est bien l'auteur de ces faits, et j'ai tendance à penser qu'il l'est, pourquoi est-ce qu'il n'avoue pas ?

— Avez-vous déjà menti dans votre vie, Ursula ?

— Bien sûr.

— Bien sûr…

— Mais jamais sur un sujet aussi grave ! Il nie avoir eu un comportement scandaleux.

— Un comportement scandaleux comme coucher avec Anders Jorgensen alors que vous travailliez ensemble sur un dossier à Lubbock, au Texas ? Vous étiez déjà mariée à l'époque, non ?

Ursula manque de lâcher son téléphone. Elle est assise derrière son imposant bureau ancien chez elle, dans la pénombre. Jake est quelque part dans l'appartement. Devant les nouvelles peut-être, ou plutôt les spéculations infinies des journalistes.

Anders. Bayer Burkhart est, elle ne sait comment, au courant pour Anders.

— Bayer, se contente-t-elle de répondre, parce qu'elle a peur de dire quoi que ce soit.

— Je le tiens d'A. J. Renninger. Qui est au courant

parce qu'Anders lui en a parlé. Elle a pensé que ça pourrait m'intéresser. Et ça m'intéresse, Ursula, beaucoup… parce que vous semblez si immaculée, si… irréprochable. On commet tous des erreurs. Croyez-moi, je suis bien placé pour le savoir. J'ai fait la même chose que vous, et pire… C'est d'ailleurs pour cette raison que je ne suis pas candidat moi-même.

— Bayer…

— Vous êtes tentée de nier, n'est-ce pas ?

Oui, il a raison, c'est tentant.

— Ménagez-le. Et surtout, votez pour lui.

Ursula quitte son bureau pour aller dans le salon. La panique la rend fébrile.

A. J. est au courant pour Anders, et elle l'a répété à Bayer. À qui d'autre pourrait-elle en parler ? Elle déteste Ursula, peut-être depuis toujours. Oui, d'accord, soyons réaliste il n'y avait pas une seule femme chez Andrews, Hewitt et Douglas qui ne détestait pas Ursula, mais elle n'avait pas été recrutée pour être appréciée, elle avait été recrutée pour être la meilleure possible dans le domaine des fusions-acquisitions. Elle était meilleure avocate qu'A. J. Et qu'Anders. Quand A. J. a posé sa candidature à la mairie et a demandé à Ursula de la soutenir, elle lui a répondu qu'elle ne pouvait pas intervenir, pourtant en sous-main elle a appuyé son concurrent, et comme rien ne reste secret plus de cinq minutes à Washington, A. J. a dû l'apprendre.

Le pire, c'est qu'A. J. a été excellente au poste de maire. La ville s'est améliorée. Ursula a fait une erreur en ne lui apportant pas son appui. Pourquoi ne s'est-elle pas doutée qu'Anders avait parlé à A. J. ? Pourquoi est-elle partie du principe qu'il garderait leur secret ? Il s'en était sans doute ouvert à A. J. dans un moment de complicité tendre au début de leur histoire, quand on pense judicieux de raconter son passé amoureux. Il a dû se dire que ça n'aurait aucune conséquence. Jake et Ursula étaient à Washington. Anders et A. J., à New York. Personne ne faisait encore de politique.

Jake est assis au bord du canapé, presque plié en deux, penché vers le téléviseur comme s'il s'apprêtait à mordre dedans.

— Où sont tes lunettes ?

Jake sursaute puis s'affale sur les coussins en cuir.

— Tu es au courant ? Ils ont retrouvé le fameux Doug Stiles. Il parle.

Doug Stiles vit dans les collines de Californie, au milieu des vignes, dont certaines ont été détruites par les incendies. C'est un ermite, un survivaliste. Une employée d'un bureau de poste de la région a supposé qu'il s'agissait du Doug Stiles aux lèvres duquel le pays entier est suspendu.

Oui, Doug Stiles se souvient du 31 décembre 1991, à Miami, avec Stone Cavendish, un type qu'il n'a pas revu, auquel il n'a même pas pensé depuis des siècles. Il se rappelle leur soirée. Après un dîner au restaurant, ils sont allés dans une fête dans un appartement avec terrasse qui donnait sur Biscayne Bay. Ils y ont passé toute la nuit. Doug Stiles ne se souvient d'aucune fille en particulier. Il y en avait beaucoup. Stone et lui étaient ivres et défoncés – ils avaient peut-être même pris de la cocaïne, il ne peut rien affirmer, mais ce n'est pas forcément exclu. C'était le début des années 1990.

En dépit de cette bombe de dernière minute, l'audition se passe à peu près comme Ursula l'avait anticipé. Stone Cavendish est le chouchou de presque tous les sénateurs de la commission des affaires judiciaires. Ils prennent des gants et personne ne mentionne le rebondissement dans l'affaire – d'après Doug Stiles, Stone Cavendish aurait bien assisté à une soirée dans un appartement en front de mer, ainsi que Meghan Royce l'a affirmé. Ils ne sont pas sortis faire la « tournée des boîtes ». Mais ce mensonge – ou ce trou de mémoire – implique-t-il pour autant que les accusations de Meghan sont entièrement vraies ?

Quand c'est au tour d'Ursula d'interroger Stone Cavendish, elle lui demande :

— Avez-vous fait au cours des deux dernières semaines une déclaration sur laquelle vous aimeriez revenir pour la retirer ou l'amender, ne serait-ce que partiellement, afin de clarifier la situation ?

Stone Cavendish se penche vers le microphone, les yeux baissés.

— Non.

— Vous récusez donc avoir suivi une fille sur une plage, l'avoir plaquée à terre, lui avoir jeté du sable au visage, intentionnellement ou non, lui avoir plaqué une main sur la bouche et avoir tenté de soulever sa jupe contre sa volonté ? Et vous récusez donc aussi avoir rencontré une femme le soir du 31 décembre 1991, lui avoir demandé de vous suivre dans une penderie, au fond de laquelle vous l'auriez repoussée quand elle aurait exprimé l'envie de sortir, et lui avoir plaqué une main sur la bouche ? Surtout, vous récusez avoir assisté à cette fête, alors que l'ami avec lequel vous avez passé la soirée a récemment déclaré le contraire ?

Stone Cavendish croise son regard cette fois. Elle lit, dans le sien, du défi – de la colère même. Elle le voit bien. Son expression clame : « Comment osez-vous me mettre dans une situation pareille ? » Ursula s'inquiète un instant qu'A. J. ou Bayer ait parlé à Stone de son infidélité et qu'il retourne les accusations contre elle, au beau milieu d'une séance diffusée à la télévision nationale.

— Tout à fait, sénatrice.

Ursula sent les regards désapprobateurs des autres membres de la commission. Elle n'a rien d'un élément perturbateur en temps normal. Elle est la neutralité incarnée, une vraie Suisse. La voie du milieu.

— Vous voudriez donc nous faire croire que quatre citoyens américains, Eve Quist, Cynthia Piccolo, Meghan Royce et votre propre ami Douglas Stiles mentent et que vous dites la vérité ?

— Oui, sénatrice.

Ursula n'a pas de questions à ajouter, mais les journalistes et les commentateurs politiques de tout bord commenteront abondamment, plus tard, son expression.

Rachel Maddow dira : « La sénatrice avait l'air sceptique. »

Shepard Smith dira : « La sénatrice Ursula de Gournsey n'est clairement pas convaincue par ses déclarations. »

Luke Russert dira : « Il est évident que la sénatrice est convaincue que Stone Cavendish… les baratine. »

Le Sénat vote la confirmation de Kevin Blackstone Cavendish trois jours plus tard. Avant qu'Ursula ne quitte l'appartement ce matin-là, Jake lui dit :

— Imagine si Bess était l'une de ces femmes.

— Elle est trop intelligente pour se retrouver dans ce genre de situation.

— En es-tu si sûre ?

Kevin Blackstone Cavendish est élu au poste de juge de la Cour suprême par un total de 61 voix contre 39, ce qui n'a rien de surprenant. Ce qui l'est en revanche, c'est qu'Ursula compte parmi les 39 qui ont voté contre.

Elle se surprend elle-même.

Les gens parleront de son vote pendant cinq jours – avant qu'une autre nouvelle chasse celle-ci –, mais personne ne saura jamais vraiment ce qui l'a fait basculer du oui presque certain au non définitif.

Jake pourrait s'imaginer que c'est dû à sa mention de Bess, in extremis, et Bess pourrait s'imaginer que c'est dû à sa plaidoirie larmoyante – elle a appelé Ursula pendant que celle-ci roulait vers le Capitole. « Maman, s'il te plaît, prend la défense des femmes ! »

Personne ne saura que dans l'heure qui a précédé

ce vote, Ursula a vu resurgir un souvenir qu'elle avait relégué dans le dossier à effacer de son cerveau.

C'est le premier semestre de sa deuxième année à Notre-Dame, et Jake et elle viennent de rompre. Ce qui la contrarie. C'est Jake qui est à l'initiative de la séparation ; il était d'avis qu'ils sortent avec d'autres personnes. « Ça ne signifie pas qu'on ne se mariera pas. Je crois juste que c'est une bonne chose pour nous de voir ce que les autres ont à nous offrir. » Philosophiquement, Ursula n'est pas en désaccord avec lui, mais entendre ces mots sortir de la bouche de Jake, qui s'est montré si passionné depuis l'âge de 13 ans, c'est douloureux. Ursula a l'impression d'avoir perdu son pouvoir d'attraction.

Elle se tourne vers la religion, et y trouve du réconfort. Elle s'inscrit à la paroisse de l'université et assiste à toutes les réunions. Au bout de quelques mois à peine, c'est elle qui invite les jeunes étudiants à les rejoindre et qui propose toutes sortes de projets. Elle organise des sorties dans des abris et des soupes populaires à Gary, dans l'Indiana. Au début du deuxième semestre, elle est la grande favorite pour devenir la présidente de l'association. Quand elle en parle au père Gillis, il lui suggère de postuler plutôt au titre de vice-présidente. Il soutient un étudiant de troisième année, Nathan Bowers. Il a, après tout, un an de plus qu'Ursula, et fait donc partie de l'association depuis plus longtemps.

Oui, songe Ursula, *mais il ne fait rien.* C'est un fumeur de joints aux yeux mi-clos, beau, avec un charme décontracté, il est beaucoup trop cool pour ce poste. Il est toujours en train de traîner ou de lancer des vannes. C'est loin d'être un modèle de chrétienté. En novembre, quand ils ont distribué des boîtes pour Thanksgiving en ville – de la dinde surgelée, de la farce et de la sauce aux canneberges –, il n'a pas arrêté de répéter qu'ils faisaient l'aumône.

Il faut un moment à Ursula pour comprendre que si le père Gillis veut que Nathan devienne président, c'est parce que c'est un homme.

Nathan décroche le poste, et Ursula devient sa vice-présidente.

Avance rapide jusqu'à la fin du second semestre, à la mi-mai. Nathan Bowers et ses trois cothurnes organisent une fête dans la maison qu'ils ont louée pour l'été sur Chapin Street. Nathan tient à ce qu'Ursula soit présente. Elle ne va pas à beaucoup de fêtes ; ses études l'accaparent trop. Mais c'est une belle soirée de printemps, on est vendredi, et elle se dit qu'elle va bien s'amuser.

Elle boit beaucoup trop – deux verres du punch au jus de canneberge dont ils ont rempli des pichets en plastique. Après ça, elle se retrouve à participer à un jeu où il faut boire, et elle avale quelques bières tièdes et peut-être un shot de Jägermeister. À un moment donné, Nathan propose à Ursula de l'accompagner à l'étage. Elle ne sait plus très bien si elle accepte ou pas. Ensuite c'est le trou noir, jusqu'à ce qu'elle se réveille et trouve Nathan en train de se frotter sur elle. Ils ne couchent pas ensemble, mais elle veut qu'il arrête. Elle est cependant trop fatiguée et trop ivre pour le repousser. Elle ferme les yeux.

Elle se réveille au milieu de la nuit. Nathan est assis dans un fauteuil en rotin dans un coin. Il fume un joint en la fixant d'un regard si intense qu'il lui semble agressif.

Ursula baisse aussitôt les yeux vers son propre corps. Elle est allongée sur les draps, et elle a encore tous ses vêtements, Dieu merci ! Il était bien sur elle plus tôt dans la soirée, non ? À moins qu'elle n'ait rêvé…

— Qu'est-ce que tu m'as fait ?

Il souffle un panache de fumée.

— Tu te souviens pas ? Pourtant ça avait l'air de te plaire.

— Je n'étais pas dans mon état normal.

L'avocate qui a déjà germé en elle se réveille.

— Tu m'as violée ?

Nathan éclate de rire.

— Non, Ursula.

— Mais tu as fait quelque chose. Je me souviens…

Elle ne sait pas très bien comment décrire ce qui s'est passé.

— Tu étais sur moi.

— C'était ce que tu voulais, répond-il.

Ursula fait basculer ses pieds à terre. Se mettre debout lui demande autant d'efforts que si elle maniait une machine très lourde. Son crâne menace d'éclater.

— Tu me dégoûtes.

— C'est toi qui m'as demandé ça, Ursula.

— J'étais trop soûle pour savoir ce que je faisais, Nathan. Qu'est-ce que vous avez mis dans votre punch ?

— Mais oui, c'est ça, c'est la faute du punch.

Il pose son joint dans un cendrier.

— Si tu me dénonces, personne ne te croira. Tout le monde pensera que tu veux te venger parce que Gillis m'a choisi pour être président alors que tu pensais que le poste te revenait.

— Il me revenait ! Mais je ne vois pas le rapport avec ce qui s'est passé ce soir. Je vais appeler un taxi pour rentrer et demain j'irai à la police.

— Tu bluffes.

Pourtant, il a l'air inquiet.

Il avait raison, cependant, elle bluffait. Elle ne va pas voir le doyen, elle n'en parle pas à ses parents ni à aucun de ses amis, principalement parce qu'elle ne sait pas ce qui s'est passé. Elle sait seulement qu'elle a trop bu et que Nathan a profité de la situation pour assouvir ses désirs. Il n'aurait pas dû la toucher. Malgré tout, elle ne se fait aucune illusion : c'est elle qui aura droit à tous les reproches.

Le courage des deux femmes qui ont pris la parole contre Stone Cavendish est admirable.

Ursula s'imagine ce qu'elle aurait ressenti si Nathan Bowers avait été sur le point d'être élu à la Cour suprême et qu'il avait nié en bloc avoir conduit Ursula dans sa chambre et s'être frotté sur elle alors qu'elle était trop soûle pour donner son consentement.

Il n'aura jamais ma voix, a-t-elle pensé. Avant de voter non.

Le lendemain de l'élection de Cavendish, Bayer Burkhart l'appelle. Ursula hésite à laisser le répondeur se déclencher. Elle n'a pas besoin d'entendre ce qu'elle sait déjà : comme elle n'a pas voté oui, il soutiendra un autre candidat en 2020.

Mais l'ignorer, c'est se conduire en lâche. À quoi bon avoir voté selon son cœur, selon sa conscience, si elle est trop timide pour défendre son point de vue ?

— Allô, Bayer ?

— Ursula ?

Il est en train de manger – un bagel sans doute, avec du fromage frais et du saumon fumé. Il a un sacré appétit.

— Je n'en reviens pas de dire une chose pareille, mais vous avez bien fait.

— Pardon ?

— Écoutez, j'ai obtenu ce que je voulais. Cavendish est à la Cour suprême. Et vous, mon amie, vous êtes une héroïne nationale.

— Vraiment ?

— Vous jouissez d'un taux d'adhésion de soixante-douze pour cent auprès des femmes des deux camps. Vous avez été le seul membre de la commission à ne pas trahir vos principes en votant pour un menteur.

Il avale sa bouchée.

— Vous étiez impressionnante. Calme, mais autoritaire. J'aurais été fou de rage s'il avait perdu le vote… et il l'a emporté. À votre place, je n'attendrais pas plus d'une semaine avant de me déclarer.

— Me déclarer ?

— Oui, comme candidate à la présidentielle. Je mise tout mon argent sur vous. Vous allez gagner.

Été n° 27 : 2019

De quoi parle-t-on en 2019 ? La mort de l'auteur dramatique Bernard Slade[1] *; la réélection de Nancy Pelosi à la Chambre des représentants ; la séparation de Miley et Liam ; Lizzo ; Uber ; Jeffrey Epstein ;* Succession *; la nouvelle version de « Old Town Road » de Lil Nas X ; Abou Bakr al-Baghdadi ; l'incendie de Notre-Dame de Paris ;* Là où chantent les écrevisses *; la fusillade d'El Paso ; la performance de Lady Gaga et Bradley Cooper aux Oscars.*

Le 15 avril, Link reçoit des lettres confirmant son admission dans cinq universités. Mallory ne peut pas s'en empêcher : elle fond en larmes.

Elle est si fière de lui.

Elle est dévastée par la perspective de son départ. Et pourtant elle sait que c'est normal. S'il ne partait pas, alors il resterait, ce qu'aucun d'eux ne souhaite.

Link arrête son choix sur l'université de Caroline du Sud. Frazier est fou de joie, parce qu'elle propose un cursus de commerce réputé, mais Link dit à sa mère que ce n'est pas ce qui l'intéresse. Il veut suivre les traces de son oncle : étudier les sciences politiques pour plus tard peser sur la politique intérieure et rendre la vie de ses concitoyens plus simple et plus prospère. Tout ça paraît très noble… Link avoue à sa mère qu'il veut aussi une fac avec une bonne équipe

---

1. Il est surtout connu pour être l'auteur de la comédie romantique *Même heure, l'année prochaine.*

de foot, une bonne ambiance, des fraternités, de jolies filles et un temps chaud. Toutes celles qui se situent entre Washington et Atlanta feront l'affaire. Sa préférence va à celle de Caroline du Sud, qui se trouve être la plus proche de Nantucket. De Boston, Mallory peut prendre un avion pour Charlotte, ensuite c'est tout droit sur la route 77 jusqu'à Columbia.

Une fois que Link a pris sa décision, les choses s'enchaînent rapidement. Presque du jour au lendemain, Mallory se retrouve assise dans les gradins pour le tout dernier match de base-ball de son fils à domicile. Comment est-ce possible ? Quand elle ferme les yeux, elle est de retour à Cooperstown. Elle est sur le terrain d'entraînement et il frappe une balle en plastique. C'est son premier anniversaire et Senior lui lance une balle en mousse qu'il frappe avec une batte démesurément grande pour lui, du premier coup.

« Il est doué, Mal ! » crie Senior.

Link va au bal de promo avec Elsa Judd – Nicole et lui se sont séparés six jours après qu'elle est arrivée en Italie –, puis il emmène Lauren Prestifillipo à la soirée des terminales. Il est ami avec les deux filles – ami, ou un peu plus –, parce qu'il sait qu'il part à la fac et qu'il a retenu la leçon après Nicole : il ne veut pas partir en étant empêtré dans une histoire sentimentale.

La dernière semaine de cours des terminales arrive, suivie du triptyque : soirée des terminales, cérémonie religieuse, remise des diplômes.

Les parents sont invités à assister à la soirée après le dîner réservé aux élèves. Mallory va chez le coiffeur se faire faire un brushing et enfile une nouvelle robe, comme tous les ans pour la soirée des terminales. Ce soir – elle doit le répéter à plusieurs parents –, elle n'y assiste pas en tant qu'enseignante mais en tant que mère. La mère d'un élève. Pendant la lecture du discours des terminales, la vue de Mallory se brouille. Au début, elle attribue ça aux larmes, mais elle a beau essuyer ses yeux et cligner des paupières, elle n'arrive pas à chasser la tache rose amorphe dans le coin supérieur gauche de son champ de vision.

Les élèves ont imaginé ce qu'ils deviendraient en construisant une fiction autour de l'étang Gibbs – *oh là là, ce bon vieil étang*, songe Mallory. Dans vingt-cinq ans, un vilain promoteur immobilier en fera l'acquisition et voudra l'assécher pour construire un parc d'attractions. Tous les élèves devront recourir à leurs talents propres ou à des traits de leur personnalité pour tenter de sauver l'étang. Au final, ce sera le milliardaire Lincoln Dooley qui réussira à préserver l'étang. Un vrai héros.

Mallory repense avec un sentiment étrange à toutes les fois où elle a prié Dieu de suspendre le temps quand elle se trouvait avec Jake ; elle ne l'a jamais souhaité autant qu'à cet instant précis. Que cette période du lycée dure éternellement, pitié ! La bande de copains qui se réunit pour manger des chips et du guacamole autour de la table de ferme ou qui joue à Fortnite assis sur Gros-Câlin ; les matchs de base-ball alors qu'il fait à peine plus de 0 °C dehors, les discours d'encouragement du coach, les dîners du club d'espagnol ; le défilé des anciens élèves, les révisions pour les examens ; même les canettes de bière cachées au fond de la poubelle et les flasques vides de whisky éparpillées sur la terrasse ; même le chagrin d'amour quand Nicole a écrit d'Italie au bout de six jours pour dire qu'elle avait besoin de sa « *libertà* » et que Link a crié des obscénités à l'océan, avant de s'enfermer dans sa chambre pour pleurer.

Elle revivrait tout ça en boucle, jusqu'à la fin des temps.

Pour la messe en l'honneur des terminales, Lauren Prestifillipo chante « Brave », de Sara Bareilles, et il n'en faut pas plus pour que Mallory fonde en larmes. Elle a toujours une petite gêne dans son champ de vision et ces émotions lui donnent la migraine. C'est sans doute un retour de karma après toutes ces années à se moquer des pleurs des autres parents. « Oh, c'est bon, c'est pas comme s'ils partaient à la guerre, ils ont fini le lycée, soyez heureux ! »

La remise des diplômes, étrangement, est le jour le moins bouleversant de la semaine, sans doute parce que Mallory est distraite par la présence d'invités. Fray, Anna et Cassie arrivent dans le jet privé de Fray le vendredi soir (ils logent au White Elephant), tandis que Cooper et Amy, qui ont pris un vol depuis Washington, se retrouvent coincés à leur changement à Boston à cause du brouillard matinal.

Amy appelle Mallory en panique.

— Je ne comprends pas très bien ce qu'explique la compagnie. L'hôtesse au sol dit qu'ils attendent que la brume se dissipe. Et si on rate la cérémonie ?

Mallory la trouve très nerveuse pour une psychologue. Cooper et elle ne sont mariés que depuis quelques années, et pourtant Amy prend son rôle de tante très à cœur. C'est touchant, bien qu'un peu déstabilisant. Elle a reposté toutes les photos que Mallory a publiées sur Facebook cette semaine avec les « hashtags » *#neveuLink #tatafière.*

— Le brouillard se dissipe généralement en milieu de matinée, lui répond Mallory. Tout ira bien. Respire.

Et tout va bien. Cooper et Amy arrivent largement à temps pour applaudir et acclamer Link lorsqu'il traverse la scène avec sa toque blanche et sa robe pour recevoir son diplôme.

Et voilà, pense Mallory, *c'est terminé. Il a fini le lycée.*

Elle garde cette tache brillante dans un coin de son champ de vision. En revanche sa migraine s'est calmée. À moins qu'elle ne s'y soit habituée.

Le pire est à venir, bien sûr. L'été 2019 pourrait très bien être rebaptisé : « L'été où Link pousse le bouchon trop loin. » Il a renoncé à son boulot à l'épicerie pour travailler comme jardinier. Il passe toutes ses journées dehors au soleil, à tondre, désherber, poser du gazon, tailler des haies. Il bronze beaucoup et ses cheveux deviennent blond platine. Ses muscles sont puissants et il pousse encore de cinq centimètres. Il ressemble tellement à Fray que Mallory a parfois l'impression d'être victime d'hallucinations quand elle le voit.

Il sort avec ses amis tous les soirs. Mallory sait qu'il boit, qu'il fume aussi sans doute et couche avec de belles filles riches, qui viennent de New York ou de

New Canaan. Mallory limite les règles au minimum, mais elle insiste pour que celles qui demeurent soient respectées : couvre-feu à minuit les soirs de semaine, interdiction de prendre le volant de nuit, et pas de frasques sous son toit. Elle essaie d'imposer deux dîners par semaine avec Link, un à la maison, l'autre au restaurant, mais Link annule si souvent – quand il ne lui pose pas carrément un lapin – qu'elle finit par renoncer.

Les jumeaux d'Apple passent un mois et demi en colonie dans le Maine, si bien qu'elles reprennent leur bonne vieille habitude d'une sortie par semaine. Elles retournent au Summer House. Plus de « Hokey Pokey », mais la vue reste magnifique.

— J'ai l'impression qu'il est déjà parti, soupire Mallory. Je ne le vois presque plus.

— C'est toujours comme ça l'été qui précède leur départ à la fac, lui dit Apple de sa voix de conseillère d'orientation. Ils anticipent la séparation pour qu'elle soit moins douloureuse. C'est parfaitement normal.

— Attends que ça t'arrive. Tu regretteras de ne pas avoir été plus compatissante avec moi !

— Vois-le comme une chance, Mal. Tu vas retrouver une vie, tu vas pouvoir t'ouvrir au monde extérieur. Il paraît que c'est passionnant, tu sais. Et c'est une époque formidable pour les femmes. Je sais que tu ne t'intéresses pas à la politique, mais il y a une femme incroyable qui est candidate à la présidence du pays.

Apple lève son verre de vin et ajoute :

— À Ursula de Gournsey ! Puisse-t-elle toutes nous sauver !

Mallory est, bien sûr, au courant de la candidature d'Ursula. Le seul point positif avec le départ de Link, c'est que Mallory est trop occupée à ruminer son chagrin pour y penser.

Les universités du sud du pays font leur rentrée de bonne heure, Mallory organise donc une fête de départ sur la plage, pour Link et tous ses amis, le 14 août. Ils s'amusent comme des fous, mais Mallory, elle, a du mal à se détendre et à profiter du moment présent. Ses pensées sont sombres, mélancoliques. Juste avant le coucher du soleil, quand on a l'impression que tout a été trempé dans du miel, elle songe que sa terrasse lui a servi d'église, l'océan étant la preuve quotidienne de l'existence de Dieu. C'est là qu'elle a récité toutes ses prières, qu'elle a exprimé gratitude et émerveillement, qu'elle a demandé pardon, qu'elle a déposé des requêtes pour ceux dans le besoin. Mais aujourd'hui, alors que Link et ses amis creusent un trou dans le sable pour faire un feu de joie, Mallory prie pour elle. Elle a besoin d'un surplus de tout : force, lucidité, espoir, patience, paix.

Pitié, pense-t-elle, *donnez-les-moi. Ou aidez-moi à les puiser en moi-même.*

Mallory et Link partent pour Columbia deux jours plus tard. La tache dans le champ de vision de Mallory semble grossir. Elle a l'intention de voir un médecin dès son retour à Nantucket.

Mais d'abord il y a la virée, à l'abri des 37 °C extérieurs, dans l'air délicieusement climatisé d'un grand magasin, pour trouver deux grands draps plats, une couette, des oreillers, un tapis, des sous-vêtements, des chaussettes, un pack de Gatorade, deux grosses boîtes de crackers, des cahiers à spirale, des stylos, des chargeurs de portable, des ramen, une affiche de Dominic West et Idris Elba dans *The Wire* (le moyen que Link a choisi pour rendre hommage à son lien à la ville de Baltimore, c'est merveilleux !), du shampooing, du déodorant, des serviettes de toilette, des préservatifs, des pansements, un flacon de 200 comprimés d'Advil, de l'écran total.

— Et quoi d'autre ? demande Mallory.

Tant qu'il reste des choses à acheter, elle peut repousser l'inévitable.

Ils transportent leur chargement jusqu'à la résidence étudiante. Link fait la connaissance des garçons avec qui il partagera son appartement : Eric, Will et Declan. Ils ont l'air sympas. Leurs mères décorent leurs chambres et remplissent les placards de la cuisine commune comme s'il fallait se préparer à une menace nucléaire. Mallory aide Link à s'installer, des filles passent régulièrement une tête par la porte ouverte de l'appartement pour se présenter. Elles ont toutes de magnifiques cheveux longs, un accent du sud sirupeux et des prénoms comme Shelby et Baker. Quelqu'un a mis de la musique, cette chanson de Lizzo que Mallory adore. C'est la fac, on s'éclate, Link va être plus heureux que jamais. Le responsable du bâtiment vient se présenter, un jeune très sympa ; il s'appelle Jake, alors Mallory l'aime immédiatement.

Jake lui demande si elle a des questions. Eh bien, oui, justement : Comment peut-on consacrer dix-huit années de sa vie à élever un enfant puis, un beau jour, l'abandonner dans un endroit inconnu au milieu d'étrangers à près de deux mille kilomètres de chez soi ? Et aussi : Quel est le problème avec son œil ? Elle a pris rendez-vous chez son ophtalmologue la semaine suivante.

— Non, répond-elle, aucune question.

— Tous les étudiants de première année de la résidence ont une réunion obligatoire à 15 heures, puis le président de l'université fera son discours dans l'amphithéâtre, et ensuite il y a la soirée de bienvenue.

Jake marque une pause. Il y a une vieille platine dans la salle commune, sur laquelle tourne *Rumours*, l'album de Fleetwood Mac, raison supplémentaire d'aimer ce Jake en plus de son prénom. Et pourtant, Mallory voudrait qu'il se taise. Parce qu'elle a l'impression que les prochains mots qui franchiront ses lèvres seront les suivants : « Ce serait sans doute le bon moment de dire au revoir à votre fils. »

En vingt-six étés avec Jake, Mallory a appris qu'il valait mieux abréger les adieux. Elle trouve Link dans sa chambre, occupé à mettre ses chemises sur des cintres.

— Je viens de me faire congédier. Tu as un planning bien chargé pour le reste de la journée, alors je vais te laisser.

— D'accord.

Il ferme la porte de sa penderie puis prend Mallory

par les épaules et la regarde avec ses yeux couleur d'océan, les yeux qu'elle connaît le mieux au monde.

— Je veux te remercier pour tout ce que tu as fait pour moi, maman. Je vais travailler, faire preuve de jugeote, noter mes trajets en Uber et être gentil avec tous les gens que je rencontrerai, comme tu me l'as appris.

Il la serre très fort dans ses bras. Elle a vraiment l'impression qu'à cet instant précis c'est lui l'adulte et elle l'enfant.

— Je t'aime. Tu as fait du bon boulot.

Une semaine plus tard, Mallory est installée sur la plage sous un parasol et elle lit la dernière autobiographie de Dani Shapiro, quand elle entend quelqu'un frapper à la porte de chez elle.

Elle préférerait être victime d'une illusion – peut-être qu'elle se met à entendre des choses en plus d'en voir –, mais non, impossible de se méprendre sur le *toc toc toc*. Elle envisage de ne pas bouger. Les livreurs FedEx et UPS laissent les paquets sur le pas de sa porte. Apple ne lui rend jamais visite à l'improviste, et si elle avait subitement décidé de le faire elle penserait à descendre sur la plage. Jake ne sera pas là avant deux semaines, et il ne frappe pas de toute façon. Elle n'a envie de voir personne d'autre.

Après un bref répit, les coups reprennent.

Mallory remonte vers la maison. Elle s'arrête sur la terrasse pour rincer ses pieds avec le tuyau d'arrosage. Elle porte un pantalon en lin avec un lien coulissant à la taille sur son maillot de bain et un tee-shirt à manches longues. Une queue-de-cheval, un chapeau. Elle ne ressemble à rien.

À travers la porte-moustiquaire côté étang, elle aperçoit la silhouette d'une femme et, derrière, une berline noire, sans doute une voiture avec chauffeur, poussiéreuse après son trajet sur la route sans nom. Au moment précis où elle se demande *qui est-ce ?*, elle est traversée par une vague d'incrédulité, parce qu'elle sait très bien de qui il s'agit.

La tache dans son champ de vision se dilate et se contracte comme une créature vivante.

Mallory a envie de se réfugier dans sa chambre et de s'y enfermer à clé, de barricader la maison pour se préparer au passage d'un ouragan. Mais la femme l'a vue.

Mallory prend le temps de balayer la pièce principale du regard. Depuis le départ de Link, la maison est impeccable. Et tant mieux, parce que la femme que Mallory s'apprête à inviter à entrer n'est autre, elle le craint, qu'Ursula de Gournsey.

Oui. En approchant de la porte Mallory a confirmation de ce qu'elle soupçonnait. C'est bien Ursula.

— Bonjour ?

Sa voix est claire, guillerette, elle ne trahit pas la moindre inquiétude. Elle n'aurait pas fait mieux si elle s'était entraînée quotidiennement depuis vingt-six ans à accueillir à l'improviste chez elle Ursula de Gournsey. Pendant ce temps, intérieurement, elle pousse un cri digne d'un film d'horreur.

Elle jette un coup d'œil à la voiture. Jake est-il à l'intérieur ? Non, c'est un chauffeur. Son cri intérieur baisse d'un ton.

— Mallory ? Bonjour, je suis Ursula de Gournsey.

— Ursula ? répond Mallory sans se départir de son calme. Bonjour.

— Ça vous dérange que j'entre un instant ? J'aimerais vous parler.

Le moment est mal choisi, je suis en pleine crise psychotique.

Alors ça y est, l'heure est venue de rendre des comptes. Mallory s'est souvent demandé si ce jour arriverait, ou si c'était le genre de choses qu'on ne voit que dans les films. Sauf dans *Même heure, l'année prochaine*, où George et Doris continuent joyeusement sur leur lancée jusqu'à un âge avancé, sans que leurs époux respectifs, Helen et Harry, se doutent jamais de rien.

— Bien sûr, répond Mallory.

Elle ouvre la porte-moustiquaire, et Ursula de Gournsey entre. Elle porte une robe en chambray et des chaussures bleu pâle assorties (poussiéreuses elles aussi). Ses cheveux sont longs, épais et d'un noir bien brillant. Il y a des rides autour de ses yeux et de sa bouche qui ne se voient pas à la télévision.

— Je vous offre un thé glacé ? Et j'ai aussi de quoi vous préparer un sandwich au poulet si vous avez faim.

— Un thé glacé, ce serait adorable, merci.

Cela donne à Mallory une occasion d'occuper ses mains. Elle remplit deux des nouveaux verres qu'elle s'est offerts – pour se remonter le moral, elle a fait une virée shopping sur le thème « tout ce que je ne pouvais pas avoir quand Link était à la maison » –, verse des chips de pita dans un bol et sort du frigo son baba ganousch soyeux et savoureux. L'autre activité à laquelle elle s'est adonnée pour se changer les idées, c'est la cuisine.

— Caviar d'aubergines, annonce-t-elle à Ursula en apportant tout dans le salon sur un plateau en osier.

Ursula marmonne quelque chose. Elle ne touchera pas à la nourriture, Mallory le sait, parce qu'elle ne mange pas. Elle ne lit pas non plus de romans, et pourtant elle passe son index sur les dos des livres que Jake a envoyés à Mallory au fil des années, du *Patient anglais* aux *Tribulations d'Arthur Mineur*. Sait-elle qu'il s'agit de cadeaux de Jake ? Puis Ursula prend un des oursins plats qui se trouvent sur la même étagère, et Mallory doit retenir le rire nerveux qui lui chatouille la gorge.

— Asseyons-nous, propose-t-elle.

Elle dépose le plateau sur la table basse et s'assied sur Gros-Câlin, tandis qu'Ursula se perche au bord de l'un des fauteuils club.

Ursula de Gournsey est ici. Chez elle. Dans ce fauteuil.

Mallory lui tend un thé glacé. Elle a placé sur le rebord du verre une demi-rondelle de citron jaune et une autre de citron vert, côte à côte. Pour un résultat 100 % instagrammable.

Ursula ne semble pas décidée à parler, c'est donc Mallory qui prend la parole :

— Je ne savais pas que vous aviez prévu un passage par Nantucket.

— J'ai une collecte de fonds ce soir. Un dîner privé.

Elle avale une minuscule gorgée de thé.

— Je compte me présenter à l'élection présidentielle.

— Oui, je suis au courant. Votre vote contre le juge Cavendish… J'ai été fière de vous. Comme toutes les femmes du pays.

Les sourcils parfaitement épilés d'Ursula se dressent aussitôt ; peut-être que ce compliment la surprend.

— Oui, enfin il y a encore beaucoup de chemin avant l'élection. Tout peut arriver. Les problèmes surgissent sans prévenir. Des pans du passé remontent à la surface, des incidents que l'on croyait oubliés depuis longtemps… Oui, des choses dont on n'avait même plus souvenir… ou dont on n'avait même jamais été informés. Quand on ambitionne d'occuper le poste de président des États-Unis…

Elle pose son verre de thé glacé.

— … on doit avoir une vie transparente. Une vitrine impeccable.

Et vous êtes venue avec la raclette pour vous en assurer, songe Mallory.

— Vous vous voyez, Jake et vous ? Tous les ans ?

C'est plus une question qu'une affirmation. Mallory ne s'attendait pas à ce qu'elle hésite autant. Ursula soupçonnerait quelque chose, mais n'aurait pas de preuve ? Jake ne lui a rien dit. Jake ignore sa présence ici. Cette conversation, Mallory le comprend brusquement, n'a que peu à voir avec Jake.

— Qu'est-ce qui vous fait penser ça ? demande-t-elle.

La tache dans son champ de vision s'est calmée, mais elle reste présente, aux aguets.

Ursula sourit.

— Si je veux être honnête, je dirais que j'ai toujours eu des soupçons. Depuis le premier mariage de Cooper, quand je vous ai vus danser ensemble.

— Pendant le deuxième mariage de mon frère, je vous ai croisée aux toilettes. Vous m'avez dit être enceinte. Et j'ai eu le sentiment que vous alliez m'avouer que votre bébé n'était pas de Jake.

C'est au tour de Mallory d'utiliser son thé comme un accessoire. Elle en avale une gorgée. Et puis tant pis au fond, elle a faim ! Elle plonge une chips de pita dans le baba ganousch. Elle n'a pas peur de la nourriture, elle.

— Au troisième mariage de Cooper, reprend Ursula, quand je lui ai demandé s'ils comptaient poursuivre la tradition des week-ends à Nantucket, Jake et lui, j'ai bien vu qu'il ne savait pas du tout de quoi je parlais. Et Tish encore moins. Ce qui m'a paru étrange.

— Tish… Je n'en reviens pas que vous ayez retenu son nom.

— Puis j'ai lu l'article dans *La Lettre de Leland.* Et j'ai appelé votre frère, sauf que cette fois il était prêt à me répondre, ou moins désarmé en tout cas. Il m'a dit que oui, Jake et lui se retrouvaient à Nantucket tous les étés.

Mallory ne respire presque plus, elle a l'impression de jouer une morte à la télévision.

— J'ai pensé : d'accord, peut-être qu'il ment pour protéger sa petite sœur. Vous veniez tout juste de perdre vos parents…

— S'il vous plaît, l'interrompt Mallory en secouant la tête.

— Et puis… et puis, et puis, et puis…

Ursula fait d'abord tourner sa montre, ensuite le bracelet en or Love de chez Cartier autour de son poignet, et Mallory ne peut s'empêcher d'imaginer l'anniversaire ou le Noël pendant lequel Jake le lui a offert, la joie d'Ursula, leur baiser.

— J'ai un conseiller, un mécène, un… ami si l'on veut, Bayer Burkhart. Vous le connaissez.

Ce « vous le connaissez » n'est évidemment pas une question. *Bayer*, songe Mallory. *C'est Bayer qui l'a dit à Ursula ?*

— Je l'ai connu il y a longtemps, oui, j'avais la vingtaine.

Ursula hoche la tête.

— Il me l'a dit, oui. Il a été très épris de vous apparemment, à une époque où ça n'allait pas fort entre Dee Dee et lui. Il m'a raconté qu'il avait même envisagé le divorce pour vous épouser.

— Ha ha ha !

La tache scintille, elle semble rire avec elle.

— C'est ridicule, poursuit-elle. Nous étions… c'était… un amour de vacances. Et je ne savais pas qu'il était marié, je ne l'ai découvert que le soir de notre rupture.

— Et ce même soir vous lui avez raconté que vous aviez un « même heure, l'année prochaine ». Qui s'appelait Jake McCloud.

— Ça remonte à si longtemps…

— Bayer l'avait oublié. Il a fait la connaissance de

Jake à une levée de fonds il y a des années de cela, et son nom lui a vaguement rappelé quelque chose sans qu'il parvienne à savoir quoi exactement.

Ursula se tape les genoux des deux mains.

— Et puis, il y a deux ans, il vous a aperçus tous les deux sur les quais. Le vendredi précédant la fête du Travail.

Mallory ne sait quoi dire, alors elle prend une autre chips, qui croustille de façon assourdissante.

— Bayer ne m'a rien dit à l'époque parce que… eh bien, parce que je crois qu'il lui a fallu un petit moment pour mettre toutes les pièces du puzzle en place. Et bien sûr je n'étais pas encore candidate à la présidentielle.

Mallory se rend soudain compte qu'elle n'a pas besoin de dire un seul mot. Elle n'a pas enfreint la loi. Ursula n'est pas de la police. Elle se lève.

— J'espère que votre dîner se passera bien. Merci pour la visite.

— Mallory.

Elle se refuse à regarder Ursula. Elle rapporte le plateau dans la cuisine.

— Je vous ai dit que mon fils venait de partir à l'université ? Il est en Caroline du Sud. La maison me paraît si vide sans lui.

— J'ai une fille à l'université, moi aussi, Bess. Elle vient d'entrer à Johns Hopkins. Mais vous devez être au courant.

Oui, Mallory est au courant.

— Je viens de Baltimore. Nous avons grandi là-bas, Cooper et moi.

Elle remet le baba ganousch au frais sans le couvrir. Elle est distraite par le besoin pressant de chasser Ursula de chez elle. Son chauffeur l'attend. Que peut-il bien penser ? Que lui a-t-elle dit ? Elle a sans doute parlé d'une visite à une vieille amie. La maison n'en impose pas assez pour appartenir à un mécène.

— J'ai besoin que vous arrêtiez de voir Jake. Il ne pourra pas venir cette année ni la suivante ni, si je gagne, aucune autre année tant que je serai en poste.

La réaction de Mallory doit la trahir. Elle a le même mouvement de recul que s'il s'agissait d'un duel et qu'Ursula avait tiré la première, l'atteignant entre les deux yeux. Jake ne viendra pas dans deux semaines ? Il ne viendra pas l'année prochaine ? Ni, si Ursula gagne, pendant les quatre – ou les huit – années suivantes ? Mallory a 50 ans. Elle ne sentira peut-être plus jamais les bras de Jake l'enlacer avant d'en avoir 60.

— Pourquoi vous venez me parler à moi ? lance-t-elle en se détournant. Jake est votre mari. Si vous ne voulez plus qu'il vienne à Nantucket, dites-le-lui.

— Si je le fais, je sais…

Ursula s'interrompt brusquement. Mallory se retourne et constate qu'elle a la tête baissée.

— Si je lui demande de ne plus venir, j'ai peur qu'il me quitte.

Alors pourquoi vouloir changer les choses ! voudrait crier Mallory. Elle est tentée de la supplier. Elle a perdu ses deux parents et elle vient de déposer son fils unique à la fac. Elle est seule ici. À l'exception de trois jours magiques avec Jake chaque année, elle est seule.

— Mais… je ne peux pas prendre le risque que la

presse ou le camp adverse découvre ce qui se passe ici. Et croyez-moi, Mallory, vous ne le souhaitez pas non plus. Ils traîneront votre nom dans la boue. Vous serez calomniée. Vous êtes enseignante, n'est-ce pas ? Et très appréciée, à ce que j'en sais.

— Vous ne savez rien de moi.

— Oh, si. Vous aimez Jake, je le comprends mieux que personne. Mais s'il vous plaît, ça doit s'arrêter maintenant. C'est mon mari.

« Mon mari. »

La tache grignote un peu plus le champ de vision de Mallory. Elle est d'un blanc incandescent, insistant. Mallory comprend soudain qu'elle représente sa conscience, qui s'invite dans la conversation après toutes ces années.

L'histoire de Jake et de Mallory est inhabituelle, si fantasque même qu'elle s'apparente à un conte de fées. Elle a toujours évolué dans un monde parallèle, en tout cas c'est ce que Mallory a choisi de croire. Ils ne brisaient aucune règle puisqu'il n'y en avait pas. Ils ne faisaient de peine à personne puisque personne n'était au courant.

Sauf que…

Sauf que maintenant, Mallory doit prendre une décision.

Admettre ce qu'elle a fait et arrêter. Ou nier et continuer.

La tache est aussi brillante qu'une flamme.

— D'accord, dit-elle.

— Comment ça ?

— D'accord, je vais arrêter. Je vais arrêter.

— Vraiment ? demande Ursula en plissant les yeux. Ses iris sont si foncés qu'ils se confondent presque avec ses pupilles. Deux éclats d'obsidienne.

— Oui. Vous avez ma parole.

— Ah…

— Ursula. Vous avez ma parole.

Elle hoche la tête.

— Merci, Mallory.

Elle inspire et semble prendre conscience de son environnement pour la première fois, balayant du regard la pièce. Aime-t-elle ce qu'elle voit ? Et pourquoi Mallory en aurait-elle quelque chose à faire ? Elle ne devrait éprouver que du dédain, ou de la haine, pour cette femme, cette rivale de longue date, pourtant ce n'est pas le cas, pas vraiment. Ursula se lève et se dirige vers la porte-moustiquaire en faisant claquer ses stilettos poussiéreux. Son départ attriste presque Mallory. En perdant Jake, elle perd aussi Ursula, sa concurrente de l'ombre, la femme qu'elle sentait en permanence derrière elle, celle qui la poussait à donner le meilleur d'elle-même. Si Mallory était parfaitement honnête, elle avouerait d'ailleurs que cette compétition avec Ursula a été une source d'inspiration.

Arrivée à la porte, Ursula se retourne.

— Vous le rendez heureux, vous savez ?

Des larmes, des larmes par milliers, menacent de surgir, mais Mallory ne les versera pas devant Ursula.

— Oui, répond-elle, je sais.

Deux semaines plus tard, Mallory reçoit le texto : *Je suis là.*

Elle ferme la maison à clé – la veille, elle s'est mise en quête des clés et les a retrouvées tout au fond de son tiroir à fouillis –, puis se dirige dans la cachette qu'elle s'est choisie, à une cinquantaine de mètres, derrière une dune. C'est puéril de se livrer à ce genre de jeux, elle en a bien conscience, mais c'était la meilleure des options parmi une kyrielle d'autres. Jake ne peut pas savoir qu'Ursula est au courant. Il faut qu'il ait l'impression que ça vient de Mallory. Si Mallory l'appelle, elle finira par lui parler de la visite d'Ursula. Mallory a envisagé de lui écrire : *J'ai un empêchement, je dois annuler.* Ou même : *J'ai rencontré quelqu'un, ne viens pas s'il te plaît.* Mais elle ne peut pas être aussi cruelle. Et puis elle a besoin, égoïstement, de poser les yeux sur lui.

Elle ne répond pas à son message, et il est suivi d'un autre. *Tu es là ? Allô ?*

C'est fou, à la réflexion, comme leur histoire s'est toujours déroulée sans heurt, ne reposant que sur des habitudes et la confiance. Rien n'est jamais venu troubler leurs moments ensemble – ça a failli arriver plusieurs fois, mais ils ont toujours eu le dessus.

Jusqu'à maintenant.

Elle attend. Viendra-t-il ou sentira-t-il que quelque chose ne va pas et qu'il vaut mieux annuler ? Son radar doit être en alerte maximale, avec la candidature d'Ursula à la présidentielle. Il sait que chacun de ses mouvements est placé sous surveillance.

Un peu plus tard, Mallory entend une voiture. Elle jette un coup d'œil par-dessus la dune pour voir la Jeep enveloppée de l'habituel nuage de poussière. Il est là. Le cœur de Mallory bondit aussi fort que ces vingt-six dernières années.

On se fiche d'Ursula ! pense-t-elle.

Oui, mais… Elle a donné sa parole. Elle sait qu'Ursula a hésité à lui accorder sa confiance, se disant sans doute qu'une femme qui couchait avec son mari depuis autant d'années n'aurait aucun mal à lui mentir les yeux dans les yeux.

La portière de la voiture claque et Mallory frissonne. De sa cachette, elle voit Jake sortir. Un gémissement lui échappe. Jake ! Elle devine à sa seule posture qu'il est fébrile – désorienté, en colère même peut-être. Il se dirige à grandes enjambées vers la porte côté étang et tente de l'ouvrir. Fermée. Elle l'entend murmurer quelque chose, puis il fait le tour de la maison. Elle ne le voit plus, mais elle l'imagine sur la terrasse, balayant la plage du regard. Lorsqu'elle entend la porte de la douche extérieure grincer, elle pousse un soupir de soulagement : elle avait envisagé de s'y réfugier.

— Mallory ! crie-t-il.

Elle ferme les paupières. Sa voix…

— Mallory ! Où es-tu ?

Il hurle. Il se fiche qu'on puisse l'entendre. Elle identifie une émotion particulière dans sa voix, pas de vrais sanglots, quelque chose qui ressemble plutôt à de la panique. Lui serait-il arrivé quelque chose ? Est-ce qu'elle va bien ?

Mallory se replonge dans les souvenirs du tout premier été, quand ils appelaient Fray sur la plage. Elle était si terrifiée… Enfin aussi terrifiée qu'une fille de 24 ans qui n'a jamais vécu de tragédie peut l'être. Elle s'est souvent fait peur en imaginant combien ça aurait été horrible si Fray s'était noyé. Sans lui, Link n'existerait pas. Elle se demande si elle aurait fini par se marier avec quelqu'un et avoir d'autres enfants – elle suppose que oui. Jake et elle ne se seraient jamais mis ensemble, ou alors ils auraient été rongés par la culpabilité.

C'est si dingue de constater à quel point les événements d'une seule soirée peuvent avoir des répercussions si importantes. Mallory pense à ses parents. Pourquoi Senior n'est-il pas resté dans l'Audi pour appeler une dépanneuse ? Eh bien, parce qu'on parle de Cooper Blessing Senior et qu'il a dû calculer que le temps que la dépanneuse arrive, il aurait déjà changé le pneu. Et pourquoi Kitty était-elle aussi sortie de la voiture ?... eh bien, parce qu'elle aimait superviser les opérations, en toutes circonstances.

— Mallory ! hurle Jake. Mal ! S'il te plaît, Mal ! Où es-tu ?

Mallory se retrouve, malgré elle, face à sa propre hypocrisie. Si elle avait vraiment voulu faire les choses bien, elle serait partie. Seulement... elle voulait voir la réaction de Jake. L'observer à son insu, ce qui est une façon de lire dans son âme : il l'aime.

Elle reçoit un nouveau texto. Le vibreur de son téléphone est plus fort qu'elle ne le pensait.

Où es-tu ? Ta maison est fermée à clé mais ta Jeep est là. Dis-moi juste, pour l'amour de Dieu, où tu es. C'est injuste de me faire mariner comme ça, tu le sais.

Il a raison, elle est injuste.

— Mallory !

Elle se représente la scène de son point de vue. Il attend toute une année, son impatience grandit. Il prend les dispositions nécessaires, ment à Ursula et aux quarante membres de l'équipe qui doivent suivre le moindre de ses faits et gestes, débarque ici, s'attendant à franchir le seuil de la maison et à trouver des burgers, des épis de maïs, des rondelles de tomates, à entendre Cat Stevens, World Party et Lenny Kravitz, à découvrir une nouvelle pile de livres de « son » côté du lit… sans oublier Mallory.

La porte est fermée à clé. Il n'a reçu aucun avertissement. Il est pris en traître.

Mallory a envie de remonter la dune en courant et de crier son nom, de se jeter dans ses bras. Elle veut l'embrasser. Ce sera comme à la fin du film, quand Doris et George pensent que tout est terminé, puis que George fait un retour fracassant et qu'ils reprennent leur histoire – pour la poursuivre, année après année, « jusqu'à ce que nos os deviennent si fragiles qu'on risquerait de les casser ».

Enfin, ce n'est pas un film – ni celui-ci ni aucun autre. C'est leur vie, et elle est humaine après tout. Elle ne peut pas tout endurer.

Elle finit par lui envoyer un texto : *On ne peut plus continuer, Jake. C'est devenu trop dangereux.*

Je me fiche que ce soit dangereux.

Pas seulement pour toi, écrit-elle. *Pour moi aussi. Et pour Link. Et Bess.*

Tu es dans les parages ? Tu peux me voir ?

Non, tape-t-elle.

Mais avant qu'elle ait pu appuyer sur la touche

« envoyer », son portable sonne. Une sonnerie bruyante, surtout dans cet après-midi paisible, à l'atmosphère chargée de brume. Elle est certaine qu'il aura entendu le bruit provenant des dunes. Elle refuse l'appel.

Tu es là, écrit-il.

Non, je ne suis pas là.

Il la rappelle. Elle interrompt aussitôt l'appel. Elle devrait éteindre son téléphone, elle le sait, mais elle ne veut pas mettre un terme à leurs échanges. Ils ont passé près de vingt ans à ne pas utiliser leurs téléphones portables parce que c'était comme ça que d'autres avaient été démasqués. Maintenant qu'ils ont été découverts, quelle importance au fond ?

Je veux te voir soixante secondes, écrit-il. *S'il te plaît. Puis je partirai.*

Non, Jake. On n'y arrivera pas.

Un seul baiser. S'il te plaît. Un baiser, et je te promets qu'ensuite je pars.

Certaines répondraient peut-être non, mais notre héroïne Mallory n'est pas de celles-là.

Ferme les yeux, lui écrit-elle.

Elle escalade la dune et ne le voit pas, ce qui signifie qu'il est retourné sur la terrasse. Et c'est bien là qu'elle le trouve.

Ils s'embrassent. Un seul baiser, le plus intense, le plus tendre, le plus déchirant, le plus bouleversant que Mallory ait jamais connu. Avec pour seul témoin l'océan, ils se jurent que ce baiser leur permettra de supporter l'éloignement pour deux, six ou dix ans.

— Je t'aime, Mal, lui dit-il.

Elle ferme les yeux, trop dévastée pour répondre.

Quand elle les rouvre, il est parti.

Été n° 28 : 2020

Ursula de Gournsey passe une semaine à Saint Louis dans le cadre de sa campagne.

Jake est de la partie. Il se trouve dans une suite d'un hôtel de luxe lorsqu'il reçoit le coup de fil de Lincoln Dooley.

Il raccroche et s'assied sur le lit où ils sont censés dormir, Ursula et lui, même si le sommeil ces derniers temps est plutôt réservé aux trajets en avion ou en voiture. Il a l'impression d'être en chute libre. D'avoir été poussé du sommet d'un immeuble. D'être une pièce qui dévale dans un puits sans fond. L'air rugit à ses oreilles. Il est pris d'un vertige. Il est confronté quotidiennement à la perte de Mallory, mais il se réconforte en se disant que c'est temporaire. Ils pourront se revoir dès l'année prochaine si Ursula perd.

Ursula ne perdra pas, il le sait.

Brusquement, il n'a plus aucune prise sur sa vie – gagner, perdre, élection, réélection… Ça n'a plus d'importance. Le mélanome est revenu à la charge, a provoqué une métastase cérébrale. Link a appelé les soins palliatifs. Mallory est en train de mourir.

Jake tente de se la rappeler l'été précédent. Belle, elle était belle.

Belle comme Mallory.

Et elle avait les yeux bleus.

Jake entre dans le salon de la suite, où est installé le QG de campagne et où Ursula rencontre les jeunes membres de son équipe – parmi eux se trouve Avery Silver, la fille aînée de Hank Silver, le champion de squash. Il y a aussi, bien sûr, la directrice de campagne d'UDG, Kasie Smith. Ursula l'a rencontrée dans une soirée de bienfaisance et l'a engagée sur-le-champ.

« On s'entend bien, dit Ursula. Elle me comprend. » Jake se souvient que sa femme avait décrit exactement dans les mêmes termes sa relation avec Anders. Il n'y a pas de plus beau compliment dans sa bouche. Jake apprécie beaucoup Kasie. Elle est comme Ursula : intelligente, capable d'une grande concentration, franche et mesurée. Et elle est chaleureuse et pleine d'empathie, deux qualités qu'elle tente d'inculquer à Ursula. Kasie est devenue la personne la plus importante de la vie d'Ursula, de leur vie à tous.

En présence de Kasie et du reste de l'équipe, Jake s'emploie à passer pour le parfait mari qui soutient son épouse. Dans l'immédiat, toutefois, son ton est sec.

— Ursula, il faut que je te parle.

Elle lit quelque chose et ne relève pas la tête.

— Ursula…

— Ursula, intervient Kasie.

Ursula pose un doigt sur la page pour repérer l'endroit où elle s'est interrompue. La voix de Kasie est la seule capable d'atteindre Ursula quand elle est concentrée désormais.

— Qu'y a-t-il ?

Jake incline la tête en direction de la chambre.

Il voit apparaître une bulle au-dessus de la tête d'Ursula, dans laquelle il peut lire : *Ça a intérêt à être important*. Elle lui emboîte le pas, il referme la porte de la chambre.

— Je viens de recevoir un coup de fil. Du fils de Mallory Blessing. Elle a un cancer, il a métastasé dans son cerveau et ils ont contacté les soins palliatifs.

— Oh non, Jake, je suis vraiment…

— Je vais à Nantucket demain.

— Tu ne peux pas partir demain.

— Saint Louis ne va pas disparaître en mon absence.

— On a trois rencontres plus le débat sur la santé, que tu es chargé d'animer. C'est un rendez-vous inratable.

— Ça n'existe pas, les rendez-vous inratables. Relativise un peu, Ursula.

— Jake.

— Très bien. J'irai samedi.

Plus tard dans l'après-midi, il s'enferme dans sa chambre d'hôtel après avoir accroché le panneau « Ne pas déranger » à la poignée. Il s'assied à son bureau et tente de préparer le plan de son intervention au débat sur la santé, mais il n'arrive pas à se concentrer. Quelqu'un frappe discrètement à la porte. Il est sûr qu'il s'agit d'Avery Silver. Il lui a confié une mission secrète.

Mais c'est sa fille, Bess. Elle porte une robe, des talons et des perles. Elle ressemble tellement à sa mère en plus jeune que c'est un peu effrayant. Elle travaille sur la campagne pendant l'été, elle est chargée d'atteindre les électeurs de la génération Z.

— Ma chérie, dit Jake.

— Emmène-moi avec toi à Nantucket, s'il te plaît.

Jake accuse le coup.

— Quoi ? Est-ce que ta mère…

— Elle m'a dit que tu allais là-bas pour dire adieu à une amie malade.

Il ferme les yeux. Ursula ne peut pas s'empêcher de se mêler de tout ce qui le concerne. Il faut qu'elle garde le contrôle.

— Oui, dit-il. Ça va être un moment difficile, croismoi, tu n'as aucune envie d'être mêlée à ça.

— S'il te plaît, papa, insiste-t-elle. Il faut que je prenne l'air, même pour deux jours.

— Je comprends, ma chérie, mais ça ne sera pas des vacances…

— Je te laisserai tranquille, je te promets. J'ai juste besoin de me vider la tête, d'oublier les réunions stratégiques et le démarchage. J'ai le cerveau en compote. J'ai besoin de sortir, de voir l'océan même pour quelques minutes…

Elle s'interrompt et le dévisage.

— Et puis maman a dit que tu serais triste. Je ne veux pas que tu sois seul.

Après sa conversation téléphonique avec Jake McCloud – Jake McCloud ! –, Link a des tonnes de questions. Assis au chevet de sa mère, il fait des recherches en ligne sur Jake McCloud. Il apparaît aux côtés d'Ursula de Gournsey sur chacune des photos. Puis Link ouvre sa page Wikipédia.

... diplômé de l'université Johns Hopkins...

Ah ! se dit-il. *Il connaît peut-être oncle Coop ?* Ce qui n'explique toujours pas pourquoi son numéro se trouvait dans une enveloppe rangée dans le tiroir qui coince.

— Maman ? dit-il quand il voit les paupières de Mallory papillonner.

Il n'aime pas la tirer du sommeil, mais il a besoin de réponses tant qu'elle est encore un peu consciente.

— J'ai appelé le numéro, et j'ai eu Jake McCloud.

Mallory ouvre les yeux.

— Il a dit que tu devais tenir. Il a dit qu'il arrivait.

Une larme s'échappe du coin de l'œil de Mallory. Link l'essuie avec son pouce.

— Maman ?

Mais elle a déjà refermé les paupières.

Apple passe le lendemain. Elle lit des passages du *Patient anglais* pendant un bon moment. C'est loin d'être un livre réconfortant, mais c'est le préféré de Mallory. Puis Apple lui parle du bon vieux temps, de l'époque où elles étaient serveuses au Summer House – les « Hokey Pokey », les « chéries d'Ollie » –, et Link entend sa mère rire. Elle semble aller mieux. Est-ce qu'elle irait mieux ?

Oncle Cooper arrive de Washington, et Link et lui rencontrent Sabina, l'infirmière des soins palliatifs. Elle leur explique combien accompagner le « départ » d'un être cher peut être douloureux et exténuant.

— Veillez à prendre soin de vous aussi, leur dit-elle. Profitez. Faites des choses qui vous font du bien et vous nourrissent pour pouvoir être en forme, bien présents pour Mallory.

Après un silence, elle ajoute :

— Il lui reste sans doute quelques jours.

Quelques jours, ça signifie cinq ou six, peut-être même sept. Ce qui implique qu'à cette heure la semaine prochaine… quoi ? Mallory sera morte ? Comment Link est-il censé intégrer cette information ?

Après leur discussion avec Sabina, Cooper et Link vont faire une promenade sur la plage. C'est une journée chaude et ensoleillée, l'une des premières belles journées de l'été. Il y a du monde sur la plage, des gens avec des parasols colorés et des glacières. Cooper et Link partent dans la direction opposée.

— Tu ne seras jamais seul, dit Cooper. Tu peux compter sur moi à partir de maintenant, mon grand. Et sur ton père, bien sûr. Mais même à deux, on ne pourra jamais remplacer ta mère.

Coop s'éclaircit la voix.

— Tu as prévenu Leland ?

— Je ne savais pas quoi faire. Maman ne lui adresse plus la parole depuis que je suis en troisième.

— Je m'en charge.

— Maman m'a demandé d'appeler un numéro qui était rangé dans une enveloppe au fond du tiroir de son bureau. Tu ne devineras jamais qui a décroché.

Coop donne un coup de pied dans le sable.

— Oh, je te parie que si, au contraire.

La porte s'ouvre, et Link, son beau garçon, si tendre et si fort, lui dit :

— Maman, tu es prête à recevoir de la visite ?

Il n'attend pas sa réponse. Il les fait juste entrer, un par un.

Cooper.

Fray.

Leland.

Jake.

Tout va bien, pense-t-elle. Ils sont autour de la table de ferme, le visage baigné par la lumière de la flamme d'une seule bougie. Cat Stevens chante : « I'm looking for a hard headed woman. » *Je cherche une femme obstinée.*

Tout ira bien.

Cooper est effondré, Mallory le voit bien. Elle se sent coupable de le laisser comme ça ; d'abord leurs parents, maintenant elle. Elle espère qu'il trouvera quelqu'un d'autre, quelqu'un qui restera. Il l'embrasse sur le front.

— Dans ma prochaine vie, lui dit-elle, je serai aussi cool que toi.

— Je suis désolé de te l'apprendre, sœurette, répond-il d'une voix qui s'étrangle, mais tu l'es déjà.

— Là, tu mens.

— Je t'aime, Mal.

Puis il disparaît dans le salon.

Fray est le suivant. Il fait les cent pas dans la chambre, les mains enfoncées dans les poches de son jean hors de prix. Il est nerveux, sans doute l'excès de caféine. Tout ce café…

— Mal, lui dit-il, sérieux, Mal.

Il l'implore, comme si elle avait le pouvoir de changer la situation.

— Merci, lui dit-elle.

C'est drôle, non ? Bizarre et amusant à la fois, qu'ils aient bu plus que de raison au deuxième mariage de Cooper, que Fray ait remonté son fourreau de soie rose pâle et que sur un coup de tête, à la suite d'une aventure sans lendemain, elle se soit retrouvée avec le plus grand trésor de sa vie. Leur fils.

Il l'embrasse sur la joue, puis sort à son tour.

Leland prend la main de Mallory. Mallory est furieuse contre elle, elle voudrait hurler. Elle a encore l'énergie. Elle lui dit :

— Bonjour, Lee.

Elle ne dit pas : « Tu es ma meilleure amie, ma meilleure amie de toute la vie. »

Elle ne dit pas : « Promets-moi de veiller sur Link. S'il te plaît, Lee, prends ma place. Avec Apple et Anna. Il aura besoin de vous trois. »

Elle ne dit pas : « Bats-toi pour Fifi. Tu en es capable. Tu mérites d'être heureuse. »

— Tu es en colère ? demande Leland.

Mallory a tellement de raisons de lui en vouloir : le confit de canard et les souris d'agneau, le brunch dans le Village, la soirée sur le toit-terrasse d'Harrison, « influençable », « une suiveuse », *La Lettre de Leland*.

— Déçue, dit Mallory.

Et un instant plus tard elles sourient comme les

adolescentes délurées qu'elles étaient à l'époque de Deepdene Road.

Leland se penche et serre Mallory si fort que ça fait mal. Puis elle quitte la chambre à son tour.

Qu'est-ce qu'avait dit Jake à l'époque déjà ? « C'est comme la comptine de l'empereur, sa femme et le petit prince… »

Tout va toujours bien.

Jake est là. Il est là ! Mallory sent l'odeur du beurre qui frémit dans la poêle où il fait cuire les omelettes. Elle le revoit à Tuckernuck, l'attendant avec leurs provisions et se demandant si elle va vraiment revenir le chercher ou s'il est censé deviner tout seul où se rendre à pied pour la retrouver. Elle l'entend lire à voix haute sa prophétie chinoise. « La perfection est dans la pratique. »

« Sous les draps », ajoute-t-elle.

— Tu t'en vas, toi aussi ? lui demande-t-elle.

— Non, répond-il en approchant la chaise tout près de son lit. Si ça te va, je crois que je vais rester.

Revenons quelques jours plus tôt, à Saint Louis, et à la mission secrète que Jake avait confiée à Avery Silver.

Une guitare acoustique ? a-t-elle pensé. *Où est-ce que je vais trouver ça ?* Elle ignorait que Saint Louis est une des patries de la musique. Grâce à Google, cinq minutes plus tard, elle avait loué une Yamaha bidule chouette pour 105 dollars la semaine, et en plus, miracle !, la livraison était incluse.

Jake sort la guitare de son étui et passe la sangle au-dessus de sa tête. Un petit son échappe à Mallory. Il la regarde, elle rit.

— Non, lui dit-elle. Tu ne vas pas…

— Si, répond-il avec une assurance qu'il est pourtant loin de ressentir.

Il a dû vérifier les accords plusieurs fois, mais après quelques minutes d'entraînement, tout lui est revenu. Il ferme les yeux et, brusquement, il est de retour à la fac, en dernière année, assis au bout du lit de Cooper Blessing, le combiné du téléphone posé à côté de lui, Mallory à l'autre bout de la ligne, qui va lui dire s'il est doué.

Il est bien plus nerveux qu'à l'époque.

Il joue l'accord en *ré* mineur, puis celui en *sol* et celui en *mi*. Ça a l'air d'aller.

Il murmure :

— C'est pour toi, Mal. Ma femme obstinée.

Et il se met à chanter.

Pendant que tous les adultes sont avec sa mère, Link sort prendre un peu l'air. Il admire la vue : l'étang, le rosier du Japon, les touches améthyste des iris entre les roseaux, les cygnes qui glissent côte à côte comme un couple marié depuis longtemps. Nantucket au mois de juin.

Mallory veut que ses cendres soient dispersées sur l'étang. Elle a peur que l'océan ne l'emmène trop loin, elle veut rester ici.

Soudain, Link sursaute ; il vient d'apercevoir, sur le siège passager d'une des Jeep de location garées devant la maison, une fille brune aux yeux noirs. Elle a baissé sa vitre et le dévisage sans sourciller. Link se tient plus droit et s'approche de la voiture.

— Désolé, je viens seulement de te voir. Je suis Lincoln Dooley.

— Bess McCloud. Je suis la fille de Jake. Enchantée de faire ta connaissance.

— Merci… Waouh !

Bess remarque son tee-shirt.

— Tu es à la fac en Caroline du Sud ?

— Je viens de finir ma deuxième année.

— Moi aussi. Je suis à Johns Hopkins. Et tu étudies quoi ?

Il a peur de lui répondre les sciences politiques. Ce serait étrange, non ? Vu que sa mère est candidate à la présidentielle ?

Tant pis !

— Les sciences politiques.

— Hé ! Moi aussi !

Elle laisse glisser son regard vers l'océan.

— Je suis coincée avec mes parents dans des hôtels et des salles de conférences depuis des semaines. Tu crois que je peux aller marcher un peu sur la plage ? Il y a un chemin ?

Link ouvre la portière de la Jeep et offre sa main à Bess McCloud. Que lui a conseillé Sabina déjà ? « Profiter. »

— Oui, il y en a un, lui dit-il. Viens, je vais te montrer.

REMERCIEMENTS

Je vais, si vous le voulez bien, commencer par une petite histoire. Comme beaucoup d'entre vous le savent, j'écris deux romans par an tout en m'occupant de mes trois enfants. Je participe aussi à plus de quarante rencontres et signatures chaque année. En octobre 2019, j'étais en tournée promotionnelle pour *What Happens in Paradise*[1]. C'était une tournée « express » : neuf rencontres en huit jours. J'en avais deux à Houston le même jour, et la première, à 8 heures du matin, se déroulait chez une de mes lectrices, fondatrice d'un club de lecture. J'étais arrivée à Houston de Saint Louis à 1 heure du matin, et je ne vais pas mentir : j'ai envisagé d'annuler ce rendez-vous, non seulement parce que je voulais dormir, mais aussi parce que, malgré ma tournée, j'étais en train de boucler ce roman. J'ai envoyé un texto à la responsable du club de lecture, et elle m'a répondu que deux membres faisaient le trajet depuis Rockport en voiture – soit près de quatre heures de route –, juste pour me voir. Bon, écoutez-moi bien, je ne suis ni une sainte ni une héroïne, mais en apprenant ça, je me suis dit que je ne pouvais annuler.

---

1. Non traduit en français.

Les deux femmes en question s'appelaient Sabina Diebel et Gloria Rodriguez. Sabina Diebel est infirmière dans un centre de soins palliatifs. J'ai discuté avec elle, et elle m'a expliqué qu'elle avait dû poser une demi-journée de congé pour venir assister à la rencontre, mais que son supérieur était ravi qu'elle prenne le temps de «profiter». C'est si épuisant émotionnellement de travailler dans un tel endroit qu'il est important pour les soignants de faire, pendant leur temps libre, des choses qui leur procurent de la joie. Ce qui s'est aussitôt retrouvé dans mon livre, comme vous le savez. Merci, Sabina, et merci, Gloria, d'avoir pris la route. Grâce à vous, mon roman est meilleur.

À tous mes lecteurs qui ont dû faire des sacrifices pour me rencontrer en chair et en os – longs trajets (un homme à Saint Louis avait conduit pendant cinq heures pour permettre à sa mère de me voir !), recours à des baby-sitters, renoncements à d'autres engagements –, merci. Je suis touchée et honorée. Vous rencontrer est ma façon à moi de profiter.

Je vais faire les choses un peu à l'envers pour ce livre-là et remercier mes enfants ensuite. Une grande part de ce roman touche à la parentalité, et j'ai pris mes fils, Maxx et Dawson Cunningham, comme modèles pour Link, et ma fille, Shelby Cunningham, comme source d'inspiration pour Bess. Il y a des années de cela, Maxx a réussi trois «*home run*» à la suite à Cooperstown après des prestations très médiocres sur le marbre dans son équipe junior. Je me souviens très bien d'avoir dit à l'époque : «C'est une histoire fantastique, il faudrait que je la mette dans un de mes romans, mais personne n'y croirait.» Maxx, Dawson et Shelby sont grands à présent – deux d'entre eux sont même adultes –, et ils sont devenus mes meilleurs amis (en tout cas deux sur les trois la plupart du temps !). Mes chéris : je vous aime. Merci pour votre patience face aux exigences de ma carrière : j'essaie de vous rendre aussi fiers de moi que je le suis de vous trois.

Ce roman doit une fière chandelle au dramaturge Bernard Slade, qui est mort le jour où j'ai terminé mon premier jet. Sa pièce *Même heure, l'année prochaine*, chérie par tant de spectateurs, est la pierre angulaire de ce texte.

Merci à West Riggs qui, comme toujours, a répondu à mes questions de navigation, ainsi qu'à Donna Kelly du Newport Ladies Book Group pour les yachts !

Je tiens à remercier l'autrice de livres de cuisine Sarah Leah Chase, qui est une véritable source d'inspiration et dont les recettes ponctuent ce roman. Elle est ma boussole culinaire depuis que j'ai suivi des cours avec elle en 1995. Son livre *Nantucket Open-House Cookbook* constitue tout ce que j'aime dans mon île.

C'est le dernier roman que je ferai avec ma merveilleuse éditrice Reagan Arthur (partie il y a peu chez Alfred A. Knopf). Même si elle me manquera plus que quiconque ne pourrait le comprendre, je sais que je m'en sortirai, parce que, au gré des vingt livres que j'ai faits avec elle, Reagan m'a appris à croire en moi. Elle m'a toujours dit : « Ça a l'air si facile quand on te lit ! » Ha ! Non, ça n'a jamais été facile, mais ça a été plus facile – et gratifiant, et profond – parce que j'étais guidée par la sensibilité et l'intelligence lucide de Reagan.

À mes agents, Michael Carlisle et David Forrer d'InkWell Management : merci de prendre si bien soin de moi. Vous êtes les meilleurs, et je vous aime à tout jamais.

À tous mes petits chéris de Little, Brown : Mario Pulice, Ashley Marudas, Craig Young, Karen Torres, Terry Adams, Michael Pietsch, Brandon Kelley et mon incroyable attachée de presse Katharine Myers… Merci pour toutes les heures que vous consacrez à mes romans, et merci de rendre ça si amusant. La relecture d'épreuves n'est pas un travail très sexy mais il est vital, et j'envoie un énorme merci bien baveux accompagné de câlins et d'arcs-en-ciel à Jayne Yaffe Kemp et Tracy Roe (qui retoucheront peut-être ces quelques lignes plus tard, qui sait).

Et puis bien sûr je n'oublie pas mon équipe à domicile. À quoi rimerait la vie sans vous ? Merci à Rebecca Bartlett, Wendy Rouillard, Wendy Hudson, Debbie Briggs (qui a trouvé les noms de presque tous les personnages de ce roman, c'est son super-pouvoir), Chuck et Margie Marino, Liz et Beau Almodobar, la « Ruche » – Linda Holliday, Sue Decoste, Melissa Long, Jeannie Esti (qui m'a soufflé la blague sur Cooper et les marques de céréales, sans exiger de commission), Deb Ramsdell, Deb Gfeller et ma chère Katie Norton, qui défie la loi du nombre de Dunbar – Manda Riggs, David Rattner et Andrew Law, Evelyn et Matthew MacEachern, Holly et Marty McGowan, Helaina Jones, Heidi Holdgate, Kristen Holdgate, Shelly et Roy Weedon, John et Martha Sargent, Jodi Picoult, Curtis Sittenfeld, Meg Mitchell Moore et Sarah Dessen. Et merci aussi à Michelle Birmingham, Ali Barone et Christina Schwefel qui m'offrent les plus belles heures de ma journée.

Je suis infiniment reconnaissante à ma famille : Sally Hilderbrand, Eric et Lisa Hilderbrand, Randy et Steph Osteen, Douglas et Jennifer Hilderbrand, Todd Thorpe, et la personne sans laquelle la vie n'aurait pas de sens – vous avez deviné, oui, ma sœur et meilleure amie, Heather Osteen Thorpe. Tout le monde devrait avoir son Heather.

Ma famille a perdu une femme très spéciale cette année en la personne de Judith Hilderbrand Thurman, ma belle-mère, qui m'a fait découvrir les plages de Cape Cod il y a plus de quarante ans. Comme Kitty Blessing, Judy avait beaucoup de règles – ma sœur et mes frères vous le confirmeront –, toutes nous ont été bien utiles. Notre chagrin est incommensurable, son héritage se transmettra sur des générations.

Merci à Timothy Field. Il y aurait trop à dire… Sache juste que je te suis reconnaissante chaque jour qui passe.

Comme Mallory, je me suis installée à Nantucket l'été 1993, et je venais aussi de New York, même si les circonstances de mon emménagement ont été très différentes. Alors que j'entame mon vingt-huitième été ici, je voudrais remercier Nantucket d'être une muse, une source d'inspiration constante. Je ne me sens en paix que lorsque je suis chez moi.

Pour finir, j'aimerais ajouter quelques mots sur la romancière Dorothea Benton Frank, que le monde a perdue en septembre 2019. L'écriture est, par nature, un métier solitaire, et il m'a fallu beaucoup de temps pour me lier d'amitié avec d'autres auteurs. Je suis aujourd'hui amie avec Nancy Thayer, Adriana Trigiani, Jennifer Weiner, Jane Green, Jamie Brenner et Beatriz Williams, entre autres. Nous étions très proches, Dottie et moi. Je l'ai instantanément adorée pour tout ce qu'elle était. Une romancière charmante et brillante, mais aussi l'être humain le plus fou, le plus drôle et le plus délicieux qui soit – généreuse, gentille et d'une irrévérence rosse. Sa perte a été un coup terrible, et je la ressens quotidiennement. Si vous n'avez jamais lu de livre de Dorothea Benton Frank, je vous supplie de le faire. Son dernier, *Queen Bee*[1], est mon préféré. J'adresse mon affection et ma fidélité éternelle à sa famille – Peter, Will, Victoria. La voix de Dottie lui survivra éternellement, et c'est avec le plus humble des cœurs brisés que je vous offre ce livre, dédié à sa mémoire. XO

---

1. Non traduit en français.

PAPIER CERTIFIÉ

Le Livre de Poche s'engage pour l'environnement en réduisant l'empreinte carbone de ses livres. Celle de cet exemplaire est de :
450 g éq. CO_2
Rendez-vous sur
www.livredepoche-durable.fr

Composition réalisée par Soft Office

Achevé d'imprimer en mai 2024 en Italie par
Grafica Veneta - Trebaseleghe (PD)
Dépôt légal 1re publication : juin 2024
LIBRAIRIE GÉNÉRALE FRANÇAISE
21, rue du Montparnasse – 75298 Paris Cedex 06

78/9682/6